LIEUTENANT EVE DALLAS

Du même auteur
aux Éditions J'ai lu

Les illusionnistes (n° 3608)
Un secret trop précieux (n° 3932)
Ennemies (n° 4080)
Meurtres au Montana (n° 4374)
La rivale (n° 5438)
Ce soir et à jamais (n° 5532)
Comme une ombre dans la nuit (n° 6224)
La villa (n°6449)
Par une nuit sans mémoire (n° 6640)
La fortune des Sullivan (n° 6664)
Bayou (n° 7394)
Un dangereux secret (n° 7808)
Les diamants du passé (n° 8058)
Les lumières du Nord (n°8162)
Les feux de la vengeance (n°8822)
Si tu m'abandonnes (n°9136)

Lieutenant Eve Dallas (en poche):
Lieutenant Eve Dallas (n° 4428)
Crimes pour l'exemple (n° 4454)
Au bénéfice du crime (n° 4481)
Crimes en cascade (n° 4711)
Cérémonie du crime (n° 4756)
Au cœur du crime (n° 4918)
Les bijoux du crime (n° 5981)
Conspiration du crime (n° 6027)
Candidat au crime (n° 6855)
Témoin du crime (n° 7323)
La loi du crime (n°7334)
Au nom du crime (n° 7393)
Fascination du crime (n° 7575)
Réunion du crime (n° 7606)
Pureté du crime (n° 7797)
Portrait du crime (n° 7953)
Imitation du crime (n° 8024)
Division du crime (n° 8128)
Visions du crime (n° 8172)
Sauvée du crime (n° 8259)
Aux sources du crime (n° 8441)
Naissance du crime (n° 8583)

Les trois sœurs :
Maggie la rebelle (n° 4102)
Douce Brianna (n° 4147)
Shannon apprivoisée (n° 4371)

Trois rêves :
Orgueilleuse Margo (n° 4560)
Kate l'indomptable (n° 4584)
La blessure de Laura (n° 4585)

Les frères Quinn :
Dans l'océan de tes yeux (n° 5106)
Sables mouvants (n° 5215)
À l'abri des tempêtes (n° 5306)
Les rivages de l'amour (n° 6444)

Magie irlandaise :
Les joyaux du soleil (n° 6144)
Les larmes de la lune (n° 6232)
Le cœur de la mer (n° 6357)

L'île des trois soeurs :
Nell (n° 6533)
Ripley (n° 6654)
Mia (n° 6727)

Les trois clés :
La quête de Malory (n° 7535)
La quête de Dana (n° 7617)
La quête de Zoé (n° 7855)

En grand format

Le secret des fleurs :
Le dahlia bleu
La rose noire
Le lys pourpre

Lieutenant Eve Dallas :
1 & 2
3 & 4

NORA ROBERTS

LIEUTENANT EVE DALLAS

5 - Cérémonie du crime

6 - Au cœur du crime

Traduit de l'américain par Maud Godoc et Valérie Dariot

J'AI LU

Il y a plus au Ciel et sur Terre, Horatio
Que n'en rêve la philiosphie.
William SHAKESPEARE

Ne rendons pas hommage à Satan, car ce serait imprudent,
mais nous pouvons au moins respecter ses talents.
Mark TWAIN

À moi la vengeance, c'est moi qui rétribuerai,
dit le seigneur.
Romains, XII, 19

La vengeance est dans mon coeur ;
la mort est dans ma main.
William SHAKESPEARE

Titre original :
CEREMONY IN DEATH
Berkley Books are published by
The Berkley Publishing Group, N.Y.

VENGEANCE IN DEATH
Berkley Books are published by
The Berkley Publishing Group, N.Y.

Cérémonie du crime

1

Dans l'existence d'Eve Dallas, la mort était omniprésente. Elle l'affrontait jour après jour, en rêvait la nuit. Compagne de tous les instants, ses bruits, ses odeurs, jusqu'à sa texture n'avaient plus aucun secret pour elle. Eve pouvait la regarder en face sans ciller. La mort était un ennemi de l'ombre, un ennemi sournois. Un tressaillement, un battement de cil et elle remportait la partie. Au bout de dix années à la brigade criminelle de New York, elle n'était pas encore parvenue à l'accepter.

Surtout quand il s'agissait de l'un des siens.

Frank Wojinski avait été un bon policier. Consciencieux et plein d'abnégation. Trop minutieux, auraient critiqué certains. Sérieux et sympathique, se souvenait Eve. Un homme qui ne se plaignait jamais de la cantine du Central, ou de la paperasse sur laquelle il s'usait les yeux. Ou du fait qu'il n'avait jamais dépassé le grade d'inspecteur premier échelon. Et maintenant, il était là, gisant dans ce cercueil transparent, orné d'une unique gerbe de lys lugubres. Avec son embonpoint et son crâne dégarni, il ressemblait à un moine. Un moine du temps jadis plongé dans un sommeil paisible. Frank

Wojinski venait pour ainsi dire d'une époque révolue, songea Eve. Né à la fin du dernier millénaire, il avait survécu aux guerres urbaines, mais n'en parlait pas autant que certains collègues de la même génération. Aux récits de guerre, Frank préférait les anecdotes sur ses petits-enfants dont il montrait toujours volontiers les derniers hologrammes. Il était intarissable sur le base-ball et avouait un faible pour les hot-dogs au soja relevé d'une sauce piquante aux oignons. Un père de famille modèle qui allait laisser un grand vide, se dit Eve. Elle avait beau réfléchir, elle ne trouvait personne qui n'appréciait pas Frank Wojinski. Et voilà qu'il était mort en pleine force de l'âge, à pas même soixante ans. D'une crise cardiaque, seul devant sa télé.

— Bon sang, c'est terrible !

Eve se retourna et posa une main compatissante sur le bras de l'homme qui venait de la rejoindre.

— Je suis désolée, Feeney.

Il secoua la tête, ses yeux de cocker luisants de chagrin. Il passa une main dans sa tignasse rousse.

— Si encore il était mort en mission. Mais dans son fauteuil devant un match de l'Arena Bali... Il était trop jeune pour partir comme ça.

— Je sais.

Eve passa un bras sur l'épaule de son ami.

— C'est lui qui m'a formé, poursuivit Feeney, tandis qu'elle l'entraînait. Il m'a pris sous son aile quand je n'étais qu'une jeune recrue. Il m'a tout appris. Et jamais il ne m'a laissé tomber. D'ailleurs, il n'a jamais laissé tomber personne, ajouta-t-il, d'une voix vibrante de chagrin.

— Je sais, répéta-t-elle, incapable de trouver les mots.

Habituée à la force de caractère de Feeney, elle était décontenancée par l'étendue de sa douleur. Elle le guida à travers la foule des parents et amis du défunt jusqu'à une table où étaient posées une cafetière et des tasses. Elle en remplit une et la tendit à Feeney.

— Je n'arrive pas à y croire. Ça me dépasse, dit-il avec un long soupir. Je n'ai pas encore parlé à Sally. Ma femme est avec elle, mais moi, je n'ai pas le courage.

— Ce n'est pas grave. Moi non plus, je ne lui ai pas encore parlé.

Histoire de se donner une contenance, elle se versa une tasse de café qu'elle n'avait pas l'intention de boire.

— Tout le monde a été bouleversé. J'ignorais qu'il avait des problèmes cardiaques.

— Comme nous tous, répondit Feeney d'une voix éteinte.

Toujours une main sur son épaule, elle parcourut du regard la pièce bondée et surchauffée. Le directeur du funérarium, tiré à quatre épingles dans son costume noir de circonstance, arpentait la pièce le regard grave, tapotant les mains à grand renfort de platitudes.

— Si tu veux, allons présenter ensemble nos condoléances à la famille.

Prenant sur lui, Feeney hocha la tête avec détermination et posa la tasse de café qu'il n'avait pas bue.

— Il t'aimait bien, Dallas. Cette gamine en a dans les tripes, il disait. Et dans la tête aussi. Il disait toujours que s'il se retrouvait en mauvaise posture, tu étais l'équipier qu'il aimerait avoir pour le couvrir.

— J'ignorais qu'il pensait ça de moi, répondit-elle, à la fois surprise et flattée par cette confidence qui aviva encore sa peine.

— Moi aussi, je t'aime bien, Dallas, ajouta-t-il avec gravité.

Ignorant l'embarras qui se peignit dans ses yeux d'ambre, il redressa ses épaules voûtées.

— Allons voir Sally et les enfants.

Ils se faufilèrent dans l'assistance qui se pressait dans le salon funéraire à l'atmosphère rendue oppressante par les boiseries en imitation acajou, les lourdes tentures de velours rouge carmin et les senteurs entêtantes des gerbes de fleurs qui s'entassaient dans la salle trop petite et surchauffée. Pourquoi toujours du rouge carmin et des fleurs à n'en plus finir ? se demanda Eve qui ne comprenait pas tous ces rites autour de la mort.

Accompagnée par ses enfants et petits-enfants, Sally Wojinski venait dans leur direction.

— Ryan, dit celle-ci d'une voix douce.

Elle tendit les mains vers lui – petites, presque des mains de fée – et pressa sa joue contre la sienne. Elle resta ainsi un moment, les yeux fermés, le visage blême mais serein. Cette femme menue avait toujours paru fragile à Eve. Pourtant une femme de policier qui avait enduré le stress du métier pendant plus de vingt ans devait à n'en pas douter posséder des nerfs d'acier. Sur sa robe noire austère, elle portait à une chaîne la médaille des vingt-cinq années de service de son mari. Un autre rite, songea Eve. Un autre symbole.

— C'est très gentil à toi d'être venu, murmura Sally.

— Il va me manquer. Il va nous manquer à tous, répondit Feeney qui lui tapota le dos avec gaucherie, puis ôta sa main, embarrassé. Tu sais que je suis là si tu as besoin de quoi que ce soit, ajouta-t-il, la voix étranglée par la peine.

— Je sais, murmura Sally avec un pâle sourire.

Elle serra rapidement sa main entre les siennes, puis se tourna vers Eve.

— Merci de votre présence, lieutenant Dallas.

— Votre mari était un policier exemplaire, Madame Wojinski.

À ce compliment, le visage de Sally s'éclaira.

— Il était fier de servir son insigne. Le commandant Whitney et sa femme sont là. Le chef Tibble aussi. Et tant d'autres, ajouta-t-elle, laissant errer un regard vide dans la pièce. Tant d'autres... Frank comptait. Il le méritait. Mais vous ne connaissez pas encore ma famille, lieutenant Dallas. Voici ma fille Brenda.

Petite et ronde, nota Eve, tandis qu'elles se serraient la main. Brune aux yeux noirs, un soupçon de double menton. À l'évidence, elle tenait de son père.

— Mon fils Curtis.

Mince et longiligne. Des mains douces et des yeux secs, mais hébétés de chagrin.

— Et voici mes petits-enfants.

Ils étaient cinq. Le plus jeune avait une huitaine d'années, un nez retroussé et des taches de rousseur. Il détailla Eve avec considération.

— Vous me prêtez votre paralyseur ?

Prise au dépourvu, Eve tira le pan de sa veste en cuir sur l'étui qui renfermait son arme de service.

— Je suis venue directement du Central. Je n'ai pas eu le temps de rentrer me changer.

— Pete, cesse d'importuner le lieutenant, intervint Curtis avec une grimace d'excuse à l'intention d'Eve.

— Si les gens se concentraient davantage sur leurs pouvoirs personnels et spirituels, les armes seraient superflues.

Une adolescente mince et blonde comme les blés s'avança. Elle était d'une beauté incontestable, mais à côté des autres membres de la famille, Eve la trouva éblouissante. Une grande douceur émanait de ses yeux d'un bleu si pâle qu'ils étaient presque transparents. Sa bouche bien dessinée ne portait pas de rouge à lèvres. Ses cheveux raides et brillants tombaient en cascade sur ses épaules. Sur sa robe noire ample, elle portait une chaîne en argent qui lui arrivait à la taille. À son extrémité pendait une pierre noire sertie d'argent.

— Alice, arrête de jouer à l'intello.

Elle jeta un regard glacial par-dessus son épaule à un garçon d'environ seize ans, tandis que ses doigts ne cessaient de jouer avec le pendentif tels des oiseaux protégeant leur nid.

— Mon frère Jamie, dit-elle d'une voix douce. Il s'imagine encore que la provocation exige une réaction. Mon grand-père nous avait parlé de vous, lieutenant Dallas.

— Je suis flattée.

— Votre mari ne vous accompagne pas ce soir ?

Eve leva un sourcil. Cette gamine avait du culot. Malgré son chagrin, elle paraissait avoir une idée derrière la tête, mais laquelle ?

— Non, répondit-elle en se tournant à nouveau vers Sally Wojinski. Il est en déplacement et m'a chargée de vous transmettre ses condoléances, Madame Wojinski.

— Il doit falloir une grande dose de concentration et d'énergie pour mener de front une relation avec un homme tel que Connors et une carrière aussi exigeante et dangereuse que la vôtre. À ce que disait grand-père, quand vous êtes sur une enquête, vous ne renoncez jamais. Est-ce exact, lieutenant ?

— Renoncer, c'est perdre. Et je déteste perdre, répondit Eve qui soutint le regard d'Alice, puis s'agenouilla près de Pete. Quand je n'étais encore qu'une débutante, j'ai vu ton grand-père paralyser un criminel à dix mètres. C'était lui le meilleur.

Elle fut récompensée par un sourire ravi. Elle se redressa.

— Personne n'oubliera votre mari, Madame Wojinski, dit-elle en lui tendant la main. Il restera cher dans le cœur de nous tous.

Elle allait s'éloigner quand Alice posa une main sur son bras et se pencha vers elle. La main tremblait légèrement, nota Eve.

— Très heureuse de vous avoir rencontrée, lieutenant. Merci d'être venue.

Eve hocha la tête et se fondit dans l'assistance. Avec désinvolture, elle mit une main dans la poche de sa veste et ses doigts rencontrèrent le morceau de papier plié qu'Alice venait d'y glisser. Il lui fallut une demi-heure avant de pouvoir prendre congé. Elle attendit d'avoir regagné son véhicule pour sortir le billet de sa poche.

Demain soir, minuit, Aquarian Club. N'EN PARLEZ À PERSONNE. Votre vie serait en danger.

En guise de signature, il y avait un symbole, un cercle qui s'enroulait en s'élargissant pour former une sorte de labyrinthe. Agacée et intriguée, Eve fourra le message dans sa poche et prit la direction de son domicile.

Parce qu'elle était policier, elle repéra la silhouette vêtue de noir, à peine plus qu'une ombre parmi les ombres. Et parce qu'elle était policier, elle sut que c'était elle qu'on surveillait.

À chaque absence de Connors, Eve préférait faire semblant de croire que la maison était vide. Elle ne faisait pas bon ménage avec Summerset, le majordome, et tous deux s'appliquaient à s'ignorer. La demeure était gigantesque, un vrai labyrinthe qui leur facilitait la tâche.

Elle pénétra dans le vaste vestibule et jeta sa veste de cuir usé sur le noyau sculpté de l'escalier, histoire de faire enrager le pointilleux Summerset. Elle monta à l'étage et se rendit dans la suite que Connors lui avait fait aménager. Si, comme prévu, il passait encore une nuit dans l'espace, elle préférait passer la sienne dans son fauteuil de relaxation virtuelle plutôt que dans son lit. Elle avait souvent des cauchemars quand elle dormait seule.

Entre les dossiers en retard et la veillée funèbre, elle n'avait pas eu le temps de manger. Elle commanda un sandwich à 1'AutoChef, du véritable jambon de Virginie sur du pain de seigle, et une tasse de pur Arabica directement importé de Colombie. Elle mordit avec appétit dans son sandwich les yeux fermés et savoura la première bouchée. Un délice. Il y avait des avantages indéniables à être mariée à un homme qui avait les moyens de s'offrir de la vraie viande. Tout en mangeant, Eve connecta l'ordinateur sur son bureau.

— Toutes les données disponibles sur sujet Alice, patronyme inconnu. Mère Brenda, née Wojinski. Grands-parents maternels Frank et Sally Wojinski.

Recherche en cours...

Eve avala une bouchée et but une gorgée de café, découvrant les informations qui s'affichaient à l'écran.

Sujet : Alice Lingstrom. Née le 10 juin 2040. Aînée et unique fille de Jan Lingstrom et Brenda Wojinski, divorcés. Domicile : 486 Huitième Rue Ouest, appartement 4b, New York City. Un frère : James Lingstrom, né le 22 mars 2042. Études : baccalauréat, mention très bien. Deux semestres à l'université de Harvard en anthropologie et mythologie. Troisième semestre reporté. Actuellement employée à Quête Spirituelle, 228 Dixième Rue Ouest, New York City. État civil : célibataire.

Eve passa sa langue sur ses dents.

— Casier judiciaire ?

Casier judiciaire vierge.

— Ça paraît normal, murmura-t-elle. Données sur « Quête Spirituelle ».

Quête Spirituelle : boutique et centre de consultation de confession wiccanne. Propriétaires : Isis Paige et Charles Forte. Depuis trois ans dans la Dixième Rue. Chiffre d'affaires annuel : cent vingt-cinq mille dollars. Prêtresse accréditée, licence d'herboriste et d'hypnothérapeute.

— Des adeptes de Wicca ? s'exclama Eve en s'adossant dans son fauteuil avec un ricanement. Que signifie ce micmac ?

Wicca : croyance ancienne fondée sur l'ordre naturel, reconnue comme relig...

— Stop ! ordonna Eve avec un soupir agacé. Je n'ai pas besoin de définition de la sorcellerie.

Ce qu'elle voulait, c'était comprendre comment la petite-fille d'un flic qui avait les pieds sur terre pouvait croire aux sortilèges et aux boules de cristal. Et pourquoi ladite petite-fille souhaitait la rencontrer en secret. Le meilleur moyen de le savoir était de se rendre à L'Aquarian Club dans un peu plus de vingt-quatre heures. Elle posa le message sur son bureau. Il lui aurait été facile de l'oublier, s'il n'avait été écrit par la petite-fille d'un homme qu'elle respectait.

Et si elle n'avait pas vu cette mystérieuse silhouette tapie dans l'ombre...

Eve alla dans la salle de bains attenante et se déshabilla. Elle repoussa son jean du pied et étira ses membres engourdis par la fatigue d'une longue journée. Comment allait-elle occuper la longue nuit qui l'attendait ? Elle n'avait aucun dossier urgent en cours. Avec l'aide de son équipière, son dernier homicide avait été bouclé en moins de huit heures. Peut-être allait-elle passer une heure ou deux à regarder une vidéo. Ou bien elle choisirait une arme dans l'impressionnante collection de Connors et descendrait dans la salle de tir brûler son excès d'énergie jusqu'à ce que le sommeil vienne. Elle entra dans la cabine de douche.

— Pleine puissance, jets pulsés, chaud, ordonna-t-elle.

Eve soupira. Elle répugnait à s'avouer que la solitude lui pesait. Connors n'était parti que depuis trois jours et elle s'ennuyait à mourir. Pathétique. Écœurée par sa sentimentalité, Eve baissa la tête sous les jets d'eau qui lui martelèrent le crâne.

Quand des mains se glissèrent autour de sa taille et remontèrent jusqu'à ses seins, elle tressaillit à peine. Mais son cœur fit un bond. Elle connaissait le contact de ces longs doigts souples et fins, la texture de ces paumes larges. Elle rejeta la tête en arrière, attirant une bouche gourmande dans le creux de sa nuque.

— Hum, Summerset… Sauvage.

Des dents la mordillèrent. Elle ne put s'empêcher de rire.

— Si tu t'imagines que je vais le mettre à la porte, c'est raté, dit Connors qui caressa du pouce la pointe de ses seins couverts de mousse.

— Ça valait la peine d'essayer. Tu rentres tôt, répondit-elle, réprimant un gémissement.

— Juste à temps, je dirais.

Il la fit pivoter vers lui et tandis qu'elle frissonnait et essuyait le savon qui lui piquait les yeux, il captura ses lèvres en un long baiser avide. Durant l'interminable voyage de retour, il n'avait cessé de penser à elle. À la douceur de sa peau, à sa respiration qui s'accélérait sous ses caresses. Et maintenant elle était là, nue et dégoulinante, déjà frémissante de désir. Il la coinça dans un angle de la cabine et la souleva doucement par les hanches.

— Je t'ai manqué ?

Le cœur d'Eve battait à tout rompre. Il était sur le point de la faire chavirer, de la détruire.

— Manqué ? Pas vraiment.

— Dans ce cas, je te laisse finir ta douche en paix, répliqua-t-il en lui plaquant un léger baiser sur le menton.

En un éclair, elle enroula ses jambes autour de sa taille.

— Essaie et tu es un homme mort.

— Si ma vie est en jeu alors...

Pour les torturer tous les deux, il entra en elle avec une lenteur insoutenable et referma à nouveau sa bouche sur la sienne si bien que la respiration haletante d'Eve résonna au plus profond de lui. Leur étreinte fut lente, sensuelle, et très tendre. Leur plaisir culmina dans un long soupir serein.

— Bienvenue à la maison, murmura Eve dans un souffle.

Elle le contemplait. Ces yeux d'un bleu fascinant, ce visage mi-ange, mi-démon, cette bouche de poète déchu... Ses cheveux noirs trempés effleuraient de larges épaules qui arboraient une musculature fine et d'une puissance étonnante. Elle lui sourit en passant ses doigts dans son épaisse chevelure d'ébène.

— Tout va bien sur L'Olympe ?

— Des améliorations à apporter, quelques retards. Rien de bien méchant.

La luxueuse station orbitale de loisir ouvrirait à la date prévue. Connors n'accepterait pas qu'il en aille autrement. Il ordonna l'arrêt des jets d'eau, puis prit un drap de bain et en enveloppa Eve.

— Je commence à comprendre pourquoi tu préfères rester ici en mon absence. J'ai eu du mal à fermer l'œil là-bas. Je me sentais trop seul sans toi.

Eve s'appuya contre lui un moment, juste pour sentir les contours de son corps contre le sien.

— Nous devenons drôlement sentimentaux.

— Et alors ? Nous autres Irlandais sommes de grands sentimentaux.

Eve réprima un sourire, tandis qu'il se tournait pour prendre des peignoirs dans le dressing. Il y avait peut-être la musique de l'Irlande dans sa voix, mais elle doutait sérieusement qu'aucun de ses amis ou ennemis en affaires ait l'idée saugrenue de considérer Connors comme un grand sentimental.

— Pas de nouvelles ecchymoses, remarqua-t-il en l'aidant à enfiler son peignoir. J'en conclus que ces derniers jours ont été calmes.

— On peut dire ça. Juste un excité qui a étranglé une compagne accréditée pendant des ébats, disons, un peu mouvementés. (Elle noua son peignoir et agita ses mèches humides.) Il a paniqué et a pris la fuite, ajouta-t-elle en retournant dans son bureau. Mais sur les conseils de son avocat, il s'est rendu quelques heures plus tard. Le procureur l'a inculpé pour homicide involontaire. J'ai laissé Peabody se charger de l'interrogatoire et des formalités d'incarcération.

— Hum, fit Connors en se dirigeant vers le minibar. Alors ça a été très calme.

Il leur servit du vin.

— Oui. Et puis il y a eu la veillée funèbre de Frank Wojinski.

Connors fronça les sourcils, puis son visage s'éclaira.

— Ah oui, tu m'en avais parlé ! Désolé de n'avoir pas pu t'accompagner.

— Feeney est vraiment très affecté. Ce serait plus facile si Wojinski était mort en service.

— Tu aurais préféré que ton collègue se fasse descendre plutôt que de partir en douceur comme c'est arrivé ?

— Ce serait plus facile à comprendre, c'est tout, répondit Eve, la mine renfrognée, ne jugeant pas judicieux d'avouer à Connors qu'elle aussi, elle préférerait une mort violente et rapide. Pourtant, il y a quelque chose de bizarre. J'ai rencontré la famille de Wojinski. L'aînée de ses petits-enfants m'a fait une drôle d'impression.

— Qu'est-ce qui te fait dire ça ?

— La façon dont elle m'a parlé et les renseignements que j'ai obtenus sur elle en rentrant à la maison.

Intrigué, il but une gorgée de vin.

— Tu as fait une recherche sur elle ?

— Par simple curiosité. Parce qu'elle a glissé un mot dans ma poche.

Eve alla prendre le message sur son bureau et le lui tendit.

— Le Labyrinthe de la Terre, murmura Connors avec un froncement de sourcils.

— Pardon ?

— Le dessin, là. C'est un symbole gaélique.

Eve s'approcha.

— Tu connais vraiment les trucs les plus étranges.

— Pourquoi ? Je suis un descendant des Celtes, non ? Ce symbole très ancien est magique. Et sacré.

— Alors ça colle. La petite-fille de Wojinski s'intéresse de très près à l'occultisme. Elle avait commencé de brillantes études universitaires à Harvard. D'un seul coup, elle a tout laissé tomber pour travailler dans une boutique d'ésotérisme à Greenwich Village.

Connors suivit les contours du symbole du bout de l'index.

— Tu n'as aucune idée de la raison de ce rendez-vous ?

— Pas la moindre. Peut-être qu'elle s'imagine lire mon aura ou quelque chose du genre. Mavis se faisait passer pour une voyante avant que je ne la coince pour vol à la tire. D'après elle, les gens sont prêts à débourser des sommes faramineuses si tu leur racontes ce qu'ils veulent entendre. Et encore plus pour ce qu'ils n'ont pas envie d'entendre.

— Ce qui explique pourquoi les escrocs et les hommes d'affaires honnêtes ont beaucoup en commun, répondit-il avec un sourire. J'imagine que tu vas y aller.

— Évidemment. Elle a piqué ma curiosité.

Évidemment… Connors examina à nouveau le message, puis le posa sur le bureau.

— Je t'accompagne.

— Elle veut que…

— Ce qu'elle veut m'est égal, la coupa Connors d'un ton catégorique. Je ne te gênerai pas, mais je viens. L'Aquarian Club est en principe un endroit tranquille, mais il peut toujours s'y glisser des éléments peu recommandables.

— Les éléments peu recommandables font partie de mon métier. (Elle pencha la tête sur le côté.) Dis donc, tu ne serais pas propriétaire de L'Aquarian Club, par hasard ?

— Non, répondit-il avec un sourire. Tu voudrais ?

Eve rit à son tour et l'entraîna vers la chambre.

— Viens, finissons nos verres au lit.

Détendue par leurs ébats et le vin, Eve s'endormit paisiblement dans les bras de Connors. Mais deux heures plus tard, elle se réveilla en sursaut. Ce n'était pas un de ses cauchemars. Aucun sentiment de terreur, pas une sueur froide... Son cœur battait juste un peu plus vite que la normale. Elle resta allongée sans bouger, contemplant l'immensité du ciel par le dôme transparent au-dessus du lit. Seule la respiration régulière de Connors troublait le silence.

Quand elle se redressa et regarda au pied du lit, elle faillit pousser un cri en apercevant deux yeux jaunes qui luisaient dans l'obscurité. Puis elle remarqua le poids sur ses chevilles. Galahad, se dit-elle, levant les yeux au ciel. Le chat était rentré dans la chambre et avait sauté sur le lit. C'était sûrement lui qui l'avait réveillée. Rassurée, elle se tourna sur le côté et sentit le bras de Connors se glisser autour de sa taille. Avec un soupir d'aise, elle ferma les yeux.

Ce n'était que le chat, songea-t-elle dans un demi-sommeil.

Pourtant elle aurait juré avoir entendu des incantations.

2

Quand Eve se retrouva au Central le lendemain matin, l'incident de la nuit était oublié. New York paressait dans la douceur de l'été indien et semblait vouloir se tenir tranquille. Le moment lui parut opportun pour mettre un peu d'ordre dans ses dossiers. Ou plutôt d'en charger Peabody.

— Comment vous y prenez-vous pour avoir autant de pagaille dans vos fichiers ? soupira sa jeune équipière avec une moue de déception teintée de commisération.

— Je connais mes dossiers par cœur, se défendit Eve, piquée. Je veux que vous les classiez dans un ordre logique afin que je puisse m'y retrouver. Ce n'est pas trop vous demander, agent Peabody ?

— Je m'en sortirai, chef.

Dès qu'Eve eut le dos tourné, Peabody leva les yeux au ciel.

— Heureuse de l'entendre, agent Peabody. Et ne levez pas les yeux au ciel dans mon dos. Si c'est la pagaille comme vous dites, c'est parce que j'ai eu une année très chargée. En ma qualité d'officier instructeur, je vous confie cette mission avec grand plaisir. (Elle se retourna vers son équipière avec une ébauche de sourire.) Avec l'espoir que vous finirez vous aussi par avoir un sous-fifre sur lequel vous déchargez des corvées.

— Votre foi en moi est touchante, lieutenant. Je suis ébahie. (Elle pesta entre ses dents contre l'ordinateur.) Ou alors c'est à cause de ces feuillets jaunes vieux de cinq ans. Ils auraient dû être transférés sur l'ordinateur central et effacés de votre disque dur il y a déjà trois ans.

— Eh bien, transférez-les maintenant, rétorqua Eve dont le sourire s'élargit quand la machine eut des ratés et annonça une panne système dans un bourdonnement inquiétant. Et bonne chance !

— La technologie peut être notre alliée, vous savez. Mais comme en amitié, cela exige un entretien régulier et un minimum de compréhension.

— J'ai beaucoup de compréhension pour cet engin, répliqua Eve qui assena deux coups de poing sur l'unité centrale. (L'ordinateur hoqueta puis se remit péniblement en fonctionnement.) Vous voyez ?

— Quelle douceur, lieutenant ! Maintenant je comprends pourquoi les types de la maintenance criblent votre portrait de fléchettes.

— Encore ? Seigneur, qu'ils sont rancuniers ! répondit Eve avec un haussement d'épaules indifférent. (Elle s'assit sur le coin de son bureau.) Vous vous y connaissez en sorcellerie, Peabody ? Wicca, ça vous dit quelque chose ?

— Si vous envisagez de jeter un sort à votre ordinateur, lieutenant, je vous dis tout de suite que je ne suis pas qualifiée.

Les mâchoires serrées, elle jonglait avec les fichiers et les compressait.

— Pourtant vous êtes une adepte de l'Âge Libre, non ?

— Mes parents, oui. Moi, je ne pratique plus. Vas-y, je sais que tu peux y arriver, marmonna-t-elle devant l'écran. De plus, ajouta-t-elle, l'Âge Libre n'a pas grand-chose à voir avec Wicca. Toutes deux sont des religions de la Terre et de la Nature, mais… nom d'un petit bonhomme ! Où a-t-il filé ?

— Où a filé quoi ? s'inquiéta Eve.

— Rien, rien, répondit Peabody, le dos voûté devant l'écran pour en bloquer la vue. Pas d'angoisse, je maîtrise la situation. De toute façon, vous n'aviez sans doute plus besoin de ces fichiers-là.

— Vous plaisantez, Peabody ?

— Devinez ?

Elle martela le clavier avec vigueur.

— Ah, les revoilà ! Pas de problème. Et hop ! dans l'ordinateur central. Net et sans bavure. (Elle poussa un énorme soupir de soulagement.) Est-ce que je pourrais avoir une tasse de café ? Juste histoire de tenir le rythme.

Eve jeta un coup d'œil soupçonneux à l'écran, n'y remarqua rien d'inquiétant. Sans un mot, elle se leva et commanda du café à l'AutoChef.

— Pourquoi vous intéressez-vous à Wicca ? Vous songez à vous convertir ?

Devant le regard glacial d'Eve, Peabody esquissa un sourire.

— Juste une autre plaisanterie.

— Dites donc, Peabody, c'est un véritable florilège ce matin. Non, c'est par simple curiosité.

— Disons que certains principes de base se recoupent : quête de l'équilibre et de l'harmonie, célébration des saisons, strict respect de la non-violence.

— Non-violence ? s'étonna Eve, les sourcils froncés. Et les malédictions, les mauvais sorts, les sacrifices ? Les vierges nues sur l'autel et les coqs noirs qui se font trancher le cou les nuits de pleine lune ?

— Ça, c'est la légende. Mais les sorcières ne sont pas d'hideuses et méchantes mégères ratatinées qui font bouillir dans leur chaudron un brouet infâme de queues de vipères et de bave de crapaud, ou bien terrorisent les jeunes filles avec leurs histoires à faire peur. Les Wiccans aiment le naturisme et ne nuisent à personne. C'est seulement de la magie blanche.

— Par opposition à… ?

— À la magie noire, évidemment.

Eve dévisagea son équipière avec incrédulité.

— Vous ne croyez quand même pas à ces foutaises, la magie, les sortilèges et tout ce folklore ?

Revigorée par le café, Peabody se tourna à nouveau vers l'ordinateur.

— Non, mais je connais certains principes parce qu'un cousin à moi s'est converti au culte de Wicca. Il est entré dans une congrégation à Cincinnati.

— Vous avez un cousin dans une congrégation à Cincinnati ? répéta Eve en pouffant. Décidément, Peabody, vous me surprendrez toujours.

— Un jour, je vous parlerai de ma grand-mère et de ses cinq amants.

— Cinq amants dans la vie d'une femme, ça n'a rien d'extraordinaire.

— Pas en une vie, le mois dernier, répondit Peabody qui leva les yeux vers elle avec un sérieux imperturbable. Elle a quatre-vingt-dix-huit ans. J'espère qu'à son âge, je lui ressemblerai.

Eve eut toutes les peines du monde à ne pas éclater de rire. À cet instant, son vidéocom bourdonna. Le visage du commandant Whitney apparut à l'écran.

— Oui, commandant ? fit Eve, retrouvant aussitôt son sérieux.

— Lieutenant, venez dans mon bureau. Dès que possible.

— Accordez-moi cinq minutes, répondit Eve qui désactiva le vidéocom et lança un regard plein d'espoir à Peabody. Nous allons peut-être avoir du nouveau à nous mettre sous la dent. Continuez de triturer ces fichiers. Je vous contacterai si nous sortons.

Eve franchit le seuil du bureau, puis passa la tête dans l'embrasure.

— Et pas touche à ma barre aux céréales.

— Décidément, marmonna Peabody entre ses dents, rien ne lui échappe.

Whitney avait passé presque toute sa vie dans la police et la plus grande partie de sa carrière à un poste de commandement. Il s'appliquait à bien connaître ses hommes, à soupeser leurs forces et leurs faiblesses. C'était un homme de haute stature avec des mains larges comme des battoirs et des yeux noirs et vifs que certains jugeaient froids. En apparence, il était d'un calme presque terrifiant. Mais ce sang-froid dissimulait un fort tempérament. Même s'il leur était arrivé de s'accrocher par le passé, Eve le respectait.

Quand elle entra dans son bureau, il étudiait l'écran de son ordinateur, le front plissé par la concentration. Sans même lever les yeux, il lui désigna un fauteuil. Eve s'assit et regarda un maxibus aérien passer dans un grondement sourd devant la baie vitrée. Comme toujours, elle s'étonna du nombre de passagers armés de jumelles et de lunettes longue portée. Que s'attendaient-ils donc à voir derrière les vitres du Central ? Des suspects torturés ? Des victimes en pleurs et en sang ? Quel voyeurisme imbécile ! songea-t-elle avec agacement.

— Je vous ai vue hier soir à la veillée.

Elle reporta son attention sur son chef.

— J'imagine que tout le monde au Central y a fait une apparition.

— Frank Wojinski était très apprécié.

— Oui, c'est vrai.

— Vous n'aviez jamais travaillé avec lui ?

— Il m'avait donné quelques tuyaux quand je débutais, m'avait conseillée sur une ou deux affaires, mais je n'ai jamais travaillé directement avec lui.

Whitney, hocha la tête, les yeux rivés sur les siens.

— Avant votre arrivée, Wojinski était en équipe avec Feeney. C'est vous qui l'avez remplacé quand il est passé derrière un bureau.

Eve commençait à ressentir un malaise diffus.

— Feeney est bouleversé par sa mort.

— J'en suis conscient, Dallas. C'est d'ailleurs pourquoi le capitaine Feeney n'est pas ici ce matin, répondit Whitney qui cala ses coudes sur son bureau et entrecroisa ses doigts. Nous avons peut-être un problème, lieutenant. Une situation délicate.

— Concernant Frank Wojinski ?

— Les renseignements que je vais vous révéler sont confidentiels. Vous pouvez en informer votre adjointe, mais personne d'autre au Central. Et bien sûr aucun journaliste. Je vous demande, je vous ordonne, se corrigea-t-il, de travailler dans la plus grande discrétion sur cette affaire.

Elle songea à Feeney. Le malaise qui lui nouait l'estomac se mua en appréhension.

— Entendu.

— Il existe des doutes quant aux circonstances du décès de Wojinski.

— Des doutes, commandant ?

— Laissez-moi d'abord vous exposer le fond de l'affaire, dit-il en posant les mains sur le bord de son bureau. Il a été porté à ma connaissance que Wojinski soit menait une enquête pour son propre compte en dehors de ses heures de service, soit était impliqué dans un trafic de drogue.

— De drogue ? Frank ? Personne n'était plus irréprochable que lui !

Whitney resta de marbre.

— Selon les déclarations d'un agent de la brigade des stupéfiants infiltré dans un lieu de trafic présumé, Wojinski y a été repéré en pleine transaction le 22 septembre dernier. Il s'agit de L'Athame, un club privé de luxe plutôt sulfureux. La brigade des stupéfiants le surveille depuis presque deux ans.

Comme Eve demeurait silencieuse, Whitney poussa un long soupir.

— La situation m'a été rapportée et j'ai questionné Wojinski, mais il s'est montré peu loquace. Sincèrement, Dallas, poursuivit-il après une hésitation, le fait qu'il se soit refusé à toute discussion ne lui ressemblait pas du tout. Ça m'a préoccupé. Je lui ai ordonné de se soumettre à un contrôle médical et conseillé de prendre une semaine de congé. Il a accepté les deux. L'analyse de sang n'a rien révélé. Vu ses états de service et mon opinion personnelle à son sujet, je n'ai pas jugé utile de noter l'incident dans son dossier.

Il se leva et se tourna vers la baie vitrée.

— C'était peut-être une erreur. Il est possible que si j'avais insisté un peu plus, il vivrait encore aujourd'hui.

— Vous avez fait confiance à votre jugement. Et à votre homme.

Whitney pivota sur ses talons. Son regard était sombre et intense.

— En effet. Mais d'autres éléments me sont parvenus depuis. L'autopsie pratiquée sur Wojinski a établi la présence de digitaline et de Zeus dans son sang.

— De Zeus ?

Eve se leva d'un bond.

— Frank n'avait rien d'un toxicomane, commandant. Et puis de toute façon l'usage d'une substance aussi destructrice que le Zeus ne passe pas inaperçu. S'il en avait pris, tous ses collègues l'auraient remarqué. Et les analyses auraient été positives. Il s'agit sûrement d'une erreur. C'est vrai, poursuivit-elle en fourrant ses mains dans ses poches, certains flics se droguent et s'imaginent que leur insigne les met à l'abri de la loi. Mais pas Frank. Impossible.

— Les analyses sont formelles, lieutenant. C'est la prise de Zeus associé à la digitaline et quelques autres substances clones qui a provoqué un arrêt cardiaque et le décès.

— Vous pensez qu'il a eu une overdose ou qu'il s'est suicidé ? (Eve secoua la tête avec véhémence.) Vous vous trompez, commandant.

— Je le répète, les résultats sont là.

— Il y a sûrement une explication. De la digitaline, disiez-vous ? fit-elle avec un froncement de sourcils. C'est un médicament pour le cœur, n'est-ce pas ? Vous avez dit qu'il avait subi un examen médical il y a une quinzaine de jours. Il n'a mis aucun trouble cardiaque à l'évidence.

— Le meilleur ami de Wojinski au Central est le flic le plus calé en informatique de toute la ville, répondit Whitney sans ciller.

— Feeney ? s'exclama Eve qui fit deux pas vers son bureau avant d'avoir pu s'en empêcher. Vous pensez que Feeney l'a couvert ? Qu'il a falsifié son dossier ? Bon sang, commandant, c'est du délire !

— C'est une hypothèse que je ne peux exclure, répondit Whitney d'une voix égale. Pas plus que vous d'ailleurs. L'amitié fausse le jugement. J'ose espérer que, dans cette affaire, votre amitié avec Feeney ne faussera pas le vôtre.

Il retourna s'asseoir à son bureau, en position d'autorité.

— Tirez-moi ça au clair, Dallas.

— Vous voulez que j'enquête sur des collègues ? s'insurgea Eve. Wojinski est mort, commandant, et Feeney a été mon instructeur et est mon ami. (Elle posa les mains sur le bureau.) Votre ami.

Whitney s'attendait à la réaction d'Eve et l'acceptait. Tout comme il savait qu'elle mènerait sa mission à bien. Il n'en attendait pas moins de son meilleur élément.

— Vous préféreriez que je confie cette affaire à un étranger ? répliqua-t-il, les sourcils levés. Je veux que cette enquête soit menée dans la sérénité et que toutes les pièces du dossier restent entre vous et moi. Il vous sera peut-être nécessaire de parler à la famille de Wojinski à un moment ou un autre. Je suis sûr que vous saurez faire preuve de discrétion et de tact. Inutile de les tourmenter.

— Et si je découvre quelque chose qui salit une vie entière vouée au service de l'ordre public ?

— Ce sera mon problème.

Eve se redressa.

— C'est un sale boulot que vous me demandez là, commandant.

— Que je vous ordonne de faire, lieutenant, corrigea Whitney. Tenez, ajouta-t-il en lui tendant deux disquettes. Visionnez ça chez vous. Pour cette affaire, vous utiliserez exclusivement votre ordinateur personnel et vous transmettrez toutes vos informations sur celui de mon domicile. Rien ne doit passer par le Central jusqu'à nouvel ordre. Rompez.

Eve pivota sur ses talons et ouvrit la porte. Elle s'arrêta sur le seuil sans se retourner.

— Il est hors de question que j'enquête sur Feeney. N'y comptez pas.

Whitney la regarda sortir à grandes enjambées, puis ferma les yeux. Elle ferait son travail, il le savait. Il espérait seulement qu'elle s'en sortirait sans trop de bleus à l'âme.

Quand elle regagna son propre bureau, Eve bouillonnait de colère. Peabody était toujours à l'ordinateur, un sourire triomphant aux lèvres.

— Un vrai pleurnichard, cet ordinateur, mais ça y est, je l'ai maté.

— Déconnectez, Peabody, lança Eve d'un ton sec en prenant sa veste et son sac. Prenez votre matériel.

— Une nouvelle enquête ? s'enquit Peabody avec animation. (Elle bondit de son fauteuil et se hâta à sa suite.) Quel genre d'affaire ? Où allons-nous ? insista-t-elle, obligée de courir derrière Eve. Lieutenant ?

Eve assena un coup rageur sur la commande de l'ascenseur et le regard furieux qu'elle lança à son équipière suffit à étouffer dans l'œuf toute nouvelle question. Elle monta dans l'ascenseur, se fit une place au milieu de plusieurs collègues bruyants et fixa les yeux sur la porte dans un silence buté.

— Alors comment vont les jeunes mariés ?

— Tu me fatigues, Carter, lâcha Eve avec un regard glacial par-dessus son épaule à un policier goguenard.

— La fois où j'ai essayé de te fatiguer, il y a trois ans, tu m'as presque cassé toutes les dents, rétorqua celui-ci avec un clin d'œil, tandis que l'ascenseur se vidait au milieu des rires.

— Quel dragueur, ce Carter ! commenta Peabody quand elles furent à nouveau seules. Dommage qu'il soit si stupide ! Par contre, son copain Forenski n'est pas mal. Il n'a pas de petite amie attitrée, n'est-ce pas ?

— Je n'ai pas l'habitude de fouiner dans la vie privée des collègues, lâcha Eve d'un ton glacial.

Elle sortit à grandes enjambées au niveau du garage

souterrain. Peabody attendit qu'elle ait décodé le verrouillage automatique des portières et s'installa à la place du passager.

— Dois-je entrer une destination, chef, ou est-ce une surprise ?

Sans un mot, Eve appuya sa tête contre le volant.

— Ça va, lieutenant Dallas ? s'enquit Peabody, stupéfaite.

— Entrez mon domicile comme destination, répondit Eve dans un souffle en se redressant. Je vous informerai en chemin. Toutes les données concernant l'enquête dont je vais vous parler devront être codées et classées « confidentiel », expliqua-t-elle en manœuvrant pour sortir du garage. Vous devrez en référer uniquement à moi ou au commandant Whitney, compris ?

— Compris, chef, répondit Peabody. C'est une affaire interne, n'est-ce pas ? Quelqu'un de la maison ?

— Oui, confirma Eve, le regard sombre. Quelqu'un de la maison.

Son ordinateur personnel n'était pas aussi capricieux que celui du bureau. Connors y avait veillé. Les données défilaient sans heurts sur l'écran.

— Inspecteur Marion Burns. Infiltrée à L'Athame depuis huit mois comme barmaid, lut Eve, les lèvres pincées. Burns... Inconnue au bataillon.

— Moi, je la connais un peu, dit Peabody qui rapprocha son fauteuil du bureau. Je l'ai rencontrée quand j'étais... enfin pendant l'histoire avec Casto. Elle m'a paru digne de confiance, du genre consciencieux. Si j'ai bonne mémoire, elle vient d'une famille de policiers. Sa mère est capitaine à Bunko et son grand-père est mort en service pendant les guerres urbaines. Je ne vois pas pourquoi elle aurait cherché à enfoncer Wojinski.

— Elle a pu mal interpréter ce qu'elle a vu. À nous de tirer tout ça au clair. Son rapport à Whitney est plutôt laconique. À une heure trente du matin, le 22 septembre 2058, elle a observé Wojinski assis dans un box privé avec Selina Cross, la propriétaire du club, soupçonnée de trafic de drogue. Il a échangé de l'argent contre un petit paquet qui paraissait contenir une substance prohibée. La conversation et la transaction ont duré une quinzaine de minutes, puis Selina Cross s'est rendue dans un autre box. Wojinski est resté au club encore dix minutes avant de sortir. L'inspecteur Burns l'a pris en filature jusqu'au métro.

— Donc elle ne l'a vu à aucun moment en faire usage.

— Non. Et elle ne l'a jamais vu revenir au club, ni cette nuit-là, ni plus tard.

— Comme Wojinski et Feeney étaient amis, ne serait-il pas logique que Wojinski se soit confié à lui ? Ou bien que Feeney ait remarqué... quelque chose ?

— Je n'en sais rien, répondit Eve en se frottant les yeux. L'Athame... Qu'est-ce que ça peut être, un athame ?

— Aucune idée, dit Peabody qui sortit son ordinateur de poche et l'interrogea. Athame : couteau rituel de cérémonie généralement en acier. Dans la tradition, l'athame n'est pas utilisé pour trancher, mais pour tracer ou bannir des cercles dans certaines croyances occultes. (Elle leva les yeux vers Eve.) De la sorcellerie, quelle coïncidence !

— À mon avis, non.

Eve sortit le message d'Alice du tiroir de son bureau et le tendit à son adjointe.

— La petite-fille de Frank Wojinski a glissé ce mot dans ma poche à la veillée funèbre. Elle travaille à

Quête Spirituelle, une boutique d'ésotérisme. Vous connaissez ?

— De nom seulement, répondit Peabody qui reposa le message, troublée. Les Wiccans sont pacifiques, Dallas. Et aucun Wiccan qui se respecte n'achèterait, ne vendrait ou n'ingérerait du Zeus. Pas de substances chimiques. Juste des plantes.

— Et la digitaline ? demanda Eve, la tête penchée. C'est une plante, non ?

— Elle est obtenue par distillation à partir de la digitale. C'est une substance utilisée en médecine depuis des siècles.

— C'est quoi ? Un genre de stimulant ?

— Je ne m'y connais pas trop, mais il me semble que oui.

— Le Zeus aussi est un stimulant. Je me demande quel effet peut produire un mélange des deux. À forte dose, je ne serais guère surprise que ça provoque une défaillance cardiaque.

— Vous pensez que Wojinski s'est suicidé ?

— C'est ce que soupçonne le commandant et je me pose des questions. Je n'ai pas les réponses, mais j'entends bien les trouver, répondit-elle avec impatience en reprenant le billet. Nous allons commencer dès ce soir avec Alice. Soyez à L'Aquarian Club à vingt-trois heures. En civil. Et essayez d'avoir l'air d'une Âge Libre, Peabody, pas d'un flic.

Peabody fit une grimace.

— Je peux mettre cette robe que m'a offerte ma mère à mon dernier anniversaire. Mais je serai très fâchée si vous riez.

— Je m'efforcerai de me retenir. Et maintenant, voyons ce que nous pouvons dénicher sur cette Selina Cross.

Cinq minutes plus tard, Eve souriait sombrement devant l'écran.

— Intéressant. Notre Selina a roulé sa bosse. Elle a même passé quelque temps derrière les barreaux. Regardez un peu son casier, Peabody. Racolage sans licence en 2043 et 2044. Inculpée pour agression encore en 44, mais les charges ont été abandonnées. Condamnée à un mois en 2047 pour escroquerie. Une affaire de médium. Pourquoi diable les gens veulent-ils parler aux morts de toute façon ? Soupçonnée de mutilations sur des animaux en 2049. Relâchée par manque de preuves. Fabrication et distribution de substances prohibées. C'est ce qui l'a conduite en prison de 2050 à 2051. Rien que des broutilles, jusqu'en 2055 où elle a été arrêtée et interrogée dans une affaire de sacrifice rituel d'un mineur. Son alibi a tenu.

— La brigade des stupéfiants l'a placée sous surveillance depuis 2051, ajouta Peabody.

— Mais ils ne l'ont jamais arrêtée depuis.

— Sans doute du menu fretin. Ils doivent chercher à ferrer un plus gros poisson.

— C'est aussi ce que je pense. Nous verrons bien ce que Marion Burns va nous apprendre. Regardez ici, il est inscrit dans son dossier qu'elle est la propriétaire de L'Athame, poursuivit Eve, les sourcils froncés. Où un dealer à la petite semaine peut-il trouver l'argent pour acheter un club privé de luxe et le faire fonctionner ? Elle sert sûrement de façade. Je me demande si les stups savent pour qui. Voyons un peu à quoi elle ressemble. Affichage photo de Selina Cross.

— Brrrr, fit Peabody avec un frisson quand l'image apparut à l'écran. Cette femme donne la chair de poule.

— Pas le genre de visage qu'on oublie, murmura Eve.

Des yeux perçants noirs comme l'onyx et une bouche fine d'un rouge profond et vif ressortaient sur un visage long et anguleux. Un visage non dénué de beauté avec ce teint laiteux qui mettait en valeur ses traits harmonieux, mais d'une froideur impressionnante. Presque effrayante. Sa longue chevelure aussi noire et luisante que le plumage d'un corbeau était séparée par une raie au milieu. Elle arborait un petit tatouage au-dessus du sourcil gauche.

— Que signifie ce symbole ? murmura Eve. Zoom et agrandissement trente pour cent sur segments vingt à vingt-deux.

— Un pentagramme, fit Peabody d'une voix tremblante qui fit lever le nez à Eve. Un pentagramme inversé. Une sataniste, ajouta-t-elle.

Eve ne croyait pas à la magie, blanche ou noire. Mais elle était prête à croire que d'autres y croyaient. Et encore plus que certains exploitaient cette foi malavisée.

— Méfie-toi de ce que tu réfutes, Eve.

Distraite, elle jeta un vague regard à Connors. Il avait insisté pour conduire. Elle ne s'en plaignit pas car n'importe lequel des véhicules qu'il possédait valait mille fois son vieux tacot poussif.

— Que veux-tu dire ?

— Eh bien, si certaines croyances et traditions ont survécu pendant des siècles, c'est qu'il y a une raison.

— Bien sûr. Les êtres humains ont toujours été et seront toujours victimes de leur crédulité, voilà tout.

Elle avait raconté toute l'affaire à Connors, justifiant intérieurement sa démarche par le fait que si elle ne pouvait utiliser les compétences de Feeney, elle se rabattrait sur celles de son mari.

— Tu es un flic compétent et une femme sensée. Souvent trop sensée, d'ailleurs.

Leur voiture était bloquée dans la circulation. Il se tourna vers elle.

— Je t'en prie, sois très prudente dans ce monde-là, Eve, lui dit-il avec gravité.

— Tu veux dire celui des sorciers et des adorateurs du diable ? Enfin, Connors, nous sommes au troisième millénaire. Tu ne vas pas me dire que tu crois à ces sornettes ?

Sans un mot, Connors bifurqua dans la rue de L'Aquarian Club.

— Les démons existent, c'est sûr, poursuivit-elle, déconcertée par son silence, tandis qu'il se garait en hauteur sur le second niveau de stationnement. Ils sont de chair et de sang, et marchent sur deux jambes. Toi et moi en avons déjà rencontré plus d'un.

Eve sortit de la voiture et descendit la rampe jusqu'à la rue. Le vent frais qui soufflait sur New York avait chassé les odeurs et les fumées. Au-dessus de sa tête, le ciel était d'un noir d'encre, sans lune ni étoiles. Des maxibus aériens aux lumières tremblotantes se croisaient paresseusement, comme chassés par le grondement assourdi de leurs moteurs.

L'Aquarian Club se situait dans un quartier branché où vivaient de nombreux artistes en vogue. Même le chariot du vendeur ambulant au coin de la rue était irréprochable. Son menu proposait des fruits frais hybrides au lieu des habituelles fritures au soja ou au bœuf de synthèse qui sentaient le graillon.

— Nous sommes en avance, murmura-t-elle, scrutant la rue des yeux par déformation professionnelle.

Son visage s'éclaira d'un sourire narquois.

— Regarde cette boutique. Le Traiteur Psychique... Je parie que si tu commandes le hachis végétarien, ils vont t'assurer qu'ils savaient que tu allais acheter ça.

« Salades de pâtes et lignes de la main », lut-elle sur la vitrine.

Prise d'une soudaine impulsion, elle se tourna vers Connors. Elle avait besoin d'une distraction qui lui ferait oublier son humeur morose.

— C'est ouvert, tu viens ?

— Tu veux qu'on te dise la bonne aventure ? Toi ?

Elle lui prit la main.

— Ça me mettra dans le bain pour mon enquête chez les satanistes. Puisqu'on est deux, ils te feront peut-être moitié prix.

— Non.

— Qu'est-ce que tu en sais ?

— Je refuse qu'on me lise les lignes de la main.

— Poltron, marmonna-t-elle en l'entraînant dans la boutique.

— Je préfère le mot prudent.

Eve dut admettre qu'il flottait dans la boutique une odeur merveilleuse. Rien à voir avec les habituels relents d'oignons et de sauces grasses. Les légers effluves d'épices et de fleurs se mêlaient harmonieusement à la musique céleste.

De petites tables blanches étaient disposées à une bonne distance du comptoir où des bols et assiettes de mets colorés étaient présentés derrière une vitre étincelante. Deux clients étaient attablés devant un bol de soupe claire. Tous deux portaient de longues robes blanches, des sandales ornées de pierreries et avaient le crâne rasé.

L'homme qui officiait derrière le comptoir arborait des bagues en argent à chaque doigt. Il était vêtu d'une chemise bleu pâle à larges manches. Ses cheveux blonds tressés avec soin étaient entrelacés d'un cordonnet argent. Il leur adressa un sourire de bienvenue.

— Que Wicca vous bénisse ! Désirez-vous de la nourriture pour le corps ou pour l'âme ?

— Je pensais que vous le sauriez, répondit Eve avec un petit sourire taquin. Serait-il possible de se faire prédire l'avenir ?

— Lignes de la main, tarots, runes, aura ?

— Lignes de la main, répondit Eve qui lui tendit la main.

Visiblement, elle s'amusait beaucoup.

— Cassandra est notre chiromancienne. Si vous voulez bien vous installer confortablement, elle sera heureuse de vous aider. Vos auras sont très fortes, vibrantes, ajouta-t-il, comme Eve se retournait. Vous êtes bien assortis.

Sur ces mots, il prit un bâtonnet en buis arrondi à une extrémité et effleura doucement le bord d'un bol de porcelaine blanche. Des vibrations retentirent et une jeune femme émergea de l'arrière-boutique protégée des regards par un rideau de perles. Elle portait une tunique couleur argent et un bracelet en argent qui s'enroulait jusqu'au-dessus de son coude. Eve nota qu'elle était très jeune, à peine plus d'une vingtaine d'années, et avait elle aussi les cheveux blonds et tressés.

— Bienvenue, dit-elle avec une pointe d'accent qui rappela à Eve celui de Connors. Mettez-vous à l'aise, je vous en prie. Désirez-vous tous les deux que je vous lise les lignes de la main ?

— Non, juste moi, répondit Eve qui s'assit à une table éloignée. C'est combien ?

— La séance est gratuite. Nous demandons simplement un don.

Elle s'assit avec grâce et sourit à Connors.

— Votre générosité sera appréciée. Madame, votre main gauche, s'il vous plaît.

Eve lui tendit sa main ouverte et la jeune femme plaça ses doigts en coupe au-dessous, l'effleurant à peine.

— De la force et du courage. Un destin contrarié. Un traumatisme, une rupture dans la ligne de vie. Très jeune. Vous n'étiez qu'une enfant. Tant de souffrances, tant de peine, dit-elle, levant les yeux, d'un gris presque transparent. Vous n'avez rien à vous reprocher.

Instinctivement Eve voulut retirer sa main, mais la voyante serra ses doigts.

— Votre cœur a été brisé. Broyé. En proie au doute sur vous-même, vous vous êtes réfugiée dans la solitude en vous fixant un unique objectif : satisfaire votre besoin éperdu de justice. Je vous sens volontaire, obstinée. Vous avez trouvé votre voie.

Elle se saisit avec fermeté de la main droite d'Eve, ses yeux gris perle toujours rivés sur son visage.

— Vous portez un lourd fardeau. Tant que vous ne serez pas prête, il ne vous laissera pas en paix. Mais votre cœur a guéri. Vous connaissez l'amour.

Elle glissa à nouveau un regard à Connors et son visage s'adoucit quand ses yeux se reposèrent sur Eve.

— La profondeur de cet amour vous surprend, vous déconcerte. Vous n'êtes pourtant pas du genre à vous laisser facilement troubler, poursuivit-elle, effleurant sa paume. Votre cœur est profond. Il est… difficile et prudent. Mais quand vous le donnez, c'est sans réserve. Vous portez une identification… Un insigne, dit-elle avec un sourire. Oui, vous avez fait le bon choix. Peut-être le seul qui s'offrait à vous. Vous avez pris des vies humaines. À chaque fois, vous n'avez pas eu le choix et pourtant ces morts pèsent sur votre conscience et votre cœur. Mais cela vous arrivera encore. Des forces maléfiques ! s'exclama-t-elle, resserrant brusquement la main sur le poignet d'Eve. Déjà du sang versé et ce n'est pas fini. Beaucoup de souffrances et de peur. Protégez-vous, ainsi que ceux que vous aimez !

Son visage était devenu livide et sa respiration haletante. Elle se mit à marmonner dans une langue inconnue, en fixant Connors.

— Ça suffit ! Arrêtez votre cinéma ! s'exclama Eve qui retira sa main avec vigueur.

Irritée par les picotements sur sa paume, elle la frotta énergiquement contre son jean. Elle sortit cinquante *credits* de sa poche et les posa sur la table.

— Vous êtes une comédienne très douée, Cassandra. Mais si vous comptiez m'impressionner avec votre baratin, c'est raté !

— Attendez !

Cassandra ouvrit la petite bourse brodée qu'elle portait à sa ceinture et en sortit une pierre lisse vert pâle.

— C'est un cadeau. Un souvenir, dit-elle en la glissant dans sa main. Portez-la sur vous en permanence.

— En quel honneur ?

— S'il vous plaît, ne posez pas de questions. Et revenez me voir. Que Wicca vous bénisse !

Eve suivit la jeune femme des yeux avec perplexité, tandis qu'elle disparaissait en hâte dans l'arrière-boutique, accompagnée par les tintements du rideau de perles.

— Ça m'apprendra à vouloir m'amuser un peu, bougonna Eve en sortant de la boutique. Tu as compris ce qu'elle a baragouiné ?

Bizarrement, Connors fut soulagé de respirer à nouveau l'air de la nuit.

— C'était du gaélique. À son accent prononcé, je dirais qu'elle vient d'un des comtés de l'ouest. En bref, elle m'a dit que si je tenais à toi autant qu'elle le pensait, j'avais intérêt à ne pas te quitter des yeux. Que ton âme était en danger et que tu aurais besoin de mon aide.

— Quelles fadaises ! bougonna Eve qui regarda avec dédain la pierre qu'elle tenait encore dans le creux de sa main.

— Garde-la, lui conseilla Connors. On ne sait jamais.

Avec un haussement d'épaules, Eve la glissa dans sa poche.

— Une chose est sûre. Je crois que je vais éviter les voyantes pendant un moment.

— Excellente idée.

Ils traversèrent la rue et entrèrent à L'Aquarian Club.

3

Le calme du lieu frappa aussitôt Eve. Rien à voir avec les autres clubs qu'elle connaissait. La musique aérienne qui semblait couler de nulle part dans un murmure apaisant se mêlait en une élégante mélodie aux conversations assourdies. Plus serrées que d'ordinaire, les tables étaient arrangées selon un schéma circulaire qui lui rappela le symbole du message d'Alice. Aux murs, de grands miroirs en forme d'étoiles et de croissants de lune réfléchissaient la flamme dansante de la bougie blanche qui ornait chacun d'eux. Entre les miroirs étaient accrochées des représentations de symboles et de signes qui lui étaient inconnus. La petite piste de danse était elle aussi circulaire, tout comme le bar où les clients étaient assis sur des tabourets représentant les signes du zodiaque. Eve mit un moment à reconnaître la femme qui occupait celui des Gémeaux.

— Regarde, souffla-t-elle à Connors en le poussant du coude, c'est Peabody.

Son équipière avait troqué son uniforme toujours impeccable contre une robe ample qui lui descendait jusqu'aux pieds dans un tourbillon de vert et de bleu turquoise. Trois longues rangées de perles étincelaient à sa taille et ses oreilles arboraient d'impressionnantes boucles en métal coloré.

— Eh bien, dit-il avec un sourire amusé, notre Peabody prend son travail très à cœur à ce que je vois ! Elle se fond vraiment dans le décor.

— Un vrai caméléon. Va donc lui tenir compagnie un moment. Alice veut me voir seule.

— À vos ordres, lieutenant… (Il la détailla des pieds à la tête, s'attardant sur son jean délavé et sa veste de cuir râpé.) Toi par contre, tu jures un peu.

— C'est un reproche ?

— Une simple remarque, répondit-il avec une petite chiquenaude sur la fossette de son menton.

Sans se presser, il alla rejoindre Peabody au bar.

— Alors jolie sorcière, vous habitez chez vos parents ? plaisanta-t-il en s'asseyant sur le tabouret voisin.

Peabody lui glissa un regard gêné.

— Je me sens idiote dans cet accoutrement, répondit-elle avec une grimace.

— Pourquoi ? Vous êtes ravissante.

Elle ricana.

— Pas vraiment mon style.

— Savez-vous ce qui me fascine chez les femmes ? demanda-t-il en faisant tinter ses boucles d'oreilles. C'est leur incroyable don de la métamorphose. Vous buvez quoi ?

— Un Sagittaire. C'est mon signe astral. Selon le barman, ce cocktail est en harmonie avec ma personnalité et mon métabolisme. En fait, ce n'est pas mauvais. Et vous, de quel signe êtes-vous ?

— Aucune idée. Je suis né la première semaine d'octobre, je crois.

Peabody lui glissa un regard intrigué du coin de l'œil. Il croit ?

— Vous êtes Balance.

— Alors adoptons les coutumes locales.

Il commanda un cocktail et se retourna vers Eve qui était allée s'asseoir à une table sur le cercle extérieur d'où elle avait une bonne vue d'ensemble. Elle se laissa un instant bercer par la musique : flûtes célestes, cordes pincées et une envoûtante voix de soprano qui chantait avec une douceur irréelle dans une langue qui lui était inconnue. Elle commanda de l'eau qu'on lui servit dans un gobelet couleur argent orné de signes cabalistiques. Elle tendit l'oreille. Dans son dos, deux couples discutaient avec un sérieux imperturbable de leurs expériences de projection astrale. Plus loin, deux jeunes femmes évoquaient leurs vies antérieures comme danseuses du temple à Atlantis. Chacun sa méthode pour oublier la grisaille du train-train quotidien, songea Eve. Elle ne voyait là que d'inoffensifs farfelus. Pourtant, elle se surprit à frotter sur son jean sa paume qui la picotait encore.

Elle aperçut Alice à la seconde où celle-ci passa la porte. L'adolescente regarda à droite et à gauche avec nervosité. Dès qu'elle aperçut Eve, elle glissa un dernier regard affolé vers la porte, puis se hâta jusqu'à sa table.

— Dieu merci, vous êtes là ! J'avais peur que vous ne veniez pas.

D'un geste vif, elle plongea une main dans sa poche et en sortit une pierre noire et lisse au bout d'une chaîne d'argent.

— Mettez ça. Je vous en supplie, insista-t-elle comme Eve ne bronchait pas. C'est de l'obsidienne. Elle a été consacrée. Elle conjurera le mauvais sort.

— Si ça peut vous faire plaisir, répondit Eve qui passa la chaîne autour de son cou. Ça va mieux comme ça ?

— C'est l'endroit le plus sûr que je connaisse. Le plus sain, dit Alice qui s'assit en jetant à la ronde des regards de biche traquée. Avant, je venais ici tout le temps. (Elle s'empara à deux mains de la pierre qu'elle portait quand un serveur-robot glissa dans un ronronnement jusqu'à la table.) Un Soleil d'Or, s'il vous plaît. (Elle prit une longue inspiration et se tourna à nouveau vers Eve.) J'ai besoin de me donner du courage. J'ai tenté de méditer toute la journée mais je n'arrive pas à me concentrer. J'ai peur.

— De quoi, Alice ?

— Que ceux qui ont tué grand-père me tuent à mon tour.

— Qui a tué votre grand-père ?

— Les forces des ténèbres, l'incarnation du Mal. Mais vous n'allez sûrement pas me croire.

Alice accepta le verre que lui tendait le droïde, ferma les yeux un instant comme si elle priait, puis porta la coupe à ses lèvres. Elle la reposa et fixa Eve droit dans les yeux.

— Je ne veux pas mourir.

La première phrase sensée qu'elle prononçait, se dit Eve.

— De qui avez-vous peur et pourquoi ?

— Je dois tout avouer depuis le début. Le rachat passe par l'expiation. Mon grand-père avait beaucoup de respect pour vous. C'est pourquoi je m'adresse à vous. Je ne suis pas née sorcière, vous savez ?

— Ah non ? fit Eve sèchement.

— Certains oui, mais d'autres, comme moi, sont simplement attirés par la Force. Je me suis intéressée à Wicca par le biais de mes études et plus j'en apprenais, plus j'étais fascinée par le mystère des rituels, la quête de l'équilibre, l'éthique positive, la joie. Mais je n'ai rien dit à ma famille. Ils n'auraient pas compris. Ils sont plutôt… conservateurs.

Elle pencha la tête en avant et ses cheveux glissèrent sur son visage comme un rideau.

— Si j'en étais restée là, tout serait différent aujourd'hui. Mais j'ai péché par faiblesse et orgueil. Ma soif de savoir était immense. Alors je me suis intéressée à la magie noire. Comment aurais-je pu appréhender la magie dans toute son essence en ignorant son antithèse ?

— Ça se tient comme raisonnement.

Alice releva la tête avec fougue.

— Une logique fallacieuse ! Je voulais comprendre comment une âme peut se détourner de la Lumière. J'imaginais que ce serait excitant. Ce fut le cas un moment, ajouta-t-elle avec un sourire timide.

Une enfant dans un corps de femme, songea Eve. Intelligente et curieuse, mais une gamine naïve.

— Et c'est à cette époque que vous avez rencontré Selina Cross.

À ce nom, Alice pâlit et fit un geste vif de la main, index et auriculaire tendus.

— Vous la connaissez ?

— Avant de venir à un rendez-vous, je prends mes renseignements. Un principe de base dans la police. Votre grand-père ne vous l'avait jamais dit ?

— Redoutez-la, dit Alice, les lèvres pincées. Cette femme me fait peur.

— Son look impressionne, c'est sûr, mais je ne…

— Ne la sous-estimez pas, la coupa Alice qui crispa les doigts sur son amulette. Croyez-moi, lieutenant. J'ai vu. Je sais. Cette femme est le Mal incarné. Elle n'abandonne jamais.

— Croyez-vous qu'elle ait une part de responsabilité dans le décès de votre grand-père ?

— Je ne le crois pas, j'en suis sûre, bredouilla Alice, tandis que ses yeux s'embuaient et qu'une larme roulait sur la peau veloutée de sa joue. À cause de moi.

Eve se pencha vers elle.

— Parlez-moi de cette femme.

— Tout a commencé il y a presque un an. Au sabbat de Samhain, la nuit d'Halloween. Jusque-là, je n'avais encore participé à aucun rituel. Je me contentais d'observer. Puis je l'ai rencontrée lors d'une soirée. Et celui qu'ils appellent Alban. Ils m'ont invitée à une messe noire.

— Alban ?

— L'homme qui vit avec elle. Cette nuit-là n'est toujours pas claire dans mon esprit, dit-elle avec un froncement de sourcils songeur. Je sais maintenant qu'ils m'avaient ensorcelée. Ils m'ont fait entrer dans le cercle, ont ôté ma robe de cérémonie. Je me souviens du tintement de la cloche et de l'incantation au Prince des Ténèbres. Puis il y a eu le sacrifice de l'agneau et comme tous les autres, j'ai bu le vin rituel coupé de sang. (Elle baissa la tête avec honte.) J'ai bu et j'ai trouvé ça bon. Cette nuit-là, ils m'ont allongée et ligotée sur l'autel. Je ne ressentais aucune peur. J'étais très excitée.

« Tour à tour, les autres m'ont enduite d'onguent et de sang, poursuivit-elle dans un souffle, la tête toujours baissée. Les incantations résonnaient avec force à l'intérieur de mon corps. Le feu était si brûlant… Selina s'est assise à califourchon sur moi. Elle m'a… fait des choses. Je n'avais encore aucune expérience sexuelle. Puis Alban m'a pénétrée et elle me regardait. Les mains d'Alban étaient sur ses seins et il était en moi. Et elle ne cessait de me regarder. J'ai voulu fermer les yeux, mais je n'ai pas pu. Je n'ai pas pu... Je n'ai pas pu détacher mon regard du sien. J'ai eu l'impression que c'était... elle qui se mouvait en moi.

Des larmes coulaient sur ses joues. Penchée vers elle, Eve la protégeait des regards et sa voix n'était plus qu'un murmure, mais plusieurs clients tournèrent la tête avec curiosité dans leur direction.

— Vous avez été droguée, Alice. On a abusé de vous. Vous n'avez aucune honte à avoir.

La détresse qu'elle lut dans le regard fugitif d'Alice lui serra le cœur.

— J'étais vierge et l'épreuve a été très douloureuse, mais la souffrance elle-même était excitante. Incroyablement excitante. Et la jouissance que j'en ai tirée était immense, monstrueuse. Ils m'ont violée et je les ai suppliés de recommencer. Ils ne s'en sont pas privés. Toute la congrégation. À l'aube, je n'étais plus qu'une âme égarée, réduite à l'esclavage. Je me suis réveillée dans un lit, avec Alban et Selina. Ils avaient fait de moi leur apprentie, comme ils disent. Et leur jouet.

« J'étais embrigadée, pervertie, et dans mon arrogance, j'ai fait preuve d'imprudence. Quelqu'un a mis mon grand-père au courant. Il n'a jamais voulu me révéler son nom, mais je sais que c'était un Wiccan. Grand-père m'a demandé des explications et je lui ai ri au nez. J'ai été odieuse avec lui.

Sans un mot, Eve glissa son gobelet d'eau jusqu'à elle. Avec gratitude, Alice le prit et le vida d'un trait.

— Il y a quelques mois, j'ai découvert que Selina et Alban pratiquaient des rituels privés. J'étais rentrée de l'université avec un jour d'avance. Quand je suis arrivée chez eux, j'ai entendu des incantations dans la pièce rituelle. J'ai entrebâillé la porte. Ils étaient là tous les deux, occupés à pratiquer un sacrifice. (Elle leva vers Eve des yeux éperdus d'horreur.) Pas un agneau, cette fois, murmura-t-elle, les mains tremblantes. Un enfant, lieutenant Dallas ! Un jeune garçon !

Eve referma la main sur le poignet d'Alice.

— Vous les avez vus assassiner un enfant ?

— Ne me demandez pas d'en parler ! Pas ça ! Il était trop tard pour les en empêcher ! bredouilla-t-elle dans un souffle, le regard effaré. Même si j'avais eu la force ou le courage d'essayer, je n'aurais rien pu faire !

— Vous étiez seule, en état de choc. Ils étaient armés et leur victime, déjà morte. Qu'auriez-vous pu faire ? la réconforta Eve d'une voix apaisante.

Alice la regarda en silence, comme hébétée, puis enfouit son visage entre ses mains.

— Je me suis enfuie, voilà tout ce que j'ai fait !

— Vous ne pouvez rien y changer, Alice. C'est une réalité qu'il va vous falloir accepter.

— C'est aussi ce que me répète Isis, répondit l'adolescente qui soupira en frissonnant. Ils ne m'ont pas vue. Ou tout au moins je prie que non. Je n'ai rien dit à grand-père ou à la police. J'étais terrifiée. Puis j'ai décidé d'aller voir Isis, la grande prêtresse qui m'avait initiée au culte de Wicca. Elle a accepté de me recevoir. Malgré ma trahison, elle m'a pardonné.

— Vous n'avez rien dit à votre grand-père ? fit Eve d'un ton réprobateur.

— Pas tout de suite. J'ai consacré beaucoup de temps à méditer et à chercher la lumière. Isis a pratiqué plusieurs séances de pacification. D'un commun accord, nous avons décidé qu'une réclusion provisoire était la meilleure solution pour mon rachat.

Eve se pencha un peu plus en avant, le regard dur.

— Vous avez été témoin d'un infanticide et vous n'en avez parlé qu'à cette Isis ?

— J'avais peur d'en parler à grand-père, bafouilla l'adolescente, les lèvres tremblantes. Je redoutais sa réaction et celle de Selina. Mais quand je suis allée le voir le mois dernier, je lui ai tout raconté. S'il est mort, c'est à cause d'elle.

— Comment ça ?

— Je l'ai vue.

— Vous l'avez vue tuer Frank ? s'exclama Eve, interloquée.

— Non, j'ai vu Selina par ma fenêtre. La nuit où grand-père est mort, j'ai entendu comme des incantations dehors. J'ai regardé et elle était en bas sur le trottoir, ses yeux de corbeau rivés sur moi. À ce moment-là, le vidéocom a sonné. C'était ma mère qui m'annonçait la mort de grand-père. Et Selina a souri. Elle a souri et m'a fait signe. (Elle enfouit à nouveau son visage entre ses mains.) Elle a conjuré ses forces contre lui à cause de moi. Maintenant, le corbeau vient toutes les nuits à ma fenêtre et me regarde avec les yeux de Selina.

Seigneur, quel délire ! songea Eve. Comment cette gamine pouvait-elle croire à autant d'inepties ?

— Un oiseau ?

Alice posa ses mains tremblantes sur la table.

— Elle se métamorphose à volonté. Je fais de mon mieux pour me protéger, mais ils m'appellent, me tirent à eux. Je crains que ma foi ne soit pas assez forte.

En dépit de sa compassion, Eve sentait sa patience l'abandonner.

— Écoutez, si cette Selina Cross a une part de responsabilité dans le décès de votre grand-père, ce n'est pas une histoire de sortilège ou d'envoûtement mais tout bonnement un meurtre avec préméditation. Si tel est le cas, nous trouverons des indices, des preuves, et elle sera arrêtée.

Alice secoua la tête avec conviction.

— On n'arrête pas la fumée. Et comment prouver un sortilège ?

Eve en avait assez entendu.

— Jusqu'à maintenant, vous êtes témoin d'un crime, sans doute même l'unique témoin. Si vous avez peur, je peux vous trouver un endroit sûr, dit-elle d'un ton neutre et ferme, très professionnel. Il me faut la description de l'enfant. Nous vérifierons au fichier des personnes portées disparues. Avec une déposition officielle de votre part, je peux obtenir un mandat de perquisition du domicile de Selina Cross. Mais donnez-moi des détails concrets. Des dates, des lieux, des noms. Je peux vous aider.

— Vous ne comprenez pas, protesta Alice qui secoua doucement la tête. Vous ne me croyez pas.

— Écoutez, Alice, vous êtes une jeune femme intelligente et curieuse qui a eu la malchance d'avoir des fréquentations plus que douteuses. Vous êtes bouleversée et perturbée. Si vous voulez vous confier, je connais quelqu'un qui...

Alice se leva d'un bond. Elle tremblait de tout son corps.

— Un psychiatre, c'est ça ? fit-elle d'une voix dure, le regard glacial. Vous pensez que j'affabule. Ce n'est pas mon esprit qui est en danger, mais ma vie. Ma vie et mon âme, lieutenant Dallas. Si jamais Selina s'en prend à vous, vous comprendrez et vous vous repentirez de ne pas m'avoir crue. Que Wicca vous garde !

L'adolescente fit volte-face et s'enfuit à toutes jambes avant qu'Eve n'ait pu la retenir. Elle étouffa un juron.

— Échec sur toute la ligne, on dirait, commenta Connors qui s'empressa de la rejoindre.

— Cette gamine est givrée et terrifiée, répondit Eve qui poussa un long soupir et se leva. Viens, quittons cet endroit.

Elle fit signe à Peabody et se dirigea vers la sortie. Dehors, un fin brouillard rampait sur le sol, furtivement, se tortillant comme des serpents gris. La pluie, fine et glaciale, commençait juste à mouiller la chaussée.

— La voilà, murmura Eve à l'instant où Alice tournait au coin de la rue. Peabody, suivez-la. Assurez-vous qu'elle rentre chez elle sans encombre.

— Je ne la lâche pas d'une semelle, répondit Peabody qui partit au pas de course.

— Cette gamine est tombée entre les mains de satanistes, Connors. Elle n'est plus que l'ombre d'elle-même, expliqua Eve, démoralisée. J'aurais sans doute pu agir avec plus de doigté, mais elle tenait des propos si incohérents. Elle est persuadée d'être traquée par un démon qui change de forme et qui lui jette des sorts. Tu imagines ? Quel délire ! soupira-t-elle en fourrant ses mains dans ses poches.

Connors l'embrassa sur le front.

— Mon Eve chérie, toujours aussi rationnelle.

— À l'entendre, elle était quasiment la femme de Satan, bougonna Eve qui partit vers la voiture à grands pas, puis se ravisa et revint vers lui. Je vais te dire ce qui s'est réellement passé, Connors. Elle voulait faire joujou, mettre son nez dans le monde de l'occulte et elle s'est fourrée dans un sacré guêpier. C'est une fille mignonne et naïve, pas besoin de boule de cristal pour le voir. Elle est allée à une de leurs messes noires et ils l'ont droguée. Droguée et violée. Les ordures… La pauvre gamine était dans un état second. Un ou deux tours de passe-passe, histoire de l'impressionner, et la voilà convaincue d'être en leur pouvoir.

— Cette petite t'a émue, murmura Connors qui caressa ses cheveux courts avec tendresse et repoussa une mèche de son front.

— Peut-être bien... En tout cas, elle porte bien son nom, tu ne trouves pas ? Alice au Pays des Merveilles. Elle croit sans doute aussi aux lapins qui parlent ! Mais nous ne sommes pas dans un conte de fées, poursuivit-elle avec un soupir. (Elle marqua une pause, s'efforçant de refouler ses émotions.) Elle prétend avoir été témoin d'un sacrifice rituel. Un petit garçon. Il se peut qu'elle affabule, mais à mon avis, non. Il faut que Mira la voie en consultation. Elle seule sera capable de dissocier les faits de la fiction. Et si elle dit la vérité... oh ! Connors, c'est atroce ! Un enfant, tu imagines ? Ces monstres s'attaquent toujours aux plus faibles.

Le regard sombre, Connors lui massa les épaules en silence.

— Mais pourquoi Frank n'a-t-il rien dit ? soupira Eve avec découragement. On n'a retrouvé aucun dossier sur cette affaire. Pourquoi a-t-il joué cavalier seul ?

— Il y en a peut-être un. Chez lui.

Eve le regarda en clignant des yeux, puis elle prit son visage entre ses mains et lui plaqua un baiser sur les lèvres.

— Tes talents d'enquêteur me sidèrent. Si jamais tu fais faillite, tu pourras toujours entrer dans la police.

Soudain, une silhouette jaillit de l'ombre et sauta sur la rampe d'accès. Connors tira Eve en arrière.

— Un chat noir. Ça porte malheur, dit-il, un peu gêné de sa réaction.

— Fadaises ! bougonna Eve qui gravit la rampe.

Le chat s'était assis près de leur voiture et la fixait de ses yeux verts étincelants.

— Eh bien, gros matou, tu ne fais pas pitié.

Il avait l'air bien nourri. Son pelage était lisse et brillant. Trop parfait pour un chat de gouttière. Sûrement un droïde, se dit-elle.

Pourtant elle s'agenouilla. Comme elle avançait la main pour le caresser, le chat se hérissa et lança un coup de patte agressif qui faillit lui lacérer la paume. Eve battit promptement en retraite.

— Eh bien, quelle amabilité !

— Tu aurais dû te méfier. On ne caresse pas les animaux inconnus, lui reprocha Connors qui décoda le système de sécurité de la voiture sans quitter le chat des yeux.

Quand Eve fut montée à l'avant, il parla à voix basse à l'animal. En l'entendant, celui-ci fit le gros dos et fouetta sauvagement l'air de sa queue. Puis il sauta avec agilité sur le trottoir et fut englouti par le brouillard.

Connors n'aurait pu expliquer pourquoi il lui avait ordonné de partir en gaélique. Ça lui était venu comme ça. Songeur, il s'assit au volant.

— Écoute, dit Eve, je ne peux rien demander à Feeney pour l'instant. Pas avant que le commandant ne m'y autorise. Je pourrais demander à la femme de Frank l'autorisation de consulter les dossiers personnels de son mari, mais il faudrait que j'invente une excuse.

— Et tu n'en as pas envie.

— Pas si je peux l'éviter. Alors que dirais-tu d'utiliser tes… talents d'enquêteur pour accéder aux fichiers personnels de Frank ?

Retrouvant sa bonne humeur, Connors mit le contact et fit descendre sa voiture au niveau de la rue.

— Ça dépend, lieutenant. Qu'est-ce que je gagne ? Un insigne ?

Eve lui lança un petit sourire coquin.

— Non, mais tu peux gagner un gros câlin avec une femme flic.

— J'ai le choix du flic ?

En guise de réponse, elle lui assena un coup de poing sur le bras. Il ne put s'empêcher de sourire.

— Pas de panique, c'est toi que je choisirais. Enfin, sans doute… la taquina-t-il. Je suppose que tu veux que je commence ma mission secrète dès cette nuit.

— Exact.

— D'accord, mais le gros câlin d'abord. Combien de temps crois-tu que Peabody va être occupée ? Je plaisante, se hâta-t-il d'ajouter, en prenant la précaution d'enclencher le pilotage automatique.

Hilare, il captura son poing vengeur d'une main et glissa l'autre sur ses seins.

— N'aggrave pas ton cas, Connors. Tout acte sexuel dans un véhicule en circulation est sévèrement réprimé par le Code urbain.

— Vas-y, arrête-moi, suggéra-t-il en picorant sa lèvre inférieure. J'adorerais que tu me passes les menottes.

— Il se peut que j'y songe, répliqua Eve en se dégageant de son étreinte. Mais pas avant d'avoir accompli ta mission. Et pour les câlins, tu repasseras.

Connors déconnecta le pilotage automatique et lui glissa un regard pétillant.

— On parie ?

Eve fronça les sourcils devant tant de mâle assurance.

— Cinquante *credits*.

— Pari tenu.

Lorsqu'ils franchirent l'imposante grille en fer forgé de la propriété, il arborait déjà un sourire triomphant.

4

— Et mes cinquante *credits* ?

Comblée et détendue, Eve ferma les yeux et roula sur le dos, s'abandonnant avec volupté aux délicieux frissons qui la parcouraient.

— Pardon ?

— Vous avez perdu votre pari, lieutenant, dit Connors en butinant la pointe de ses seins.

Eve ouvrit les yeux. Ils étaient étendus nus sur le tapis d'Orient du bureau de Connors et leurs vêtements étaient éparpillés dans toute la pièce, même dans l'escalier où il avait réussi à la coincer contre le mur et aussitôt entrepris de… gagner son pari.

— Comme tu peux le constater, je n'ai pas mon portefeuille sur moi, ironisa-t-elle.

Connors se leva prestement.

— Oh, mais je suis prêt à accepter une reconnaissance de dette.

Il prit un mémo sur la console de son ordinateur et le lui tendit.

— Je vous en prie, lieutenant.

— Tu trouves ça très drôle.

— Le mot est faible.

Elle lui lança un regard assassin et connecta le mini-ordinateur.

— Le lieutenant Eve Dallas doit cinquante *credits* à Connors, enregistra-t-elle d'un air bougon.

Elle le lui fourra entre les mains.

— Satisfait ?

— Et comment !

Soudain sentimental, il se promit de ranger le mémo avec le bouton gris qu'il avait conservé en souvenir de leur première rencontre.

— Je vous aime, lieutenant Eve Dallas. À la folie.

Malgré elle, Eve sentit son cœur fondre.

— Ce que tu aimes, c'est la ruse avec laquelle tu m'as allégée de cinquante *credits*, voilà tout, grommela-t-elle en se relevant avant qu'il ne la renverse à nouveau sur les draps. Où diable est passé mon jean ?

— Pas la moindre idée.

Connors s'approcha d'un mur lambrissé et effleura une commande digitale dissimulée dans un renfoncement. Le panneau s'ouvrit dans un chuintement feutré, révélant une penderie dans laquelle il prit un peignoir en soie pêche. Encore un cadeau, se dit Eve avec un froncement de sourcils agacé. Comme par hasard, il avait éparpillé une collection de peignoirs dans toute la maison. Aux endroits stratégiques.

— Ça ne ressemble pas à une tenue de travail.

— On peut travailler en tenue d'Eve, mais tu perdrais sûrement encore cinquante *credits*.

Elle lui arracha le peignoir des mains et il en prit un autre pour lui.

— La recherche peut prendre du temps, poursuivit-il, reprenant son sérieux. Un peu de café ne nous ferait pas de mal.

Tandis qu'elle programmait l'AutoChef, Connors s'installa à la console de son ordinateur. Un équipement d'une sophistication extrême et non déclaré qui lui permettait d'accéder à n'importe quel système. L'Ordiguard était incapable de le détecter. Malgré ces prouesses techniques, la recherche qu'il s'apprêtait à entreprendre était un véritable travail de fourmi, d'autant que le fichier en question pouvait très bien ne pas exister.

— Connexion, ordonna-t-il. On va essayer son domicile, non ?

— Toutes les données des postes de travail au Central sont répertoriées et épluchées. S'il souhaitait garder certains renseignements confidentiels, il aura utilisé son ordinateur personnel.

— Tu as son adresse ? Pas la peine, poursuivit-il avant qu'Eve ait eu le temps de répondre. Je vais la trouver. Sujet : Wojinski Frank. Quel était son grade ?

— Inspecteur premier échelon, attaché aux archives.

— Affichage des données sur écran un, ordonna Connors qui prit la tasse de café qu'Eve lui tendait.

À cet instant, le vidéocom bourdonna.

— Prends la communication, tu veux ? dit-il du ton catégorique d'un homme habitué à donner des ordres.

Instinctivement, Eve se hérissa, agacée de se trouver reléguée au rôle d'assistante. Le visage de Peabody apparut à l'écran.

— Vous ne répondiez pas aux appels de votre bip.

Son bip ? Dieu seul savait où il se trouvait.

— Que se passe-t-il, Peabody ?

— C'est grave, Dallas. Très grave, répondit la jeune femme d'une voix posée, mais la mine défaite. Alice est morte. Je n'ai pas pu l'empêcher. Je n'ai pas réussi à la rattraper à temps. Elle a juste...

— Où êtes-vous ?

— Dans la Dixième Rue, entre Broad Avenue et la Septième. J'ai appelé les secours mais il était trop tard...

— Êtes-vous en danger ?

— Non, non. Mais je...

— Dressez un périmètre de sécurité et appelez des renforts. J'arrive. Seigneur ! murmura Eve en coupant la communication.

Connors se leva.

— Je te conduis.

— Non, c'est mon travail, protesta-t-elle, ébranlée. Continue à interroger l'ordinateur.

— Comme tu veux, céda-t-il à contrecœur.

Eve voulut pivoter sur ses talons, mais il la retint par les épaules.

— Regarde-moi, Eve. Ce n'est pas ta faute.

Elle s'empressa de détourner les yeux, mais la douleur qu'il y lut lui serra le cœur.

— J'espère de toute mon âme que non.

Il n'y avait pas d'attroupement. C'était déjà ça. Il était plus de deux heures du matin et seuls quelques badauds traînaient derrière la bande de sécurité. Eve aperçut un taxi renversé sur le trottoir et un homme assis à côté, la tête entre les mains. Un ambulancier tentait de le réconforter.

Alice gisait sur la chaussée luisante de pluie, sur le dos tel un pantin désarticulé. Le tissu vaporeux de sa robe était poissé de sang. Le projecteur qui éclairait le lieu du drame parvenait à peine à déchirer les volutes de brouillard dense et mouvant. Eve rejoignit son équipière qui aidait un policier en uniforme à dresser un paravent de protection.

— Au rapport, agent Peabody.

Celle-ci se retourna et redressa les épaules.

— Je l'ai suivie jusqu'à son domicile, conformément à vos ordres, lieutenant. Elle est entrée dans l'immeuble et j'ai vu la lumière s'allumer au troisième étage, deuxième fenêtre en partant de la gauche. J'ai attendu un quart d'heure, histoire de m'assurer qu'elle restait chez elle. Mais elle est ressortie.

La voix de Peabody se brisa et son regard fut irrésistiblement attiré par le corps d'Alice. Eve fit un pas de côté et lui bloqua la vue.

— Regardez-moi quand vous me parlez, agent Peabody.

— Oui, lieutenant. Alice Lingstrom est ressortie de l'immeuble une dizaine de minutes plus tard. Elle est partie vers l'ouest d'un pas rapide, poursuivit-elle d'un ton neutre et professionnel. Elle paraissait agitée et regardait sans cesse derrière son épaule. Il m'a semblé qu'elle avait pleuré. J'ai observé la distance réglementaire. C'est pour ça que je n'ai pas pu l'arrêter, bredouilla-t-elle, au bord des larmes. J'ai observé la distance réglementaire…

Eve la secoua par les épaules.

— Reprenez-vous, bon Dieu. Vous êtes flic ou quoi ? Poursuivez votre rapport.

— Oui, lieutenant, répondit-elle, visiblement au supplice. Alice Lingstrom a stoppé net sans raison et a reculé de quelques pas. Elle parlait. J'étais trop loin pour saisir ses paroles, mais j'ai eu l'impression qu'elle parlait à quelqu'un, expliqua-t-elle, les sourcils froncés, rejouant dans son esprit le film des événements. J'ai resserré la filature, mais je n'ai remarqué personne d'autre dans la rue. Le brouillard m'a peut-être induite en erreur.

— Elle s'est mise à parler toute seule ? s'étonna Eve.

— C'est ce qui m'a semblé, lieutenant. Elle s'est agitée de plus en plus. Elle suppliait qu'on la laisse tranquille. « N'avez-vous pas déjà fait assez de mal comme ça ? s'est-elle mise à crier. Pourquoi ne me laissez-vous pas en paix ? »

Peabody reporta son regard sur le trottoir et les hurlements de désespoir d'Alice lui déchirèrent à nouveau les tympans.

— J'ai cru entendre une réponse, mais je n'en suis pas certaine. Je me suis approchée...

Sa mâchoire se crispa, tandis qu'elle continuait de regarder par-dessus l'épaule d'Eve.

— À cet instant, un taxi est venu de l'est. Alice Lingstrom a fait une brusque volte-face et s'est précipitée sur la chaussée, juste sous les roues du véhicule. Le chauffeur a freiné, mais n'a pas réussi à l'éviter. Il l'a percutée de plein fouet. Les conditions de circulation n'étaient pas très favorables, reprit-elle après un silence, mais à mon avis, même si elles avaient été optimales, le chauffeur aurait été incapable d'éviter la collision.

— Hum, continuez.

— Je me suis précipitée, mais elle était morte sur le coup. J'ai essayé de vous contacter par bip, mais vous ne répondiez pas. J'ai fini par vous joindre à votre domicile. Conformément à vos ordres, j'ai demandé des renforts et bouclé le lieu de l'accident.

— C'est le chauffeur ?

Encore sous le choc, Peabody garda les yeux rivés droit devant elle.

— Oui, lieutenant.

— Contactez le Central pour l'expertise du véhicule, puis voyez avec l'équipe médicale si cet homme est en état de faire une déposition.

Peabody serra les poings.

— Vous parliez avec cette gamine il y a à peine une heure et sa mort vous laisse complètement froide, siffla-t-elle entre ses dents d'une voix vibrante d'émotion.

Elle tourna les talons et se dirigea vers l'ambulance. Estomaquée par cet éclat aussi violent qu'inattendu, Eve encaissa le coup sans broncher. Puis elle s'agenouilla près du corps sans vie d'Alice Lingstrom.

— Vous vous trompez sur toute la ligne, Peabody, murmura-t-elle, la gorge serrée. La mort de cette jeune fille me bouleverse.

Lorsque l'ambulance eut tourné au coin de l'avenue, Eve jeta un dernier regard au lieu du drame. La pluie avait presque cessé. Les quelques badauds s'étaient déjà éloignés et, sur le trottoir d'en face, des dépanneurs s'affairaient autour du taxi accidenté qui allait être remorqué jusqu'au garage du Central.

— Vous avez eu une nuit éprouvante, Peabody. Rentrez chez vous.

— Je préférerais rester, lieutenant.

— Ce n'est pas en perdant votre sang-froid que vous risquez de m'être utile.

— Excusez-moi pour tout à l'heure, chef. Mais, j'étais encore sous le choc. Je sais bien que mes émotions n'ont pas à interférer dans le travail.

Eve souleva sa mallette et fixa son adjointe d'un air éloquent.

— Exactement, alors épargnez-moi vos états d'âme. Et je vous ai déjà dit de ne pas m'appeler chef. (Elle sortit son enregistreur de sa mallette et le lui tendit.) Tenez-moi ça. Vous m'accompagnez au domicile d'Alice Lingstrom.

— Vous ne prévenez pas sa mère ?

— Après.

L'immeuble où habitait Alice se trouvait à cent mètres à peine. La malheureuse n'est pas allée bien loin, songea Eve. Qu'est-ce qui l'a poussée à ressortir ? Elles gravirent le perron de pierre d'un bâtiment de trois étages en brique brune, restauré avec goût. La porte d'entrée arborait des vitres biseautées ornées de paons gravés. Le système de sécurité était de qualité : caméra de sécurité et serrures munies d'un code à reconnaissance digitale. Eve déconnecta l'alarme à l'aide d'un passe électronique et elles pénétrèrent dans un petit vestibule bien entretenu avec un dallage en faux marbre. L'ascenseur aux portes en miroir couleur bronze les emporta au troisième étage. Il y avait seulement trois appartements par étage. Grâce au passe, elles eurent tôt fait de se glisser dans celui d'Alice Lingstrom. Peabody enclencha l'enregistreur.

— Le lieutenant Eve Dallas et son assistante, l'agent Peabody, pénètrent au domicile de la victime pour enquête réglementaire, commença Eve. Lumière.

L'appartement resta plongé dans l'obscurité. Elle fronça les sourcils. Peabody tâtonna près de la porte et actionna un interrupteur.

— Apparemment, elle avait un faible pour les commandes manuelles. Un brin rétro comme installation.

Dans le salon très encombré, de beaux foulards et des châles chatoyants étaient drapés sur les fauteuils et faisaient office de nappes sur la table et quelques guéridons. Des tapisseries représentant d'élégants nus et des animaux mythologiques égayaient les murs. Il y avait des bougies partout, sur les guéridons, les étagères et même le plancher, ainsi qu'une profusion de bols contenant des pierres multicolores, des herbes et des pétales de fleurs séchés. Des blocs de cristal étincelants aux formes les plus diverses occupaient toutes les surfaces horizontales. Un écran d'ambiance montrait une immense prairie verdoyante où ondoyaient des anémones au gré du souffle léger de la brise auquel se mêlaient des pépiements d'oiseaux.

— Cette petite aimait les objets, fit remarquer Eve, et en grande quantité.

Elle alla jeter un coup d'œil aux commandes de l'écran et hocha la tête.

— Elle l'a allumé dès son retour. À l'évidence, elle avait besoin de se détendre.

Suivie de Peabody, elle entra dans la pièce attenante, une chambre confortable et elle aussi très encombrée. Le jeté qui recouvrait le lit d'une personne était orné d'étoiles et de lunes dorées et argentées. Un mobile en verre représentant un ballet de fées était suspendu au-dessus du lit et tintait mélodieusement devant la fenêtre ouverte.

— C'était sans doute à cette fenêtre que vous avez vu de la lumière.

— Oui, lieutenant.

— Donc elle a allumé l'écran, puis est venue droit dans sa chambre. Elle voulait probablement changer sa robe humide, mais elle ne l'a pas fait.

Eve marcha sur le soleil joufflu et souriant qui ornait la descente de lit.

— Malgré la surabondance d'objets, aucun signe apparent de désordre ou de lutte.

— De lutte ?

— Vous disiez qu'elle était agitée, qu'elle pleurait quand elle est ressortie. Quelqu'un l'attendait peut-être ici. Quelqu'un qui l'a bouleversée ou effrayée. Nous vérifierons la bande de vidéosurveillance.

Elle ouvrit une porte, pensant trouver un placard et émit un sifflement.

— Ici, par contre, la déco est plutôt monastique. Filmez-moi ça, Peabody.

Son assistante promena l'objectif de la caméra sur les murs d'une pièce exiguë aux murs entièrement peints en blanc. Un pentagramme blanc était peint sur le plancher et entouré d'un cercle de cierges de la même couleur disposés avec soin. Sur une petite table, il y avait une boule de cristal limpide, un bol, un miroir et un couteau à manche d'ivoire avec une lame courte et émoussée.

Eve ne remarqua aucune odeur de fumée ou de cire.

— À votre avis, à quoi s'amusait-elle dans ce cagibi ?

— Méditation ou rituels incantatoires, je dirais.

— Seigneur ! murmura Eve. (Elle secoua la tête et recula.) On va en rester là pour l'instant. Allons plutôt vérifier son vidéocom. S'il n'y avait personne ici, elle a peut-être été terrorisée par un appel.

Eve connecta le vidéocom miniature posé sur la table de nuit et programma la diffusion du dernier message transmis ou reçu. À sa grande surprise, la chambre résonna d'un chant guttural et monocorde.

— Vous avez une idée de ce que c'est, Peabody ?

— Je l'ignore, répondit celle-ci qui s'approcha, soudain très mal à l'aise.

— Nouvelle diffusion, depuis le début, ordonna Eve à l'ordinateur.

Entends ces noms... Entends ces noms et tremble... Loki, Belzébuth, Baphomet... Je suis la Destruction. Je suis la Vengeance. In nomine Dei nostri Satanas Luciferi Excelsi. *Vengeance pour toi qui as trahi la Loi. Entends ces noms et tremble...*

— Stop.

Eve ne put réprimer un frisson. Elle se tourna vers son adjointe.

— Belzébuth, c'est le diable, n'est-ce pas ? Ces ordures jouaient avec elle, la tourmentaient. Elle était déjà à bout de nerfs. Pas étonnant qu'elle se soit enfuie à toutes jambes. D'où appeliez-vous, espèces de salauds ? Recherche lieu d'appel, ordonna-t-elle au vidéocom.

Les lèvres serrées, elle lut les données qui s'affichaient à l'écran.

— Embranchement de la Dixième Rue et de la Septième Avenue. Au bout de la rue. Sans doute une cabine publique. Les ordures, elle s'est jetée droit dans leurs filets.

— Il n'y avait personne, objecta Peabody. Malgré le brouillard et la pluie, s'il y avait eu quelqu'un qui l'attendait, je l'aurais vu. À part un chat, la rue était déserte.

Le cœur d'Eve fit un bond.

— Un chat ?

Ébranlée, elle se précipita à la fenêtre et respira une bouffée d'air frais. Là, sur le rebord, elle aperçut une longue plume noire. Elle la saisit à l'aide d'une pincette stérile et l'examina en pleine lumière.

— Un chat et un oiseau... Apparemment, il y a encore au moins un corbeau à New York. Mettez ça dans un sachet, ordonna-t-elle à Peabody en se frottant les paupières avec insistance, morte de fatigue. Il me faut une analyse. Et recherchez l'adresse de sa mère, Brenda Wojinski.

Peabody sortit son ordinateur portable et entra les données.

— Lieutenant, fit-elle, un peu honteuse, je tiens à vous présenter mes excuses officielles pour ma remarque de tout à l'heure. Mon attitude était vraiment déplacée.

Eve prit la disquette du vidéocom d'Alice Lingstrom et la plaça dans un sachet. Elle fixa son adjointe droit dans les yeux.

— Je ne me souviens d'aucune remarque ou attitude déplacée, agent Peabody. Tant que la caméra tourne, faites-moi donc d'autres prises de l'appartement.

Peabody baissa la tête d'un air penaud.

— Je suis consciente que la caméra tourne, lieutenant. J'ai fait preuve d'insubordination et cette altitude inqualifiable mérite un blâ…

— Je n'ai constaté aucune insubordination, agent Peabody, la coupa Eve d'un ton sans appel, agacée par l'entêtement de son assistante.

Celle-ci laissa échapper un soupir.

— Je sais bien que si. J'ai paniqué. Cette jeune fille était sous ma protection.

— Je m'en suis prise trop durement à vous.

— C'était mérité, lieutenant. J'ai confondu votre sang-froid et votre professionnalisme avec de l'indifférence. Je vous présente mes excuses.

— Acceptées. Vous avez obéi aux ordres, vous avez suivi la procédure. Ce qui est arrivé ce soir n'était pas de votre faute. Vous ne pouviez l'empêcher. Et maintenant, cessez de vous lamenter et terminez l'enregistrement.

Il était cinq heures du matin quand elles sonnèrent chez la mère d'Alice. À la seconde où Brenda Wojinski ouvrit la porte, elle comprit aussitôt qu'un malheur était survenu.

— Ô mon Dieu… Maman ?

— Il ne s'agit pas de votre mère, Madame Wojinski. Il s'agit d'Alice. Pouvons-nous entrer ?

— Alice ?

Clignant des yeux avec hébétude, elle vacilla sur ses jambes et manqua de tomber. Elle se retint de justesse à la porte.

— Je crois que nous devrions entrer, dit Eve qui lui prit le bras avec douceur et franchit le seuil.

— Alice ? répéta Madame Wojinski en état de choc. Non, pas mon Alice ! Pas ma petite fille !

Elle éclata en sanglots et tituba. Eve la soutint et l'aida à s'asseoir dans un fauteuil du salon.

— Je suis désolée, Madame Wojinski. Alice a été victime d'un accident très tôt ce matin.

Brenda Wojinski s'agrippa à Eve, le visage baigné de larmes et les yeux implorants.

— Un accident ? Non, vous faites sûrement erreur. C'était quelqu'un d'autre. Dites-moi que ce n'est pas Alice. Pas ma petite fille !

Redoublant de larmes, elle enfouit son visage entre ses mains et se mit à se balancer, pliée en deux sur ses genoux en position fœtale.

— Si je lui préparais du thé ? murmura Peabody à Eve.

— Bonne idée, vas-y.

Eve détestait cette partie de son travail. Elle lui inspirait un sentiment d'impuissance qui la mettait au supplice.

— Y a-t-il quelqu'un que je puisse contacter pour vous ? Désirez-vous que je prévienne votre mère ? Votre frère ?

— Ma mère ? Ô mon Dieu, comment allons-nous pouvoir vivre après ça ?

— Je peux vous donner un calmant ou prévenir votre médecin si vous préférez.

— Maman ?

Eve leva les yeux vers la porte. Un garçon vêtu d'un vieux pantalon de survêtement troué aux genoux se tenait sur le seuil, les yeux ensommeillés et les cheveux ébouriffés. Le frère d'Alice, se souvint-elle. Elle l'avait oublié. Son regard se porta aussitôt sur Eve, alarmé. Un regard d'adulte, se dit-elle.

— Que se passe-t-il ?

Comment s'appelait-il déjà ? Eve ne parvenait pas à se rappeler son nom. Elle se leva.

— Il y a eu un accident. Je suis navrée, mais…

— C'est Alice, murmura-t-il, le menton tremblant, mais les yeux toujours rivés sur les siens. Elle est morte, n'est-ce pas ?

— Oui, je suis navrée.

— Comment ? s'enquit-il d'une voix éteinte, tandis que Peabody entrait et posait gauchement une tasse de thé sur la table basse.

— Elle a été renversée par une voiture.

— Un chauffard qui a pris la fuite ?

Eve le dévisagea, intriguée.

— Non, elle s'est jetée sous les roues d'un taxi. Le chauffeur n'a pas pu l'éviter. Nous menons notre enquête, mais il y a un témoin qui corrobore ses déclarations et je ne pense pas qu'il soit en faute. Il n'y a pas eu délit de fuite et il n'avait jamais eu d'ennuis jusqu'à présent.

L'adolescent se contenta de hocher la tête, les yeux secs, tandis que les pleurs de sa mère résonnaient dans la pièce.

— Je vais m'occuper d'elle. Je crois qu'il vaudrait mieux nous laisser seuls.

— Comme vous voulez. Si vous avez des questions, vous pouvez me joindre au Central. Lieutenant Dallas.

Il s'assit auprès de sa mère et passa un bras autour de ses épaules.

— Je sais qui vous êtes. Laissez-nous maintenant.

Eve et Peabody prirent congé et retournèrent à la voiture.

— Ce gamin sait quelque chose, fit remarquer Eve d'un air songeur.

— C'est aussi mon impression. Peut-être Alice se sentait-elle plus à l'aise avec son frère qu'avec les autres membres de sa famille. La différence d'âge était minime. Entre frères et sœurs, on se chamaille, mais on se confie aussi plus facilement.

— Aucune idée, bougonna Eve qui mit le contact, rêvant d'un bon café fumant. Dans quel coin habitez-vous ?

— Pourquoi ?

— Je vous dépose. Un petit somme ne vous fera pas de mal. Je vous attends au Central, disons, à onze heures.

— Et vous ?

— Je rentre aussi, répondit-elle évasivement. Quelle direction ?

— J'habite Houston Avenue.

Eve ne put réprimer une grimace.

— Dites donc, vous n'habitez pas la porte à côté, bougonna-t-elle, prenant la direction du sud. J'ignorais que vous aviez un penchant pour la bohème, Peabody.

Dans un tel quartier, vous devez passer tous vos loisirs à traîner dans les cafés à poésie et les clubs artistiques.

— C'est l'ancien appartement de ma cousine. Quand elle a décidé de partir tisser des tapis au Colorado, j'ai pris la suite. C'est un loyer contrôlé, expliqua son équipière qui laissa échapper un bâillement peu discret. Excusez-moi.

— Je comprends. Moi aussi, je suis vannée. Quand vous arriverez au Central, lisez en priorité le rapport d'autopsie, surtout la toxico. Et n'oubliez pas d'enlever cette robe idiote, taquina-t-elle son adjointe.

Mal à l'aise, Peabody se trémoussa sur son siège.

— Bah, elle n'est pas si idiote que ça ! Un ou deux types à L'Aquarian ont eu l'air de l'apprécier. Connors aussi.

— Oui, il m'en a parlé.

Bouche bée, Peabody tourna vivement la tête.

— C'est pas vrai ?

— Si, si. Il m'a même avoué qu'il vous trouvait... Comment a-t-il dit déjà ? Ah oui... séduisante. Ça lui a même valu un coup de poing.

— Séduisante ? Mon Dieu ! bafouilla presque Peabody, pressant son cœur d'une main. Il va falloir que j'exhume d'autres fringues de ma mère. Séduisante, répéta-t-elle avec un soupir ravi. Connors n'aurait pas un frère ou un cousin, par hasard ? Même un grand-père, un vieil oncle...

Eve pouffa.

— Autant que je sache, il est unique en son genre.

Eve trouva Connors endormi. Non pas dans le lit, mais sur le canapé du petit salon. À la seconde où elle franchit le seuil, il ouvrit les yeux.

— On dirait que vous avez une rude nuit derrière vous, lieutenant. Viens par ici, dit-il, tendant une main vers elle.

— Je vais d'abord prendre une douche et boire un café. Et puis j'ai quelques appels à passer. Sale affaire.

— Oui, je suis déjà au courant.

Comme à son habitude, il s'était connecté sur le réseau de la police.

— Viens ici, insista-t-il.

Eve s'exécuta à contrecœur. Il referma la main sur son poignet.

— Est-ce que si tu passes ces appels dans une heure, le monde va s'effondrer ?

— Non, mais…

Il l'attira à lui et la renversa sur le canapé. Eve se débattit sans conviction. Il glissa un bras autour de ses épaules et lui embrassa les cheveux avec tendresse.

— Dors un peu, murmura-t-il. Si tu te tues à la tâche, tu seras bien avancée.

— Ce n'était encore qu'une gamine, Connors.

— Je sais. Il faut que tu décompresses, Eve. Juste une petite heure.

— Et les fichiers de Frank ? As-tu trouvé quelque chose ?

— Nous en reparlerons quand tu auras dormi.

— Une heure, pas une minute de plus.

Liant ses doigts aux siens, elle se laissa sombrer dans un sommeil sans rêves.

5

Les yeux rivés sur l'écran de l'ordinateur, Eve engloutissait avec appétit les œufs au bacon que lui avait préparés Connors.

— On dirait davantage un journal intime qu'un rapport d'enquête, fit-elle remarquer. C'est bourré de commentaires personnels. À l'évidence, il s'inquiétait beaucoup pour Alice. *J'ignore à quel point ils ont perverti son esprit ou détruit son cœur...* C'est le grand-père qui parle, pas le policier. Tu as découvert ce fichier sur son ordinateur personnel ?

— Oui, codé et accessible seulement avec mot de passe. J'imagine qu'il ne voulait pas que sa femme tombe dessus.

— S'il était codé, comment t'y es-tu pris ?

Connors prit une cigarette dans une boîte de palissandre ouvragé et la fit rouler entre ses doigts.

— Vous ne souhaitez pas sérieusement que je vous l'explique, lieutenant ?

— Non, j'imagine que ça vaut mieux, grommela Eve qui plongea le nez dans son assiette et se remit à manger. Ses réflexions et ses craintes risquent de ne pas me mener loin, reprit-elle après un silence.

— Il y a autre chose, répondit Connors qui fit défiler les données sur l'écran. Tiens, là, il dit avoir filé Selina Cross et il donne une liste de quelques-uns de ses… associés.

— D'accord, mais ce ne sont que des présomptions. Il la soupçonne de tremper dans des trafics de drogue, d'organiser des cérémonies illégales à son club, et peut-être chez elle. Il observe des allées et venues suspectes, mais il n'y a aucun fait concret. À travailler derrière un bureau, Frank avait oublié les méthodes d'investigation sur le terrain.

Avec un soupir, Eve repoussa son assiette et se leva.

— S'il ne voulait pas en informer sa hiérarchie, pourquoi n'a-t-il pas au moins engagé un privé ?

Les sourcils froncés, elle se rapprocha de l'écran.

— Qu'est-ce que c'est ?

Je crois qu'elle m'a repéré. Je n'en suis pas certain, mais j'ai l'impression qu'elle me mène en bateau. Je vais devoir bientôt avancer mes pions. Alice est terrifiée. Elle me supplie de me tenir à l'écart. La pauvre enfant passe beaucoup trop de temps avec cette Isis. Elle n'est peut-être qu'une farfelue inoffensive, mais je redoute son influence sur Alice. J'ai raconté à Sally que je travaille tard. Ce soir, je passe à l'action : Cross passe le jeudi soir au club. L'appartement devrait être vide. Si je peux y trouver la preuve d'un sacrifice d'enfant, je préviendrai Whitney. Anonymement. Cette femme doit payer pour les horreurs qu'elle et son amant ont infligées à ma petite fille. D'une façon ou d'une autre, elle va payer.

— Effraction nocturne et perquisition illégale… Il avait perdu la tête ou quoi ? Même s'il avait découvert quelque chose, ça n'aurait eu aucune valeur dans un procès. Jamais il ne l'aurait coincée dans ces conditions.

— À mon avis, il ne se préoccupait guère d'arriver jusqu'au procès, Eve. Ce qu'il voulait, c'était la justice.

— Et maintenant il est mort. Et Alice aussi. Que donne la suite ?

Le système de sécurité m'a résisté. Trop rouillé. J'aurais peut-être dû engager quelqu'un, après tout. Mais je ne renonce pas. Cette sorcière paiera, même si je dois y consacrer le restant de mes jours.

— C'est tout, dit Connors. Cette entrée a été consignée la veille de sa mort. Il y a peut-être d'autres fichiers, sous un code différent. Mais j'en doute. Il ne semblait pas très calé en informatique. Je continuerai ce soir si j'ai un peu de temps.

Eve réalisa qu'il n'avait pas même jeté un bref coup d'œil à la rubrique boursière ou pris les communications dont il était assailli chaque jour.

— Je monopolise beaucoup de ton temps.

— C'est vrai. En compensation, vous prendrez un jour ou deux de vacances, lieutenant, quand nous en aurons terminé.

Son sourire céda la place à une expression préoccupée. Il lui prit la main avec gravité et caressa du pouce la gravure de son alliance.

— Eve, sois prudente. Tu sais que je n'aime pas me mêler de ton travail, mais j'insiste.

— Un bon flic est toujours prudent.

Il plongea son regard droit dans le sien.

— Objection. Tu es courageuse, intelligente, opiniâtre, mais ce n'est pas la prudence qui t'étouffe.

— Ne t'inquiète pas, le rassura-t-elle en effleurant sa joue d'un baiser, j'ai déjà affronté pire que Selina Cross. Il faut que j'y aille. Je te préviendrai si je finis tard.

Connors la regarda partir en silence. Eve se trompait. Il doutait beaucoup qu'elle ait jamais eu affaire à pire que Selina Cross. Et il n'avait nulle intention de la laisser l'affronter seule. Il contacta son assistante et lui demanda d'annuler tous ses déplacements d'affaires pour le mois à venir. Hors de question qu'il s'éloigne de New York. Et de sa femme.

— Pas de traces de drogue, constata Eve en parcourant les analyses toxicologiques d'Alice Lingstrom. Pas d'alcool non plus. Pourtant vous l'avez entendue parler à quelqu'un qui n'existait pas et elle s'est jetée sous les roues d'un taxi. Elle était terrorisée et ce chant au téléphone a été la goutte d'eau. Ceux qui la harcelaient savaient comment la manipuler. En tout cas, je crois qu'une petite visite s'impose. Que diriez-vous d'un voyage en enfer, Peabody ?

— J'en meurs d'envie, marmonna celle-ci sans aucune conviction.

— Ça tombe bien, répliqua Eve en se levant.

À cet instant, Feeney fit irruption dans son bureau, mal rasé et avec son air des mauvais jours.

— Depuis quand un inspecteur de la Criminelle se charge-t-il des accidents de la route ? demanda-t-il sans préambule.

— Feeney ?

— C'était ma filleule. Tu ne m'as même pas appelé. Je l'ai appris par le journal télévisé !

— Assieds-toi.

Quand elle lui toucha le bras, il se dégagea d'un geste brusque.

— Tout ce que je veux, c'est une réponse, Dallas.

— Peabody, laissez-nous.

Elle referma la porte derrière son équipière.

— Je suis navrée, Feeney. J'ignorais que tu étais son parrain. J'ai prévenu sa mère à cinq heures ce matin. Je pensais qu'elle informerait le reste de la famille.

— Brenda est sous sédatif. Comment crois-tu qu'on se sente quand on perd son père et sa fille dans la même semaine ? Jamie n'a que seize ans. Le temps qu'il appelle un docteur, calme sa mère et prévienne Sally, je le savais déjà par la télé. Bon Dieu, ce n'était qu'une gamine !

Il pivota vers la fenêtre et malmena sa tignasse rousse.

— Quand elle était petite, je lui faisais faire des tours sur mon dos et je lui donnais des bonbons en cachette.

— Assieds-toi, je t'en prie. Tu n'aurais pas dû venir, c'est ton jour de repos.

— Je t'ai déjà dit que je ne voulais pas m'asseoir ! s'emporta-t-il en se retournant vers Eve.

Au prix d'un grand effort, il retrouva un semblant de sang-froid. Il fouilla son regard d'un air inquisiteur.

— Je veux une réponse, Dallas. Pourquoi t'occupes-tu de l'accident d'Alice ?

— Peabody en a été témoin, commença-t-elle, consciente de ne pouvoir se permettre la moindre hésitation. C'était son soir de repos et en rentrant chez elle, elle a assisté à l'accident. Elle m'a aussitôt appelée. Je lui ai dit de prévenir une équipe de secours et de boucler un périmètre de sécurité. Comme elle était bouleversée, j'ai préféré me rendre sur place. Je pensais que ce serait plus facile si c'était moi qui prévenais la famille, ajouta-t-elle avec un haussement d'épaules, honteuse de mentir à un vieil ami. C'était le moins que je pouvais faire. Pour Frank.

— C'est tout ?

À aucun moment, Feeney ne l'avait quittée des yeux.

— Évidemment. Qu'est-ce que tu imagines ? Écoute, je viens juste d'avoir le rapport de toxicologie. Elle n'avait rien pris, ni drogue, ni alcool. Peut-être était-elle toujours bouleversée à cause de Frank. Il se peut qu'elle n'ait pas vu ce taxi. Avec le brouillard et la pluie, il n'y avait pas de visibilité.

— Ce salaud allait trop vite, hein ?

— Non, il respectait la limitation. Il n'avait jamais eu aucun problème et les tests toxicologiques pratiqués sur place se sont avérés négatifs. Alice a surgi devant son taxi et il n'a rien pu faire. Il n'est pas en cause, Feeney. Personne n'est en cause.

— Je veux parler à Peabody.

— Laisse-lui un peu de temps, objecta Eve, rongée par la culpabilité. Elle est encore sous le choc.

Feeney laissa échapper un profond soupir.

— Tu boucleras cette enquête et tu me transmettras toutes les conclusions ? Je peux te faire confiance ?

— Je vais faire de mon mieux, Feeney. Je te le promets.

Il hocha la tête avec tristesse.

— D'accord. Désolé d'avoir douté de toi. Je suis un peu déboussolé.

— Ne t'en fais pas.

Après une hésitation, elle posa une main sur son bras.

— Tu devrais rentrer. Tu as besoin de repos.

Sur le seuil de la porte, il se retourna.

— C'était un ange, tu sais, Dallas.

Dès qu'il eut refermé la porte, Eve s'affaissa dans son fauteuil, la gorge serrée par la peine et la culpabilité. Dans un sursaut de colère, elle se leva d'un bond et prit son sac. Cette Selina Cross n'avait qu'à bien se tenir.

— Comment comptez-vous l'aborder ? demanda Peabody quand elles se garèrent devant un immeuble ancien et élégant d'un vieux quartier du centre.

— Manière directe. Je veux que cette femme sache qu'Alice s'est confiée à moi. Si elle a un tant soit peu de cervelle, elle saura que je ne détiens rien de solide contre elle, mais ça lui donnera au moins à réfléchir.

Eve descendit de voiture et leva les yeux vers l'immeuble imposant orné de gargouilles grimaçantes.

— Enregistrez tout, Peabody, et ouvrez l'œil. Vous me donnerez vos impressions.

Peabody fixa l'enregistreur sur son uniforme sans quitter des yeux la plus haute fenêtre de l'immeuble, un grand hublot orné de motifs complexes.

— Je vais vous en donner une pas plus tard que maintenant. Regardez cette fenêtre là-haut. Encore un pentagramme inversé. Un symbole satanique. Et ces gargouilles ne me paraissent pas très amicales, ajouta-t-elle avec un pâle sourire. Si vous voulez mon avis, elles ont l'air... affamées.

— Je veux vos impressions, pas vos fantasmes, Peabody, bougonna Eve qui s'approcha de l'écran de sécurité.

— Veuillez décliner votre identité et la raison de votre visite, fit la voix métallique et monocorde d'un droïde.

— Lieutenant Eve Dallas et son équipière, police de New York, répondit Eve en tendant son insigne. Nous désirons voir Selina Cross.

— Êtes-vous attendues ?

— Notre visite ne la surprendra pas.

— Un moment.

Tandis qu'elles patientaient, Eve observa les alentours. C'était une avenue très passante, mais la plupart des piétons empruntaient le trottoir d'en face, et beaucoup d'entre eux jetaient des regards méfiants dans leur direction. Fait étrange, il n'y avait pas un seul marchand ambulant en vue.

— Vous êtes autorisées à entrer, lieutenant. Veuillez vous rendre à l'ascenseur un. Il est déjà programmé.

Le voyant de la caméra dissimulée dans un renfoncement passa du rouge au vert et la lourde grille de la porte d'entrée s'ouvrit dans un cliquetis de serrure.

— Que de précautions pour un simple immeuble d'habitation ! fit remarquer Peabody qui s'efforça de refouler l'appréhension qui lui nouait l'estomac et entra à la suite d'Eve.

La décoration du hall était dominée par un rouge oppressant, jusqu'à la moquette sur laquelle ondulait le dessin d'un hideux serpent à deux têtes. De ses yeux luisants couleur or, il observait avec un intérêt évident un personnage tout de noir vêtu trancher la gorge d'un agneau blanc avec un long couteau à lame recourbée.

— Très artistique, commenta Eve, un sourcil levé, tandis que Peabody prenait soin de contourner le serpent. Eh bien, Peabody, vous craignez que la moquette vous morde les orteils ?

La jeune femme la suivit dans l'ascenseur en jetant un regard méfiant par-dessus son épaule.

— On n'est jamais trop prudent. Je déteste ces bestioles. J'ai toujours eu une phobie des serpents.

L'intérieur de la cabine était entièrement tapissé de miroirs noirs. Sûrement truffé de caméras, songea Eve, tandis que l'ascenseur s'élevait sans un bruit. Les portes s'ouvrirent sur un vestibule spacieux dallé de marbre noir. Deux canapés tendus de velours rouge flanquaient une arche, arborant des accoudoirs sculptés en forme de loups aux crocs menaçants. Un arrangement floral émergeait d'un pot en forme de hure de sanglier.

— Aconit, belladone, digitale, pavot, expliqua Peabody à voix basse. Ma mère s'intéresse à la botanique. Croyez-moi, il ne s'agit pas de classiques plantes d'intérieur.

— Le classique est si ennuyeux, ne pensez-vous pas ?

Tous sourires, Selina Cross se tenait sous l'arche de marbre, visiblement ravie de les avoir prises au dépourvu. Avec sa longue robe noire moulante dont l'ourlet frôlait le dallage et ses pieds nus aux ongles rouge écarlate, on aurait dit une actrice posant pour un photographe. Une actrice de film d'horreur. Son teint blême rappelait celui d'un vampire et le rouge grenat de ses lèvres d'une finesse presque cruelle évoquait le sang frais. Ses yeux verts luisaient tels ceux d'un félin au milieu d'un visage fin et inquiétant qu'on n'aurait pu qualifier de beau, mais qui dégageait un charme sinistre. Ses longs cheveux noirs et raides tombaient de chaque côté de son visage jusqu'à la taille.

— Lieutenant Dallas et agent Peabody, n'est-ce pas ? Entrez, je vous prie, lieutenant Dallas. Quelle visite intéressante par une aussi morne journée ! ajouta-t-elle, levant une main ornée de bagues aux cinq doigts auxquels était glissée une fine chaîne d'argent qui formait un motif cabalistique sur le dos de sa main.

— Êtes-vous seule, mademoiselle Cross ? Cela nous simplifierait la tâche de parler aussi à votre compagnon.

— Oh, quel dommage ! fit-elle en se retournant dans un bruissement de soie, Alban est occupé ce matin !

Elle les précéda dans une pièce immense décorée d'une profusion de meubles plus tarabiscotés et inquiétants les uns que les autres.

— Asseyez-vous, je vous en prie, dit-elle avec un

geste théâtral de la main. Puis-je vous offrir un rafraîchissement ?

— Nous nous en passerons.

Selina Cross prit place sur un sofa tout en courbes dont le dossier représentait une hure de sanglier et déroula un de ses longs bras avec ostentation sur l'accoudoir orné de griffes puissantes. Faute de mieux, Eve se résigna à s'asseoir dans un fauteuil à tête de chien de meute.

— Pas même un café ? C'est pourtant votre boisson favorite, n'est-ce pas ?

Elle haussa les épaules et passa un index négligent sur le pentagramme tatoué au-dessus de son sourcil gauche.

— Comme il vous plaira. Que puis-je pour vous ?

— Alice Lingstrom est morte tôt ce matin.

— Oui, je suis au courant, répondit Selina Cross sans se départir de son sourire aimable comme s'il s'agissait d'une banale conversation de salon. Je pourrais vous dire que j'ai assisté à… l'accident grâce à mon miroir magique, mais je doute que vous le croiriez. Bien évidemment, je ne suis pas du genre à dédaigner la technologie et il m'arrive de regarder les informations à la télévision. J'ai appris son décès tôt ce matin.

— Vous la connaissiez, n'est-ce pas ?

— Elle a été mon élève pendant un temps. Une élève décevante, d'ailleurs. Je sais qu'Alice s'est plainte de mon… enseignement auprès de vous.

— Si vous voulez dire qu'elle m'a raconté avoir été droguée, violée et témoin d'un meurtre atroce, alors oui, elle s'est plainte auprès de moi.

— De la drogue, du sexe, un meurtre atroce… répéta Selina avec un rire grave et ronronnant. Quelle imagination débordante avait notre petite Alice ! Dommage qu'elle ne l'ait pas utilisée à bon escient ! Et vous, lieutenant Dallas, avez-vous de l'imagination ?

Elle fit une brusque torsion de poignet de sa main aux chaînettes. Dans le petit foyer de marbre, des flammes jaillirent sous les bûches.

Peabody sursauta et poussa un petit cri. Sans y prêter attention, Eve et Selina Cross continuèrent de se toiser sans ciller.

— Il fait un peu chaud pour faire du feu, non ? Et il est tôt pour une séance de prestidigitation, ironisa Eve avec un sourire en coin.

— J'aime la chaleur. Vous avez d'excellents nerfs, lieutenant.

— Et aucune sympathie pour les escrocs, dealers et assassins d'enfants.

— Suis-je tout cela ?

Sans se départir de son sourire, Selina tapota le dossier du sofa de ses longs ongles écarlates.

— Si ça vous amuse, prouvez-le, lâcha-t-elle sèchement devant le silence d'Eve.

— Je m'y emploie, n'ayez crainte. Où vous trouviez-vous la nuit dernière entre une heure et trois heures du matin ?

— Ici même, dans la salle rituelle. Avec Alban et un jeune initié du nom de Lobar. Nous avons pratiqué une cérémonie sexuelle privée de minuit à l'aube. Lobar est jeune et d'un... enthousiasme débordant.

— Je veux leur parler.

— Lobar travaille tous les soirs à mon club entre vingt et vingt-trois heures. Quant à Alban, je ne contrôle pas son emploi du temps, mais il traîne la plupart des nuits ici ou au club. Comme vous le constatez, lieutenant, vous perdez votre temps. J'aurais difficilement pu me trouver ici en compagnie de deux hommes très...

entreprenants et pousser cette pauvre Alice à la mort. Cela tiendrait de la magie.

— De la magie ? Vous ne m'avez guère convaincue de vos talents, ironisa Eve, lançant un regard narquois à la flambée qui crépitait dans la cheminée. Tout au plus de l'illusionnisme, de la poudre aux yeux. Avec vos tours de passe-passe, vous pouvez tout juste prétendre à une licence de prestidigitateur de rue pour deux mille *credits* par an.

Les muscles de Selina frémirent. Elle se pencha en avant, le regard brûlant comme la braise.

— Je suis grande prêtresse du Prince des Ténèbres et je possède des pouvoirs dont vous n'avez nulle idée. Nous sommes légion, lieutenant Dallas.

Ah, enfin un mouvement d'humeur ! songea Eve avec satisfaction. Et une fierté à fleur de peau.

— Vous ne m'impressionnez pas, mademoiselle Cross. Pas comme certaines petites gamines de dix-huit ans. Lequel de vos sbires a terrorisé Alice Lingstrom la nuit dernière par vidéocom ?

— Je ne comprends rien à vos propos. Et vous commencez à me lasser.

— La plume noire sur le rebord de la fenêtre était un détail subtil. Une fausse plume d'ailleurs, mais Alice ne pouvait faire la différence, n'est-ce pas ? Avez-vous un faible pour les animaux de compagnie droïdes, mademoiselle Cross ?

Selina Cross passa une main paresseuse dans sa longue chevelure d'ébène.

— Je n'ai aucun faible pour les animaux quels qu'ils soient.

— Non ? Pas même les chats et les corbeaux ?

— Quelle banalité...

— Alice semblait persuadée que vous possédez un don, disons, de métamorphose. Pourriez-vous nous faire une démonstration de ce petit talent ?

Les ongles de Selina reprirent leur tapotement agacé.

— Je ne suis pas ici pour vous distraire, ni pour me laisser humilier par votre esprit étroit.

— Distraire ? Est-ce que vous avez « distrait » Alice Lingstrom en la tourmentant au point qu'elle se jette sous les roues d'un taxi ? Quelle menace pouvait-elle donc représenter à vos yeux pour que vous la harceliez ainsi ?

— Elle ne représentait rien d'autre qu'un déplorable échec dans mon œuvre de prosélytisme.

— Vous avez vendu de la drogue à Frank Wojinski.

Si le changement brutal de cap déstabilisa Selina Cross, elle n'en laissa rien paraître. Les commissures de ses lèvres rouge sang se relevèrent en un rictus narquois.

— Vous paraissez bien sûre de vous, lieutenant. Si c'était la vérité, nous n'aurions pas cette discussion chez moi, mais dans vos locaux. Je détiens une licence d'herboriste et suis donc habilitée à négocier certaines substances. Toutes parfaitement légales.

— Cultivez-vous vos herbes ici ?

— En effet, et je distille mes potions et remèdes.

— J'aimerais jeter un coup d'œil à votre officine.

— Pour ça, il vous faudrait un mandat. Et vous savez comme moi que vous n'avez pas matière à vous en faire délivrer un.

— C'est sans doute la raison pour laquelle Frank Wojinski ne s'est pas embarrassé d'un mandat, rétorqua Eve qui se leva posément, le regard plongé dans celui de Selina Cross. Votre boule de cristal ne vous l'a pas dit ? Pourtant, il est venu ici même dans cet appartement. Il a laissé un rapport.

Selina Cross bondit du sofa.

— Fadaises ! Vous n'aviez rien. Rien du tout. La première fois qu'il a tenté de me suivre, je l'ai tout de suite repéré. Esprit lent, mauvais réflexes. L'âge sans doute... En tout cas, cet homme n'est jamais entré chez moi. Il ne vous a rien dit de son vivant et ne risque plus de parler maintenant.

— Non ? Il est pourtant possible de faire parler les morts, mademoiselle Cross. C'est justement mon métier.

— Alice n'était qu'une gamine stupide qui s'imaginait pouvoir flirter avec les forces des ténèbres et puis retourner tranquillement à sa pathétique magie blanche et à sa petite famille bien rangée. Elle a payé le prix de son ignorance et de sa lâcheté. Mais je n'y suis pour rien. Je n'ai rien de plus à ajouter.

— Nous nous en contenterons pour l'instant. Vous venez, Peabody ? Votre feu s'éteint, fit-elle remarquer d'un air innocent en s'avançant vers l'arche. Bientôt il ne sera plus qu'un pauvre tas de cendres.

Les mâchoires crispées, Selina ne broncha pas. Mais dès que les deux policiers furent dans l'ascenseur, elle laissa éclater une rage démentielle. Aussitôt un panneau lambrissé coulissa et un homme émergea du passage, blond et élancé. Son torse nu était luisant et musclé. Le tatouage dessiné à l'emplacement de son cœur représentait un bouc cornu. Pour tout vêtement, il portait un peignoir de soie noire négligemment resserré à la taille par un cordonnet couleur argent.

— Alban !

Selina courut vers lui et se jeta à son cou.

— Je suis là, mon amour, dit-il d'une voix réconfortante en lui caressant les cheveux d'une main ornée d'une large bague en argent sur laquelle était ciselé un pentagramme inversé. Calme-toi, tu vas déséquilibrer tes chakras.

Elle éclata en sanglots et lui frappa le torse de toutes ses forces à deux poings tel un enfant capricieux en proie à une crise de colère.

— Je me fous de mes chakras ! Je déteste cette garce ! Elle va payer, crois-moi !

Avec un soupir, Alban la laissa tempêter. À grand renfort de jurons, Selina entreprit de briser tout ce qui lui tombait sous la main. D'expérience, il savait que l'orage passerait plus vite s'il n'intervenait pas.

— Je veux que cette traînée meure, Alban ! Qu'elle souffre mille morts, qu'elle crie pitié ! Qu'elle se torde de douleur et se vide de son sang ! Cette garce a osé m'insulter, me défier ! Elle m'a ri au nez !

— Elle n'a aucune foi, Selina.

Épuisée comme toujours après un accès de fureur, Selina s'effondra sur le sofa.

— J'ai toujours détesté les flics.

— Je sais, répondit Alban qui prit une longue bouteille effilée et versa un liquide épais et trouble dans un calice. Je crois qu'il faut se méfier d'elle. Elle paraît très sûre de son fait. Mais nous trouverons bien une punition à sa mesure, n'est-ce pas ? ajouta-t-il en lui tendant le calice.

Un sourire triomphant illumina le visage blême de Selina Cross. Elle but le breuvage à petites gorgées gourmandes.

— Tu ne crois pas si bien dire. Une punition très spéciale. Dans son cas, le Maître appréciera que nous fassions preuve... d'inventivité.

Rejetant la tête en arrière, elle rit à gorge déployée.

— Nous allons la convertir, n'est-ce pas, Alban ?

Elle vida le calice d'un trait et se laissa envahir par l'agréable brouillard qui apaisa ses émotions confuses.

— Viens, murmura-t-elle, le regard luisant de concupiscence.

Elle s'allongea lascivement sur le sol.

— Prends-moi de force. Fais-moi mal.

— Avec plaisir.

Alban déchira sa robe et abattit sa large main de toutes ses forces sur son corps dénudé. Puis il la prit sans ménagement sur le tapis écarlate. Au moment de l'orgasme, elle tourna la tête vers lui, planta ses dents dans la chair de son épaule et suça son sang avec délectation. Puis il s'allongea auprès d'elle.

— Nous allons organiser une cérémonie dès ce soir, murmura-t-elle, assouvie, couverte d'ecchymoses et de griffures. Rassemble toute la congrégation pour une messe noire. Nous avons besoin de puissance, Alban. C'est une ennemie de taille. Et elle a juré notre perte.

— Elle ne peut rien contre nous, la rassura Alban qui lui caressa la joue et déposa un baiser sur sa lèvre ensanglantée. Mais tu as raison. Nous allons rassembler la congrégation, histoire de donner au lieutenant Dallas une distraction ou deux qui l'aideront à oublier la petite Alice.

L'excitation envahit à nouveau Selina. Elle roula sur Alban et le chevaucha.

— Qui va mourir ?

Alban la pénétra avec fougue et soupira d'extase quand il la sentit se crisper avec délices entre ses bras.

— À toi de choisir, mon amour.

— Vous l'avez vraiment fait enrager, dit Peabody qui s'efforça d'ignorer son dos moite.

Eve démarra comme une flèche.

— C'était le but du jeu et je recommencerai avec grand plaisir. Cette femme a un ego démesuré. Comment a-t-elle pu croire une seconde que nous tomberions dans le panneau avec un truc aussi ringard que le feu ? Quelle bonne blague !

— Quelle bonne blague, en effet ! répéta Peabody sans conviction.

Eve glissa un regard en coin à son adjointe, bien décidée à la taquiner un peu.

— Tant que nous y sommes, allons donc voir à quoi ressemble cette Isis. Dans sa boutique, vous trouverez sûrement un talisman ou des herbes magiques, poursuivit-elle avec un sérieux imperturbable. Histoire de conjurer le mauvais sort.

— Vous ne croyez pas si bien dire, répondit Peabody qui se trémoussa sur son fauteuil, mal à l'aise.

Elle préférait passer pour une imbécile plutôt que de risquer un sortilège ou une malédiction.

— Après notre visite à Isis, on s'achètera une pizza. Avec beaucoup d'ail.

— L'ail, c'est contre les vampires.

— Oh, alors je demanderai à Connors de me prêter deux de ses pistolets anciens ! Avec des balles en argent.

Peabody leva les yeux au ciel, mi-agacée, mi-amusée.

— Ça, c'est contre les loups-garous. Si nous devons affronter Selina Cross, il va falloir faire des progrès.

— Et contre les sorciers, quelle est la parade ?

— Je l'ignore, admit Peabody avec plus de gravité qu'elle ne l'aurait voulu, mais nous le découvrirons bien assez tôt, ne vous inquiétez pas.

6

Eve avait horreur du shopping. Le lèche-vitrines et les catalogues électroniques, très peu pour elle. Elle évitait autant que possible les magasins de Manhattan et frissonnait à la seule pensée de se rendre dans une des galeries marchandes aériennes qui fleurissaient au-dessus de la ville. Comparée à d'autres boutiques, Quête Spirituelle était tolérable, se dit-elle en poussant la porte vitrée. Les boules de cristal et les tarots, les statues et les innombrables bougies la laissaient indifférente, mais le tout était présenté avec goût. La musique d'ambiance était douce et reposante, tel un murmure de ruisseau. Grâce à une disposition judicieuse de spots, les cristaux et les prismes accrochaient les rayons du soleil, créant d'élégants arcs-en-ciel. Et il flottait dans la boutique une discrète senteur de forêt.

Isis Paige était l'exact opposé de Selina Cross, nota-t-elle, tandis que celle-ci venait à leur rencontre. Avec ses longues boucles de bohémienne d'un roux flamboyant, ses yeux ronds et noirs, ses pommettes saillantes et ses courbes voluptueuses, elle avait des allures d'amazone exotique. Le ton miel de sa peau dénotait des origines métissées, ses traits étaient vigoureux et marqués. Elle devait mesurer près d'un mètre quatre-vingts et portait une longue robe d'un blanc éblouissant resserrée à la taille par une ceinture ornée de pierres brutes. Des anneaux d'or s'enroulaient autour de son bras, du coude jusqu'à l'épaule, et ses mains longues et fines arboraient plusieurs bagues à chaque doigt. Elle esquissa un sourire triste.

— Bienvenue, lieutenant Dallas, fit-elle d'une voix au timbre grave, teintée d'un fort accent.

Levant un sourcil intrigué, Eve lui montra son insigne. Cette femme la connaissait déjà ? À force, on devait lire son métier sur son visage. Et puis elle apparaissait souvent dans les médias en compagnie de Connors.

— Vous êtes bien Isis Paige ?

— En effet. Vous désirez me parler. Excusez-moi.

Elle alla à la porte. Elle se déplace avec grâce, observa Eve. Une grâce de gazelle. Elle tourna un panonceau à l'ancienne écrit à la main, tira le store sur la porte vitrée et rabattit le loquet. Quand elle se retourna, son regard était intense, ses lèvres pincées.

— Vous apportez l'ombre dans ma lumière. Quelle puanteur ! Cette Selina Cross se cramponne, ajouta-t-elle devant les sourcils froncés d'Eve. Un moment.

Elle alluma des bougies et des cônes d'encens.

— Pour purifier et protéger. Vous possédez vos propres ombres, lieutenant Dallas, ajouta-t-elle avec un sourire fugace.

— Je suis venue au sujet d'Alice.

— Oui, je sais. Et vous trouvez ma vitrine ridicule. Je ne m'en offusque pas. Asseyez-vous, je vous en prie.

Elle désigna un coin de la boutique où deux fauteuils flanquaient une table ronde gravée de symboles mystérieux.

— Je vais vous chercher un autre fauteuil dans l'arrière-boutique, dit-elle en souriant à Peabody.

— Pas de problème, je peux rester debout, répondit la jeune femme, laissant errer son regard ici ou là avec envie sur les étagères bien garnies.

— Je vous en prie, jetez un coup d'œil, insista Isis.

— Nous ne sommes pas venues faire du shopping, intervint Eve qui s'assit en foudroyant son adjointe du regard. Quand avez-vous vu Alice ou parlé avec elle pour la dernière fois ?

— La nuit de sa mort.

— À quelle heure ?

— Aux environs de deux heures du matin, je crois. Elle était déjà morte.

— Vous l'avez vue *après* sa mort ?

— Son esprit est venu jusqu'à moi. Vous trouvez ça stupide, je sais. C'est pourtant la vérité. J'étais endormie. Soudain je me suis réveillée en sursaut et elle était là, debout près de mon lit. J'ai su aussitôt que nous l'avions perdue. Son âme est en peine, elle ne trouve pas le repos.

Isis prit une pierre lisse et rose sur la table et la tritura entre ses doigts, les yeux embués de larmes.

— Malgré ma foi, j'ai toutes les peines du monde à accepter sa mort. Elle était si jeune, si brillante. Je l'aimais comme une sœur. Mais je n'ai pas pu la sauver. Pas dans cette vie. Son esprit renaîtra. Je sais que nous nous rencontrerons à nouveau.

— Pour l'instant, concentrons-nous sur cette vie et cette mort, marmonna Eve avec agacement.

Isis refoula ses larmes et parvint à esquisser un sourire fugitif.

— Comme vous devez trouver tout cela ennuyeux, lieutenant Dallas ! Votre esprit est si rationnel. Mais je veux vous aider. Pour Alice. Pour moi. Peut-être même pour vous. Je vous ai reconnue, vous savez.

— C'est ce que j'avais cru comprendre.

— Non, vous vous méprenez. Je veux parler d'une autre époque et d'un autre lieu. La dernière fois que j'ai vu Alice vivante, poursuivit-elle sans transition en étendant ses mains sur la table, c'était à la veillée funèbre de son grand-père. Elle s'accablait de reproches, était déterminée à se racheter. Elle s'était égarée, mais son cœur était fort et pur.

— Vous connaissez Selina Cross ?

Le regard d'Isis se durcit.

— Il nous est arrivé de nous rencontrer.

— Dans cette vie ?

— Dans cette vie... et d'autres, répondit Isis, amusée par le ton ironique d'Eve. Elle ne représente aucune menace pour moi, mais n'en est pas moins dangereuse. Elle séduit les âmes faibles et troublées.

— Elle prétend posséder des pouvoirs...

— Laissez-moi rire !

— Alors nous sommes d'accord. Pourquoi aurait-elle voulu nuire à Alice ?

— Parce qu'elle se délectait de ce jeu cruel du chat et de la souris. Sa culpabilité est indéniable, même si vous allez avoir beaucoup de difficultés à la prouver. Mais vous ne renoncerez pas, répondit Isis, les yeux plongés dans ceux d'Eve avec une intensité déroutante. Selina sera surprise et exaspérée par votre ténacité, votre force. La mort vous révolte et celle d'une jeune fille comme Alice vous déchire le cœur. Vous vous souvenez trop bien, mais par bribes. Vous n'êtes pas née Eve Dallas, mais vous l'êtes maintenant. Il devait mourir, lieutenant Dallas. C'était nécessaire.

— Arrêtez !

— Pourquoi votre passé devrait-il vous hanter ? poursuivit Isis, le souffle court et rauque, les yeux écarquillés. Quel autre choix aviez-vous ? Vous avez perdu votre innocence, mais la force qui vous habite fait de vous un être d'exception. C'est le lot de certains d'entre nous. Un loup, un sanglier, une lame en argent... Faites confiance au loup, tuez le sanglier et vous vivrez.

Soudain, elle cligna des yeux et son regard se voila. Comme hébétée, elle pressa ses doigts contre ses tempes.

— Je suis navrée. Je n'avais pas l'intention... (Elle laissa échapper un gémissement et ferma les yeux.) Une violente migraine. Excusez-moi un instant.

Isis se leva d'un pas mal assuré et se hâta dans l'arrière-boutique.

— Cette femme est bizarre, lieutenant. Vous savez de quoi elle parlait ?

Il devait mourir, c'était nécessaire... Son père. Eve réprima un frisson. Une pièce froide, une nuit sombre et un couteau sanglant dans la main d'une enfant au comble de la terreur et du désespoir.

— Je n'ai pas compris un traître mot à son charabia, mentit-elle, exaspérée de sentir ses paumes moites. Décidément, ces farfelus s'imaginent nous impressionner avec leurs prétendus pouvoirs.

— J'ai été élève à l'institut Kijinsky de Prague, dit Isis en franchissant le seuil. Mes capacités psychiques y ont fait l'objet d'études. (Elle posa une petite coupe sur la table et esquissa un sourire, soulagée de sentir la migraine refluer.) Mon don de médium a été prouvé. Pour ceux qui ont besoin de preuves. Mais veuillez accepter mes excuses, lieutenant Dallas. Je n'avais pas l'intention de me laisser aller de la sorte. Il est très rare que je ne puisse me contrôler. (Elle vint se rasseoir et étala les plis de sa robe avec grâce.) Je n'aime pas fureter ainsi sans retenue dans l'esprit d'autrui. C'est un phénomène très douloureux, ajouta-t-elle en se massant doucement les tempes. Que puis-je faire pour vous aider ?

— Que savez-vous de Selina Cross ? demanda Eve qui se promit de se renseigner avec précision sur Isis.

— Cette femme n'a ni conscience, ni morale. Vous utiliseriez sans doute le terme sociopathe, mais je le trouve trop faible et trop… propre pour la décrire. Je préfère celui plus parlant de créature diabolique.

— Et Alban ?

— Je ne sais presque rien de lui, sauf qu'il la suit comme un petit toutou. J'imagine qu'il est son amant et qu'il lui est d'une quelconque utilité. Sinon, elle s'en serait déjà… débarrassée.

— Et son club ?

Isis esquissa un vague sourire.

— Je ne fréquente pas ce genre d'établissement.

— Mais vous le connaissez ?

— Des rumeurs circulent, répondit Isis avec un haussement d'épaules. Cérémonies occultes, messes noires, viols, sacrifices humains… (Elle soupira.) Mais on entend aussi ce genre de discours sur les Wiccans, vous savez. Les gens sont si ignorants.

— Alice prétendait avoir été témoin de l'assassinat d'un enfant.

— Je sais et je la crois. Elle n'aurait pu inventer une horreur pareille. Un soir, elle est venue me voir, paniquée. Elle était en état de choc. J'ai fait ce que j'ai pu pour elle.

— Comme par exemple l'encourager à rapporter les faits à la police ?

Isis releva le menton et affronta le regard glacial d'Eve.

— C'était à elle de décider. Moi, je me suis préoccupée de sa survie spirituelle. L'enfant était mort. J'espérais épargner ce sort à Alice. (Elle baissa la tête et ses yeux s'embuèrent de larmes.) Et j'ai échoué. Si vous saviez comme je regrette de ne pas avoir agi autrement… Peut-être était-ce par fierté. (Elle releva les yeux vers Eve.) La fierté est un terrible miroir aux alouettes. Je me suis imaginé posséder assez de sagesse, de force. Demandez-moi ce que vous voulez, lieutenant Dallas. J'essaierai de vous aider dans la mesure de mes pouvoirs.

— Selina nous a fait l'honneur d'une petite démonstration de ses talents, répondit Eve. Mon adjointe a été très impressionnée.

— Elle m'a prise au dépourvu, marmonna Peabody qui lança un regard méfiant à Isis.

À leur stupéfaction, Isis rejeta sa flamboyante chevelure en arrière et rit à gorge déployée.

— Qu'attendez-vous donc de moi ? Que je fasse tourner les tables ? Que je déchaîne les éléments ? À quoi bon ? Vous n'y croiriez pas. Par contre, une de nos cérémonies vous intéresserait peut-être. La prochaine a lieu à la fin de la semaine prochaine. Vous pourriez y assister.

— J'y réfléchirai.

— Je vous sens ironique, lieutenant Dallas. Pourtant je vois à votre doigt un symbole de protection.

— Pardon ?

— La gravure de votre alliance, poursuivit Isis qui lui prit la main avec son sourire tranquille. C'est du gaélique, une formule ancestrale qui sert à conjurer le mauvais sort.

Stupéfaite, Eve examina son alliance en or finement ciselée.

Isis leva un sourcil amusé.

— À ce que je vois, vous l'ignoriez. Est-ce pourtant si surprenant ? Votre mari a des origines celtiques et entend vous protéger des risques inhérents à votre dangereux métier. C'est le symbole de son amour que vous portez au doigt, lieutenant.

Eve se leva avec impatience.

— Je préfère les faits aux superstitions.

— Vous serez la bienvenue à notre cérémonie. Connors aussi. Ainsi bien sûr que votre équipière, ajouta-t-elle en souriant à Peabody. Je vais vous faire un cadeau.

— Le règlement l'interdit, objecta Eve.

Isis disparut derrière un comptoir et en sortit un petit bol transparent à grand bec.

— Dans ce cas, vous accepterez peut-être d'acheter ceci. Après tout, en fermant la boutique, j'ai peut-être perdu des clients. Vingt *credits*.

Eve sortit des *credits* de sa poche.

— C'est quoi ?

— Un bol à soucis. Vous y placez toutes vos préoccupations, vos peines de la journée. Puis vous le rangez dans un coin et vous pouvez dormir tranquille.

— Formidable ! ironisa Eve qui posa la somme sur le comptoir pendant qu'Isis enveloppait le bol dans un papier de soie mauve.

Pour une fois, Eve rentra tôt. Elle allait se plonger dans ses dossiers dans le calme feutré de son bureau, se promit-elle en se garant devant le perron. Comme à son habitude, Summerset se contenterait de l'ignorer avec une moue dédaigneuse. Elle aurait au moins deux heures de tranquillité, le temps d'interroger l'ordinateur sur Isis Paige et de contacter le secrétariat de Mira pour un rendez-vous. Il serait intéressant d'avoir l'avis d'une psychanalyste sur des personnages aussi étranges que Selina Cross et cette Isis.

Ses projets s'envolèrent en fumée à peine eut-elle ouvert la porte d'entrée. Une musique tonitruante ébranlait la maison, jaillissant du salon du rez-de-chaussée telles des explosions nucléaires en chaîne. Elle plaqua ses mains contre ses oreilles et s'avança vers la porte. Quand elle parvint sur le seuil, elle manqua de vaciller sous un raz de marée de décibels discordants. Ses cris n'émurent ni la télécommande vocale, ni l'unique occupante de la pièce. Vautrée sur le canapé en cuir, vêtue d'une minirobe rouge magenta fluo coordonnée aux boucles en spirale qui jaillissaient de sa tête, Mavis Freestone dormait à poings fermés.

— Non, mais je rêve, bougonna Eve, ébahie.

Elle se précipita sur la chaîne et, en désespoir de cause, martela les commandes manuelles.

— Stop ! Stop ! Stop !!!

Le chaos s'arrêta net. Elle poussa un soupir de soulagement. Les yeux de Mavis s'ouvrirent comme mus par un ressort.

— Eh, salut ! Ça va ?

— Quoi ?

Eve secoua la tête pour essayer de chasser les sifflements suraigus qui lui transperçaient les tympans.

— Cool, hein ? C'est un nouveau groupe. Ça s'appelle *Apocalypse.* Plutôt honnête.

— Quoi ? répéta Eve, encore sonnée.

Avec un gloussement, Mavis étira son corps de nymphe de tout son long et bondit jusqu'au meuble sculpté en acajou massif qui renfermait le bar.

— On dirait que tu as besoin d'un verre, Dallas. J'ai dû faire un somme. J'ai quelques nuits blanches derrière moi. Je voulais te parler… d'un truc.

— Tes lèvres bougent. Tu me parles ?

— N'exagère pas. Le volume était loin d'être à fond. Tiens, bois ça. Summerset m'a dit que je pouvais t'attendre ici. Il ignorait quand tu rentrerais.

Pour d'obscures raisons qui échappaient à Eve, le majordome guindé semblait avoir un faible pour Mavis.

— Il est sûrement dans son repaire à composer une ode en l'honneur de tes jambes.

— Eh, il y a rien de sexuel entre nous. Il m'aime bien, c'est tout, répondit Mavis qui trinqua avec son amie. Connors est là ?

— Avec ce boucan ? ricana Eve. Devine.

— Bon, ça tombe bien. C'est à toi que je veux parler.

Elle s'assit, tourna et retourna son verre entre ses doigts et demeura silencieuse.

— Quel est le problème ? Tu t'es disputée avec Leonardo ou quoi ?

— Non, non. On ne peut pas se disputer avec Leonardo. Il est trop chou. Il est à Milan pour quelques jours. Un contrat à négocier.

— Pourquoi ne l'as-tu pas accompagné ?

Eve s'assit à son tour et croisa ses bottes sur la luxueuse table basse.

— J'ai mon boulot au Down and Dirty. Je n'ai pas voulu laisser tomber Crack. Après tout, c'est lui qui a payé ma caution.

Eve se laissa aller avec délices contre le dossier confortable du fauteuil.

— Hmm, je ne pensais pas que tu travaillerais là aussi longtemps. Pas avec un contrat de disque en poche.

— Euh, oui, justement, le contrat. Tu sais, après avoir découvert que Jesse m'exploitait, je n'imaginais pas que la maquette que j'avais enregistrée avec lui aurait une suite.

— C'était génial, Mavis. Brillant, unique. Voilà pourquoi tu as décroché ce contrat.

— C'est vrai ? (Elle se redressa sur le canapé, agitant ses boucles folles.) J'ai découvert un truc aujourd'hui. Figure-toi que la maison de disques chez qui j'ai signé appartient à devine qui...

— Non ? Connors ?

— Eh oui, Connors.

Mavis avala une grande gorgée et se mit à arpenter la pièce à grands pas nerveux.

— Je sais que notre amitié remonte à un bout de temps, Dallas, et j'apprécie que tu aies mis Connors dans le coup, mais ça ne me va pas. Je suis venue te remercier... (Elle se détourna et une lueur tragique passa dans ses yeux argent...)... et te dire que je vais refuser l'offre.

Eve pinça les lèvres.

— Mavis, je ne comprends pas de quoi tu parles.

— C'est sa maison d'enregistrement, je te dis. Eclectic, ça s'appelle. Ils produisent tout, du classique aux trucs les plus décapants. C'est *la* maison d'enregistrement, le méga truc. Voilà pourquoi j'ai sauté au plafond avec ce contrat.

Eclectic, *la* maison d'enregistrement, songea Eve. C'était Connors tout craché.

— Je ne suis au courant de rien, Mats. Et je ne lui ai rien demandé.

Mavis cligna des yeux et s'assit lentement sur l'accoudoir du fauteuil.

— C'est vrai ?

— Puisque je te le dis. Et Connors ne m'en a pas parlé. À mon avis, si sa maison d'enregistrement te propose un contrat, c'est parce que lui ou les types qui travaillent pour lui ont jugé que tu en valais la peine.

Mavis se tut un moment, déboussolée. Elle s'était résolue à ce sacrifice, refusant de tirer parti de son amitié avec Eve. Maintenant, elle ne savait plus que penser.

— Il a peut-être tout arrangé. Un genre de faveur personnelle.

Eve secoua la tête avec conviction.

— Pour Connors, les affaires sont les affaires. À mon avis, il pense que tu vas l'enrichir. Et si c'est une faveur qu'il te fait, ce dont je doute fortement, eh bien, il ne te reste plus qu'à lui prouver que tu es à la hauteur.

Mavis laissa échapper un long soupir. Puis un sourire radieux illumina son visage.

— Tu vas voir, je vais faire un malheur. Vous pourriez peut-être passer ce soir au Down and Dirty. J'ai quelques nouvelles chansons et Connors pourrait juger par lui-même de son investissement.

— Ce soir, je ne peux pas. Je vais à L'Athame. Pour le boulot.

Mavis fit une grimace.

— Tu connais ?

— Juste de réputation. Et je peux te dire qu'elle est en dessous de zéro. Un endroit peu fréquentable.

— Dis-moi, Mavis, tu crois à la magie ? Incantations, sortilèges, télépathie, ce genre de trucs ?

Mavis pencha la tête sur le côté.

— Complètement bidon.

— Décidément, tu me surprendras toujours. J'imaginais que tu étais à fond dans ce genre de bizarreries.

— Un moment, j'ai été guide spirituel. Je me faisais appeler Ariel, la réincarnation d'une reine des fées. Tu serais étonnée du nombre de gens qui me payaient pour que je contacte leurs proches disparus ou que je leur prédise l'avenir.

En démonstration, elle rejeta la tête en arrière. Ses paupières palpitèrent et sa bouche s'affaissa. Avec lenteur, elle leva les bras, les paumes vers le plafond.

— Je sens une présence, une présence puissante, commença-t-elle d'une voix rauque teintée d'un léger accent slave. Une âme en peine, une âme égarée... Des forces maléfiques œuvrent contre vous. Elles vous guettent dans l'ombre, prêtes à vous nuire. Méfiez-vous.

Elle laissa retomber les bras avec un sourire ironique.

— À ce moment-là, tu demandes au gogo une preuve de confiance. Tu lui dis de glisser, disons, mille *credits* en liquide dans une enveloppe et de la sceller avec cette cire spéciale que tu leur vends. Tu inventes une histoire de rituel magique par une nuit sans lune dans une clairière secrète où tu vas enterrer l'enveloppe. Et tu lui assures qu'à la prochaine pleine lune, il pourra récupérer l'enveloppe et les forces du mal seront vaincues.

— Et les gens acceptent ?

— Bon, tu rallonges un peu la sauce, tu essaies de te renseigner un peu à l'avance sur la personne. Mais en gros, oui, c'est tout. Les gens sont prêts à gober n'importe quoi.

— Pourquoi ?

— Parce que la vie est vraiment trop nulle.

La vie est vraiment trop nulle... Sans doute parfois, songea Eve en se promenant dans le parc après avoir raccompagné Mavis sur le perron. Comme la sienne pendant de longues années. Et maintenant, elle vivait dans une luxueuse maison de maître avec un homme adorable qui l'aimait, qui l'avait épousée. Le bonheur... Un bonheur si parfait qu'il lui arrivait parfois d'avoir du mal à y croire.

Eve avait l'habitude des rues et des trottoirs, des embouteillages, des navettes aériennes bondées. Mais le pouvoir de Connors sur l'espace l'étonnait toujours. La maison était entourée d'un immense parc entretenu avec soin, tranquille et luxuriant avec ses arbres centenaires au feuillage d'automne flamboyant. Au-dessus de sa tête, seuls quelques rares véhicules traversaient le ciel, ne provoquant qu'un discret bourdonnement. Connors ne tolérait pas de maxibus cahotants ni de navettes touristiques bondées au-dessus de sa propriété. Derrière les grilles, au-delà du mur d'enceinte, commençait le monde qu'elle connaissait si bien. Un monde noir et peu reluisant. Ici, elle pouvait l'oublier pendant un court moment. Oublier New York et sa violence. Et son arrogance pourtant si envoûtante. Ce soir, elle avait besoin de silence et d'air pur.

Tandis qu'elle foulait à pas lents l'herbe épaisse et verdoyante, elle repensa avec inquiétude à l'alliance qu'elle portait au doigt et à ses étranges symboles. Elle se dirigea vers le pignon nord de la maison où se dressait une charmante tonnelle en fer forgé ouvragé. La vigne vierge s'enroulait autour de son armature délicate et retombait en cascades de fleurs d'un rouge flamboyant. C'était ici que Connors et elle avaient échangé leurs vœux. Encore une cérémonie, encore un rite immuable, songea-t-elle en s'asseyant sous la tonnelle.

— Tu communies avec la nature ? Ce n'est pas dans tes habitudes.

Connors était arrivé sans bruit derrière elle. Si silencieusement que le cœur d'Eve fit un bond. Il s'assit auprès d'elle.

— J'ai sans doute passé trop de temps enfermée aujourd'hui, répondit-elle avec un sourire.

Il lui tendit une fleur rouge. Elle la fit tourner entre ses doigts et la contempla un long moment avant de lever les yeux vers lui. Il était allongé dans l'herbe, appuyé sur les coudes, jambes tendues et chevilles croisées. Son regard langoureux et les effluves musqués et masculins de son after-shave éveillèrent en elle de délicieuses sensations.

— Ta journée a été bonne ? demanda-t-elle, refoulant un frémissement de désir.

— Disons que nous aurons du pain sur la table pour encore un jour ou deux.

D'un geste vif qu'elle aurait dû prévoir, il l'attira entre ses bras, la renversa sur lui et captura ses lèvres en un baiser brûlant.

— Arrête, Connors !

Elle eut beau se tortiller et se débattre, il lui maintint les poignets comme dans un étau et la fit rouler sous lui.

— Voilà, j'arrête, murmura-t-il d'une voix chaude, un peu rauque.

D'une bouche avide, il entreprit de butiner sa gorge avec une avidité sensuelle qui alluma en elle un ardent brasier.

— J'ai à te parler !

— D'accord, parle-moi pendant que je te déshabille. Tiens, tu portes encore ton arme ? Tu veux abattre du gibier dans le parc ou quoi ?

— Cesse de plaisanter, j'ai à te parler, répéta-t-elle sans aucune conviction en bloquant la main habile qui s'insinuait sous sa chemise.

— Et moi, j'ai envie de te faire l'amour. Voyons qui va l'emporter.

Vaincue d'avance, Eve ferma les yeux et se laissa bercer par le chant du soir des oiseaux et le bruissement des feuilles sèches dans le murmure du vent. Les caresses habiles de Connors sur sa peau étaient comme un miracle qui chassait toute la laideur et la souffrance d'un monde qu'elle connaissait trop bien, loin là-bas, à l'extérieur... Décontenancée par la force de son propre désir, elle s'abandonna corps et âme à la passion qui les dévorait... et le laissa gagner. Une fois de plus.

— On dirait que je me suis laissé séduire, murmura Eve plus tard, enlaçant Connors avec tendresse.

Il se blottit contre elle et enfouit son visage dans le creux de son cou.

— Hum...

— En fait, je ne voulais pas te vexer, c'est tout.

— Merci. Tu as supporté nos ardents ébats avec beaucoup de stoïcisme.

— C'est l'entraînement. Un flic doit savoir rester stoïque.

Il tendit la main vers l'herbe et ramassa son insigne.

— Vous avez perdu quelque chose, lieutenant.

Elle se mit à rire et lui assena une tape sur les fesses.

— Pousse-toi, tu pèses une tonne.

— Continue de me parler gentiment comme ça et Dieu sait ce qui pourrait se produire.

Il roula sur le flanc avec nonchalance. Le ciel était passé d'un bleu laiteux au gris clair.

— Je meurs de faim. Tu m'as distrait et maintenant, l'heure du repas est passée.

— Le dîner va attendre encore un peu, dit Eve qui se redressa et se rhabilla. Tu as eu ce que tu voulais. Maintenant c'est mon tour. Nous avons à parler.

— Nous pourrions parler pendant le dîner... (Il soupira devant son regard glacial.) Ou bien ici, après tout. Un problème ? s'enquit-il, effleurant du pouce la fossette de son menton.

— Disons... quelques questions.

— Vas-y, je t'écoute.

— Pour commencer... (elle s'interrompit et soupira devant le spectacle qu'il offrait, lascivement étendu sur l'herbe avec son air de gros matou repu) rhabille-toi, tu veux, ou c'est toi qui vas me distraire, dit-elle en lui tendant sa chemise avec une brusquerie qui le fit sourire. Mavis m'attendait quand je suis rentrée.

— Pourquoi n'est-elle pas restée ? s'enquit Connors qui enfila sa chemise avec un froncement de sourcils en découvrant les traînées verdâtres et terreuses qui la maculaient.

— Elle travaille ce soir au Down and Dirty. Connors, pourquoi ne m'avais-tu pas dit que tu es propriétaire d'Eclectic ?

— Ce n'est pas un secret, répondit-il en lui tendant l'étui de son arme. Juste une affaire parmi d'autres.

— Ne joue pas au plus fin avec moi. Eclectic a proposé un contrat à Mavis.

— Oui, je sais.

Il voulut dégager une mèche de son front. Elle repoussa sa main avec impatience.

— Je sais que tu sais. Tu aurais quand même pu me prévenir. Je suis tombée des nues avec ses questions.

— Quelles questions ? Il s'agit d'un contrat standard. J'imagine qu'elle le fera relire par un agent, mais...

— L'as-tu fait pour moi ? l'interrompit-elle, les yeux rivés sur les siens.

— Fait quoi ?

Eve crispa les mâchoires.
— Proposer ce contrat à Mavis.
Il pencha la tête sur le côté avec un petit sourire narquois.
— Tu veux abandonner la police pour devenir agent artistique ?
— Si tu te trouves drôle... Bien sûr que non. Je...
— Alors ça n'a rien à voir avec toi.
— Ne me fais pas croire que tu aimes la musique de Mavis.
— Je ne suis pas sûr que « musique » soit le mot qui convienne.
Eve lui planta un index vengeur sur le torse.
— Mais je suis persuadé que son talent va se vendre. Eclectic n'est pas une entreprise à vocation philanthropique.
Elle pianota sur son genou d'un air dubitatif.
— Tu ne serais pas en train de me mener en bateau par hasard ? Tu en serais tout à fait capable.
— Oh que oui ! répondit-il avec un sourire satisfait. Mais je ne plaisante jamais avec les affaires. Tu devrais le savoir. De toute façon, le contrat est signé. C'est tout ?
— Non, mais merci quand même, répliqua-t-elle en lui plaquant un baiser sur la joue.
— Pas de quoi.
— Ce soir, je vais à L'Athame. J'ai quelqu'un à interroger et...
Elle vit ses mâchoires se crisper.
— Ce club a une réputation très sulfureuse, tenta-t-il de protester.
— ... j'aimerais que tu m'accompagnes.
Elle eut du mal à s'empêcher de rire devant sa mine ébahie.

— Tu veux que je t'assiste dans une enquête ? De ton plein gré ?

— D'abord, je pense que tu pourras m'être utile et puis ça nous évite de perdre du temps en palabres inutiles. Tu serais venu de toute façon.

Il la tira par la main pour la relever.

— Quel fin stratège tu es ! Bon, j'accepte, mais seulement après le dîner. J'ai déjà sauté le déjeuner.

— Dernière question... Pourquoi as-tu fait graver un symbole en gaélique sur mon alliance ?

— Pardon ? fit-il, impassible.

Mais l'infime lueur de surprise au fond de ses yeux bleus n'échappa pas à Eve.

— Non, cette fois tu ne m'auras pas. Tu sais exactement de quoi je parle. C'est du gaélique et j'en ai appris la signification aujourd'hui.

— Je vois.

Coincé. Tentant une dérobade qu'il savait vouée à l'échec, il lui prit la main et fit mine de détailler la bague.

— Belle gravure...

— N'essaie pas de noyer le poisson, Connors. Tu y crois, c'est ça ? Tu crois à toutes ces sornettes de magie ?

— Là n'est pas la question...

Eve fronça les sourcils.

— Tu rougis.

Son visage s'éclaircit de surprise et d'amusement.

— Rien ne t'embarrasse d'habitude. Et là, tu ne sais plus où te mettre. C'est bizarre et un peu... attendrissant.

— Que vas-tu donc imaginer ? Je ne suis pas embarrassé. (Mortifié, corrigea-t-il intérieurement.) Ce n'est pas si facile à exprimer, voilà tout. Dans ton métier, tu risques ta vie tous les jours et moi, je t'aime, Eve. Tu es ce qui compte le plus au monde dans ma vie. Cette bague est juste ma contribution bien dérisoire à ta protection. Notre petit secret à tous les deux, expliqua-t-il, effleurant l'alliance avec son pouce.

— C'est adorable, Connors. Sincèrement. Mais tu ne crois quand même pas sérieusement à toutes ces balivernes ?

Il leva les yeux vers elle et son regard parut étinceler dans la pénombre du crépuscule. Un regard de loup, songea Eve. Et c'était à un loup qu'Isis lui avait dit d'accorder sa confiance, se rappela-t-elle avec incrédulité.

— On voit que tu n'as jamais assisté à une danse de géants, que tu n'as pas passé la main sur les symboles d'Ogham creusés dans le tronc d'un arbre pétrifié par le temps ou entendu les murmures des âmes qui résonnent dans la brume flottant sur la lande sacrée.

Eve secoua la tête, abasourdie.

— C'est du folklore irlandais ?

— Tu as décidément trop les pieds sur terre, Eve chérie, répondit-il en l'enlaçant avec tendresse par les épaules. J'ai eu une vie, disons, plus sinueuse. Je tiens à toi et je ne néglige rien pour te protéger. (Il lui prit la main et porta l'alliance à ses lèvres.) Simple mesure de précaution.

— J'espère au moins que tu n'as pas une pièce secrète où tu danses nu en marmonnant des incantations ?

Un pétillement amusé s'alluma dans le regard de Connors.

— Si, mais je l'ai transformée en bureau. Plus pratique.

— Bonne initiative. Bon, on va manger ?

— Dieu merci, enfin des paroles raisonnables !

Il prit Eve par la main et l'entraîna vers la maison.

7

Un seul regard suffit à Eve pour être convaincue qu'elle aurait préféré passer la soirée dans un bouge glauque aux relents âcres d'alcool et de sueur plutôt qu'à L'Athame. Dépravation. Ce fut le premier mot qui lui vint à l'esprit. Une dépravation dissimulée sous une épaisse couche de laque haute brillance.

Des loges en verre fumé et à armature de chrome surplombaient le niveau principal autour duquel elles pivotaient lentement, offrant à leurs occupants une vue plongeante sur la piste de danse. Le bar central se divisait en cinq branches prises d'assaut par des clients perchés sur de hauts tabourets arborant des formes anatomiques démesurées.

Les murs tapissés de miroirs teintés de noir réfléchissaient les flots rouge sang que crachaient les rangées de spots. Parmi les tables noires qui flanquaient la piste de danse, certaines étaient isolées dans des box aux vitres fumées derrière lesquelles des couples en pleine action divertissaient le public.

Sur la scène surélevée, un groupe d'échevelés assenait à l'assistance de la musique hard rock. Eve se demanda ce que Mavis aurait pensé de leurs visages peinturlurés, de leurs torses tatoués et de leurs coquilles en cuir noir agrémentées de pointes en argent. Son amie se serait sûrement extasiée.

— On monte, décida-t-elle. Histoire d'avoir une vue d'ensemble. C'est quoi, cette odeur ?

Connors monta à ses côtés sur l'escalier roulant.

— Un subtil bouquet d'encens et de transpiration, je dirais.

— Non, il y a autre chose. Comme une odeur métallique… Du sang ! C'est ça. Du sang frais.

Il l'avait remarquée aussi.

— Dans les endroits décadents comme celui-ci, ils en diffusent dans la ventilation. Pour l'atmosphère.

— Charmant.

Ils atteignirent le niveau deux. Ici, ni tables, ni chaises, mais des piles de coussins et d'épais tapis où pouvaient se vautrer les clients en sirotant leur cocktail. Certains étaient appuyés contre la rambarde en chrome ouvragé, à l'affût, se dit Eve, d'un ou d'une partenaire qui accepterait de se laisser entraîner dans l'un des salons privés. Il y en avait une douzaine à ce niveau, tous protégés par de lourdes portes noires arborant des plaques chromées aux noms très évocateurs : Perdition, Léviathan, Enfer et Damnation…

Sous ses yeux, un homme au regard embrumé par l'alcool entreprit d'embrasser les jambes de sa compagne à grand renfort de bruits de succion. Il remonta le long de ses cuisses et glissa sa main sous sa jupe ultra courte, tandis qu'elle gloussait. Légalement, elle aurait pu les coffrer tous les deux pour atteinte à la pudeur dans un lieu public.

— À quoi bon ? lui murmura Connors à l'oreille, lisant dans ses pensées. Tu as plus intéressant à faire qu'à coincer un couple d'excités.

Au moment où l'homme ouvrait la braguette en velcro de son pantalon large en toile bleue, un jeune homme séduisant avec une longue crinière blonde et des épaules nues aux muscles luisants s'agenouilla auprès du couple affairé. Ce qu'il leur dit fit glousser de plus belle la femme qui l'agrippa pour l'embrasser goulûment sur les lèvres.

— Viens, mon chéri. On va bien s'amuser à trois.

Le videur se dégagea avec tact et entraîna le couple titubant derrière une porte étroite.

Connors pencha la tête vers Eve avec la mine vaguement désabusée de celui que l'ambiance n'amuse guère.

— Eh hop, embarqués en douceur, lui murmura-t-il à l'oreille. Ils ajoutent le prix d'un salon privé sur la note et tout le monde est content.

Il y eut des éclats de rire. Puis le videur ressortit et ferma la porte avec soin.

— Le prix d'un salon privé dans un club comme celui-ci doit faire mal au portefeuille, répondit Eve qui parcourut l'assistance du regard.

Tous les âges étaient représentés. Parmi les plus jeunes, certains étaient à coup sûr entrés grâce à de fausses cartes d'identité. Mais ce qui la frappait surtout, c'était l'évidente richesse de la clientèle.

— Plutôt huppé comme club, fit-elle remarquer à Connors. Regarde un peu ces vêtements et ces bijoux. Et j'ai repéré au moins cinq compagnes accréditées haut de gamme.

— J'en ai compté une bonne dizaine.

— Et une douzaine de videurs armés de paralyseurs miniatures.

— Là, nous sommes d'accord.

Il glissa un bras autour de sa taille et l'entraîna jusqu'à la rambarde. En contrebas, la piste de danse était prise d'assaut. Les corps se frottaient les uns aux autres avec une sensualité très suggestive au rythme martelé de la musique assourdissante. Le spectacle avait commencé. Les deux choristes avaient été liées par des lanières de cuir à des chaînes en argent. La masse compacte des danseurs se pressait vers la scène. Un homme fut choisi dans le public. On l'invita à déshabiller les deux femmes. Sous leurs robes légères, elles ne portaient que des étoiles étincelantes sur la pointe des seins et le pubis. Il entreprit de les enduire d'huile sous les encouragements du public, tandis que les deux choristes se tortillaient et criaient grâce.

— Ça frôle le délit, bougonna Eve, écœurée.

— Ce n'est qu'un spectacle, répondit Connors, tandis que l'homme fouettait la première choriste avec un martinet aux lanières de velours. Ils s'arrangent toujours pour rester dans le cadre de la loi.

— Ces simulacres d'avilissement encouragent le passage à l'acte, objecta Eve qui crispa les mâchoires quand un membre du groupe commença à fesser la deuxième des choristes qui chantaient toujours avec ferveur. Nous sommes censés avoir dépassé ce stade de l'exploitation des femmes. Que viennent donc chercher ces gens ici ? C'est répugnant.

— Des frissons. Les plus bas et les plus vils, répondit Connors qui caressa la base de sa nuque d'une main réconfortante.

Elle savait ce que c'était que d'être attachée, humiliée. Il n'y avait rien d'artistique ni de divertissant là-dedans.

— Ne regarde pas, Eve.

— Comment une femme peut-elle accepter de se laisser avilir ainsi ? Pourquoi est-ce qu'elle ne lui balance pas un bon coup de pied où je pense ?

— Elle est différente de toi, murmura Connors qui l'embrassa sur le front et l'entraîna fermement.

Ils durent jouer des coudes pour se frayer un passage à travers la foule qui se massait contre la rambarde et firent un tour rapide à l'étage supérieur. Eve le trouva encore plus décadent. Les clients étaient assis en tenue de soirée à des tables où étincelaient l'argenterie et les verres de cristal. Tout en dînant, ils regardaient la vidéo de leur choix sur des écrans individuels : film hard, rites sataniques ou le spectacle du rez-de-chaussée. Une femme presque nue sous une robe noire arachnéenne s'avança vers eux d'un pas feutré.

— Bienvenue au restaurant du Maître. Avez-vous réservé ?

Trop, c'est trop, se dit Eve qui lui fourra son insigne sous le nez.

— C'est quoi votre spécialité ? Rites sadomasos sur canapé ?

— Notre menu ne propose rien d'autre que des mets et des vins très raffinés, lieutenant, répondit l'hôtesse avec assurance après un léger sursaut à la vue de l'insigne. Nous respectons strictement la législation. Si vous désirez parler à la propriétaire…

— C'est déjà fait. Je veux voir un certain Lobar. Où puis-je le trouver ?

— Il ne travaille pas à cet étage.

Avec habileté et discrétion, l'hôtesse les entraîna jusqu'à l'escalier.

— Si vous voulez bien retourner au rez-de-chaussée, nous allons vous trouver une table. Je vous envoie Lobar.

Eve détailla la jeune femme séduisante qui devait avoir dans les vingt-cinq ans.

— Ce spectacle odieux ne vous dérange pas ? demanda-t-elle, désignant du menton un des écrans où une femme nue hurlait et se débattait tandis qu'on l'attachait sur un autel de marbre. Comment pouvez-vous accepter ça ?

L'hôtesse jeta un regard méprisant à l'insigne d'Eve et esquissa un sourire narquois.

— Et vous, ça ne vous dérange pas d'être flic ? se contenta-t-elle de répliquer avant de s'éloigner de son pas feutré.

— Cet endroit commence à me porter sur les nerfs, glissa Eve à Connors, tandis qu'ils regagnaient le rez-de-chaussée. Il faut que je me calme.

À peine descendus de l'escalier, ils se retrouvèrent nez à nez avec un jeune homme aux yeux rouge vif.

— Par ici. Votre table vous attend, dit-il avec un sourire mielleux qui dévoila une dentition étincelante et des canines aiguisées en crocs acérés.

Il les précéda jusqu'à un box privé. Sa longue chevelure noire qui descendait jusqu'à ses reins était agrémentée de pointes rouges qui évoquaient des flammèches.

— Je suis Lobar, dit-il avec un nouveau sourire carnassier. Je vous attendais.

Sans ses dents de vampire et ses yeux de démon, il n'aurait pas été laid. Mais là, Eve avait l'impression d'être en face d'un grand dadais déguisé en diablotin pour Halloween. S'il avait l'âge légal, c'était certainement très récent. Son torse était maigrichon et imberbe, ses bras minces comme ceux d'une fille. D'instinct, elle sut cependant que ce type était dangereux. Au fond de ses yeux rouges couvait un feu cruel qui lui ôtait toute parcelle d'innocence.

Il se laissa tomber dans un fauteuil.

— Je me commande à boire. C'est vous qui payez, dit-il à Eve. Je prends sur mon temps de travail.

Il pressa une série de boutons sur le menu électronique.

— Vous avez une pièce d'identité, Lobar ?

Il retroussa les lèvres en un rictus goguenard et lui tendit ses paumes.

— Pas sur moi.

— Quel est votre patronyme légal ?

Son sourire s'évanouit et il afficha soudain la mine boudeuse d'un gamin capricieux.

— C'est Lobar et rien d'autre. Rien ne m'oblige à répondre à vos questions.

Eve attendit que le cocktail commandé émerge de l'appareil. Décidément, il veut nous en mettre plein la vue, songea-t-elle devant le lourd calice en verre sablé qui contenait un breuvage d'un gris trouble et fumant.

— Que savez-vous d'Alice Lingstrom ?

— Pas grand-chose, à part que c'était une idiote, répondit-il, sirotant son cocktail. Elle a traîné ici un moment et a fini par rentrer chez maman en pleurnichant. Ça ne m'a pas dérangé. Le Maître n'aime pas les faibles.

— Le Maître ?

Lobar but une gorgée avec lenteur et sourit de toutes ses dents.

— Satan, répondit-il avec délectation.

— Vous croyez à Satan ?

— Évidemment. (Il se pencha en avant et glissa vers Eve une main arborant de longs ongles laqués de noir.) Et il croit en vous.

— Attention, murmura Connors, vous êtes trop jeune et trop stupide pour perdre une main.

Lobar ricana mais, prudent, retira sa main.

— Votre chien de garde ? lança-t-il à Eve. Votre riche toutou. Nous savons qui vous êtes, ajouta-t-il, fixant ses yeux rouges sur Connors. Et alors ? Ici, vous n'avez aucun pouvoir. Pas plus que votre chienne de flic.

— Je ne suis la chienne de personne, répliqua Eve d'une voix égale, jetant un regard de mise en garde à Connors qui commençait à bouillir. Quant à mes pouvoirs, j'ai celui de vous emmener au Central et de vous cuisiner en salle d'interrogatoire. (Avec un sourire, elle laissa glisser son regard sur le torse de Lobar percé d'anneaux en argent à chaque mamelon.) Ça ferait bien rigoler les collègues. Mignon, hein, Connors ?

— Pas mal, dans le genre apprenti démon. Vous devez avoir un dentiste très... intéressant.

Il sortit une cigarette et l'alluma.

— J'en veux bien une aussi, dit Lobar.

Avec un haussement d'épaules, Connors glissa une cigarette sur la table. Lobar la prit et attendit. Connors ne put s'empêcher de sourire.

— Vous voulez du feu ? Désolé, je croyais que vous feriez jaillir une flamme du bout de vos doigts.

— Je garde mes pouvoirs pour les initiés, rétorqua Lobar qui se pencha en avant et tira sur sa cigarette, tandis que Connors lui présentait son briquet. Écoutez, vous voulez des renseignements sur Alice Lingstrom et je ne peux pas vous aider. C'était pas mon type. Trop coincée, toujours à poser des questions. Je l'ai sautée une ou deux fois, mais pendant des cérémonies collectives. Rien de personnel.

— Et la nuit de sa mort ? demanda Eve.

Lobar exhala la fumée et inspira une longue bouffée.

— Pas vue. J'étais occupé. Une cérémonie privée avec Selina et Alban. Des rites sexuels jusqu'à l'aube.

— Vous êtes restés ensemble toute la nuit ? Personne n'est sorti, même pour quelques minutes ?

Il haussa ses épaules maigrichonnes.

— C'est l'avantage de l'amour à trois. Pas de temps mort, répondit-il avec un regard suggestif sur les seins d'Eve. Vous voulez essayer ?

— Vous n'allez quand même pas racoler un flic, Lobar. Et puis j'aime les hommes, pas les gamins maigrichons déguisés pour le carnaval. Qui a appelé Alice ? Qui l'a terrorisée avec ces chants macabres ?

— Je ne comprends rien à ce que vous racontez, bougonna-t-il avec sa mine boudeuse de gosse vexé. Alice n'était rien. Tout le monde s'en foutait.

— Pas son grand-père.

— Il est mort, à ce que j'ai entendu, dit-il avec un pétillement involontaire dans le regard. Un vieux schnock de flic. Toute la journée le cul sur sa chaise. Aucun intérêt pour moi.

— Assez pour savoir qu'il était flic, insista Eve. Un flic dans un bureau. Comment saviez-vous ça, Lobar ?

Réalisant son erreur, il écrasa sa cigarette à petits coups rageurs.

— Quelqu'un en aura parlé. (Il dévoila ses canines effilées dans un large sourire.) Sans doute Alice pendant que je la sautais.

Eve ricana.

— Elle s'ennuyait tant que ça ? Pas très glorieux pour vos performances sexuelles !

Il s'empara rageusement de son verre.

— J'ai dû l'entendre quelque part, d'accord ? Qu'est-ce que j'en ai à foutre ? De toute façon, il était vieux.

— L'aviez-vous déjà vu ? Ici ?

— Ici, ça défile. Je ne me souviens pas de tous les vieux schnocks qui passent. C'est bondé tous les soirs. Comment voudriez-vous que je sache qui entre ? Selina m'a engagé comme videur, pas comme physionomiste.

— L'Athame m'a tout l'air d'une boîte qui tourne. Selina trafique toujours ? Elle vous en vend ?

Il lui glissa un regard rusé.

— Je puise ma puissance dans ma foi. Pas besoin de came.

— Avez-vous déjà participé à un sacrifice humain ? Avez-vous déjà égorgé un enfant pour votre maître, Lobar ?

Il vida son verre d'un trait.

— Ça, c'est une hallucination de non-initié. Les gens comme vous aiment faire passer les satanistes pour des monstres.

— Les gens comme nous sont vraiment pleins de préjugés, intervint Connors avec un sourire narquois. Il faut être aveugle pour ne pas voir que vous êtes simplement... très pieux.

— Écoutez, la liberté de religion existe dans ce pays. Vous voulez nous faire avaler votre Dieu ? Eh bien, nous le vomissons. Lui et toute sa sale engeance de faibles et de pleurnichards. Nous régnerons en enfer ! (Il se leva d'un bond.) Je n'ai plus rien à dire.

— Libre à vous, répondit Eve d'une voix calme, les yeux plongés dans les siens. Mais réfléchissez à tout ça, Lobar. Des gens sont morts et ce n'est pas fini. Vous pourriez très bien être le prochain sur la liste.

Ses lèvres tremblèrent, mais il se ressaisit.

— Et pourquoi pas vous ? rétorqua-t-il avec force.

Il tourna les talons et sortit en claquant la porte.

— Charmant garçon, commenta Connors. Je suis sûr qu'il serait tout à fait à sa place en enfer.

— Il y court peut-être tout droit, répondit Eve qui subtilisa le verre vide et le fit disparaître dans son sac. Je veux savoir d'où sort ce type. Je vérifierai ses empreintes.

Connors se leva et lui prit le bras.

— D'accord, mais après une bonne douche. Cet endroit laisse sur la peau une désagréable impression de saleté poisseuse.

— Bobby Allen Mathias, lut Eve à l'écran. Dix-huit ans le mois dernier. Né à Kansas City, Kansas. Fils de Jonathan et d'Elaine Mathias, tous deux prêcheurs baptistes.

— Un fils de prêcheurs ? fit Connors. Dans un milieu aussi rigide, les enfants se rebellent très souvent. Ça semble être le cas du cher petit Bobby.

— Délinquant dès son plus jeune âge, poursuivit Eve. Quatre fugues avant treize ans, menus larcins, effractions, agressions. À quatorze ans, après une folle équipée dans une voiture volée et une inculpation pour vol qualifié, ses parents l'ont rejeté. Il a été placé dans une institution fédérale d'où il a été renvoyé après une tentative de viol sur une enseignante. Il a fini en maison de correction.

— Un ange, ce Bobby, murmura Connors. Je comprends maintenant pourquoi j'avais envie d'arracher ses affreux petits yeux rouges. Ils n'arrêtaient pas de s'égarer sur tes seins.

— Profil psychiatrique sans surprise, continua Eve. Tendances sociopathiques, sautes d'humeur imprévisibles, pulsions violentes incontrôlables. Profond ressentiment à l'égard de ses parents et des représentants de l'autorité, des femmes en particulier. Ressentiment mêlé de crainte. Quotient intellectuel élevé. Forte propension à la violence. Le sujet présente un manque total de conscience morale et un intérêt anormal pour l'occulte.

— Qu'est-ce qu'un fou pareil fait en liberté ? Pourquoi n'est-il pas interné ?

— Parce que c'est la loi. À dix-huit ans, les jeunes délinquants retournent à la vie sociale. Jusqu'à ce qu'il plonge pour un délit d'adulte, il est libre comme l'air et je n'y peux rien, expliqua Eve avec un soupir. Il corrobore l'alibi de Selina pour la nuit où Alice est morte.

— Il a peut-être eu des instructions, suggéra Connors.

— Encore faudrait-il pouvoir le prouver. J'ai son adresse. J'irai le cuisiner chez lui. J'interrogerai les voisins. Il suffirait sans doute de peu pour que le petit Bobby craque.

— Sinon ?

— Sinon, on continue à creuser, répondit Eve en se frottant les yeux. Il sait peut-être quelque chose, mais ce n'est pas lui qui tire les ficelles. Il n'est qu'un pion.

— Tu as sans doute raison, commenta Connors en l'embrassant sur le front.

— Il ne l'emportera pas au paradis, si j'ose dire. Tôt ou tard, le naturel reviendra au galop et, là, je l'attendrai au tournant.

— Quel sale boulot tu fais ! plaisanta Connors en réprimant un bâillement.

— La plupart du temps, oui. (Elle regarda pardessus son épaule.) Tu es fatigué ?

— Oui. Je vais me coucher. Tu as besoin de quelque chose ?

— De toi, répondit-elle sans hésitation.

Devant le pétillement qui s'alluma dans les yeux de Connors, Eve sentit ses joues s'empourprer.

— Il est tard et la journée a été longue. Je pensais à quelque chose comme une douche. Pour laver toute cette crasse. (Embarrassée, elle se détourna et fixa l'écran d'un regard dur.) C'est sans doute stupide.

Attendri, Connors lui massa doucement les épaules.

— Ce n'est pas la proposition la plus romantique que tu m'aies faite, mais elle est loin d'être stupide. Déconnexion, ordonna-t-il à l'ordinateur.

L'écran s'éteignit. Connors fit pivoter le fauteuil et prit Eve par les mains.

— Viens te coucher.

— Connors...

Elle lui enlaça le cou avec fougue. Sans qu'elle pût se l'expliquer, cette soirée à L'Athame l'avait profondément déprimée.

— Je t'aime.

Il lui embrassa le menton avec émotion, sachant à quel point Eve avait du mal à exprimer ses sentiments.

— Viens te coucher, murmura-t-il. Et répète-moi encore que tu m'aimes. C'est un mot que j'adore entendre dans ta bouche.

Dissimulés sous de longues tuniques noires et des masques, les membres de la congrégation se rassemblèrent dans la salle de cérémonie où flottait une puissante odeur de sang frais. Les flammes des bougies noires jetaient des ombres mouvantes sur les murs telles des araignées chassant leur proie.

Selina était allongée nue sur l'autel, une bougie noire allumée entre ses cuisses, un bol de sang sacrificiel niché entre ses seins plantureux. L'attente et l'excitation faisaient vibrer son corps tout entier. Elle sourit. Les adeptes étaient nombreux et ils avaient payé le prix fort pour assister à la cérémonie. Leur fortune était sienne désormais. Le Maître l'avait arrachée à une vie miteuse pour lui offrir le pouvoir et le luxe. C'est sans une hésitation qu'elle avait vendu son âme en échange.

Ce soir était un grand soir. La mort serait au rendez-vous. La mort et la puissance que conférait le sang versé. Ils ne se souviendraient de rien. Elle avait ajouté des drogues au vin coupé de sang. Ils obéiraient aveuglément aux volontés du Maître.

Seuls Alban et elle savaient que le Maître avait exigé un sacrifice pour sa protection. Et qu'ils s'apprêtaient à l'exécuter avec allégresse.

8

Agacée par la sonnerie insistante du réveil, Eve roula sur le côté en maugréant.

— Il ne peut pas déjà être l'heure de se lever. Nous venons à peine de nous coucher.

— Ce n'est pas le réveil. C'est l'alarme.

Eve se redressa d'un bond.

— Quoi ? *Notre* alarme ?

Déjà debout en train d'enfiler son pantalon, Connors répondit par un grognement. Instinctivement, Eve s'empara de son arme, puis de ses vêtements.

— Quelqu'un essaie d'entrer ?

— Apparemment, c'est déjà fait, répondit-il d'une voix calme.

Il n'avait pas allumé la lumière et elle distingua sa silhouette dans la clarté de la lune à travers le dôme en verre. Elle reconnut la forme d'un revolver dans sa main.

— Connors, range cette arme ! C'est illégal !

Imperturbable, il glissa un chargeur dans le Glock 9 mm.

— Non.

— Non mais je rêve… (Elle s'empara de son bip et le fourra par habitude dans la poche arrière de son jean.) Tu n'as pas le droit de porter ce revolver. Je dois te le confisquer, c'est mon job.

— Pas question.

Il se dirigea vers la porte. Elle le rattrapa sur le seuil.

— Si tu tires sur un intrus avec cet engin, je vais être forcée de t'arrêter.

— Libre à toi.

Elle l'agrippa par le bras.

— C'est la loi, Connors. Range-le et préviens la police.

— Et s'il s'agissait d'une panne ? Tu ne te sentirais pas un peu ridicule ?

— Rien de ce qui t'appartient ne tombe jamais en panne, marmonna-t-elle.

Il ne put s'empêcher de sourire.

— Merci.

En ouvrant la porte, il se retrouva nez à nez avec Summerset.

— Il semble qu'il y ait un intrus dans la propriété, monsieur.

— Où se situe l'effraction ?

— Section quinze, quadrant sud-ouest.

— Faites un plan vidéo complet et branchez l'alarme de la maison en puissance maximale quand nous serons sortis. Eve et moi allons inspecter le parc. Une chance que je vive avec un flic, conclut-il en passant distraitement une main sur le dos d'Eve.

Elle baissa les yeux sur le revolver qu'il tenait à la main.

— Nous en reparlerons, siffla-t-elle entre ses dents. Je suis sérieuse.

— Je n'en doute pas une seconde.

Côte à côte, ils descendirent l'escalier monumental. La maison était silencieuse.

— Ils ne sont pas entrés, dit Connors qui s'arrêta près de la porte menant à un vaste patio. L'alarme de la maison n'a pas la même tonalité. Mais ils ont franchi le mur d'enceinte.

— Donc ils peuvent être n'importe où dans le parc.

La lune était presque pleine, mais des nuages épais masquaient ses rayons. Eve scruta l'obscurité, les arbres, les immenses buissons ornementaux. D'excellentes cachettes pour observer sans être vu ou pour tendre une embuscade. Elle n'entendait rien d'autre que le bruissement des feuilles sèches dans la brise.

— Nous allons devoir nous séparer. Par pitié ne fais pas usage de ton arme à moins que ta vie ne soit menacée. La plupart des cambrioleurs ne sont pas armés.

Mais la plupart des cambrioleurs, songèrent-ils tous deux, ne tentaient pas d'exercer leurs talents chez un homme tel que Connors.

— Sois prudente, lui souffla-t-il avant de se fondre dans la nuit.

Eve se dirigea vers l'ouest et commença à quadriller le périmètre. Le silence était presque sinistre. Elle percevait à peine ses propres pas amortis par l'épaisse pelouse. Derrière elle, la maison se dressait dans les ténèbres, une imposante bâtisse de pierre et de verre. Un sourire se dessina sur ses lèvres. Quelle tête ferait un cambrioleur sans méfiance s'il se retrouvait nez à nez avec Summerset.

Parvenue au mur d'enceinte, elle chercha des traces d'effraction. Haut de trois mètres et d'un mètre d'épaisseur, il était équipé d'un dispositif électrique programmé pour envoyer une décharge dissuasive au-dessus de dix kilos. Des caméras de sécurité et des projecteurs étaient installés tous les quatre mètres. Eve étouffa un juron : le mince faisceau lumineux de l'alarme clignotait au rouge. Déconnecté. Arme au poing, Eve longea le mur vers le sud.

À couvert sous les arbres, Connors inspectait silencieusement le parc de son côté. Il avait acheté cette propriété huit ans auparavant, l'avait rénovée et adaptée à ses besoins. Il avait supervisé en personne la conception et l'installation du système de sécurité. C'était sa première maison, le refuge qu'il s'était choisi après tant d'années d'errance et cette intrusion le mettait hors de lui.

La nuit était fraîche et aussi silencieuse qu'un tombeau. Peut-être avait-il simplement affaire à un cambrioleur très audacieux ou inconscient. Ou alors à un adversaire très dangereux. Peut-être un professionnel engagé par un concurrent. Un ennemi... Il ne s'était pas battu pour arriver là où il était aujourd'hui sans s'en faire quelques-uns au passage.

À moins que la cible ne soit Eve. Elle aussi avait des ennemis. Des ennemis dangereux. Il jeta un regard pardessus son épaule, hésita. Puis il tenta de se rassurer. Il ne connaissait personne mieux à même de se défendre qu'Eve.

Ce fut cette hésitation, ce besoin instinctif de protéger sa femme qui lui porta chance. Immobile, il discerna un bruit de pas presque imperceptible. Serrant son revolver avec détermination entre ses doigts, il recula dans l'ombre d'un chêne et attendit.

La silhouette se déplaçait lentement, accroupie dans les buissons. Elle se rapprochait. Connors entendit bientôt le souffle d'une respiration saccadée. Malgré l'obscurité, il jugea qu'il s'agissait d'un homme plutôt mince, d'environ un mètre soixante-dix. Il ne vit pas d'arme et afin d'éviter des ennuis à Eve avec sa hiérarchie, il glissa le Glock dans sa poche de pantalon. Lorsque la silhouette fut à sa portée, il bondit, lui enserra la gorge d'un bras et leva un poing serré, anticipant une riposte brutale quand il réalisa que son adversaire était un adolescent.

— Eh, espèce d'enflure, lâchez-moi ou je vous fais la peau !

Un adolescent mal élevé et terrorisé, songea Connors. Il ne lui fallut que quelques secondes d'une lutte inégale pour le plaquer contre un tronc d'arbre.

— Comment es-tu entré ?

Le visage du garçon était blanc comme la craie. Connors l'entendit déglutir avec difficulté. Il cessa de se débattre et tenta une ébauche de sourire.

— Vous êtes Connors, hein ? Plutôt performant, votre système de sécurité.

— C'était ce que je croyais.

Pas un cambrioleur, se dit Connors. Mais ce gamin ne manquait pas de culot.

— Comment l'as-tu neutralisé ?

— Je...

L'adolescent s'arrêta net, les yeux écarquillés.

— Derrière vous !

Connors fit volte-face sans le lâcher.

— Nous tenons notre intrus, lieutenant.

— Je vois.

Eve abaissa son arme.

— Tu as vu ça, Connors ? Ce n'est qu'un gosse. C'est... (Elle s'interrompit et plissa les yeux.) Mais je le connais.

— Alors tu pourrais peut-être faire les présentations.

— Tu es Jamie, c'est ça ? Jamie Lingstrom, le frère d'Alice.

— Vous avez l'œil, lieutenant. Et maintenant, vous pourriez peut-être lui dire d'arrêter de m'étrangler.

— Je ne crois pas, répondit Eve qui rengaina son arme et s'avança vers lui. Explique-moi plutôt ce qui t'a pris d'entrer par effraction dans une propriété privée au beau milieu de la nuit. Tu es le petit-fils d'un flic, bon sang ! C'est un casier de jeune délinquant que tu cherches ?

— Pour l'instant, ce n'est pas moi le problème, lieutenant Dallas. (Il s'efforçait de jouer au dur, mais sa voix tremblait.) Il y a un macchabée qui traîne sur le trottoir devant chez vous.

— Tu as tué quelqu'un, Jamie ? demanda Connors, alarmé.

— Eh, pas de blague ! Il était déjà là à mon arrivée.

Jamie tenta de refouler le haut-le-cœur que lui causait le souvenir de cette vision d'horreur.

— Venez, je vais vous montrer.

— Allons-y, fit Eve, méfiante. Mais pas d'entourloupe. N'oublie pas que je suis armée.

— Après tout le mal que je me suis donné pour entrer, ça serait stupide de vouloir fuir, non ? Par ici.

Il avait les jambes en coton et espérait de tout son cœur qu'ils ne remarqueraient pas que ses genoux s'entrechoquaient.

— J'aimerais bien savoir comment tu es entré, insista Connors, tandis qu'ils se dirigeaient vers l'entrée principale. Comment as-tu réussi à court-circuiter le système de sécurité ?

— Je me débrouille en électronique. C'est mon hobby. Vous avez un système très performant. Le meilleur. J'imagine que je n'ai pas déconnecté toutes les alarmes.

Il tourna la tête vers lui avec un pâle sourire.

— Cesse de tourner autour du pot. Comment es-tu entré ?

— Grâce à ça, répondit Jamie qui sortit de sa poche une petite télécommande. C'est un neutralisateur. Je l'ai bricolé moi-même. (Il fronça les sourcils quand Connors lui prit l'appareil de la main.) Quand vous appuyez là, expliqua-t-il en désignant une touche, ça déchiffre étape par étape le programme codé dans les puces et ça le reproduit à l'identique. La procédure prend un peu de temps, mais c'est plutôt efficace.

Connors examina l'appareil, à peine plus gros qu'un des jeux électroniques produits par millions dans ses usines. Le boîtier lui était désagréablement familier.

— Tu as transformé une console de jeux en neutraliseur ? Tout seul ? Et cet engin est venu à bout de mon système d'alarme ?

— Presque, corrigea Jamie avec une lueur d'agacement dans le regard. J'ai dû oublier un truc. Votre système est super. J'aimerais bien y jeter un coup d'œil.

— Tu peux toujours courir, grommela Connors qui fourra l'appareil dans sa poche.

À l'entrée de la propriété, il déconnecta le portail et l'ouvrit manuellement, glissant un regard méfiant à Jamie qui tendait le cou derrière son épaule.

— Très impressionnant, commenta-t-il. Je n'ai pas osé franchir la grille. Alors je suis passé par-dessus le mur avec une échelle.

— Une échelle, répéta Connors en fermant les yeux. Et les caméras ?

— Oh, je les ai déconnectées de la rue. Mon appareil a une portée de quinze mètres.

Connors agrippa Jamie par le col.

— Lieutenant, je veux que ce gamin soit puni. Et sévèrement.

— Plus tard. Bon, où est ce prétendu cadavre ?

Jamie blêmit.

— Par ici, à gauche.

— Reste ici avec lui, Connors. Et ne le lâche pas.

— Aucun risque.

Mais pas question de rester en arrière. Il entraîna Jamie dans la rue, lançant un regard innocent à Eve qui jura entre ses dents et les précéda d'un pas furieux. Elle n'eut pas à aller loin. Le corps était bien en évidence sur le trottoir. Pas beau à voir.

L'homme était nu et lié sur un socle de bois en forme d'étoile. Non, réalisa-t-elle, en forme de pentagramme inversé. Les yeux exorbités semblaient implorer le ciel et sa gorge béante se vidait sur le bitume. Les bras étaient étendus, les jambes écartées en un large V. Le torse n'était plus qu'une bouillie de chair et de sang coagulé avec un trou plus gros que le poing. Eve doutait que le médecin légiste trouve un cœur lors de l'autopsie.

— Lobar, murmura Connors, effaré, masquant le macabre spectacle à l'adolescent qu'il tenait toujours par les poignets.

Eve s'approcha. Celui qui lui avait arraché le cœur lui avait aussi amputé le pénis. Un couteau était planté à travers une feuille de papier dans son sexe mutilé.

ADORATEUR DU MALIN

VA RÔTIR EN ENFER

— Connors, ramène le gamin à l'intérieur, tu veux ? Et débarrasse-toi de ça, ajouta-t-elle avec un regard en direction de l'échelle appuyée contre le mur. Confie-le à Summerset.

Elle se tourna vers lui, le visage grave et impassible. Son visage de flic.

— Pourrais-tu m'apporter ma mallette ?

— Oui. Viens, Jamie.

— Je le connais, fit le garçon en essuyant d'un geste rageur les larmes qui lui embuaient les yeux. C'est un des salauds qui ont tué ma sœur. Je suis bien content que cette pourriture soit crevée.

Sa voix s'était brisée sur ces derniers mots et Connors passa un bras compatissant autour de ses épaules.

— Viens. Laissons le lieutenant faire son travail.

Connors lança un dernier regard à Eve avant de soulever l'échelle et de reconduire Jamie dans la propriété. Les yeux toujours fixés sur le corps, Eve sortit son émetteur.

— Ici lieutenant Eve Dallas. Homicide. Demande assistance.

Elle fournit les renseignements nécessaires, puis rangea l'appareil. Tournant les talons, elle contempla les ombres mouvantes du grand parc au bord de l'avenue tranquille. À l'est, les premières lueurs de l'aube déchiraient le voile de la nuit. Le meurtre était déjà entré dans sa vie bien des fois et ce n'était sûrement pas la dernière. Mais quelqu'un allait payer pour l'avoir fait entrer dans sa propriété. Des bruits de pas la tirèrent de ses sombres réflexions. C'était Connors qui revenait avec sa mallette et sa veste de cuir.

— Il fait frais au petit matin, dit-il en la lui tendant.

— Merci. Comment va Jamie ?

— Summerset et lui se regardent en chiens de faïence.

— Je savais que ce gosse me plaisait. Rentre vite jouer l'arbitre, répondit-elle en vaporisant ses mains et ses bottes d'un film protecteur. J'ai prévenu les renforts.

— Je reste.

Eve s'y attendait. Elle ne prit pas la peine de protester.

— Alors rends-toi utile et filme-moi tout ça. Tu vas me servir d'assistant jusqu'à l'arrivée de Peabody.

Elle sortit sa caméra de sa mallette et la lui tendit.

— Je suis désolée, Connors, dit-elle, pressant ses mains entre les siennes.

— Tu es trop intelligente pour être désolée de quelque chose dont tu n'es pas responsable. Il n'a pas été tué ici, non ?

— Non.

Eve s'agenouilla près du corps.

— C'est sûrement la blessure à la gorge qui a provoqué le décès. Les autres semblent post mortem. L'autopsie l'établira. Or, une jugulaire tranchée, ça saigne toujours beaucoup et, là, il n'y a presque pas de sang. Tu filmes ?

— Oui.

— Victime identifiée comme Robert Mathias, alias Lobar. Sexe masculin, race blanche, dix-huit ans. L'examen préliminaire visuel indique que la mort a été provoquée par une lame effilée ayant tranché la gorge.

Avec rapidité et compétence, elle examina et calibra les autres blessures.

— Un couteau à manche noir sculpté a été laissé dans le corps de la victime au niveau de l'aine. Il traverse ce qui semble être un message imprimé par ordinateur sur papier recyclé.

Des hurlements stridents de sirènes retentirent dans le lointain.

— Les voilà, dit-elle à Connors. Ils vont arriver d'une minute à l'autre. Il n'y a pas beaucoup de circulation à cette heure-ci. Tu as mis l'échelle en lieu sûr ?

— Ne t'inquiète pas.

— Le corps a été attaché par des lanières de cuir à une structure de bois représentant un pentagramme, poursuivit Eve, son enregistreur à la main. La faible quantité de sang indique que la victime a été tuée et mutilée ailleurs, puis transportée sur les lieux. Possibilité d'effraction dans propriété privée par porte de sécurité et mur d'enceinte. Corps découvert à environ quatre heures trente par le lieutenant Eve Dallas et Connors, résidants.

Elle pivota sur ses talons et s'approcha de la première voiture de patrouille qui venait de s'arrêter près du frottoir dans un grincement de pneus.

— Installez immédiatement l'écran de protection et bouclez un périmètre de dix mètres. Je ne veux pas de badauds et encore moins les médias, compris ?

— Oui, lieutenant.

Les deux policiers en uniforme sortirent en hâte de la voiture et extirpèrent l'écran de protection du coffre.

— Ça va durer un moment, dit-elle à Connors en lui prenant des mains la caméra qu'elle tendit à un autre policier. Tu devrais rentrer jeter un œil sur Jamie. Dis-lui d'appeler sa mère pour la rassurer. Mais ne le quitte pas avant mon retour.

— Je m'en occupe. Je vais annuler mes rendez-vous de la journée.

Elle voulut lui caresser la joue, puis se ravisa, réalisant que ses mains étaient maculées de sang.

— Essaie de l'occuper un peu, histoire de lui changer les idées. Cette affaire sent le soufre, Connors.

— Un meurtre rituel, murmura-t-il. Qui a pu commettre un carnage pareil ?

— J'ai l'impression que le monde de l'occulte ne veut plus me lâcher.

Elle laissa échapper un soupir, puis fronça les sourcils en voyant Peabody courir vers elle.

— Non mais je rêve ! Où est votre véhicule, agent Peabody ?

Son adjointe s'arrêta devant elle, sanglée dans son uniforme impeccablement repassé, le visage écarlate et le souffle court.

— Je n'ai pas de véhicule, lieutenant. Je suis venue en métro. La station la plus proche est à quatre rues d'ici. On voit que les riches n'ont pas besoin des transports en commun, ajouta-t-elle, glissant un regard accusateur à Connors.

— Eh bien, vous auriez dû réquisitionner un véhicule, Peabody ! s'exclama Eve qui se tourna vers Connors. On te rejoint dès qu'on a fini ici. Bon, Peabody, prenez la caméra au policier. Je me méfie de son coup d'œil et il a les mains qui tremblent. Prenez-moi les mesures de la tache de sang et des clichés des blessures sous tous les angles. Et protégez bien vos mains. À mon avis, les gars du labo ne trouveront pas grand-chose ici, mais on ne sait jamais. Le légiste est en route.

De retour dans la maison, Connors trouva Jamie allant et venant comme un lion en cage sous la garde d'un Summerset visiblement excédé.

— Où vous croyez-vous donc ? Si vous cassez un seul bibelot ou faites la moindre tache, je vous préviens, je vous assomme !

Avec un air de défi, Jamie continua d'arpenter la pièce et de manipuler les statues et bibelots du petit salon.

— Ouh, je tremble comme une feuille ! Vous me flanquez une de ces frousses, mon vieux.

— Décidément, les bonnes manières et toi, ça fait deux, intervint Connors sur le seuil. Personne ne t'a appris qu'on doit montrer du respect aux aînés ?

— Et personne n'a appris à ton chien de garde à être poli avec les invités ?

— Les invités ne trafiquent pas les systèmes d'alarme et ne pénètrent pas par effraction dans les propriétés privées. Tu n'es pas un invité.

Devant le regard glacial de Connors, Jamie perdit son aplomb.

— Je voulais juste parler discrètement au lieutenant.

— La prochaine fois, essaie le vidéocom, suggéra Connors. C'est bon, Summerset, je m'occupe de lui.

— Comme il vous plaira.

Summerset lança un dernier regard ulcéré à Jamie, puis sortit du salon de sa démarche compassée.

— Où avez-vous déniché Frankenstein ? À la morgue ? ironisa Jamie en se laissant tomber dans un fauteuil.

Connors s'assit sur l'accoudoir du canapé et prit une cigarette.

— Summerset croque des avortons comme toi chaque matin au petit déjeuner, répondit-il d'une voix calme en allumant son briquet. Je ne mens pas, je l'ai vu.

— Quelle bonne blague ! s'exclama Jamie qui jeta pourtant un regard méfiant vers la porte.

— À propos de petit déjeuner, vous n'auriez pas un truc à manger ? Ça fait des heures que je n'ai rien avalé.

Connors exhala la fumée.

— Et en plus tu veux que je te nourrisse ?

— De toute façon, je suis coincé ici. Alors autant attendre en mangeant.

Connors le regarda, estomaqué. Comment ce sale gosse insolent pouvait-il encore avoir de l'appétit après ce qu'il avait vu ?

— Ah oui ? Et tu penses à quoi ? Des tartines, de la brioche, un bol de céréales avec du sucre ?

— Je pensais davantage à une pizza. Ou bien à un hamburger, fit Jamie avec un sourire charmeur. Ma mère est une vraie fana de diététique. À la maison, on ne bouffe que des trucs bio.

— Il est cinq heures du matin et tu veux une pizza ?

— La pizza, ça descend toujours.

— Tu as sans doute raison.

Après tout, il mangerait bien quelque chose aussi.

— Allons-y.

Jamie suivit Connors dans le vestibule orné de tableaux de maître et d'objets d'art.

— On dirait un musée ici. Vous devez vraiment être plein aux as. À ce qu'on raconte, tout ce que vous touchez se transforme en or.

— On raconte ça ?

— Oui, et aussi que vous n'avez pas toujours gagné votre vie de façon très… nette. Mais puisque vous avez épousé un flic, vous êtes sûrement un type honnête.

— Sûrement, murmura Connors qui franchit la porte battante de l'immense cuisine.

— Eh, classe ! Vous avez des cuisiniers qui travaillent pour vous ?

— Dans la journée, répondit Connors, tandis que Jamie jouait avec les commandes du bloc de cuisson informatisé et du réfrigérateur. Mais pas si tôt. (Il se dirigea vers un imposant AutoChef.) Pizza ou hamburger ?

— Pourquoi pas les deux ? Et je boirais bien du Pepsi. Au moins un litre.

— Va t'asseoir et ne touche à rien.

Tandis que Jamie se glissait sur la banquette confortable du coin repas, Connors programma l'AutoChef et prit deux Pepsi dans le réfrigérateur.

— Si tu veux prévenir ta mère, tu peux utiliser le vidéocom de la cuisine.

Jamie frotta ses mains sur son jean.

— Pas la peine, elle ne répondra pas. Elle est sous tranquillisants. À cause d'Alice. La veillée a lieu ce soir.

Connors n'insista pas. Il tendit un Pepsi à Jamie, puis sortit une grande pizza dorée à point de l'Auto-Chef et la posa sur la table. Puis ce fut autour du hamburger.

— Grandiose ! s'exclama Jamie qui mordit à pleines dents dans le pain au sésame. Eh, c'est de la viande ! s'exclama-t-il, la bouche pleine. De la vraie viande !

Connors eut du mal à réprimer un sourire.

— Tu préfères peut-être le soja ? Végétarien ?

— Vous rigolez, protesta le garçon en s'essuyant la bouche d'un revers de main. C'est génial comme ça. Merci.

Connors sortit deux assiettes et coupa la pizza.

— Apparemment, une effraction stimule l'appétit.

Connors se servit une part de pizza et laissa le reste à Jamie.

— Si ma mère me voyait ! dit Jamie, la bouche pleine. Enfin, sauf pour la bouffe, elle est plutôt cool, vous savez. Quant à mon père, je ne l'ai pas vu depuis quelques années. Il vit en Europe dans la communauté Morningside près de Londres.

— Un groupement résidentiel où toute la vie est structurée dans les moindres détails, c'est ça ?

— Ouais, c'est ennuyeux à mourir. Même le gazon est programmé. Mais ils adorent ça, lui et sa nouvelle femme. La troisième. (Il haussa une épaule et but une gorgée de Pepsi.) Il n'aimait pas beaucoup son rôle de père. Ça préoccupait beaucoup Alice. Moi, ça m'est complètement égal.

Faux, se dit Connors. La blessure était là, profonde et permanente.

— Ta mère ne s'est pas remariée ?

— Non. Ça ne la branche pas. Elle a été sonnée quand il est parti. J'avais six ans. Maintenant j'en ai seize et elle s'imagine toujours que je suis un gamin. J'ai dû la harceler pendant des semaines pour qu'elle me laisse passer mon permis. Elle est sympa, vraiment. (Il s'interrompit, le nez dans son assiette.) Elle ne mérite pas ce qui arrive. Elle fait de son mieux. Non, elle ne mérite pas ça. Elle adorait grand-père. Ils étaient très proches. Et maintenant Alice... Alice était plutôt bizarre, mais...

— Elle était ta sœur, termina Connors. Tu l'aimais.

Jamie releva la tête avec dans le regard une fureur terrifiante.

— Quand je retrouverai ceux qui l'ont fait souffrir, je les tuerai.

— Oublie tes envies de vengeance, Jamie. Laisse plutôt la police faire son boulot.

Eve se tenait sur le seuil, le regard sombre et le visage blême de fatigue. Malgré ses efforts, quelques taches de sang maculaient son jean.

— Ils ont tué ma sœur.

— L'homicide volontaire n'a pas été établi, objecta Eve qui programma du café à l'AutoChef. Et inutile de me tenir tête. Tu as déjà assez d'ennuis comme ça, ajouta-t-elle avec fermeté avant que Jamie n'ait eu le temps d'ouvrir la bouche.

— Sois futé, tais-toi, lui conseilla Connors comme il allait répliquer.

— De la pizza au petit déjeuner ? Il y en a encore ? intervint Peabody avec un grand sourire, bien décidée à détendre l'atmosphère.

— Servez-vous, intervint Connors en tapotant la banquette près de lui. Jamie, je te présente l'agent Peabody, l'équipière du lieutenant Dallas.

— C'est froid, bougonna Eve qui mordit sans enthousiasme dans une part.

— Rien de mieux que de la pizza froide au petit déjeuner, dit Peabody avec un clin d'œil à l'adresse de Jamie.

— Bon, on a du pain sur la planche, continua Eve, plongeant un regard sévère dans celui du garçon. Tant que tu n'as pas de parent ou de représentant légal à tes côtés, je ne peux enregistrer ta déposition ou t'interroger officiellement, me suis-je bien fait comprendre ?

— Je ne suis pas idiot. Et je ne suis plus un enfant. J'ai le droit de...

— Tu as le droit de te taire, l'interrompit Eve. Avec ou sans représentant, je peux t'envoyer pour effraction devant le juge pour enfants. Si Connors décide de porter plainte...

— Eve, enfin...

— Ne m'interromps pas, le coupa-t-elle en pivotant vers lui. Ce n'est pas un jeu. Il s'agit d'un meurtre. Et les journalistes sont déjà à l'affût dehors, appâtés par l'odeur du sang. Tu ne vas pas pouvoir mettre un pied hors de ta propre maison sans qu'ils te sautent dessus.

— Et tu crois que ça me dérange ?

— Moi, ça me dérange. Ça me met hors de moi. Mon boulot n'a pas à interférer avec ma vie privée. Il ne doit pas entrer ici !

Elle s'arrêta net et se tourna vers la fenêtre. C'était ça qui la rongeait de l'intérieur, qui ébranlait ses nerfs.

Il y avait du sang sur sa maison. À cause d'elle, de son métier.

— De toute façon, c'est trop tard, reprit-elle, un peu calmée. Bon, tu me dois des explications, Jamie. Veux-tu parler ici ou au Central après que j'ai contacté ta mère ?

Jamie resta silencieux un moment sans la quitter des yeux, comme s'il pesait le pour et le contre.

— Je connais le type qui est là dehors, finit-il par dire avec gravité. Il s'appelle Lobar. C'est une des ordures qui ont tué ma sœur. Je l'ai vu.

9

Eve posa les paumes sur la table et se pencha vers Jamie.

— Es-tu en train de me dire que tu as vu Lobar tuer ta sœur ?

— Non, mais je sais que c'est lui. Je l'ai vu avec elle. Je les ai vus tous.

Son menton trembla et sa voix se brisa, rappelant à Eve qu'il n'avait que seize ans.

— Une nuit, je suis entré dans l'appartement.

— Quel appartement ?

— Celui de Selina la sorcière. (Il haussa une épaule, davantage par nervosité que par arrogance.) J'ai assisté à une de leurs messes noires.

D'une main tremblante, il prit son Pepsi et le vida.

— Ils t'ont autorisé à assister à un rituel ?

— Ils ne m'ont rien autorisé du tout. Ils ignoraient que j'étais là. Disons que je me suis invité. Leur système d'alarme est moins performant que le vôtre, ajouta-t-il à l'adresse de Connors.

— Ça me rassure, fit celui-ci.

— Dis-moi, Jamie, tu envisages une carrière de monte-en-l'air ?

— Non, répondit-il sans sourire. Je veux devenir flic. Comme vous.

Eve laissa échapper un soupir excédé et se laissa tomber sur la banquette.

— Les flics qui prennent l'habitude des effractions finissent bien souvent du mauvais côté des barreaux.

— Ils tenaient ma sœur.

— La séquestraient-ils contre sa volonté ?

— Ils lui ont détraqué le cerveau. C'est pareil.

— Écoute, je vais te faire une faveur parce que j'aimais bien ton grand-père. Nous allons garder tout ça pour nous. Officiellement, tu n'as jamais mis les pieds là-bas, compris ?

— Comme vous voulez, répondit-il en haussant une épaule avec indifférence.

— Raconte-moi ce que tu as vu. Pas d'exagération, pas de suppositions.

Jamie esquissa un sourire.

— C'est ce que grand-père disait toujours.

— Puisque tu veux devenir flic, fais-moi ton rapport.

— D'accord, cool. Bon, comme vous le savez, Alice était à fond dans l'occulte. Elle s'est mise à sécher les cours et parlait de laisser tomber ses études. Ma mère était effondrée. Elle croyait que c'était à cause d'un garçon, mais moi, je sais que non. Ce n'est pas qu'elle se confiait à moi. Non. Elle ne me parlait plus. (Il s'interrompit, le regard sombre et malheureux, puis secoua la tête en soupirant et reprit son récit.) Mais je la connaissais. Avec un garçon, Alice aurait été rêveuse, lunatique. Là, c'était différent. J'ai cru qu'elle se droguait. Je sais que ma mère en a parlé à mon grand-père et qu'il a parlé à Alice, mais ça ne menait à rien. Alors j'ai décidé d'en avoir le cœur net. Je l'ai suivie une ou deux fois. Je me disais que ce serait un bon exercice pour plus tard. Elle ne m'a jamais repéré. Les autres non plus d'ailleurs.

« Je l'ai suivie jusqu'à ce club, L'Athame. La première fois, j'ai dû attendre dehors. Je n'étais pas préparé. Elle est entrée vers vingt-deux heures et en est ressortie vers minuit, accompagnée de Selina Cross, Alban et Lobar. Ils sont partis à pied et sont entrés dans l'immeuble de Selina Cross. La lumière s'est allumée à la fenêtre du dernier étage. Après réflexion, j'ai décidé d'entrer. J'ai neutralisé le système d'alarme sans trop d'effort. Je peux avoir un autre Pepsi ?

Sans un mot, Connors s'exécuta.

— À l'intérieur, tout était silencieux. Un silence de mort. Il faisait sombre. J'avais une mini torche, mais je n'ai pas voulu l'utiliser. Je suis monté au dernier étage en neutralisant l'alarme à reconnaissance digitale et les caméras. Les serrures n'ont pas beaucoup résisté. Ils s'imaginaient sans doute que personne n'aurait le cran de s'aventurer jusque-là sans invitation. J'ai pénétré dans l'appartement. Il était vide. Je ne comprenais plus rien. Je les avais vus entrer, j'avais vu de la lumière. Alors j'ai fouiné à droite et à gauche. Ils ont de ces trucs cinglés là-dedans. Et ça sentait bizarre… Un peu comme de l'encens. Je me suis retrouvé dans une des chambres. Il y avait une statue vraiment étrange. Un type avec une tête de porc et une grosse… Enfin, bref, poursuivit-il en rougissant, j'étais en train de la regarder quand quelqu'un est entré. J'ai cru que j'étais coincé, mais il ne m'a pas vu. Il a pris quelque chose dans un tiroir et est ressorti sans même regarder dans ma direction. (À ce souvenir, Jamie secoua la tête et but une longue gorgée de Pepsi.) Je suis arrivé sur le seuil à l'instant où il disparaissait dans le mur du couloir. Un passage secret, expliqua-t-il avec un sourire triomphant. Et moi qui croyais que ça n'existait que dans les vieilles vidéos. J'ai attendu quelques minutes et je l'ai suivi.

À ces mots, Eve se plaqua les mains sur le visage.

— Non, mais c'est pas vrai. Il l'a suivi.

— Ben oui, la chance me souriait. Je suis tombé sur un escalier étroit. En pierre, je crois. Il y avait de la musique. Pas vraiment de la musique, plutôt une sorte de chant monotone. L'odeur est devenue plus forte. L'escalier tournait et, soudain, j'ai vu cette pièce. Environ la moitié de celle-ci, avec des murs recouverts de miroirs, des bougies partout, et des statues obscènes. La fumée était très épaisse et j'avais la tête qui commençait à tourner. J'ai essayé de ne pas trop en respirer.

Il s'interrompit, les yeux baissés sur la canette qu'il tenait à la main.

— Au milieu de là pièce, il y avait une sorte d'estrade sculptée. Alice était allongée dessus. Nue. Les trois autres chantaient autour d'elle, mais je ne comprenais pas les paroles.

Il s'arrêta à nouveau et déglutit avec difficulté, les joues écarlates.

— Ils commençaient à se faire des trucs entre eux, puis à Alice. Alban et Lobar l'ont chevauchée. Tous les deux. Et elle les laissait faire, pendant que cette sorcière de Selina regardait. Alice ne disait rien...

Sa voix se brisa. Sans s'en rendre compte, Eve lui prit la main et il la serra de toutes ses forces.

— Je n'ai pas pu rester, poursuivit-il d'une voix étranglée. J'étais écœuré. Il fallait que je sorte. (Il leva des yeux humides vers Eve.) Ils lui ont détraqué le cerveau, je vous dis, sinon elle ne les aurait jamais laissés faire. Alice n'était pas comme ça.

— Je sais, fit Eve avec douceur. En as-tu parlé à quelqu'un ?

— Je n'ai pas pu, répondit-il, essuyant ses larmes d'un revers de main. Ça aurait tué maman. Je voulais parler à Alice. J'étais hors de moi. Mais je n'ai pas eu le courage. J'étais gêné d'avoir vu ma sœur comme ça.

— Je comprends.

— Je suis retourné au club deux jours plus tard et je l'y ai suivie.

— On t'a laissé entrer ?

— J'avais trafiqué ma carte d'identité. Dans ce genre d'endroit, ils se moquent que tu aies l'air d'avoir douze ans si ta carte dit que tu es majeur. J'ai repéré Alice avec cette enflure de Lobar. Ils sont montés au dernier étage. Je n'ai pas pu entrer, mais je me suis approché assez près pour constater qu'ils avaient disparu. Sans doute encore une porte dérobée comme dans l'appartement.

« Et puis quelques semaines plus tard, Alice les a subitement plaqués. Le jour de son retour de la fac, je me souviens. Elle a habité chez cette Isis pendant un moment, puis a emménagé dans son propre appartement et a trouvé un boulot. Et elle n'a plus jamais remis les pieds au club ou à l'appartement. (Il laissa échapper un soupir.) J'ai cru qu'elle était revenue à la raison. Elle s'est un peu confiée à moi.

— T'a-t-elle parlé de ces gens qu'elle fréquentait ?

— Pas vraiment. Elle m'a juste dit qu'elle avait commis une erreur, une erreur terrible. Qu'elle était en train de se purifier, d'expier, enfin bref son jargon habituel. Je sentais qu'elle était terrorisée, mais elle avait parlé à mon grand-père et j'imaginais que tout allait rentrer dans l'ordre. Ils ont tué grand-père aussi, vous croyez ?

— Pour l'instant, l'enquête suit son cours, Jamie. Je n'ai pas le droit de t'en parler, c'est confidentiel, répondit Eve quand il leva ses yeux égarés vers elle. Et tu ne vas en parler à personne. Je t'interdis de t'approcher de ce club ou de cet appartement. Si tu désobéis et que je l'apprends – et je le saurai forcément –, je te colle un bracelet électronique.

— C'est ma sœur.

— C'est dur, je sais, Jamie, compatit Eve qui se leva. Maintenant, le problème c'est de te faire sortir d'ici discrètement. Les journalistes montent la garde devant le portail.

— Je m'en occupe, intervint Connors. On va trouver une solution.

Eve n'en doutait pas. Elle approuva d'un hochement de tête.

— Bon, je vais me changer. Je dois aller au Central. Peabody, restez ici, ordonna-t-elle avec un regard éloquent en direction de Jamie.

— Oui, lieutenant.

— Comme si j'avais besoin d'un chien de garde, marmonna Jamie, tandis qu'Eve et Connors quittaient la cuisine.

— Un autre Pepsi ? lui demanda Peabody avec un sourire engageant.

— Pourquoi pas ?

Elle alla au réfrigérateur, puis se servit une tasse du délicieux café de Connors.

— Ça fait longtemps que tu veux être flic ?

— Depuis toujours.

— Comme moi alors.

Elle s'assit en face de lui et ils parlèrent boutique avec animation.

Je vais l'emmener par les airs, annonça Connors quand Eve sortit de la salle de bains.

— Par les airs ?

— J'avais envie de faire tourner l'hélicoptère. Ça tombe bien.

— Cette zone n'est pas autorisée aux hélicoptères privés.

Avec sagesse, il déguisa son rire en quinte de toux.

— Redis-moi ça quand tu porteras ton insigne.

Elle marmonna une réponse inaudible entre ses dents et enfila une chemise propre.

— Ramène-le chez lui, c'est tout ce qui m'importe. Ce gosse a de la chance d'être encore en vie.

— Un gamin ingénieux, futé, obstiné, commenta Connors qui examina à nouveau le neutraliseur en souriant. Si j'avais eu ce truc à son âge…

Il glissa l'appareil dans sa poche, comptant demander à un de ses ingénieurs de l'étudier.

— Si Jamie change d'avis concernant la police, je pense pouvoir lui dénicher une place en or dans mon petit monde.

Connors fixa à son poignet sa montre-bracelet en or extraplate.

— À l'évidence, tu sais comment prendre les enfants, poursuivit-il à brûle-pourpoint. Avec Jamie, tu as su allier fermeté et douceur, commenta-t-il, tandis qu'elle clignait des yeux avec perplexité. Ça nous ouvre de nouvelles perspectives.

— Qu'est-ce qui te prend, Connors ? Ressaisis-toi, bougonna-t-elle en fixant la gaine de son arme autour de son épaule. Je file d'abord au Central enregistrer mon rapport et communiquer à Whitney les détails confidentiels. Officiellement, le nom de Jamie ne sera pas cité. Je suis sûre que si c'est nécessaire, vous saurez tous les deux inventer une histoire plausible pour sa mère.

— Un jeu d'enfant, répondit Connors avec un pétillement amusé au fond des yeux.

— Hum. D'après mes conclusions préliminaires, Lobar a été tué à trois heures trente, soit environ une heure après notre départ du club. Difficile de dire combien de temps il est resté sur le trottoir, mais sans doute guère plus d'un quart d'heure avant que Jamie ne découvre le corps. Il est peu probable que celui ou ceux qui l'ont abandonné là aient traîné ensuite dans les parages. Mais si c'est le cas et qu'ils ont repéré Jamie, le gosse est en danger. Le problème, c'est que jusqu'à ce que Whitney me lâche la bride, je ne peux pas coller un flic sur ses talons.

— Tu veux que je le fasse surveiller par un de mes hommes de confiance ?

— Non, mais c'est pourtant ce que je vais te demander, répliqua Eve qui se tourna vers le miroir et arrangea à la va-vite ses mèches ébouriffées. Je suis désolée de t'impliquer ainsi dans mon travail, Connors.

Il s'approcha d'elle, la fit pivoter vers lui et souleva son menton d'un doigt avec tendresse.

— Ce qui te concerne me concerne aussi, ma chérie. C'est notre vie et je ne veux pas qu'il en aille autrement.

— Ma dernière affaire a pourtant bien failli t'être fatale, répondit-elle, étreignant ses poignets avec fougue. J'ai trop besoin de toi. C'est ta faute.

Connors se pencha pour l'embrasser.

— Exactement, et j'entends bien persévérer. Au travail, lieutenant.

Eve alla d'un pas faussement nonchalant jusqu'à la porte et se retourna sur le seuil.

— Je ne veux pas apprendre par la brigade de la circulation que mon mari écumait le ciel dans son hélicoptère privé.

— N'aie crainte. Les pots-de-vin, ça me connaît.

Eve dévala les escaliers en riant et passa chercher Peabody à la cuisine.

— Préparez-vous à affronter la meute, Peabody, dit-elle à son adjointe en montant dans la voiture. L'assaut promet d'être terrible.

Elles n'avaient pas encore bouclé leur ceinture de sécurité quand le bruit d'un moteur se fit entendre à l'autre bout du parc. Avec une grimace, Eve vit décoller un petit hélicoptère. L'appareil aux pales couleur argent et à la cabine en verre teinté tournoya joyeusement – en toute illégalité – avant de s'éloigner comme une flèche.

— Eh, sacré engin ! s'exclama Peabody qui tendit le cou pour l'apercevoir une dernière fois. C'est celui de Connors ? Vous êtes déjà montée dedans ?

— Taisez-vous, Peabody.

— À côté, les hélicoptères de la police sont des veaux, soupira la jeune femme.

— Avant, ça vous intimidait quand je vous ordonnais de vous taire.

— C'était le bon vieux temps, rétorqua Peabody avec un sourire taquin. Dites-moi, vous avez su vous y prendre avec ce gosse, lieutenant.

Eve leva les yeux au ciel.

— Je sais comment interroger un témoin coopératif, c'est tout.

— Tout le monde n'a pas le chic avec les ados. À cet âge-là, ils sont à la fois brutaux et fragiles. Celui-ci a vu son compte d'atrocités.

— Je sais.

Elle aussi à son âge, se souvint Eve. C'était peut-être pour cela qu'elle le comprenait si bien.

— Préparez-vous, Peabody. Les requins sont lâchés.

Peabody fit la grimace en découvrant la foule des journalistes massés devant la grille. Spontanément, elle afficha une expression neutre, toute professionnelle.

— Je ne vois pas Nadine Furst, murmura-t-elle.

— Elle est dans le coin, c'est sûr, répondit Eve en appuyant sur la télécommande de la grille. Furst ne manquerait ce coup-là pour rien au monde.

Le portail s'ouvrit juste quelques secondes avant que le pare-chocs avant ne frôle le fer forgé. Les journalistes se ruèrent sur la voiture, brandissant leurs caméras et hurlant leurs questions. Deux d'entre eux furent assez stupides pour franchir la limite de la propriété. Eve mit le volume de son haut-parleur extérieur à fond.

— L'enquête suit son cours, annonça-t-elle. Une conférence de presse est prévue à midi. Tout journaliste ou membre d'une équipe de télévision qui pénétrera dans cette propriété sera non seulement poursuivi en justice, mais interdit d'exercer sur cette affaire.

Sur cette menace, elle actionna la grille qui se referma brutalement, tandis que les journalistes se dépêchaient de battre en retraite.

— Où sont passés les agents que j'avais postés à l'entrée ? maugréa-t-elle en se frayant un passage au milieu de la marée humaine.

— Sans doute dévorés tout crus, répondit Peabody qui écarquilla les yeux quand un journaliste téméraire bondit de son côté sur le capot et s'agrippa aux essuie-glaces. Celui-ci est plutôt mignon, lieutenant. Essayez de ne pas trop l'amocher.

— Libre à lui, bougonna Eve qui continua d'avancer imperturbablement.

Il y eut un choc à l'avant, puis un léger cahot, accompagné d'un hurlement strident.

— Dix points pour le pied, commenta Peabody avec entrain. Voyons si vous arrivez à avoir celle-là. La femme aux jambes interminables en tailleur vert. Ça vous donnera cinq points de plus.

Eve donna un coup de volant et le journaliste obstiné glissa du capot.

— Zut, manqué. Tant pis, on ne peut pas les avoir tous.

Eve secoua la tête d'un air navré.

— Peabody, parfois vous m'inquiétez.

Au Central, Eve se dirigea aussitôt vers le bureau de Whitney. Elle ne fut pas surprise de trouver Nadine postée en embuscade au pied de l'escalator du premier niveau.

— La nuit a été bien remplie, à ce qu'on dirait, Dallas.

— Exact, et la journée va l'être tout autant. Il y a une conférence de presse à midi.

— Tu pourrais quand même me donner un tuyau, insista Nadine qui lui emboîta le pas sans se laisser décourager. Juste un petit tuyau en exclusivité pour mon flash de dix heures. Ne sois pas vache, Dallas.

— Un mort, répondit Eve laconiquement. L'identité reste confidentielle jusqu'à ce que la famille soit prévenue.

— Donc tu le connaissais. Qui lui a tranché la gorge ? Tu as des pistes ? Selon une rumeur, un message a été laissé sur le corps. Il s'agirait d'un meurtre rituel.

Maudites fuites, songea Eve.

— Je ne peux faire aucune déclaration pour l'instant.

— Attends une minute, insista Nadine Furst qui agrippa Eve par le bras en haut de l'escalator. Si tu veux que je tienne ma langue, je la tiendrai. Tu me connais. Donne-moi un tuyau et laisse-moi faire mon boulot.

— S'il s'agissait d'un meurtre rituel, ce qui n'est pas encore prouvé et doit donc rester entre nous, je m'empresserais de me renseigner sur les cultes de cette ville et leurs adeptes, officiels ou non.

— Les cultes ? répéta Nadine, déçue. Ce n'est pas ça qui manque à New York, Dallas.

— Alors mieux vaut t'y mettre sans traîner, répliqua Eve qui libéra son bras d'une secousse. C'est bizarre, ajouta-t-elle d'un air innocent, culte doit être la racine du mot occulte. Ou peut-être s'agit-il d'une simple coïncidence...

— Peut-être, répondit Nadine qui se précipita vers l'escalator qui descendait. Je te tiendrai au courant.

Whitney ne la fit pas attendre. Quand Eve s'assit devant son bureau, elle remarqua qu'il ne semblait pas avoir dormi davantage qu'elle la nuit passée.

— Aux Affaires internes, ils sont excédés par l'affaire Wojinski. Ils menacent d'ouvrir une enquête officielle.

— Vous ne pouvez pas les faire patienter ?

— Jusqu'à ce soir, pas plus.

— J'ai ici un rapport qui devrait s'avérer utile, répondit-elle, sortant une disquette de son sac. D'abord, rien ne permet de penser que Wojinski se droguait. Aucun commencement de preuve. Tout porte à croire qu'il menait sa propre enquête sur Selina Cross. Pour des raisons d'ordre personnel, commandant, mais les Affaires internes devraient les comprendre. J'ai la déposition d'Alice, transcrite intégralement dans mon rapport. Elle a été droguée et on a abusé... de sa naïveté à des fins sexuelles. Elle est entrée dans la secte de Selina Cross et d'Alban. Des satanistes peu recommandables. Quand elle a voulu rompre avec eux, ils l'ont menacée au point de la terroriser. En désespoir de cause, elle s'est confiée à son grand-père.

— Pourquoi a-t-elle voulu couper les ponts ?

— Elle affirmait avoir été témoin d'un sacrifice rituel. Un enfant.

Whitney bondit derrière son bureau.

— Quoi ? Et Frank ne m'a rien dit ?

— Elle a beaucoup hésité avant de lui en parler, commandant. Elle n'avait aucune preuve. Et je n'en ai toujours pas. Mais je suis persuadée qu'Alice disait la vérité. Elle craignait pour sa vie et se sentait responsable de la mort de son grand-père. Elle affirmait qu'il avait été assassiné à cause de son enquête sur Selina Cross. Selon Alice, cette femme aurait empoisonné Frank.

— Et, bien sûr, il n'y a pas de preuves ?

— Pas encore. Alice était certaine d'être la prochaine sur la liste et elle est morte la nuit même où elle s'est confiée à moi. Selon elle, Selina Cross posséderait le don de métamorphose.

— Pardon ?

— Cette femme serait capable de changer de forme à volonté et de prendre par exemple celle d'un corbeau.

— Bon sang, Dallas, les Affaires internes vont adorer !

— Ça vous paraît sans doute grotesque, mais Alice y croyait dur comme fer. C'était une adolescente terrifiée, tourmentée par ces gens. J'ai trouvé une plume noire sur le rebord de sa fenêtre, une fausse plume, et il y avait un message menaçant sur son répondeur. Ils la harcelaient, commandant. Aucun doute là-dessus. Frank a agi pour protéger sa famille. Il a peut-être commis des erreurs, mais c'était un bon flic. Et une enquête des Affaires internes ne pourra rien y changer.

— Nous y veillerons, répondit Whitney qui mit la disquette sous clé. Inutile de vous répéter que tout ceci doit rester entre nous.

— Feeney...

— Pas pour l'instant, lieutenant.

— Commandant, insista Eve avec obstination, jusqu'à présent mon enquête n'a révélé aucun lien entre l'enquête privée de Wojinski et le capitaine Feeney. Je n'ai trouvé aucune preuve d'un quelconque trafic de dossier en faveur de Frank.

— Croyez-vous sincèrement que Feeney laisserait des preuves, Dallas ?

Eve soutint crânement son regard.

— S'il était mêlé à cette affaire, je le saurais. Il pleure la disparition de son ami et de sa filleule, et il n'est au courant de rien, commandant. Il a le droit de savoir.

— N'insistez pas, lieutenant. Les Affaires internes ne nous feront pas de cadeau. Pour l'instant, ce dossier doit rester confidentiel, point final. C'est dur, j'en ai conscience, mais il faut vous y faire.

La mort dans l'âme, elle hocha la tête.

— Quel est le lien avec ce cadavre retrouvé devant chez vous ce matin ?

— La victime était membre de la secte de Selina Cross. Je l'ai interrogée la nuit dernière peu avant sa mort.

— Les personnes auxquelles vous vous intéressez de près tombent comme des mouches, on dirait.

— Il a fourni un alibi à Selina Cross pour la nuit où Alice est morte. À elle et à son ami Alban, expliqua-t-elle en sortant une série de clichés de son sac. Il n'a pas été tué sur place et son corps a été abandonné là de façon à faire croire à un sacrifice rituel. (Elle posa une photo sur le bureau.) Il s'agit d'un athame, un couteau de cérémonie. (Elle lui tendit un gros plan du message.) D'après le billet retrouvé sur le corps, le meurtre aurait été commis par un ennemi de l'Église de Satan.

— Église de Satan... le comble du paradoxe, marmonna Whitney avec lassitude. Il a peut-être été éliminé par quelqu'un écœuré de leurs pratiques.

— Possible, répondit Eve sans conviction. J'ai une ou deux pistes dans cette direction.

Whitney leva le nez de la photo.

— Vous pensez que Selina Cross est mouillée dans cette affaire ? Qu'elle sacrifierait son alibi ?

— À mon avis, elle sacrifierait ses propres enfants si elle en avait. C'est une femme intelligente et sans aucune conscience morale. Elle n'avait plus besoin de lui. J'avais sa déposition.

Whitney hocha la tête et lui rendit les photos.

— Il y a autre chose, commandant, ajouta Eve après une hésitation en rangeant les clichés. C'est... délicat.

— Quoi donc ?

— J'en ai supprimé toute référence dans mon rapport et j'ai légèrement modifié l'heure à laquelle la victime a été découverte. Officiellement, Connors et moi avons été réveillés par le système d'alarme déclenché par le corps placé près du mur d'enceinte. Mais en fait, ce n'est pas nous qui l'avons trouvé. C'est Jamie Lingstrom.

— Nom de Dieu... marmonna Whitney après un silence. Racontez-moi ça.

Eve s'éclaircit la gorge et lui rapporta les événements.

— J'ignore ce que vous allez communiquer aux Affaires internes, mais les déclarations de Jamie corroborent l'affirmation de sa sœur : Frank essayait bel et bien de coincer Selina Cross.

— Je filtrerai ce que je peux, répondit-il. D'abord sa petite-fille et maintenant le petit-fils. Faites en sorte qu'il se tienne tranquille.

— Je pense l'avoir remis assez fermement à sa place.

— Dallas, les adolescents sont très têtus. J'en parle d'expérience.

— J'ai décidé de le placer sous surveillance. Vu les circonstances, je m'en occupe à titre privé.

— Vous voulez dire que c'est Connors qui s'en occupe ? corrigea Whitney.

Eve croisa les bras et soutint son regard.

— Jamie Lingstrom sera sous haute protection, c'est l'essentiel.

— D'accord, disons que je ne sais rien, fit le commandant qui se cala dans son fauteuil. Un neutraliseur, disiez-vous ? Un truc bricolé par un gosse est parvenu à court-circuiter l'alarme de cette forteresse dans laquelle vous vivez ?

— C'est ce qu'il semble.

— Où se trouve cet engin ? Vous ne le lui avez pas rendu quand même ?

— Je ne suis pas stupide, rétorqua Eve, vexée. C'est Connors qui l'a.

À peine avait-elle fini sa phrase qu'elle se crispa. Pourquoi avait-elle été lui raconter ça ? Malgré la gravité de la situation, Whitney rejeta la tête en arrière et rit à gorge déployée.

— C'est Connors qui l'a ? Quelle bonne blague, Dallas ! C'est comme si vous aviez donné la clé du poulailler au renard !

Devant sa mine renfrognée, il réprima un gloussement.

— C'est très drôle, commandant, grommela Eve, piquée au vif. Je vais le récupérer.

— Ne le prenez pas mal, Dallas. En tout cas, officieusement, le service apprécie l'assistance et la coopération de Connors.

— Vous m'excuserez si je ne lui transmets pas le compliment. Ça risquerait de lui monter à la tête.

10

La première tâche dont s'acquitta Eve fut de prévenir la famille de Lobar. La conversation la laissa pensive. Le visage de la femme à l'écran était resté impassible comme si Eve l'avait informée du décès d'un étranger. Elle l'avait remerciée poliment, n'avait posé aucune question et avait donné son accord pour que la dépouille leur soit restituée sitôt l'autopsie terminée. Ils lui donneraient un enterrement chrétien, avait-elle conclu.

Qu'est-ce qui avait pu tarir les sentiments de cette femme à ce point ? se demanda Eve. Si sentiments il y avait eu... Comment expliquer qu'une mère soit éperdue de chagrin, comme celle d'Alice, et qu'une autre ne verse pas une seule larme en apprenant le décès de son enfant ? Qu'avait ressenti sa propre mère à sa naissance ?

Eve n'avait aucun souvenir de sa mère, pas même d'une quelconque ombre féminine dans sa vie. Seulement de son père. Ce monstre qui la traînait de ville en ville, la séquestrant dans des chambres sordides, et qui la violait, la battait. Après tant d'années de refoulement, les souvenirs de cet homme étaient beaucoup trop nets. Peut-être certains sont-ils destinés à survivre sans famille, songea-t-elle. Troublée par ces sombres pensées, elle appela le bureau du Dr Mira et parvint à arracher un rendez-vous à sa secrétaire pour le lendemain. Puis elle contacta Peabody, prit son sac et sortit.

Quand elles se garèrent devant l'immeuble de Selina Cross, l'expression méfiante de son équipière n'échappa pas à Eve. Mais elle choisit de l'ignorer. Le ciel avait pris une couleur plomb inquiétante et une pluie glaciale commençait à tomber. Le vent s'était levé et de violentes rafales balayaient l'avenue dans des sifflements lugubres, fouettant leurs visages. Sur le trottoir d'en face, un homme se hâtait sous un parapluie noir. Il s'engouffra dans une boutique sombre dont la devanture ornée d'une tête de mort grimaçante portait le nom d'Arcane.

— Le jour idéal pour rendre une petite visite aux suppôts de Satan, commenta Peabody d'un ton faussement guilleret, tout en serrant le sachet d'herbe aux sorcières qu'elle avait dans sa poche.

Un conseil de sa mère pour éloigner le mauvais sort. On n'est jamais trop prudent… Elles affrontèrent à nouveau la routine du système de sécurité, sauf que cette fois l'attente fut plus longue et plus désagréable car la pluie tombait maintenant à verse. Au-dessus de leurs têtes, des éclairs menaçants zébraient le ciel. Eve leva les yeux et gratifia Peabody d'un sourire narquois.

— Le jour idéal…

Trempées jusqu'aux os, elles traversèrent le hall, montèrent dans l'ascenseur et se retrouvèrent au dernier étage dans le vestibule.

— Lieutenant Dallas, dit l'homme qui vint les accueillir, tendant une main fine et élégante, ornée d'un large anneau d'argent brossé. Je suis Alban, le compagnon de Selina. Je crains qu'elle ne médite en ce moment. J'hésite à la déranger.

— Laissez-la donc méditer. Nous nous contenterons de vous pour l'instant.

— Entrez, je vous en prie. Asseyez-vous.

Ses manières étaient sophistiquées, à la limite du formel, et contrastaient étrangement avec le look sadomaso de la combinaison en cuir noir à bretelles qu'il portait à même la peau.

— Puis-je vous offrir quelque chose à boire ? Du thé peut-être par ce froid. Très intéressant, ce brusque déchaînement des éléments.

— Non merci, répondit Eve qui pour rien au monde n'aurait avalé le moindre breuvage dans cette maison.

Quelle atmosphère lugubre ! songea-t-elle. L'éclairage blafard, le crépitement sinistre de la pluie sur les vitres, les hurlements du vent. Et cet Alban avec son beau visage de poète maudit et son corps de dieu de la guerre. L'ange déchu dans toute sa splendeur...

— Quel était votre emploi du temps la nuit dernière entre trois heures trente et cinq heures ? demanda-t-elle sans perdre de temps en préambule.

— La nuit dernière... Ce matin, plutôt. Eh bien, j'étais ici, répondit Alban en se mettant à l'aise. Nous avons dû rentrer du club peu avant deux heures. Et nous ne sommes pas sortis depuis.

— Nous ?

— Selina et moi. Nous avions ici même une cérémonie qui s'est terminée vers trois heures. Nous l'avons quelque peu écourtée parce que Selina ne se sentait pas bien. D'ordinaire, nous poursuivons en comité restreint.

— Mais pas la nuit dernière ?

— Non. Nous sommes allés nous coucher tôt. Tôt pour nous, ajouta-t-il avec un sourire entendu. Nous sommes des oiseaux de nuit.

— Qui participait à cette réunion ?

Il fit mine d'être choqué.

— Lieutenant, la religion est une affaire privée. Et pourtant à notre époque, des fidèles tels que nous sont encore en butte à d'inqualifiables persécutions. Vous comprendrez donc que nos membres préfèrent la discrétion.

— Un de vos membres a été assassiné sans aucune discrétion la nuit dernière.

— Non !

Il se leva lentement de son fauteuil, la main appuyée sur l'accoudoir comme si ses jambes allaient se dérober sous lui.

— Je pressentais un drame. Selina était si perturbée. (Il prit une grande inspiration comme pour se cuirasser.) De qui s'agit-il ?

— Lobar, dit Selina en franchissant l'arche.

Elle était d'une pâleur mortelle et ses yeux de panthère étaient sombres. Elle portait une longue robe noire ample avec un profond décolleté qui dévoilait la naissance de ses seins généreux.

— C'était Lobar, répéta-t-elle. Je viens de le voir à l'instant dans la fumée, Alban.

Elle pressa une main contre sa tempe et vacilla.

— Quel cinéma ! murmura Eve, tandis qu'Alban se précipitait pour la soutenir. Vous l'avez vu dans la fumée, répéta-t-elle. Très pratique. Je devrais y jeter un coup d'œil aussi. Je verrais peut-être qui lui a tranché la gorge.

— Pour vous, il n'y a rien d'autre dans la fumée que votre propre ignorance, répondit Selina qui s'avança à pas lents jusqu'au canapé, soutenue par Alban.

Elle s'assit dans un bruissement de soie et leva une main vers Alban.

— Ne t'inquiète pas, ça va aller.

— Mon amour, susurra-t-il, portant sa main à ses lèvres, je vais te chercher un calmant.

— Oui, c'est ça, fit-elle, penchant la tête en avant, tandis qu'il sortait sans bruit. Les visions peuvent être bénédiction ou malédiction. Je préfère les considérer comme des bénédictions, même si elles me fendent le cœur. Pauvre Lobar ! C'est une grande perte.

— Vous en faites un peu trop, non ?

Selina redressa brutalement la tête, outrée. Ses yeux de panthère étincelaient de haine.

— Épargnez-moi vos railleries, lieutenant Dallas. Pensez-vous que mes pouvoirs me rendent imperméable à tout sentiment humain ? Détrompez-vous. Comme tout le monde, je ressens, je vis, je saigne.

D'un geste vif, elle se griffa la paume. Sous son ongle acéré, une traînée écarlate apparut.

— Une démonstration n'est pas nécessaire, dit Eve sans se laisser impressionner. Celle de Lobar a été bien plus spectaculaire.

— À la gorge, je l'ai vu dans la fumée, répondit Selina, tendant la main vers Alban qui venait d'entrer avec un bol en argent. (Elle prit le bol et le porta à ses lèvres.) Et aussi ses mutilations. Comme ils nous méprisent !

— Ils ?

— Les faibles.

Selina sortit un mouchoir noir de la poche de sa robe et le tendit à Alban qui pansa avec efficacité sa paume blessée. Elle ne lui accorda pas le moindre regard.

— Ceux qui vouent de la haine à notre Maître, poursuivit-elle. Ceux qui pratiquent la magie des imbéciles.

— Donc, selon vous, il s'agit d'un meurtre à caractère religieux ?

— Bien sûr. Je n'ai aucun doute à ce sujet, affirma Selina qui vida le bol et le posa sur la table basse. Et vous ?

— Un certain nombre, mais je ne dispose que des bonnes vieilles méthodes d'investigation classiques. Moi, je n'ai pas la chance de pouvoir invoquer le diable pour demander une consultation. Lobar était ici la nuit dernière, n'est-ce pas ?

— C'est exact, jusqu'à trois heures environ. Il devait recevoir la Marque très bientôt, soupira Selina, caressant négligemment le bras d'Alban de ses ongles rouge sang. Quand je pense que cette nuit encore il a joint sa chair à la mienne.

— Vous avez couché avec lui la nuit dernière ?

— Oui. Le sexe joue un rôle essentiel dans nos rituels. Hier soir, c'était lui que j'avais choisi. Un pressentiment sans doute.

Eve leva un sourcil dubitatif.

— Ça ne vous dérange pas de regarder d'autres hommes coucher avec votre compagne ? demanda-t-elle à Alban. La plupart des hommes sont moins compréhensifs.

Il la toisa d'un air hautain.

— Nous réprouvons la monogamie. C'est une pratique réductrice et stupide. Le sexe est plaisir et nous n'imposons aucune limite à nos plaisirs. Le sexe mutuellement consenti à un domicile privé ou dans un club licencié n'enfreint pas vos lois, expliqua-t-il avec un sourire mielleux. Je suis sûr que vous y prendriez grand plaisir, lieutenant.

— Vous aimez regarder, n'est-ce pas, Alban ?

Il feignit l'étonnement.

— Est-ce une invitation ?

Selina pouffa. Il se tourna vers elle et lui prit la main.

— Tu vois, tu te sens déjà mieux.

— Il faut bien, soupira celle-ci avec un regard méprisant vers Eve. La vie continue. Vous trouverez peut-être le coupable, lieutenant Dallas. Mais le châtiment de notre Maître sera plus terrible que vos lois stupides.

— Votre Maître m'indiffère. Le meurtre, par contre, non. Vu vos rapports avec la victime, vous comprendrez que je jette un coup d'œil dans l'appartement.

— Revenez avec un mandat et vous serez la bienvenue.

Malgré son regard voilé par le tranquillisant, Selina se leva avec autorité.

— Comment pouvez-vous avoir la bêtise d'imaginer que je puisse avoir une quelconque responsabilité dans cette triste affaire ? Lobar était l'un des nôtres. Il était loyal.

— Hier soir, il m'a parlé à L'Athame d'une cabine privée. La fumée vous a-t-elle révélé ce qu'il m'a dit, Selina ?

Le regard de Selina s'assombrit.

— Vous allez devoir trouver d'autres eaux où pêcher, lieutenant Dallas. Je suis fatiguée. Alban, reconduis-les, dit-elle avant de disparaître par l'arche de son pas félin.

— Nous ne pouvons rien pour vous, lieutenant. Selina doit se reposer, intervint Alban. Et je dois m'occuper d'elle.

Eve se leva.

— Elle vous a bien dressé, non ? répondit-elle avec un soupçon de dédain dans la voix. Vous faites des tours de passe-passe, vous aussi ?

Alban secoua la tête d'un air navré.

— Mon dévouement à Selina est d'ordre personnel. Elle possède des pouvoirs et les puissants ont des besoins. Je les satisfais avec dévouement et gratitude. (Il alla dans le vestibule et ouvrit la porte d'entrée.) Nous souhaiterions récupérer le corps de Lobar dès que possible. Pour notre cérémonie mortuaire.

— Sa famille aussi. Il n'en est pas question.

— Qu'avez-vous trouvé sur cet Alban ? demanda Eve dès qu'elles se retrouvèrent sous la pluie battante.

— Pas grand-chose. Autant dire rien.

Peabody s'engouffra dans la voiture.

— Pas de casier, presque rien sur son passé. S'il est né avec un autre patronyme qu'Alban, l'ordinateur n'en sait rien.

— Il doit y avoir quelque chose. Il y a toujours quelque chose.

Pas toujours, songea Eve, tapotant le volant des doigts. Sur Connors non plus, elle n'avait rien trouvé à l'époque.

— Continuez de chercher, ordonna-t-elle en démarrant en trombe. Bizarre, non ? poursuivit-elle, tandis que Peabody branchait son portable. Il n'y a presque pas de circulation dans cette rue. Mais si on tourne au coin...

Elle joignit le geste à la parole et aussitôt elles retrouvèrent le grondement familier d'un flot de voitures qui zigzaguaient pare-chocs contre pare-chocs dans un concert de klaxons rageurs. Les piétons se pressaient sur les trottoirs et les rampes, s'abritaient sous les porches. Deux vendeurs ambulants qui avaient posté leurs chariots fumants de chaque côté de la rue se regardaient en chiens de faïence sous leurs auvents miteux.

— Les gens ont des instincts dont ils n'ont pas conscience, marmonna Peabody qui jeta un regard méfiant par-dessus son épaule comme si elle redoutait de voir surgir un monstre. Cet immeuble a vraiment quelque chose d'inquiétant.

— Ce n'est que de la brique et du verre.

— Mouais, mais certains endroits ont tendance à s'approprier les personnalités de leurs occupants. Tenez, la maison de Connors par exemple. Elle est immense, élégante et intimidante, mais elle a aussi un je-ne-sais-quoi de sensuel et de mystérieux. (Elle était trop occupée à tapoter sur son clavier pour remarquer le regard amusé qu'Eve lui lança.) Chez mes parents, c'est ouvert, chaleureux et très désordonné.

— Et chez vous, Peabody ? C'est comment ?

— Provisoire, répondit Peabody d'un ton catégorique. Lieutenant, il y a problème avec votre ordinateur de bord. Je n'arrive pas à transférer...

En guise de réponse, Eve se pencha et assena un coup de poing sur l'écran miniature. Une image tremblotante apparut, puis se stabilisa.

— Voilà qui est mieux, dit Peabody qui entama sa recherche avec zèle.

Alban, pas d'autre patronyme connu. Né le 22/03/2020 à Omaha, Nebraska.

— Un bled complètement perdu au milieu de nulle part. Bizarre, fit remarquer Eve, intriguée, cet Alban ne fait pas très campagne.

Numéro d'identification : 31666-LRT-99, poursuivit l'ordinateur entre deux hoquets. *Parents inconnus. État civil : célibataire. Pas de moyens de subsistance connus. Aucune donnée financière disponible.*

— Intéressant. On dirait qu'il vit aux crochets de Selina. Casier judiciaire, liste des inculpations ?

Casier judiciaire vierge.

— Études ?

Données inconnues.

— Notre homme a effacé son dossier, ou en a chargé quelqu'un, dit Eve, les sourcils froncés.

Si seulement je pouvais demander de l'aide à Feeney, se dit-elle, maussade. Lui serait capable d'arracher des données supplémentaires à l'ordinateur. Au lieu de cela, elle allait devoir solliciter Connors de nouveau. Elle se gara devant Quête Spirituelle et se renfrogna en apercevant le panonceau « Fermé » derrière la porte vitrée.

— Allez jeter un œil, Peabody. Elle est peut-être là.

— Vous avez un parapluie ?

Eve la dévisagea avec ahurissement.

— Vous plaisantez, Peabody ?

Celle-ci se contenta de soupirer et descendit de voiture à contrecœur. Elle courut jusqu'à la boutique en pataugeant dans les flaques et scruta les lieux à travers la vitrine. Elle se retourna en grelottant et secoua la tête, puis laissa échapper un grognement quand Eve désigna du pouce l'appartement au-dessus de la boutique. Résignée, Peabody monta l'escalier extérieur. Quelques instants plus tard, elle était de retour, ruisselante.

— Personne ne répond, annonça-t-elle à Eve. La sécurité est minimale. Si on excepte le bouquet d'herbe aux sorcières au-dessus de la porte, ajouta-t-elle en sortant un petit sachet de feuilles séchées de sa poche. J'en ai aussi. Ça protège du mal.

— Vous vous baladez avec des plantes dans vos poches, agent Peabody ?

— Maintenant, oui. Vous en voulez ?

— Non merci. Je préfère faire confiance à mon arme, répondit Eve en parcourant la rue des yeux. Essayons ce café sur le trottoir d'en face. Ils savent peut-être pourquoi la boutique est fermée au beau milieu de la journée.

— Ça tombe bien, je meurs d'envie d'un café chaud, dit Peabody qui éternua violemment à deux reprises. Si j'attrape la crève, il va encore me falloir des semaines pour m'en remettre.

— Et une amulette contre le rhume, vous y avez pensé, Peabody ?

Sur ce sarcasme, Eve descendit de voiture, coda les serrures et traversa la rue au pas de course jusqu'au Café Olé. La touche mexicaine du décor était plutôt réussie, se dit-elle, tandis que Peabody poussait la porte à son tour. Des couleurs vives à dominante orangée conféraient à l'endroit une atmosphère ensoleillée malgré le temps exécrable. Rien à voir bien sûr avec le raffinement de la luxueuse hacienda de Connors sur la côte Ouest du Mexique, mais ce café possédait un charme désuet indéniable avec ses fleurs en plastique multicolores et ses taureaux de papier mâché. Une musique entraînante s'échappait des haut-parleurs. L'ambiance semblait avoir attiré la foule. Ou peut-être était-ce la pluie.

— C'est aujourd'hui la finale de la ligue de base-ball, n'est-ce pas, Peabody ?

Peabody éternua de plus belle.

— De base-ball ? Je crois. Mon équipe, c'est l'Arena Ball.

— Hum. J'imagine que beaucoup d'argent va changer de main aujourd'hui.

— Vous pensez que ce café n'est qu'un tripot ? demanda Peabody avec vivacité d'esprit malgré la chape de plomb qui commençait à lui enserrer la tête.

— Juste une intuition.

Elle se faufila jusqu'au comptoir et se planta devant un homme brun et trapu qui paraissait épuisé.

— Pour manger sur place ou pour emporter ? s'enquit-il d'un air méfiant devant l'uniforme de Peabody.

— Ni l'un, ni l'autre, commença Eve qui se ravisa en entendant son équipière renifler. Un café, pour elle. Et quelques réponses.

L'homme pivota vers la machine à café et remplit une tasse à peine plus grande qu'un dé à coudre.

— Du café, j'en ai. Des réponses, j'ai pas ça en stock.

— Vous n'avez même pas entendu les questions.

— J'ai des clients à servir. Pas le temps de faire causette.

Il posa la tasse sans ménagement sur le comptoir et aurait battu en retraite si Eve ne l'avait agrippé par le poignet.

— Quelle est la cote pour le match d'aujourd'hui ?

— Je ne comprends pas de quoi vous parlez.

— Ma collègue et moi, nous pourrions décider de nous attarder quelques heures dans votre café. Votre chiffre d'affaires s'en ressentirait. Vos magouilles, quelles qu'elles soient, ne m'intéressent pas. Mais si j'y fourre mon nez, vous allez vous en repentir.

Sans lui lâcher le poignet, elle fixa d'un œil dur deux hommes assis auprès d'elle au comptoir. En moins de dix secondes, ils jugèrent préférable d'aller boire leur café ailleurs.

— À votre avis, combien de temps me faudrait-il pour vider cet établissement ?

— Qu'est-ce que vous me voulez ? Je paie ma contribution. Je suis en règle.

Eve le lâcha d'un geste brusque. Elle n'était pas surprise que ce type achète sa protection à la police. Juste agacée.

— Je ne suis pas ici pour vous chercher des ennuis. Sauf si vous m'y poussez. Que savez-vous de la boutique de l'autre côté de la rue, Quête Spirituelle ?

L'homme ricana, visiblement soulagé. Soudain plus coopératif, il resservit Peabody, puis entreprit d'essuyer le comptoir.

— La sorcière ? Elle ne vient pas ici. Pas le genre à boire du café, si vous voyez ce que je veux dire.

— Sa boutique est fermée.

— Ah bon ? (Le front plissé, il scruta la rue à travers la vitrine.) À cette heure-ci d'habitude, c'est ouvert.

— Quand l'avez-vous vue pour la dernière fois ?

Il se gratta la nuque d'un air songeur.

— Voyons... Ça devait être hier. Elle a fermé à dix-huit heures. Je lavais ma vitrine. Dans cette maudite ville, on est toujours en train de laver les vitrines. On dirait qu'elles attirent la crasse.

— Elle a fermé à dix-huit heures et ensuite ?

— Ils sont partis à pied, elle et ce type avec qui elle vit.

— Vous ne l'avez pas vue aujourd'hui ?

— Je ne crois pas. Vous savez, elle habite au-dessus de sa boutique et moi, à l'autre bout de la ville. Je dis toujours, faut pas mélanger les affaires et la vie privée.

— Et ses amis, ils viennent chez vous ?

— Non. Certains de ses clients, oui. Et certains des miens vont lui acheter des babioles, genre porte-bonheur. On s'entend bien tous les deux. Je lui ai même acheté un cadeau d'anniversaire pour ma femme. Un joli petit bracelet en pierres multicolores. Pas donné, mais les femmes aiment les trucs qui brillent.

Il lâcha sa lavette d'une propreté douteuse dans l'évier et ignora un client qui l'appelait à l'autre bout du comptoir.

— Elle a des ennuis ? Moi, je n'ai pas à me plaindre d'elle. Cette femme est bizarre, c'est sûr, mais pas du genre à causer des problèmes.

— Que savez-vous sur l'employée qui travaillait là ? Une adolescente d'environ dix-huit ans. Blonde.

— La petite avec ses airs de revenante ? Je la voyais passer tous les jours. Elle regardait toujours par-dessus son épaule comme si quelqu'un allait lui sauter dessus en criant « bouh ! ».

— Merci pour votre coopération. Si vous voyez Isis aujourd'hui, appelez-moi.

Eve glissa une carte sur le comptoir.

— Pas de problème. J'aimerais pas qu'elle ait des ennuis. Elle est un peu dingue, mais sympa.

À l'instant où Eve allait partir, il leva un doigt.

— À propos de dingues, j'en ai vu un dans la nuit d'avant-hier, à l'heure de la fermeture.

— Quel genre de dingue ?

— Un type. Ça pouvait aussi être une femme. Pas facile à dire avec cette longue robe noire à capuche. Il était sur le trottoir et regardait vers son appartement de l'autre côté de la rue. J'en ai eu la chair de poule et je suis parti dans l'autre direction. L'arrêt de bus n'est pas la porte à côté, mais je ne sentais pas ce type. Et vous savez quoi ? Quand j'ai regardé derrière moi, il n'y avait plus personne. Juste un chat noir. Dingue, non ?

— Oui, murmura Eve, c'est dingue.

— Moi aussi, j'ai vu un chat ! s'exclama Peabody, surexcitée, alors qu'elles regagnaient la voiture. Il était sur la chaussée quand Alice a été tuée !

— Il y a beaucoup de chats dans cette ville, fit remarquer Eve, songeant avec perplexité à celui qui avait failli la griffer sur la rampe. Nous reprendrons la piste Isis plus tard. Je veux voir le légiste avant la conférence de presse. (Elle décoda le système de verrouillage et Peabody éternua de nouveau.) Il aura peut-être un remède contre votre rhume.

— Si ça ne vous fait rien, j'aimerais autant m'arrêter à une pharmacie, objecta Peabody en reniflant. Je n'ai pas la moindre envie de tomber entre les mains du Docteur la Mort. Tout ce qu'il connaît, c'est le scalpel.

De retour dans son bureau, pendant que Peabody passait un uniforme sec et ingurgitait la petite fortune qu'elle avait dépensée en médicaments à la pharmacie, Eve étudia le rapport d'autopsie de Lobar. Il confirmait ses conclusions préliminaires concernant l'heure et la cause du décès. Difficile de manquer une gorge béante et un cratère dans la poitrine, se dit-elle. Les amputations étaient *post mortem*. L'analyse toxicologique révélait la présence d'un hallucinogène et d'un aphrodisiaque puissants dans le sang de la victime.

Elle souleva le plastique qui contenait l'arme et l'examina. Pas d'empreintes, bien sûr. Pas de sang autre que celui de la victime. Elle étudia la poignée noire sculptée, s'attardant sur les symboles et les lettres qui n'évoquaient rien pour elle. Le couteau semblait ancien et précieux, mais elle doutait que cela puisse l'aider à dénicher son propriétaire. La lame ne dépassait pas la longueur légale et ne nécessitait donc pas de permis. Il lui restait une vingtaine de minutes avant d'affronter les médias. Elle s'assit à son ordinateur et commença son rapport. Elle avait à peine tapé la description de l'arme que Feeney entra et referma la porte.

— À ce que j'ai entendu, tu as eu un réveil brutal ce matin ?

Eve sentit son estomac se nouer. Elle allait devoir peser chacun de ses mots et cette idée lui faisait horreur.

— Oui. Un drôle de cadeau.

— Tu as besoin d'aide ? s'enquit Feeney avec un pâle sourire. Je suis un peu désœuvré ces temps-ci.

— Pas pour l'instant, mais je te tiendrai au courant, répondit Eve sans lever les yeux de son moniteur.

Il alla jusqu'à l'étroite fenêtre et revint vers la porte. Il paraissait épuisé. Épuisé et désespérément triste.

— C'est quoi, cette affaire ? Tu connaissais ce type ?

— Pas vraiment, mentit Eve. Je lui avais parlé une fois à propos d'une enquête sur laquelle je travaille. Ça n'avait rien donné. Il en savait peut-être plus qu'il ne le prétendait, mais je ne le saurai jamais. (Elle prit une profonde inspiration en se maudissant intérieurement.) J'imagine que c'était dirigé contre moi. Moi ou Connors. La plupart des flics parviennent à garder leur adresse confidentielle. Pas moi, ajouta-t-elle avec un haussement d'épaules.

— C'est le prix à payer quand on est un personnage public. Tu es heureuse ? demanda Feeney à brûle-pourpoint sans la quitter des yeux.

Eve s'efforça de rester de marbre.

— Bien sûr.

Elle avait l'impression que sa culpabilité était placardée sur son front comme une enseigne au néon.

— Bien, bien…

Il se remit à arpenter le bureau en froissant le sachet de pralines qu'il avait toujours dans sa poche et pour lequel il ne semblait plus avoir d'appétit.

— Dans notre métier, c'est dur de concilier boulot et vie privée. Frank y parvenait très bien.

— Je sais.

— La veillée d'Alice a lieu ce soir. Tu arriveras à te libérer ?

— Je ne sais pas, Feeney. Je vais faire mon possible.

— Cette histoire me tue, Dallas. Vraiment. En ce moment, ma femme est avec Brenda. La malheureuse est anéantie. Je suis venu ici avec l'espoir de me changer les idées, mais je n'arrive pas à me concentrer.

— Pourquoi ne rentres-tu pas chez toi, Feeney ? Ta femme et toi devriez peut-être partir quelques jours. Ça vous ferait du bien.

— Tu as probablement raison, répondit-il, le regard morne. Mais où aller pour échapper à ce qui vous poursuit partout ?

— Écoute, je t'ai déjà parlé de cette propriété que possède Connors au Mexique. C'est superbe là-bas. Il y a une vue magnifique sur le Pacifique et la maison est tout équipée, expliqua Eve, agacée par sa gaucherie. Je vais arranger ça avec lui, d'accord ? ajouta-t-elle avec un sourire forcé. Emmènes-y ta famille.

— Ma famille, répéta-t-il lentement. Oui, peut-être. On ne consacre jamais assez de temps à sa famille. J'y songerai. Merci, Dallas.

— C'est bien normal. (Elle se retourna vers son moniteur, au comble du malaise.) Désolée, Feeney, mais je dois terminer ça pour une conférence de presse.

— Bien sûr, fit-il avec un sourire contraint. Je sais à quel point tu adores les journalistes. Je te tiendrai au courant pour le Mexique.

— D'accord. Surtout n'hésite pas.

Eve garda les yeux rivés sur l'écran jusqu'à ce qu'il ait refermé la porte. Elle avait obéi aux ordres. Elle avait agi comme il fallait.

Alors pourquoi éprouvait-elle le sentiment tragique d'avoir trahi un ami ?

11

Eve arriva vers la fin de la veillée, habillée pour l'occasion d'un tailleur noir court et sobre. Elle était reconnaissante à Connors de l'accompagner. Tout cela lui était tragiquement familier : le même funérarium, les mêmes odeurs, pour la plupart les mêmes gens.

— Je déteste ce cérémonial, murmura-t-elle. Cette mort aseptisée.

— C'est un réconfort pour la famille, Eve.

Elle regarda en direction de Brenda, soutenue par sa mère et son fils. Des larmes coulaient lentement le long de ses joues. Son regard hagard et fragile trahissait la prise d'une forte dose de sédatif.

— Tu crois ?

— Ça aide à tourner la page, corrigea-t-il, prenant sa main glacée dans la sienne. Pour certains.

— Quand mon tour sera venu, ne fais pas ça, je t'en supplie. Donne mes organes et fais-moi incinérer.

Le cœur de Connors se serra et il pressa sa main entre les siennes comme s'il ne voulait plus la lâcher.

— Tais-toi.

— Désolée, ce genre d'endroit me donne des idées morbides.

Eve repéra Isis dans l'assistance.

— Ah, voilà ma sorcière bien-aimée !

Connors suivit son regard et découvrit une femme imposante à la chevelure flamboyante vêtue d'une robe simple d'un blanc immaculé. Elle se tenait près du cercueil, accompagnée d'un homme plus petit qu'elle d'une tête, vêtu d'un costume trois pièces blanc, de coupe plutôt classique. Ils se tenaient par la main. Il était aussi ordinaire qu'Isis était superbe. Ses cheveux étaient d'un blond filasse délavé. Avec ses épaules étroites et ses jambes un peu courtes, il paraissait de constitution presque fragile. Son visage carré était sauvé de la banalité par des yeux gris profond d'un charme étonnant.

— Qui est cet homme ? s'enquit Connors.

— Inconnu au bataillon. Viens, allons leur parler.

Ils traversèrent la pièce et, d'un accord tacite, encadrèrent le couple. Eve baissa les yeux vers le cercueil. Le visage juvénile d'Alice était détendu, désormais. Étrange comme la mort pouvait donner l'apparence de la sérénité... Après l'horreur.

— Elle n'est pas ici, dit Isis d'une voix douce. Son esprit cherche toujours la paix. Navrée de vous avoir manquée aujourd'hui, lieutenant Dallas.

— Vous n'étiez pas chez vous.

— Non. Nous avons organisé notre propre cérémonie funèbre. Le propriétaire du café d'en face m'a dit que vous me cherchiez, poursuivit-elle avec une ébauche de sourire. Il s'inquiétait de voir la police s'intéresser à moi. Voici Charles, mon compagnon, ajouta-t-elle en reculant d'un pas.

Il leur sourit avec une étonnante douceur.

— Je suis désolé de vous rencontrer dans d'aussi pénibles circonstances. Isis m'a dit que vous êtes une âme très forte et volontaire, lieutenant Dallas. Je constate qu'elle avait raison, comme toujours, dit-il d'une voix chaude et grave de baryton pour laquelle tout chanteur d'opéra se serait damné.

Décontenancée, Eve se surprit à observer les mouvements de ses lèvres, imaginant là l'œuvre d'un ventriloque. Ce n'était pas la voix qu'on attendait chez un homme d'une apparence aussi commune.

— Je souhaiterais vous parler à tous deux dès que possible, annonça-t-elle. Bien sûr, pas ici. Je vous présente Connors.

— Oui, je sais, dit Isis, la main tendue. Nous nous sommes déjà rencontrés.

— Ah oui ? Et j'aurais oublié une rencontre avec une femme aussi sublime que vous ? J'en doute, répondit Connors avec un sourire galant.

— Autre temps, autre lieu, répondit Isis, ses yeux de braise plongés dans les siens. Une vie antérieure. Vous avez sauvé la mienne.

— Sage de ma part.

— Oui, en effet. Et aimable à vous. Peut-être un jour retournerez-vous dans le comté de Cork et découvrirez-vous une pierre solitaire au milieu d'un champ en friche. Là, vous vous souviendrez. (Elle ôta la chaîne en argent qu'elle portait à son cou et la lui tendit.) Ce jour-là, vous m'avez offert un talisman semblable à cette croix celtique. C'est sans doute pourquoi je la porte ce soir. Pour fermer le cercle.

La chaleur du métal sur sa paume surprit Connors. Ce contact réveilla un souvenir lointain et indistinct qu'il n'eut pas le courage d'explorer plus avant.

— Merci, se contenta-t-il de répondre, glissant la croix dans sa poche.

— Un jour, je vous revaudrai peut-être la faveur que vous m'avez accordée, termina Isis avant de se tourner vers Eve. Je suis à votre disposition quand bon vous conviendra, lieutenant. Charles ?

— Moi de même, lieutenant Dallas. Aimeriez-vous assister à une cérémonie d'initiation qui aura lieu après-demain dans une clairière au nord de l'État. Un endroit tranquille et discret, parfait pour les rites à ciel ouvert. Quand le temps s'y prête, bien sûr. Nous serions ravis de...

Il s'interrompit net et son regard prit brusquement une teinte de plomb.

— Ce n'est pas l'un des nôtres, murmura-t-il avec défiance.

Eve scruta l'assistance et repéra un homme en costume sombre visiblement coupé sur mesure. Sous ses cheveux noir corbeau taillés en brosse, son teint crayeux lui donnait l'air maladif. Il s'avançait vers le cercueil quand il les aperçut. Aussitôt, il pivota sur ses talons et se hâta vers la sortie.

— J'y vais, dit Eve qui s'élança à sa suite, aussitôt rattrapée par Connors.

— On y va tous les deux.

— Reste avec eux.

— Pas question. Je t'accompagne.

Elle lui décocha un regard excédé.

— N'entrave pas le travail de la police.

— Je ne me le permettrai pas.

L'homme en noir courait presque quand il atteignit la porte. Eve lui toucha le bras. Il sursauta violemment.

— Quoi ? Que voulez-vous ?

Il fit volte-face, poussa la porte à deux mains et se retrouva dehors sous la pluie.

— Je n'ai rien fait de mal.

— Ah bon ? Pour un innocent, vous ne paraissez pas avoir la conscience tranquille. (Il voulut s'enfuir, mais Eve lui agrippa le bras.) Votre carte d'identification.

— Rien ne m'oblige à vous la montrer.

— Inutile, Eve, intervint Connors. Je connais cet homme. Vous êtes Thomas Wineburg, n'est-ce pas ? De Wineburg Finances & Co. Vous venez de coincer un spécimen dangereux, lieutenant. Un banquier. Troisième génération. Ou est-ce la quatrième ?

— Cinquième, corrigea Wineburg d'un ton sec. Et je n'ai rien fait qui me vaille d'être importuné par un flic et un requin de la finance.

— Je suis le flic, dit Eve avec un regard taquin à Connors. Le requin, ça doit être toi.

— Il m'en veut parce que je ne place pas mon argent dans sa banque, répliqua Connors avec un sourire de loup, n'est-ce pas, Tommy ?

— Je n'ai rien à vous dire.

— À moi peut-être. Pourquoi cette précipitation ? insista-t-elle.

— Je... Un rendez-vous que j'avais oublié. Je suis très en retard.

— Alors une minute de plus ou de moins... Êtes-vous un ami de la famille de la défunte ?

— Non.

— Oh, je vois, on voulait juste passer une soirée pluvieuse au chaud ! J'ai entendu dire que c'est une pratique courante chez les célibataires.

— Je... je me suis trompé d'adresse.

— Et vous comptez me faire avaler ça ? Qu'étiez-vous venu voir ? Ou qui ?

— Je... (Ses yeux s'écarquillèrent quand il aperçut Isis et Charles.) Ne vous approchez pas de moi !

— Nous nous inquiétions de ne pas vous voir revenir, dit Isis qui tourna vers Wineburg un regard d'une étrange intensité. Votre aura est sombre et fangeuse. Vous jouez sans foi ni loi avec une puissance qui vous dépasse. Une puissance maléfique. Le diable en personne !

— Empêchez-la de s'approcher de moi ! s'écria Wineburg avec un mouvement de recul.

Eve ne lâcha pas prise.

— Calmez-vous, Monsieur Wineburg. Que savez-vous donc sur la mort d'Alice Lingstrom ?

— Rien du tout, répondit-il d'une voix aiguë. Je ne sais rien du tout. Je me suis trompé d'adresse. J'ai un rendez-vous. Vous n'avez pas le droit de me retenir.

Exact, songea Eve, mais rien ne lui interdisait de l'intimider un peu.

— Je pourrais vous emmener au Central et jouer un peu avec vous avant l'arrivée de votre avocat. Ça serait drôle, n'est-ce pas ?

— Puisque je vous dis que je n'ai rien fait !

À la surprise d'Eve, l'homme se mit à sangloter comme un bébé.

— Laissez-moi partir. Je n'y suis pour rien !

— Pour rien dans quoi ?

— C'était juste pour le sexe. C'est tout. Juste le sexe. J'ignorais qu'il y aurait un mort. Du sang partout. Partout. Je ne savais rien !

— Où ? Qu'avez-vous vu ?

Il sanglota de plus belle. Mais à la seconde où Eve changeait sa prise, il lui flanqua son coude osseux dans le ventre et l'envoya percuter violemment Connors qui s'affala avec elle sur le trottoir. Elle aurait tout le temps plus tard de se maudire pour s'être laissé prendre à ses jérémiades. Pour l'instant, elle se releva tant bien que mal et s'élança à sa poursuite. Sale petite ordure ! Elle dégaina son arme à l'instant même où il s'engouffrait dans un garage souterrain. Réprimant un juron, Eve fonça à sa suite dans une forêt de véhicules.

— Il n'est sans doute pas armé, dit-elle par-dessus son épaule à Connors qui était sur ses talons. Je m'en occupe. Toi, appelle le Central.

— Le jour où je laisserai un petit banquier imbuvable bousculer ma femme et prendre la fuite n'est pas encore arrivé !

Il bifurqua sur la droite et contourna rangée de voitures, tandis qu'Eve le fusillait du regard.

L'éclairage était aveuglant, mais les cachettes innombrables. Les échos d'une course précipitée se répercutaient sur le béton du sol et des murs. Se fiant à son instinct, Eve tourna sur la gauche.

— Wineburg, vous aggravez votre cas ! Vous venez de vous rendre coupable d'agression sur un agent de la force publique. Ne me forcez pas à venir vous chercher ! Sortez sans faire d'histoire !

Elle s'accroupit entre les rangées de voitures. Personne dessous, ni derrière. Elle reprit sa course.

— Connors, tiens-toi tranquille, bon sang ! Je n'arrive pas à le repérer !

Connors cessa aussitôt sa course et le bruit de la cavalcade se précisa. Le fuyard fonçait vers l'escalier, espérant s'échapper par le niveau supérieur. Eve se précipita sur la première rampe d'accès, puis fit volte-face et braqua son arme en entendant quelqu'un courir derrière elle.

— J'aurais dû m'en douter, se contenta-t-elle de marmonner quand Connors la dépassa. Il monte, lâcha-t-elle dans un souffle. S'il continue, il va se retrouver coincé, alors que tout ce qu'il a à faire, c'est de s'arrêter et de faire le mort. Il faudrait un escadron pour le débusquer dans ce labyrinthe.

— Il est paniqué.

Soudain, les pas se turent. Eve arrêta Connors d'un bras, retint son souffle et tendit l'oreille.

— C'est quoi ce bruit ? murmura-t-elle.

— On dirait un chant.

Son cœur bondit.

— Seigneur !

Elle se remit à courir. Au même instant, un long hurlement de terreur déchira le silence. Il parut se prolonger indéfiniment, suraigu et inhumain. Puis, le silence retomba. Sans ralentir sa course, Eve sortit son portable.

— Lieutenant Dallas demande assistance. Poursuite dans garage souterrain, intersection Quarante-Neuvième et... Nom de Dieu !

— Précisez localisation, lieutenant Dallas.

Le corps gisait dans une mare de sang qui s'agrandissait à vue d'œil.

— J'ai besoin de renforts immédiats. Il y a eu un homicide dans un garage souterrain, à l'intersection de la Quarante-Neuvième et de la Deuxième Rue. Le ou les auteurs sont peut-être encore sur les lieux. Envoyez toutes les unités disponibles. Prévenez mon équipière, l'agent Peabody.

— Bien reçu, lieutenant Dallas. Les unités sont en route. Terminé.

— Je dois aller jeter un coup d'œil, dit-elle à Connors. Toi, reste ici près du corps.

Connors baissa les yeux vers Wineburg et ne put réprimer un élan de compassion.

— Le malheureux !

— J'ai besoin que tu restes sur place, insista-t-elle, au cas où ils reviendraient par ici. Mais ne joue pas au héros, compris ?

Il hocha la tête.

— Toi non plus.

Eve jeta un dernier regard à la victime.

— Quelle poisse ! soupira-t-elle avec lassitude. J'aurais dû mieux le tenir.

Elle tourna les talons et entreprit d'inspecter les voitures et les recoins. Sans beaucoup d'espoir.

Un peu en retrait, Connors observait Eve à l'œuvre au milieu de policiers qui s'affairaient sous l'éclairage cru, presque impitoyable, des néons. Il avait déjà eu l'occasion de la voir travailler et admirait son efficacité et son pouvoir de concentration. Comment s'y prenait-elle pour afficher ce sang-froid et cette apparente insensibilité toute professionnelle, surmontant la compassion qui hantait son regard ? Il ne lui avait jamais posé la question et doutait fort qu'il le fît jamais. Une fois les relevés d'usage terminés, elle s'agenouilla près du corps, déchirant ses collants sur le sol en béton, et enleva l'arme du crime qu'elle glissa dans un sac hermétique. Pendant qu'il l'attendait, Connors avait eu amplement le temps de l'examiner. Le manche était d'un brun très sombre, sans doute de la corne ou une matière approchante. Mais aucun doute possible sur sa ressemblance avec l'arme du crime précédent. Il s'agissait d'un athame, le couteau du sacrifice.

— Sale affaire, hein ?

Connors répondit par un vague marmonnement, tandis que Feeney s'approchait de lui. L'homme avait l'air inhabituellement fragile. Eve avait raison de s'inquiéter pour lui.

— Vous savez ce qui s'est passé ? Moi, pas grand-chose. Juste que Dallas lui parlait dehors, qu'il a pris la fuite et s'est fait poignarder.

— Je n'en sais pas plus que vous. Il paraissait nerveux. Apparemment, il avait des raisons, répondit évasivement Connors qui s'empressa de faire dévier la conversation. J'espère que vous allez accepter la proposition d'Eve pour le Mexique.

— Je vais en parler à ma femme. Sachez que j'apprécie beaucoup. Bon, fit-il avec un haussement d'épaules, j'imagine qu'elle n'a pas besoin de moi ici. Je vais rentrer.

Mais il observa la scène un long moment encore. Derrière la fatigue dans ses yeux luisait l'intérêt du policier.

— Drôle de couteau... Le même genre que celui qui était planté dans le macchabée devant chez vous la nuit dernière, non ?

— L'autre avait un manche noir. Une sorte de métal, je crois.

— Ah... fit-il en se balançant un moment sur ses talons. Bon, je ferais mieux de rentrer.

Il s'avança vers Eve, veillant à ne pas s'approcher trop près avec ses chaussures non protégées. Occupée à essuyer le sang qui maculait ses mains, elle leva les yeux, distraite, et le regarda s'éloigner jusqu'à ce qu'il soit hors de vue. Elle se leva et passa ses mains d'une propreté douteuse dans ses cheveux.

— Vous pouvez l'emmener, ordonna-t-elle, puis elle se dirigea vers Connors. Je vais au Central taper mon rapport tant que les détails sont encore frais dans ma mémoire.

— D'accord.

Il glissa son bras sous le sien.

— Non, tu n'as qu'à rentrer. Je vais y aller dans une voiture de patrouille.

— Je te conduis.

— Peabody…

— N'a qu'à y aller dans une voiture de patrouille.

Elle avait besoin de quelques minutes pour décompresser, il le savait. Il pressa un bouton de sa montre pour prévenir son chauffeur.

— Me rendre au Central en limousine, tu te rends compte ? marmonna-t-elle. Je me sens stupide.

— Vraiment ? Pas moi.

Connors l'entraîna à l'air libre. Devant la façade du funérarium, la limousine vint se ranger le long du trottoir.

— Ça te permettra de souffler un peu, dit-il en lui tenant la portière arrière. Et moi, de boire un cognac.

Il sortit une carafe en cristal du minibar et se servit. Connaissant les goûts d'Eve, il lui programma un café.

— Bon, puisque nous faisons le trajet ensemble, raconte-moi donc ce que tu sais sur ce Wineburg.

— Bah, un de ces riches arrogants et gâtés ! Sans intérêt.

Elle prit la tasse de fine porcelaine de Chine et gratifia Connors d'un long regard froid. Connors, sa limousine de luxe, son cognac de trente ans d'âge…

— Toi aussi, tu es riche.

— Oui, répondit-il en souriant. Mais gâté, sûrement pas. (Il fit tourner son cognac dans son verre.) C'est ce qui m'empêche d'être arrogant.

— Tu crois ? lança-t-elle d'un air faussement sceptique, revigorée par le café chaud à l'arôme puissant.

Alors comme ça, il était banquier. Il dirigeait Wineburg Finances & Co.

— Pas vraiment. C'est encore son père qui dirige l'affaire. Lui se contentait d'un titre ronflant et d'un grand bureau. Le genre à brasser de l'air et à engloutir son budget en soins de beauté à domicile.

— Bon d'accord, tu ne l'aimais pas.

— En fait, je ne le connaissais pas personnellement. J'imagine, c'est tout. Je n'ai aucune relation d'affaires avec les Wineburg. Au début de ma... carrière, j'avais besoin de prêts pour certains projets. Des projets licites, ajouta-t-il devant le froncement de sourcils d'Eve. Ils m'ont claqué la porte au nez. Je n'étais pas digne d'être leur client. Je suis allé voir ailleurs, j'ai obtenu mes prêts et j'ai fait fortune. La maison Wineburg m'en a toujours gardé une certaine rancœur.

— Bref, une entreprise familiale conservatrice de longue tradition.

— Exactement.

— Et s'il s'adonnait au satanisme, ce genre de révélation aurait risqué de faire un peu désordre au conseil d'administration, j'imagine ?

— Scandale terrible. Fils ou pas, le petit Wineburg se serait retrouvé à la porte.

— Il n'avait pas l'air du genre à prendre ce risque, mais comment savoir ? Juste pour le sexe, a-t-il dit. Il était peut-être un de ceux qui tourmentaient Alice. Il serait venu à la cérémonie par culpabilité ou curiosité. En tout cas, une chose est sûre : ce type était terrorisé. Il a vu quelque chose, Connors. Il a assisté à un assassinat. Si j'avais eu le temps de l'emmener au poste, je lui aurais tiré les vers du nez. Je l'aurais fait craquer en moins de dix minutes.

— Apparemment, c'est aussi ce que son assassin pensait.

La limousine s'arrêta devant l'entrée principale du Central. Vaguement embarrassée, Eve jeta un coup d'œil dehors, espérant qu'aucun collègue ne traînait dans les environs. Elle se ferait mettre en boîte pendant des jours.

— Je te vois à la maison d'ici une heure ou deux.

Elle claqua la portière.

— Je t'attends, lui lança Connors par la vitre entrouverte.

— Ne sois pas ridicule, rentre.

Il se contenta de se caler dans son fauteuil et programma les dernières nouvelles boursières sur son écran. Puis il se servit un autre cognac.

— À tout à l'heure.

— Tête de mule, marmonna Eve.

— Alors Dallas, on vient se mélanger à la plèbe ?

Elle se figea sur le trottoir.

— Lâche-moi, Carter, bougonna-t-elle en s'engouffrant dans l'immeuble avant que l'hilarité de son collègue ne la contraigne à lui casser la figure.

Une heure plus tard, Eve était de retour, épuisée et furieuse.

— Carter raconte à qui veut l'entendre que mon carrosse est avancé. Quel imbécile ! Je ne sais pas si c'est à lui ou à toi que je dois tordre le cou.

— À lui, suggéra Connors qui glissa son bras autour de ses épaules.

Eve inspira avec bonheur l'odeur du tabac blond qui se mêlait aux effluves subtils de son after-shave.

— Je vous sens tendue, lieutenant, dit-il en l'attirant contre lui.

— Ça se peut.

— Nous allons arranger ça. (Il se pencha et remplit un verre à pied d'un liquide couleur or.) Tiens, bois.

— Qu'est-ce que c'est ?

— Du sauternes, rien d'autre.

Elle le renifla d'un air soupçonneux, sachant Connors capable d'y adjoindre secrètement un petit remontant fabriqué dans l'une ou l'autre de ses usines.

— Je compte travailler encore un peu en rentrant. J'ai besoin d'avoir l'esprit clair.

— Il faut savoir faire des pauses parfois. Détends-toi et ne crains rien. Demain matin, tu auras l'esprit clair.

Connors avait raison. Les éléments de l'enquête se bousculaient dans sa tête et elle n'en tirait rien de bon. Déjà quatre victimes et elle n'avait pas progressé d'un pouce. Avec un peu de recul, la situation s'éclaircirait peut-être.

— L'assassin de Wineburg a agi vite et bien. Et il a eu la présence d'esprit de viser le cœur. S'il avait visé la gorge, il se retrouvait aspergé de sang, réfléchit Eve à voix haute, tandis que Connors lui massait les épaules. Il avait, disons, trente, quarante secondes d'avance sur nous. Pas plus. Rapide, très rapide... Si Wineburg était sur le point de craquer, il se peut que d'autres l'imitent. Je dois à tout prix me procurer la liste des adeptes. Je t'ai vu parler avec Feeney, ajouta-t-elle en sirotant son vin. Vous discutiez de quoi ?

— Du Mexique, ne t'inquiète pas.

Eve se laissa aller contre le dossier en cuir et ferma les yeux pendant ce qui lui parut trois secondes. Mais quand elle les rouvrit, la limousine venait de franchir la grille de la propriété et s'arrêtait devant le perron.

— J'ai dormi ?

— Environ cinq minutes.

— Tu es sûr que c'était juste du vin ?

— Absolument. Suite du programme : bain chaud.

Eve ouvrit la bouche pour protester, mais se ravisa en gravissant les marches.

— Après tout, c'est plutôt tentant.

Dix minutes plus tard, tandis qu'un nuage de mousse tourbillonnait dans la baignoire sous la puissance des jets, Eve fronça les sourcils en voyant Connors commencer à se déshabiller.

— Dis donc, c'est moi qui prends un bain ou toi ?

— Nous deux.

D'une petite tape sur les fesses, il la poussa vers la baignoire.

— Ah bon ! Eh bien, ça va te donner une chance de t'expliquer sur cette femme sublime que tu aurais sauvée.

Connors se glissa à son tour dans l'eau moussante et lui fit face.

— Je ne peux être tenu pour responsable des péripéties d'une vie antérieure, plaisanta-t-il en lui tendant le verre de vin qu'il avait eu la prévoyance de remplir. Tu ne crois pas ?

— Je n'en sais rien.

Tenant le verre à bout de bras, Eve se laissa glisser sous l'eau et refit surface avec un soupir.

— Tu crois que vous étiez amants ?

— Si elle avait la même allure qu'aujourd'hui, j'espère bien que oui.

Elle le gratifia d'un sourire acide.

— Hum, je me suis toujours dit que tu préférais les femmes grandes, sublimes et exotiques. (Avec un haussement d'épaules, elle but une gorgée de vin, puis joua distraitement avec le pied du verre.) La plupart des gens trouvent que je ne suis pas du tout ton type.

— La plupart des gens ? Qui ça ?

Eve vida son verre d'un trait et le reposa sur le bord de la baignoire.

— Je le sens bien quand nous assistons à ces affreux cocktails mondains en compagnie de tes riches et distingués associés. Ils se demandent tous ce qui t'a pris. Oh, je ne peux pas les en blâmer ! Je ne suis ni grande, ni sublime, ni exotique.

— Tu es bien davantage, Eve, voyons. Tu as un corps superbe, tu es forte, intelligente, adorable. Crois-moi, je n'ai pas eu besoin d'y regarder à deux fois.

Eve ne savait plus où se mettre. Ce regard de braise dont il la couvait avait le don de la faire fondre.

— Et je m'étonne que tu accordes la moindre importance à l'avis de mes associés, poursuivit Connors avec une pointe d'agacement.

— Je m'en moque éperdument, répondit Eve, embarrassée de s'être laissée aller à cet éclat de jalousie. C'était juste une remarque en l'air. Sans doute le vin qui me délie la langue.

— Je n'aime pas que tu critiques mes goûts.

— Oublie ça.

Elle disparut à nouveau sous la mousse. Sans crier gare, Connors l'agrippa par la taille. Elle refit surface en suffoquant.

— Eh ! Qu'est-ce qui te prend ? Tu veux me noyer ou quoi ? (Elle secoua l'eau qui lui piquait les yeux et remarqua sa mine rembrunie.) Écoute...

— Non, c'est toi qui vas m'écouter. Ou plutôt...

Il écrasa ses lèvres sur les siennes avec tant de fougue qu'Eve en fut étourdie. Leurs langues entamèrent une longue danse langoureuse, enfiévrée.

— On va passer à la troisième partie de notre programme avec juste un peu d'avance, lui murmura-t-il, juste le temps de la laisser reprendre son souffle. Et je vais te montrer que tu es tout à fait mon type. Je ne commets jamais d'erreurs.

Pour une fois, ce fut Connors qui s'endormit le premier. Étendue près de lui dans l'obscurité, Eve entendait son souffle lent et régulier. Elle lui caressa les cheveux avec tendresse.

— Je t'aime, murmura-t-elle avec émotion. Je t'aime à en devenir stupide parfois.

Avec un soupir d'aise, elle se lova contre sa chaleur rassurante et ferma les yeux, bien décidée à ne pas laisser les cauchemars venir troubler son sommeil.

Un sourire ravi et triomphant se dessina sur les lèvres de Connors. Quelle grossière erreur de croire qu'il pouvait s'endormir le premier !

12

Dans son bureau qui dominait Manhattan, Connors était en pleine réunion, la dernière de la matinée. Au lieu de se rendre à Rotterdam comme prévu, il avait préféré conclure l'affaire par hologramme. Il tenait à rester à New York, près d'Eve.

C'était donc assis à la table de conférence en palissandre ciré de la salle de réunion jouxtant son bureau qu'il conversait avec ses partenaires, tandis que son image en trois dimensions le représentait à une table similaire de l'autre côté de l'Atlantique. À sa gauche, son assistante lui transmettait les documents pour approbation et signature. À sa droite se tenait son interprète, prêt à intervenir en cas de défaillance du système de traduction assistée par ordinateur. Les membres du conseil d'administration de ScanAir occupaient les autres fauteuils. Ou plutôt leurs images holographiques. L'année avait été excellente pour Connors Industrie et ses filiales. Ce n'était pas le cas de ScanAir qui se débattait dans le rouge depuis plusieurs années. Connors leur faisait la faveur de les racheter. Ses conditions leur restaient pourtant en travers de la gorge : après une enquête approfondie révélant l'ampleur des difficultés financières qu'elle avait espéré pouvoir dissimuler, la direction de ScanAir avait dû revoir ses exigences à la baisse. D'où les visages crispés tandis que l'ordinateur égrenait les termes du contrat d'une voix métallique et monocorde. De temps à autre, Connors consultait son interprète sur certaines subtilités de syntaxe. Puis, il signa chaque copie, ajouta la date et remit les contrats à son assistante qui les transmit par fax laser afin que les Hollandais signent à leur tour.

— Félicitations pour votre retraite, Monsieur Vanderlay, dit Connors avec amabilité, tandis que les copies lui étaient retournées. J'espère que vous allez en profiter.

L'homme d'affaires se contenta d'un hochement de tête et d'une brève déclaration formelle. L'hologramme s'éteignit.

Amusé, Connors se cala dans son fauteuil.

— Certaines personnes n'ont pas la reconnaissance facile. Même quand on leur donne beaucoup d'argent, n'est-ce pas, Caro ?

— En effet, monsieur, répondit l'assistante de direction à la chevelure sophistiquée d'une blancheur stupéfiante.

La jeune femme rassembla les documents du dossier et se leva. Son tailleur cintré couleur rouille mettait en valeur ses longues jambes joliment galbées.

— Ils seront encore moins reconnaissants quand ScanAir fera des bénéfices. Dans un an, tout au plus.

— Dix mois, corrigea Connors qui se tourna vers l'interprète, un droïde fabriqué dans une de ses usines. Merci, Petrov. Vos services ont été inestimables. Comme toujours.

— C'était un plaisir, monsieur, répondit avec affabilité le droïde vêtu d'un costume noir sobre avant de se retirer.

— Laissez-moi une heure avant le prochain rendez-vous, Caro. J'ai quelques affaires personnelles à régler.

— Vous déjeunez à treize heures avec la direction de SkyWays pour discuter du rachat de ScanAir et des stratégies marketing.

— Très bien.

Connors regagna son bureau et verrouilla la porte. Ce n'était pas vraiment nécessaire. Jamais son assistante ne se permettrait d'entrer sans s'annoncer, mais on ne se montrait jamais trop prudent. Il s'assit à son bureau, alluma son ordinateur et connecta le programme de brouillage destiné à empêcher tout contrôle de l'Ordiguard. La loi réprimait avec sévérité le piratage informatique.

— Recherche liste des adeptes de l'Église de Satan. Organisation de New York sous la direction de Selina Cross.

Recherche en cours… Données protégées par la loi sur la liberté de religion. Recherche refusée.

Connors se contenta de sourire. Il avait toujours aimé le défi.

— Très bien, je suis sûr qu'on va réussir à te faire changer d'avis.

Avec entrain, il releva les manches de son costume et se mit au travail.

Eve arpentait l'élégant bureau du Dr Mira. Elle ne s'y sentait jamais à son aise. Mira la connaissait mieux que quiconque. Mieux qu'elle ne se connaissait elle-même. Mais elle n'était pas là pour des raisons d'ordre personnel. Elle essaya de se détendre.

La porte s'ouvrit et le Dr Mira entra. Un sourire chaleureux éclaira le visage de la psychanalyste. Elle avait toujours l'air si... parfaite, se dit Eve. Ni trop apprêtée, ni trop décontractée. Toujours la compétence incarnée. Au lieu de son habituel tailleur, Mira portait une robe couleur potiron évasée à hauteur du genou et un manteau assorti à un seul bouton. Des escarpins à talons hauts d'un ton légèrement plus foncé complétaient sa tenue avec élégance. La psychanalyste tendit les deux mains, un geste d'affection qui surprit et toucha Eve tout à la fois.

— Quel plaisir de vous revoir en pleine forme, Eve ! Comment va votre genou ?

— Oh ? (Avec un léger froncement de sourcils, Eve baissa les yeux vers sa jambe au souvenir de la blessure que lui avait value une précédente enquête.) Très bien. Les médecins ont fait du bon travail. Je n'y pense même plus.

— Prenez place pendant que je nous prépare du thé. En quoi puis-je vous être utile ?

Eve s'assit, un peu nerveuse.

— Merci de me recevoir entre deux rendez-vous. C'est à propos d'une enquête sur laquelle je travaille en ce moment. Je ne peux pas vous donner beaucoup de détails. Un dossier confidentiel.

— Je vois. Racontez-moi ce que vous pouvez.

La psychanalyste programma l'AutoChef.

— Il s'agit d'une jeune fille de dix-huit ans, très intelligente et apparemment très impressionnable.

— C'est l'âge des explorations.

Mira prit les deux tasses de thé fumant aux effluves délicatement parfumés et en tendit une à Eve.

— Elle a de la famille. De la famille proche. Son père est parti, mais il y a les grands-parents, des cousins. Elle n'était – n'est pas seule, corrigea-t-elle.

Mira hocha la tête. Eve, elle, avait été seule. Brutalement seule.

— Le sujet consacrait ses études aux religions et cultures anciennes. Ces dernières années, elle a développé un intérêt pour l'occulte.

— Hum. Plutôt typique, je dirais. Les jeunes explorent souvent différentes religions et croyances afin de trouver la leur. L'occulte, avec sa mystique et ses possibilités, exerce une forte attraction.

— Elle a versé dans le satanisme.

— Initiée ?

Eve fronça les sourcils. Elle s'attendait à de la surprise ou de la désapprobation. Au lieu de cela, Mira sirotait son thé avec un léger sourire attentif.

— J'ignore ce que cela signifie exactement.

— Cela peut varier selon les sectes. En général, l'initiation implique une période d'attente à l'issue de laquelle des vœux sont prononcés. Le corps de l'initié reçoit une marque, en général sur ou près des organes génitaux. Lors d'une cérémonie, l'initié est accepté dans la congrégation. Un autel humain est placé au milieu d'un cercle, souvent une femme. Le ou les prétendants s'agenouillent et le prince des Ténèbres est invoqué. Le symbolisme inclut des flammes, de la fumée, de la terre prélevée sur une tombe, de préférence celle d'un nourrisson. Ils doivent boire de l'eau ou du vin mélangé avec de l'urine, puis le grand prêtre ou la grande prêtresse les marque avec un couteau de cérémonie.

— Un athame.

— Oui, acquiesça Mira. Et bien que ce soit illégal, la congrégation procède alors si possible au sacrifice d'un agneau. Chez certaines, le sang de l'agneau est mélangé au vin et bu. Les membres de la congrégation se livrent alors à des rites sexuels entre eux et avec l'autel. C'est considéré comme un devoir et un plaisir.

— Vous êtes très bien informée, me semble-t-il.

— J'ai eu une fois l'occasion d'assister à une cérémonie de ce genre. C'était plutôt fascinant.

Eve reposa sa tasse, abasourdie.

— Vous ne croyez quand même pas à ce folklore ? Les incantations, les démons et tout le reste ?

Mira haussa un sourcil finement dessiné.

— Je crois au bien et au mal, Eve. Ne fermez pas les yeux sur l'existence du bien et du mal absolus. Dans mon métier, et le vôtre, nous rencontrons trop souvent les deux extrêmes pour les nier.

C'est l'homme qui commet le mal, songea Eve. Le mal n'a rien de surnaturel.

— Mais l'adoration du diable ?

— Ceux qui ont choisi de vouer leur vie – et leur âme – à cette croyance sont en général attirés par sa célébration du chaos et de l'égocentrisme absolu. D'autres sont séduits par les promesses de puissance qu'elle fait miroiter. Et beaucoup par le sexe.

Juste pour le sexe… C'était ce que Wineburg avait sangloté avant de mourir, se souvint Eve.

— La jeune femme dont vous parlez a sans doute été attirée par curiosité intellectuelle. Le satanisme a des siècles d'histoire derrière lui, ses rites sont mystérieux et sophistiqués. Et puis venant d'un milieu familial protégé, elle était à l'âge des rébellions contre l'ordre établi.

— La cérémonie que vous évoquiez est similaire à celle qu'elle m'a décrite. Mais alors qu'elle n'était là qu'en observatrice, ils ont abusé d'elle. Elle était vierge et on l'avait droguée.

— Je vois. Il existe toujours des sectes qui ne respectent pas les règles. Certaines peuvent s'avérer dangereuses.

— Elle avait des trous de mémoire et perdait parfois la notion du temps. Elle était quasiment devenue l'esclave de deux des membres. Elle avait tourné le dos à sa famille et abandonné ses études. Jusqu'à ce qu'elle soit témoin du sacrifice rituel d'un enfant.

— Le sacrifice humain est une pratique millénaire déplorable, commenta Mira en sirotant son thé avec délicatesse. On peut supposer que le meurtre dont elle a été témoin aura provoqué chez elle un choc salvateur qui l'aura arrachée au culte et à ses rituels.

— Elle était terrifiée. Elle n'a rien dit à sa famille, ni à la police. Elle s'est réfugiée chez une sorcière.

— Une sorcière blanche ? Une adepte de Wicca ?

Eve pinça les lèvres.

— Elle a fait ce qu'on pourrait appeler un virage religieux à cent quatre-vingt degrés. Elle s'est mise à brûler des bougies blanches au lieu de noires. Et elle vivait dans la terreur, prétendait qu'un des membres de la secte pouvait se métamorphoser en corbeau.

— Très intéressant, murmura Mira d'un air songeur.

— Elle était persuadée qu'ils voulaient attenter à sa vie, qu'ils avaient déjà tué un de ses proches, bien que ce décès soit jusqu'à présent considéré comme une mort naturelle. Ils la tourmentaient, j'en ai la conviction. Ils jouaient avec ses peurs et ses fantasmes, exacerbés par son propre sentiment de culpabilité et de honte.

— Vous avez peut-être raison. Les émotions influent sur l'intellect.

— À quel point ? demanda Eve. Assez pour voir des choses qui n'existent pas ? Assez pour fuir une hallucination et se tuer sous les roues d'une voiture ?

Mira se rassit.

— Elle est donc morte. Je suis désolée. Êtes-vous certaine qu'elle fuyait une hallucination ?

— Un observateur entraîné se trouvait sur les lieux. Il n'a rien vu. Sauf un chat noir, ajouta Eve avec une petite moue.

— Ce bon vieux chat noir... Lui seul aura pu suffire à la faire paniquer. Mais même s'il a été placé là à dessein pour l'effrayer, vous aurez du mal à prouver qu'il s'agit d'un homicide.

— Ces satanistes l'ont droguée, soumise à des manipulations mentales, peut-être même de l'hypnose. Ils l'ont terrorisée de mille et une façons, poussant même le vice jusqu'à la harceler par vidéocom. Ils l'ont acculée à la mort et ce ne serait pas un homicide ? Eh bien, je vais me charger de le prouver !

— Traduire une secte sataniste devant un tribunal ne sera pas chose aisée.

— Je suis prête à relever le défi. Ceux qui se cachent derrière ces actes odieux sont des ordures. Et je les soupçonne d'avoir fait quatre victimes ces deux dernières semaines.

Mira reposa sa tasse.

— Quatre ? Le corps abandonné près de chez vous. Les médias se sont montrés peu bavards. C'est lié ?

— Oui. Il s'agissait d'un initié qui a eu la gorge tranchée par un athame. Il avait subi des mutilations et était attaché sur un pentagramme inversé.

Mira pinça les lèvres avec scepticisme.

— Mutilations et meurtre... S'il s'agissait de Wiccans, cela ne leur ressemble pas. Ces pratiques barbares bafouent leurs principes.

— Les principes n'existent que pour être bafoués, vous le savez aussi bien que moi, Docteur Mira, répondit Eve avec impatience. Mais à ce stade de l'enquête, je soupçonne un ou plusieurs adeptes de sa propre secte. Un autre homme a été assassiné la nuit dernière, lui aussi avec un athame. La nouvelle n'est pas encore rendue publique, mais le sera d'ici deux heures. J'étais en train de le poursuivre. Je suis arrivée trop tard.

— Il a été tué sans rituel ? Avec un policier sur ses talons ? Un geste désespéré ou d'une incroyable arrogance. Si ce crime a été commis par le même auteur, il prouve une audace grandissante.

— Et peut-être aussi une certaine jouissance. Le sang, c'est comme une drogue, on en devient dépendant. Quelles peuvent être selon vous les failles dans la personnalité de celui ou celle qui dirige une secte aussi barbare ? J'ai dans le collimateur une femme avec un casier judiciaire déjà long. Prostitution et trafic de drogue. Bisexuelle. Elle dirige une boîte de nuit branchée, mène une vie plus que confortable. Son compagnon est un genre d'Apollon aux petits soins pour elle. Elle aime en mettre plein la vue, ajouta Eve au souvenir du tour de passe-passe de la cheminée. Elle prétend avoir le don de clairvoyance et est d'un tempérament très colérique, avec de brutales sautes d'humeur.

— L'orgueil est donc sans doute sa première faiblesse. Dans une position d'autorité, elle acceptera très mal tout manque de respect. Est-elle réellement clairvoyante ?

Eve la dévisagea, interloquée.

— Vous êtes sérieuse ?

— Eve, dit Mira avec un soupir imperceptible, les médiums ont toujours existé. D'innombrables études l'ont prouvé.

— Oui, oui, je sais. L'institut Kijinsky, répondit Eve sans conviction. J'ai lu un de leurs rapports sur les exploits d'une Wiccanne qui vit à New York. Selon eux, ses dons psychiques battent tous les records.

— Je vous sens sceptique.

— Vous croyez aux boules de cristal et aux lignes de la main, docteur Mira ? Vous, une scientifique ?

— En cette qualité, j'accepte que la science soit, disons, fluctuante. Elle évolue en fonction de nos découvertes sur notre univers et ses occupants. De nombreux scientifiques estimés ont la conviction que nous naissons avec ce qu'on peut appeler un sixième sens. Certains le développent, d'autres non. La plupart d'entre nous se contentent de stagner à un niveau que nous appelons l'instinct, l'intuition. Vous vous fiez parfois à vos intuitions, vous aussi.

— Je me fie aux faits, aux preuves.

— Votre instinct évoque dans mon esprit une lame finement aiguisée, Eve. Et Connors ! Un homme n'atteint pas ces sommets si jeune sans un formidable instinct. Si vous voulez un terme plus romantique, la magie existe.

— Ne me dites pas que vous croyez à la télépathie et aux sortilèges ?

— Mon intuition me permet de lire dans votre esprit en ce moment, répliqua la psychanalyste qui vida sa tasse, amusée : « Complètement à côté de la plaque, cette pauvre Mira », voilà en substance ce que vous pensez, ma chère Eve.

Eve ne put réprimer un sourire contraint.

— Pas mal. Quoi qu'il en soit, un meurtre reste un meurtre. Magie ou pas magie, rien ne m'empêchera de démasquer le ou les assassins.

Une peur diffuse serra l'estomac de la psychanalyste. Elle entrecroisa ses doigts.

— Je n'en doute pas. Je peux vous fournir une analyse plus détaillée sur le satanisme et le culte de Wicca, si cela peut vous aider.

— C'est très gentil de votre part. J'aime savoir à quoi j'ai affaire. Quel serait selon vous le profil type d'un adepte des deux cultes ?

— Il n'existe pas de profil type, pas plus que dans la religion catholique ou le bouddhisme. Mais je peux généraliser certaines personnalités communément attirées par l'occulte. La jeune Wiccanne dont vous parliez est-elle suspecte ?

— Oui, même si elle ne figure pas au sommet de ma liste. La vengeance est un mobile que l'on ne peut négliger dans cette affaire. Mais je suppose qu'elle serait plutôt du genre à jeter des mauvais sorts qu'à se livrer à des mutilations, ajouta-t-elle avec un petit sourire narquois.

— Vérifiez les ongles et les cheveux des victimes. S'il y a malédiction, vous trouverez des traces de coupes récentes.

— Ah bon ? Je vérifierai, fit Eve qui se leva avec une moue dubitative. Merci beaucoup pour votre aide.

— Je vous ferai transmettre un rapport demain.

— Formidable. (Eve se dirigea vers la porte, puis se retourna.) Vous semblez très au fait de toutes ces histoires de sectes occultes. Cela entre-t-il dans le cadre de vos recherches en psychiatrie ?

— Dans une certaine mesure oui, mais c'est surtout un intérêt personnel qui m'a conduite à approfondir le sujet, expliqua le docteur Mira avec un sourire. Ma fille est adepte de Wicca.

Eve faillit en rester bouche bée.

— Oh… Eh bien, j'imagine que ceci explique cela, répondit-elle, mal à l'aise, ne sachant plus que dire. Elle vit à New York ?

— Non, à La Nouvelle-Orléans. Elle y trouve la vie moins… contraignante. Vu les circonstances, je peux manquer d'objectivité en la matière, Eve, mais je suis sûre que vous tomberez sous le charme de la religion wiccanne. C'est une croyance très saine, très généreuse.

— Bien sûr, fit Eve en ouvrant la porte. Je dois assister à une cérémonie pas plus tard que demain soir.

— Il faudra que vous me donniez votre opinion. Et si vous avez des questions qui me dépassent, je suis persuadée que ma fille se fera un plaisir d'y répondre.

— Je vous tiendrai au courant.

Elle se dirigea vers l'ascenseur et poussa un profond soupir. Inouï ! La fille du Dr Mira, une sorcière ! C'était le bouquet !

Eve retourna au Central avec l'intention de mettre la main sur Peabody et d'aller inspecter l'appartement de Wineburg. Les gars du labo avaient déjà procédé aux fouilles de routine, sans succès. Qui sait ? Peut-être aurait-elle davantage de chance ?

Elle croisa Peabody en coup de vent dans le couloir.

— Dans dix minutes à ma voiture. Juste le temps de vérifier mes messages et de passer un ou deux appels.

— Lieutenant…

— Plus tard.

Elle continua son chemin sans ralentir le pas, ni prendre la peine de s'interroger sur la grimace de son équipière. L'explication l'attendait dans son bureau.

— Feeney ? (Elle ôta sa veste et la jeta sur un fauteuil.) Tu t'es décidé pour le Mexique ? Il faudra appeler Connors pour les détails. Il devrait…

Feeney se leva et alla fermer la porte. Un coup d'œil suffit à Eve. Elle comprit aussitôt qu'il savait.

— Tu m'as menti, dit-il avec un tremblement d'indignation dans la voix, le regard glacial. J'avais une confiance aveugle en toi et tu t'es permis d'enquêter sur Frank dans mon dos. Sans respect pour sa mémoire.

À quoi bon nier ? Et encore moins lui faire l'affront de lui demander comment il l'avait découvert. C'était inévitable, elle le savait depuis le début.

— Il allait y avoir une enquête interne. Whitney m'a chargée de le disculper. Ce que j'ai fait.

— Enquête interne, laisse-moi rire. Il n'y avait pas plus intègre que Frank.

— Je le sais, Feeney. J'étais…

— Mais tu as fait ton enquête. Tu as fouillé dans sa vie. Sans jamais m'en parler.

— Je n'avais pas le choix.

— Bon sang, Eve, c'est moi qui t'ai formée. Sans moi, tu serais toujours en uniforme dans les rues de New York. Et tu as osé me poignarder dans le dos !

Il s'approcha d'elle, les poings serrés sur les flancs. Eve aurait préféré qu'il s'en serve plutôt que de l'accabler de reproches.

— Tu es chargée du dossier d'Alice, tu soupçonnes un homicide et tu ne me dis rien ? Tu m'as délibérément écarté de l'enquête et tu m'as menti. Tu m'as regardé droit dans les yeux et tu as osé me mentir !

Eve était blême.

— Oui.

— Tu crois qu'elle a été droguée, violée et assassinée et tu ne me mets pas au courant ?

Il avait lu les rapports, réalisa Eve. Ils étaient codés et classés confidentiels, mais s'il avait la puce à l'oreille, rien n'avait pu l'empêcher d'y accéder. Les soupçons lui étaient venus la nuit dernière, devant le corps de Wineburg.

— Je ne pouvais pas, répondit-elle d'une voix neutre. Même si je n'avais pas eu d'ordres, ça m'était impossible. Tu étais un intime de Frank. Un flic ne peut participer en toute objectivité à une enquête concernant sa famille.

— Qu'est-ce que tu peux bien savoir sur la famille, bon Dieu ? explosa-t-il, la faisant sursauter.

Oui, elle aurait vraiment préféré qu'il se défoule sur elle avec ses poings.

— Des ordres ? poursuivit-il, écumant de colère et d'amertume. Tu te caches derrière de maudits ordres ? Je ne te croyais pas comme ça, Dallas ! Tu m'as vraiment pris pour un con. Prends donc des vacances, Feeney. Va dans la belle baraque de mon riche mari au Mexique ! (Sa bouche se déforma en un rictus narquois.) Ça t'aurait bien arrangée de ne plus m'avoir dans les pattes, hein ?

— Bien sûr que non. Feeney, je t'en prie…

— On en a connu des coups durs, la coupa-t-il d'une voix radoucie. Et je t'ai toujours fait confiance, même dans les situations les plus périlleuses. Mais c'est terminé. Tu es un bon flic, Dallas, aucun doute là-dessus, mais tu n'as pas de cœur. Va au diable.

Sans un mot, Eve le regarda sortir en trombe, laissant la porte grande ouverte. Qu'aurait-elle pu dire ? Peabody se précipita dans le bureau.

— Lieutenant, vous ne m'avez pas laissé…

Le dos tourné, Eve la fit taire d'un geste de la main. Inspirant lentement, elle s'efforça de retrouver ses esprits, durement mis à mal. La présence de Feeney planait encore dans la pièce. Elle sentait l'odeur de cette stupide eau de Cologne que sa femme lui achetait toujours.

— On va faire un tour à l'appartement de Wineburg. Prenez le matériel.

Peabody ouvrit la bouche, puis se ravisa. Mieux valait se taire.

— Oui, lieutenant.

Eve se retourna, le regard calme et froid. Sans émotion.

— Allons-y.

13

Eve était d'une humeur exécrable quand elle arriva à la propriété. Peabody et elle avaient retourné l'appartement de Wineburg sens dessus dessous, repris à zéro le travail de fourmi des enquêteurs. Pendant trois heures, elles avaient fouillé les placards, les tiroirs, vérifié ses fichiers et ses communications. Résultat : deux douzaines de costumes tous identiques, des chaussures si rutilantes qu'elle voyait sa mine des mauvais jours dedans et une collection de disques musicaux incroyablement ennuyeuse. Le contenu de son coffre-fort n'était guère plus enthousiasmant : deux mille dollars en liquide, dix mille en *credits* et une impressionnante collection de vidéos pornos qui donnait certes une idée assez précise du personnage mais ne fournissait aucune piste sérieuse quant à son meurtrier.

Wineburg ne tenait pas de journal infime et son agenda restait très discret sur ses rendez-vous, privés ou professionnels, se limitant à des listes d'horaires. Ses comptes étaient bien tenus, ce qui n'était guère surprenant de la part d'un banquier. Dépenses et recettes étaient soigneusement répertoriées. Les importants retraits bimensuels en liquide effectués régulièrement depuis deux ans renseignèrent Eve sur la façon dont

Selina Cross garantissait son niveau de vie, mais ces retraits étaient inscrits à la rubrique Dépenses personnelles. La régularité des rendez-vous nocturnes depuis deux ans – également deux fois par mois aux mêmes dates que les retraits – ne suffisait pas à elle seule à établir un lien solide avec la secte de Selina Cross. Bien évidemment, le nom de cette charmante dame n'apparaissait nulle part.

Wineburg était divorcé, sans enfant, et vivait seul. En interrogeant les voisins, elle avait appris qu'il n'était pas du genre sociable et aucun d'entre eux n'avait été capable de donner la moindre description de ses rares visiteurs. Bref, Eve rentrait bredouille, avec la rage au ventre et un sentiment de frustration grandissant. Elle savait avec certitude que Wineburg appartenait à la secte de Selina Cross, qu'il avait payé ce privilège au prix fort, au propre comme au figuré. Mais elle n'avait pas le moindre commencement de preuve. Et puis elle n'arrivait pas à se concentrer sur son travail comme elle l'aurait dû. Le visage furieux de Feeney et ses paroles amères l'obsédaient. Elle l'avait laissé tomber. Pire encore, elle l'avait trahi en obéissant aux ordres. Elle avait fait son boulot de flic. Mais elle avait oublié l'amitié, se dit-elle, pressant ses tempes endolories. Il avait raison. Elle n'avait pas de cœur.

Quand Eve entra dans le vestibule, le chat vint à sa rencontre à pas feutrés et se frotta contre ses jambes. Elle continua d'avancer et réprima un juron en manquant de trébucher. Summerset apparut dans l'encadrement d'une porte.

— Monsieur a essayé de vous joindre.

— Ah oui ? Eh bien, j'étais occupée, répondit-elle, repoussant Galahad du pied avec impatience. Est-il rentré ?

— Pas encore. Vous pouvez le joindre à son bureau.

— Je lui parlerai à son retour.

Elle mourait d'envie de boire un verre. Quelque chose de fort. Agacée par cette faiblesse, elle tourna le dos au salon et partit dans la direction opposée.

— Je ne suis là pour personne, compris ?

— Certainement, répondit le majordome avec raideur.

Quand elle eut disparu au détour d'un couloir, Summerset prit le chat dans ses bras et le caressa, un geste de tendresse qu'il ne se serait jamais permis en public.

— Le lieutenant est très malheureux, lui murmura-t-il. Nous devrions peut-être appeler.

Galahad ronronna et tendit le cou sous les longs doigts osseux de Summerset. Leur affection mutuelle était leur petit secret.

Eve descendit les escaliers, traversa la piscine intérieure, le jardin d'hiver et entra dans le gymnase. Rien de tel qu'une bonne séance de sport pour chasser le cafard.

Elle revêtit une tenue deux-pièces en Lycra noir. Puis elle programma l'unité d'entraînement sur « niveau intensif » et s'imposa une course d'endurance de marathonienne. Elle franchit des côtes abruptes, les redescendit et gravit au pas de course des volées d'escaliers interminables, avalant ainsi des kilomètres sur tous les sols possibles et imaginables : asphalte, herbe, boue, sable. En désespoir de cause, elle s'arrêta, le cœur battant à tout rompre et le maillot trempé de transpiration. Elle avait beau courir, l'effort ne parvenait pas à apaiser le tourment qui lui tenaillait le ventre. Ce qu'il lui fallait, c'était frapper. Frapper fort, décida-t-elle en enfilant des gants rembourrés.

Elle n'avait encore jamais essayé le droïde de combat, un des derniers jouets de Connors. Le robot était un poids moyen d'un mètre quatre-vingt-dix, à la musculature impressionnante. Bonne allonge, se dit Eve qui le jaugea des pieds à la tête, les mains à la taille. Elle entra le code de mise en route des circuits électroniques. Le droïde ouvrit ses yeux bruns.

— Désirez-vous vous battre ? demanda-t-il poliment.

— C'est ça, je désire me battre.

— Boxe, karaté coréen ou japonais, taekwondo, kung-fu, combat de rue. Programmes d'autodéfense également disponibles. Contact optionnel.

— Corps à corps, répondit-elle, adoptant déjà une posture d'attaque.

— Nombre de rounds ?

— Illimité. Jusqu'à ce que l'un de nous deux aille au tapis, mon grand.

Levant les mains, elle lui fit signe d'approcher avec les doigts.

— Programme enregistré, annonça le droïde après un léger bourdonnement. Je vous dépasse en poids d'environ trente kilos. Si vous le souhaitez, mon programme prévoit un handicap…

Sans crier gare, Eve lui décocha à la mâchoire un violent coup de poing qui lui rejeta la tête en arrière.

— Voilà mon handicap. Allez, viens te battre.

Eve commença à tourner autour de lui tel un fauve autour de sa proie.

— Comme il vous plaira, répondit le droïde qui l'imita. Vous n'avez pas indiqué si vous désirez des options vocales : moqueries, insultes…

Eve lui envoya son pied dans l'estomac à toute volée. Il tituba en arrière sous le choc.

— Des compliments sont également disponibles, poursuivit-il, imperturbable.

— Qu'est-ce que tu attends, bon sang ? Tu viens te battre ou quoi ?

Il s'exécuta avec une rapidité et une force qui manquèrent de la déséquilibrer. Voilà qui est mieux, songea-t-elle avec hargne en lui décochant un direct du droit musclé. Le droïde para le coup avec adresse, lui enserra le poignet dans sa main gantée et l'immobilisa d'une clé à la gorge qui la fit suffoquer. D'une prise de judo, elle le déséquilibra et parvint à faire basculer son imposante carcasse par-dessus son épaule. Mais à peine au tapis, le robot se releva d'un bond et fondit sur elle avant qu'elle ait pu l'esquiver.

Quand Connors entra une dizaine de minutes plus tard, il vit sa femme voltiger à l'autre bout du tapis, haletante et en sueur. Médusé, il s'adossa contre la porte et assista au spectacle. Dans un suprême effort, Eve se releva et retourna courageusement au combat. Prenant le robot par surprise, elle lui tomba dessus à bras raccourcis et lui assena coups de poing sur coups de poing avec une vigueur décuplée par la rage. Le corps à corps acharné tourna au massacre en règle. Sous la violence de l'assaut, le droïde céda du terrain pas à pas. Acculé dans un angle de la salle, il tituba et tomba à genoux. Écumante, Eve s'abattit sur lui dans un hurlement de victoire.

Connors fronça les sourcils et se précipita à la rescousse du droïde.

— Stop ! Fin de programme ! ordonna-t-il en arrêtant le bras d'Eve avant qu'elle inflige le coup de grâce au robot dont la tête bringuebalait lamentablement.

— Tu vas l'abîmer, dit-il avec douceur. La mort par K.-O. n'est pas prévue dans ses circuits.

Eve se plia en deux, les mains posées sur ses cuisses, et tenta de reprendre sa respiration.

— Désolée, je crois que je me suis laissé emporter.

Elle jeta un regard au robot qui restait avachi sur ses genoux, la bouche béante, les yeux aussi vides que ceux d'une poupée.

Connors la prit par les bras, mais elle se dégagea et alla chercher une serviette à l'autre bout de la salle.

— D'humeur combative à ce que je vois.

— J'avais juste envie de frapper.

— Tu veux que je te serve de punching-ball ?

Le sourire de Connors se figea quand Eve abaissa la serviette. Au fond de ses yeux, la rage avait laissé la place au désespoir.

— Que se passe-t-il, Eve ? Qu'est-il arrivé ?

— Rien. Dure journée, c'est tout.

Elle jeta la serviette sur une chaise et alla chercher une bouteille d'eau minérale au frais.

— La perquisition chez Wineburg n'a rien donné. Les gars du labo n'ont rien trouvé non plus dans le parking. Comme je m'y attendais. Je suis retournée asticoter Selina Cross et Alban le Magnifique. Et je suis allée voir Mira. Figure-toi que sa fille est adepte de Wicca. Tu vois un peu le tableau ?

— Qu'est-ce qu'il y a, Eve ? s'inquiéta Connors.

Ce n'était pas le travail qui pouvait mettre sa femme dans un pareil état.

— Ce n'est pas assez, tu trouves ? Je vais avoir du mal à avoir un avis objectif de la part de Mira si sa fille est une jeteuse de sorts. Et puis il y a Peabody. Elle a attrapé un maudit rhume et elle est tellement dans les vapes que je dois tout lui répéter au moins deux fois avant qu'elle comprenne. Ah, je te jure, elle m'est utile à tousser et à éternuer toute la journée.

Elle parlait trop vite, réalisa-t-elle. Les mots se bousculaient dans sa bouche sans qu'elle puisse les arrêter.

— Les médias sont au courant pour Wineburg, et ils savent aussi que nous étions présents sur les lieux au moment du meurtre. Mon vidéocom est pris d'assaut par des hordes de journalistes. Des fuites partout. De maudites fuites partout. Et Feeney a découvert que je le court-circuitais.

Nous y voilà enfin, songea Connors.

— Il a été dur avec toi ?

— Pourquoi ne l'aurait-il pas été ? s'emporta-t-elle, cherchant à dissimuler son chagrin derrière la colère. Il pensait pouvoir me faire confiance et je lui ai menti sans états d'âme !

— Tu n'avais pas le choix.

— On a toujours le choix.

Elle jeta contre le mur la bouteille qui rebondit et se vida de son eau pétillante.

— On a toujours le choix, répéta-t-elle, un peu calmée. Je connaissais ses sentiments envers Frank, envers Alice, mais je l'ai court-circuité. J'ai suivi bêtement les ordres.

Elle sentait la souffrance revenir à la charge, prête à jaillir comme l'eau de la bouteille. Elle s'efforça de la refouler.

— Il a raison. J'aurais dû aller le voir.

— Est-ce ça qu'on t'a appris dans la police ? Est-ce ainsi qu'il t'a formée ?

— Je lui dois tout, Connors, répliqua Eve. J'aurais dû l'informer de ce qui se passait.

Connors s'approcha d'elle et la prit par les épaules.

— Non, tu n'en avais pas le droit.

— J'aurais dû ! cria-t-elle. Si seulement je l'avais

fait ! (Elle fondit en larmes.) Mon Dieu, qu'est-ce que je vais faire ?

Connors l'attira dans ses bras.

— Laisse-lui un peu de temps. C'est un policier, Eve. Quelque part au fond de lui, il comprend. Laisse-lui juste un peu de temps.

— Non, fit Eve, les poings crispés sur sa chemise. Si tu avais vu son regard... Je l'ai perdu, Connors. Je l'ai perdu. J'aurais mille fois préféré perdre mon insigne, crois-moi.

Sans un mot, Connors la serra contre lui et elle pleura toutes les larmes de son corps. Il y avait tant d'émotions intenses en elle, songeait-il. Des émotions qu'elle avait mis toute une vie à refouler et qui se libéraient avec d'autant plus de violence. Il la sentit peu à peu s'apaiser entre ses bras.

— Quelle idiote je fais ! murmura-t-elle avec un long soupir frissonnant. Je déteste me laisser aller comme ça. Ça ne sert à rien.

— Ça sert plus que tu ne crois, la détrompa Connors qui lui caressa les cheveux. Ce qu'il te faut, c'est un bon repas et une nuit de sommeil. Après, tu seras en état d'agir comme tu le dois.

— Et comment dois-je agir ?

— Tu vas boucler cette enquête. Et quand ce sera terminé, tu oublieras tout ça.

Elle hocha la tête et passa ses mains sur son visage baigné de larmes. Elle poussa un nouveau soupir.

— Oui, c'est ça, il faut que je boucle l'enquête.

Connors effleura de son pouce la fossette de son menton.

— Ce n'est que justice, non ?

Elle leva vers lui des yeux rougis.

— Je ne sais plus, murmura-t-elle, à bout de forces.

Eve n'avala pas une bouchée et Connors n'insista pas. Il envisagea de la forcer à avaler un sédatif, mais recula devant l'épreuve. Aussi fut-il soulagé quand elle décida d'aller se coucher tôt. Il inventa l'excuse d'une communication à passer et se retira dans son bureau. De là, il la surveilla à l'écran jusqu'à ce qu'elle sombre dans le sommeil. Il ne lui faudrait pas plus d'une heure ou deux. Il doutait qu'elle refasse surface entre-temps et s'aperçoive de son absence.

Connors n'était jamais allé chez Feeney. L'immeuble était ancien et sans prétention, mais propre et bien protégé. Ne voulant pas risquer une fin de non-recevoir, il neutralisa le système de sécurité et la serrure de l'entrée. Il traversa le vestibule exigu, remarquant au passage une légère odeur de désinfection récente. Il approuvait l'intention, mais n'en appréciait pas le relent persistant et prit bonne note de s'en occuper.

Après tout, c'était lui le propriétaire de l'immeuble.

Il monta dans l'ascenseur et demanda le troisième étage. La moquette du couloir avait besoin d'être remplacée, nota-t-il. Mais il était bien éclairé et les caméras de sécurité fonctionnaient. Les murs propres et bien isolés ne laissaient filtrer qu'un léger bourdonnement derrière les portes closes. De la musique en sourdine, quelques rires lointains, les pleurs d'un nourrisson. La vie, songea Connors. La vie et ses petits bonheurs. Il sonna à la porte de Feeney et attendit, les yeux rivés sur l'objectif de l'œilleton électronique. La voix irritée de Feeney grésilla dans l'interphone.

— Que venez-vous faire ici ? Visiter les taudis ?

— Je ne crois pas que cet immeuble mérite ce nom.

— Tout est taudis à côté du palace dans lequel vous vivez.

— Comptez-vous discuter des différences de nos domiciles respectifs en me laissant sur le palier ?

— Je vous ai demandé ce que vous voulez !

— Vous connaissez la raison de ma présence. Vous n'avez quand même pas peur de me parler en face, Feeney ?

Sa pointe de défi eut l'effet escompté. La porte s'ouvrit en grand et Feeney campa sa silhouette massive dans l'embrasure, écarlate de colère.

— Ça ne vous regarde pas, Connors.

— Au contraire, répondit celui-ci d'une voix égale sans bouger d'un pouce. Ça me regarde beaucoup. Vos voisins par contre...

Les mâchoires crispées, Feeney recula et le laissa entrer.

— Dites-moi ce que vous avez à dire et déguerpissez d'ici.

— Votre femme est-elle à la maison ? s'enquit Connors quand Feeney lui claqua la porte dans le dos.

— Ce soir, elle rentre tard, répondit Feeney qui inclina la tête. (Comme un taureau qui s'apprête à charger, songea Connors.) Si vous voulez vous défouler sur moi, ne vous gênez surtout pas. Je me ferai un plaisir de démolir votre joli portrait.

— Seigneur, on croirait entendre Eve, soupira Connors qui entreprit d'arpenter le salon.

Confortable, se dit-il. Pas nickel, mais chaleureux. La télévision retransmettait un match de base-ball sans le son. Le batteur frappa la balle qui fendit les airs en silence.

— Quel est le score ?

— Les Yanks mènent d'un point, répondit Feeney. Elle vous avait tout raconté, n'est-ce pas ? Vous étiez au courant depuis le début.

— Elle n'avait pas d'ordres contraires. Et elle pensait que je pouvais lui être utile.

Feeney réprima un ricanement amer.

— Ça ne fait pas de vous un professionnel pour autant. (Son regard fatigué se teinta de mélancolie.) Vous ne connaissiez même pas Frank.

— Non, mais Eve si. Elle l'appréciait.

— Nous étions partenaires, Frank et moi. Et aussi des amis proches. Elle n'avait pas le droit de me tenir à l'écart. Je lui ai dit ma façon de penser.

Connors se détourna de l'écran et plongea son regard d'acier dans celui de Feeney.

— Je n'en doute pas. Et ce que vous lui avez dit lui a brisé le cœur.

— Tout au plus écorné son amour-propre.

Feeney s'éloigna et prit une bouteille de bière à moitié vide près de son fauteuil. Même à travers le brouillard de sa colère, il avait lu le désespoir dans les yeux d'Eve quand il s'était acharné sur elle. Et il avait pris sur lui pour ne pas y prêter attention.

— Elle s'en remettra, bougonna-t-il, avalant une longue gorgée, conscient que la bière ne chasserait pas son amertume. Elle continuera à faire son boulot. Mais sans moi.

— En disant que vous lui aviez brisé le cœur, je n'exagérais pas. Depuis combien de temps connaissez-vous Eve ? reprit Connors, durcissant le ton. Dix ans, douze ? Combien de fois l'avez-vous vue effondrée ? J'imagine que vous pouvez les compter sur les doigts d'une main. Eh bien, ce soir, je l'ai vue effondrée. (Il prit une inspiration, s'efforçant de se calmer.) Si vous vouliez l'anéantir, je peux vous dire que vous y êtes parvenu.

— Je lui ai dit les choses comme elles sont, c'est tout. Les flics doivent se soutenir mutuellement, poursuivit-il, le regard dur. Sans confiance, ils sont perdus. Elle fouillait dans la vie d'un ami. Elle aurait dû venir me voir.

— Est-ce ce que vous lui avez appris ? répliqua Connors. Est-ce le genre de flic que vous l'avez aidée à devenir ? Vous n'étiez pas dans le bureau de Whitney à recevoir des ordres, à souffrir à l'idée de devoir y obéir, ajouta-t-il sans lui laisser le temps de répondre.

— Non, je n'y étais pas, bougonna Feeney, assailli par une nouvelle vague d'amertume.

Il s'assit devant l'écran d'un air buté, monta le son et fit semblant de s'intéresser au match.

Tête de mule d'Irlandais, songea Connors, tiraillé entre la sympathie et l'agacement.

— Vous m'avez fait une faveur un jour, poursuivit-il. Au début de ma relation avec Eve, je l'avais froissée à cause d'un malentendu. Vous étiez intervenu pour me remettre à ma place. Ce soir, je vais vous rendre la pareille.

— Vos faveurs, vous pouvez vous les garder.

— Vous n'y couperez pas, insista Connors qui s'assit dans un fauteuil. Que savez-vous de son père ?

— Je ne vois pas le rapport, rétorqua Feeney qui tourna la tête, surpris.

— Il est pourtant essentiel. Étiez-vous au courant que jusqu'à ses huit ans, il l'a battue, torturée, violée ?

Les mâchoires de Feeney se crispèrent. Sans un mot, il éteignit l'écran. Il savait qu'elle avait été trouvée dans une impasse à huit ans. C'était inscrit dans son dossier et il ne travaillait jamais avec un collègue sans connaître son curriculum officiel. Mais il ignorait que c'était son père le responsable. Il serra les poings, l'estomac noué.

— Je suis navré. Elle ne m'en avait jamais parlé.

— Elle ne s'en souvient pas depuis longtemps. Ou plutôt elle refusait de s'en souvenir. Elle a toujours des cauchemars, des flash-back.

— Vous n'avez pas le droit de me raconter tout ça.

— C'est sans doute aussi ce qu'elle dirait, mais je vous le raconte quand même. Elle s'est faite toute seule et vous l'y avez aidée. Elle donnerait sa vie pour vous, vous le savez.

— Les flics sont solidaires, c'est le métier qui veut ça.

— Je ne parle pas du métier. Vous êtes son ami et elle n'accorde pas facilement son affection. Elle a beaucoup de mal à l'exprimer. Au fond d'elle-même, elle redoute peut-être toujours une trahison, un mauvais coup. Vous avez été un père pour elle pendant dix ans, Feeney. Elle ne mérite pas d'être brisée à nouveau.

Connors se leva et sortit sans ajouter un mot.

Resté seul, Feeney enfouit son visage entre ses mains, au comble du désespoir.

Il était six heures et quart quand Eve se retourna dans son lit et cligna des yeux, éblouie par les flots de lumière qui jaillissaient par les fenêtres. Connors préférait se réveiller avec le soleil. Encore abrutie de sommeil, elle voulut se lever, mais le bras de Connors lui enserra la taille et la retint.

— Pas encore, fit-il d'une voix rocailleuse, les yeux toujours clos.

— Je n'arrive plus à dormir, autant me lever. J'ai tellement à faire, protesta-t-elle en se contorsionnant. Ça fait plus de neuf heures que je dors.

Ouvrant un œil, Connors constata qu'elle paraissait effectivement fraîche et dispose.

— Tu es flic, non ? Si tu enquêtais, tu ferais la découverte stupéfiante que dormir n'est pas la seule activité possible dans un lit.

Sans crier gare, il la fit rouler sur les draps et recouvrit son corps du sien.

— Laisse-moi te donner un premier indice, lui murmura-t-il avec un sourire langoureux qui fit voler sa résistance en éclats.

— Ne t'approche plus de moi, prévint Eve, l'index levé comme Connors sortait de la douche à sa suite. Sinon, tu vas encore me corrompre et je serai obligée de te neutraliser. Je suis sérieuse. J'ai une tonne de travail qui m'attend.

Connors se sécha avec une serviette en chantonnant, goguenard.

— J'adore te faire l'amour le matin. Sauf en cas d'appel d'urgence du Central, ne me fais pas croire que tu n'aimes pas paresser avec moi au lit.

— Bon, maintenant je suis debout, bougonna Eve qui ébouriffa ses mèches humides et alla se chercher un peignoir, veillant à maintenir une distance de sécurité entre eux. Je ne sais pas, moi, va regarder les cours de la Bourse.

— J'en ai l'intention. Mais d'abord, je m'occupe du petit déjeuner, répondit-il en sortant de la salle de bains.

Quand elle le rejoignit dans la chambre, il enfilait une chemise, les yeux rivés sur l'écran où défilaient les titres de l'actualité et la rubrique financière.

— Désolée de m'être donnée en spectacle hier soir, dit-elle en sortant un jean propre du dressing.

Il leva les yeux et vit qu'elle lui tournait le dos et fourrageait dans une pile de chemises.

— Tu étais bouleversée. C'était normal.

— Hum.

— Comment te sens-tu maintenant ?

— J'ai une mission et j'ai bien l'intention de la remplir, répondit-elle avec un haussement d'épaules. Peut-être que... enfin, peut-être que si j'y arrive, Feeney ne me détestera plus autant.

— Il ne te déteste pas, Eve.

Comme elle demeurait silencieuse, il n'insista pas. Il avait déjà programmé le petit déjeuner à l'Auto Chef.

— Je me disais que du bacon et des œufs brouillés feraient l'affaire pour ce matin, dit-il en déposant les tasses de café fumant sur la table.

— Ça fait l'affaire tous les matins, répondit Eve qui afficha un sourire déterminé et alla chercher les assiettes.

Tandis qu'elle peinait sur ses œufs, Connors alluma l'écran sur Channel 75. Eve fronça les sourcils quand la présentatrice pomponnée comme une poupée de porcelaine récita son texte sur l'affaire Wineburg.

— *Malgré la présence à seulement quelques pas de là du lieutenant Dallas, de la brigade criminelle de New York, la police n'a aucune piste sérieuse. L'enquête suit son cours. Il s'agit du deuxième assassinat lié au lieutenant Dallas en l'espace de quelques jours. Interrogée sur un lien éventuel entre les deux affaires, le lieutenant Dallas s'est refusée à toute déclaration.*

— Bien sûr, elles sont liées. Un gamin de dix ans myope le verrait, grommela Eve qui repoussa son assiette. Selina Cross doit bien ricaner dans sa maison de l'enfer.

Bondissant de sa chaise, elle se mit à arpenter la pièce à grands pas furibonds. Bon signe ! jugea Connors qui tartina son croissant de confiture de fraises maison.

— Je vais coincer cette garce. Je te jure que je vais la coincer. Il faut que j'établisse le lien entre Wineburg et elle. Si j'y arrive, je ne la lâcherai plus. Ça ne suffira peut-être pas pour obtenir un mandat de perquisition et mettre son affreuse baraque sens dessus dessous, mais elle ne se débarrassera pas de moi aussi facilement, je te le dis !

Connors s'essuya les doigts avec une serviette de lin bleu pâle.

— J'ai quelque chose qui va peut-être t'aider.

Comme elle continuait de marcher en marmonnant, plongée dans ses réflexions, il alla jusqu'à une commode et sortit une disquette d'un tiroir.

— Lieutenant ?

— Hum, quoi ? Je réfléchis.

— Dans ce cas, je ne me permettrai pas d'interrompre le fil de tes pensées avec la liste des adeptes de la secte de ta chère Selina.

Un demi-sourire aux lèvres, il tapota la disquette contre sa paume et attendit la réaction. Le regard pétillant, Eve pivota vers lui.

— La liste ? Comment te l'es-tu procurée ?

Connors pencha la tête sur le côté.

— Tu ne tiens pas réellement à le savoir, non ?

— Non, s'empressa-t-elle de répondre. Dis-moi juste que Wineburg y figure.

Il confirma d'un simple hochement de tête. Le visage d'Eve s'illumina.

— Je t'adore.

Il lui tendit la disquette.

— Je sais.

14

Feeney tenait d'abord à voir Whitney. Il se rendit donc dès la première heure à son domicile, en lointaine banlieue. Eux aussi avaient fait un bout de chemin ensemble, songea-t-il en se garant devant le pavillon coquet au fond d'un jardin bien entretenu. Tout au long de ces années, il était venu souvent ici. La femme du commandant adorait organiser des réceptions. Mais aujourd'hui, il n'avait pas l'humeur à la fête. Il remonta l'allée de gravillons qui menait à la maison tranquille.

Ce fut Anna Whitney qui ouvrit. En dépit de l'heure matinale, elle était déjà tirée à quatre épingles. Ses boucles blondes étaient coiffées avec soin et son maquillage discret rehaussait la finesse de ses traits. La perfection comme d'habitude, se dit Feeney. Une lueur de surprise et de curiosité s'alluma dans les yeux d'Anna, mais elle ne posa aucune question. Femme de policier oblige. Un sourire éclaira son visage.

— Feeney, quel plaisir de vous voir ! Entrez, je vous en prie. Vous prendrez bien une tasse de café avec Jack. Il est dans la cuisine.

— Désolé de vous déranger, Anna, je dois parler quelques minutes au commandant.

— Bien sûr. Comment va Sheila ? demanda-t-elle en le précédant dans le couloir qui menait à la cuisine.

— Elle va bien.

— La dernière fois que je l'ai vue, elle était superbe. Son nouveau coiffeur fait des merveilles. Jack, tu as de la compagnie pour le café, annonça-t-elle gaiement en entrant dans la cuisine.

Elle vit l'étonnement, puis le froncement de sourcils de son mari.

— Bon, je vous laisse bavarder. J'ai un million de choses à faire ce matin. Feeney, vous donnerez mon bonjour à Sheila.

— D'accord. Merci. (Sans quitter Whitney des yeux, il attendit que la porte soit refermée.) Pourquoi m'avez-vous tenu à l'écart ? demanda-t-il à brûle-pourpoint.

— Nous devrions discuter de tout ça dans mon bureau, capitaine Feeney.

— Commandant, je vous connais depuis vingt-cinq ans. Pourquoi avez-vous ordonné au lieutenant Dallas de me mentir ?

— L'enquête devait rester confidentielle.

— Frank et moi avons été partenaires pendant cinq ans. Nous avons élevé nos enfants ensemble. Alice était ma filleule et nos femmes sont comme des sœurs. Alors qui êtes-vous donc pour décider de me cacher qu'une enquête interne est ouverte sur lui ?

— Votre commandant, répondit sèchement Whitney qui repoussa sa tasse de café fumant. Et les arguments que vous venez de citer sont justement ceux qui ont motivé ma décision.

— Vous m'avez tenu à l'écart. Vous savez très bien que la brigade électronique aurait dû être impliquée. Il vous fallait accéder à certains fichiers.

— Les fichiers, voilà justement où était le problème, répondit Whitney d'une voix égale. Aucune trace d'une maladie cardiaque dans le dossier médical de Frank, aucun renseignement sur les contacts avérés qu'il entretenait avec certains trafiquants de drogue.

— Des trafiquants de drogue ? C'est ridicule !

— Rien, son dossier était vide, poursuivit Whitney sans le quitter des yeux. Et qui est son meilleur ami ? L'informaticien le plus calé de New York.

Feeney écarquilla les yeux et son teint vira au rouge brique.

— Vous insinuez que j'ai effacé des fichiers ? Vous avez chargé Dallas de me surveiller ?

— J'avais les Affaires internes sur le dos. Qui auriez-vous choisi pour ce travail, Feeney ? continua-t-il avec un geste d'impatience. Je savais que le lieutenant Dallas se montrerait compétente et discrète. Et qu'elle se défoncerait pour vous blanchir tous les deux, Frank et vous. Je savais qu'elle avait... des contacts lui permettant d'avoir accès aux dossiers nécessaires.

Submergé par l'émotion, Feeney se tourna vers la fenêtre.

— Vous l'avez mise dans une sale position, c'est le moins qu'on puisse dire. Est-ce ainsi que vous concevez le commandement, Jack ? Mettre vos subordonnés le dos au mur ?

— Sincèrement, Feeney, qu'auriez-vous fait à ma place ? Un flic se fait surprendre à acheter de la drogue à un dealer placé sous surveillance. L'autopsie établit la présence de substances illicites dans son organisme. Vous, vous savez qu'il n'a rien à se reprocher. C'est votre cœur qui vous le dit. Mais les Affaires internes n'ont pas de cœur et se moquent bien de vos convictions. Alors qu'auriez-vous fait ?

Feeney avait passé une nuit blanche à tourner et retourner cette question dans sa tête.

— Je l'ignore, concéda-t-il en secouant la tête. Mais je sais que je ne veux pas de votre boulot, commandant.

— Il faut être cinglé pour vouloir de ce boulot, répondit Whitney qui se détendit quelque peu. Dallas a déjà fait beaucoup pour disculper Frank et elle vous a mis hors de cause dès le début. Grâce à ses rapports, j'ai réussi à calmer les Affaires internes. Ils n'ont pas été heureux d'apprendre que Frank avait fait cavalier seul, mais ils ont relâché la pression.

— Elle a fait du bon travail. Comme toujours, répondit Feeney, qui se retourna en fourrant ses mains dans ses poches. Bon sang, Jack, je ne l'ai pas ménagée.

Whitney fronça les sourcils.

— Vous n'aviez pas à vous en prendre à Dallas. Il fallait venir me voir. C'est moi qui ai donné les ordres.

— J'en ai fait une affaire personnelle.

Il se souvint de son regard vide, de son visage blême.

— Il faut que j'aille lui parler.

— Elle a appelé quelques minutes avant votre arrivée. Elle suit une nouvelle piste. De chez elle.

Feeney hocha la tête.

— Donnez-moi deux heures.

— Vous les avez.

— Et j'aimerais participer à l'enquête.

Whitney se cala dans son fauteuil.

— La décision en revient au lieutenant Dallas. C'est elle qui est chargée de l'affaire. À elle de choisir son équipe.

— Répondez, Peabody, voulez-vous ?

Tandis que son vidéocom sonnait avec insistance, Eve continua de parcourir les données sur son écran.

Elle n'en revenait pas de reconnaître autant de noms. Depuis un an, sa vie avec Connors avait considérablement élargi ses horizons.

— Des médecins, des avocats, grommela-t-elle. Seigneur, ce type est venu dîner ici. Et je crois que Connors a eu une liaison avec cette femme-là. Une danseuse de revue avec des jambes à n'en plus finir. Elle fait un malheur à Broadway.

— C'est Nadine Furst, annonça Peabody d'une voix enrouée.

— Je prends.

Par précaution, Eve effaça l'écran et se tourna vers le vidéocom.

— Alors Nadine, quelles sont les nouvelles ?

— Deux morts, Dallas. Il devient dangereux de te fréquenter.

— À ce qu'il me semble, tu respires encore.

— Pour l'instant. Je me disais que tu serais intéressée par quelques renseignements. Je te propose un marché : une interview en tête à tête chez toi pour le journal de midi.

Décidément, Nadine ne manquait pas de culot, songea Eve en réprimant un ricanement.

— Interview en tête à tête dans mon bureau pour le journal du soir.

— La première victime a été retrouvée chez toi. J'insiste, Dallas.

— Elle a été retrouvée à l'extérieur, sur le trottoir, nuance. Tu peux toujours insister, tu ne feras pas d'interview chez moi.

Nadine laissa échapper un soupir et afficha une moue déçue.

— Je veux le journal de midi.

Eve consulta sa montre et réfléchit.

— Je te ferai entrer dans mon bureau. Rendez-vous à onze heures quarante-cinq. Si je peux, j'y serai. Sinon...

— Il faut le temps à mon équipe de s'installer. Un quart d'heure, c'est...

— C'est suffisant pour une pro comme toi, Nadine. Veille à ce que tes informations en valent la peine.

— Veille à ne pas ressembler à un chiffonnier, rétorqua Nadine du tac au tac. Fais quelque chose pour tes cheveux, pour l'amour du ciel.

En guise de réponse, Eve coupa la communication.

— Qu'est-ce qu'ils ont tous avec mes cheveux et ma tenue ? bougonna Eve en passant une main rageuse dans ses épis.

— D'après Mavis, vous auriez besoin d'une séance chez le coiffeur.

— Vous traînez avec Mavis ?

Peabody se moucha avec conviction.

— Je suis allée à plusieurs de ses concerts. J'adore sa musique.

— Je n'ai pas de temps à perdre chez le coiffeur, grommela Eve. Je les ai rafraîchis moi-même.

— Ça se voit, répondit Peabody qui sourit d'un air innocent devant les sourcils froncés de son supérieur. Très réussi, chef.

— Allez vous faire voir, Peabody, grommela Eve qui ralluma son écran. Et je vous ai déjà dit de ne pas m'appeler chef. Quand vous aurez fini de critiquer mon look, vous pourrez peut-être faire une recherche sur ces noms.

Peabody regarda par-dessus l'épaule d'Eve.

— J'en connais quelques-uns. Louis Trivane, l'avocat des stars. Marianna Bingsley, héritière d'une chaîne de grands magasins et croqueuse d'hommes professionnelle. Carlo Mancinni, le gourou de la chirurgie esthétique. Vous avez intérêt à avoir le portefeuille bien garni pour qu'il daigne vous accepter dans sa clientèle.

— Je connais ces noms, Peabody. Je veux tout savoir sur leur vie jusqu'au nom de leur chien, leurs finances, leur santé, leur casier judiciaire. Je veux savoir quand et dans quelles circonstances ils se sont mis à fréquenter Selina Cross.

— Ça va prendre des jours, dit Peabody d'un ton lugubre. Même en passant par le CDIAC.

Eve demeura silencieuse. Le Centre de documentation international sur les activités criminelles était l'œuvre et la fierté de Feeney.

— Avec l'aide de la brigade électronique, nous réduirions le temps de moitié. Peut-être même plus, ajouta Peabody qui haussa les épaules. Bon, par où je commence ?

— Creusez un peu du côté de Wineburg. Et aussi de Lobar. Ensuite, prenez la liste au début et descendez dans l'ordre. Moi, je commence par la fin. Intéressez-vous aux gros retraits d'argent réguliers.

— Si nous établissons un lien entre Wineburg et la secte de Selina Cross, je peux la convoquer en interrogatoire. Il me faudrait du concret, disons, pour onze heures trente.

— Vous avez cette interview avec Nadine Furst à midi moins le quart.

— Justement.

— Oh !

— Ce n'est pas ma faute si une fouineuse de journaliste découvre que j'interroge Selina Cross et fait le rapprochement avec les homicides sur lesquels j'enquête.

— Et s'empresse d'en informer le public.

— Ça serait un joli coup de pied dans la fourmilière, non ?

— Impressionnant, lieutenant.

— Gardez vos compliments, Peabody. Nous n'y sommes pas encore. Installez-vous à cette console. Je vais...

Du coin de l'œil, elle perçut un mouvement du côté de la porte. Elle se figea et se cuirassa en perspective de la nouvelle offensive qui s'annonçait. Feeney se tenait sur le seuil.

— Peabody, il faut que je parle un instant à votre chef.

Celle-ci se leva, mais attendit le signal d'Eve.

— Vous avez bien mérité une pause, Peabody. Allez vous chercher un café.

— Oui, lieutenant.

Elle s'éclipsa, consciente de la soudaine tension qui régnait dans la pièce.

Comme pétrifiée, Eve s'emmura dans le silence. Son regard ne laissait transparaître aucune émotion, mais sa main appuyée sur le plateau du bureau tremblait. Une biche aux abois, songea Feeney qui fixa la main un moment, ébahi et honteux d'être à l'origine de ce désarroi.

— Ton... euh... Summerset m'a autorisé à monter, commença-t-il sans ôter son imperméable chiffonné.

Il fourra ses mains dans ses poches.

— J'ai fait une erreur hier. Je n'avais pas le droit de t'agresser comme ça. Tu ne faisais que ton travail.

Il vit ses lèvres trembler, puis elle pinça la bouche, et resta muette, comme choquée, et se retourna vers la fenêtre.

— Ce que je t'ai dit hier... je n'aurais pas dû. (Il passa nerveusement ses mains sur son visage.) Bon Dieu, Dallas, je regrette.

— Tu étais sincère ?

— J'étais hors de moi, expliqua-t-il avec un geste d'impuissance. Je n'ai aucune excuse.

Il voulut poser une main sur son épaule, mais retira ses doigts en la sentant se crisper.

— Je n'ai aucune excuse, répéta-t-il après un silence. Et je comprendrais que tu ne veuilles plus me voir.

— Tu n'as plus confiance en moi maintenant, bredouilla-t-elle, essuyant sa joue d'un revers de main, honteuse de la larme qui avait échappé à sa vigilance.

— Il n'y a personne en qui j'aie plus confiance. Écoute-moi, bon Dieu… Il faut me menacer d'une décharge de laser pour que je fasse des excuses à ma propre femme. Puisque je te dis que je regrette !

Il lui empoigna le bras avec impatience et la fit pivoter vers lui. Elle avait les yeux luisants de larmes, mais Dieu merci, elle les contenait.

— Ne joue pas la midinette avec moi, Dallas. Qu'est-ce que je dois faire pour que tu comprennes ?

Il se campa devant elle et se tapota le menton.

— Vas-y, frappe.

— Tu es fou.

— Bon Dieu, je suis ton supérieur, alors frappe, c'est un ordre !

Une ébauche de sourire passa sur les lèvres d'Eve. Il avait l'air si féroce. Ses yeux tombants de cocker étincelaient de colère et de frustration.

— Peut-être quand tu te seras rasé. Ta barbe de trois jours va m'écorcher les articulations.

Le soulagement envahit Feeney à ce sourire.

— Tu t'attendris, Dallas. Sans doute ta vie de luxe avec ce richard d'Irlandais.

— J'ai démoli un droïde d'entraînement hier soir. Un des plus beaux joujoux de Connors.

— Ah oui ? fit-il avec un ridicule élan de fierté.

— Je me suis persuadée que c'était toi.

Feeney sourit en sortant de sa poche son inévitable sachet de pralines et le lui tendit.

— À la brigade électronique, on n'utilise pas ses poings, mais son cerveau.

— Tu m'as appris à me servir des deux.

— Et à obéir aux ordres, ajouta-t-il, plongeant son regard dans le sien. J'aurais eu honte de toi si tu avais oublié ça. Tu as bien agi, Dallas. Pour Frank, pour la brigade. Pour moi.

Les yeux d'Eve s'embuèrent à nouveau de larmes.

— Non, s'il te plaît, dit Feeney avec un trémolo dans la voix. Pas de ça avec moi. C'est un ordre.

Feeney attendit un instant, juste pour s'assurer qu'elle n'allait pas craquer. Voyant son regard s'éclaircir, il hocha la tête avec soulagement et approbation.

— J'aime mieux ça. Bon, fit-il, en piochant dans son sachet, tu me prends dans ton équipe ?

Eve demeura silencieuse.

— J'ai vu Whitney. Je suis allé le débusquer chez lui dans sa cuisine.

Eve haussa un sourcil amusé.

— C'est vrai ? J'aurais voulu voir ça.

— Le problème, c'est que j'ai dû finir par tomber d'accord avec lui. Il n'aurait pas pu trouver meilleur élément que toi pour ce boulot. Je sais à quel point tu t'es démenée, Dallas. Pour Frank et Alice. Et pour moi. Prends-moi dans ton équipe, insista-t-il après un silence. Je vais te le dire franchement, j'en ai besoin pour exorciser tout ça. Whitney m'a dit que ça dépendait de toi.

Eve le regarda en silence, puis son visage s'illumina.

— Alors au travail, Feeney, qu'est-ce qu'on attend ?

Selina Cross en interrogatoire... Eve jubilait. Et se frottait d'autant plus les mains qu'elle était représentée par Louis Trivane.

— Mademoiselle Cross, j'apprécie votre coopération. Monsieur Trivane, fit-elle avec un grand sourire en fermant la porte de la salle A.

— Eve...

Son sourire s'évanouit.

— Lieutenant Dallas, corrigea-t-elle. Nous ne sommes pas dans un salon mondain.

— Vous vous connaissez ? s'étonna Selina Cross qui transperça son avocat d'un regard glacial.

— Il nous est arrivé de nous croiser à des cocktails. Mais ne craignez rien, Mademoiselle Cross, je connais plusieurs avocats de cette ville et cela n'affecte en rien leurs résultats professionnels. Ou les miens d'ailleurs. Nous allons commencer.

Eve brancha l'enregistreur, déclina son identification et lut ses droits à Selina Cross. Elle s'assit.

— Vous avez fait appel à un avocat.

— Et comment ! Vous êtes déjà venue deux fois me harceler chez moi, lieutenant Dallas. Si vous devez encore me tarabuster, je tiens à ce que ce soit dans vos locaux.

— Moi aussi, répliqua Eve, tout miel. Vous connaissiez Robert Mathias, également connu sous le nom de Lobar, n'est-ce pas ?

— Il *était* Lobar, corrigea Selina. C'est le nom qu'il s'était choisi.

— L'imparfait est le temps qui convient, en effet,

puisqu'il se trouve à la morgue. Ainsi que Thomas Wineburg. Le connaissiez-vous ?

— Je ne crois pas avoir ce plaisir.

— Ah, c'est intéressant ! Il appartenait pourtant à votre secte.

Selina leva le menton en signe de défi et repoussa d'un geste vif son avocat qui se penchait pour lui parler.

— Je ne connais pas par cœur les noms de tous mes fidèles, lieutenant Dallas. (Elle étala les mains sur la petite table grise.) Nous sommes légion.

— Ceci vous rafraîchira peut-être la mémoire.

Eve ouvrit une chemise, en sortit un cliché et le glissa sur la table. Selina effleura de l'index la mare de sang écarlate.

— Je n'ai pas de certitude. Nous nous sommes... rencontrés dans le noir.

— Moi, j'ai une certitude. Lobar et lui appartenaient à votre secte et tous deux ont été assassinés avec un couteau rituel. Un athame.

— Nous ne sommes pas la seule religion à utiliser cet instrument lors de nos cérémonies. Mon église est victime de persécutions ignobles et que fait la police ? Elle nous montre du doigt au lieu d'assurer notre protection.

— Votre maître ne veille pas sur ses ouailles ? ironisa Eve.

— Votre ironie n'est que le reflet de votre ignorance.

— Revenons à Wineburg. Avez-vous couché avec lui ?

— Je ne suis pas sûre de le connaître, je vous ai dit. Mais si c'est le cas, alors oui, j'ai très certainement couché avec lui.

— Selina ! l'interrompit Trivane d'une voix ferme. Vous harcelez ma cliente, lieutenant. Elle a déclaré ne pouvoir formellement identifier cette victime.

— Elle le connaissait. Vous aussi d'ailleurs. C'était un indicateur, mentit Eve qui se leva et se pencha avec autorité sur Selina. Aviez-vous peur de ce qu'il avait pu me raconter ? Est-ce pour cela que vous vous êtes débarrassée de lui ? Le faisiez-vous suivre ? (Elle lança un regard en coin vers Trivane.) Peut-être faites-vous suivre tous vos fidèles ?

— Je vois ce qui m'est utile dans la fumée.

— Ah oui, la fameuse fumée ! ironisa Eve. Wineburg prenait un risque en venant à la veillée. Pourquoi pensez-vous qu'il voulait voir la dépouille d'Alice ? Était-il présent la nuit où elle a été droguée, violée ? A-t-il couché avec elle, lui aussi ?

— Alice était une initiée. Une initiée consentante.

— C'était une gamine. Une gamine déboussolée. Vous aimez pervertir les jeunes, n'est-ce pas ? Avec leurs corps fermes et leurs esprits malléables, ils sont mille fois plus savoureux que les idiots empâtés comme Wineburg. Wineburg et le respectable avocat ici présent sont tout juste bons à cracher au bassinet. Vous préférez la chair fraîche, comme Alice.

Selina la fixa avec suffisance, par-dessous ses épais cils noir corbeau.

— Elle a donné du plaisir et en a aussi reçu. Elle n'a pas été pervertie, lieutenant Dallas. Elle est venue à nous de son plein gré.

— Et maintenant elle est morte. Trois victimes. Vos adeptes doivent commencer à être nerveux, dit Eve avec un faible sourire en direction de Trivane. À leur place, je me poserais des questions.

— Depuis des siècles, des êtres ont péri pour leur foi, lieutenant Dallas. Et pourtant la foi survit. Nous survivrons. Nous triompherons.

Eve sortit un autre cliché et le posa sur la table.

— Pas lui.

C'était le corps mutilé de Lobar sous la lumière éblouissante des projecteurs, la gorge béante comme un cri. Eve regarda Trivane. Il cligna des yeux avec horreur. Son teint vira au vert et sa respiration se fit saccadée.

— Il n'a pas survécu, expliqua Eve d'une voix calme, n'est-ce pas, Mademoiselle Cross ?

— Sa mort est un symbole. Il restera dans les mémoires.

— Possédez-vous un athame ?

— Bien sûr, plusieurs.

— Comme celui-ci ?

Elle prit une troisième photo, un gros plan de l'arme laissée dans le corps de Lobar.

— J'en ai plusieurs, je vous dis, répéta Selina. Certains ressemblent à celui-ci. Mais je ne reconnais pas ce couteau en particulier.

— L'autopsie a révélé la présence de substances hallucinogènes dans le sang de Lobar. Vous utilisez des drogues durant vos rituels ?

— Nous utilisons certaines herbes et quelques substances chimiques. Toutes légales.

— Celles qui ont été trouvées dans le sang de votre ami Lobar ne l'étaient pas toutes.

— Mes adeptes vivent à leur guise, lieutenant.

— Il se trouvait chez vous la nuit de sa mort. Était-il drogué ?

— Il avait bu le vin rituel. S'il a pris autre chose, je n'en avais pas connaissance.

— Vous avez déjà été condamnée pour trafic de stupéfiants.

— Et j'ai payé ma dette à la société. Vous n'avez rien contre moi, lieutenant.

— J'ai un flic et sa petite-fille décédés dans des circonstances obscures et deux meurtres rituels. Et je sais que vous êtes derrière tout ça. Les mailles du filet se resserrent, mademoiselle Cross. Et je ne suis pas près de vous lâcher.

— Je vous conseille de me laisser tranquille, dit Selina qui commençait à perdre son sang-froid.

— Ou ?

— Connaissez-vous la souffrance, lieutenant Dallas ? menaça-t-elle d'une voix grave et rauque. La souffrance qui vous ronge l'estomac comme des gouttelettes d'acide ? Vous suppliez qu'on vous soulage, mais personne ne vient. La souffrance se transforme en agonie et l'agonie frôle la jouissance. La douleur devient si intense, si indescriptible que si on vous tendait un couteau, vous vous lacéreriez avec joie les entrailles pour mettre fin au supplice.

— Vraiment ? répondit Eve froidement.

— Je suis en mesure de vous offrir cette souffrance, lieutenant Dallas.

Un sourire sans humour se dessina lentement sur les lèvres d'Eve. Elle n'en demandait pas tant.

— Menaces à agent de la force publique, merci, Mademoiselle Cross. Grâce à vous, je vais me faire un plaisir de vous coffrer. Votre avocat va pouvoir exercer ses talents pour vous faire libérer.

Selina Cross bondit de sa chaise, ulcérée.

— Espèce de garce ! Vous n'avez pas le droit de m'arrêter !

— Je vais me gêner. Selina Cross, vous êtes en état d'arrestation pour menaces verbales d'atteinte physique sur la personne d'un officier de police.

Selina fondit sur elle comme une furie. Eve para le premier coup, mais au deuxième, les ongles acérés de

Selina lui griffèrent le cou. Avec un plaisir incommensurable, Eve lui flanqua son coude à toute volée sur le menton. Les yeux de Selina se révulsèrent et elle s'affaissa dans son fauteuil.

— Votre cliente n'arrange pas son cas, lança Eve à l'avocat. Vous allez avoir de l'occupation pendant les heures qui viennent, maître.

Louis Trivane n'avait pas bougé d'un pouce, le regard rivé sur la photo de Lobar. Feeney ouvrit la porte, un policier à sa suite.

— Coffrez-la, ordonna Eve.

Tandis que le policier lui passait les menottes, Selina Cross fixa Eve avec une inquiétante intensité. Elle se mit à marmonner des paroles incompréhensibles entre ses dents. Quand le policier l'emmena, elle tourna la tête par-dessus son épaule sans cesser ses inquiétantes imprécations.

Eve porta ses doigts à sa gorge et constata avec dégoût qu'elle saignait.

— As-tu saisi ce qu'elle marmonnait ? demanda-t-elle à Feeney.

Il lui tendit un mouchoir.

— On aurait dit un genre de latin abâtardi. Ma mère me l'avait fait apprendre quand j'étais gamin. Elle s'était mis en tête de faire de moi un prêtre.

— Vois si tu peux y comprendre quelque chose sur l'enregistrement de l'interrogatoire. On pourra peut-être allonger la liste des charges. Monsieur Trivane, souhaitez-vous me parler ?

— Pardon ?

Il leva les yeux vers elle, déglutit avec difficulté et secoua la tête.

— Je vais voir ma cliente après les formalités, lieutenant. Ces charges ne tiendront pas.

— Moi, je pense que si. Regardez bien, Louis, répondit-elle en lui fourrant ses doigts ensanglantés sous le nez. La prochaine fois, ça pourrait être le vôtre.

— Je vais voir ma cliente, répéta-t-il, le visage blême.

Il sortit en hâte de la salle.

— Cette garce est fêlée, commenta Feeney.

— Ça, je le sais déjà. Autre chose ?

— Elle te déteste de toute son âme, si elle en a une, répondit-il en souriant, heureux d'être à nouveau en tandem. Mais ça, tu le savais aussi. En tout cas, préviens-moi si tu commences à avoir des crampes d'estomac.

Eve leva un sourcil perplexe.

— Elle t'a jeté un sort. Tu commences vraiment à la faire craquer.

— Pas assez, murmura Eve. Mais je parie sur l'avocat. On va le placer sous surveillance. Lui va craquer, c'est sûr. Tu aurais vu comment il regardait la photo de Lobar. Il a d'abord été sous le choc, puis ça a eu l'air de faire tilt dans son esprit. Il ne faut pas qu'il nous échappe. (Elle consulta sa montre.) Juste à l'heure pour mon interview avec Nadine.

— Tu devrais soigner ton cou. Il n'est pas beau à voir.

— Plus tard, dit-elle en se précipitant dans le couloir.

Cette blessure n'échapperait pas à Nadine, songea-t-elle. Pas plus qu'à l'œil inquisiteur de la caméra.

— Que t'est-il arrivé ? s'exclama Nadine qui cessa de faire les cent pas, les yeux rivés sur sa montre.

— Un petit incident en interrogatoire.

— Tu arrives *in extremis*, Dallas. Plus que deux minutes avant le direct. Même pas le temps de passer au maquillage.

— Eh bien, tant pis ! répondit Eve, le sourire aux lèvres. Allons-y comme ça.

— Test image et son, dit Nadine à la jeune femme derrière la caméra. (Elle sortit son poudrier de son sac et fit un raccord de maquillage en s'asseyant.) Quatre griffures bien nettes. Une femme, on dirait. Avec de longs ongles cruels.

Eve tapota le mouchoir taché de sang sur la blessure.

— Exact. Avec un peu de curiosité, il suffirait de traîner du côté des interpellations.

Le regard de Nadine s'illumina.

— J'imagine que quelqu'un pourrait avoir cette idée, susurra-t-elle. Tu aurais pu t'arranger les cheveux, Dallas, ajouta-t-elle sur un ton de reproche.

— Je les ai coupés.

— Arranger, j'ai dit. Tant pis. Antenne dans trente secondes. Prête, Suzanna ?

La jeune femme derrière la caméra fit un signe affirmatif. Eve se cala dans son fauteuil et croisa les jambes.

— Soyons brèves, Nadine. Tu ne m'as encore rien appris.

— Alors voici une petite devinette en guise d'échantillon. Sais-tu qui est le fils de l'odieux assassin en série David Baines Conroy qui purge actuellement une quintuple peine à perpétuité sans remise possible dans le quartier de haute sécurité de la station pénitentiaire orbitale Oméga ?

— Qui...

— Cinq secondes, la coupa Nadine, ravie de son coup. Quatre, trois...

Elle poursuivit le décompte avec les doigts, hors du champ de la caméra. À zéro, elle fixa la caméra avec un sérieux tout professionnel.

— Bonjour, ici Nadine Furst qui vous parle en direct du Central de la police de New York pour une interview exclusive du lieutenant Eve Dallas, de la brigade criminelle.

Eve était prête à affronter les questions. Elle connaissait bien le style de Nadine, trop bien pour être déstabilisée par l'information qu'elle lui avait balancée quelques secondes avant le direct.

— Au stade où nous en sommes de l'enquête, les affaires seraient liées comme semblent l'indiquer les pièces à conviction, répondit-elle sans s'avancer. Bien que des armes différentes aient été retrouvées sur le lieu de chaque meurtre, celles-ci sont d'un genre similaire.

— Pouvez-vous les décrire ?

— Aucun commentaire à ce sujet.

— Il s'agissait de couteaux, n'est-ce pas ?

— D'instruments tranchants, mais je ne suis pas autorisée à entrer dans les détails.

— Vous poursuiviez la deuxième victime juste avant sa mort. Pourquoi ?

Eve s'attendait à cette question.

— Thomas Wineburg m'avait fait savoir qu'il détenait une information utile à mon enquête, déclara-t-elle avec conviction.

— Quelle information ?

Eve resta de marbre.

— Je ne suis pas autorisée à la divulguer. Je peux simplement dire que, pendant notre conversation, il a été pris d'une subite agitation et s'est enfui en courant. Je l'ai poursuivi.

— Et il a été tué.

— C'est exact. Sa fuite ne lui a pas rendu service.

Agacée d'entendre dans son oreillette que son temps était écoulé, Nadine fut contrainte de boucler l'interview. Après quelques mots de conclusion, l'antenne fut coupée.

— Suzanna, pouvez-vous nous laisser un moment, s'il vous plaît ?

Eve s'installa confortablement dans son fauteuil.

— Alors, je t'écoute.

— Charles Forte a pris légalement le nom de jeune fille de sa mère douze ans après la condamnation de son père pour cinq meurtres rituels. Il est soupçonné de plusieurs autres crimes, mais il n'y a pas de preuves. Les corps n'ont jamais été retrouvés.

— Je connaissais l'affaire Conroy, mais j'ignorais qu'il avait un fils.

— C'est resté confidentiel. Législation sur la vie privée. De toute façon, il ne vivait plus avec sa famille. Sa femme avait divorcé et déménagé dans une autre ville quelques années avant l'arrestation de Baines. Le fils avait seize ans à l'époque. Vingt et un quand son père a été jugé et condamné. Selon mes sources, il n'aurait pas manqué une seule audience.

Eve songea à l'homme qu'elle avait rencontré à la veillée funèbre d'Alice. Il lui avait paru terne, plutôt inoffensif. Et pourtant c'était le fils d'un monstre. Quelle pouvait être la part d'héritage génétique dans sa personnalité ? Elle songea avec horreur à son propre père et réprima un frisson.

— J'apprécie ton aide, Nadine. Si ça donne quelque chose, je te renverrai l'ascenseur.

— Merci. J'ai amassé une tonne de documentation sur les sectes de cette ville. Rien d'aussi spectaculaire que l'affaire Baines, mais on ne sait jamais... Dis donc, ça a l'air d'avoir chauffé en salle d'interrogatoire, ajouta-t-elle, désignant les griffures. Dois-je en conclure que tu tiens un suspect ?

— Je te l'ai dit, va faire un tour du côté du bureau des interpellations. Mais n'oublie pas, les caméras ne sont pas autorisées.

— Quelle honte ! Merci pour l'info, Dallas. Je t'appelle.

— D'accord.

Eve la regarda sortir d'un pas faussement nonchalant, convaincue que le nom de Selina Cross serait cité à l'antenne avant même la fin du journal. Au bout du compte, la matinée avait été plutôt fructueuse. Avec une grimace, elle fouilla ses tiroirs à la recherche d'une trousse de secours.

15

— Je n'aurai pas le temps de rentrer, annonça Eve à Connors par vidéocom, tandis que son ordinateur recherchait le dossier de David Baines Conroy. Pourrais-tu me rejoindre au Central, disons vers dix-huit heures ? On partirait directement.

— Tant que ce n'est pas dans ta voiture de service. (Il fronça les sourcils.) Viens plus près de l'écran. Qu'est-ce que tu as ?

— Rien, je suis débordée, c'est tout.

— À ton cou.

— Ah ça...

Elle effleura du bout des doigts les griffures à vif. Elle n'avait pas réussi à mettre la main sur sa trousse de secours.

— Un léger différend. J'ai gagné la partie.

— Je n'en doute pas. Soignez-moi ça, lieutenant. Je devrais me libérer pour dix-huit heures trente. On mangera en route.

— D'accord ?

Manger en route ?

— Eh, attends une minute. Tu n'as pas l'intention de venir en limousine, j'espère ?

En guise de réponse, il la gratifia d'un sourire énigmatique.

— Je suis sérieuse, Connors, ne...

L'écran s'éteignit. Eve réprima un juron. Avec un soupir, elle fit pivoter son fauteuil vers son ordinateur.

David Raines Conroy, divorcé, un enfant, Charles, né le 22 janvier 2025, garde accordée à la mère, Ellen Forte.

Comme si on avait l'habitude de confier la garde d'enfants mineurs à des assassins en série ! songea-t-elle en cliquant sur la rubrique « casier judiciaire ».

— C'est parti, murmura-t-elle, les yeux rivés sur l'écran.

Meurtre au premier degré de Doreen Harden, métisse, vingt-trois ans, Emma Tangent, Noire, vingt-cinq ans, Lowell McBride, Blanc, dix-huit ans, Darla Fitz, métisse, vingt-trois ans, Martin Savoy, métis, vingt ans. Quintuple condamnation à perpétuité assortie d'une peine de sûreté de trente ans. Quartier de haute sécurité.

Purge actuellement ses peines à la colonie pénitentiaire orbitale Oméga. Soupçonné de douze autres meurtres. Absence d'instruction par manque de preuves. Liste des enquêteurs disponible sur demande.

— Liste des enquêteurs, ordonna Eve. Eh bien, tu avais la bougeotte, Conroy, marmonna-t-elle, notant que les policiers chargés des enquêtes étaient répartis sur l'ensemble du territoire.

Elle n'était encore qu'une adolescente quand Conroy avait défrayé la chronique. Elle se souvenait de son visage. Un visage froid et impassible, aux yeux noirs mauvais. Les médias l'avaient surnommé l'Antéchrist. Eve parcourut les pages du fichier et surligna une de ses déclarations.

— Version audio, ordonna-t-elle.

Recherche en cours...

Tous autant que vous êtes, vous êtes en mon pouvoir, fit une voix chaude, aux accents presque mélodieux et au charisme indéniable. Comme celle de son fils, songea Eve. *Je suis l'instrument d'une force supérieure. Un instrument de vengeance et de souffrance. Ce que je fais en son nom est grand. Tremblez devant moi car je suis invincible. Je suis légion.*

Légion ? Selina Cross avait elle aussi employé ce terme. Intéressant... Conroy sataniste ? Et ce monstre avait un fils. Un fils qui figurait en bonne place sur la liste des suspects. Peut-être avait-elle manqué de lucidité, aveuglée qu'elle était par son antipathie à l'égard de Selina Cross. Après tout, Charles Forte connaissait au moins une des victimes. Et il était présent le soir du troisième meurtre.

— Dossier Charles Forte, New York City. Anciennement Charles Conroy, fils de David Baines Conroy.

Recherche en cours...

Pianotant sur son bureau, Eve étudia les renseignements qui s'affichaient à l'écran. Après des études en pharmacie, il avait été ingénieur chimiste pendant deux ans dans un grand groupe pharmaceutique. Tiens, tiens... Il avait pas mal roulé sa bosse, lui aussi. Comme son cher papa. Puis il s'était installé à New York.

Eve se cala dans son fauteuil et frotta distraitement sa gorge endolorie. Pas de mariage, pas d'enfants, pas de casier.

— Dossier médical, ordonna-t-elle, obéissant à une intuition.

Charles Forte, six ans : poignet cassé. Six ans : légère commotion, ecchymoses à l'abdomen. Sept ans : brûlures au deuxième degré sur avant-bras. Sept ans : commotion et fracture du tibia.

La liste continuait ainsi durant toute l'enfance telle une litanie sordide qui fit frissonner Eve.

— Probabilité de maltraitance sur enfant ? demanda-t-elle, l'estomac noué.

Probabilité : quatre-vingt-dix-huit pour cent.

— Et pendant toutes ces années, personne n'a jamais rien remarqué ? C'est aberrant !

Traitements dispensés à chaque fois dans une ville et un hôpital différents sur une période de dix ans. Aucune demande d'enquête déposée par l'Agence nationale de prévention à la maltraitance à enfant.

— Bande d'idiots…

Eve frotta son visage dans ses mains, comme pour chasser la migraine lancinante qui lui vrillait les tempes. Trop de mauvais souvenirs…

— Traitement psychiatrique ?

Thérapie psychanalytique volontaire à la clinique Miller en ambulatoire de février 2045 à septembre 2047. Dossier confidentiel. Recherche terminée.

— D'accord, ça me suffira. Sauvegarde et déconnexion.

Elle leva la tête quand Feeney glissa la tête dans l'entrebâillement.

— Selina Cross vient de nous quitter.

— C'était trop beau pour durer.

— Tu es passée à l'infirmerie ?

— Je vais y aller. Tu as une minute ?

— Bien sûr.

— David Baines Conroy, ça te dit quelque chose ?

Feeney émit un long sifflement et s'assit sur un coin de son bureau.

— Ça fait un bail. Si mes souvenirs sont bons, c'était un fou qui violait et dépeçait ses victimes. Il conservait les morceaux dans une glacière portable. Une sorte de prédicateur démoniaque qui écumait les routes du pays dans sa caravane. Il se prenait pour l'Antéchrist et tentait de convertir ceux qui venaient l'écouter à l'anarchie et à la fornication. Enfin, tu vois le genre. Il ramassait ses victimes sur les routes. Pour la plupart des prostituées, il me semble. Depuis toujours des proies faciles pour les cinglés.

— Il a été jugé sain d'esprit.

— D'après les tests, peut-être. Mais je peux te dire que ce type-là était un vrai fêlé.

— Il avait une famille.

Feeney ferma les yeux et fouilla dans ses souvenirs.

— Hum, exact. Je travaillais encore à la Criminelle à l'époque. Je me rappelle qu'il était marié. Une femme assez petite, d'apparence maladive. Très nerveuse. Elle l'a quitté avant qu'il ne pète les plombs, je crois. Et il avait un fils. Un gamin qui donnait la chair de poule.

— Ah bon ? Pourquoi ?

— Il avait les mêmes yeux que son père. Mais un regard vide. Je me suis même dit à l'époque qu'un jour il nous donnerait peut-être du fil à retordre, lui aussi. Puis la mère et le fils se sont évaporés dans la nature et personne n'a plus jamais entendu parler d'eux.

— Jusqu'à aujourd'hui, répondit Eve, plongeant son regard dans le sien. Je vois le fils de Conroy ce soir. À une cérémonie occulte.

Connors était venu en limousine. Elle l'aurait parié. Cette manie qu'il avait de toujours la contrarier… Elle monta à l'arrière en grinçant des dents, mais quand elle découvrit les délicieux mets italiens que leur réservait l'AutoChef, elle retrouva aussitôt sa bonne humeur. La voiture avait à peine franchi le pont Jackie

Onassis qu'elle dévorait à belles dents une assiette de raviolis aux noix et à la ricotta. Quand Connors voulut lui servir un verre de chianti, elle refusa.

— Je suis en service, expliqua-t-elle, la bouche pleine.

— Pas moi, répondit Connors qui but une gorgée sans la quitter des yeux. Tu ne t'es toujours pas occupée de tes blessures, à ce que je vois, fit-il remarquer, effleurant avec douceur la peau à vif.

— Pas eu le temps.

— Hum. En route, j'ai vu la rediffusion de ton petit tête-à-tête avec Nadine. Je suis étonné que tu aies accepté.

— C'était un marché. Donnant, donnant. (Elle se pencha en avant et baissa l'écran de protection qui les séparait du chauffeur.) Et je ferais mieux de te mettre au courant avant les festivités de ce soir.

Elle lui exposa sa nouvelle piste.

— Ça lui fait gagner plusieurs places au hit-parade, conclut-elle en choisissant une grosse olive noire sur le plateau des *antipasti*.

— Tel père, tel fils ? Tu y crois vraiment ?

— C'est plus fréquent qu'on ne l'imagine.

Connors demeura silencieux un moment. Cette théorie le mettait mal à l'aise. Tout comme Eve.

— C'est vous le spécialiste, lieutenant, mais n'est-il pas tout aussi vraisemblable que les circonstances le poussent à faire le bien ?

— Il connaissait Alice, il est expert en chimie. Le grand-père d'Alice a été drogué et les deux autres crimes étaient rituels. Forte appartient à une secte occulte. Avoue que c'est troublant.

— Il n'a pas du tout l'air d'un criminel.

Eve se pencha sur le plateau et fixa son choix sur un piment mariné.

— Une fois, j'ai coincé une adorable vieille dame, le genre grand-mère gâteau. Elle recueillait les chats abandonnés, offrait des biscuits aux enfants du quartier et cultivait des géraniums à ses fenêtres. (Elle croqua avec appétit dans un deuxième piment.) À la suite de plusieurs disparitions, on a découvert qu'elle avait attiré chez elle une demi-douzaine d'enfants. Leurs viscères avaient fait office de mou pour les chats.

— Charmante histoire, commenta Connors qui posa son assiette et sortit de sa poche l'amulette qu'Isis lui avait offerte. Tiens, tu m'as convaincu, dit-il en la lui passant au cou.

— À quoi joues-tu ?

— Tu la portes mieux que moi.

— Je rêve ! s'exclama Eve, incrédule. Tu es superstitieux !

— Bien sûr que non ! mentit-il en lui prenant son assiette des mains.

Il se pencha vers elle avec un sourire conquérant et s'attaqua sans une hésitation aux boutons de sa chemise.

— Eh, qu'est-ce qui te prend ?

— La route va être longue, répondit Connors, emprisonnant ses seins dans ses mains expertes. On n'arrivera pas avant une bonne heure.

— Il est hors de question que je fasse l'amour à l'arrière d'une limousine, protesta-t-elle. C'est...

— Divin, termina-t-il, refermant la bouche sur la pointe de son sein.

Eve était délicieusement détendue quand la limousine bifurqua dans une étroite route de campagne bordée d'arbres à demi dénudés qui formaient comme une arche sur leur passage. Une nuée d'étoiles brillait de mille feux dans la nuit noire. Soudain, deux yeux fauves, sans doute ceux d'un renard, étincelèrent dans le faisceau des phares. Une ombre indéfinissable traversa la route comme une flèche et disparut dans les bois.

— Feeney et Peabody suivent toujours ?

Connors glissa sa chemise dans son pantalon.

— On dirait. Attends, tu mets ton pull à l'envers, dit-il avec douceur.

— La barbe !

Elle l'ôta avec agacement et l'enfila dans le bon sens.

— Ne me regarde pas avec cet air suffisant. Si tu veux savoir, j'ai feint l'orgasme.

— Trop gentil de ta part, Eve chérie, répliqua Connors en lui baisant la main. Merci.

— Pas de quoi.

Elle ôta l'amulette et la passa à son cou. Avant qu'il ait pu protester, elle prit son visage entre ses mains.

— S'il te plaît.

— De toute façon, tu n'y crois pas.

— Non, répondit-elle en glissant le pendentif sous sa chemise. Mais toi si. Ton chauffeur connaît la route ?

— J'ai programmé les instructions d'Isis dans l'ordinateur de bord. (Il consulta sa montre.) D'après mes calculs, nous devrions bientôt arriver.

— C'est complètement perdu par ici, dit Eve en scrutant l'obscurité à travers la vitre. À moins de deux heures de New York. Incroyable.

Connors haussa les épaules.

— Quelle citadine snob tu fais ! La campagne, c'est bien agréable. Le silence est reposant.

Ils prirent une petite route sinueuse.

— Moi, ça me rend nerveuse. Et puis tout est pareil. Il n'y a pas… d'action, d'imprévu. Alors que si tu te balades dans Central Park ou Greenpeace Park, tu es presque sûr de te faire agresser par un voyou ou un drogué en manque ou bien racoler par une prostituée sans licence ou un couple de pervers.

Elle se tourna vers Connors et remarqua son sourire narquois.

— Qu'est-ce que j'ai encore dit ?

— Avec toi, la vie est si... colorée.

Eve ricana et fixa l'étui de son arme sur son épaule.

— C'est ça, comme si tout était gris dans ton petit monde avant que je fasse irruption dans ta vie. Tout cet argent, toutes ces femmes, ces dîners fins... Tu devais drôlement t'ennuyer.

— À mourir, répondit-il avec un soupir. Je crois que j'aurais fini par rendre l'âme si tu n'avais pas tenté de me coller un crime ou deux sur le dos.

— Petit veinard !

Eve aperçut des lumières à travers un rideau d'arbres tandis que la limousine gravissait un sentier défoncé d'ornières.

— La cérémonie est déjà commencée, on dirait.

— Essaie de ne pas ricaner, lui dit Connors en lui tapotant le cou. Ça offenserait nos hôtes.

— Pour qui me prends-tu ?

Elle ricanait déjà.

— Je veux tes impressions. De Forte et de tout le monde. Et dis-moi si tu reconnais des visages.

Elle sortit un petit appareil de son sac et le glissa dans sa poche.

— Un mini enregistreur ? C'est illégal et très impoli, sais-tu ?

— Je ne comprends pas de quoi tu parles.

— Et aussi inutile. (Il tourna son poignet et appuya sur un minuscule bouton sur le côté de sa montre.)

Celui-ci est beaucoup plus efficace. Je le sais, c'est moi qui produis les deux marques. Ah, je crois que nous sommes arrivés ! ajouta-t-il, tandis que la limousine s'arrêtait en bordure d'une petite clairière.

Eve repéra d'abord Isis. Impossible de la manquer. Le blanc immaculé de sa robe semblait briller dans la nuit comme un clair de lune. Ses cheveux tombaient en cascade sur ses épaules. Un bandeau doré orné de pierreries multicolores cernait son front. Elle était pieds nus.

— Que Wicca vous bénisse !

À la grande surprise d'Eve, elle l'embrassa sur les deux joues et accueillit Connors de la même façon. Puis elle se retourna vers Eve.

— Vous êtes blessée.

Avant qu'Eve n'ait pu répondre, elle appliqua ses doigts contre les griffures.

— Du poison.

— Du poison ? s'alarma Eve, imaginant les ongles acérés de Selina Cross plongés dans une mixture mortelle qui agissait à retardement.

— Un poison de nature spirituelle. Je devine là l'œuvre de Selina Cross. On ne peut pas vous laisser dans cet état. Miriam, pourriez-vous accueillir nos autres invités, s'il vous plaît, dit-elle à une jeune femme gracile au teint mat, tandis que la guimbarde de Feeney arrivait en cahotant. Charles va s'occuper de votre blessure.

— Ça va aller. Je verrai un médecin demain matin.

— Je doute que ce soit nécessaire. Suivez-moi, je vous en prie. Si infime soit-elle, la présence de cette femme ici est malsaine.

Elles longèrent la clairière. Au centre, des bougies blanches formaient un large cercle. Une vingtaine d'hommes et de femmes de tous âges et de toutes races se tenaient à l'extérieur et bavardaient en petits groupes. Comme à un cocktail mondain, songea Eve. Les conversations assourdies étaient parfois ponctuées d'un éclat de rire.

À leur arrivée, Charles Forte se détourna de la table pliante devant laquelle il s'affairait. Il portait une combinaison bleu ciel toute simple et des chaussures souples assorties. Le regard suspicieux d'Eve en direction de la table le fit sourire.

— Des outils de sorcier, expliqua-t-il.

Il y avait là des cordelettes rouges, un couteau à manche blanc. Un athame, se dit-elle. Des bougies blanches, un petit gong en laiton, un fouet, un glaive en argent étincelant, des flacons, des bols et des coupes colorés.

— Intéressant.

— À rituel ancien, instruments anciens. Mais vous êtes blessée.

Il fit un pas vers elle, une main levée. Devant son regard glacial, il arrêta son geste.

— Excusez-moi. Ça paraît douloureux.

— Charles est guérisseur, intervint Isis avec fierté. Considérez ceci comme une démonstration de ses talents. Après tout, vous êtes venue pour observer, n'est-ce pas ?

— Allez-y, faites votre démonstration, répondit Eve après une hésitation.

Elle pencha la tête en arrière, invitant Charles Forte à examiner les griffures. Il promena ses doigts froids sur la peau blessée. Leur contact était étonnamment réconfortant. Les yeux rivés sur les siens, elle y discerna une concentration intense, puis comme une vibration intérieure.

— Vous avez de la chance, murmura-t-il avec un sourire rassurant. La blessure n'est pas à la hauteur de l'intention. Détendez votre esprit.

Il plongea son regard dans celui d'Eve.

— Le corps et l'esprit ne font qu'un, expliqua-t-il de sa voix envoûtante. Laissez-moi vous soulager.

Eve sentit une douce chaleur irradier tout son corps. Une agréable somnolence l'envahit. Elle sursauta.

— Rassurez-vous, je ne vous veux pas de mal.

Charles Forte prit un flacon couleur ambre et versa dans le creux de sa main un liquide transparent aux effluves floraux.

— C'est un baume, une recette ancienne un peu améliorée, expliqua-t-il en l'appliquant sur les griffures. Vous allez guérir très vite.

— Vous vous y connaissez en chimie, n'est-ce pas ?

Il s'essuya les mains dans un mouchoir.

— Ce baume est à base de plantes. Mais c'est exact, je connais aussi la chimie.

— Je voudrais vous entretenir à ce sujet, continua Eve avec un regard pénétrant. Et au sujet de votre père, ajouta-t-elle après un silence.

Isis s'interposa, vibrante de colère.

— Vous êtes ici en invitée. Cet endroit est sacré. Vous n'avez pas le droit de…

— Isis, intervint Charles Forte en lui effleurant le bras, elle a une mission. Comme nous tous. (Il se tourna vers Eve.) J'accepte bien entendu de vous parler quand vous le souhaitez. Mais pas ici. La cérémonie est sur le point de débuter.

— Nous ne comptons pas l'empêcher.

— Est-ce que demain matin vous conviendrait ? Neuf heures à la boutique ?

— Parfait.

— Excusez-moi.

— Est-ce ainsi que vous le remerciez pour sa gentillesse, lieutenant ? demanda Isis, furieuse, tandis que Charles s'éloignait.

Elle secoua la tête et s'adressa délibérément à Connors.

— Vous êtes les bienvenus. Nous espérons que vos compagnons montreront le respect qu'il se doit pour notre rite. Vous n'êtes pas autorisés à franchir le cercle magique.

Tandis qu'elle allait rejoindre le groupe, Eve fourra ses mains dans ses poches.

— Me voilà bien. Je viens de me mettre une deuxième sorcière à dos.

Peabody la rejoignit en hâte.

— Il s'agit d'une initiation, murmura-t-elle. C'est ce grand type séduisant en costume italien qui vient de me le dire.

De l'autre côté de la clairière, un homme aux cheveux couleur bronze la gratifia d'un sourire éclatant.

— Hum, ça donne envie de se convertir.

— Ressaisissez-vous, Peabody, lui souffla Eve, hilare.

Feeney les rejoignit.

— Ma sainte mère balbutierait une bonne demi-douzaine de rosaires ce soir si elle savait où je suis, dit-il, dissimulant sa nervosité derrière un sourire forcé. Quel trou perdu ! Lugubre à souhait.

Connors soupira et glissa un bras autour de la taille d'Eve.

— Décidément, ces deux-là font la paire, marmonna-t-il.

La jeune femme qu'Isis avait appelée Miriam se tenait à l'extérieur du cercle formé par les bougies. Deux hommes lui bandèrent les yeux et entreprirent de lui ligoter les mains, puis les chevilles à l'aide de cordelettes rouges. Tous les participants s'étaient dévêtus et les peaux blanches, noires ou dorées luisaient sous la clarté lunaire. Une lente mélopée s'éleva, accompagnée par les ululements cadencés des oiseaux de nuit qui résonnaient du fond des bois denses alentour. Les incantations à la fois gutturales et mélodieuses montaient vers le ciel dans une harmonie si parfaite qu'elle en était inquiétante. Réprimant un frisson, Eve glissa nerveusement une main sous sa veste. Le poids de son arme contre son flanc la rassura.

Le silence se fit et un coup de gong retentit. Portée par les deux hommes, Miriam fut allongée au milieu du cercle. Charles Forte s'avança vers elle, l'athame à la main, et entama une longue incantation dans une langue inconnue.

— C'est du gaélique, murmura Connors à l'oreille d'Eve. Il raconte qu'elle sera bientôt admise à rejoindre le cercle, que tout sera alors possible. Mais qu'avant, elle doit puiser en elle la force de se libérer.

— Se libérer de quoi ?

— Je l'ignore, répondit Connors avec un haussement d'épaules. Mon gaélique est plutôt rudimentaire.

Charles Forte s'agenouilla auprès de Miriam et lui tendit le couteau. Puis il lui embrassa le bas-ventre et rejoignit le cercle.

Tandis que la cérémonie se poursuivait, Eve mit distraitement la main à sa gorge. À sa grande stupéfaction, sa peau était lisse, intacte. Et elle ne ressentait plus aucune douleur. Abasourdie, elle laissa retomber sa main. À cet instant, son regard croisa celui de Charles Forte. Il lui sourit.

16

Quête Spirituelle n'était pas encore ouvert quand Eve se gara devant la boutique avec Peabody. Mais Charles Forte attendait sur le trottoir, un gobelet fumant à la main, les joues rougies par le froid du matin.

— Bonjour, je me demandais si nous pouvions parler en haut dans l'appartement, plutôt qu'au magasin.

— Les flics nuisent aux affaires ? demanda Eve.

— Disons que les clients matinaux pourraient être déconcertés. Et nous ouvrons dans une demi-heure. Je suppose que vous n'avez pas besoin d'Isis.

— Pas pour le moment.

— C'est gentil. Si vous pouviez m'accorder juste un instant, poursuivit-il avec un regard penaud, Isis préfère que la caféine n'entre pas dans la maison. J'ai un faible pour le café. (Il but une nouvelle gorgée.) Tous les matins, j'en bois en cachette.

— Prenez votre temps. Vous allez au café d'en face ?

— C'est trop près de chez nous. Et pour être franc, leur café est imbuvable. Par contre, ils en font un très honnête au coin de la rue, expliqua-t-il, savourant une gorgée avec un plaisir évident. Avez-vous aimé la cérémonie ?

— C'était intéressant, répondit Eve qui fourra ses mains frigorifiées dans ses poches.

Comme toujours, elle avait oublié ses gants.

— Il fait un peu frisquet pour se balader nu dans les bois, non ?

— C'est sûr. Nous n'organiserons sans doute plus de cérémonies en extérieur cette année. Mais Miriam avait à cœur d'être initiée avant Samhain.

— Samhain ?

— Halloween, répondirent Charles et Peabody en chœur.

La jeune femme se balança d'un pied sur l'autre d'un air gêné.

— Âge Libre, marmonna-t-elle devant le sourire étonné de Charles Forte.

— Ah, alors nous avons quelques points communs ! dit-il en vidant son gobelet qu'il alla jeter dans une poubelle de recyclage. Dites-moi, vous semblez très enrhumée.

Peabody hocha la tête en reniflant, bien décidée à se retenir d'éternuer.

— J'ai un remède qui devrait vous soulager. Un de nos membres vous a reconnue, lieutenant. Elle vous a lu les lignes de la main récemment. En fait, la nuit où Alice est morte.

— C'est exact.

Charles Forte les précéda dans l'escalier de l'immeuble.

— Cassandra est très douée, et d'une nature très douce. Elle s'en veut de ne pas avoir eu une vision plus nette, de ne pas avoir pu vous dire qu'Alice était en danger. Par contre, elle est persuadée que vous l'êtes.

Elle espère que vous portez toujours la pierre qu'elle vous a donnée, ajouta-t-il en se retournant après un silence.

Eve marmonna une vague réponse. Elle n'avait aucune idée de ce que cette pierre avait pu devenir.

— Et comment va votre cou ? s'enquit-il.

— Comme neuf.

— Vous voyez ? Pas une cicatrice.

— Oui, ça a été rapide. Qu'y avait-il dans ce baume ?

Un pétillement narquois s'alluma dans les yeux de Charles Forte.

— Oh, juste une pointe de langue de chauve-souris et une pincée d'œil de triton séché ! Je vous en prie, mettez-vous à l'aise, poursuivit-il en ouvrant la porte dans un tintement de carillon. Je vais vous chercher du thé. Ça vous réchauffera.

— Ne vous dérangez pas.

— Ça ne me dérange pas du tout. Excusez-moi un instant.

Il disparut derrière une porte et Eve en profita pour jeter un coup d'œil au salon. La pièce ne respirait pas vraiment la simplicité. À l'évidence, de nombreux objets de la boutique y avaient élu domicile. Des blocs de cristal hérissés de pointes décoraient une table ovale, entourant une urne en cuivre remplie d'une brassée de fleurs d'automne. Une tapisserie aux motifs cabalistiques ornait le mur au-dessus d'un canapé bleu tout en courbes : des hommes et des femmes, des soleils et des lunes, un château en flammes.

— C'est l'Arcane majeur, expliqua Peabody quand Eve s'en approcha. Le tarot, ajouta-t-elle après un violent éternuement. Ça a l'air très ancien et tissé à la main.

— Ça a surtout l'air cher, répondit Eve, impressionnée par la multitude d'objets d'art qui trônaient dans tous les coins.

Il y avait là des statues en étain ou sculptées dans la pierre. Des sorciers et des dragons, des chiens à deux têtes, des femmes aux courbes voluptueuses et aux ailes délicates. Un autre mur était couvert de symboles étranges peints dans une profusion de couleurs.

— Ça vient du Livre de Kells, expliqua Peabody devant le regard perplexe de son chef. Ma mère s'amuse à en broder sur des coussins. C'est un endroit agréable, ici. Excentrique, mais chaleureux.

Et qui ne lui donnait pas la frousse comme l'appartement de Selina Cross, n'osa-t-elle admettre.

— On a l'impression d'être dans un musée. Les affaires doivent bien marcher.

— Les affaires marchent plutôt bien, dit Charles Forte qui entra dans la pièce avec un plateau chargé d'une théière au motif floral et de trois tasses assorties. Et j'avais moi-même quelques ressources avant d'ouvrir cette boutique.

— Un héritage ?

Il posa le plateau sur une table basse circulaire.

— Non, des économies. Les ingénieurs chimistes gagnent bien leur vie.

— Et pourtant vous avez abandonné votre carrière pour cette boutique.

— J'étais malheureux dans mon travail. Et dans ma vie.

— La thérapie ne vous a pas soulagé ?

Il se força à croiser le regard d'Eve.

— Si elle ne m'a pas guéri, elle n'a pas aggravé le mal. Asseyez-vous, je vous en prie. Posez-moi vos questions.

— Tu n'es pas obligé, Charles. Que faites-vous de la loi sur le respect de la vie privée, lieutenant ?

Isis se tenait sur le seuil. Eve ne l'avait pas entendue entrer. Elle portait une robe grise comme les nuages d'orage. Les plis amples tourbillonnèrent autour de ses chevilles tandis qu'elle s'avançait vers eux.

— La loi m'autorise à y déroger en cas d'homicide, mademoiselle Paige. Bien entendu, votre compagnon a le droit de se faire représenter.

— Ce n'est pas d'un avocat qu'il a besoin, mais de paix, répliqua Isis qui se tourna vers Charles, les yeux chargés d'émotion.

Il lui prit les mains, les porta à ses lèvres et pressa son visage contre elles.

— Je suis en paix, répondit-il avec douceur. Tu es près de moi. Ne t'inquiète pas. Tu dois aller ouvrir la boutique. Et moi, je dois répondre au lieutenant.

— Laisse-moi rester.

Il secoua la tête et l'intensité du regard qu'ils échangèrent stupéfia Eve. Un regard vibrant d'amour, de dévotion. La façon dont Isis dut pencher son corps de déesse pour joindre ses lèvres à celles de son compagnon aurait pu être risible. Au lieu de cela, ce geste était poignant.

— Appelle-moi si tu veux que je monte. Je viendrai tout de suite.

— Je sais.

Il lui tapota la main avec tendresse. En sortant, Isis lança à Eve un dernier regard où se lisait une colère à peine maîtrisée.

— Je doute que j'aurais pu m'en sortir sans elle, dit Charles Forte, les yeux fixés sur la porte. Vous êtes une femme de caractère, lieutenant. Il vous est sans doute difficile de comprendre à quel point on peut aimer quelqu'un.

Avant, elle aurait approuvé sans une hésitation. Depuis qu'elle connaissait Connors, elle n'en était plus aussi sûre.

— Je souhaiterais enregistrer cette conversation, monsieur Forte.

— Oui, bien sûr.

Tandis que Peabody branchait l'enregistreur, il s'assit et versa le thé d'un geste presque mécanique. Sans lever les yeux, il écouta Eve lui lire ses droits.

— Avez-vous compris vos droits et obligations ?

— Oui. Désirez-vous un édulcorant ?

Eve regarda sa tasse avec un brin d'impatience. Le thé avait la même odeur que celui que le Dr Mira voulait toujours lui servir.

— Non.

— J'ai ajouté une cuillerée de miel dans le vôtre, dit-il à Peabody avec un sourire bienveillant. Et un peu... d'autre chose. Pour votre gorge.

— Ça sent très bon, répondit Peabody qui but une petite gorgée avec circonspection, puis lui rendit son sourire. Merci beaucoup.

— Quand avez-vous vu votre père pour la dernière fois ? demanda Eve.

Charles Forte leva les yeux vers elle, pris au dépourvu par cette question abrupte. La main qui tenait la tasse fut secouée d'un tremblement.

— Le jour de sa condamnation. J'étais à l'audience et j'ai vu les gardiens l'emmener, pieds et poings liés. Ils l'ont enfermé pour le restant de ses jours.

— Qu'avez-vous ressenti ?

— De la honte. Du soulagement. Ou peut-être simplement du désespoir. C'était mon père. (Il but une grande gorgée de thé.) Je le détestais de toute mon âme.

— Parce qu'il était un assassin ?

— Parce qu'il était mon père. J'ai fait beaucoup de mal à ma mère en insistant pour venir assister à son procès. Mais elle était trop effondrée pour m'en empêcher. Elle n'avait jamais pu l'arrêter, lui non plus. Même si elle a fini par le quitter. Elle m'a pris et l'a quitté, ce qui, je crois, a été une surprise pour nous tous, dit-il, fixant le fond de sa tasse. Je l'ai détestée elle aussi pendant très, très longtemps. La haine peut définir un être, n'est-ce pas, lieutenant ? Elle peut le déformer en un monstre hideux.

— Est-ce ce qui vous est arrivé ?

— Presque. Notre foyer n'était pas heureux. Comment en aurait-il été autrement avec un homme tel que mon père ? Vous me soupçonnez de lui ressembler, n'est-ce pas ? demanda-t-il.

Eve se tut.

— « Le sang parlera. » Est-ce de Shakespeare ? Je n'en suis pas certain. Mais tous les enfants ne doivent-ils pas vivre avec cette épée de Damoclès suspendue au-dessus de leur tête ?

— Quelle influence a-t-il eue sur votre vie ? poursuivit Eve, mal à l'aise.

— Vous êtes un policier efficace, lieutenant. Je suis sûr que vous avez étudié son dossier, regardé les enregistrements. Vous y avez vu un homme au charisme terrifiant. Un homme qui se considérait comme au-dessus des lois. De toutes les lois. Ce genre d'arrogance inébranlable est en elle-même irrésistible.

— Pour certains, le mal est irrésistible.

— Oui, fit-il avec un sourire sans joie. Vous savez ça dans votre métier. Ce n'était pas un homme contre lequel on pouvait lutter. Sur le plan physique comme émotionnel. Il était fort. Très fort.

Charles Forte ferma les yeux un moment.

— J'ai longtemps redouté de lui ressembler. Jusqu'au point d'envisager de renoncer au bien le plus précieux qui m'avait été offert. La vie.

— Vous avez tenté de vous suicider ?

— Je ne suis jamais passé à l'acte. La première fois que j'y ai songé, j'avais dix ans, dit-il en buvant une gorgée de thé. Pouvez-vous imaginer un gosse de dix ans obsédé par le suicide ?

Oh oui ! songea Eve, elle le pouvait. Elle était même plus jeune quand elle y avait songé.

— Avait-il abusé de vous ?

— Abuser est un mot si faible, ne trouvez-vous pas ? Il me battait. Dans ces moments-là, il ne se mettait jamais en colère. Il avait ce calme un peu absent qu'aurait un autre homme pour chasser une mouche.

Son poing s'était serré sur son genou. Il se força à ouvrir la main, à étaler ses doigts.

— Ça lui prenait comme ça, à l'improviste. Jamais une menace, jamais un regard noir. Ma vie, ma souffrance dépendaient entièrement de son arbitraire.

— Personne n'est venu à votre secours, n'a tenté d'intervenir ?

— Nous ne restions jamais longtemps au même endroit et nous n'avions pas le droit de fréquenter quiconque. Il prétendait avoir une mission. Il devait prêcher la bonne parole. Il me rouait de coups, me brisait un bras, puis m'emmenait lui-même à l'hôpital. Un père attentionné.

— Vous n'avez jamais rien dit ?

— C'était mon père, c'était ma vie, répondit Charles Forte qui leva les mains et les laissa retomber en signe d'impuissance. À qui aurais-je pu parler ?

Elle non plus n'avait rien dit. Personne n'avait été là pour l'écouter.

— Pendant longtemps, je l'ai cru quand il prétendait que c'était juste, poursuivit Charles en clignant des yeux. Je le croyais dur comme fer quand il me menaçait d'un châtiment terrible si jamais je parlais. J'avais treize ans quand il a abusé de moi pour la première fois. Un rite initiatique, m'a-t-il dit en me liant les mains. Le sexe était la vie et il fallait en jouir. C'était son droit et son devoir de me l'apprendre.

Il prit la théière et remplit les tasses.

— J'ignorais que c'était un viol. Je ne me suis jamais débattu, je ne l'ai jamais supplié d'arrêter. J'ai juste subi en étouffant mes sanglots. Je n'ai jamais rien dit. Et même des années plus tard quand il a été arrêté, je n'ai rien raconté à la police. Je ne croyais pas qu'ils pourraient l'empêcher de nuire. Il était trop fort. Et tout ce sang sur ses mains semblait ajouter encore à sa toute-puissance. Bizarrement, ce ne sont ni les coups ni les sévices qui ont poussé ma mère à s'enfuir. C'est le spectacle de son mari allongé sur moi sur son autel entouré de bougies noires. Il ne l'a pas vue, mais moi si. J'ai vu son visage quand elle est entrée dans la pièce. Elle n'est pas intervenue, mais cette nuit-là, quand il est sorti, elle est venue me chercher et nous nous sommes enfuis.

— Et pourtant elle ne l'a pas dénoncé à la police.

Charles Forte leva les yeux vers Eve.

— Non. Vous vous dites que si elle l'avait fait, des vies auraient été sauvées. Mais la peur est une émotion très intime. La survie était son unique but. Quand il a été arrêté, je suis allé tous les jours au procès. J'étais sûr qu'il arriverait à s'en sortir d'une façon ou d'une autre. Même lorsque la condamnation a été prononcée, je ne pouvais pas croire qu'il serait enfermé jusqu'à la fin de ses jours. Après, j'ai tenté de l'oublier, de me glisser dans la normalité. J'ai pris un travail qui m'intéressait, pour lequel j'étais un peu doué. Et je ne me suis autorisé à fréquenter personne. Il y avait cette rage qui bouillait en moi. Je voyais un visage et je le détestais parce qu'il était heureux. Ou parce qu'il était triste. Et comme mon père, je ne restais jamais longtemps au même endroit. Quand j'ai commencé à envisager le suicide avec beaucoup de sang-froid et de sérieux, j'ai pris peur et j'ai cherché de l'aide.

Il esquissa un pâle sourire.

— Je ne le réalisais pas à l'époque, mais, pour moi, c'était le début d'une nouvelle vie. En parvenant à dire l'indicible, j'ai appris à accepter mon innocence et à pardonner à ma mère. Mais la rage était encore là. C'est alors que j'ai rencontré Isis.

— À cause de votre penchant pour l'occulte.

— Je m'y suis intéressé dans le cadre de ma thérapie. J'étais un révolté. Les religions étaient pour moi une abomination et je détestais tout ce qu'Isis représentait. Elle était si belle, si lumineuse. Je la haïssais pour ça. Elle m'a posé le défi de venir assister à une cérémonie, comme vous la nuit dernière. Je préférais me considérer comme un scientifique. J'ai décidé d'y aller afin de prouver qu'il n'y avait rien dans sa croyance que des mots creux répétés par des idiots. Tout comme celle de mon père n'était qu'un alibi pour faire souffrir et dominer.

« J'ai observé le rituel dans mon coin, à l'écart, plein de cynisme et de fiel. Je les haïssais pour leur simplicité, leur dévotion. N'avais-je pas déjà vu cette même fascination sur les visages des ouailles de mon père ? Je ne voulais rien avoir à faire avec ça, avec eux. Mais j'étais attiré malgré moi. J'y suis retourné trois fois et j'ai commencé à guérir, même si je ne m'en rendais pas compte à l'époque. Et une nuit, pour Alban Eilir, l'Équinoxe de Printemps, Isis m'a invité chez elle. Quand nous nous sommes retrouvés seuls, elle m'a dit qu'elle m'avait reconnu. J'ai paniqué. Après tous ces efforts pour enterrer mon passé... Mais elle a ajouté que ce n'était pas dans cette vie, même si je voyais dans ses yeux qu'elle savait. Elle savait qui j'étais et d'où je venais. Elle m'a dit que j'avais une grande capacité de guérison et que je le découvrirais bientôt. C'est alors qu'elle m'a séduit.

Il laissa échapper un rire chaleureux.

— Imaginez ma surprise quand cette femme superbe m'a conduit à son lit. Je l'ai suivie comme un petit chien, mi-avide, mi-apeuré. C'était la première femme dans ma vie, la seule que j'aie jamais connue. Elle m'aime et ce miracle m'a aidé à croire à d'autres miracles. Je me suis converti à Wicca. J'ai appris à me soigner et à soigner les autres. La seule personne à qui j'avais nui de toute ma vie était moi-même, mais je comprenais mieux qu'Isis en dépit de toute sa clairvoyance l'attrait de la violence, de l'égoïsme, de la soumission à un maître puissant.

— Vous vous êtes donné beaucoup de mal pour dissimuler votre passé.

— N'auriez-vous pas agi ainsi à ma place ?

— Alice était-elle au courant ?

— Alice était l'innocence et la jeunesse incarnées. Il n'y avait pas de David Baines Conroy dans sa vie. Jusqu'à Selina Cross.

— Et Selina Cross est une femme intelligente et vindicative. Si elle avait découvert votre secret, elle aurait pu vous faire chanter. Les autres membres de votre culte vous feraient-ils encore confiance s'ils connaissaient la vérité ?

— Je l'ignore et je n'ai pas envie de le savoir. Je préfère préserver ma vie privée.

— La nuit où Alice a été tuée, vous étiez ici, n'est-ce pas ? Seul avec Isis.

— Oui, nous étions ici. Seuls. Tout comme la nuit où Lobar est mort. Je ne doute pas qu'elle mentirait pour me protéger, ajouta-t-il avec une esquisse de sourire. Mais si elle peut vivre avec le fils d'un meurtrier, elle n'accepterait jamais de vivre avec un meurtrier.

— Elle vous aime.

— Oui.

— Et vous l'aimez.

Il cligna des yeux avec horreur.

— Vous n'imaginez quand même pas qu'elle soit mêlée à tout ça. Outre le fait qu'elle aimait Alice, qu'elle s'occupait d'elle comme une mère d'une enfant malade, je la sais incapable de nuire à qui conque.

— Tout le monde en est capable, monsieur Forte.

— Vous ne le croyez quand même pas coupable ? dit Peabody, tandis qu'elles descendaient l'escalier extérieur de l'immeuble.

— Un, ses antécédents familiaux ne jouent pas vraiment en sa faveur. Deux, les hallucinogènes et autres substances chimiques n'ont aucun secret pour lui. Trois, il n'a pas d'alibi pour les deux premiers meurtres. Quatre, Alice le connaissait assez pour surprendre le secret qu'il cachait depuis tant d'années et qui, une fois révélé, aurait menacé de détruire sa crédibilité au sein de sa secte.

Eve s'arrêta sur les marches et pianota sur la rampe.

— Et puis il avait une bonne raison de détester Selina Cross et ses adeptes, de vouloir se venger de son père à travers eux. Il était là quand Wineburg a pris la fuite. Il a très bien pu faire le tour discrètement.

— Il a réussi à s'en sortir après une enfance de cauchemar. Vous ne pouvez quand même pas le condamner pour les crimes de son père, protesta Peabody.

— Je ne le condamne pas, Peabody, se défendit Eve, en proie à ses propres démons intérieurs. C'est une hypothèse que je ne peux négliger. Réfléchissez à ça, dit-elle en se tournant vers son adjointe. Si Alice était au courant et l'a dit à Frank, il a très bien pu lui demander d'interrompre toute relation. Et si l'on poursuit le raisonnement, il est probable qu'il est allé lui-même parler à Forte, et l'a même menacé de tout révéler s'il ne laissait pas sa petite-fille tranquille. Frank était déjà inspecteur à la Criminelle à l'époque de l'affaire Conroy. Il s'en souvenait sûrement.

— Oui, mais...

— Et Alice a pris un appartement à elle. Elle a continué à travailler à mi-temps pour Isis, mais n'habitait plus chez eux. Pourquoi a-t-elle déménagé si elle se sentait traquée ?

— Je n'en sais rien, admit Peabody.

— Et nous ne pouvons plus le lui demander, dit Eve qui se remit à descendre l'escalier et réprima un juron en voyant Jamie adossé contre son véhicule.

Elle fonça sur lui.

— Ôte tes fesses de là. C'est un véhicule officiel.

— Un tas de boue officiel, corrigea l'adolescent avec un sourire impertinent. J'ignorais que les flics de cette ville roulaient dans des poubelles sur roues. Vous méritez mieux que ça, lieutenant Dallas.

— J'en parlerai au chef la prochaine fois que je le verrai. Que fabriques-tu ici ?

— Je me balade, répondit-il sans se démonter en fourrant ses pouces dans ses poches. Et j'ai semé l'ombre que vous m'aviez collée. Il sait s'y prendre, mais je suis meilleur que lui.

— Pourquoi n'es-tu pas à l'école ?

— Pas la peine d'alerter le proviseur, lieutenant. C'est samedi.

— Alors pourquoi n'es-tu pas en train de semer la terreur dans une des galeries marchandes aériennes comme tout jeune délinquant qui se respecte ?

Le sourire de Jamie s'élargit.

— Je déteste les galeries marchandes. Elles sont si ringardes. Je vous ai vue hier sur Channel 75.

— Tu es venu chercher un autographe ? ironisa Eve.

— Signez-moi un chèque et je transforme votre tas de ferraille en bolide, rétorqua Jamie qui désigna la boutique du menton. J'ai jeté un coup d'œil par la vitrine. La sorcière fait des affaires aujourd'hui.

Eve se retourna. Plusieurs clients flânaient à l'intérieur.

— Tu l'avais déjà vue ?

— Oui, plusieurs fois quand je filais Alice.

— Et tu as remarqué quelque chose d'intéressant ?

— Non. Tout le monde est habillé là-dedans, dit-il en fronçant les sourcils. Je préfère m'intéresser aux Wiccans. Ils aiment bien se trimbaler nus, ajouta-t-il en gloussant. Une fois, j'ai vu la sorcière en chef jeter un type dehors.

Eve s'adossa à son tour contre le capot.

— Vraiment ? Tu sais pourquoi ?

— Aucune idée, mais elle avait l'air furax. Je les ai vus se disputer et j'ai même cru qu'elle allait lui filer une trempe. Surtout quand il l'a bousculée.

— Il l'a bousculée ?

— Ouais. J'ai failli intervenir, même si elle le dépassait d'une bonne tête. J'aime pas les types qui agressent les femmes. Mais ce qu'elle lui a dit l'a fait reculer. Il a reculé comme un fou jusqu'à la porte et il est parti en courant.

— À quoi ressemblait ce type ?

— La dernière fois que je l'ai vu, il frimait moins avec ses yeux rouges et ses canines de vampire.

Lobar, devina Eve qui échangea un regard avec Peabody.

— C'était quand ?

— La veille... (Sa voix se brisa et il s'éclaircit la gorge.) La veille de la mort d'Alice.

— Et qu'a fait Isis après le départ de Lobar ?

— Elle a téléphoné. Quelques minutes plus tard, ce type avec qui elle vit s'est pointé en courant. Ils ont eu une discussion animée, puis elle a tourné le panonceau « Fermé » sur la porte et ils ont disparu dans l'arrière-boutique. Je m'en suis mordu les doigts. J'aurais dû suivre le vampire.

— Tu vas me faire le plaisir d'arrêter de suivre les gens, Jamie. Si tu te fais repérer, tu risques d'avoir des ennuis.

— Je ne me fais jamais repérer. Je suis trop doué pour ça.

— Tu te croyais doué pour l'effraction, souviens-toi, répondit-elle sèchement.

Il s'empourpra.

— C'était différent. Écoutez, le type qui s'est fait poignarder, il était là, à la veillée d'Alice. Il doit y avoir un lien avec elle, avec cette ordure de Lobar. J'ai le droit de savoir.

— Tu es le petit-fils d'un policier. Tu sais très bien que je ne vais rien te dire. En plus, tu es mineur. Alors, maintenant, va jouer ailleurs, gamin, avant que je demande à mon équipière de te coffrer pour vagabondage.

Jamie crispa les mâchoires.

— Je ne suis pas un gamin. Et si vous n'êtes pas capable de vous occuper du meurtrier d'Alice, moi, je vais le faire.

Il voulut partir en courant, mais Eve l'agrippa par la manche de son blouson. Elle approcha son visage tout près du sien et le força à la regarder dans les yeux.

— Ne dépasse pas les bornes, dit-elle très calmement. Tu veux la justice, tu l'auras. Je m'y emploie. Mais si c'est la vengeance que tu cherches, je te boucle dans une cage, compris ? Pense à ton grand-père, à Alice, et tu verras les choses autrement. Et maintenant, fiche le camp.

— Je pense tout le temps à eux. Je les aimais ! (Il libéra son bras d'une secousse, mais Eve eut le temps de voir les larmes dans ses yeux.) J'en ai rien à foutre de votre justice ! Rien à foutre de vous ! Elle le laissa partir.

— Il souffre beaucoup, murmura Peabody.

— Je sais, répondit Eve, ébranlée. Filez-le un moment, histoire de vous assurer qu'il n'a pas d'ennuis. Disons une demi-heure, le temps qu'il se calme, puis communiquez-moi votre position. Je viendrai vous chercher.

— Vous allez voir Isis ?

— Oui. Je meurs d'envie de savoir ce que Lobar et elle ont pu se raconter. Oh, Peabody, méfiez-vous !

Jamie est un garçon futé. S'il a semé un des hommes de Connors, il risque de vous filer entre les doigts à vous aussi.

— N'ayez crainte, chef. J'arriverai bien à suivre un gosse sur quelques blocs.

Eve entra à Quête Spirituelle. En l'apercevant, Isis la gratifia d'un regard glacial.

— Vous en avez terminé avec Charles, lieutenant ?

— Pour l'instant. Je désirerais vous parler quelques minutes.

Isis se retourna pour répondre aux questions d'un client sur une tisane pour la mémoire.

— Faites infuser cinq minutes et filtrez. Buvez-en chaque jour pendant au moins une semaine. Si vous ne sentez aucune amélioration, revenez me voir.

Elle reporta son attention sur Eve.

— Comme vous le voyez, le moment est mal choisi.

— Ce ne sera pas long. Je m'intéresse juste à la visite que vous a rendue Lobar ici même quelques jours avant d'avoir la gorge tranchée.

Eve avait parlé à mi-voix, mais son ton était ferme. En public ou en privé, elles parleraient. Isis avait le choix de l'endroit.

— Je ne pense pas vous avoir mal jugée, répondit Isis d'une voix posée, mais vous me faites douter de moi-même.

Elle fit un signe à une jeune femme qu'Eve avait aperçue lors du rite initiatique.

— Jane va s'occuper des clients, dit-elle en invitant Eve à l'accompagner dans l'arrière-boutique. Mais je ne veux pas la laisser seule longtemps. Elle n'a pas encore l'habitude.

— La remplaçante d'Alice ?

Les yeux d'Isis se voilèrent.

— Personne ne pourra remplacer Alice. (Elle lui désigna un fauteuil avec un haut dossier sculpté et s'assit dans un autre aux accoudoirs en forme d'aile.) Vous disiez que ce ne serait pas long, mais je veux d'abord savoir si vous avez l'intention de laisser Charles en paix.

— Ma priorité est de boucler l'enquête, pas la tranquillité d'esprit d'un suspect.

Isis agrippa les accoudoirs et se pencha en avant.

— Comment pouvez-vous le soupçonner ? s'insurgea-t-elle. Vous entre tous êtes consciente du calvaire qu'il a enduré.

— Vu son passé, je...

— Et le vôtre ? Le fait que vous ayez survécu à un cauchemar joue-t-il en votre faveur ou le contraire ?

— Mon passé ne regarde que moi, répondit Eve d'une voix égale. Et vous ne le connaissez pas.

— Des bribes me viennent par flashes, par impressions. Je sais que vous avez souffert et vous étiez innocente. Comme Charles. Je sais que vous avez des cicatrices. Et des doutes. Comme lui. Je sais que vous vous battez pour trouver la paix. Et je vois une pièce.

Sa voix se fit grave, et son regard se perdit dans le vague.

— Une chambre petite et froide, baignée d'une lumière rouge sale. Et une enfant martyre blottie dans un coin. La souffrance est indicible, au-delà du supportable. Et je vois un homme. Il est couvert de sang. Son visage est...

— Taisez-vous ! hurla Eve, paniquée. Arrêtez, c'est atroce !

Son cœur battait à tout rompre dans sa poitrine. Elle suffoquait. L'espace d'un instant, elle avait été à nouveau cette fillette gémissante tapie dans un recoin comme un animal traqué, les mains maculées de sang.

— Pardonnez-moi, je suis désolée, bredouilla Isis qui porta une main tremblante à son front. Je suis navrée. Ça ne me ressemble pas. Je me suis laissé emporter par ma colère. Je ne voulais pas vous faire de mal. Pardonnez-moi, répéta-t-elle, fermant les yeux de toutes ses forces.

17

Excédée, Eve bondit de son fauteuil.

— Félicitations pour vos talents de médium, Isis, mais maintenant oubliez-moi !

— Je ne sais pas ce qui m'a pris, murmura celle-ci, les yeux embués de larmes, effarée par le souvenir de sa vision et la violence de son acte. C'est contre ma croyance. Je ne cherche pas à vous nuire.

Elle s'essuya les yeux avec délicatesse.

— Vous vouliez me poser des questions au sujet de Lobar ?

— On vous a vus vous disputer ici même la veille du décès d'Alice.

— Ah ? s'étonna-t-elle, retrouvant son aplomb. C'est toujours une erreur de se croire seul. Oui, il est venu ici et nous avons eu des mots.

— À quel sujet ?

— Au sujet d'Alice. Ce... jeune homme n'était qu'un dépravé, qui plus est dangereusement imbu de sa personne. Il se croyait fort. Il se trompait.

— Alice ne travaillait pas ce jour-là ?

— Non, je lui avais accordé quelques jours de congé. J'espérais qu'elle irait dans sa famille afin de se changer les idées, vous comprenez. Mais Lobar s'attendait à la trouver ici. Je ne crois pas qu'on l'ait envoyé. Il est venu de son propre chef. Par défi sans doute.

— Et vous avez eu une altercation.

— Oui. Il m'a dit que j'aurais beau essayer de la cacher, elle ne leur échapperait pas. Elle avait enfreint la loi et déplu au Maître. Son châtiment serait la torture et la mort.

— Il a proféré des menaces de mort et vous ne m'avez rien dit ?

— Je me suis tue parce que, à mes yeux, Lobar n'était qu'un pantin ridicule, un être insignifiant. Il voulait juste me défier, expliqua-t-elle avec un soupir. Il m'a décrit en détail les turpitudes qu'il avait fait subir à Alice. Ça l'a beaucoup amusé. Il a ajouté que je lui avais été promise. Bientôt, ils briseraient mon pouvoir et je leur appartiendrais corps et âme. Et il serait le premier à se vautrer sur moi. Je lui ai ri au nez.

— Vous a-t-il agressée ?

— Il m'a bousculée. Il était fou de rage. En fait, c'est moi qui l'y avais poussé. Un vieux sortilège. Ce qu'on pourrait appeler l'effet miroir ou boomerang, expliqua-t-elle avec un geste rapide de la main. Toute cette haine, cette violence qu'il dirigeait contre moi s'est soudain retournée contre lui, au centuple. Très efficace, commenta-t-elle avec un sourire en coin. Il a été pris de panique et a détalé sans demander son reste. Il n'est pas revenu.

— Vous a-t-il fait peur ?

— Oui, je l'avoue.

— Alors vous avez prévenu Charles Forte.

— Charles partage ma vie, répondit Isis, relevant le menton avec défi. Je n'ai aucun secret pour lui.

— Il était furieux ?

— Non, seulement inquiet, répondit Isis en soutenant son regard avec détermination. Nous avons pratiqué un rite de protection et de purification. Comment avons-nous pu être aussi présomptueux ? J'aurais dû voir, poursuivit-elle, la voix vibrante de regret que c'était après Alice qu'ils en avaient. L'orgueil m'a fait croire qu'ils n'oseraient pas s'en prendre à elle tant qu'elle se trouverait sous ma protection. Sans cet orgueil, Alice serait peut-être encore vivante.

Un sentiment exacerbé de culpabilité peut parfois mener à la vengeance, songea Eve dans sa voiture. Pour la troisième victime, la méthode était différente, pourtant tous ces meurtres étaient liés, elle en avait la certitude. Mais avaient-ils tous été commis par la même main. Rien n'était moins sûr.

Elle allait retourner au Central interroger l'ordinateur. Elle disposait de suffisamment d'éléments pour une analyse de probabilités. Et si les résultats s'avéraient concluants, elle irait demander des effectifs supplémentaires à Whitney. Maudites restrictions budgétaires, pesta-t-elle en se faufilant d'un coup puissant d'accélérateur dans le flot de véhicules qui fonçaient sur cinq files. Il lui faudrait un taux de probabilité record pour lui arracher son accord.

Eve se gara le long de la Septième Avenue au niveau de la Quarante-Septième Rue et Peabody s'engouffra dans la voiture. De l'autre côté du trottoir, le vacarme assourdissant d'une guerre virtuelle jaillissait par la porte ouverte d'une salle de jeux. Une infraction manifeste au code de pollution sonore, songea Eve, mais, à l'évidence, les propriétaires n'étaient pas à une amende près pour appâter le chaland.

— Il est là-dedans ?

— Oui, chef.

Peabody jeta un regard plein d'espoir au marchand ambulant installé au carrefour, alléchée par une appétissante odeur de burger. L'heure du déjeuner n'était pas loin et son estomac criait famine. Mais la perspective de se restaurer à la cantine du Central lui donnait la nausée.

— Ça vous dérange si je vais m'acheter une bricole à manger là-bas ? J'en ai pour une minute.

Eve jeta un regard impatient par la vitre.

— Vous n'étiez pas censée dépérir à cause d'un rhume carabiné ? s'étonna-t-elle en se retournant vers son adjointe.

— Je n'y comprends rien moi-même. Guérison miraculeuse, répondit Peabody en inspirant profondément par le nez, je me sens en pleine forme. Sans doute ce thé.

— C'est ça, c'est ça, bougonna Eve, levant les yeux au ciel. Allez-y, mais en vitesse. Vous mangerez dans la voiture.

— Vous voulez quelque chose ?

— Non. Dépêchez-vous, Peabody. On n'a pas toute la journée.

La jeune femme partit au pas de course.

— J'en ai pris deux, annonça-t-elle trois minutes plus tard en déposant un sachet de papier kraft sur le tableau de bord. Juste au cas où. Si vous n'en voulez pas, il ne sera pas perdu. J'ai une faim d'ogre.

Elle mordit dans le burger avec enthousiasme. Eve démarra en trombe.

— Le gamin m'a fait faire un de ces tours, expliqua Peabody, la bouche pleine. Il a d'abord cavalé comme un fou, est monté dans un tram, en est redescendu au bout de trois stations et a pris la direction de l'ouest. Et si vous aviez vu son appétit ! Il a dévoré deux énormes burgers et des frites sur la Sixième. Une rue plus loin, il a englouti un Freezie géant à l'orange. Sans parler des trois barres au chocolat qu'il a achetées avant d'entrer dans cette salle de jeux.

— La croissance, commenta laconiquement Eve.

Elle se faufila comme une flèche entre deux voitures dans un concert de klaxons réprobateurs.

— Tant qu'il avale des cochonneries et se défoule sur des jeux vidéo, il devrait être à l'abri.

Jamie ricana devant l'écran où des hologrammes se massacraient à qui mieux mieux dans un chaos assourdissant de hurlements et d'explosions. Il avait entendu toute la conversation dans son oreillette. Pas bête, son idée de planquer un micro dans la voiture de Dallas, se félicita-t-il, actionnant distraitement les manettes avec dextérité. Rien ne résistait au maître de l'électronique, et surtout pas le vieux tacot de Dallas. Elle voulait le tenir à l'écart ? Pas de problème. Avec un sourire mauvais, il massacra l'hologramme d'un gangster qui venait de surgir d'une ruelle sombre. Il allait prendre les choses en main à sa façon.

Frustrée, Eve contacta Feeney.

— Mon analyse de probabilité n'est pas brillante. Le logiciel approuve à quatre-vingt-seize pour cent l'existence d'un lien entre les quatre affaires. Mais les chiffres chutent d'au moins dix points quand je confronte les différents suspects. Je te transmets les résultats. Vois ce que tu peux en tirer.

Il fronça les sourcils.

— Tu les veux plus élevés ou plus faibles ?

Elle secoua la tête en riant.

— Devine. Mais je veux surtout du solide. Il se peut qu'un détail m'échappe.

— Envoie-moi tout ça. Je vais jeter un coup d'œil.

— Merci, Feeney. Et il y a autre chose. À chaque fois que j'essaie d'accéder au dossier du mystérieux Alban, je me heurte à un mur. Il a la trentaine et je ne trouve rien. Pas de cursus familial ou scolaire, pas de dossier médical. Pas de casier judiciaire, pas même le moindre P.-V. pour stationnement interdit. Ce n'est pas normal. Je parierais que les fichiers ont été effacés.

— Il faut être très calé. Ou bien avoir beaucoup d'argent, objecta Feeney. On laisse toujours une trace quelque part.

— Je me disais qu'avec ton génie tu pourrais peut-être m'aider.

— C'est ça, flatte-moi. Je te rappelle.

— Merci.

— C'est Feeney ? s'exclama Mavis qui fit une entrée fracassante dans le bureau, chaussée de tennis à air jaune fluo équipées de semelles à plateau d'au moins dix centimètres. Zut, tu as coupé. J'avais un truc à lui dire.

Eve balaya son amie des pieds à la tête, tentant d'afficher une mine blasée. Une fois de plus, elle ne faillait pas à sa réputation. Le style Mavis dans toute sa splendeur ! Une masse ondoyante de bouclettes du même jaune que ses chaussures explosait en tous sens sur sa tête. Elle était moulée dans un pantalon en latex luisant qui lui descendait bien au-dessous de la pierre rouge rubis sertie dans son nombril. Assorti au pantalon, le haut se réduisait à une bande très ajustée qui réussissait presque à cacher ses seins. L'ensemble était recouvert d'un long cache-poussière transparent.

— Personne ne t'a cherché d'ennuis dans les couloirs ? ironisa Eve.

— Non, mais je crois que le flic de l'accueil a eu un sacré choc, rétorqua Mavis qui battit des cils – d'interminables cils vert émeraude – et se laissa tomber dans un fauteuil. Génial, cet ensemble, non ? Tout juste sorti de l'atelier de Leonardo. Bon, tu es prête ?

— Prête ? Pour quoi ?

— Nous avons rendez-vous à l'institut. Trina a réussi à te caser. J'ai laissé deux messages sur ton répondeur. Ne me raconte pas que tu ne les as pas eus. Je sais que oui. (Elle fronça les sourcils d'un air soupçonneux.) Tu les as effacés.

Effacés et aussitôt oubliés, se souvint Eve.

— Mavis, je n'ai pas le temps de jouer à la coiffeuse.

— Tu n'as pas pris ta pause déjeuner aujourd'hui. Je sais, j'ai vérifié auprès du flic de l'accueil. Tu n'auras qu'à manger pendant que Trina te refera une beauté.

— Je me sens très bien comme ça.

— Tes cheveux ne seraient pas aussi moches si tu ne les avais pas une fois de plus massacrés au sécateur, rétorqua Mavis qui se leva et prit la veste d'Eve. Viens sans faire d'histoire ou je te harcèle jusqu'à ce que tu craques. Juste une petite heure. Tu seras de retour pour assurer la sécurité de notre bonne vieille ville à une heure et demie, promis.

Eve lui arracha sa veste des mains.

— Juste les cheveux alors. Pas question de me faire tartiner le visage avec des produits infâmes.

Mavis l'entraîna dans le couloir.

— Décoince-toi un peu, Dallas. Savoure ta féminité.

Eve nota son heure de sortie et emboîta le pas à son amie qui se déhanchait sans vergogne dans son pantalon moulant. Elle leva les yeux au ciel.

— À mon avis, nous n'avons pas tout à fait la même conception de la féminité.

Peut-être étaient-ce les vapeurs de teinture ou de laque, mais Eve trouvait l'atmosphère du salon de beauté suffocante. À contrecœur, elle se laissa aller contre le dossier du fauteuil. Comment avaient-ils pu la convaincre de se déshabiller et de se laisser triturer de la sorte ? Elle avait réussi à poser un pied par terre – un pied nu aux ongles dûment vernissés – au moment où la conversation avait dévié sur les tatouages et le *piercing.* De toute façon, inutile de songer à s'éclipser. Avec la couche de boue dont Trina lui avait enduit le corps et ce gel verdâtre et gluant qui lui poissait les cheveux, elle était prise en otage. En privé, elle admettait redouter la jeune esthéticienne branchée, ses mixtures louches et ses ciseaux à ultrasons. Voilà pourquoi elle avait préféré garder les yeux fermés pendant toute la durée des opérations, priant pour ne pas se retrouver métamorphosée en clone de Trina avec ses cheveux crêpés couleur fuchsia et ses seins en obus.

— Vous avez attendu trop longtemps, la sermonna la jeune femme. Il vous faut des traitements réguliers. Vous avez une belle peau, mais vous ne la mettez pas en valeur. Si vous veniez plus souvent, je n'aurais pas besoin de m'échiner pour vous remettre en état.

Eve ravala une repartie brutale quand elle sentit un bourdonnement lui frôler les yeux. Elle réprima un frisson. Épilation au laser, se souvint-elle, s'efforçant de garder son sang-froid. Trina n'était pas en train de lui tatouer une tête de mort grimaçante sur le front.

— Je dois retourner au Central. J'ai une tonne de travail qui m'attend.

— Ne me bousculez pas. La magie prend du temps.

Eve leva les yeux au ciel, provoquant un claquement de langue agacé de Trina. Décidément, tout le monde paraissait obsédé par la magie. Elle se tourna vers le fauteuil voisin.

— Dis, Mavis, tu ne m'avais pas dit qu'à une époque tu te faisais passer pour une voyante ?

— Calez-vous contre le dossier, la réprimanda Trina. J'en ai pour deux minutes.

— Et comment, répondit Mavis en soufflant sur le vernis jaune fluo encore humide sur ses ongles ! Madame Electre voit tout, sait tout. Ou bien Ariel, la spirite aux yeux tristes, continua-t-elle, affichant un air inspiré et mélancolique. J'avais au moins six variations sur le thème.

— Et tu pourrais repérer un escroc ?

— Tu plaisantes ? Évidemment. À cinq cents mètres les yeux bandés.

Eve tenta un sourire au risque de faire dégouliner son masque.

— Écoute, il y a un endroit où j'aimerais que tu ailles faire un tour. Trina aussi, si elle veut.

Celle-ci revint à la charge et la plaqua à nouveau à l'horizontale. Elle fit pivoter le fauteuil vers le bac de rinçage.

— Une enquête ? Génial.

— Vous pourriez sonder le terrain, faire parler l'employée. Elle s'appelle Jane. Vous en apprendriez peut-être plus que moi. Ils se méfient de la police.

— Qui ne se méfie pas des flics ? fit remarquer Trina en toute innocence.

— Je veux vos impressions, poursuivit Eve sans relever. Racontez que vous êtes branchées plantes, aphrodisiaques, calmants en tout genre…

— Tu veux savoir s'ils dealent ? demanda Mavis qui n'avait pas été longue à saisir.

— C'est une hypothèse. Et aussi s'ils escroquent leur clientèle. Vu l'appartement des propriétaires, ils ne sont pas à plaindre. L'argent vient bien de quelque part.

— Imagine le duo de choc, Mavis, s'exclama Trina avec un large sourire. Toi et moi en détectives.

À son retour à la propriété, Mavis et Trina étaient déjà là, racontant avec animation leurs exploits à Connors. Eve prit le chat dans ses bras et écouta distraitement la conversation.

— Et moi, j'ai acheté cette lotion, expliquait Trina. Elle est censée réveiller la bête qui sommeille en tout homme.

Elle tendit le bras sous le nez de Connors.

— Alors ? Ça vous fait quoi ?

— Hum, si je n'étais pas marié à une femme armée, je… (Il s'interrompit et afficha un sourire innocent.) Bonsoir, chérie.

— Termine ta pensée, je t'en prie, grommela-t-elle en lui lâchant Galahad sur les genoux.

— Quand tu auras ôté ton paralyseur.

— Dallas, c'est génial ! fit Mavis qui bondit de son fauteuil, manquant de faire déborder son verre de vin. Je meurs d'envie de rentrer tout raconter à Leonardo, mais on est venues tout droit ici pour faire notre rapport. Regarde un peu les trucs que j'ai achetés.

Elle farfouilla avec frénésie dans un des cinq sacs qu'elle rapportait de Quête Spirituelle.

— Plus tard, l'interrompit Eve. Raconte d'abord. Je ne sais vraiment pas ce qui m'a pris de vous envoyer toutes les deux là-bas.

Elle se versa un verre de vin et se laissa tomber dans un fauteuil.

— Bon, qu'avez-vous fait à part dépenser une fortune ?

— On nous a lu les lignes de la main. Grandiose, répondit Mavis. Figure-toi que j'ai une âme aventureuse et mon narcissisme est contrebalancé par un cœur généreux.

Eve ne put s'empêcher de rire.

— Pas besoin d'être voyante pour deviner ça, Mavis. Il suffit d'avoir des yeux. Tu y es allée dans cette tenue ?

Mavis se trémoussa sur ses chaussures à air fluo.

— Évidemment. Jane nous a bien conseillées. Elle semble y connaître un rayon en herboristerie. Elle nous a paru de bonne foi, hein, Trina ?

— Oui, elle était de bonne foi, renchérit Trina avec sérieux. Un peu terne. En une ou deux séances, je pourrais rattraper le coup. Pour la déesse par contre, difficile de l'améliorer.

— Isis ? fit Eve en se redressant dans son fauteuil avec intérêt. Elle était là ?

— Elle est sortie de l'arrière-boutique pendant qu'on discutait plantes avec l'employée. J'ai raconté que je voulais un truc qui me donne du punch sur scène. Ça marche mieux quand ça sonne vrai.

— Et moi, que je cherchais un truc infaillible pour séduire les hommes, intervint Trina avec un sourire lascif. Qu'avec tout ce stress à mon boulot, j'avais aussi besoin d'un produit pour me détendre. Quelque chose de plus puissant que ce qu'on trouve dans les magasins. Que je ne regarderais pas à la dépense.

— Ils ont des tonnes de mélanges, reprit Mavis, mais je n'ai rien vu de louche. En fait, elle nous a même déconseillé les drogues. Ce qu'il nous fallait, c'était une méthode naturelle. Comme la holistique.

— La holistique, approuva Trina. On a insisté, on a sorti de l'argent, plein d'argent, mais elle n'a pas marché.

— La reine des amazones est repartie dans l'arrière-boutique et est revenue avec ça, dit Mavis qui exhuma de son sac à main un petit sachet transparent contenant des feuilles et des graines séchées. Elle m'a dit d'essayer et n'a pas voulu me faire payer. Tu peux l'analyser, mais, à mon avis, il n'y a rien de louche.

— Qui vous a lu les lignes de la main ?

— Isis. En entrant, elle n'avait pas l'air enthousiaste de nous voir. Il faut dire qu'on en rajoutait un max. Moi, je n'arrêtais pas de m'extasier sur tout avec des « Oh » et des « Ah ».

Eve jeta un regard aux sacs.

— À ce que je vois, tu as joué ton rôle jusqu'au bout.

— Ça me plaisait vraiment, répondit Mavis avec un sourire impénitent. Mais elle s'est vite déridée. J'avais jeté mon dévolu sur une grosse pierre verte. C'était quoi le nom, Trina ?

— Tourma... quelque chose.

— Tourmaline, intervint Connors.

— Oui, c'est ça, tourmaline. Mais elle me l'a déconseillée. Le vert n'est pas ma couleur, paraît-il. Elle m'en a proposé une autre orange.

— Plus chère ? s'enquit Eve.

— Non, beaucoup moins, au contraire. Selon elle, le vert n'était pas une couleur pour moi. Par contre, une de mes amies en aurait bien besoin, une amie trop stressée.

Eve se renfrogna en ricanant.

— Puis elle nous a lu les lignes de la main. Grandiose. Elle était contente de nous rencontrer. En ce moment, elle avait besoin d'énergie positive, a-t-elle dit. Elle a refusé de nous faire payer. Je l'ai trouvée sympa. Elle n'a pas le regard d'un escroc.

— Hum, merci. Je vais faire analyser le sachet.

Mavis se leva et rassembla ses sacs.

— Je dois y aller. J'ai acheté une bougie d'amour pour Leonardo. J'ai hâte de voir le résultat. À mardi soir.

— Mardi ?

— Notre fête de Halloween. Ne me dis pas que tu as oublié. Tu m'avais promis de venir.

— Je devais être ivre.

— Pas du tout, protesta Mavis. Bon, à neuf heures chez nous, d'accord ? Tout le monde sera là. J'ai même réussi à convaincre Feeney. Je compte sur vous deux.

— Décoincez-vous un peu, conseilla Trina en lui emboîtant le pas. Venez costumée.

— Tu rêves, marmonna Eve, tandis que la porte se refermait. Bon, mea culpa pour cette monumentale perte de temps, ajouta-t-elle en faisant rebondir le sachet dans le creux de sa main.

— Elles se sont bien amusées. Et tu te sentiras mieux quand tu auras fait analyser ça, intervint Connors.

— Sans doute. Bon sang, je tourne en rond, soupira Eve en posant le sachet sur la table. Je ne cesse de m'égarer sur des fausses pistes, je le sens.

— À force de t'égarer, tu finiras par tomber sur ce que tu cherches, la consola-t-il en lui massant les épaules. Une amie de Mavis beaucoup trop stressée, je me demande qui ça peut être…

— Tais-toi.

Il rit et embrassa le creux de sa nuque.

— Hum, tu sens délicieusement bon.

— C'est ce truc dont m'a tartinée Trina.

— Elle m'en a parlé. Selon elle, je vais apprécier. Elle m'a aussi raconté qu'elle avait réussi à te faire un soin du corps complet, murmura-t-il en lui picorant à nouveau la nuque. Je vais m'intéresser tout particulièrement à ta chute de reins.

— Elle, en tout cas, s'y est intéressée. Elle voulait à tout prix m'appliquer un tatouage sur la fesse droite. Un bouton de rose, tu imagines ?

Elle soupira, puis bondit soudain du fauteuil comme un pantin à ressort, la main plaquée sur sa fesse.

— Seigneur ! À un moment, elle m'a fait allonger sur la table. Je n'ai pas compris pourquoi. J'y suis restée dix bonnes minutes ! Ne me dis pas qu'elle a eu l'audace ?

Connors haussa les sourcils avec intérêt, puis l'enlaça, un sourire langoureux aux lèvres.

— Je ne vois qu'une façon de s'en assurer.

18

Eve se précipita dans la salle de bains, ajusta le miroir à trois pans et tendit le cou.

— Je devrais la coffrer pour ça, grommela-t-elle en découvrant le tatouage sur sa fesse droite.

— Ah oui ? Sous quel chef d'inculpation ? Ornement d'un postérieur de flic sans autorisation ? suggéra Connors qui s'appuya sur le chambranle avec nonchalance. Ou reproduction illégale d'imagerie florale ?

— Ça t'amuse, hein ?

Vexée, Eve s'empara de son peignoir d'un geste rageur.

— Il faut absolument qu'elle me l'enlève. D'une façon ou d'une autre.

— Pourquoi tant de hâte ? C'est plutôt... mignon, commenta Connors en contemplant l'objet du délit d'un œil attendri.

— Et si je dois prendre une douche ou me changer au Central ? Tu imagines les sarcasmes dans le vestiaire ?

Il l'enlaça par la taille sous son peignoir.

— Tu ne vas pas y retourner maintenant. C'est samedi soir.

— Et alors ? Feeney doit me transmettre des résultats.

— Ça ne fera aucune différence si tu attends lundi matin. Demain, on prend une journée rien qu'à nous.

— Ah oui, pour faire quoi ?

Connors caressa la chute de ses reins jusqu'à son tatouage avec un sourire taquin.

— Encore ?

— Pourquoi ? C'était bien, non ? Que dirais-tu de passer toute la journée à faire l'amour au bord de la piscine ?

— Hum, c'est tentant. Mais...

— Sous le soleil de Martinique, ajouta-t-il en lui plantant un baiser triomphant sur les lèvres, sûr de la convaincre. Inutile d'emporter des bagages. Tu n'as besoin de rien d'autre que de ton adorable tatouage.

— Vous avez l'air fatiguée, lieutenant.

Peabody sortit un sachet en papier kraft de sa mallette.

— Vous êtes bronzée ou je rêve ? ajouta-t-elle en fronçant les sourcils. Ultraviolets ?

— Non, j'ai juste pris un peu le soleil hier.

— Il a plu toute la journée.

— Pas où j'étais, répondit-elle en mordant à belles dents dans le beignet que son adjointe venait de lui tendre. Feeney a affiné l'analyse de probabilité. Encore un peu léger, mais je vais de ce pas la présenter à Whitney. Il nous faut à tout prix des renforts.

— À propos, une nouvelle note interne a été distribuée ce matin sur les abus au niveau des heures supplémentaires.

— Je m'en moque. Ce n'est pas un abus quand elles sont nécessaires. Nous avons deux meurtres sur les bras. On ne tient plus les journalistes. Il faut nous donner les moyens de boucler l'enquête et de faire baisser la pression.

Peabody risqua un sourire.

— Vous répétez votre tirade, chef.

Eve soupira.

— Peut-être. Il y a trop de suspects, c'est ça le problème.

Elle pressa ses doigts sur ses paupières.

— On va être obligé de contrôler un par un tous les membres des deux sectes, soit environ deux cents personnes. Disons qu'on va en éliminer la moitié d'après les profils. Il nous restera encore une centaine de personnes à interroger.

— Des jours et des jours de travail, soupira Peabody.

— Il a forcément fallu plus d'une personne pour transporter le corps de Lobar et le lier au pentagramme. Et un véhicule.

— Aucun des principaux suspects ne possède un véhicule assez grand pour dissimuler le corps et le pentagramme.

— Peut-être un des adeptes. Lancez une recherche sur les immatriculations pendant que je vais quémander chez le patron. Si ça ne donne rien, vérifiez les voitures de location et les véhicules déclarés volés la nuit du crime. Et il peut bien sûr s'agir d'un véhicule emprunté dans un parking longue durée sans que le propriétaire le remarque, ajouta-t-elle avec découragement.

Son vidéocom se mit à bourdonner. Elle prit la communication.

— Lieutenant Dallas, brigade criminelle.

— Il faut que je vous parle.

— Louis Trivane ? fit Eve, haussant un sourcil intrigué. Si vous souhaitez discuter des charges retenues contre votre cliente, adressez-vous au procureur.

— Je dois à tout prix vous parler, répéta-t-il, visiblement très nerveux. En tête à tête. Dès que possible.

D'un signe discret de la main, elle demanda à Peabody de rester hors champ.

— À quel sujet ?

— Je ne peux rien dire par vidéocom. Trop risqué.

— Je vous attends dans mon bureau.

— Non, non. On pourrait me suivre.

Avait-il remarqué l'homme chargé par Feeney de le surveiller ?

— Vous suivre ? Qui ça ?

— Venez me retrouver à mon club, insista-t-il. Le Luxury sur Park Avenue. Niveau cinq. Je donnerai votre nom à l'accueil.

— Est-ce si urgent, Louis ? J'ai du travail par-dessus la tête ici.

— Je crois... Je crois avoir été témoin... d'un meurtre. Venez seule, Eve. Je ne parlerai qu'à vous. Et assurez-vous de ne pas être suivie. Faites vite.

L'écran s'éteignit. Les lèvres pincées, Eve prit sa veste et son sac.

— Vous n'allez pas y aller seule, protesta Peabody.

— Nous avons un homme devant le club au cas où. Et je laisserai mon bip allumé.

Le cinquième étage du Luxury Club abritait vingt suites privées à l'usage exclusif des membres. Louis Trivane louait toujours la suite 5-C. Il appréciait l'opulence du style Louis XV qui symbolisait à ses yeux l'hédonisme dans toute sa splendeur et la glorification des plaisirs charnels : les statues de marbre et les tableaux d'époque, le luxe des tissus damassés des canapés et des lourdes tentures de velours à passementerie en fil d'or, la sophistication des trumeaux aux moulures délicatement ouvragées. Que de délicieuses soirées avait-il passées à s'ébattre dans le grand lit à baldaquin en galante compagnie !

Ce soir pourtant, il arpentait la pièce comme un lion en cage, buvant un whisky sec, l'estomac noué par la terreur. Il avait assisté à un meurtre, il en était presque certain. Tout était si flou, si irréel. La chambre secrète, la fumée, les incantations... Depuis maintenant trois ans, il ne vivait plus que pour ça. Les robes et les masques, le vin consacré dont il buvait la première gorgée avec avidité, l'ivresse des rituels à la lumière vacillante des dizaines de cierges noirs sombrant dans leur bain de cire. Et le sexe... À chaque fois, il en tirait une jouissance démesurée.

Et il y avait les trous de mémoire, les blancs qu'il n'arrivait jamais à combler. Le lendemain d'une cérémonie, il était comme une loque, incapable de se concentrer. Récemment, il avait trouvé du sang séché sous ses ongles et avait été incapable de se souvenir d'où il provenait.

Mais il commençait à y voir plus clair. Les photos qu'Eve lui avait montrées avaient provoqué comme un électrochoc dans son cerveau. Et l'incompréhension avait cédé la place à l'horreur. Un meurtre. La peur au ventre, il entrouvrit les rideaux et scruta la rue en contrebas avec nervosité. Il avait assisté à un sacrifice. Un sacrifice humain. Avait-il plongé ses doigts dans cette gorge béante ? Les avait-il portés à sa bouche pour goûter le sang frais ? Avait-il pu commettre un acte aussi abominable ? Mon Dieu, Ô mon Dieu… Y avait-il eu d'autres nuits comme celle-là ? D'autres sacrifices ?

D'un geste brusque, Louis Trivane tira les rideaux. Il était un homme civilisé. Il était un mari et un père. Un avocat respecté. Il ne pouvait pas être complice d'un meurtre aussi atroce. Le souffle court, il se versa un autre whisky et contempla son reflet dans un des grands miroirs aux dorures ouvragées. Il y vit un homme qui n'avait pas dormi depuis plusieurs jours. Il avait peur de dormir. Il redoutait que, dans ses cauchemars, les visions se fassent plus nettes.

Et il était mort d'inquiétude pour sa famille. Wineburg avait lui aussi assisté à la cérémonie. Wineburg se tenait à côté de lui et avait vu la même chose que lui.

Et Wineburg était mort.

Mais Wineburg n'avait ni femme, ni enfants. Lui si. S'il était en danger, il ne pouvait prendre le risque de rentrer chez lui. Et quelle honte si ses enfants apprenaient les turpitudes répugnantes auxquelles il s'était livré !

Louis Trivane s'épongea le front avec un mouchoir. Trop de travail, trop de stress, trop de nuits blanches. Peut-être faisait-il simplement une petite dépression ? Il devrait consulter un médecin. C'est ça. Il irait voir un médecin. Il emmènerait sa famille quelques semaines en vacances. Le temps de se détendre, de se retrouver. Il quitterait la secte. À l'évidence, cela ne lui réussissait pas. Sans compter la petite fortune que cette fantaisie lui coûtait. Après tout, le vin et la fumée lui avaient peut-être donné des hallucinations.

Et le sang sous les ongles ?

Louis Trivane enfouit son visage dans ses mains, la respiration oppressée. Il n'aurait pas dû contacter Eve. Il n'aurait pas dû paniquer. Elle allait le prendre pour un fou. Ou pire. Pour le complice d'un meurtre. Il traversa la chambre en titubant jusqu'à la salle de bains et s'effondra au-dessus de la cuvette des toilettes. Il vomit le whisky et la terreur qui lui rongeaient l'estomac. Quand les crampes se furent apaisées, il se redressa, s'arc-bouta contre le lavabo et s'aspergea le visage. Puis, il releva la tête et se força à regarder à nouveau son reflet pitoyable dans le miroir. Il allait tout avouer à Eve, remettre cet insupportable fardeau entre ses mains. Cette pensée lui procura un soulagement intense. Il eut envie d'appeler sa femme, d'entendre les voix de ses enfants.

Un mouvement furtif dans le miroir le fit sursauter. Le cœur battant à tout rompre, il fit volte-face.

— Comment êtes-vous entrée ici ?

— C'est pour le ménage, monsieur, répondit la femme de chambre au teint mat qui tenait une pile de serviettes-éponges, le sourire aux lèvres.

Louis Trivane passa une main tremblante sur son visage.

— Pas maintenant. J'attends quelqu'un. Laissez les serviettes et... (Il laissa lentement retomber la main.) Je vous connais. Je vous connais.

La fumée, se dit-il, tétanisé par un nouvel éclair de terreur. Un des visages dans la fumée.

— Bien sûr, on se connaît, Louis. (Sans se départir de son sourire, elle laissa tomber les serviettes et brandit l'athame qu'elle cachait dessous.) On a baisé comme des fous il n'y a pas une semaine.

Louis Trivane n'eut pas le temps de crier.

Eve sortit de l'ascenseur. Elle fulminait. Le droïde de la réception l'avait retenue cinq bonnes minutes sous prétexte de vérifier son identification. Puis, il avait voulu lui confisquer son arme. Elle envisageait de s'en servir pour lui clouer le bec quand le directeur était sorti de son bureau avec empressement et s'était répandu en excuses. Le fait qu'il s'adressait davantage à l'épouse de Connors qu'à Eve Dallas avait été la goutte d'eau. Elle se chargerait de lui plus tard, se promit-elle avec une joie mauvaise. Le Luxury Club apprécierait sûrement une inspection en règle des services d'hygiène, peut-être même une petite visite de la mondaine. Elle allait appuyer sur la sonnette de la suite 5-C quand son regard capta le voyant du système de sécurité. Il était vert. Déconnecté. Elle dégaina son arme.

— Peabody ?

— Oui, lieutenant, grésilla la voix assourdie de son équipière dans la poche de sa chemise.

— La porte est ouverte. J'entre.

— Voulez-vous des renforts, lieutenant ?

— Pas pour l'instant. Restez à l'écoute.

Elle se glissa sans bruit à l'intérieur et ferma la porte dans son dos. Bien calée sur ses jambes, elle balaya la pièce du regard et de son arme braquée devant elle. Mobilier luxueux, hideux et trop chargé à son goût, une veste chiffonnée, une bouteille à moitié vide, les rideaux tirés. Et pas un bruit. Elle fit le tour du salon, gardant le dos au mur. Personne derrière les meubles. Personne derrière les rideaux. La kitchenette était vide. Apparemment inutilisée.

Toujours l'arme au poing, Eve s'avança sur le seuil de la chambre. Le lit était fait. Les coussins de soie qui l'ornaient étaient en ordre. Son regard se posa sur le placard aux portes sculptées soigneusement fermées. Elle fit un pas en crabe dans cette direction quand des bruits assourdis lui parvinrent de la salle de bains. Des halètements, des grognements, un rire féminin. Une petite partie de jambes en l'air dans la baignoire ? Eve grinça des dents avec agacement.

Mais elle ne relâcha pas sa garde. Elle se glissa à gauche de la porte, se planta solidement sur ses jambes et bondit dans l'embrasure. Le spectacle atroce qui s'offrait à ses yeux la cloua sur place.

— Ô seigneur…

— Lieutenant ? fit la voix inquiète de Peabody dans sa poche.

Eve tenait la femme en joue.

— Reculez ! Lâchez ce couteau et reculez !

— J'envoie des renforts. Donnez votre situation.

— Un homicide. Flagrant délit. Je vous ai dit de reculer, nom de Dieu !

La femme se contenta de sourire béatement. Les mains et le visage dégoulinants de sang, elle était assise à califourchon sur Louis Trivane, ou ce qui en restait, et s'appliquait à l'éviscérer.

— Il est mort, dit-elle gaiement.

— Je vois ça. Posez ce couteau et reculez. Lentement. À plat ventre sur le sol, mains derrière le dos !

— Il le fallait.

La jeune femme passa une jambe par-dessus le corps et s'agenouilla comme devant une tombe.

— Vous ne me reconnaissez pas ?

— Si.

Même derrière son masque de sang, Eve avait reconnu son visage. Et elle se rappelait cette voix. Sa douceur.

— Miriam, c'est ça ? La nouvelle initiée de Wicca. Vous allez lâcher ce couteau, oui ? Allongez-vous sur le sol, mains derrière le dos !

Sans se départir de son sourire, Miriam posa l'athame sur le dallage. Eve le coinça sous son talon et le fit glisser à l'autre bout de la pièce, hors d'atteinte.

— Il faudra te dépêcher, m'avait-il dit. Juste entrer et sortir. J'ai perdu la notion du temps.

Eve sortit ses menottes de sa poche arrière et les boucla sur les poignets de Miriam.

— Qui ça, il ?

— Charles. Il m'a dit que celui-là, je pouvais m'en charger toute seule, mais que je devais me dépêcher. Je n'ai pas été assez rapide, conclut-elle avec un sourire déçu.

Les mâchoires serrées, Eve baissa les yeux sur le cadavre mutilé de Louis Trivane. C'était *elle* qui n'avait pas été rapide.

— Vous avez enregistré, Peabody ?

— Oui, lieutenant.

— Convoquez Charles Forte en interrogatoire. Allez-y en personne et prenez deux hommes avec vous. Ne l'approchez pas seule.

— Affirmatif. Situation sous contrôle, lieutenant ?

Eve recula devant le filet de sang qui ruisselait vers ses bottes.

— Oui, situation sous contrôle.

— D'abord Miriam Hopkins, dit Eve à Feeney en observant la jeune femme gracile à travers la vitre sans tain.

— Tu devrais faire une pause, Dallas. À ce que j'ai entendu dans les couloirs, la matinée a été rude.

— On croit toujours avoir tout vu, murmura-t-elle avec lassitude. Mais non, l'horreur n'a pas de limites. Je veux en finir, Feeney.

— D'accord. Duo ou solo ?

— Solo. Elle va parler. Il se peut qu'elle soit juste folle à lier, mais, à mon avis, elle est camée. Je vais la ficher comme toxicomane. Le procureur n'aime pas les aveux sous stupéfiants.

— Je m'en occupe.

— Merci.

Elle passa devant lui et entra dans la salle d'interrogatoire. Le visage de Miriam avait été lavé. Elle avait revêtu une robe droite et ample jetable de couleur beige administratif.

Eve brancha l'enregistreur, déclina son identification, lut ses droits à Miriam, puis s'assit.

— Je vous ai prise sur le fait, donc venons-en droit au but. Vous avez assassiné Louis Trivane.

— Oui.

— Qu'avez-vous pris ?

— Pardon ?

— Pas du Zeus pur en tout cas, vous êtes trop calme. Acceptez-vous une analyse toxicologique ?

— Je ne veux pas ! s'insurgea la jeune femme avec une moue boudeuse. Peut-être plus tard si je change d'avis. (Elle tira avec agacement sur sa robe.) Je voudrais mes vêtements. Ce truc gratte et offense le regard.

— Pourquoi avez-vous tué Louis Trivane ? demanda Eve sans relever.

— Il était mauvais. Charles le disait.

— Charles ? Vous vous référez à Charles Forte ?

— Oui.

— Et Charles vous a dit que Louis Trivane était mauvais. Vous a-t-il demandé de le tuer ?

— Il a dit que je pouvais. D'autres fois, j'ai juste regardé. Mais cette fois, c'était à mon tour. Il y a eu beaucoup de sang. (Elle leva une main, l'étudia avec attention.) Il est parti maintenant.

— Quelles autres fois, Miriam ?

— Oh, d'autres fois... répondit la jeune femme avec un haussement d'épaules évasif. Le sang purifie.

— Avez-vous été témoin d'autres meurtres ?

— Bien sûr. La mort est une transition. Cette fois, c'était mon tour. J'ai extirpé le démon qui était tapi en lui. Les démons existent et nous les combattons.

— En tuant ceux qu'ils habitent ?

— Oui. Il m'avait dit que vous étiez intelligente, dit Miriam avec un sourire radieux. Mais vous ne l'aurez jamais. Il est au-dessus de vos lois.

— Revenons à Louis Trivane. Comment avez-vous procédé ?

— Eh bien, j'ai un ami qui travaille au Luxury Club. Il m'a suffi de coucher avec lui. Facile. J'aime ça, coucher. Puis, j'ai glissé son passe dans ma poche. On entre presque partout avec un passe. J'ai enfilé une robe de femme de chambre pour avoir la paix et je suis allée droit à la suite de... Comment avez-vous dit qu'il s'appelait ? J'avais pris une pile de serviettes. Il était dans la salle de bains. Il avait vomi. Ça sentait mauvais. Je l'ai poignardé. J'ai visé la gorge, comme on m'avait dit. (Elle haussa à nouveau les épaules avec un sourire espiègle.) C'est comme planter un couteau dans un oreiller, vous savez. Avec un drôle de bruit de succion. Puis, j'ai extirpé le démon qui était en lui et vous êtes entrée. Mais je crois que j'avais fini.

— Depuis quand connaissez-vous Charles ?

— Oh, quelques années ! Notre jeu favori, c'est de baiser en plein jour dans Central Park. Quelqu'un pourrait passer et nous voir. C'est excitant.

— Et Isis ? Que pense-t-elle de votre liaison ?

Miriam Hopkins leva les yeux au ciel.

— Elle ne sait pas. Elle n'apprécierait pas.

— Et que pense-t-elle des meurtres ?

La jeune femme fronça les sourcils et son regard se perdit dans le vague quelques secondes.

— Les meurtres ? Elle n'est pas au courant. Ou bien si ? Non, non, c'est sûr, nous ne lui aurions pas dit ça.

— Donc c'est juste entre Charles et vous ?

— Entre Charles et moi... (Elle battit des paupières, le regard vide.) Je crois. Oui, bien sûr.

— En avez-vous parlé à quelqu'un d'autre de votre congrégation ?

— La congrégation ? (Elle posa ses doigts sur ses lèvres et les tapota.) Non, non. C'est notre secret. Notre petit secret à tous les deux.

— Et Wineburg ?

— Qui ça ?

— Dans le garage souterrain. Le banquier. Vous vous rappelez ?

Elle se mordit la lèvre, l'air songeur, et secoua la tête.

— Ce n'était pas moi. Non, c'était Charles. Il devait me rapporter le cœur, mais il ne l'a pas fait. Il m'a dit qu'il n'avait pas eu le temps.

— Et Lobar ?

— Lobar, Lobar... murmura-t-elle en se tapotant les lèvres de plus belle. Non, c'était différent. Non ? Je ne me souviens pas. J'ai mal à la tête. Et puis j'en ai assez de parler ! s'emporta-t-elle soudain. Je suis fatiguée.

Elle posa sa tête sur ses bras croisés et ferma les yeux.

Eve la regarda un moment en silence. Inutile d'insister pour l'instant. Elle en avait assez entendu. Elle fit signe à un policier en uniforme. Miriam protesta mollement quand elle lui remit les menottes.

— Emmenez-la en psy. Demandez le Dr Mira pour l'évaluation.

— Oui, lieutenant.

Elle les accompagna jusqu'à la porte et appuya sur le bouton de l'interphone.

— Amenez Forte en salle C.

Puis, elle entra dans la cabine d'observation. Peabody se tenait à côté de Feeney.

— Vous allez m'assister, Peabody. Que t'inspire-t-elle, Feeney ?

— Complètement jetée, répondit-il en sortant son sachet de pralines. Soit la tête ou l'effet d'une drogue, je ne sais pas. Sans doute les deux.

— C'est aussi mon avis. Comment a-t-elle pu me paraître aussi normale l'autre nuit ? (Elle se passa les mains dans les cheveux et se mit à rire.) Normale ? Enfin, si on veut... Elle était quand même nue dans les bois et laissait Forte lui embrasser le bas-ventre.

Elle pressa ses doigts sur ses yeux fatigués et laissa retomber ses mains.

— Son père n'a jamais eu de complice. Ça n'est nulle part dans le dossier. Il a toujours agi seul.

— Et alors ? Il a un style différent, c'est tout, répondit Feeney. Jetée ou pas, cette fille l'accuse.

— Ça ne colle pas, murmura Peabody.

— Qu'est-ce qui ne colle pas, Peabody ?

Détectant un soupçon de sarcasme, celle-ci releva le menton.

— Les Wiccans ne tuent pas.

— Tout le monde tue, objecta Eve. Et tout le monde ne prend pas sa religion au sérieux. Vous n'avez pas mangé de viande rouge récemment ?

Peabody s'empourpra jusqu'au col amidonné de son uniforme.

— Ça n'a rien à voir.

— Écoutez, je suis tombée sur un flagrant délit de meurtre. La femme qui tenait le couteau a identifié Charles Forte comme son complice. C'est un fait. Alors, oubliez vos états d'âme et concentrez-vous sur les faits. Compris, agent Peabody ?

— Oui, chef, fit celle-ci en redressant les épaules. Parfaitement.

Quand Eve sortit de la cabine, elle ne broncha pas.

— Elle a eu une rude matinée, intervint Feeney avec compassion. J'ai jeté un coup d'œil sur les premiers clichés. Un cas d'une rare atrocité.

— Je sais.

De l'autre côté de la vitre sans tain, Charles Forte entrait dans la salle d'interrogatoire sous bonne escorte.

— Mais ça ne colle pas, c'est tout, insista-t-elle en secouant la tête.

Elle entra dans la salle au moment où Eve lisait ses droits à Forte.

— Je ne comprends pas.

— Quoi ? Vos droits et obligations ?

— Non, pourquoi je suis ici.

Il tourna vers Peabody un regard empreint d'incompréhension mêlée de déception.

— Si vous vouliez me parler, je vous aurais reçues. Il n'était pas nécessaire d'envoyer trois policiers en uniforme chez moi.

— Je l'ai jugé nécessaire, répondit Eve d'un ton sec. Souhaitez-vous la présence d'un avocat, Monsieur Forte ?

— Non. Expliquez-moi juste pourquoi je suis là.

— Parlez-moi de Louis Trivane.

Il fronça les sourcils et secoua la tête.

— Désolé, je ne connais personne de ce nom.

— Avez-vous l'habitude d'envoyer vos initiés assassiner des étrangers ?

Il bondit de sa chaise, le visage livide.

— Quoi ?

— Asseyez-vous ! Louis Trivane a été assassiné il y a deux heures par Miriam Hopkins.

— Miriam ? C'est ridicule. Je ne vous crois pas !

— C'est pourtant la vérité. Je l'ai surprise en flagrant délit alors qu'elle lui arrachait le foie.

Charles vacilla, puis s'effondra sur sa chaise.

— C'est sûrement une erreur. Comment aurait-elle pu... ? Puis-je avoir de l'eau, s'il vous plaît ? Je ne comprends pas un traître mot de ce que vous racontez.

Eve fit signe à Peabody de lui verser un verre d'eau. Il prit le verre à deux mains et manqua d'en renverser la moitié en le portant à sa bouche.

— Miriam a passé des aveux complets, Monsieur Forte. Nous savons que vous êtes amants et que vous l'avez autorisée à exécuter Trivane de ses mains. Un sacrifice de purification.

— Non !

— Votre père aimait dépecer ses victimes. Vous a-t-il enseigné ses méthodes ? Est-ce une guerre de religion que vous menez, Monsieur Forte ? Quel est votre credo ? Éliminer l'ennemi ? Extirper les démons ? Votre père était sataniste et a fait de votre vie un enfer. Vous ne pouvez plus vous venger de lui, mais les satanistes sont légion, comme ils disent. Faites-vous un transfert ? Quand vous tuez, est-ce votre père que vous taillez en pièces ?

Il ferma les yeux de toutes ses forces.

— Ô mon Dieu… Mon Dieu… bredouilla-t-il en se balançant d'avant en arrière convulsivement.

Eve revint à la charge. Mais elle eut beau le pousser dans ses retranchements, il continua de se balancer sans un mot sur sa chaise, secouant lentement la tête de droite à gauche.

— Inutile de nier. Vous aggravez votre cas. Avouez, Monsieur Forte. Racontez-moi pour Alice. Pour Lobar.

— Non ! Non ! Je ne suis pas mon père !

Quand il releva la tête, ses joues ruisselaient de larmes. Eve ne cilla pas devant la supplication muette et désespérée qu'elle lisait dans ses yeux.

— Ah bon ? lâcha-t-elle.

Puis, elle se détourna et le laissa sangloter.

19

Pendant plus d'une heure, Eve avait harcelé Charles Forte sans relâche, allant jusqu'à étaler les photos des victimes devant lui, telles les cartes d'un tarot morbide. Mais il n'avait cessé de nier et de pleurer. Puis, il s'était emmuré dans un silence obstiné. Quand il ressortit entre deux policiers, il garda les yeux braqués sur elle jusqu'à ce qu'il ait tourné au coin du couloir. Le regard d'un homme blessé, détruit.

— Un problème, agent Peabody ? demanda-t-elle devant l'air réprobateur de son équipière.

— En effet, lieutenant, soupira-t-elle. Désolée de vous le dire, mais vos méthodes d'interrogatoire me déplaisent.

— Voyez-vous ça.

— Vous vous êtes montrée trop dure, à la limite de la cruauté, à toujours lui envoyer son père en pleine figure, à le forcer à regarder ces photos.

Eve avait les nerfs à vif. La boule trop familière s'était reformée dans son estomac. Mais sa voix resta égale et ses mains ne tremblèrent pas quand elle rassembla les clichés. Elle afficha un sourire sarcastique.

— J'aurais peut-être dû lui demander poliment d'avouer, comme ça, nous aurions pu retourner à nos petites vies tranquilles. Pourquoi n'y ai-je donc pas pensé ? Je m'en veux. J'essaierai de m'en souvenir au prochain interrogatoire.

Peabody resta de marbre.

— Je vous dis juste ce que je pense, lieutenant. Surtout qu'il n'avait pas d'avocat…

— Ne lui ai-je pas lu ses droits, agent Peabody ?

— Oui, lieutenant, mais…

— Ne me suis-je pas assurée qu'il les avait compris ?

Peabody hocha la tête sans conviction.

— Avez-vous idée du nombre d'interrogatoires que vous avez menés sur des homicides, agent Peabody ?

— Lieutenant, je…

— Moi non, la coupa Eve avec défi. J'en suis incapable parce qu'il y en a eu trop ! Voulez-vous regarder ces photos encore une fois ? Ça vous endurcirait peut-être un peu. Parce que si mes méthodes d'interrogatoires vous choquent, Peabody, c'est que vous vous êtes trompée de métier !

Eve ouvrit la porte à la volée et se retourna vers son adjointe, figée au garde-à-vous.

— Et j'attends de mon équipière qu'elle me soutienne au lieu de m'enfoncer sous prétexte qu'elle a un faible pour les sorciers d'opérette. Si c'est trop vous demander, agent Peabody, je serai enchantée d'accepter votre demande de mutation. Pigé ?

Les talons d'Eve résonnèrent rageusement sur le dallage du couloir.

Feeney rattrapa Eve dans le couloir.

— Tu n'y as pas été de main morte.

— Oh, toi, ne commence pas !

Il leva une main et n'insista pas.

— Isis Paige s'est présentée de son plein gré. Elle attend en salle B.

Sans un mot, Eve s'y rendit et ouvrit la porte, plantant Feeney dans le couloir. Isis cessa de faire les cent pas et fit volte-face vers elle, le regard étincelant d'indignation.

— Pourquoi avez-vous forcé Charles à venir ici ? Comment pouvez-vous lui infliger une épreuve aussi inhumaine ? Ce genre d'endroit le terrifie !

— Charles Forte est actuellement entendu au sujet de l'assassinat de Louis Trivane, entre autres, répondit Eve d'une voix glaciale et posée. Il n'est pas encore inculpé.

Isis blêmit.

— Inculpé ? Charles n'a rien à se reprocher. Louis Trivane ? Nous ne connaissons pas de Trivane.

— Comment pouvez-vous vous montrer aussi affirmative ? Êtes-vous au courant de tous ses faits et gestes, de la moindre de ses pensées ?

— Deux êtres peuvent difficilement connaître plus grande intimité physique et spirituelle que la nôtre, lieutenant Dallas. Je vous en prie, laissez-moi le ramener à la maison. Il est incapable de faire du mal, supplia-t-elle d'une voix vibrante.

Refoulant son malaise, Eve s'efforça de rester impassible.

— En dépit de cette intimité, saviez-vous qu'il entretenait une relation très intime avec Miriam Hopkins ?

Isis cligna des paupières avec incrédulité.

— Miriam ? C'est ridicule.

— Elle me l'a avoué elle-même. Avec le sourire. Comme lorsque je l'ai surprise en flagrant délit le couteau à la main, chevauchant le corps sans vie de Louis Trivane.

Vacillant sur ses jambes, Isis chercha appui sur le dossier d'une chaise.

— Un meurtre ? Miriam ? C'est impossible.

— Je croyais que, dans votre sphère, tout était possible. J'étais à votre cérémonie, souvenez-vous. Je dois dire qu'elle s'est montrée très coopérative. Elle m'a raconté que Charles Forte l'avait autorisée à tuer Trivane de ses mains. À la différence des autres fois où elle s'était contentée d'observer.

D'un pas mal assuré, Isis contourna la chaise et s'y assit lourdement.

— Elle ment. Charles n'a rien à se reprocher. Comment ai-je pu me tromper à ce point sur le compte de cette femme ? (Elle ferma les yeux et se balança doucement sur sa chaise.) Nous l'avons initiée. Nous l'avons accueillie parmi nous. Comment ai-je pu être aussi aveugle ?

— On ne peut pas tout voir, répondit Eve, penchant la tête sur le côté. Selon moi, vous devriez davantage vous inquiéter de votre clairvoyance à propos de votre compagnon.

— Non ! protesta Isis avec véhémence. Je connais Charles comme moi-même. Cette femme ment !

— Elle va être soumise au détecteur de mensonge. Dans l'intervalle, vous souhaitez peut-être revenir sur vos déclarations concernant l'alibi que vous avez fourni à votre compagnon. Il a trahi votre confiance, dit Eve qui s'approcha d'elle. Ç'aurait pu être vous, Isis. Miriam est plus jeune, sans doute plus docile. Combien de temps encore aurait-il prétendu vous laisser mener le jeu ?

— Comment pouvez-vous imaginer une seule seconde que les divagations de cette femme puissent me faire douter de l'homme que j'aime. À ma place, douteriez-vous de Connors ?

— Ce n'est pas de ma vie qu'il s'agit, mais de la vôtre, répondit Eve sans se laisser déstabiliser. Si vous tenez tant à lui, coopérez. C'est le seul moyen de l'arrêter. Et de l'aider.

— De l'aider ? (Sa bouche se déforma en un sourire désabusé.) Vous vous moquez bien de l'aider. Ce que vous voulez, c'est qu'il soit coupable. Qu'il soit puni à cause de son passé. À cause de son père !

Eve baissa les yeux sur la chemise cartonnée qu'elle tenait à la main, ne pouvant se résigner à l'ouvrir. Par compassion pour cette femme qui, par amour, avait accordé sa confiance sans condition. Comme elle.

— Détrompez-vous, répondit-elle presque dans un souffle, comme pour elle-même. J'aurais voulu qu'il soit innocent. À cause de son père justement.

Elle soutint crânement le regard accusateur d'Isis.

— Le mandat de perquisition est sûrement accordé à l'heure qu'il est. Nous allons fouiller votre boutique et l'appartement.

Isis se leva avec lassitude.

— Et alors ? Vous ne trouverez rien.

— Vous êtes autorisée à assister à la perquisition.

— Non, je reste ici. Je veux voir Charles.

— Vous n'êtes ni parents, ni légalement mariés...

— Lieutenant Dallas, insista Isis, le regard suppliant, vous avez du cœur, écoutez-le. Laissez-moi parler à Charles.

Oui, j'ai du cœur, songea Eve. Et il saignait devant la détresse infinie de cette femme.

— D'accord. Mais seulement cinq minutes. Au parloir. (Elle ouvrit la porte sans ménagement, les mâchoires crispées.) Et convainquez-le de prendre un avocat, pour l'amour du ciel !

La fouille de la boutique ne donna rien. Eve dut se contenter d'ordonner la confiscation de dizaines de flacons et de récipients en tout genre ainsi qu'une collection de divers couteaux de cérémonie. La perquisition se poursuivit à l'étage. Faisant abstraction des bavardages incessants des enquêteurs qui s'affairaient dans tous les coins, Eve se concentra avec efficacité sur le dressing au fond de la chambre. C'est derrière une pile de robes de cérémonie pliées avec soin dans un coffre aux effluves de romarin et de cèdre, qu'elle découvrit une longue tunique noire froissée en boule et tachée de sang.

— Par ici ! Passez-moi ça au détecteur.

— Belle pièce, commenta la jeune femme en mâchonnant son chewing-gum. (Elle passa le capteur de son scanner sur le tissu.) Le sang est surtout sur les manches, ajouta-t-elle avec un regard vaguement blasé derrière ses lunettes de protection. Du sang humain. Rhésus négatif. Impossible d'en dire plus.

— C'est plus qu'il n'en faut pour l'instant, répondit Eve qui glissa le vêtement dans un sac hermétique. Wineburg était A négatif. Plutôt négligent de la part de Forte, non ? lança-t-elle à Peabody en lui tendant le sac.

Marmonnant une vague réponse, Peabody rangea la pièce à conviction avec soin dans sa mallette.

— Lobar était O positif. Continuons de chercher, dit Eve qui souleva le couvercle bombé d'un autre coffre.

Le crépuscule tombait quand Eve regagna son véhicule en compagnie de Peabody. Comme l'ambiance était loin d'être au beau fixe entre elles deux, elle ne se donna pas la peine d'ouvrir la bouche et connecta son vidéocom.

— Lieutenant Dallas pour le Dr Mira.

— Le Dr Mira est en rendez-vous, répondit poliment la réceptionniste. Désirez-vous laisser un message ?

— A-t-elle fini les tests sur Miriam Hopkins ?

— Un moment, s'il vous plaît. Je vérifie... Ce rendez-vous a été reporté à demain matin, huit heures trente.

— Reporté ? Pourquoi ?

— Le fichier indique que le sujet s'est plaint de violents maux de tête. Le médecin de garde l'a auscultée et lui a administré un traitement.

— Qui est le médecin de garde ? s'enquit Eve, les mâchoires crispées.

— Le docteur Arthur Simon.

Dégoûtée, Eve fit une brusque embardée et doubla un bus bondé qui avançait à une allure d'escargot.

— Simon ? Pas de bol, il est du genre à prescrire une double dose d'analgésique pour un simple torticolis.

La réceptionniste fit une grimace de sympathie.

— Désolée, mais le docteur Mira ne pourra pas l'examiner avant demain matin.

— Génial, grommela Eve. Dites-lui de me prévenir dès qu'elle a terminé. (Elle coupa la communication.) Quelle poisse ! Peabody, je vous dépose au labo. Dites-leur que c'est urgent, même si je doute que ça serve à quelque chose. Après, vous pourrez rentrer chez vous.

— Vous allez retourner interroger Charles Forte ce soir, n'est-ce pas ?

— Exact.

— Lieutenant, je requiers l'autorisation d'assister à l'interrogatoire.

— Autorisation refusée, lâcha Eve d'un ton sec en entrant dans le parking du Central. Vous avez fini votre service, je vous ai dit.

Elle descendit de voiture et partit sans se retourner.

Il était minuit et une migraine teigneuse lui vrillait les tempes. La maison était calme quand Eve se glissa par la porte d'entrée et se traîna dans les escaliers. Elle ne fut guère surprise de voir Connors devant le vidéocom de la chambre, en grande conversation avec un des ingénieurs en poste sur L'Olympe. Sans un mot, elle disparut dans la salle de bains. Elle s'aspergea le visage d'eau froide et s'essuya avec lassitude dans une serviette-éponge. Puis elle alla s'asseoir sur le lit et ôta ses bottes qui heurtèrent le sol dans un bruit mat. Ne trouvant pas la force de se déshabiller, elle rampa sur le lit et s'y effondra à plat ventre.

Les yeux rivés sur elle, Connors écoutait son ingénieur d'une oreille distraite.

— On en reparle demain matin, dit-il avant de mettre fin à la communication. (Il rejoignit Eve sur le lit.) Sale journée, on dirait, lieutenant.

Elle ne broncha pas quand il monta à califourchon sur ses reins et entreprit de lui masser la nuque et les épaules.

— J'ai déjà connu pire, marmonna-t-elle, les yeux fermés, mais je ne me rappelle plus quand.

— Le meurtre de Louis Trivane fait l'ouverture du journal sur toutes les chaînes. Maudits vautours de journalistes.

Il défit la boucle de l'étui qui renfermait son arme, le lui ôta et le posa sur la table de nuit.

— Un avocat en vue qui se fait hacher menu dans un club privé de luxe, c'est un scoop, poursuivit-il en lui pétrissant le dos avec les pouces. Nadine n'a pas cessé d'appeler ici.

— Au Central aussi. Je n'ai pas une minute à lui accorder.

— Hum.

Il sortit sa chemise de son pantalon et continua ses massages habiles sur ses reins.

— Peut-être que si cet idiot de droïde à la réception n'avait pas… (Elle secoua la tête avec lassitude.) Je suis arrivée trop tard, Connors. Le malheureux était déjà mort. Elle s'appliquait sur lui comme un carabin sur une dissection. Sans aucune émotion apparente. Elle ne s'est pas gênée pour impliquer Charles Forte.

— Je sais. Ils l'ont dit à la télé.

— Évidemment… Toujours ces fuites, soupira-t-elle, découragée.

— Tu l'as interpellé ?

— Nous l'interrogeons. Il nie tout en bloc. J'ai découvert une pièce à conviction accablante dans son appartement, mais il s'obstine à nier.

Au souvenir de la détresse et de la terreur qu'elle avait lues dans les yeux de Charles Forte, elle enfouit son visage dans le couvre-lit.

— Oh ! Connors…

Il embrassa ses cheveux avec douceur.

— Viens, on va te déshabiller. Il faut que tu dormes.

— Ne me traite pas comme un bébé.

— Essaie un peu de m'en empêcher.

Avant qu'elle ait pu comprendre ce qui lui arrivait, Eve se retourna vers lui et l'enlaça avec une fougue qui la prit au dépourvu. Elle pressa son visage contre son épaule et ferma les yeux de toutes ses forces comme pour conjurer les visions qui la hantaient.

— Je n'ai pas de cœur, Connors. Je suis peut-être un bon flic, mais je ne possède pas une once de bonté. Avec mon boulot, je ne peux pas me le permettre.

— Arrête, Eve. Tu racontes des bêtises.

— Non, c'est la vérité. Tu ne la vois pas, c'est tout. Quand on aime quelqu'un, on accepte ses petits défauts, mais on refuse de voir les gros.

— Ah oui ? Et quelles sont ces affreuses tares que je refuse de voir ?

— J'ai réduit Charles Forte en bouillie. Pas au sens propre. Trop facile. Non, je l'ai détruit émotionnellement. J'en mourais d'envie. Je voulais qu'il avoue pour en finir avec cette maudite enquête. Et quand Peabody a eu le cran de me reprocher mes méthodes, je l'ai envoyée balader. Je l'ai relevée de son service pour avoir le champ libre et retourner m'acharner sur Forte.

Connors resta silencieux un moment, puis se leva et ouvrit le lit.

— Laisse-moi récapituler. Tu tombes sur un assassin occupé à mutiler sa victime, tu l'arrêtes et cet assassin accuse formellement Charles Forte. Ceci quelques jours après la découverte d'un cadavre atrocement mutilé juste devant notre portail. (Il s'assit auprès d'elle et entreprit de déboutonner sa chemise.) Tu interroges Charles Forte, un homme dont tu as de bonnes raisons de soupçonner la culpabilité dans plusieurs meurtres. Tu la joues musclée, ce que désapprouve ton adjointe, qui en dépit de ses compétences est bien moins expérimentée que toi. Et puis ce n'est pas elle qui a surpris cette femme en train d'étriper joyeusement l'homme que tu venais voir. Les journalistes ne se sont pas privés de donner des détails.

Eve voulut l'interrompre, mais il ne lui en laissa pas le temps.

— Elle a mis en doute ton jugement et tu l'as sermonnée avant de la renvoyer chez elle pour pouvoir reprendre ton interrogatoire. Ça résume à peu près la situation ?

Connors se pencha pour l'aider à enlever son jean.

— Tu simplifies tout, protesta Eve, la mine renfrognée. Ce n'est jamais ou tout noir ou tout blanc.

Il lui souleva les jambes et l'installa entre les draps avec douceur.

— Justement. Eve, tu es un flic excellent, dévoué. Et un flic humain.

Il se déshabilla à son tour.

— Ceci étant, poursuivit-il en s'allongeant à ses côtés, il vaudrait sans doute mieux que je divorce et que je n'entende plus jamais parler de toi. (Il l'attira contre lui et Eve blottit sa tête dans le creux de son épaule.) À l'évidence, j'ai fait preuve d'un terrible aveuglement. Maintenant, je crois que je ne pourrai plus supporter tes affreux défauts.

— Arrête, Connors. À t'entendre, j'ai l'impression d'être une idiote.

— C'est exprès, rétorqua-t-il en l'embrassant sur la tempe. Et maintenant, dodo.

Il ordonna un éclairage tamisé. Eve enfouit son visage contre son cou. L'odeur masculine de sa peau l'aidait toujours à s'endormir.

— Tu rêves si tu crois que je vais t'accorder le divorce, murmura-t-elle avec un soupir d'aise.

— Ah non ?

— Impossible. Ton délicieux café me manquerait trop.

Eve arriva à son bureau à huit heures. Elle était déjà passée relancer les gars du labo, ce qui n'était jamais pour lui déplaire. Quand elle poussa la porte, son vidéocom clignotait, annonçant plusieurs messages. Et Peabody était plantée au garde-à-vous près du bureau.

— Vous êtes matinale, fit remarquer Eve qui entra son code dans le vidéocom et attendit que les messages défilent. Vous ne prenez votre service que dans une demi-heure.

— Je désirais vous parler avant, lieutenant.

— Ah bon !

Eve coupa la lecture des messages et se tourna vers son adjointe.

— Vous avez une mine de papier mâché ce matin, dites donc.

Normal, songea Peabody. Elle n'avait pas pu avaler une bouchée, ni fermer l'œil de la nuit.

— Je tiens à vous présenter des excuses officielles pour mes critiques à la suite de l'interrogatoire Forte. J'ai une fois de plus fait preuve d'un manque flagrant de jugement et d'insubordination. Je comprendrais que vous souhaitiez me décharger de l'affaire, ou même me faire muter.

Eve s'assit et se cala contre le dossier de son fauteuil qui grinça à rendre l'âme.

— C'est tout, agent Peabody ?

— Oui, chef. Sauf peut-être que…

— Écoutez, Peabody, si vous avez autre chose à dire, au moins ne restez pas plantée là comme un manche à balai !

Les épaules de la jeune femme s'affaissèrent.

— Je suis navrée, lieutenant. Le voir s'effondrer comme ça m'a bouleversée. Une fois de plus, j'ai manqué d'objectivité. Je ne crois pas… je ne *veux* pas croire à sa culpabilité. Cette implication personnelle a faussé mon jugement.

— Dans notre métier, l'objectivité est primordiale. Et malheureusement, bien souvent impossible. Je n'ai pas non plus fait preuve d'une parfaite objectivité envers vous, Peabody. Je vous présente mes excuses.

Peabody n'en croyait pas ses oreilles.

— Vous me gardez ? demanda-t-elle avec un soupçon d'incrédulité malgré le soulagement qui venait de la submerger.

— J'ai investi en vous, agent Peabody.

Sur ces mots, Eve se retourna vers son vidéocom. Derrière son dos, Peabody ferma les yeux et serra les poings de toutes ses forces, comme si elle allait sauter au plafond.

— Est-ce que ça signifie que nous sommes réconciliées ?

Eve lui glissa un regard en coin, amusée par son sourire plein d'espoir.

— Où est mon café ?

Elle lança la lecture des messages. Le premier avait à peine commencé quand Peabody posa fièrement un gobelet fumant sur son bureau.

Allez, Dallas, ne sois pas vache. Rappelle-moi. On est copines, oui ou non ? Juste un détail ou deux.

— Tu peux toujours courir, Nadine, murmura Eve qui passa les trois messages suivants en accéléré, tous de la journaliste.

Allô, ici Ray Wilson du labo, fit ensuite une voix

d'homme. *Je viens juste de finir les analyses. Le sang retrouvé sur la tunique est bien celui de Wineburg.*

— Je n'y crois pas, murmura Peabody, atterrée. Pourtant la preuve est là.

— On l'inculpe et on le boucle. Meurtre au premier degré sur Wineburg. Pour la complicité de meurtre sur Trivane, on attend les résultats de Mira. Faites-le convoquer en salle d'interrogatoire pour midi. Il se montrera peut-être plus loquace.

— Pourquoi Alice ? Pourquoi Frank ?

— Ce n'est pas lui.

— Des affaires séparées ? Vous pensez toujours que c'est Cross ?

— J'en ai la certitude. Quant à le prouver, c'est une autre paire de manches.

Quand Eve se retrouva à nouveau face à Charles Forte, elle réprima un soupir agacé en découvrant l'avocate qui l'accompagnait, une jeune femme aux yeux tristes qui semblait à peine en âge d'exercer. Elle aussi avait participé à la cérémonie d'initiation.

— Est-ce votre conseil, Monsieur Forte ?

— Oui, répondit celui-ci, le teint grisâtre et les yeux cernés. Leila a accepté de me représenter.

— Comme vous voudrez. Monsieur Forte, vous êtes inculpé de meurtre.

— J'ai demandé une audience au juge pour une mise en liberté provisoire, intervint Leila qui tendit un dossier à Eve. Elle est prévue pour quatorze heures.

— Vous n'obtiendrez pas la mise en liberté, répondit Eve en remettant les documents à Peabody. Et si vous espérez gagner du temps, détrompez-vous.

— Je ne connaissais même pas cet homme, protesta Charles Forte. Je ne l'avais jamais vu de ma vie avant cette soirée. Et j'étais avec vous.

— Justement. Vous étiez sur place à l'heure du meurtre. Vous êtes d'autant plus suspect. Quant au mobile, poursuivit-elle en se calant dans son fauteuil, vous étiez présent, vous avez remarqué que Wineburg était sur le point de craquer, de tout révéler. Il n'était pas le premier, n'est-ce pas, Monsieur Forte ?

— J'ignore de quoi vous parlez, répondit-il avec un trémolo dans la voix.

Il prit une inspiration et posa sa main sur celle de Leila comme pour y puiser de la force. Elle serra ses doigts entre les siens.

— Je n'ai jamais fait de mal à personne de ma vie, reprit-il d'un ton plus assuré. C'est contre toutes mes convictions. Je me suis ouvert à vous en toute honnêteté, lieutenant. Je pensais que vous comprendriez. J'avais confiance.

— Possédez-vous une robe de cérémonie noire en soie naturelle ? Ample et longue jusqu'aux pieds ?

— J'en possède plusieurs, mais sûrement pas noires.

Eve tendit une main et Peabody y déposa la pièce à conviction.

— Donc vous ne reconnaissez pas ceci ?

Charles Forte se leva pour l'examiner et se détendit visiblement.

— Ce vêtement ne m'appartient pas.

— Non ? Il a pourtant été retrouvé dans la chambre de l'appartement que vous partagez avec Isis Paige. Caché, apparemment en hâte, derrière un coffre dans le dressing. Regardez les manches, Monsieur Forte, elles sont tachées de sang. Celui de Wineburg.

— Non ! s'exclama-t-il avec un mouvement de recul. C'est impossible !

— C'est pourtant la vérité. Votre avocat est libre de consulter le rapport du labo. Je me demande si Isis le reconnaîtrait. Ça pourrait... réveiller ses souvenirs.

— Isis n'a rien à voir dans cette affaire ! protesta-t-il, pris de panique. Vous n'avez pas le droit de la soupçonner de...

— De quoi ? fit Eve, penchant la tête de côté. De complicité ? Elle vit avec vous, travaille avec vous, couche avec vous. Même si elle se contente de vous protéger, elle trempe jusqu'au cou dans cette affaire.

— Vous n'avez pas le droit ! Laissez-la tranquille !

Appuyant ses mains tremblantes sur la table, il se pencha vers elle.

— Promettez-moi de la laisser tranquille et j'avouerai tout ce que vous voulez.

— Charles, asseyez-vous ! intervint l'avocate qui se leva d'un bond et posa une main ferme sur son épaule. Mon client n'a rien d'autre à ajouter pour l'instant, lieutenant. Je dois m'entretenir avec lui. En privé.

Eve la jaugea. La jeune avocate paraissait déterminée, sûre d'elle.

— Ne fondez aucun espoir sur l'audience avec le juge, lui dit-elle en se levant. Mais des aveux complets pourraient valoir à votre client l'hôpital psychiatrique au lieu d'un quartier de haute sécurité. Réfléchissez-y.

À peine sortie, Eve réprima un juron.

— Elle va le museler, vous allez voir. Il est tellement terrorisé qu'il va lui obéir comme un petit chien, confia-t-elle à Peabody dans le couloir. Il faut que je parle à Mira. À l'heure qu'il est, les tests sont sûrement terminés. Vous, contactez le bureau du procureur et essayez d'en savoir davantage.

— C'est Isis qui l'a fait craquer, lieutenant. Il aime cette femme éperdument.

— L'amour peut prendre bien des formes, non ?

— Vous comprenez pourquoi il couchait avec cette Miriam ? Moi, non. Ça me dépasse.

— Pour le sexe, c'est pareil, Peabody. Parfois il s'agit ni plus ni moins de manipulation, lui lança Eve d'un ton définitif avant de disparaître dans son bureau pour téléphoner.

20

Une hallucinée sociopathe à la personnalité très influençable. Quotient intellectuel nettement inférieur à la moyenne. Propension anormale à la violence et attrait obsessionnel pour l'occulte... Eve jeta le rapport du Dr Mira sur la pile de dossiers qui encombrait un côté de son bureau. Bref, Miriam Hopkins était une cinglée sans conscience morale. Inutile d'être psychiatre pour s'en rendre compte. Elle l'avait constaté de ses propres yeux.

Le détecteur de mensonge ne s'était guère révélé plus utile. Miriam Hopkins disait la vérité... telle qu'elle la voyait. Ses propos étaient confus, décousus et entrecoupés de blancs. Sûrement à cause de la bonne demi-douzaine de substances illicites décelées dans son organisme, conclut Eve en parcourant les résultats des analyses toxicologiques.

— Lieutenant ?

Peabody entra dans le bureau.

— Je viens d'avoir des nouvelles par Schultz, du bureau du procureur. La liberté provisoire a été refusée. Du coup, l'avocate réclame un test de vérité, mais Forte refuse. Schultz pense qu'elle cherche juste à gagner du temps. Quoi qu'il en soit, Forte reste incarcéré, mais nous n'obtiendrons rien de plus ce soir. L'avocate a exercé le droit de son client à une pause minimum.

— Bon. Après tout, ça va lui laisser le temps de mijoter un peu. On va passer chez Isis. On en tirera peut-être quelque chose.

— Vous n'avez pas oublié au moins ?

— Oublié quoi, Peabody ?

— Eh bien, Halloween. La fête chez Mavis.

— Oh... non, non, mentit Eve qui tombait des nues. La fête chez Mavis, bien sûr...

— Vous allez venir déguisée ?

— Vous croyez au Père Noël ? Mais je suis sûre que vous allez vous en donner à cœur joie. À propos, c'est à quelle heure ?

— Ça commence à vingt-deux heures.

Eve se leva d'un bond et prit sa veste au portemanteau.

— Parfait, ça nous laisse juste le temps.

Quand elles se garèrent devant Quête Spirituelle, la boutique et l'appartement à l'étage étaient plongés dans l'obscurité. Par acquit de conscience, elles allèrent frapper. Personne.

— Je vais attendre un peu. On ne sait jamais, dit Eve en scrutant la rue à droite et à gauche. Je n'ai pas besoin de vous, Peabody.

— Je peux rester.

— Ce n'est pas nécessaire. Rentrez vous préparer. Vous ne tenez plus en place, je le vois bien. Si elle n'est pas là d'ici deux heures, je filerai directement chez Mavis.

— Dans cette tenue ? s'exclama Peabody qui lança un regard atterré à son jean délavé et à sa vieille veste de cuir usé. Vous n'avez pas envie d'une tenue un peu plus... festive ?

— Je vous retrouve là-bas.

Eve remonta dans sa voiture et baissa la vitre.

— Dites, en quoi allez-vous vous déguiser ?

— Motus et bouche cousue. C'est une surprise, répondit la jeune femme d'un air énigmatique.

— Je crains le pire, murmura Eve en se calant sur son siège.

Elle connecta son vidéocom et contacta le bureau de Connors au cœur de Manhattan.

— J'allais partir, fit celui-ci, debout en manteau derrière son bureau. Visiblement, tu n'es pas en train de te préparer pour la fête de ce soir, ajouta-t-il en apercevant le volant au bas de l'écran.

— Eh non ! J'en ai encore pour deux petites heures. Je te retrouverai chez Mavis. On s'éclipsera tôt.

— Hum, mais c'est une folle soirée qui nous attend, ironisa Connors, amusé par sa mine lugubre.

— Halloween, ça me dépasse, voilà tout.

— Voyons, Eve chérie, pour certains, il s'agit d'un événement sacré. C'est Samhain, le début de l'hiver celtique. Une nuit de grands bouleversements, où le voile entre la vie et la mort est d'une finesse extrême.

Elle fit semblant de frissonner.

— Bouh, tu me fais peur.

— Et pour les autres, c'est juste une occasion de faire la fête. Ça te dirait qu'on boive jusqu'à plus soif et qu'on fasse l'amour toute la nuit comme des fous ?

Eve ne put réprimer un sourire coquin.

— Hum, ma foi...

— On pourrait s'y mettre tout de suite. Par vidéocom interposé.

— Et puis quoi encore ! D'abord le sexe est interdit sur une ligne officielle. Et on ne sait jamais. Au standard, ils ont parfois les yeux qui traînent. À dans deux heures. Si on rentre tôt, je verrai ce que je peux faire pour toi, d'accord ?

— Eve ?

— Oui ?

— Je t'adore. À tout à l'heure.

Son sourire d'ange satisfait s'évanouit de l'écran. Eve laissa échapper un long soupir ému. Quand vais-je enfin m'habituer à tant de bonheur ? marmonna-t-elle en resserrant sa veste contre elle, stupéfaite comme toujours du pouvoir irrésistible de l'amour. Les sourcils froncés, elle leva les yeux vers l'appartement au-dessus de la boutique. Le pouvoir de l'amour... Isis était une forte personnalité, une femme de caractère. L'amour pouvait-il l'avoir aveuglée à ce point ?

Pas impossible, mais plutôt... décevant, admit Eve qui songea au passé trouble de Connors. Combien de fois l'enfant battu qu'il avait été, livré à lui-même dans la jungle des rues de Dublin, n'avait-il pas bafoué la loi pour survivre ? Et par la suite, ses affaires n'avaient pas toujours été un modèle d'honnêteté. Elle en avait parfaitement conscience. Et pourtant elle l'aimait.

Et si aujourd'hui Connors profitait de sa puissance pour commettre un meurtre, comment réagirait-elle ? Cesserait-elle de l'aimer ? Elle n'en était pas certaine, mais une chose était sûre : elle le saurait. Et sa conscience lui interdirait de fermer les yeux.

Peut-être celle d'Isis n'était-elle pas aussi inébranlable. Ce soir, Forte avait été sur le point d'avouer. La tunique tachée de sang lui avait donné le coup de grâce. Ce n'était plus qu'une question de temps. La vérité était un peu plus nuancée, se ravisa-t-elle après réflexion. En fait, c'était lorsqu'elle avait impliqué Isis qu'il avait commencé à craquer. Comme s'il voulait la protéger. Comme s'il était prêt à se sacrifier pour elle.

Prise d'une soudaine inspiration, Eve descendit de voiture. De nombreux fêtards déambulaient sur les trottoirs dans les costumes les plus extravagants. Parvenue sur le palier, elle scruta la rue en contrebas. Personne n'avait prêté attention à une femme seule en veste de cuir montant l'escalier extérieur jusqu'à l'appartement plongé dans l'obscurité. Et puis les voisins avaient sans doute l'habitude de voir des gens un peu bizarres entrer et sortir de cet appartement et ne prêtaient plus guère attention aux allées et venues.

Décidée à en avoir le cœur net, Eve essaya la porte. Celle-ci était fermée à clé. Elle sortit un passe électronique de sa poche et déconnecta la serrure en quelques secondes. Retenant son souffle, elle attendit sur le palier. L'appartement était silencieux. Pas de système d'alarme. Elle résista à la tentation d'entrer. N'importe qui ne pouvait pas se procurer un passe électronique, mais il y avait d'autres moyens de venir à bout d'une serrure non protégée.

L'appartement n'était-il pas vide la veille ? Avec Forte et Isis au Central, c'était un jeu d'enfant de se glisser à l'intérieur et d'y cacher un indice compromettant. En proie au doute, Eve referma la porte, descendit les marches quatre à quatre et regagna son véhicule. À quoi bon se casser la tête ? La preuve était là. Le mobile, l'occasion… Une affaire limpide, presque un cas d'école. Sans oublier les aveux complets de la complice.

Une complice influençable et pas très futée… Les pièces du puzzle s'assemblaient tellement bien que c'en était troublant. À condition de faire abstraction d'un facteur qu'elle avait jusque-là négligé : l'amour. Un amour généreux, profond, frôlant la dévotion. Le grain de sable dans une mécanique trop bien huilée.

Eve tendait la main vers son vidéocom pour contacter Peabody quand un hurlement déchira la nuit. Elle bondit de la voiture, arme au poing. De l'autre côté de la rue, une silhouette sombre entraînait sans ménagement une femme dans une ruelle. Eve se précipita.

— Police ! Lâchez cette femme !

À sa grande surprise, l'homme s'exécuta aussitôt et prit la fuite sans demander son reste. La femme resta étendue à plat ventre sur le trottoir. Elle gémissait. Rengainant son paralyseur, Eve s'agenouilla auprès d'elle.

— Vous êtes blessée ?

À la seconde où elle la fit rouler sur le dos, elle aperçut l'éclat de la lame. Une lame effilée qui se pressa contre son estomac. Et c'est seulement alors qu'elle découvrit le visage de la femme. Selina Cross.

— Un petit coup de poignet, et hop, murmura Selina avec un rictus narquois. Mais pour l'instant…

Prenant Eve au dépourvu, elle appliqua sa main sur sa gorge. Eve sentit la piqûre. Aussitôt, sa vision se brouilla.

— Faites comme si vous m'aidiez à monter dans la voiture, lui ordonna Selina qui se releva et l'agrippa par la taille. Et ne vous avisez pas de me désobéir. Sinon, je me fais un plaisir de vous ouvrir le ventre.

Eve avait la tête qui tournait et les jambes en coton. Selina Cross l'entraîna vers la voiture.

— Montez.

Contre sa volonté, Eve s'exécuta mécaniquement.

— On fait moins la fière, hein, lieutenant ? Stupide petite garce ! On vous a menée par le bout du nez. Activez le pilotage automatique.

— Je...

Eve était incapable de la moindre pensée cohérente. Pas même les réflexes de l'entraînement ne parvenaient à déchirer le brouillard qui lui embrumait le cerveau. Elle fixa le tableau de bord d'un regard vide.

— Le pilotage... automatique ?

Au son de sa voix, le véhicule se mit en marche dans un vrombissement discordant.

— À mon avis, vous n'êtes pas en état de conduire, dit Selina qui rejeta la tête en arrière et éclata de rire. Donnez-lui l'adresse de mon appartement. Nous avons concocté une cérémonie très spéciale en votre honneur.

Comme un robot, Eve répéta l'adresse. Le véhicule s'ébranla et s'éloigna lentement du trottoir.

— Pas Forte... parvint-elle à articuler. Ce n'était... pas lui...

— Ce nabot ? Quelle bonne blague ! Mais sa chienne de Wiccanne et lui vont payer. Grâce à vous. Ils s'imaginaient pouvoir sauver cette pauvre petite Alice. Et son grand-père aussi. Regardez où ça les a menés. On ne me défie pas impunément. Vous allez en faire la douloureuse expérience très bientôt. Et vous me supplierez à genoux de vous achever tant le supplice sera insupportable.

— Vous... les avez tous... tués.

— Tous, répondit Selina en se penchant vers elle. Et bien d'autres encore. Ce sont les enfants que je préfère. Ils sont si tendres. Je suis allée trouver le grand-père, je l'ai embobiné en sanglotant comme une femmelette. Je lui ai raconté que je craignais pour ma vie, qu'Alban allait me tuer. Il m'a laissée entrer sans méfiance. J'ai versé la drogue dans son verre à son insu. Si vous aviez vu son regard quand il s'est senti mourir. Ce sont les yeux qui meurent d'abord. Vous savez ça, hein, Dallas ?

— Hum.

La brume refluait aux confins de son cerveau. Des picotements lui chatouillaient les jambes et les bras, tandis que les nerfs retrouvaient peu à peu leur sensibilité.

— Et Alice ! Quelle tristesse quand notre petit jeu a pris fin. La tourmenter jour après jour était si excitant. La seule vue d'un chat ou d'un oiseau la faisait bondir. À mourir de rire... Des droïdes. Un jeu d'enfant à programmer. Un soir, nous avons utilisé le chat. Il lui a parlé avec ma voix. Nous l'attendions, nous lui avions préparé une surprise. Mais elle a eu l'idée saugrenue d'aller se jeter sous une voiture. Quel dommage ! Enfin, ce n'est pas perdu pour tout le monde. C'est vous qui allez en profiter. Nous y sommes.

Tandis que la voiture se garait contre le trottoir, Eve se força à serrer le poing. Dans un effort de volonté, elle décocha une droite à Selina, juste sous le menton. À cet instant, sa portière s'ouvrit à la volée. Des mains lui enserrèrent la gorge.

Et ce fut le trou noir.

— Elle devrait être arrivée. Elle m'avait promis, fit Mavis avec une moue déçue.

L'appartement grouillait d'invités qui se trémoussaient au rythme endiablé d'une musique assourdissante dans un déchaînement de lumières multicolores.

— Elle ne va plus tarder.

Connors parvint à esquiver les cornes d'un taureau rouge vif sous les « olé ! » enthousiastes de quelques invités. Un ange le frôla en virevoltant, entraînant dans sa valse effrénée un cadavre sans tête.

— J'ai hâte qu'elle découvre comment Leonardo et moi avons transformé son ancien appartement, poursuivit Mavis avec fierté. Elle ne le reconnaîtra pas, non ?

Connors jeta un regard à la ronde sur les murs magenta agrémentés de grandes taches et traînées rouge cerise et bleu pervenche. Le mobilier se limitait à des piles de coussins lamés multicolores et à des tubes en verre décoratifs. Pour l'occasion, des banderoles orange et noires pendaient dans tous les coins : des squelettes dansant la gigue, des sorcières sur leur balai et des chats noirs faisant le gros dos.

— Non, lui assura-t-il en toute franchise. Elle ne reconnaîtra jamais son appartement. Vous avez fait... des miracles.

— J'avoue qu'on s'est bien éclatés. Et puis nous avons la chance d'avoir le meilleur propriétaire de la planète, ajouta-t-elle en l'embrassant avec fougue.

— Ma locataire favorite, répondit Connors qui lui rendit son sourire, espérant que son rouge à lèvres pourpre n'avait pas déteint sur sa joue.

— Pourrais-tu l'appeler ? Histoire de la secouer un peu.

— Bien sûr. Joue ton rôle de maîtresse de maison et ne t'inquiète pas. Je te la ramène.

Connors sortit du salon avec l'intention de dénicher un coin tranquille pour passer son appel. Il cligna des yeux devant l'apparition qui se tenait sur le seuil.

— Peabody ?

Derrière son maquillage élaboré, sa mine se décomposa.

— Ah, vous m'avez reconnue ?

— À peine, répondit-il avec galanterie.

Une longue chevelure blond platine ondoyait sur ses épaules jusqu'à sa chute de reins. Le haut se limitait à un soutien-gorge à balconnets en forme de coquille Saint-Jacques et ses jambes étaient emprisonnées dans un étroit fourreau vert à reflets d'argent qui se rétrécissait aux pieds.

— Vous faites une sirène charmante.

— Merci, fit-elle, ragaillardie. J'ai mis une éternité à rentrer là-dedans.

— Comment faites-vous donc pour marcher ?

Elle fit quelques pas en se dandinant.

— Il y a une fente pour les pieds sous les pans de la queue. Ça entrave drôlement les mouvements. Où est le lieutenant ? J'ai hâte qu'elle voie ça.

— Elle n'est pas encore arrivée.

— Ah bon ? (Comme elle ne portait pas sa montre, Peabody jeta un coup d'œil sur celle de Connors.) Dix heures et demie ? Elle voulait juste attendre Isis devant chez elle au plus deux heures et venir ici directement.

— Je m'apprêtais à l'appeler.

— Bonne idée, approuva Peabody qui s'efforça de refouler le picotement d'appréhension qui lui titillait les nerfs. Je suis sûre qu'elle traîne. Elle déteste les soirées costumées.

Mais ce n'était pas son genre de faire faux bond à Mavis, songea Connors en se glissant dans un coin. Ni même à lui. Il tenta de la joindre par vidéocom. Pas de réponse. Neutralisant sans encombre le verrouillage du bip d'Eve, il se connecta sur sa fréquence. Il entendit le bourdonnement indiquant que l'appareil était en attente. Mais toujours pas de réponse.

— Ce n'est pas normal, dit-il en rejoignant Peabody. Elle ne décroche pas.

— Essayons son bip. Je vais chercher mon sac.

— Déjà fait, répondit-il sans entrer dans les détails. Elle ne répond pas. Elle faisait le guet devant Quête Spirituelle, disiez-vous ?

— Oui, elle voulait parler à Isis... Laissez-moi juste le temps de me changer. On va aller voir.

— Je n'ai pas le temps d'attendre.

Déjà, il se frayait un passage à travers la foule des invités. Avec des petits pas de Japonaise, Peabody se mit en quête de Feeney.

Eve émergea peu à peu de l'inconscience. Une nuée d'étoiles tourbillonnait devant ses yeux. Quand elle voulut porter une main à son front, elle réalisa avec horreur qu'elle ne pouvait bouger. Une vague de panique la submergea. Ses mains étaient liées. Son père l'avait attachée. Le cauchemar recommençait ! Tirant de toutes ses forces, elle eut conscience d'une douleur vague et lointaine qui lui mordait les poignets. Elle se débattit en sanglotant. Ses chevilles aussi étaient attachées. Elle avait les jambes écartées.

Eve redressa la tête. Autour d'elle, les flammes vacillantes de dizaines de bougies noires dansaient dans la pénombre et se réfléchissaient contre les miroirs sombres qui tapissaient les murs. Elle n'était plus une enfant et ce n'était pas son père qui l'avait attachée. Elle s'efforça de retrouver son sang-froid. Elle avait été droguée et emmenée dans cet étrange endroit. Déshabillée et ligotée sur un autel de marbre. Les satanistes !

Selina Cross voulait la tuer. Et sans doute pire encore. Ce n'était pas le moment de perdre la tête. Elle s'acharna de plus belle sur ses liens. Les idées se bousculaient dans sa tête. Où se trouvait-elle ? Sans doute dans l'appartement, même si elle ne se rappelait pas comment elle avait atterri là. Le club aurait été trop dangereux. Trop de monde. Ici, c'était plus tranquille. Plus intime. Quelle heure pouvait-il être ? Depuis combien de temps était-elle attachée ? Chez Mavis, ils allaient remarquer sa disparition, la rechercher. Peabody connaissait le dernier endroit où la trouver. Ils iraient vérifier. Et à quoi cela servirait-il ? réalisa-t-elle dans un nouveau sursaut de panique. Elle ferma les yeux et tenta de se calmer. Elle ne pouvait compter que sur elle-même. Et elle avait la ferme intention de survivre.

Une paroi coulissa et Selina se glissa à l'intérieur de la pièce, vêtue d'une ample robe noire ouverte sur le devant.

— Vous êtes réveillée. Parfait. Je tenais à ce que vous soyez lucide avant que nous commencions.

Alban apparut derrière elle. Il portait la même tunique et arborait un masque féroce représentant la hure d'un sanglier. Sans un mot, il prit une grosse bougie noire et la plaça entre les cuisses d'Eve. Puis il recula et se saisit d'un athame à manche d'ivoire posé sur un coussin de soie noire. Il le leva à bout de bras.

— Que la cérémonie commence !

Le vidéocom portable de Connors sonna à l'instant où il ouvrait la portière de sa voiture.

— Eve ? s'exclama-t-il, plein d'espoir.

— C'est Jamie. Je sais où elle est. Ils l'ont enlevée. Dépêchez-vous !

— Où est-elle ?

Connors s'installa en hâte au volant.

— Chez cette sorcière de Selina Cross. Ils l'ont emmenée dans l'appartement. Enfin, je crois. J'ai perdu le contact quand ils l'ont sortie de la voiture.

Connors démarra sans perdre une seconde.

— Comment ça, tu as perdu le contact ?

— J'avais planqué un émetteur dans sa voiture. Je voulais savoir comment son enquête avançait. Cross lui a dit d'activer le pilotage automatique et d'aller à son appartement. Le lieutenant avait une drôle de voix. Elle devait être droguée. Et Selina Cross lui a dit qu'elle avait tué mon grand-père et Alice, ajouta-t-il d'une voix étranglée. Elle les a tués tous les deux ! Et aussi des enfants !

— Où te trouves-tu ?

— Juste devant chez elle. J'y vais.

— Jamie, reste où tu es ! Bon sang, écoute-moi, ne rentre pas. Je serai sur place d'ici deux minutes. Appelle la police. Invente n'importe quoi. Une histoire de cambriolage, d'incendie, mais fais-les venir, compris ?

— Elle a tué ma sœur, répondit Jamie d'une voix soudain calme et froide. Et je vais la venger.

— N'y va pas ! l'adjura Connors.

Il étouffa un juron. Jamie avait coupé la communication. Refoulant la panique qui lui serrait la gorge, il appela chez Mavis et demanda Peabody. Il fut accueilli par une salve d'éclats de rire. Il se garait devant l'immeuble de Selina Cross quand Peabody vint à l'appareil.

— Connors, Feeney et moi allons à Quête Spirit...

— Eve n'est pas là-bas ! Selina Cross l'a enlevée. Ils la séquestrent sans doute dans l'appartement. Je suis juste devant. J'y vais.

— Seigneur, Connors ! Ne faites pas de folie ! J'appelle des renforts. Nous arrivons le plus vite possible !

— Jamie vient d'entrer dans l'appartement. Dépêchez-vous !

Ils chantaient des incantations au-dessus d'elle. Alban avait allumé un feu dans un chaudron noir d'où s'échappait une épaisse fumée douceâtre qui piquait les yeux d'Eve. Selina avait ôté sa robe et avec des gestes lents, s'enduisait le corps d'huile visqueuse.

— Avez-vous déjà été violée par une femme, lieutenant Dallas ? Je vais vous faire mal. Et Alban aussi. Vous n'aurez pas une mort rapide, comme Lobar ou Trivane. Non, vous allez mourir à petit feu dans d'atroces souffrances, faites-nous confiance.

Eve avait retrouvé ses esprits. Ses poignets étaient en feu, ensanglantés par ses efforts désespérés pour se libérer.

— Votre religion n'est qu'une honteuse mascarade. Violer et tuer, c'est votre seul credo. Vous n'êtes qu'une dégénérée ! Un déchet de l'humanité !

Écumante de rage, Selina la gifla avec force du revers de la main.

— Je veux que cette garce meure sur-le-champ !

— Un peu de patience, mon amour, lui susurra Alban. Pas de précipitation.

Il ouvrit un coffre et en sortit un coq noir. L'animal battit des ailes en poussant des piaillements stridents quand Alban le leva au-dessus d'Eve. Reprenant ses incantations, il se saisit de l'athame et trancha la tête du coq. Le sang gicla sur le corps d'Eve. Selina poussa un grognement d'extase.

— Hum, du sang pour le Maître.

Alban se tourna vers elle avec un calme inquiétant.

— Oui, mon amour. Le Maître veut du sang.

D'un geste vif, il lui trancha la gorge. Effarée, elle tituba en arrière, les mains crispées sur son cou.

— Tu étais si... assommante, murmura-t-il, tandis qu'elle s'effondrait dans un cri étranglé. Utile, mais assommante.

Il l'enjamba et ôta son masque.

— Le spectacle est fini. Elle aimait le folklore. Moi, je trouvais cette mise en scène étouffante, expliqua-t-il avec un sourire charmeur. Ne craignez rien, vous ne souffrirez pas. À quoi bon ?

— Pourquoi l'avez-vous tuée ? demanda Eve, au bord de la nausée.

— Elle avait cessé de m'être utile, répondit Alban avec un soupir. C'était une cinglée, vous savez. L'abus de drogue n'a rien arrangé. Elle adorait que je la batte avant que je la viole. (Il secoua la tête d'un air faussement navré.) Certaines fois, j'y ai vraiment pris du plaisir. À la battre, je veux dire. Mais elle n'avait pas son pareil pour concocter des potions... très spéciales, ajouta-t-il, caressant distraitement la cuisse d'Eve. Et j'ai vite découvert qu'avec un peu d'aide elle était aussi une femme d'affaires avisée. En quelques années, nous avons amassé une petite fortune entre le club et les contributions de nos membres. Ces idiots étaient prêts à payer des sommes faramineuses pour une partouze ou la promesse de l'immortalité.

— C'était donc une escroquerie.

— Voyons, Dallas, ne me faites pas croire que vous y avez cru.

Il gloussa, ravi.

— Le plus beau coup de ma carrière, mais les meilleures choses ont une fin.

Une lueur de pitié amusée au fond des yeux, Alban contempla le corps sans vie de Selina.

— La pauvre commençait à croire très sérieusement qu'elle possédait des pouvoirs. Qu'elle était capable de voir dans la fumée et d'invoquer Satan. Complètement givrée, dit-il en tapotant sa tempe de l'index.

— En général, les escrocs ne pratiquent pas le sacrifice humain.

— Sans doute ne suis-je pas n'importe quel banal escroc, rétorqua Alban avec suffisance. Et puis quelques cérémonies réalistes calmaient les appétits de Selina. Elle avait développé un goût immodéré pour le sang. Moi aussi, d'ailleurs, admit-il. Prendre une vie est un acte si puissant, si excitant.

Il laissa errer un regard appréciateur le long des courbes du corps mince et ferme d'Eve.

— Hum, avant que je m'occupe de vous, nous pourrions nous amuser un peu. Je n'aime pas le gâchis.

Un frisson d'horreur parcourut Eve qui s'acharna de plus belle sur les liens qui lui sciaient les poignets. Le gauche semblait montrer des signes de faiblesse. Encore un petit effort et il allait céder. Il lui fallait à tout prix gagner du temps.

— C'était vous qui couchiez avec Miriam, n'est-ce pas ? C'était vous qui lui aviez ordonné d'infiltrer les Wiccans, de tuer Trivane !

— Ah, Miriam... Une femme très malléable. Et grâce à un petit cocktail chimique et quelques séances d'hypnose, à la mémoire très sélective.

— Je me trompais sur toute la ligne en pensant que c'était Selina qui menait le jeu. Le toutou, c'était elle, pas vous.

— Exact. Mais Selina perdait les pédales. Je m'en suis rendu compte quand elle a liquidé le flic de sa propre initiative, expliqua-t-il, pinçant les lèvres avec agacement. Ce fut le début de la fin. Jamais il ne nous aurait coincés. Il fallait le laisser faire joujou. Le vieux schnock aurait fini par se lasser.

— Vous faites erreur. Frank n'aurait jamais renoncé.

— Quelle importance maintenant ?

Alban prit un petit flacon et une seringue à injection.

— Je vais vous administrer une dose légère. Juste histoire de vous détendre. Vous m'excitez, Dallas. Vous allez voir, vous allez gémir de plaisir sous mes étreintes.

— Toutes les drogues du monde n'y suffiront pas.

— Détrompez-vous, murmura-t-il en s'avançant vers elle.

Connors dut prendre sur lui pour ne pas faire irruption dans l'appartement. Si Eve se trouvait à l'intérieur, toute précipitation pouvait s'avérer fatale. Il referma la porte sans bruit derrière lui. Le système d'alarme était déconnecté. Jamie l'avait bel et bien précédé. Une ombre furtive s'approcha de lui dans l'obscurité. D'un geste rapide et violent, il saisit l'inconnu à la gorge.

— Eh, c'est moi, Jamie ! protesta l'adolescent d'une voix étranglée.

Connors le lâcha aussitôt.

— Je n'arrive pas à entrer dans la chambre secrète, murmura Jamie. Ils ont installé un nouveau dispositif. Impossible de le neutraliser.

— Où se trouve-t-elle ?

— Là, derrière ce mur. Je n'ai rien entendu, mais ils sont forcément là.

— Va m'attendre dehors.

— Pas question.

— Alors reste derrière moi, ordonna Connors, conscient que chaque minute comptait.

Il entreprit de tâter la paroi avec calme et méthode. S'il y avait un dispositif, il était bien caché. Il sortit son agenda électronique de sa poche et le programma. Il crut entendre le hurlement lointain d'une sirène.

— C'est quoi ? s'enquit Jamie dans un souffle. Un neutraliseur ? J'en avais jamais vu en forme d'agenda.

— Tu n'es pas le seul à t'y connaître.

Connors passa l'appareil contre la paroi lisse en maudissant sa lenteur. Il commençait à désespérer quand le neutraliseur fit entendre un léger bourdonnement, puis un double bip.

— Nous y voilà...

Le panneau coulissa dans un chuintement discret. Connors se tapit contre le mur, puis se faufila sans bruit à l'intérieur.

Eve s'arc-bouta pour échapper à la piqûre. Mais Alban lui maintenait le coude comme dans un étau. Au dernier moment cependant, il se ravisa et reposa la seringue.

— Tout à l'heure, fit-il en riant. Ce serait injuste pour vous et un coup porté à ma fierté d'homme. Pour nos ébats, je vous veux en pleine possession de vos moyens. Après, je vous injecterai une dose plus puissante. Comme ça, vous sentirez moins le couteau. C'est bien le moins que je puisse faire.

Avec l'énergie du désespoir, Eve parvint à arracher la lanière de cuir. La rage au ventre, elle décocha à Alban un coup de poing magistral en pleine face. Elle voulut prendre le couteau posé auprès d'elle sur l'autel, mais celui-ci tomba sur le sol dans un tintement d'acier. L'espace d'un instant, elle crut que c'en était fini. Alban s'avançait vers elle. Un rictus hideux déformait ses traits.

Au même instant, une silhouette massive se précipita dans la pièce avec un hurlement de bête et fondit sur Alban comme un loup enragé. Sous la violence de l'assaut, celui-ci s'effondra au milieu des bougies qui déversèrent leur cire fondue dans la mare de sang poissant le dallage. Eve se redressa et s'acharna sur la lanière qui entravait son autre main. Soudain, elle aperçut Jamie, debout dans l'embrasure. Dieu du ciel, il ne manquait plus que lui !

— Vite, prends le couteau ! Libère-moi ! lui ordonna-t-elle, refusant de céder à la panique.

Jamie sentit son estomac se révulser devant le spectacle macabre qu'offrait Selina. Prenant son courage à deux mains, il enjamba le corps, ramassa le couteau et libéra le poignet d'Eve.

— Donne-le-moi, je m'occupe du reste, lui dit-elle, les yeux rivés sur les deux hommes qui roulaient sur le dallage dans un corps à corps éperdu.

Des bougies s'étaient renversées près des tentures à l'entrée de la pièce et des flammes commençaient à dévorer le tissu.

— Voilà la police ! s'exclama Eve en entendant les sirènes. Cours leur ouvrir !

— La porte est ouverte, répondit Jamie d'une voix étrangement calme en tailladant les liens qui entravaient ses chevilles.

— Éteins ce feu dans le coin ! lui ordonna Eve qui descendit de l'autel et prit appui sur des jambes vacillantes.

— Non, tant mieux si cet endroit brûle. Qu'il ne soit plus qu'un tas de cendres.

— Éteins-le, je te dis !

Sur ces mots, Eve s'abattit de toutes ses forces sur le dos d'Alban. D'une clé imparable, elle l'immobilisa par le cou et, de l'autre main, lui tira la tête en arrière par les cheveux. À cette seconde, le poing de Connors s'écrasa avec une violence inouïe sur le visage tuméfié d'Alban.

— Laisse-le-moi ! Je m'en charge ! lui cria-t-il, ivre de fureur.

Le corps à corps reprit de plus belle dans un imbroglio sauvage de jambes et de bras. Les yeux révulsés, Alban perdit connaissance. Connors continua de l'abreuver de coups.

— Arrête, Connors ! l'adjura Eve. Arrête ! Il est inconscient !

Il agrippa Eve par les bras.

— Est-ce que cette ordure t'a fait mal ? Est-ce qu'il a osé te toucher ?

— Non, il n'a pas posé la main sur moi, le rassura-t-elle, consciente qu'elle devait garder son sang-froid. Grâce à ton intervention, il n'en a pas eu le temps. Je vais bien.

Jamais elle n'avait vu Connors dans une rage aussi incontrôlée. Prenant visiblement sur lui pour retrouver son calme, il lui prit la main, remarqua les profondes stries sanglantes qui lui zébraient les poignets. Il porta ses doigts à ses lèvres.

— Rien que pour ça, je pourrais le tuer.

La respiration encore haletante, il ôta sa veste déchirée et maculée de sang et en entoura les épaules d'Eve qui fit quelques pas en titubant.

— Ils m'ont droguée, expliqua-t-elle, tandis que Connors la faisait asseoir sur un coin de dallage épargné.

— Repose-toi un moment. Il faut que j'éteigne l'incendie.

Pendant qu'elle reprenait ses esprits, il étouffa avec une des robes de cérémonie les flammes qui couraient sur le sol et le long du mur. Soudain, Eve bondit sur ses pieds.

— Non, Jamie !

Elle se précipita. Trop tard ! Le visage blême, l'adolescent se redressa, serrant entre ses doigts le couteau encore dégoulinant du sang d'Alban. Les yeux écarquillés, il tendit le couteau à Eve.

— Ils ont assassiné mon grand-père et ma soeur. Je me moque de ce que vous allez faire de moi. Il ne tuera plus personne maintenant.

Une course précipitée se fit entendre dans le couloir. D'instinct, Eve s'empara de l'athame par le manche.

— Tais-toi, Jamie ! Surtout pas un mot !

Arme au poing, Peabody fit irruption dans la pièce.

— Ça va, lieutenant ? Vous n'êtes pas blessée ?

— Non, ça va. Selina et Alban m'ont droguée et emmenée ici. Ils ont avoué les meurtres de Frank Wojinski, d'Alice Lingstrom, Lobar, Wineburg et leur complicité dans celui de Trivane. Alban a assassiné Selina. Je détaillerai les circonstances dans mon rapport. Il a été tué dans la mêlée alors que nous tentions de le maîtriser. La plus grande confusion régnait. Je ne sais pas exactement comment c'est arrivé. Ça n'a sans doute pas grande importance.

Feeney apparut derrière Peabody. Il scruta le visage d'Eve, puis celui de Jamie. Et comprit.

— Non, ça n'a plus d'importance maintenant, intervint-il d'un ton catégorique. Viens, Jamie, tu n'as rien à faire ici.

— Lieutenant, sauf votre respect, je pense que Connors et vous devriez rentrer. Votre tenue est un peu trop en harmonie avec la saison, si vous voyez ce que je veux dire.

Eve regarda Connors et fit une grimace. Il avait le visage couvert de sang et de suie.

— Tu es dégoûtant.

— Tu ne t'es pas vue, répliqua-t-il en glissant un bras autour de ses épaules. Ça devrait suffire pour t'empêcher d'être frigorifiée ou d'être interpellée pour attentat à la pudeur.

— D'accord, céda Eve qui se serait damnée pour un bain chaud. Je serai de retour dans une heure.

— Lieutenant, insista Peabody, votre présence n'est pas...

— Dans une heure, la coupa-t-elle d'un ton sans appel. Contactez Whitney et le légiste. Appelez un médecin pour Jamie. Il est en état de choc. Et je veux que Charles Forte soit libéré immédiatement.

Eve serra la veste de Connors sur sa poitrine.

— Vous aviez raison à son sujet, Peabody. À l'avenir, j'essaierai de me fier davantage à votre instinct.

— Merci, lieutenant.

— Et si jamais les déclarations du gamin ne corroborent pas le rapport succinct que je viens de vous faire, n'en tenez pas compte. Il est bouleversé. J'interdis formellement qu'on l'interroge cette nuit.

Peabody hocha la tête.

— Compris, lieutenant. Je vais veiller à ce qu'il soit reconduit chez lui. J'attends votre retour.

— Parfait.

Eve se retourna et boutonna la veste de Connors.

— Lieutenant...

— Qu'y a-t-il, Peabody ?

— Il est mignon, votre tatouage. C'est nouveau ?

Eve serra les dents et se dirigea vers la porte avec toute la dignité qu'elle put rassembler.

— Tu vois ? s'exclama-t-elle dès qu'elle fut avec Connors dans le couloir. Je t'avais bien dit que ce stupide tatouage finirait par m'humilier !

— Tu as été droguée, enlevée, ligotée, tu as failli être violée et assassinée et c'est un malheureux bouton de rose sur ta fesse droite qui te tracasse !

— Ce sont les risques du métier. Le tatouage, c'est un affront personnel.

Connors éclata de rire et l'attira dans ses bras avec tendresse.

— Lieutenant, je vous adore !

Au cœur du crime

1

Enquêter sur un meurtre exige de la patience, de l'habileté et un sang-froid à toute épreuve. Le lieutenant Eve Dallas possédait toutes ces qualités.

Elle savait aussi que pour commettre un meurtre, il n'était pas besoin d'être patient ni habile. Trop souvent les assassinats étaient le fruit de l'impulsivité, de la colère, du sadisme, voire tout simplement de la stupidité. C'était sans aucun doute cette dernière qui avait conduit John Henry Bonning à jeter Charles Michael Renekee par la fenêtre du douzième étage d'un bâtiment de l'avenue D.

Occupée à interroger le suspect, Eve estima qu'il ne lui faudrait pas plus de vingt minutes pour obtenir des aveux complets, puis encore quinze autres pour taper la déposition et rédiger son rapport. Elle serait à l'heure à la maison.

— Allez, mon vieux ! lança-t-elle avec nonchalance, habituée à parler aux vieilles crapules de la trempe de Bonning. N'aggrave pas ton cas. Si tu passes aux aveux, tu pourras plaider la légitime défense et tu obtiendras les circonstances atténuantes. Si tu y mets du tien, nous aurons bouclé notre affaire avant l'heure du dîner. Il paraît qu'il y a des spaghettis à la bolognaise au menu de la prison ce soir, tu ne voudrais quand même pas rater ça.

— Je l'ai pas touché...

Les lèvres serrées, Bonning se mit à marteler la table de ses petits doigts boudinés.

— Cet abruti a sauté tout seul !

Eve poussa un soupir et vint s'asseoir derrière une petite table métallique qui occupait le centre de la salle d'interrogatoire. Elle ne devait pas laisser à son suspect le temps d'organiser sa défense. Bonning avait beau être un dealer de seconde zone pas très futé, il finirait bien par réclamer un avocat. Entre la police et les crapules, c'était un jeu vieux comme le monde. En cette fin de l'année 2058, les meurtriers restaient au fond toujours les mêmes.

— Qu'est-ce qui lui a pris, Bonning ? Pourquoi a-t-il sauté par la fenêtre ?

Comme s'il essayait de réfléchir, Bonning plissa son large front de gorille.

— Parce qu'il était fêlé.

— Pas mal trouvé, Bonning. Mais tu n'espères tout de même pas m'endormir avec ce genre de réponse ?

Il garda le silence.

— Bon, on reprend tout du début. Renekee et toi, vous étiez en train de fabriquer des pilules d'Erotica dans votre labo de l'avenue D. Et parce qu'il est complètement cinglé, Renekee a tout d'un coup décidé de sauter par la fenêtre du douzième étage, comme ça, pour s'amuser. Il est passé à travers la vitre, a défoncé le toit d'un taxi en donnant au couple de touristes assis à l'arrière la peur de leur vie, pour aller ensuite répandre sa cervelle sur la chaussée.

— Moi, tout ce que je sais, c'est qu'il a sauté, insista Bonning, un sourire idiot aux lèvres.

Eve esquissa une grimace. Si elle ne pouvait prouver la préméditation, Bonning serait probablement jugé pour homicide involontaire. Il serait plus lourdement condamné pour ses trafics que pour homicide. Et même si les deux chefs d'accusation étaient retenus, il écoperait de trois ans tout au plus.

Eve croisa les bras sur la table et se pencha vers son suspect.

— Est-ce que j'ai l'air d'une imbécile ?

Prenant cette question dans son sens littéral, Bonning la dévisagea d'un air absorbé. Elle avait de grands yeux bruns mais son regard n'était pas tendre. Sa bouche aux lèvres bien dessinées était rose et appétissante, mais elle ne souriait pas.

— Je dirais que vous avez l'air d'un flic, répondit-il.

— Excellente déduction. Alors je te conseille de ne pas jouer au plus fin avec moi. Toi et ton copain, vous avez eu une petite discussion, tu as perdu ton sang-froid et tu as décidé de régler le problème en balançant ton associé par la fenêtre. (D'un geste de la main, elle coupa court aux protestations de Bonning.) Allons, avoue, vous vous êtes accrochés pour une question d'argent, de méthodes de travail, ou sinon à cause d'une femme. Le ton a monté. Peut-être t'a-t-il attaqué le premier. Il fallait bien que tu te défendes, non ?

— Je vous répète qu'on s'est pas engueulés, insista Bonning. Il a juste voulu voir s'il pouvait voler.

— Dans ce cas, explique-moi pourquoi tu as la lèvre enflée et un œil au beurre noir. Pourquoi tes mains sont-elles écorchées, Bonning ?

— Une bagarre dans un bar, rétorqua l'autre, hilare.

— Je veux savoir où et quand cette bagarre a eu lieu.

— Je me rappelle plus.

— Je te conseille de t'en souvenir parce que je te préviens, Bonning, nous avons fait des prélèvements sur tes blessures. Et si les tests d'ADN révèlent des traces de sang de la victime, je te fais coffrer pour homicide volontaire. Tu prendras le maximum. La perpétuité sans remise de peine.

Le dealer se mit à cligner des paupières, comme si son cerveau analysait ces nouvelles données.

— Du bluff. Aucun jury ne croira que j'ai tué Renekee. On était des potes.

Sans quitter son suspect des yeux, Eve sortit son communicateur de sa poche.

— C'était ta dernière chance, Bonning. Maintenant je vais appeler le labo pour avoir le résultat des tests et je vais te faire plonger.

L'homme humecta ses grosses lèvres.

— C'était un accident ! s'exclama-t-il, pris d'une inspiration soudaine.

Eve secoua la tête, attendant la suite.

— C'est vrai, on s'est un peu bagarrés, Renekee a glissé et il a basculé par la fenêtre.

— Décidément, tu me prends pour une andouille. Comment un homme peut-il glisser et passer par une fenêtre placée à un mètre du sol ? (Eve alluma son communicateur.) Agent Peabody ?

Quelques secondes s'écoulèrent, puis le visage rond et grave de Peabody apparut sur l'écran.

— Oui, lieutenant ?

— Apportez-moi les résultats des prélèvements effectués sur Bonning. Et prévenez le procureur que nous avons un meurtre au premier degré.

— Attendez ! s'exclama Bonning.

Paniqué, il s'essuya la bouche du revers de la main. Elle ne pouvait l'inculper pour homicide volontaire, elle n'avait pas de preuve. Mais d'un autre côté, il connaissait la réputation de Dallas qui avait fait plonger plus malin que lui.

— Trop tard, je t'ai donné ta chance. Allô, Peabody ?

— Il... il s'est jeté sur moi. Il était complètement dingue. Je vais vous expliquer comment il est tombé. Je veux faire une déposition !

— Peabody, suspendez l'exécution de mes ordres. Et informez le procureur que M. Bonning souhaite faire une déposition.

— Entendu, lieutenant, répondit Peabody, impassible.

Eve remit son communicateur dans sa poche, croisa les doigts sur le bord de la table et sourit d'un air engageant.

— J'écoute, Bonning. Raconte-moi comment ton copain est tombé.

Cinquante minutes plus tard, Eve entrait dans son minuscule bureau au commissariat central de New York. Aucun doute, elle avait l'air d'un flic, avec son étui à revolver pendu à son épaule, ses bottes éculées et son jean usé. Ses yeux couleur d'ambre étaient ceux d'un flic : ils ne trahissaient pas la moindre émotion. Son visage carré, aux pommettes larges et hautes, était adouci par une bouche généreuse et par une petite fossette au menton.

Eve marchait à grands pas mais à une allure tranquille, elle n'était pas pressée. Contente d'elle, elle passa les doigts dans ses cheveux courts coiffés négligemment et alla s'asseoir derrière son bureau.

Elle allait boucler son rapport, dont elle transmettrait des copies à qui de droit, et sa journée serait finie.

Dans son dos, derrière la fenêtre étroite et sale, se déchaînait le brouhaha de l'heure de pointe. Mais l'incessant bourdonnement des hélicoptères et les avertisseurs des aérobus ne la perturbaient pas. Après tout, c'était la musique habituelle de New York.

— Allume-toi, ordonna-t-elle, avant de se mettre à grommeler en voyant que l'écran de son ordinateur restait obstinément vide. Bon sang, tu ne vas pas commencer ! Je t'ai demandé de t'allumer.

— Vous devez entrer votre numéro confidentiel, dit Peabody qui apparut à ce moment-là.

— Zut et zut ! Encore un satané numéro à retenir... Deux, cinq, zéro, neuf. (Elle poussa un soupir de soulagement en voyant que son ordinateur se décidait enfin à réagir.) Il est grand temps qu'ils nous installent ce nouveau système qu'ils ont promis au service. (Elle glissa une disquette dans le lecteur.) Enregistrement sous Bonning, John Henry, référence 4572077-H. Transmettre une copie du rapport au commandant Whitney.

— Mes félicitations, lieutenant. Vous n'avez pas perdu de temps avec Bonning.

— Oh, je n'ai pas à me vanter. Ce type a le cerveau aussi gros qu'une cacahuète. Il a balancé son associé par la fenêtre parce qu'ils se disputaient pour vingt misérables dollars. Et il a voulu me faire croire qu'il n'avait pas eu le choix, alors que son copain faisait la moitié de son poids. Quelle canaille ! soupira-t-elle.

Elle se renversa sur sa chaise, fit tourner sa tête et constata avec surprise et satisfaction que sa nuque était à peine tendue.

— J'aimerais bien que toutes nos affaires soient aussi faciles, ajouta-t-elle.

D'une oreille distraite, elle écouta le grondement du trafic au-dehors. Un tram qui passait dans la rue diffusait un message publicitaire :

— Trois formules d'abonnement : hebdomadaire, mensuel et annuel. Voyagez avec les Trams EZ, votre service de transport fiable et convivial.. Commencez et terminez votre journée de travail en beauté...

« Choisissez EZ si vous aimez être écrasés comme des sardines dans leur boîte », pensa Eve. Avec cette pluie glaciale de novembre qui était tombée toute la journée, tous les axes terrestres et aériens devaient être complètement saturés. On ne pouvait rêver meilleure façon de terminer sa journée.

— Ça y est, je rentre chez moi, dit Eve en s'emparant de son blouson de cuir usé. Et pour une fois, je serai à l'heure à la maison. Vous avez des projets pour le week-end, Peabody ?

— Rien que de très habituel, lieutenant. Je vais encore affoler les hommes et briser quelques cœurs.

Eve adressa un petit sourire à son assistante. Avec son air impassible et son allure énergique, Peabody était un vrai flic, de la racine de ses cheveux châtains à la pointe de ses souliers de service impeccablement cirés.

— Vous m'étonnez, Peabody. Je me demande comment vous arrivez à tenir un tel rythme.

— Parce que je suis Peabody, reine de la nuit, répondit gaiement son assistante.

Avec un sourire malicieux, elle se dirigea vers la porte. Elle allait sortir quand le vidéocom d'Eve se mit à sonner. D'un même élan, les deux femmes bondirent sur l'appareil.

— Dommage, commenta Peabody. Trente secondes de plus et nous étions parties.

— Oh, c'est sûrement Connors qui veut me rappeler que nous avons un dîner ce soir, dit Eve en allumant son appareil. Bureau des homicides, lieutenant Dallas. J'écoute.

L'écran du vidéocom s'emplit de couleurs sombres et disgracieuses, tandis que le haut-parleur se mettait à diffuser une musique lugubre. Par réflexe, Eve tapa la commande permettant de rechercher l'origine de l'appel. Immédiatement, un message s'afficha à l'écran pour lui indiquer que sa demande ne pouvait être satisfaite.

Peabody dégaina son portable et fit un pas sur le côté avant d'appeler la régie.

— On dit que vous êtes le meilleur flic de la ville, Dallas, fit une voix d'homme dans le vidéocom. Est-ce que votre réputation est méritée ?

— Il est illégal de contacter un officier de police sans s'identifier et de brouiller les transmissions, déclara Eve. Mon devoir m'oblige à vous avertir que cette communication est actuellement surveillée et enregistrée par l'Ordigarde.

— Je suis parfaitement au courant de ces bêtises. Mais, étant donné que je viens de commettre ce que le commun des mortels appelle un meurtre avec préméditation, je ne me sens pas particulièrement concerné par les délits mineurs que sont les infractions à la législation sur les communications électroniques. Voyez-vous, j'ai été élu par Dieu.

— Ah, vraiment ?

« Génial ! pensa Eve. J'avais justement besoin de ça. »

— J'ai été appelé pour accomplir Sa tâche, et je me suis purifié dans le sang de Son ennemi.

— C'est drôle ce que vous me dites. J'ai toujours pensé qu'il était capable de terrasser ses ennemis Lui-même sans avoir besoin de faire appel à des gens comme vous.

Il y eut une longue pause, durant laquelle on n'entendit plus que les accents de la marche funèbre.

— Je m'attendais à cette irrévérence de votre part. (La voix de l'homme s'était faite plus dure et trahissait une certaine nervosité.) Vous êtes une impie. Comment pourriez-vous comprendre la notion de châtiment divin ? Mais je vais tâcher de me mettre à votre niveau. Je vais vous proposer une petite devinette. Vous aimez les devinettes, lieutenant Dallas ?

— Non.

Elle lança un regard furtif à son assistante qui lui répondit par un hochement de tête impatient.

— Mais je suis sûre que vous les aimez, reprit-elle.

— Elles sont une détente pour l'esprit et un apaisement pour l'âme. Cette devinette s'appelle Vengeance : au-dessus des eaux sombres de la rivière se dresse la tour de métal où l'eau tombe d'une grande hauteur. Tout en haut, vautré dans un luxe qui prend le nom de prestige, gît le mécréant. Il m'a imploré de lui laisser la vie sauve, puis il m'a supplié de lui donner la mort. Il ne s'est pas repenti de ses crimes et son âme est à jamais damnée.

— Pourquoi l'avez-vous tué ?

— Parce que c'est la mission pour laquelle je suis né.

Eve essaya une nouvelle fois la commande de localisation d'appel, sans plus de succès.

— Dieu vous a dit que vous étiez né pour donner la mort ? Comment vous a-t-Il fait savoir ce qu'Il attendait de vous ? Il vous a passé un coup de fil, ou peut-être vous a-t-Il envoyé un fax ?

— Vous ne douterez pas longtemps de moi. (La respiration de l'homme était devenue bruyante et saccadée.) Vous pensez pouvoir me mépriser parce que vous êtes une femme et que vous avez du pouvoir. Mais si la femme a été créée pour réconforter l'homme, l'homme, lui, a été chargé de défendre, de protéger et de venger.

— Vous tenez aussi cette théorie de Dieu ? Après tout, ça prouve bien qu'Il est égocentrique comme tous les hommes.

— Vous tremblerez devant Lui, comme vous tremblerez devant moi.

— Ouais, ouais. J'en frissonne déjà.

— J'ai été élu pour accomplir une sainte mission. Une mission redoutable et divine. Permettez-moi de vous citer la Bible, lieutenant : « Un homme accablé sous le poids d'un crime fuira jusqu'à la prison : inutile de l'arrêter. » Celui dont je vous parle avait fui et j'ai arrêté sa course.

— Mais en le tuant, vous êtes devenu un assassin.

— Je ne suis que la main de Dieu. Je vous laisse vingt-quatre heures pour me prouver votre valeur. Ne me décevez pas.

— Tu peux compter sur moi, marmonna Eve lorsque la communication fut coupée. Vous avez pu le localiser, Peabody ?

— Non. Il a brouillé tous nos dispositifs de recherche. Ils n'ont même pas pu me dire s'il se trouvait sur Terre.

— Il est sur Terre, affirma Eve en s'asseyant. Il veut rester dans les parages pour ne rien manquer du spectacle.

— À mon avis, c'est un illuminé. Il a raconté n'importe quoi pour qu'on s'intéresse à lui.

— Je pense que non. Nous avons affaire à un drôle d'oiseau mais je crois qu'il ne bluffait pas. Ordinateur, recherche-moi à New York tous les immeubles résidentiels et commerciaux dont le nom contient le mot « prestige » et qui ont vue sur l'East River ou sur l'Hudson. (Elle martela nerveusement la table.) Je hais les devinettes.

— Moi, je les aime bien.

Les sourcils levés, Peabody se pencha sur l'épaule d'Eve, attendant les résultats de la recherche.

Quatre noms s'affichèrent à l'écran. Mais un seul attira le regard du lieutenant Dallas.

— Ordinateur, envoie-moi le visuel de la tour Prestige.

Quelques secondes plus tard, une image apparut. Un immense building d'acier au pied duquel coulait l'Hudson. Sur la façade Ouest du bâtiment, les eaux d'une cascade artificielle dégringolaient le long d'une structure complexe de tubes et de canaux.

— Nous y sommes.

— Ça a été trop facile, objecta Peabody.

— Mais c'est justement ce qu'il voulait. Ce type aime jouer et il est pourri d'orgueil. Or il ne sera totalement satisfait que lorsque nous serons sur les lieux. Ordinateur, donne-moi le nom des gens qui occupent le dernier étage de la tour Prestige.

— Cet appartement appartient au groupe Brennen. Il est occupé par Thomas X. Brennen de Dublin, Irlande, quarante-deux ans, marié, trois enfants, président-directeur général du Groupe Brennen, société spécialisée dans les loisirs et les communications.

— Allons jeter un coup d'œil, Peabody.

— Nous demandons des renforts ?

— Une fois sur place, nous déciderons.

Eve ajusta l'étui de son arme et enfila son blouson en hâte.

Dehors, les conditions de circulation étaient aussi mauvaises que prévu. Les véhicules, pare-chocs contre pare-chocs, envahissaient les rues mouillées ou ronronnaient en l'air comme des abeilles désorientées. Sous leurs grands auvents, les vendeurs de hot-dogs ambulants semblaient ne pas faire beaucoup d'affaires. La fumée épaisse qui s'échappait de leurs grils formait un nuage nauséabond qui bouchait l'horizon.

— Peabody, demandez à l'opérateur de composer le numéro de Brennen. S'il est encore en vie, j'aime autant qu'il prenne ses précautions pour le rester.

— Tout de suite, répondit Peabody en sortant son portable de sa poche.

Lasse d'être bloquée dans les embouteillages, Eve mit en route sa sirène. Mais rien à faire : les voitures restaient collées les unes aux autres, tels des amants enlacés, sans laisser le moindre interstice par lequel elle aurait pu se faufiler.

— Le numéro ne répond pas, déclara Peabody. Sa boîte vocale dit qu'il s'est absenté pour deux semaines à compter d'aujourd'hui.

— Espérons qu'il est en train de boire une bière dans un pub de Dublin.

Eve reporta son attention sur le trafic, réfléchissant à un moyen de se sortir de cet enfer.

— Désolée, je n'ai pas le choix, annonça-t-elle.

— Oh non, lieutenant ! Pas dans ce véhicule !

Terrifié, l'agent Peabody serra les dents et ferma les yeux tandis qu'Eve enfonçait la manette ascensionnelle. La voiture vrombit, trembla sur sa base et s'éleva à deux mètres du sol avant d'être secouée par un hoquet.

— Saleté de machine !

Cette fois, Eve se servit de son poing et tapa de toutes ses forces pour enfoncer la manette.

La voiture s'éleva encore, trembla, et partit comme une fusée quand Eve appuya sur l'accélérateur. Sur leur passage, elles heurtèrent l'auvent d'un vendeur de hot-dogs qui se lança à leur poursuite en poussant des hurlements de rage.

— C'est qu'il a bien failli nous avoir ! dit Eve d'un air amusé lorsqu'elles eurent semé leur poursuivant. Si un type sur patins à air parvient à rattraper les flics, où allons-nous, je vous le demande, Peabody ?

Les yeux obstinément fermés, l'assistante ne bougea pas un muscle.

— Pardon, lieutenant, mais vous avez interrompu mes prières.

Laissant hurler sa sirène, Eve fila jusqu'à l'entrée de la tour Prestige. La descente fut assez brusque, mais elle parvint à éviter de quelques centimètres l'aile d'une somptueuse voiture de sport.

Le portier de l'immeuble traversa telle une flèche le trottoir. Son visage exprimait un mélange d'horreur et d'outrage quand il ouvrit la portière de leur vieille guimbarde beige.

— Madame, vous ne pouvez pas garer cette… chose ici.

Eve coupa la sirène et sortit son insigne.

— Oh que oui, je peux !

L'homme étudia le badge et ses lèvres se pincèrent encore un peu plus.

— Si vous voulez bien vous avancer jusqu'au garage…

Peut-être parce qu'il lui rappelait Summerset, l'irritant majordome qui avait su gagner l'affection de

Connors, Eve regarda le portier bien en face, les yeux brillants de colère.

— Ma voiture restera là où je l'ai garée, mon cher. Et si vous ne voulez pas être accusé d'entraver le travail de la police, je vous conseille de nous laisser entrer et de nous conduire illico à l'appartement de Thomas Brennen.

— Je crains que ce ne soit impossible, répondit l'autre avec un air guindé. M. Brennen est absent.

— Peabody, veuillez relever l'identité de cet individu et appeler le Central pour qu'il vienne l'arrêter le plus vite possible.

Il parut totalement ahuri.

— Mais vous ne pouvez pas m'arrêter ! Je ne fais que mon travail.

— Vous gênez le mien, et devinez lequel de nos deux boulots sera considéré comme le plus important par le juge ?

Eve regarda sa bouche se figer sous la forme d'une ligne mince et désapprobatrice. Summerset tout craché, se dit-elle. Même s'il était plus costaud et trapu, ce portier était le cousin germain de l'homme qui lui empoisonnait la vie.

— Très bien, mais vous pouvez être sûre que je ferai savoir au chef de la police la façon dont vous vous comportez... (De nouveau, son regard se porta sur le badge d'Eve.)... lieutenant.

— Mais faites donc, je vous en prie !

Après un bref signal à Peabody, elle suivit le portier jusqu'à l'entrée de l'immeuble. L'homme s'arrêta un instant pour brancher le droïde qui le remplacerait pendant son absence.

Derrière les portes d'acier rutilant, le hall de la résidence abritait un jardin tropical empli de palmiers, d'hibiscus et d'oiseaux multicolores. Un grand bassin entourait une fontaine représentant une femme aux courbes généreuses, nue jusqu'à la taille, qui tenait dans sa main un poisson d'or.

Arrivé devant un long tube de verre, le portier tapa un code et invita les deux femmes à le suivre. Eve n'appréciait pas ce type de transport, mais Peabody alla tout de suite coller son nez contre la paroi transparente de l'ascenseur.

Soixante-deux étages plus haut, le tube s'ouvrit sur un hall de dimensions plus modestes. Le portier marqua une pause devant un écran de sécurité qui protégeait l'accès à une double porte en arche.

— Strobie, portier de l'immeuble. J'escorte le lieutenant Dallas de la police de New York et son assistante.

— M. Brennen n'est pas chez lui, répondit une voix douce et musicale aux intonations irlandaises.

Eve écarta Strobie d'un coup d'épaule.

— C'est un cas d'urgence, dit-elle en exhibant son insigne devant l'œil électronique. Nous devons impérativement entrer.

— Veuillez patienter…

Ils entendirent un léger ronronnement pendant que le dispositif analysait les traits et l'insigne d'Eve, puis un bruit discret de verrous.

— Entrée autorisée.

— Allumez le magnéto, Peabody. Et vous, Strobie, vous restez là.

Eve posa une main sur son arme et l'autre sur la poignée de la porte qu'elle poussa de l'épaule.

L'odeur qui l'assaillit immédiatement confirma ses craintes. Cette odeur caractéristique de la mort violente, elle l'avait sentie trop souvent pour ne pas la reconnaître.

Des traînées de sang maculaient les murs du salon tapissés de soie bleue, formant une inscription macabre et indéchiffrable. C'est sur la moquette qu'elle trouva le premier morceau de ce qui avait été Thomas X. Brennen. La paume tournée vers le ciel, les doigts recroquevillés, la main semblait leur faire signe ou les supplier. Elle avait été tranchée au niveau du poignet.

Eve entendit Strobie pousser un cri puis retourner d'un pas chancelant vers le hall. Elle s'avança, son arme à la main. Son intuition lui disait que tout était fini, que celui qui avait commis ces horreurs était déjà loin, mais elle respectait la procédure et progressait d'un pas lent, essayant d'éviter quand elle le pouvait de marcher dans le sang qui souillait la moquette.

— Si ce portier a fini de rendre son déjeuner, demandez-lui où se trouve la chambre.

— À gauche dans le couloir, répondit Peabody en revenant. Strobie est mal en point.

— Trouvez-lui une bassine et bloquez l'ascenseur ainsi que la porte d'entrée.

Eve avança jusqu'au couloir. La puanteur se faisait de plus en plus écœurante. La porte qui donnait sur la chambre à coucher était entrebâillée et laissait filtrer, avec un rai de lumière artificielle, les accents majestueux d'une musique de Mozart.

Ce qui restait de Brennen était allongé sur un vaste lit orné de miroirs. Un de ses bras avait été enchaîné aux montants. Eve se dit qu'ils retrouveraient ses pieds quelque part en fouillant l'immense appartement.

Les murs étaient sûrement isolés contre le bruit, pourtant il ne faisait aucun doute que l'homme avait dû hurler longtemps avant de mourir. Combien de temps avait duré son agonie, se demanda-t-elle en examinant le corps. Quelles souffrances un homme pouvait-il endurer avant que son cœur lâche ?

Thomas Brennen devait connaître la réponse à cette question, à la seconde près. Il avait été dépouillé de tous ses vêtements, amputé d'une main et de ses deux pieds : L'unique œil qui lui restait encore contemplait avec horreur le reflet de son propre corps mutilé dans un miroir. Il avait été éventré.

— Mon Dieu ! murmura Peabody qui se tenait sur le pas de la porte.

— Je vais avoir besoin de ma trousse. Pour le moment, nous allons poser les scellés sur la porte. Peabody, recherchez sa famille. Contactez Feeney et surtout, avant de lui parler, demandez-lui de mettre le brouilleur pour les journalistes. Nous devons taire les détails de cette affaire aussi longtemps que nous le pourrons.

Peabody, l'estomac révulsé, déglutit plusieurs fois avant de répondre :

— Entendu, lieutenant.

— Allez aussi expliquer à ce Strobie qu'il ferait bien de ne pas raconter ce qu'il a vu.

Eve se retourna, et Peabody crut entrevoir dans ses yeux une lueur de compassion. Mais son regard redevint bientôt froid et professionnel.

— Au travail, je veux coincer le salaud qui a fait ça.

Il était presque minuit quand Eve gravit les marches qui menaient à sa porte d'entrée. Elle avait la migraine, des brûlures d'estomac et les yeux rouges de fatigue. L'odeur putride de la mort restait accrochée à elle.

Pourtant, avant de rentrer, elle s'était frottée vigoureusement sous la douche des vestiaires.

Elle voulait oublier, et espérait sincèrement ne pas revoir le corps mutilé de Brennen lorsqu'elle fermerait les yeux en se couchant.

À peine était-elle arrivée en haut des marches que la porte s'ouvrit. Summerset se tenait dans l'embrasure, éclairé par la lumière d'un chandelier placé derrière lui.

— Votre retard est impardonnable, lieutenant. Vos invités s'apprêtent à partir.

Des invités ! Brusquement, Eve se souvint que Connors avait organisé un dîner ce soir-là.

— Oh, lâchez-moi un peu, Summerset ! Vous êtes pénible.

Les doigts du majordome se refermèrent autour de son bras.

— En votre qualité d'épouse de Connors, vous êtes supposée accomplir certains devoirs et notamment celui de recevoir les invités de votre mari lors d'importants dîners d'affaires.

En une fraction de seconde, la rage l'emporta sur sa fatigue.

— Éloignez-vous de moi ! dit-elle en serrant les poings.

— Eve, ma chérie…

En entendant Connors l'accueillir par ces mots simples, Eve retrouva un peu son calme. Il se tenait dans l'encadrement de la porte ouvrant sur le salon. Ce n'était pas son smoking noir qui le rendait si séduisant. Connors possédait un charme qui faisait battre le cœur de toutes les femmes, quelle que soit sa tenue. Ses cheveux noirs comme du jais qui lui arrivaient aux épaules encadraient un visage qui évoquait pour elle une peinture de la Renaissance italienne. Des mâchoires carrées, des yeux plus bleus que le cobalt, une bouche faite pour déclamer des vers... et pour affoler des femmes.

En moins d'un an, Connors avait fait tomber toutes ses défenses. Il avait su trouver le chemin de son cœur et, ce qui était encore plus surprenant, il s'était gagné non seulement son amour mais sa confiance.

Cet homme était le premier et le seul miracle de sa vie.

— Je suis en retard, désolée, fit-elle plus sur un ton de défi que d'excuse.

Il lui répondit par un sourire bienveillant et un petit haussement de sourcils.

— Je suis certain que tu avais de bonnes raisons, dit-il en lui tendant la main.

Eve traversa le vestibule pour venir le rejoindre. Prenant sa main, Connors remarqua qu'elle était froide et raide. Dans ses yeux d'ambre, il lut ce mélange de lassitude et de colère auquel il avait fini par s'habituer. En la voyant toute pâle, il s'alarma. Et lorsqu'il remarqua les taches de sang sur son jean, il pria pour que ce ne fût pas le sien.

Il porta la main de sa femme à ses lèvres tout en scrutant son visage d'un air inquiet.

— Tu es fatiguée, lieutenant, murmura-t-il de cette voix qui transportait toute la magie de l'Irlande. Je te demande quelques minutes, le temps de prendre congé de nos invités. D'accord ?

— Oui, bien sûr. (La douceur de Connors avait apaisé sa colère.) Je suis navrée d'avoir gâché ta soirée. Je sais à quel point ce dîner était important pour toi.

Derrière lui, dans le salon meublé avec goût, elle aperçut une douzaine d'hommes et de femmes en tenue de soirée. La réticence qu'elle tentait de dissimuler dut se lire sur son visage, car Connors se mit à rire.

— Cinq minutes, Eve. Je suis sûr que cette épreuve ne sera rien en comparaison de ce que tu as enduré ce soir.

Il la fit passer devant lui avec assurance et la présenta aux différents membres de l'assistance tout en poussant avec beaucoup de tact ses invités vers la sortie.

Eve respirait des odeurs de parfums luxueux et de bon vin, la senteur des bûches qui brûlaient dans la cheminée. Mais derrière ces agréables sensations, elle croyait encore percevoir la puanteur âcre du sang et de la mort.

Connors, qui l'observait, se demanda si elle savait à quel point elle avait l'air déboussolée dans son blouson usé et son jean taché ; avec ses cheveux courts et ébouriffés qui formaient un halo sombre autour de son visage pâle, accentuant les cernes sous ses yeux ; avec son long corps dégingandé auquel elle demandait un dernier effort.

Elle était, pensa-t-il, l'incarnation du courage.

Lorsqu'ils refermèrent la porte sur le dernier invité, Eve secoua la tête d'un air résigné.

— Summerset a raison. Je ne suis pas faite pour les mondanités.

— Tu es ma femme.

— Ça ne signifie pas que je sois douée pour tenir ce rôle. Je t'ai laissé tomber ce soir. J'aurais dû...

Elle s'arrêta, parce que la bouche de Connors avait emprisonné la sienne, chaude et possessive, dissipant les tensions dans sa nuque endolorie. Naturellement, elle l'enlaça par la taille et se pressa contre lui.

— Bien, murmura-t-il, très bien. (Il lui souleva le menton, caressant du bout des doigts sa fossette.) Laisse-toi aller et oublie ce dîner.

— Mais il comptait tellement pour toi, et pour cette fusion machin chose...

— Scotolline, c'est ainsi qu'elle s'appelle. Ne t'en fais pas, l'opération sera conclue avant la fin de la semaine prochaine, et même sans ta délicieuse présence à ce dîner. Mais tu aurais pu appeler. Je me suis inquiété.

— Ça m'est complètement sorti de la tête. Désolée...

Elle enfonça les mains dans ses poches et se mit à arpenter le vestibule d'une démarche nerveuse.

— Chaque fois je crois avoir réussi à m'habituer, reprit-elle, et puis je me retrouve au milieu de ces gens richissimes et j'ai l'impression d'être le vilain petit canard.

— Tu te trompes, tu as simplement l'air de ce que tu es : un flic. Et je suis certain que plusieurs de nos invités ont été impressionnés ce soir en apercevant la crosse de ton arme sous ta veste et ces traces de sang sur ton jean. Ce n'est pas le tien, au moins ?

— Non.

Incapable de feindre plus longtemps, Eve se tourna vers le grand escalier, monta deux marches et s'assit. Parce que c'était Connors, elle savait qu'elle pouvait se laisser aller. Il vint s'asseoir près d'elle et passa un bras autour de ses épaules.

— C'était vraiment terrible ?

— Chaque fois, on se dit que l'on a connu pire et c'est souvent vrai. Mais ce que j'ai vu aujourd'hui surpasse en horreur tout ce qu'on peut imaginer.

Connors comprenait, car il avait connu la violence de la rue.

— Tu veux m'en parler ?

— Oh non, surtout pas ! Je ne veux plus y penser, je ne veux plus penser à rien d'ailleurs...

— Dans ce cas, je crois pouvoir t'aider.

Elle sourit, pour la première fois depuis des heures.

— Je te fais confiance.

— Alors, ne perdons pas de temps, dit-il en la soulevant dans ses bras.

— Inutile de me porter, je suis encore capable de marcher.

Avec un sourire ravageur, il gravit les premières marches de l'escalier.

— Peut-être ai-je besoin de ça pour me sentir viril.

— Dans ce cas...

Elle s'accrocha à son cou et posa la tête contre son épaule. C'était une sensation délicieuse de s'abandonner ainsi.

— Après avoir gâché ta soirée, le moins que je puisse faire pour toi, c'est de t'aider à te sentir viril.

Il éclata de rire.

— En effet, tu me le dois bien !

2

Au-dessus du lit, la fenêtre ouvrant sur le ciel était encore noire quand Eve s'éveilla. Elle était en nage. Dans son esprit se bousculaient des images confuses et brumeuses. Trop contente d'avoir réussi à échapper à son cauchemar, elle ne chercha pas à se le remémorer.

Elle était seule dans le grand lit.

— Éclairage doux, ordonna-t-elle.

Lorsque les ténèbres se dissipèrent, elle poussa un soupir de soulagement.

Elle resta un moment immobile, le temps de retrouver son calme, puis regarda l'heure : 5 h 15. Super, songea-t-elle, sachant qu'elle ne parviendrait plus à se rendormir, pas sans la présence rassurante de Connors à ses côtés. Elle se demanda si un jour elle accepterait totalement d'être devenue si dépendante de lui. Un an plus tôt, elle ne savait même pas qu'il existait, et à présent il faisait partie d'elle, aussi indispensable à sa survie que ce cœur qui battait dans sa poitrine.

Elle descendit du lit et attrapa l'un des nombreux peignoirs de soie que Connors lui avait offerts. Tout en l'enfilant, elle se tourna vers le panneau mural.

— Où est Connors ?

— Au rez-de-chaussée, près de la piscine.

Bonne idée, pensa Eve. Un petit peu d'exercice serait une excellente façon de commencer la journée et d'effacer les réminiscences de son mauvais rêve.

Soucieuse d'éviter Summerset, elle emprunta l'ascenseur au lieu des escaliers. Cet homme était partout. Il surgissait de l'ombre là où on ne l'attendait pas, arborant son sempiternel air pincé.

La salle de gymnastique de Connors possédait tous les équipements dont on pouvait rêver. Eve n'avait que l'embarras du choix : elle pouvait s'entraîner avec un droïde, se muscler en soulevant des haltères, ou simplement s'allonger et laisser les appareils faire le travail à sa place. Elle retira son peignoir et enfila une combinaison en Lycra noir. Elle avait besoin d'une longue course. Ayant chaussé de minces semelles à air, elle programma le parcours vidéo.

Elle opta pour la plage. En dehors de la ville, c'était l'endroit qu'elle préférait. Les paysages de campagne et les étendues désertiques que proposait le système éveillaient toujours en elle une vague impression de malaise.

Eve partit à petites foulées. Les vagues bleues de l'océan s'écrasaient à ses pieds. Elle entendait autour d'elle le cri strident des mouettes. Respirant l'air marin, elle sentit ses muscles s'échauffer peu à peu et augmenta son allure.

Au bout de deux kilomètres, elle avait oublié tous ses mauvais rêves.

Elle avait parcouru cette plage bien des fois depuis qu'elle connaissait Connors, réellement et virtuellement. Avant de le rencontrer, la seule étendue d'eau qu'elle connaissait était l'estuaire de l'Hudson.

Au quatrième kilomètre, alors qu'elle commençait à ressentir un tiraillement dans les muscles de ses jambes, une silhouette apparut dans son champ de vision. Connors, les cheveux encore mouillés, vint se placer près d'elle et adapta sa foulée à la sienne.

— Tu es bien matinale, lieutenant.

— Une dure journée m'attend.

Il la regarda d'un air admiratif quand elle augmenta son allure. Cette femme avait une constitution d'athlète.

— Je croyais que tu ne travaillais pas aujourd'hui ?

— C'était ce que j'avais prévu...

Elle ralentit, s'arrêta et se pencha en avant pour étirer ses jambes.

— Mais j'ai changé d'avis. (Elle leva la tête et son regard rencontra celui de Connors.) Tu n'avais pas des projets, toi aussi ?

— Oui, mais je peux encore les modifier. (Le weekend à la Martinique qu'il s'apprêtait à lui proposer allait devoir attendre.) Mon emploi du temps est vide pour les prochaines quarante-huit heures. Si le cœur t'en dit, tu peux en profiter.

Eve laissa échapper un long soupir.

— J'ai envie de nager.

— Je t'accompagne.

— Mais tu ne viens pas déjà de te baigner ?

Il passa son pouce sur sa fossette. L'exercice avait donné à ses joues une légère teinte rosée et des gouttelettes de sueur s'étaient formées sur ses tempes.

— Et alors ? Ça n'a rien d'illégal, lieutenant.

Il lui prit la main et l'entraîna jusqu'à la grande salle de la piscine où flottait un parfum fleuri.

Caché derrière un rideau de palmiers et de bougainvillées, le bassin entouré de rochers et de cascades ressemblait à un lagon.

— Je vais chercher un maillot.
— Inutile.
Connors, souriant, fit lentement glisser les bretelles de sa combinaison. De ses mains longues et fines, il effleura sa poitrine qui se dénudait peu à peu.
— Quelle sorte de sport as-tu en tête ? demanda la jeune femme d'un air soupçonneux.
— Celui que tu voudras.
Il lui prit doucement le menton et se pencha pour l'embrasser.
— Je t'aime, murmura-t-il.
Elle ferma les yeux et posa son front contre le sien.
— Et j'en suis très heureuse.
Complètement dénudée, elle se retourna et plongea dans l'eau claire. Quand elle eut fait quelques brasses en profondeur, elle remonta à la surface et, s'allongeant sur le dos, se laissa paresseusement porter par les flots. Elle tendit la main vers Connors. Leurs doigts s'entremêlèrent.
— Tu sais quoi ? Je suis parfaitement détendue.
— Ah oui ?
— À tel point que je ne pourrais certainement pas m'opposer à un pervers qui tenterait d'abuser de moi.
Il l'attrapa par la taille, la retournant vers lui.
— Dans ce cas…
Leurs lèvres se rencontrèrent. Elle se sentait légère, fluide, emplie d'un désir tranquille. Levant les mains, elle caressa les mèches noires et soyeuses de Connors. Le corps puissant et ferme de son mari contre le sien épousait ses formes avec perfection. Elle soupira en sentant ses mains sur sa peau.
Soudain elle plongea, enlacée à lui. Quand la bouche de Connors emprisonna sa poitrine, elle fut parcourue

d'un frisson. Et quand ses doigts s'insinuèrent en elle, la jouissance la fit brusquement remonter à la surface.

Désorientée, éperdue de plaisir, elle inspira une grande bouffée d'air. Ses poumons se vidèrent d'un coup lorsque la bouche experte de Connors vint remplacer sa main.

Cet assaut était précisément ce qu'elle avait désiré. Qu'il sache si bien comprendre et devancer ses attentes était un mystère qui l'enchantait.

Elle renversa la tête en arrière, s'appuyant contre le bord lissé de la piscine. Lentement, la bouche de Connors remonta le long de son corps pour venir torturer sa gorge où son pouls affolé battait à fleur de peau.

— Ta capacité à retenir ta respiration est phénoménale, parvint-elle à articuler, pour aussitôt se taire tandis que Connors entrait doucement en elle.

Il la scrutait intensément, observant ses traits s'épanouir sous le plaisir. Ses cheveux mouillés étaient rejetés en arrière, dégageant l'ovale de son visage. Et cette bouche, habituellement si sévère, tremblait à présent pour lui. Il saisit Eve par les hanches et s'enfonça encore, lui arrachant un gémissement.

Mordillant ses lèvres entrouvertes, il se mit à remuer avec cette maîtrise délicieuse qui était une torture pour leurs corps impatients.

Il vit le regard de la jeune femme s'embrumer, entendit une plainte s'échapper de sa poitrine. Une coulée de lave courait dans ses veines, mais il n'accéléra pas son rythme. Il se retenait, attendant que cette plainte devienne un appel.

Quand enfin il l'entendit crier son nom, il s'abandonna à son propre plaisir qui déferla telle une vague sur le sable blanc.

Eve s'agrippa à ses épaules.

— Ne me lâche pas encore, où je vais couler comme une pierre, bredouilla-t-elle.

Il rit. De ses lèvres, il effleura la veine bleutée qui battait sur son cou.

— Tu devrais te lever tôt plus souvent, dit-il.

— Ce serait trop risqué. C'est un miracle que nous ne nous soyons pas noyés !

Il respira l'odeur de sa peau mouillée.

— Le risque n'est pas complètement écarté.

— Nous pourrions utiliser les marches.

— Bonne idée, si tu penses avoir le temps de recommencer.

Ils remontèrent petit à petit jusqu'aux marches du bassin.

— J'ai besoin d'un café, murmura Eve d'une voix tremblante, avant de se redresser pour aller chercher deux peignoirs en éponge.

Quand elle revint, Connors avait déjà programmé deux tasses de café noir sur l'AutoChef. Le soleil qui venait de se lever emplissait la pièce d'une lumière dorée.

— Tu as faim ?

Elle but une gorgée de café dont le goût corsé lui arracha un petit soupir de plaisir.

— Oui, je meurs de faim, mais je veux d'abord aller prendre une douche.

De retour dans leurs appartements, Eve se dirigea droit vers la salle de bains, emportant avec elle sa tasse de café. Quand Connors vint la rejoindre, elle lui jeta un regard menaçant.

— Si tu oses baisser la température, je te tue.

Il sourit.

— D'accord, d'accord. Ne me tue pas, lieutenant.

Eve déposa sa tasse sur le rebord de la cabine et s'empara du savon.

Elle fut la première à sortir de la douche. Alors qu'elle entrait dans la chambre de séchage, elle entendit Connors ordonner de baisser la température de dix degrés. À la seule pensée de cette eau glacée, la jeune femme frissonna.

Elle n'ignorait pas que Connors attendait des explications sur ce qui l'avait retenue le soir précédent et qui l'obligeait à retourner au bureau pendant le weekend. C'est seulement quand ils furent tous deux installés dans le salon, devant une appétissante omelette au jambon et une seconde tasse de café, qu'Eve se décida à parler.

— Je suis navrée pour hier soir.

Connors piqua un morceau d'omelette avec sa fourchette.

— Vais-je devoir moi aussi m'excuser chaque fois que je devrai partir précipitamment pour mes affaires en bouleversant tes plans ?

Un peu déconcertée par cette question, elle secoua la tête.

— Absolument pas. Mais j'ai eu un empêchement au dernier moment. J'allais partir quand j'ai reçu un coup de fil. La communication était brouillée et nous n'avons pas pu localiser l'appel.

— Ça ne m'étonne pas, votre équipement est minable.

— Ça n'a rien à voir avec la qualité de nos équipements. Ce type est un pro et, même à toi, il donnerait du fil à retordre.

— Là, je te trouve vexante.

Elle ne put retenir un sourire.

— Eh bien, tu auras peut-être l'occasion de me montrer tes compétences. Étant donné que ce type voulait me parler personnellement, je ne serais pas surprise qu'il essaie de me joindre ici.

Ne laissant rien paraître de son inquiétude, Connors reposa la fourchette et prit sa tasse d'un air dégagé.

— Personnellement, dis-tu ?

— Oui, c'est à moi qu'il voulait parler. Et il m'a débité tout un tas d'absurdités à connotation religieuse. D'après ce que j'ai compris, il se croit investi d'une mission divine. Dieu lui aurait demandé de jouer aux devinettes.

Elle passa l'enregistrement de la conversation, observant le visage de Connors qui prenait une expression grave.

— La tour Prestige, murmura-t-il. Tu l'as fait fouiller ?

— Oui, et particulièrement l'appartement du dernier étage. Un morceau de la victime traînait encore dans le salon. Nous avons trouvé le reste de son corps dans la chambre à coucher.

Elle repoussa son assiette, se leva et se mit à marcher de long en large en jouant nerveusement avec ses cheveux.

— Ce spectacle est ce que j'ai vu de pire, Connors. De la cruauté à l'état pur. Et ce n'était pas l'acte d'un dément, chaque détail semblait avoir été pensé, réfléchi. Une véritable mise en scène. L'autopsie préliminaire a montré que toutes ces mutilations ont été infligées alors que la victime était encore en vie et consciente. On l'avait droguée, juste assez pour qu'elle ne s'évanouisse pas sous l'effet de la douleur. Et croismoi, cette douleur a dû être inhumaine. Le tueur est allé jusqu'à l'éventrer.

— Bon sang ! s'exclama Connors. Ce châtiment était employé autrefois pour punir les crimes politiques et religieux. Il provoque une mort lente et atroce.

— Et le résultat n'est pas joli à regarder, reprit Eve. On lui a coupé une main et les deux pieds. Un de ses yeux a été arraché. C'est d'ailleurs la seule partie de son corps que nous n'ayons pas retrouvée sur les lieux.

— Quelle boucherie !

Connors, qui pensait pourtant avoir l'estomac bien accroché, avait brusquement perdu tout appétit. Il se leva et marcha jusqu'à la penderie.

— Œil pour œil, murmura-t-il. Comme dans la Bible.

Il prit un pantalon de toile sur le présentoir tournant.

— Le mobile semble être la vengeance, mais je crains que nous ne trouvions rien en fouillant le passé de la victime. J'ai demandé le black-out sur cette affaire, au moins jusqu'à ce que nous ayons prévenu sa famille.

Connors, qui avait enfilé son pantalon, prit une chemise de lin blanc sur une étagère.

— Il avait des enfants ?

— Oui, trois.

— Sale boulot que le tien, lieutenant.

— Et pourtant je l'aime. D'après ce que je sais, sa famille habite en Irlande, il va nous falloir retrouver leur trace.

— En Irlande ?

— Oui, il semble que la victime soit l'un de tes anciens compatriotes. Il s'appelait Thomas X. Brennen, mais je présume que ce nom ne te dira rien.

Eve pâlit en voyant le visage de Connors prendre une expression sinistre.

— Quarante ans environ ? demanda-t-il d'une voix blanche. Dans les un mètre quatre-vingts, les cheveux blond clair ?

— Oui. Il travaillait dans les loisirs et les communications.

— Tommy Brennen.

Tenant toujours sa chemise, Connors s'assit sur l'accoudoir d'un fauteuil.

— Je suis navrée, jamais je n'aurais pensé qu'il pouvait être de tes amis.

— Il n'était pas un ami. (Connors secoua la tête.) Enfin, pas depuis dix ans. Je l'ai connu à Dublin. Il était spécialisé dans le piratage informatique à l'époque où je vivais encore d'escroqueries. Nos routes se sont croisées plusieurs fois. Il nous est arrivé de travailler ensemble et de vider quelques bières dans un pub. Il y a environ douze ans, Tommy a fait la connaissance d'une jeune fille de bonne famille, une beauté irlandaise. Il est tombé fou amoureux et a décidé de revenir dans le droit chemin. Du jour au lendemain, il a coupé les ponts avec toutes ses mauvaises fréquentations. Je savais qu'il lui arrivait de séjourner à New York, mais par un accord tacite nous gardions nos distances. Sa femme n'a probablement jamais rien su de son passé.

Eve vint s'asseoir près de lui, sur l'autre accoudoir du fauteuil.

— Mais peut-être est-ce justement ce passé qui l'a rattrapé… Écoute, Connors, il va falloir que j'épluche la vie de cet homme, et j'aimerais savoir si je risque de découvrir sur toi des choses un peu déplaisantes.

Il secoua la tête.

— Je couvre toujours mes traces, lieutenant. Et comme je te l'ai dit, nous ne nous étions pas revus depuis plus de dix ans... Mais je me souviens de lui, il avait une belle voix de ténor. Un rire gai, un caractère jovial et le profond désir de fonder une famille. Il savait se battre, mais il ne cherchait pas les problèmes, autant que je m'en souvienne.

— Qu'il les ait cherchés ou pas, il les a trouvés. Sais-tu où habite sa famille ?

Il se leva.

— Non. Mais je peux rapidement te trouver cette information.

— Tu me rendrais un grand service.

Elle se leva elle aussi tandis que Connors enfilait sa chemise.

— Je suis navrée, Connors.

— Je suis désolé, moi aussi... Bon. Je vais dans mon bureau. Accorde-moi dix minutes.

Eve s'habilla sans hâte. Elle avait le sentiment que Connors aurait besoin de plus de dix minutes. Non pour retrouver les données qu'elle lui avait demandées. Avec l'équipement qu'il possédait et ses compétences, il lui faudrait moitié moins de temps. Mais il aurait besoin de quelques instants de recueillement pour surmonter l'atroce nouvelle.

Elle-même n'avait jamais perdu personne dans son entourage. Peut-être, songea-t-elle, parce qu'elle avait laissé peu de gens entrer dans le cercle de ses intimes. Puis il y avait eu Connors et il ne lui avait pas laissé le choix. Il l'avait conquise avec brio, tact et efficacité. Et désormais... Elle caressa l'anneau d'or qu'elle portait à la main gauche. Désormais, il était pour elle aussi vital que l'air qu'elle respirait.

Arrivée devant le bureau de Connors, elle choisit de frapper, bien que rien ne l'y obligeât, et attendit que la porte s'ouvre.

Les stores étaient relevés et la lumière du soleil inondait la pièce. Quelques nuages gris obscurcissaient le ciel, signe qu'il allait encore pleuvoir. Connors n'était pas assis derrière la console de son ordinateur, mais à sa table de travail, une pièce magnifique en bois massif. Sur le sol du bureau s'étalaient des tapis anciens qu'il avait rapportés de ses voyages.

Eve glissa les mains dans ses poches. Elle était presque habituée à toute cette splendeur qui était devenue son décor quotidien, mais se trouvait désarmée devant le chagrin de son mari.

— Écoute... commença-t-elle.

— La recherche a été plus difficile que je ne le pensais, dit-il en lui montrant une feuille de papier qu'il fit glisser vers elle sur son bureau. Sa femme et ses enfants vivent actuellement à Dublin. Il avait deux garçons et une fille, âgés de six à neuf ans.

Trop fébrile pour rester assis, il se leva et s'approcha de la fenêtre pour contempler New York. Au-dessus de la ville qui s'éveillait à peine, le ciel semblait presque immobile. Il avait réussi à trouver des photos de la famille : une jolie femme aux yeux vifs et de beaux enfants aux joues rondes et roses. Voir ces photos lui avait brisé le cœur.

— Financièrement, ils n'ont aucun souci à se faire, déclara-t-il comme s'il se parlait à lui-même. Tommy avait pris ses dispositions. Tout semble montrer qu'il était devenu un bon père et un mari attentionné.

Eve traversa la pièce, leva une main vers lui puis la laissa retomber. Décidément, elle n'était pas douée pour le réconfort.

— Je ne sais pas quoi te dire, avoua-t-elle enfin.

Quand il se tourna vers elle, un éclat étrange brillait dans ses yeux bleus, mélange de chagrin et de rage.

— Trouve celui qui a fait ça. Je sais que je peux te faire confiance.

— Compte sur moi.

Un sourire éclaira le visage sombre de Connors.

— Toujours la même, lieutenant Dallas, toujours sur la brèche.

Il passa une main dans ses cheveux et eut l'air surpris quand elle lui saisit le poignet.

— Laisse-moi régler cette affaire toute seule, Connors.

— Aurais-je dit le contraire ?

— C'est ce que tu n'as pas dit qui me pose un problème. (Elle le connaissait suffisamment pour savoir qu'il allait tenter de mener sa propre enquête.) Si tu as l'intention de faire cavalier seul, je te conseille de laisser tomber. Il s'agit de mon enquête et j'entends bien la mener jusqu'au bout.

Il lui caressa le bras.

— Bien entendu, mais j'aimerais que tu me tiennes informé. Et tu sais que je serai toujours disponible pour te donner un coup de main, si tu en as besoin.

— Je peux parfaitement m'en sortir seule. Tu ferais bien de ne pas trop fourrer ton nez dans cette histoire.

Il lui donna un petit baiser sur le bout du nez.

— Non, lieutenant, dit-il d'un ton enjoué.

— Écoute, Connors…

— Préférerais-tu que je te mente ? (Il prit sur sa table la feuille qu'il venait d'imprimer pour elle et la lui tendit.) Allez, va travailler. Je dois passer quelques coups de fil. Avant la fin de la journée, j'aurai des informations sur la situation financière de Tommy. J'aurai aussi établi une liste de tous ses amis et associés et je connaîtrai le nom de ses ennemis et de ses maîtresses, s'il en avait. (Tout en parlant, il poussait Eve vers la porte.) Il me sera facile d'obtenir toutes ces données et elles t'éclaireront sur la personnalité de la victime.

La jeune femme se retourna vers Connors qui lui tenait la porte.

— Entendu, je te laisse réunir ces données. Mais ne t'avise pas d'en faire plus ou tu auras affaire à moi.

— Je te trouve si excitante quand tu prends cet air sévère.

Réprimant un fou rire, Eve jeta à son mari un regard noir.

— Idiot !

Sur ce, elle enfonça ses mains dans les poches et s'éloigna.

Connors attendit qu'elle eût disparu dans l'escalier, puis il se tourna vers l'écran mural et demanda une vue du vestibule. Toute trace de gaieté avait disparu de son visage quand il vit la jeune femme descendre les marches et s'emparer de son blouson que Summerset avait préparé pour elle sur la rambarde.

— Tu oublies ton parapluie, murmura-t-il en soupirant.

Il n'avait pas confié à Eve tout ce qu'il savait, car il éprouvait une certaine réticence à mêler la femme qu'il aimait aux turpitudes de son passé. Et puis, il n'était pas sûr que cela ait un rapport avec le meurtre de Brennen...

Connors quitta son bureau pour rejoindre la salle de transmission où il entreposait du matériel électronique de pointe, aussi cher qu'illégal. Il posa sa paume sur l'écran de sécurité. La porte s'ouvrit. Les appareils qu'il avait réunis dans cette pièce n'étaient enregistrés nulle part et leur fonctionnement échappait à la détection pourtant toute-puissante de l'Ordigarde. Il avait besoin de plus de détails avant d'entreprendre ses recherches, aussi prit-il place devant la console depuis laquelle il contrôlait tout son matériel.

Pénétrer dans le système informatique de la police new-yorkaise fut un jeu d'enfant, et c'est en formulant des excuses silencieuses à l'adresse de sa femme que Connors entra dans les fichiers d'Eve.

— Vidéo des lieux du crime sur l'écran, ordonna-t-il. Rapport d'autopsie sur l'écran 2. Rapport d'enquête préliminaire sur l'écran 3.

Les mâchoires serrées, Connors découvrit le corps atrocement mutilé de Thomas Brennen. Il ne restait rien de l'homme qu'il avait connu à Dublin. Il lut le compte rendu rédigé par sa femme et décrypta la terminologie complexe du rapport d'autopsie.

— Copie dans le fichier Brennen, accès limité à Connors, protection par identification vocale. Effacer les écrans.

Il fit pivoter son siège pour s'emparer de son vidéocom.

— Summerset ? Monte, s'il te plaît.

En attendant son majordome, il se leva et s'approcha de la fenêtre. Son passé reviendrait toujours le hanter.

Tandis qu'il ruminait ces pensées lugubres, la porte s'ouvrit et la silhouette noire et maigre de Summerset apparut.

— Tu voulais me voir. Que se passe-t-il ?

— Tu te rappelles Thomas Brennen ?

Les lèvres minces de Summerset esquissèrent un sourire.

— Oh oui, je me rappelle ! Un sacré gaillard, toujours prêt à entonner un couplet entre deux pintes de Guinness.

— Il a été assassiné.

Le majordome haussa les sourcils.

— Je suis navré de l'apprendre.

— Ça s'est passé ici, à New York. C'est Eve qui a découvert le corps. Il a été torturé atrocement, puis éventré.

Summerset, qui avait déjà pâli, devint cette fois blanc comme un linge.

— C'est... c'est sûrement une coïncidence.

— Je l'espère...

Pour calmer sa nervosité, Connors s'autorisa à fumer une cigarette qu'il sortit d'un étui laqué.

— Mais celui qui a fait ça voulait que ma femme soit impliquée, parce qu'il l'a appelée personnellement.

— Normal, c'est un flic, rétorqua Summerset sur un ton qui exprimait tout son mépris pour cette profession.

Connors le considéra froidement.

— Elle est aussi ma femme. S'il s'avère que ce meurtre n'est pas une coïncidence, je lui raconterai tout.

— Tu ne peux pas prendre ce risque. Il n'y a pas prescription pour les crimes, même lorsqu'ils sont justifiés.

Connors tira une bouffée sur sa cigarette et se rassit devant sa console.

— Je serai obligé de la mettre au courant, quoi qu'il m'en coûte. Je ne la laisserai pas tâtonner alors que je détiens des informations qui pourraient lui permettre de résoudre cette affaire.

Il fixa le bout incandescent de sa cigarette d'un regard assombri par le chagrin et ajouta :

— Je préfère te prévenir.

— Ce n'est pas moi qui paierai si elle décide de te livrer à la justice. Tu n'as fait que ton devoir.

— Et Eve ne fera aussi que son devoir, répondit Connors d'une voix calme. Mais avant tout, nous devons essayer de comprendre ce qui s'est passé. Quels souvenirs as-tu gardés de cette époque ? Te rappelles-tu le nom des gens qui étaient impliqués ?

— Je n'ai oublié aucun détail, répondit Summerset, le regard dur, les mâchoires crispées.

— Je le savais. Dans ce cas, mettons-nous au travail.

Les voyants de la console clignotaient comme des étoiles. Il aimait les regarder. Peu lui importait que la pièce fût petite et aveugle, tant qu'il entendait le ronronnement de la machine, tant qu'il pouvait se laisser guider par ces étoiles.

Il était prêt à monter sur le ring pour le prochain round. Prêt pour l'accomplissement de sa mission divine.

Ses instruments avaient été préparés avec soin. Il ouvrit le flacon d'eau bénite et, respectueusement, en aspergea le pistolet laser, les couteaux, le marteau et les clous. Les instruments de sa vengeance.

À côté se dressait une statue de la Vierge sculptée dans un marbre blanc, symbole de sa pureté, les bras ouverts en signe de bénédiction, le visage rayonnant de beauté et de sérénité.

Il se pencha pour embrasser les pieds de la Madone.

Pendant un bref instant, il crut voir sur sa main une tache rouge et se mit à trembler.

Mais non, sa main était propre et pure. Il l'avait lavée du sang de son ennemi. Les autres portaient la marque de Caïn, mais pas lui. Il était l'agneau de Dieu.

Bientôt, très bientôt, il affronterait son deuxième ennemi. Il devrait être fort pour tendre son piège, et mettre sur son visage le masque de l'amitié.

Il avait jeûné, accompli le sacrifice, purifié son corps et son esprit des démons.

Il plongea le bout de ses doigts dans l'eau bénite et se signa. Puis il s'agenouilla, refermant la main sur son scapulaire qui avait été consacré par le pape et qui le protégeait contre les œuvres de Satan.

L'objet fut glissé avec soin sous la soie de la chemise, au contact de la peau nue.

Sûr de lui, confiant, l'homme leva les yeux vers un crucifix accroché au-dessus de la table sur laquelle étaient disposées les armes de sa mission.

Il alluma plusieurs cierges, réunit ses mains devant lui et, la tête courbée, se mit à prier avec la ferveur des fidèles et des fous.

Il se préparait au crime.

3

Les locaux de la brigade criminelle, au commissariat central, étaient imprégnés d'une odeur de café. Eve se fraya un passage entre les box et les bureaux encombrés, sans prêter attention au brouhaha habituel des conversations téléphoniques. Un drode chargé de l'entretien passait la serpillière.

Le box qu'occupait Peabody, au bout de la grande salle, était un espace minuscule et mal éclairé. Pourtant, il était rangé avec la méticulosité dont l'agent Peabody faisait preuve en toutes circonstances.

— Quoi de neuf ? demanda Eve en entrant. Est-ce qu'on a reçu le rapport du labo ?

Penchée sur son bureau de métal cabossé, Peabody leva les yeux.

— Pas encore, mais je viens de leur passer un savon. Nous devrions l'avoir incessamment.

— Bon, en attendant nous allons voir ce que les disquettes du système de surveillance contiennent.

— C'est qu'il y a un petit problème, lieutenant.

— Comment ! Vous ne les avez pas ?

— Je n'ai que ce que j'ai pu trouver. (Joignant le geste à la parole, Peabody montra un sac de plastique scellé qui renfermait une unique disquette.) Le système de surveillance du dernier étage de la tour et l'œil électronique placé dans l'appartement de Brennen ne fonctionnaient pas. Nous n'avons rien concernant les douze heures qui précèdent la découverte du corps.

Eve hocha la tête avec résignation et s'empara du sac.

— J'aurais dû penser qu'il n'était pas si bête. Avez-vous un enregistrement des appels passés et reçus par Brennen sur son vidéocom ?

— Oui, ils sont ici, répondit Peabody en montrant un autre sac étiqueté avec soin.

— Bien, passons dans mon bureau et examinons tout cela. Je vais appeler Feeney, continua Eve tandis que les deux femmes sortaient du box. Nous aurons besoin de la Division de détection électronique sur ce coup-là.

— Mais le capitaine Feeney est en vacances au Mexique, lieutenant !

Eve s'arrêta net et fit une grimace.

— Zut, j'avais complètement oublié. Il est parti pour deux semaines, c'est ça ?

— Oui, deux semaines de rêve dans votre magnifique villa où vous n'avez pas encore invité votre assistante pourtant si dévouée…

Eve regarda Peabody d'un air surpris.

— J'ignorais que vous aviez tellement envie de voir le Mexique.

— Oh, j'y suis déjà allée, mais c'est d'un beau Mexicain aux yeux noirs dont j'ai envie.

Réprimant un sourire, Eve ouvrit la porte de son bureau.

— Si nous élucidons ce meurtre rapidement, je tâcherai de vous organiser un petit séjour.

Elle jeta sans ménagement les disquettes sur son bureau déjà passablement désordonné et se débarrassa de son blouson d'un coup d'épaule.

— Feeney ou pas, il nous faut la collaboration de la DDE, ajouta-t-elle. Demandez-leur de nous envoyer un bonhomme, quelqu'un de qualifié.

Peabody sortit son portable, pendant qu'Eve s'asseyait derrière sa table et glissait la disquette contenant les communications de Brennen dans le lecteur.

Un seul appel était enregistré. Il avait été passé par Brennen la veille de sa mort. La voix de la victime, qui avait appelé sa femme et ses enfants, emplit le petit bureau. En écoutant cette conversation simple et intime entre un homme et sa famille, Eve fut submergée par une immense tristesse.

— Il faut que je contacte sa femme, murmura-t-elle. Quelle pénible façon de commencer la journée… Je ferais bien de m'en occuper maintenant, avant que les médias n'aient vent de l'affaire. Si vous voulez bien me laisser seule pendant une dizaine de minutes, Peabody.

— Bien sûr, lieutenant. J'ai réussi à joindre la DDE, ils nous envoient un de leurs hommes, un dénommé McNab.

— Parfait.

Quand la porte se referma et qu'elle se retrouva seule, Eve soupira profondément. Puis, prenant son courage à deux mains, elle composa le numéro d'Eileen Brennen…

Dix minutes plus tard, Peabody était de retour. En entrant, elle trouva Eve debout devant sa minuscule fenêtre, une tasse de café à la main.

— Eileen Brennen rentre à New York avec ses enfants. Elle a insisté pour revoir une dernière fois son mari. Elle ne s'est pas effondrée comme je le redoutais.

Mais sa voix était lourde de reproches comme si la police était responsable de son malheur.

Elle remua les épaules comme pour se débarrasser d'un grand poids et se tourna vers son assistante.

— Examinons la disquette du système de surveillance. Qui sait, elle nous révélera peut-être quelque chose.

Peabody retira la disquette de son enveloppe et l'introduisit dans le lecteur. Quelques secondes plus tard, une image apparut.

— Mais qu'est-ce que c'est que ce truc ? s'exclama Eve.

— Pas la moindre idée.

Avec une moue dubitative, Peabody contemplait les silhouettes qui se déplaçaient sur l'écran. Les voix fortes et solennelles parlaient dans une langue étrangère. Au centre de l'image se tenait un homme vêtu d'une longue robe noire. Il était entouré de deux jeunes garçons habillés de blanc. L'homme tenait devant lui, à bout de bras, une coupe d'argent. Il était placé derrière un autel recouvert d'un drap noir sur lequel étaient disposés des fleurs et des cierges.

— Est-ce une sorte de rituel ?

— C'est une messe, murmura Eve qui examinait un long caisson fermé en contrebas de l'autel. Et je dirais même plus, c'est un service funèbre tel qu'il est pratiqué par les catholiques... Ordinateur, identifie ce rituel et cette langue.

— Il s'agit d'un rite catholique. Une messe des morts. La langue parlée est le latin. Le rituel pratiqué dans cet extrait est celui de l'offertoire...

— Stop, on s'arrête là. (Elle regarda Peabody.) Où diable avez-vous déniché cette disquette ?

— Comme je vous l'ai dit, elle provient du système de vidéosurveillance. Elle était étiquetée comme les autres.

Eve serra les poings.

— Il les a échangées. Cette ordure continue ses petits jeux et je dois dire qu'il nous a bien eues. Ordinateur, arrête la lecture et copie la disquette. Il se moque de nous, Peabody, mais il va voir de quel bois je me chauffe. Nous allons perquisitionner la salle de surveillance et je veux toutes les disquettes concernant la période qui nous intéresse.

— Toutes ?

— Oui, toutes. Et je veux aussi le rapport des hommes qui ont interrogé les voisins. (Elle glissa dans sa poche la copie que son ordinateur venait d'effectuer pour elle.) Et je voudrais bien savoir ce qui est advenu de ce fichu rapport du labo !

Elle posa la main sur son vidéocom juste au moment où celui-ci se mettait à sonner.

— Dallas, j'écoute.

— Vous êtes vive, lieutenant… Vous m'impressionnez.

Eve n'eut qu'à faire un clin d'œil à Peabody pour qu'aussitôt son assistante comprenne que l'appel devait être localisé. Son écran s'était empli de taches multicolores. La musique, cette fois, était un chœur qui chantait dans une langue qu'Eve était à présent en mesure de reconnaître. C'était du latin.

— Vous avez fait un beau massacre sur Brennen. J'espère que vous en avez retiré beaucoup de plaisir ?

— Oh, oui. Vous ne savez pas à quel point. Tommy avait une belle voix de ténor et je l'ai bien fait chanter. Écoutez.

Soudain la pièce s'emplit de cris horribles, inhumains.

— N'est-ce pas beau ? Je l'ai maintenu en vie pendant quatre longues heures. À la fin, il m'a supplié de l'achever mais je voulais d'abord qu'il demande pardon pour tous ses péchés.

Eve s'efforça de rester calme.

— Je finirai bien par vous coincer. Et quand ce moment arrivera, j'aurai réuni assez de preuves pour vous envoyer croupir dans une cage sur Attica II jusqu'à la fin de vos jours. À côté de ce qui vous attend, les prisons que nous avons sur Terre sont de vraies colonies de vacances.

— Jean Baptiste fut emprisonné lui aussi, mais il connut la gloire céleste.

Eve essayait de rassembler ses minces connaissances religieuses.

— Jean Baptiste. C'est ce type qui a eu la tête tranchée à cause d'une fille qui dansait avec des voiles ?

— Salomé n'était qu'une courtisane. (Il parlait si doucement à présent qu'Eve dut se pencher vers le haut-parleur pour l'entendre.) Pour nous séduire, le démon sait employer tous les artifices. Mais Jean Baptiste trouva en lui la force de résister à la tentation et il mourut comme un saint.

— Vous voulez connaître la même fin que lui ? Mourir en martyr au nom de ce que vous appelez votre foi ? Si c'est ça que vous voulez, je peux vous aider. Il vous suffit de me dire où vous êtes et je viendrai vous cueillir.

— Vous me défiez, lieutenant ? C'est charmant. Vous êtes plus forte que je ne le pensais et vous vous prénommez Eve, comme notre mère à tous. Si votre cœur était pur, je crois que j'aurais de l'admiration pour vous.

— Épargnez-moi votre admiration.

— Eve était faible. Et par sa faute l'homme fut chassé du jardin d'Éden.

— Oui, oui, et Adam était un grand mou qui n'a pas su prendre ses responsabilités... Bon, assez de catéchisme. Vous n'avez rien d'autre à me dire ?

— J'ai hâte de vous rencontrer, mais il va me falloir être patient.

— Les présentations pourraient arriver plus tôt que prévu.

— C'est possible. En attendant, je vais vous poser une autre devinette. Il s'agit d'une course, cette fois. Le prochain pécheur vit toujours et, comme un bienheureux, il ignore tout du châtiment qui l'attend. « L'homme aux actes de fidélité recevra de nombreuses bénédictions, mais celui qui se hâte pour acquérir la richesse ne restera pas impuni. » Celui dont je parle est resté trop longtemps impuni.

— Quel est son crime ?

— Cet homme est un menteur. Vous avez vingt-quatre heures pour le sauver, si telle est la volonté de Dieu. Et maintenant voici la devinette : il est clair de peau et jadis vécut d'expédients. Mais aujourd'hui le héros est fatigué et, comme ce vieux Dicey Riley, il va à la soupe. Il vit là où il travaille, travaille là où il vit, et la nuit durant il sert à d'autres ce dont lui-même a toujours soif. Il a traversé l'océan et maintenant se cloître dans un lieu qui lui rappelle son passé. Sa chance tournera demain matin si vous ne l'avez pas retrouvé d'ici là. Alors, ne perdez pas de temps...

Eve resta longtemps les yeux rivés sur son écran redevenu noir.

— Désolée, lieutenant. Nous n'avons pas pu le localiser. Il n'y a plus qu'à espérer que le gars de la DDE pourra nous trouver un truc.

— Qu'est-ce que c'est que tout ce charabia ? marmonna Eve. Qui est ce Dicey Riley ? Et pourquoi a-t-il parlé de soupe ? Un restaurant. C'est sans doute un restaurant irlandais…

Eve se laissa tomber sur sa chaise.

— Ordinateur, imprime-moi la liste de tous les restaurants irlandais de la ville. (Elle se tourna vers Peabody.) Contactez Tweeser. Elle dirigeait l'équipe qui a fait le relevé des indices chez Brennen. Il me faut quelque chose, n'importe quoi. Ensuite vous enverrez un agent à la tour Prestige pour récupérer les disquettes de surveillance. Allez, au boulot !

— Tout de suite, lieutenant, répondit Peabody en se ruant vers la porte.

Une heure plus tard, Eve relisait une fois de plus le compte rendu du labo. Il ne contenait rien d'intéressant. Elle frotta ses yeux rougis. Elle devait essayer de visualiser ce qui s'était passé. Sa mémoire n'avait retenu de la scène du crime que le sang, la boucherie. Il fallait qu'elle parvienne à y voir plus clair.

La citation biblique était extraite du Livre des Proverbes. Tout ce qu'elle parvenait à en déduire, c'était que la prochaine victime désirait devenir riche. Or c'était le cas de la quasi-totalité des habitants de New York.

Le mobile de ces crimes était la vengeance. S'agissait-il d'une histoire d'argent ? L'assassin était-il une relation de Brennen ? Elle appela sur son écran les listes que Connors lui avait transmises et qui recensaient tous les amis et associés de Brennen.

Pas de maîtresse. S'il y en avait eu une, Connors l'aurait retrouvée. Thomas Brennen avait été un époux fidèle.

En entendant frapper à sa porte, Eve leva les yeux. Perdue dans ses pensées, elle regarda d'un air absent l'homme qui lui souriait de toutes ses dents. Il devait avoir dans les vingt-cinq ans. Il était joli garçon et semblait avoir un penchant pour les vêtements à la dernière mode.

Même avec ses bottines jaunes, il ne devait pas mesurer plus d'un mètre soixante-dix. Il portait un jean large et un blouson aux poignets usés. Ses cheveux blonds étaient rassemblés dans une queue-de-cheval qui lui descendait jusqu'à la taille et son oreille gauche arborait une bonne demi-douzaine d'anneaux dorés.

— Vous vous êtes trompé de porte, jeune homme. Vous êtes aux homicides, ici.

— Vous devez être le lieutenant Dallas ?

Son sourire s'élargit, creusant deux fossettes dans ses joues. Ses yeux étaient d'un vert très pâle.

— Je me présente : McNab, de la DDE.

Eve réprima à grand-peine un grognement de mécontentement et tendit la main au nouvel arrivant. Dieu tout-puissant ! Ce fut la seule chose qui lui vint à l'esprit quand elle serra ses doigts ornés de multiples bagues.

— Vous travaillez avec Feeney ?

— Oui, je suis entré dans son équipe il y a six mois. (Il balaya du regard le bureau exigu et mal éclairé.) À ce que je vois, les homicides ont été frappés de plein fouet par les coupes budgétaires. À la DDE, nous avons des placards plus grands que cette pièce.

Regardant au-dessus de la tête d'Eve, il arbora un nouveau sourire en apercevant Peabody qui venait de les rejoindre.

— Rien de plus beau qu'une femme en uniforme.

— Peabody, je vous présente McNab.

La jeune femme étudia l'accoutrement de McNab d'un œil impitoyable.

— C'est la nouvelle tenue de la DDE ?

— Nous sommes samedi, répondit l'autre d'un air dégagé. J'ai reçu l'appel chez moi et je suis venu tout de suite. Et puis, à la DDE, on est plutôt cool sur l'habillement.

— Je vois ça..

Peabody passa près de lui avec un air renfrogné auquel il répondit par un autre sourire, tout en laissant glisser son regard sur ses courbes gracieuses.

« Pas mal, se dit-il. Pas mal du tout... »

Quand, levant les yeux, il rencontra le visage fermé d'Eve, il s'éclaircit la gorge. Il connaissait la réputation de sérieux et d'intransigeance du lieutenant.

— Je me tiens à votre disposition, dit-il.

— Nous enquêtons sur un meurtre, McNab. Et il se pourrait bien que nous en ayons un autre sur les bras avant demain midi. Il va vous falloir localiser l'origine d'un appel que j'ai reçu. Et je veux aussi savoir comment ce tordu est arrivé à brouiller tous nos détecteurs.

— Facile ! Vous avez reçu l'appel sur cet appareil ?

Comme Eve faisait oui de la tête, il s'approcha de la table.

— Je peux emprunter votre chaise ?

— Je vous en prie. Peabody, je dois me rendre à la morgue cet après-midi pour rencontrer Eileen Brennen et essayer d'obtenir d'elle une déposition. Nous allons nous partager la liste des restaurants : La personne que nous recherchons a émigré à New York, elle travaille et vit dans les locaux du restaurant, et il existe vraisemblablement un lien entre elle et Brennen. J'ai ici une liste des amis et associés de Brennen, dit-elle en tendant à son assistante une feuille de papier imprimée. Essayez d'en soutirer quelque chose !

— Bien, lieutenant.

— Et vérifiez s'il n'y a pas un Dicey Riley ou quelque chose d'approchant.

McNab qui, comme tous les informaticiens de la DDE, avait la fâcheuse habitude de siffloter en travaillant devint brusquement silencieux.

— Dicey Riley ! s'esclaffa-t-il.

— Je ne comprends pas ce qui vous fait rire, McNab.

— Rien, juste que c'est le titre d'une ballade irlandaise que l'on chante dans les pubs.

Une lueur d'intérêt s'alluma dans le regard d'Eve.

— Vous êtes irlandais, McNab ?

Aussitôt, voyant le jeune homme prendre un air offensé, elle comprit qu'elle avait fait une bourde.

— Non, lieutenant, écossais. Mon grand-père était un highlander.

— Ravie de l'apprendre. Mais parlez-moi de cette chanson. Que dit-elle ?

— Elle raconte l'histoire d'une femme qui force un peu sur la bouteille.

— Elle boit, donc. Elle ne mange pas ?

— Non, elle boit, comme beaucoup d'Irlandais, hélas.

— Merci, McNab. Maintenant, reprenez votre boulot. Peabody, la liste que nous avons contient principalement des restaurants, mais nous allons rechercher également le nom de tous les pubs irlandais de la ville.

— C'est un régiment qu'il va vous falloir si vous voulez contrôler tous les bars irlandais de New York, lança McNab, amusé, avant de se tourner vers son écran.

— Oh, vous, occupez-vous de vos affaires, rétorqua Eve. Peabody, vous avez des nouvelles du gars que vous avez envoyé récupérer les disquettes de surveillance à la tour Prestige ?

— Il est en route.

— Très bien. Nous allons nous répartir les pubs par secteur. Je prends le Sud et l'Ouest, et vous le Nord et l'Est.

Tandis que son assistante sortait du bureau, Eve se tourna une dernière fois vers McNab.

— Trouvez-moi quelque chose, et vite.

— Je crains que vous ne me demandiez l'impossible, répondit le jeune homme qui semblait à présent préoccupé. J'exécute en ce moment un programme de recherche sur le dernier appel reçu. Ce traitement est très long, mais c'est la meilleure façon de retrouver l'origine d'un appel à travers un brouillage.

— Faites aussi vite que possible, grommela Eve. Et prévenez-moi dès que vous aurez avancé.

En se rendant à la morgue, Eve visita une douzaine de bars qui se trouvaient sur sa route. Parmi eux, elle en compta cinq dont le propriétaire ou les serveurs vivaient sur place.

Arrivée à destination, elle se gara sur le parking et appela Peabody.

— Où en sommes-nous ?

— J'ai deux pistes pour le moment, et mon uniforme commence à empester le tabac froid et le whisky, répondit son assistante avec un air dégoûté.

Mais les gens qui travaillent dans ces deux pubs disent n'avoir jamais entendu parler de Brennen.

— Oui, je sais, je n'ai rien obtenu, moi non plus. Quoi qu'il en soit, continuez. Le temps presse.

Eve entra son code d'identification pour pénétrer dans l'immeuble. Sans s'attarder dans la salle d'attente garnie de couronnes mortuaires, elle se dirigea droit vers la morgue.

L'air y était plus frais et imprégné d'une discrète mais tenace odeur de cadavre. Les portes métalliques des réfrigérateurs avaient beau être solidement fermées, la mort trouvait toujours un moyen de révéler sa présence.

Eve s'arrêta devant la porte de la salle B et exhiba son badge sous le lecteur du panneau de surveillance.

— Autopsie en cours. Brennen, Thomas X. Vous êtes autorisée à entrer, lieutenant Eve Dallas. Vous êtes priée d'observer les règles sanitaires.

Le cliquetis d'un verrou se fit entendre et la porte s'ouvrit, libérant un courant d'air glacé. Devant la grande table d'autopsie, Eve aperçut le Dr Morris qui s'affairait.

— Désolé, je n'ai pas encore terminé, Dallas. Nous avons eu beaucoup de clients sans réservation, ce matin. Les gens se bousculent pour être admis ici.

Eve ne releva pas son trait d'humour.

— Que pouvez-vous m'apprendre ?

— C'est un homme de cinquante-deux ans en parfaite santé. Il présente sur l'un des tibias une ancienne trace de fracture parfaitement consolidée. Son dernier repas a été consommé environ quatre heures avant sa mort. Un déjeuner, je dirais. Steak, pain et café. Le café avait été drogué.

— Avec quoi ?

— Un tranquillisant que l'on trouve dans toutes les pharmacies. Il devait planer légèrement.

Eve se trouvait face à lui, de l'autre côté de la table d'autopsie. Tout en lui parlant, Morris tapait son rapport sur son ordinateur portable.

— La première blessure a probablement été l'ablation de la main. Il a dû perdre beaucoup de sang à ce moment-là.

Eve eut alors la vision fugitive de l'appartement de Brennen, avec ses murs couverts de traînées sanglantes.

— Celui qui lui a fait ça a arrêté l'hémorragie en cautérisant la plaie. Mais il n'a pas fait du joli boulot. Regardez comme la peau est noire, comme carbonisée.

— Si je vous suis bien, Brennen aurait perdu connaissance dès la première blessure ? Ce qui expliquerait pourquoi il n'y avait presque aucune trace de lutte dans l'appartement.

— De toute façon, avec un bras en moins, il n'aurait même pas pu se battre contre un gosse. La drogue qu'on lui a fait prendre est un mélange de digitaline et d'adrénaline. Elle a servi à maintenir l'activité cardiaque et cérébrale pendant qu'on lui infligeait ces tortures. (Morris poussa un long soupir.) Et croyez-moi, elles ont duré longtemps. Cet homme n'a pas connu une mort rapide.

Les yeux du médecin derrière ses lunettes de sécurité avaient gardé la même expression douce. De sa main gantée de latex, il fit un geste en direction d'un petit plateau d'acier.

— J'ai trouvé ça dans son estomac.

Eve s'approcha. L'objet avait la taille d'une pièce. Sur une face, il portait un dessin vert sur fond blanc, et sur l'autre, une sorte de boucle de forme oblongue.

— Un trèfle à quatre feuilles, symbole de chance, dit Morris. Votre assassin a un sens de l'humour particulièrement macabre. En revanche, je ne sais pas à quoi peut correspondre cette forme étrange sur l'autre face.

— Je le garde, déclara Eve en glissant l'objet dans sa poche. J'ai l'intention de demander les conseils du Dr Mira sur cette affaire. Elle pourra nous dresser un profil du meurtrier. Elle voudra certainement avoir un entretien avec vous.

— Oh, mais c'est toujours un plaisir de travailler avec la charmante Mira... ainsi qu'avec vous-même, lieutenant. (Le bracelet de communication qu'il portait au poignet se mit à bourdonner.) Ici Morris. J'écoute.

— Mme Brennen est arrivée. Elle souhaite voir le corps de son mari.

— Faites-la patienter dans mon bureau. J'aurai bientôt terminé. (Il se tourna vers Eve.) Vous allez l'interroger ?

— Oui.

— Vous pouvez utiliser mon bureau aussi longtemps que vous voudrez. Dites à Mme Brennen qu'elle pourra voir le corps dans une vingtaine de minutes.

— Merci, répondit Eve en s'apprêtant à sortir.

— Dallas !

— Oui !

— Je suis un homme rationnel, et j'évite de parler du diable, dit Morris qui semblait embarrassé. Mais c'est le seul nom qui me vient à l'esprit quand je songe à celui qui a commis ce meurtre.

Eve avait encore en tête ces paroles du médecin quand elle se retrouva face à la veuve de Brennen.

Eileen Brennen portait une tenue soignée et discrète, et si ses yeux étaient secs, son visage avait la pâleur de la cire. Ses mains ne tremblaient pas, mais elles ne cessaient de s'agiter. Elle tirait tantôt sur une croix d'or qui pendait à une mince chaîne passée autour de son cou, tantôt sur l'ourlet de sa jupe.

— Je veux voir le corps que vous avez trouvé. J'insiste, c'est mon droit le plus absolu.

— Rassurez-vous, Madame Brennen, vous le verrez. Mais je souhaiterais d'abord m'entretenir avec vous quelques instants. Vous me rendriez un grand service en acceptant.

— Mais comment puis-je être sûre qu'il s'agit bien de mon mari ?

Il était inutile de lui laisser de faux espoirs.

— Il a été identifié de façon formelle, madame. Par ses empreintes digitales, par son ADN et par le témoignage du portier de la tour Prestige. Je suis navrée, mais il ne subsiste plus aucun doute. Je vous en prie, asseyez-vous. Désirez-vous quelque chose ? Un verre d'eau ?

— Non, merci, je n'ai besoin de rien.

Avec des gestes raides, Eileen Brennen prit place sur la chaise que lui indiquait Eve.

— Il devait nous rejoindre aujourd'hui à Dublin, expliqua-t-elle. Il n'était resté ici que pour conclure une affaire. Il devait rentrer à la maison aujourd'hui, après avoir passé la nuit à Londres.

— Vous ne l'attendiez donc pas avant aujourd'hui ?

— Non. Il n'a pas appelé la nuit dernière de Londres, comme il me l'avait promis. Mais il lui arrive d'oublier quand il a trop de travail. Je ne me suis pas inquiétée.

Elle serra sa croix de toutes ses forces.

— Vous n'avez donc pas cherché à le joindre ?

— J'avais passé la journée avec les enfants dans un parc de loisirs. Nous sommes rentrés tard et Maize, ma fille, était très énervée. En la mettant au lit, je me suis assoupie. J'étais fatiguée et je n'ai plus pensé que Tommy devait m'appeler de Londres.

Eve laissa à Eileen Brennen le temps de retrouver son calme, puis vint s'asseoir en face d'elle.

— Madame Brennen, savez-vous quelles affaires avaient retenu votre mari à New York ?

— Je n'en ai pas la moindre idée. Je n'entends pas grand-chose à son travail. Je suis une simple mère de famille. J'ai trois enfants à élever et je dois aussi veiller à l'entretien de nos propriétés. Nous possédons une autre maison, à la campagne, dans l'ouest de l'Irlande. J'avais trop d'occupations pour m'intéresser aux affaires de mon mari.

— Je comprends. Votre mari n'a-t-il jamais évoqué le nom d'une personne qui l'aurait menacé ?

— Tommy n'a pas d'ennemis. Tout le monde l'aime. C'est un homme bon et juste. Vous n'avez qu'à demander à ceux qui le connaissent. (Elle se pencha en avant et fixa Eve de ses yeux bleu pâle.) Je suis convaincue que vous vous trompez. Personne ne peut lui vouloir du mal. Et la tour Prestige est un endroit très sûr. C'est pour cette raison que nous l'avions choisie comme résidence lors de nos séjours à New York. Cette ville est tellement dangereuse… Tommy veillait à la sécurité de sa famille.

— C'est en Irlande que vous avez rencontré votre mari, n'est-ce pas ?

Eileen Brennen la regarda d'un air hagard.

— Oui, à Dublin. Il y a douze ans.

— Avait-il gardé des liens avec des gens qu'il connaissait à cette époque ?

— Euh… c'est qu'il a tellement d'amis… (Elle passa une main devant ses yeux.) Lorsque nous sortons, il se trouve toujours quelqu'un pour le saluer. Il lui arrive aussi d'aller au pub quand nous sommes à Dublin. Moi, je n'aime pas tellement les pubs, alors je l'accompagne rarement.

— Lequel fréquentait-il ?

— Le *Penny Pig,* je crois…

Soudain, elle attrapa le bras d'Eve.

— Je dois le voir, je vous en prie…

— Bien sûr. Je vous demande encore un moment de patience. Je n'en aurai pas pour longtemps.

Eve sortit du bureau, et prit dans sa poche son vidéocom portable.

— Peabody ?

— Oui, lieutenant ?

— Le *Penny Pig,* vous avez ce nom sur votre liste ?

— Un instant, je regarde… Non, lieutenant.

— C'était juste une idée. Continuez, je vous rappellerai. (Elle joignit ensuite le Dr Morris.) Sa femme veut le voir. Est-il prêt ?

— Oui, j'ai fait du mieux que j'ai pu. Je vous ouvre la porte.

Eve retourna dans le bureau.

— Madame Bennen, si vous voulez bien me suivre.

Elle prit doucement le coude d'Eileen Brennen. L'écho de leurs pas sur le carrelage résonnait dans le couloir. Eve sentit la femme se raidir et retenir son souffle.

Morris avait fait du bon travail, mais il n'avait pas réussi à masquer toutes les blessures.

Eileen Brennen laissa échapper un seul et unique sanglot. Puis elle se ressaisit et repoussa la main d'Eve qui la soutenait.

— C'est lui, c'est bien mon Tommy...

Elle s'approcha du corps qui semblait dormir sous son drap blanc. Du bout des doigts, elle caressa le visage de son mari.

— Que vais-je dire à nos enfants, Tommy ? Comment leur expliquer ?

Elle releva la tête. Elle essayait de retenir ses larmes.

— Comment a-t-on pu faire ça à un homme aussi bon ? gémit-elle.

— Je le découvrirai, Madame Brennen. Vous pouvez me faire confiance.

— Mais vous ne me ramènerez pas Tommy. Il est trop tard.

Elle avait raison, songea Eve. Pour Brennen, il était trop tard.

— Je ne peux, hélas, rien faire d'autre.

Eileen s'inclina et embrassa tendrement la main de son époux.

— Je t'ai toujours aimé, Tommy, depuis le premier jour.

— Sortons d'ici, Madame Brennen. (Eileen ne résista pas quand Eve lui prit doucement le bras.) Souhaitez-vous que j'appelle quelqu'un ?

— Euh... oui... mon amie Katherine Hastings. Elle tient un magasin sur la 5e Avenue.

— Je vais la joindre et lui demander de venir vous chercher.

— Je vous remercie. J'ai besoin... de réconfort.

— En attendant, puis-je vous proposer un café ?

— Non, merci. Je voudrais simplement m'asseoir.

Elle se laissa tomber sur une chaise de la salle d'attente.

Sur son visage blanc, ses yeux bleus s'étaient cernés de gris.

— Ne vous inquiétez pas pour moi. Je vais me ressaisir. Il le faut, pour les enfants...

Après un moment d'hésitation, Eve se décida à sortir la pochette de plastique qui contenait l'objet retrouvé dans le corps de la victime.

— Madame Brennen, avez-vous déjà vu ce symbole ?

Eileen observa attentivement la médaille.

— Oui, évidemment. C'est un *shamrock.*

— Un *shamrock,* répéta Eve. Et celui-ci ? demanda-t-elle en retournant la médaille.

— C'est un poisson, symbole de l'Église, répondit Eileen Brennen qui ferma les yeux. Pouvez-vous appeler Katherine, s'il vous plaît ? Je n'en peux plus, je... je voudrais partir d'ici.

— Tout de suite. En attendant, essayez de vous reposer.

Tout en parlant à Katherine Hastings sur son vidéocom, Eve étudia la liste des pubs qu'elle tenait dans sa main. Il n'y avait parmi eux ni *Penny Pig,* ni rien qui évoqua de près ou de loin un trèfle à quatre feuilles ou un poisson. Mais le mot *shamrock* apparaissait dans trois noms.

Elle décida d'appeler son assistante.

— Peabody, je veux que vous vous rendiez dans tous les pubs dont l'enseigne contient le mot *shamrock.* J'ai l'intuition que cette piste va nous mener quelque part.

— Bien, lieutenant. C'est comme si c'était fait.

Il était 15 heures quand Eve franchit la porte du *Green Shamrock.* L'heure du déjeuner était passée et le pub exigu et sombre était presque désert. Deux clients à l'air sinistre, attablés devant un grand verre d'une bière épaisse et sombre, jouaient aux cartes. Bien qu'elle ne vît nulle part de licence de jeu, Eve résolut d'ignorer les piles de billets qui s'entassaient près des deux hommes.

Une jeune femme aux joues roses qui portait un tablier blanc essuyait les tables en sifflotant. Elle accueillit la nouvelle venue avec un sourire et quand elle parla, elle avait le même accent doux et chantant que Connors.

— Bonjour ! Je vous apporte la carte ? À cette heure de la journée, nous ne servons plus que des sandwichs, malheureusement.

— Non, je vous remercie.

Il n'y avait personne derrière le bar, mais Eve grimpa sur un tabouret et sortit son insigne. À sa vue, la serveuse prit un air apeuré.

— Je suis en règle. Je peux vous montrer mes papiers.

— Rassurez-vous, je n'appartiens pas aux services de l'Immigration. (En voyant l'expression de soulagement de la jeune femme, Eve devina que son permis de travail ne devait pas sortir des bureaux de l'administration.) J'aimerais savoir si vous louez des chambres et si des employés du pub habitent ici ?

— Oui, m'dame. Nous avons trois chambres. Une dans l'arrière-salle et deux à l'étage. J'en occupe une moi-même, mais nous sommes parfaitement en règle.

— Quel est votre nom ?

— Maureen Mulligan.

— Qui d'autre habite ici, Maureen ?

— Eh bien, il y avait Bob McBride mais il nous a quittés il y a un mois. Le patron l'a viré parce qu'il disait que c'était un fainéant. Et il est vrai que Bob vidait les verres plus vite qu'il ne les remplissait pour les clients. (Elle sourit et se mit à astiquer vigoureusement le bar.) Maintenant, c'est Shawn Conroy qui occupe la chambre de l'arrière-salle.

— Serait-il possible de lui parler ?

— Je suis allée le voir il n'y a pas longtemps et il n'était pas encore rentré. Mais il devrait être là, son service commençait il y a une demi-heure.

— Pouvez-vous me montrer sa chambre, Maureen ?

— Il n'a rien fait de mal, dites ? Je sais qu'il est un peu porté sur la bouteille, mais c'est un bon gars et il travaille bien.

— Ne craignez rien, je veux juste m'assurer qu'il ne lui est rien arrivé. Appelez votre patron, Maureen, et accompagnez-moi jusqu'à cette chambre.

La jeune femme se mordit la lèvre et sautilla d'un pied sur l'autre.

— Si j'appelle le patron, il verra que Shawn n'a pas pris son service et il se mettra en pétard. Si vous voulez voir sa chambre, je peux vous la montrer moi-même. Mais je vous jure que Shawn n'a rien fait de mal.

Elle alla ouvrir une porte derrière le bar lambrissé.

— Le patron est parfois sévère, expliqua-t-elle. Il ferme les yeux sur beaucoup de choses mais il n'aime ni les fainéants ni les retardataires.

Elle déverrouilla la porte avec une clé à l'ancienne qui pendait à sa ceinture.

La chambre était pauvrement meublée. Elle ne contenait en tout et pour tout qu'un lit de camp, une vieille commode et un miroir cassé, mais elle était d'une propreté étonnante. Un bref coup d'œil au placard permit à Eve de s'assurer que Shawn Conroy n'était pas parti en emportant ses affaires.

Elle ouvrit ensuite un tiroir de la commode. Il renfermait un slip propre et deux chaussettes dépareillées.

— Depuis combien de temps vit-il aux États-Unis ?

— Je dirais deux ou trois ans au moins. Il parle tout le temps de retourner à Dublin, mais...

— C'est de là qu'il vient ? demanda Eve sur un ton abrupt.

— Il est né à Dublin et il y a passé toute sa jeunesse. Il dit toujours qu'il n'est venu en Amérique que pour faire fortune. Le pauvre, il est encore loin du but, fit Maureen avec un sourire attendri. (Son regard glissa jusqu'à une bouteille vide posée sur la table de nuit.) Et il ne l'atteindra jamais s'il continue à picoler.

Eve acquiesça. Elle regardait la bouteille quand son attention fut brusquement attirée par un objet qui se trouvait à côté. D'un geste vif, elle s'empara du médaillon.

— Qu'est-ce que c'est, Maureen ?

— Je n'en sais rien...

La tête penchée, elle examina le trèfle peint sur un fond blanc. Le revers du médaillon portait le même dessin en forme de poisson.

— Un porte-bonheur, sans doute.

— Avez-vous déjà vu cet objet ?

— Non, mais il a l'air neuf. Shawn a dû le ramasser par terre. Sacré Shawn, il cherche toujours à faire tourner la chance.

— Ouais, répondit Eve, laconique, en refermant les doigts sur la médaille.

Elle avait le pressentiment que la chance venait de tourner pour Shawn Conroy, mais pas dans le bon sens.

4

— Réfléchissez bien, Maureen.

Recroquevillée dans un fauteuil au tissu raccommodé, dans sa chambre au-dessus de la salle du *Green Shamrock,* Maureen Mulligan s'humecta les lèvres.

— On ne va pas me mettre en prison ni m'expulser, dites ?

— Non, vous n'avez aucun souci à vous faire. Je vous le promets.

Eve, assise face à Maureen, se pencha en avant.

— Si vous m'aidez, ajouta-t-elle, si vous aidez Shawn, je ferai le nécessaire pour que vous obteniez vos papiers.

— Je ne souhaite aucun mal à Shawn. Parole ! Il s'est toujours montré gentil avec moi. (Son regard se porta sur Peabody qui se tenait debout près de la porte.) Je suis un peu nerveuse, excusez-moi, mais j'ai tellement peur de la police.

— Vous n'avez rien à craindre de Peabody, elle ne ferait pas de mal à une mouche. N'est-ce pas, Peabody ?

— Oui, lieutenant. Je suis douce comme un agneau.

— Aidez-nous, Maureen. Essayez de vous rappeler.

Quand avez-vous vu Shawn pour la dernière fois ?

— Je crois que c'était hier soir, quand j'ai fini mon service. Shawn commence à midi. Moi, je fais l'ouverture, à 11 heures, et j'arrête à 20 heures. J'ai droit à deux pauses d'une demi-heure. Shawn, lui, travaille jusqu'à 22 h 30 presque tous les soirs. Ensuite, il revient à 1 heure et il continue le service jusqu'à ce que le dernier client soit parti.

Elle se mordit la lèvre.

— Maureen, insista Eve avec une note d'impatience dans la voix. Je me fiche de savoir ce qui se passe dans ce pub et si vous travaillez après les heures légales. Compris ?

Mais Maureen continuait à se tordre les mains.

— Le patron me flanquera dehors s'il apprend que j'ai parlé de ça aux flics.

— Pas s'il ne se fait pas sanctionner. À présent, reprenons. Vous dites avoir vu Shawn hier soir aux environs de 20 heures, c'est cela ?

— Absolument. Quand j'ai quitté la salle, il était derrière le bar et il m'a dit un truc du genre : « Eh, Maureen, ma jolie, garde-moi quelques petits baisers. Ne les donne pas tous à ton copain. »

En voyant l'air interdit d'Eve, Maureen rougit.

— Oh, il ne pensait pas à mal. Shawn aime bien rigoler, vous savez. Il a quarante ans passés et il n'y a jamais rien eu entre nous. Je fréquente un jeune homme. Enfin, euh... (Elle jeta à Peabody un regard inquiet.) Shawn savait que j'avais rendez-vous avec lui hier soir, c'est pour ça qu'il me taquinait.

— D'accord, vous avez donc vu Shawn quand vous avez terminé votre service à 20 heures...

— Attendez ! s'exclama Maureen en levant les bras. Je l'ai revu ensuite. Ça m'était sorti de la tête. Enfin, je ne l'ai pas revu, je l'ai entendu quand je suis rentrée après mon rendez-vous avec Mike, mon petit copain. Je l'ai entendu qui parlait.

Elle sourit, fière comme un chiot qui vient d'exécuter pour la première fois le tour que lui a enseigné son maître.

— À qui parlait-il ?

— Pas la moindre idée. Vous comprenez, pour monter jusqu'à ma chambre, il faut que je passe devant sa porte. Il devait être environ minuit et Shawn avait dû prendre sa pause. L'immeuble est vieux et les murs sont minces comme du papier à cigarettes. Alors, j'ai entendu Shawn qui parlait à un autre homme.

— Avez-vous pu comprendre ce qu'ils se disaient ?

— Non, pas vraiment. Je passais juste. Mais je me souviens que j'ai été contente parce que Shawn avait l'air de s'amuser. Il riait. Il parlait de quelque chose en disant que c'était une bonne idée et qu'on pouvait compter sur lui pour y aller.

— Êtes-vous certaine qu'il parlait à un homme ?

Maureen fronça les sourcils.

— Je n'ai pas entendu distinctement la voix de l'autre personne. Mais elle était grave, ça j'en suis sûre, comme celle d'un homme. Je n'ai rien entendu d'autre parce que je suis tout de suite montée me coucher. Par contre, je suis certaine que Shawn était là, j'ai bien reconnu son rire. Ah, ce Shawn, il a un rire à faire trembler les murs.

— Qui vous remplace quand vous finissez votre service ?

— Sinead. Elle commence à 18 heures et nous travaillons ensemble pendant deux heures, puis je m'en vais et c'est elle qui s'occupe des tables jusqu'à la fermeture. Sinead Duggin, c'est son nom. Elle habite à deux rues d'ici, sur la 83e, je crois. Quant à l'autre barman qui fait le soir avec Shawn, c'est un droïde. Le patron n'utilise les droïdes que pour les heures de pointe. À ce qu'il dit, ils coûtent trop cher à entretenir.

— Bien, Maureen. Maintenant, vous souvenez-vous si un nouveau client s'était mis à fréquenter le bar depuis une semaine ou deux, une personne qui aurait eu une conversation avec Shawn ?

— Nous en avons tous les jours, des nouveaux clients, et certains reviennent. La plupart se laissent aller à parler un peu, parce que Shawn, il sait mettre les gens à leur aise. Mais je ne me rappelle personne en particulier.

— Merci, Maureen. Vous pouvez retourner à votre travail. Il est possible que je revienne vous interroger. Si vous vous souvenez de quoi que ce soit, surtout n'hésitez pas à nous contacter.

— Oh, vous pouvez compter sur moi. Shawn n'a rien fait de mal, lieutenant. Il est un peu dingue, mais au fond c'est pas un mauvais bougre.

— Un peu dingue... répéta Eve d'un air songeur, retournant le médaillon entre ses doigts, tandis que Maureen se hâtait de sortir. Et très malchanceux. Peabody, allons trouver cette Sinead Duggin, elle se révélera peut-être plus observatrice que sa collègue.

— Nous avons jusqu'à demain matin pour sauver la future victime, lui rappela son assistante.

Eve se leva et jeta négligemment le médaillon sur la table.

— Je sais, mais j'ai comme l'intuition que notre amateur de devinettes est déjà passé à l'acte.

Sinead Duggin alluma une mince cigarette, plissa ses yeux d'un vert froid, et souffla la fumée au parfum douceâtre dans le visage d'Eve.

— Je n'aime pas parler aux flics.

— Et moi, je n'aime pas parler aux idiotes de votre espèce, rétorqua Eve, mais c'est pourtant ce que je fais la moitié du temps. Si ça vous chante, je peux vous inviter à faire un tour au poste. Qu'en pensez-vous, Sinead ?

La jeune femme haussa les épaules, mouvement qui entrouvrit son peignoir à grosses fleurs rouges. Elle le referma d'un air absent et, tournant les talons, rentra pieds nus dans son studio minuscule et désordonné.

Honnis le lit, ouvert et défait, d'où Sinead avait dû s'extraire en entendant les coups frappés à sa porte, la pièce n'était meublée que de deux chaises et deux petites tables. Pourtant, le moindre centimètre était encombré d'un incroyable bazar.

De toute évidence, elle aimait les objets et semblait cultiver un mauvais goût certain, doublé d'une réelle aversion pour le ménage.

Avec un bâillement sonore, la jeune femme s'assit sur le lit en croisant les jambes et s'empara d'un énorme cendrier de verre.

— Qu'est-ce que vous me voulez ?

— Nous sommes à la recherche de Shawn Conroy, expliqua Eve. Pouvez-vous me dire quand vous l'avez vu pour la dernière fois ?

— C'était la nuit dernière. (Elle se gratta la plante du pied gauche.) Je travaille la nuit, et le jour je dors.

— À qui a-t-il parlé ? L'avez-vous vu avec quelqu'un en particulier ?

— Non, je n'ai rien remarqué en dehors des conversations habituelles avec les clients.

Eve attrapa sur une chaise un tas de vêtements sales qu'elle jeta par terre pour s'asseoir.

— Peabody, ouvrez-moi ces stores, s'il vous plaît. On n'y voit rien, là-dedans.

— Oh, dur ! grogna Sinead qui se couvrit les yeux pour se cacher de la lumière aveuglante du soleil. (Elle soupira.) Écoutez, je ne sais pas ce que vous lui voulez à Shawn, mais je peux vous assurer que c'est un mec bien.

— Il a regagné sa chambre au moment de sa pause. Qui l'accompagnait ?

— Moi, je travaillais, j'ai vu personne. Et d'abord, en quoi ça vous intéresse ? (Elle laissa retomber sa main. Son regard était devenu plus clair.) Il est arrivé quelque chose à Shawn ?

— C'est ce que je m'efforce de déterminer.

— Eh bien, il pétait la forme, c'est tout ce que je sais. Il était tout guilleret. Il m'a parlé d'une soirée qui devait lui rapporter un gros paquet de pognon.

— Quel genre de soirée ?

Elle écrasa sa cigarette et en ralluma immédiatement une autre.

— Oh, un truc privé, très classe. En revenant de sa pause, il souriait de toutes ses dents, comme un chat devant un aquarium. Il m'a dit qu'il parlerait de moi si j'étais intéressée.

— À qui ? A-t-il prononcé un nom ?

— J'ai pas fait gaffe. Shawn la ramène toujours. Il disait qu'il allait tenir le bar, qu'il servirait des cocktails et des vins français, que c'était une soirée pour des gens de la haute.

— J'ai besoin d'un nom, Sinead.

— J'en sais rien, moi ! (Agacée, Sinead se frotta le front comme pour raviver sa mémoire.) Il a parlé d'un vieux copain. Un type de Dublin, devenu un richard... Connors, c'est le nom qu'il a prononcé, dit-elle en mordillant le bout de sa cigarette. Je me suis dit que Shawn racontait des blagues, comme d'habitude. Qu'est-ce qu'un mec comme ce Connors pourrait bien faire avec ce raté ?

Eve s'efforça de garder tout son sang-froid pour ne pas bondir de sa chaise.

— Shawn a prétendu avoir parlé à Connors ?

Sinead bâilla juste au moment où un vieil aérobus passait en pétaradant devant la fenêtre.

— Non, il a dit que Connors avait envoyé un gars à lui pour conclure le marché. On promettait à Shawn un salaire mirobolant. Avec tout ce fric, il disait qu'il quitterait le *Shamrock*, qu'il entrerait dans le grand monde et qu'il me prendrait avec lui si ça me branchait. Shawn et moi, il nous était arrivé de coucher quelquefois ensemble, mais rien de sérieux.

— À quelle heure a fermé le *Shamrock* ? (Devant le regard fuyant de la jeune femme, Eve perdit patience.) Je sais que vous travaillez au-delà des heures légales et je m'en contrefiche. Je veux simplement savoir à quelle heure vous avez vu Shawn pour la dernière fois et où il se rendait.

— Il devait être 4 heures du matin et il m'a dit qu'il allait se coucher. Il devait rencontrer son futur employeur le lendemain et il ne voulait pas avoir l'air trop vaseux.

— Il joue avec moi, l'ordure !

Eve claqua sa portière et se mit à taper du poing sur le volant.

— Il me nargue en venant mêler le nom de Connors à cette histoire !

D'un geste de la main, elle réduisit Peabody au silence puis regarda d'un air sombre à travers sa vitre. Elle savait ce qu'elle devait faire. Elle n'avait plus le choix. Elle décrocha le vidéocom de la voiture et appela chez elle.

Summerset répondit de sa voix mielleuse. Mais son ton changea quand il vit apparaître sur l'écran le visage d'Eve.

— Passez-moi Connors, ordonna-t-elle.

— Je regrette, mais il est déjà en ligne.

— Passez-le-moi immédiatement, vieille momie !

Le visage de Summerset disparut de l'écran, bientôt remplacé par celui de Connors. Il souriait, mais son regard trahissait son inquiétude.

— Eve, c'est toi. Tu as un problème ?

— Shawn Conroy, c'est un nom qui te dit quelque chose ?

Elle sut immédiatement la réponse en voyant passer une ombre dans les yeux bleus de son mari.

— Oui, je l'ai connu quand j'étais à Dublin.

— As-tu eu le moindre contact avec lui depuis que tu es à New York ?

— Non, aucun en huit ans.

Eve inspira profondément, essayant de retrouver son calme.

— As-tu déjà mis les pieds au *Green Shamrock*, un pub irlandais ?

— Non, pas que je m'en souvienne,

— Est-ce que tu projettes de donner une fête prochainement ?

— Non, répondit Connors qui semblait intrigué. Eve, est-ce que Shawn est mort ?

— Je n'en sais rien. J'aurai besoin d'une liste de toutes les propriétés que tu possèdes à New York.

— Elle risque d'être longue.

— Je vois, répondit-elle. (Tout en réfléchissant, elle se frotta l'arête du nez.) Dans ce cas, commence par les habitations actuellement inoccupées.

— Voilà qui devrait être beaucoup plus simple. Je te rappelle dans cinq minutes, dit-il avant de raccrocher.

— Pourquoi avoir demandé cette liste ? s'enquit Peabody.

— Parce que le tueur veut que ce soit moi qui découvre l'endroit où se trouve Shawn, et que je me rende sur les lieux. Pourquoi s'embêter avec des locaux commerciaux truffés de caméras et fréquentés par beaucoup de monde, quand une résidence privée conviendrait parfaitement ? Il suffit d'entrer, de faire ce qu'on a à y faire et de ressortir. Ni vu ni connu.

Elle alluma son vidéocom qui s'était mis à bourdonner.

— Seules trois de mes propriétés sont actuellement inoccupées, annonça Connors. La première se trouve au 82, Greenpeace Park Drive. Je te retrouve là-bas.

— Non ! Toi, tu ne bouges pas, ordonna-t-elle, mais il avait déjà raccroché.

Sans perdre de temps à pester contre son mari, Eve démarra.

Comme prévu, il était déjà sur place lorsqu'elle arriva. Les pans de son long manteau noir qui le protégeait de la morsure du vent flottaient derrière lui, claquant comme des fouets.

Connors posa une main sur l'épaule d'Eve et, feignant de ne pas remarquer son air mécontent, il lui donna un petit baiser.

— J'ai le code, dit-il.

La maison était haute et étroite. Les fenêtres étaient protégées par des barres de sécurité, si bien que les rayons du soleil en pénétrant dans le vestibule dessinaient une grille d'ombre et de lumière sur le sol carrelé de marbre.

Eve dégaina son arme et fit signe à Peabody d'aller se placer à sa gauche.

— Toi, tu me suis, dit-elle à son mari tandis qu'elle montait les premières marches de l'escalier. Mais tu ne perds rien pour attendre.

— Entendu, ma chérie, répondit Connors qui se garda bien de parler du pistolet automatique qu'il cachait dans sa poche.

Pourquoi inquiéter la femme qu'il aimait avec ce genre de détail ?

Mais c'est la main serrée sur la crosse de son 9 mm qu'il suivit Eve pendant qu'elle fouillait chaque pièce de son regard acéré.

— Pourquoi cette maison n'est-elle pas habitée ? demanda-t-elle, curieuse, quand ils eurent visité tout l'étage.

— Elle le sera dès la semaine prochaine. Nous la louons à des compagnies interplanétaires pour y loger leurs dirigeants pendant leurs séjours sur Terre. Nous fournissons les meubles et le personnel.

— Quelle classe !

Alors qu'ils redescendaient l'escalier, Connors adressa un sourire à Peabody.

— Rien à signaler, agent Peabody ?

— Non, à l'exception de quelques araignées.

— Des araignées, dites-vous ?

Les sourcils froncés, Connors sortit son agenda et nota de prévenir les services de désinsectisation.

— Où se trouve la deuxième propriété qui figurait sur ta liste ? demanda Eve.

— Oh, à quelques centaines de mètres d'ici. Je vous y conduis.

— Je préférerais que tu me laisses le code et que tu rentres à la maison.

— Il n'en est pas question.

La deuxième demeure se dressait derrière un rideau d'arbres dénudés. Dans cette zone résidentielle, tranquille et cossue, les habitants protégeaient farouchement leur intimité, et les maisons étaient séparées les unes des autres par d'épais écrans de végétation.

— Il aimerait sûrement celle-ci, murmura Eve, l'air songeur. Ouvre, Connors.

Elle fit signe à Peabody d'aller se placer à droite de l'entrée. Quand la porte fut déverrouillée, Eve passa devant Connors et s'avança à l'intérieur.

Elle fut immédiatement assaillie par une odeur de mort.

Visiblement, la chance avait abandonné Shawn Conroy dans ce somptueux salon, à quelques pas du vestibule. Son sang avait souillé les roses qui formaient une frise sur le tapis ancien. Ses bras étaient ouverts en croix et ses paumes clouées au plancher.

— Ne touche à rien ! s'écria Eve en retenant par le bras Connors qui s'apprêtait à entrer dans la pièce. Je t'interdis d'entrer. Promets-moi que tu obéiras ou bien il faudra que je t'oblige à nous attendre dehors pendant que nous fouillerons la maison.

— Je te le promets.

Il tourna la tête vers elle. Ses yeux exprimaient une émotion qu'Eve ne parvenait pas à nommer.

— Vous ne le trouverez pas ici, ajouta-t-il.

— Je sais, mais je veux quand même jeter un coup d'œil. Peabody, occupez-vous du rez-de-chaussée, moi je monte à l'étage.

Mais la maison était vide, comme prévu. Pour se ménager un moment seule avec Connors, elle envoya Peabody à la voiture prendre son kit de terrain.

— Il s'acharne sur toi, dit-elle à son mari quand Peabody fut partie.

— J'ai grandi avec Shawn. Je connaissais sa famille. Son frère cadet et moi avions le même âge. Nous avons couru après les mêmes filles dans les ruelles de Dublin. Autrefois, cet homme était mon ami.

— Je suis désolée, Connors. Je suis arrivée trop tard.

Il hocha tristement la tête et regarda le corps sans vie de son ancien compagnon de jeux.

Quand ses gants et ses bottes furent hermétiquement scellés, Eve s'agenouilla dans la mare de sang. Sans attendre les conclusions du médecin légiste, elle savait déjà que l'agonie de Shawn Conroy avait été longue et atroce. Sa gorge et ses poignets avaient été tranchés, mais juste assez profondément pour que le sang s'écoule lentement en retardant la mort.

L'abdomen avait été ouvert sur toute sa longueur avec une précision quasi chirurgicale. L'œil droit avait été arraché, ainsi que la langue.

À première vue, le décès ne devait pas remonter à plus de deux heures. Jusqu'au dernier moment, Conroy avait dû essayer de crier.

Eve recula de quelques pas, pendant que le corps et la scène du crime étaient photographiés et filmés. En se retournant, elle ramassa par terre le pantalon que l'on avait arraché à la victime. Il avait été déchiré à l'aide d'un objet tranchant, mais la poche arrière renfermait encore un portefeuille.

— La victime s'appelle Shawn Conroy. Nationalité irlandaise. Âge : quarante-deux ans. Domicilié au 783 de la 75e Rue Ouest. Le portefeuille retrouvé sur le corps contient le titre de séjour et le permis de travail de la victime, douze dollars et trois photographies.

En fouillant les autres poches, elle trouva des cartes magnétiques, trois dollars et vingt-cinq *cents* en menue monnaie, un morceau de papier froissé sur lequel Conroy avait griffonné l'adresse de la maison, et enfin un médaillon émaillé portant sur une face un trèfle à quatre feuilles sur fond blanc et sur l'autre un poisson stylisé.

— Lieutenant, l'interpella le médecin qui venait d'effectuer l'autopsie préliminaire, pouvons-nous emporter le corps ?

— Oui, et dites au Dr Morris de l'examiner avec beaucoup d'attention.

Elle glissa le portefeuille et le contenu des poches dans un sachet de plastique, puis regarda Connors. Il était silencieux et son visage restait impénétrable, même pour elle.

Après avoir essuyé avec soin le sang qui lui tachait les mains, elle s'approcha de lui.

— As-tu déjà vu cet objet ?

Il observa attentivement le médaillon qu'elle lui montrait.

— Non.

Eve jeta un dernier coup d'œil à la scène du drame. C'est alors que son regard s'arrêta sur une gracieuse statuette dressée sur son piédestal, près d'un bouquet de fleurs aux tons pastel.

La femme, sculptée dans du marbre blanc, portait une longue robe et un voile. Parce que la figurine lui semblait à la fois familière et déplacée dans cet endroit, elle la montra à Connors.

— Sais-tu ce que représente cette petite statue, là-bas ?

— La Vierge Marie.

Elle dévisagea son mari d'un air perplexe.

— Es-tu catholique ? demanda-t-elle, un peu honteuse d'ignorer un tel détail.

— Je l'ai été, répondit-il d'un air absent. Comme beaucoup d'Irlandais. Mais cette statue ne vient pas d'ici. Les décorateurs qui travaillent pour moi n'ont pas l'habitude de placer des objets religieux dans les propriétés que je loue.

Il étudia le visage pur et serein de la figurine.

— C'est lui qui l'a apportée et qui l'a placée de cette façon.

Eve acquiesça gravement.

— Elle était son public, murmura-t-elle.

Connors fut écœuré à cette pensée.

— Il voulait qu'elle bénisse son œuvre.

— Maintenant que j'y pense, je crois avoir vu une statue semblable à celle-ci chez Brennen. Elle était posée sur la commode de sa femme, face au lit. Elle ne semblait pas déplacée dans le décor, c'est pourquoi je n'y ai pas prêté attention.

Elle saisit une pochette de plastique.

— Oh là là, elle est lourde, dit-elle en plaçant la statuette dans la pochette. Et elle a dû coûter cher. (Elle essaya de déchiffrer une inscription sur le socle.) C'est de l'italien ?

— Oui, elle a été fabriquée à Rome.

— Elle va peut-être nous donner une piste.

Connors esquissa une moue dubitative.

— Il s'est probablement vendu plusieurs milliers de ces objets rien que l'année dernière. Les boutiques autour du Vatican font de véritables fortunes avec ces trucs.

— De toute façon, je vais chercher de ce côté.

Ayant pris Connors par le bras, elle l'entraîna dehors.

— Tu n'as rien à faire ici, décréta-t-elle. Moi, j'y retourne, il faut que je fasse mon rapport. Je te rejoins à la maison dans quelques heures.

— Je souhaite parler à sa famille.

— Impossible. C'est encore trop tôt. (Elle baissa les yeux en croisant le regard dur et froid de Connors.) Laisse-moi quelques heures, je t'en prie. Je suis navrée pour ton ami. Et je suis navrée d'être arrivée trop tard.

Contre toute attente, il l'attira contre lui et, le visage enfoui dans ses cheveux, la tint serrée pendant un long moment. Avec maladresse, Eve lui tapota doucement les épaules.

— Pour la première fois depuis que je te connais, murmura-t-il d'une voix à peine audible, j'aimerais que tu ne sois pas un flic.

Sur ces mots, il la lâcha et partit.

Eve resta quelques instants immobile dans le vent frais qui annonçait l'hiver. Elle se sentait soudain très lasse.

Connors était enfermé dans son bureau quand elle rentra chez eux. Le chat Galahad fut le seul à l'accueillir. Il vint se frotter contre ses jambes en ronronnant tandis qu'elle retirait son blouson.

Eve fut plutôt soulagée de se retrouver seule, car elle avait encore du travail à faire. Comme elle était à l'évidence incapable de réconforter son mari, elle avait décidé de se cantonner à son rôle de flic. Au moins, dans ce domaine, savait-elle exactement à quoi s'en tenir.

Galahad la suivit lorsqu'elle monta l'escalier pour rejoindre l'appartement où elle travaillait et où il lui arrivait de dormir en l'absence de Connors.

Elle commanda une tasse de café sur l'AutoChef, et pour calmer son appétit autant que pour consoler Galahad qui la contemplait d'un air désespéré, elle demanda également un sandwich au thon qu'elle partagea avec le chat. Elle le regarda se jeter comme un affamé sur ce repas providentiel, puis elle emporta sa part jusqu'à sa table de travail.

Au passage, elle jeta un coup d'œil à la porte qui communiquait avec le bureau de Connors.

Elle n'avait pas réussi à sauver son ami. Et non seulement elle n'avait pas été assez rapide pour empêcher cette mort, mais elle n'allait pas pouvoir tenir plus longtemps Connors en dehors de son enquête. Il allait falloir l'interroger.

Avant que la nuit s'achève, les médias seraient au courant. Plus rien ne les arrêterait désormais. Eve avait d'ores et déjà décidé d'appeler Nadine Furst de Canal 75. Nadine, elle le savait, rendrait compte avec exactitude des événements. Et même si elle était parfois entêtée, la journaliste avait un mérite incontestable : son impartialité.

Eve regarda son vidéocom. Elle avait demandé à McNab de faire transférer tous ses appels à son domicile pour cette nuit-là et elle attendait celui du meurtrier.

Combien de temps laisserait-il passer ? Quand serait-il prêt à entamer la troisième manche ?

Elle but un peu de son café, essayant de s'éclaircir les idées. « Il faut tout reprendre depuis le début », se dit-elle.

Elle glissa dans sa machine un enregistrement du premier appel qu'elle écouta deux fois. Peu à peu, le personnage prenait forme. Il était imbu de lui-même, prétentieux, et aussi extrêmement intelligent. Il se croyait investi d'une mission divine, mais sa suffisance et sa foi pervertie étaient ses deux points faibles.

Des points faibles qu'elle devait exploiter.

Il avait parlé de vengeance, c'était donc qu'il connaissait ses victimes, ou qu'il les avait connues dans le passé. Or il se trouvait que Connors avait joué un rôle dans ce passé. Il pouvait donc être le troisième nom sur la liste du tueur...

À cette pensée, Eve se sentit frémir, mais elle refoula sa peur. Plus que jamais elle devait se montrer professionnelle et mettre au second plan ses sentiments personnels.

Elle donna un autre morceau de sandwich à Galahad qui poussait des miaulements plaintifs, puis s'empara des disquettes de surveillance de la tour Prestige.

Elle allait toutes les visionner et examiner attentivement chaque plan filmé, même si elle devait y passer des heures. Au matin, elle demanderait à Connors de les regarder : peut-être reconnaîtrait-il quelqu'un...

Tout à coup, elle bondit sur sa chaise.

— Stop, retour en arrière, ordonna-t-elle. Arrêt sur image. Zoom sur secteur 15. Lecture au ralenti.

Elle fixa avec des yeux effarés la silhouette vêtue d'un costume sombre et d'un pardessus qui traversait le hall. C'était Summerset, leur majordome ! Elle le vit jeter un coup d'œil à sa montre et passer une main dans ses cheveux pour se recoiffer.

Puis il entra dans l'ascenseur et les portes se refermèrent sur lui.

— Arrêt sur image ! s'exclama-t-elle.

Au bas de l'écran, le compteur indiquait 12 heures. La date était celle du jour où Thomas Brennen avait été assassiné.

Elle laissa défiler ensuite la disquette du hall d'entrée, heure après heure, mais jamais elle ne vit Summerset ressortir.

5

Eve poussa la porte sans se donner la peine de frapper. Malgré la colère qui bouillait dans ses veines, elle continuait à réfléchir froidement.

Connors, en la voyant entrer, remarqua aussitôt que quelque chose n'allait pas. Avec des gestes lents et précis, il ferma le dossier sur lequel il travaillait.

— Une fois de plus, tu te surmènes, dit-il d'un ton dégagé. Je déteste te voir si pâle.

— Je ne suis pas fatiguée, répondit-elle sans savoir au juste ce qu'elle ressentait.

Elle n'était plus certaine que d'une chose : l'homme qu'elle aimait, à qui elle avait accordé sa confiance, cet homme détenait des informations qu'il lui taisait.

— Tu as menti en prétendant n'avoir eu aucun contact avec Brennen et Conroy depuis des années.

Il la contempla d'un air interdit.

— Mais je t'ai dit la vérité ! Je n'ai pas revu Tommy Brennen parce que lui-même avait préféré couper les ponts et je n'ai pas revu Shawn, parce que… (Baissant les yeux, il regarda ses mains.) Parce que je n'ai pas cherché à maintenir le contact. Et je le regrette aujourd'hui.

— Regarde-moi, dit-elle d'une voix autoritaire. Regarde-moi dans les yeux. (Il obéit et leurs regards se rencontrèrent.) Je te crois, admit-elle en détournant la tête. Parce que je n'ai pas d'autre choix que de te croire.

Cette défiance le blessa profondément.

— Je ne peux pas te prouver ma bonne foi. Mais si tu préfères, cette conversation peut prendre la forme d'un interrogatoire.

— Je préférerais n'avoir même pas à te parler. Et ne monte pas sur tes chevaux de bataille avec moi, Connors. Je te préviens.

Il choisit avec soin une cigarette dans son étui laqué qu'il venait d'ouvrir.

— Excuse-moi, lieutenant, mais je crois que c'est « grands chevaux » que l'on dit.

Elle serra les poings, luttant de toutes ses forces pour garder son calme.

— Que faisait Summerset à la tour Prestige le jour où Thomas Brennen a été tué ?

Pour la première fois depuis qu'elle le connaissait, elle vit Connors complètement décontenancé. Sa main qui venait de prendre le briquet s'était figée en l'air. Ses yeux qui exprimaient l'agacement quelques instants plus tôt avaient perdu toute expression. Il secoua la tête d'un air incrédule puis reposa délicatement son briquet et sa cigarette qu'il n'avait pas allumée.

— Tu peux répéter ? dit-il d'une voix blanche.

— Ainsi, tu ne savais pas...

Elle sentit ses genoux se dérober sous elle. Même si Connors était passé maître dans l'art de dissimuler ses émotions, elle était certaine que sa surprise n'était pas feinte.

— Tu crois que Summerset a rendu visite à Tommy le jour du meurtre ? C'est impossible.

— Et pourquoi ?

— Parce que, si tel était le cas, il m'en aurait parlé.

— Il te raconte donc tout ? (Les mains dans les poches, elle fit le tour de la pièce d'une démarche impatiente.) Que savais-tu au juste de Brennen ?

— Pas grand-chose. Qu'est-ce qui te fait penser que Summerset se trouvait chez Tommy ce jour-là ?

Elle s'immobilisa de l'autre côté du bureau et le toisa.

— Parce que je l'ai vu sur les disquettes du système de surveillance. Summerset a été filmé dans le hall d'entrée à midi. Je l'ai vu pénétrer dans l'ascenseur mais je ne l'ai jamais vu ressortir. Si j'en crois le rapport d'autopsie, Brennen serait mort à 16 h 50. Mais la première blessure aurait été infligée entre 12 h 15 et 12 h 30.

Pour s'occuper les mains, Connors alla se verser un cognac. Il resta ensuite un moment debout près du bar, faisant tourner le liquide dans son verre.

— Je sais qu'il t'agace, Eve, et que tu le trouves déplaisant, mais tu ne peux pas sérieusement croire Summerset capable de torturer et d'assassiner sauvagement un homme. (Il porta son verre à ses lèvres et but une gorgée.) Je peux m'en porter garant.

— Dans ce cas, où se trouvait-il ce jour-là entre 12 heures et 17 heures ?

— Je crois que le mieux serait qu'il réponde lui-même à cette question. (Il tendit la main et appuya sur un bouton.) Summerset, pouvez-vous me rejoindre dans mon bureau, s'il vous plaît ? Ma femme voudrait vous parler.

— Bien, monsieur.

— Je le connais depuis mon enfance, dit-il ensuite à Eve. J'ai une totale confiance en lui et je voudrais que ce soit le cas pour toi aussi.

Eve eut un pincement au cœur.

— Tu ne peux pas me demander d'en faire une affaire personnelle, Connors.

Il s'approcha d'elle et lui caressa doucement la joue du bout des doigts.

— Mais c'est une affaire personnelle, puisqu'elle me touche directement.

Il laissa retomber sa main en entendant la porte s'ouvrir.

Summerset entra. Ses cheveux gris étaient coiffés avec soin, son uniforme noir impeccable et ses souliers brillaient comme des miroirs.

— Lieutenant, prononça-t-il avec une légère note d'acrimonie dans la voix. Que puis-je faire pour vous ?

— Que faisiez-vous à la tour Prestige vendredi à midi ?

Il posa sur elle son regard intense et sa bouche se pinça, au point de ne plus former qu'une ligne.

— Je regrette, mais cela ne vous regarde pas.

— Bien au contraire. Dites-moi pourquoi vous avez rendu visite à Thomas Brennen !

— Thomas Brennen ? Mais... je ne l'ai pas revu depuis que j'ai quitté l'Irlande !

— Alors que faisiez-vous à la tour Prestige ?

— Vous m'excuserez, mais je ne vois pas le rapport. J'occupe mes jours de congé... (Il se tut et ses yeux qui étaient fixés sur Connors s'écarquillèrent.) C'est là que vivait Tommy ?

— Je vous prie de vous adresser à moi, dit Eve en se plaçant entre les deux hommes pour obliger Summerset à la regarder. Je vous répète ma question : que faisiez-vous vendredi à la tour Prestige ?

— Je venais rendre visite à une personne de ma connaissance. Nous devions déjeuner ensemble et aller ensuite au théâtre.

Soulagée, Eve sortit son magnétophone.

— Donnez-moi le nom de cette personne.

— Audrey, Audrey Morrell.

— Quel est le numéro de son appartement ?

— Le 1218.

— Mme Morrell pourra-t-elle confirmer que vous avez passé l'après-midi avec elle ?

Le visage de Summerset prit une pâleur cadavérique.

— Non.

— Non ?

Eve leva les yeux et ne dit rien en voyant que Connors apportait un verre de cognac à son majordome.

— Audrey n'était pas là quand je suis arrivé, expliqua-t-il. J'ai attendu un moment, puis j'ai pensé qu'elle avait dû changer ses plans à la dernière minute.

— Combien de temps avez-vous attendu ?

— Une demi-heure environ. Ensuite, je suis parti.

— Par le hall principal ?

— Évidemment.

— Mais sur les disquettes du système de surveillance, on ne vous voit pas ressortir. Peut-être avez vous emprunté une autre sortie ?

— Absolument pas.

Eve enrageait. Elle venait de lui tendre une perche et il ne l'avait pas saisie.

— Entendu, conservons cette version. Qu'avez-vous fait ensuite ?

— J'ai renoncé à aller au théâtre et j'ai marché jusqu'au parc.

— Quelle bonne idée ! (Elle s'appuya au bureau de Connors.) Et de quel parc s'agissait-il ?

— De Central Park. Il y avait une exposition d'art en plein air et j'y ai fait un tour.

— Il pleuvait.

— Ils avaient installé des tentes.

— Vous avez donc marché jusqu'au parc sous la pluie ?

— Oui, et après ? rétorqua-t-il avec un air pincé, avant de boire une gorgée de cognac.

— Avez-vous parlé à quelqu'un ?

— Non.

— Et zut ! grommela-t-elle en se frottant les tempes. Où vous trouviez-vous hier à minuit ?

— Eve...

D'un regard, elle coupa court aux protestations de Connors.

— Je n'ai pas le choix, expliqua-t-elle. Ceci fait partie de mon travail... Summerset, étiez-vous dans un bar appelé le *Green Shamrock* à minuit hier soir ?

— Non, j'étais couché avec un livre.

— Quel type de relations entreteniez-vous avec Shawn Conroy ?

Summerset reposa son verre et regarda Connors par-dessus l'épaule de la jeune femme.

— Je l'ai connu à Dublin quand il était encore un gamin... Il est mort, n'est-ce pas ?

— Quelqu'un qui prétendait être envoyé par Connors l'a entraîné dans une maison et l'a cloué au plancher.

En voyant une expression d'horreur se peindre sur le visage du majordome, Eve comprit qu'elle avait produit son effet.

— J'attends de vous un solide alibi qui pourra être vérifié, ajouta-t-elle. Ou il faudra que je vous fasse subir un interrogatoire.

— Mais... je n'ai pas d'alibi.

— Alors, trouvez-en un, avant demain matin 8 heures, au commissariat central.

Le regard de Summerset était froid et dur quand il rencontra celui d'Eve.

— Vous prendrez un grand plaisir à cet interrogatoire, n'est-ce pas, lieutenant ?

— Pouvoir vous coffrer pour deux crimes sadiques, c'est plus que je n'ai jamais espéré. Et le fait que les médias ne manqueront pas d'évoquer vos liens avec Cormors n'est qu'un inconvénient mineur par rapport à la joie que j'éprouve.

Écœurée, elle marcha d'un pas vif vers la porte de son bureau.

— Eve, appela Connors d'une voix calme. Il faut que je te parle.

— Pas maintenant, répondit-elle avant de claquer la porte.

Summerset vida d'un trait son verre de cognac.

— Elle m'a déjà condamné.

— Non.

Avec un mélange de tristesse et d'agacement, Connors contempla la porte qui le séparait de sa femme.

— Mais elle a compris qu'elle n'avait plus d'autre choix que de connaître les faits... tous les faits, ajouta-t-il.

— Cela ne ferait qu'aggraver la situation.

— Elle a le droit de savoir.

Summerset reposa son verre.

— Je vois à qui va ta loyauté désormais, dit-il sur un ton cassant avant de s'éclipser.

Cette nuit-là, Eve dormit dans son bureau et elle dormit mal. Elle se sentait mesquine de chercher à éviter Connors, mais elle avait besoin de prendre ses distances.

Bien avant 8 heures, elle était au Central. Ayant grignoté un beignet caoutchouteux et bu une tasse de jus de chaussette, elle appela Peabody pour lui donner rendez-vous dans la salle d'interrogatoire C.

Aussi rapide que l'éclair, son assistante était déjà dans la petite pièce carrelée de blanc et vérifiait le matériel d'enregistrement quand Eve entra quelques minutes plus tard.

— Avons-nous un suspect ?

— Oui, répondit Eve, laconique, remplissant une carafe d'eau au distributeur. Mais motus, au moins jusqu'à ce que l'interrogatoire soit terminé.

— Bien entendu, mais qui…

Peabody ne termina pas sa question car Summerset, accompagné de Connors, venait d'entrer dans la salle. Elle regarda Eve en ouvrant des yeux comme des soucoupes.

— Vous pouvez partir, dit Eve à l'homme en uniforme qui les accompagnait. Quant à toi, Connors, tu peux m'attendre dehors ou dans mon bureau.

— Non, je reste, pour représenter Summerset.

— Mais tu n'es pas avocat.

— Cette condition n'est pas indispensable.

La jeune femme soupira.

— Tu ne fais que rendre les choses encore plus difficiles.

— C'est possible, répondit-il en s'asseyant derrière la vieille table de bois. Mais c'est ainsi.

Eve s'adressa à Summerset :

— C'est un avocat qu'il vous faut, pas un ami.

— Les avocats, je les déteste presque autant que les flics.

Il s'assit lui aussi, en pinçant son pantalon aux genoux afin de ne pas effacer le pli impeccable.

Luttant pour garder son calme, Eve fourra les mains dans ses poches.

— Peabody, verrouillez la porte. Magnétophone, en marche. (Elle prit une grande inspiration et commença :) Interrogatoire de Summerset... Veuillez décliner votre identité pour l'enregistrement.

— Lawrence Charles Summerset.

— Interrogatoire de Lawrence Charles Summerset, dans le cadre des dossiers d'homicides 44591-H, Thomas X. Brennen et 44599-H, Shawn Conroy. La date est le 17 septembre 2058, il est 8 h 5. Sont présents Summerset, son représentant Connors, l'agent Delia Peabody et le lieutenant Eve Dallas. Summerset s'est rendu à cette convocation sans contrainte.

Après avoir informé le majordome de ses droits, elle lança l'interrogatoire.

— Quels étaient vos liens avec Thomas Brennen et Shawn Conroy ?

Summerset eut l'air surpris de se retrouver si vite dans le vif du sujet.

— Je les ai fréquentés lorsque je vivais à Dublin, il y a une dizaine d'années.

— À quand remonte votre dernier contact avec Thomas Brennen ?

— Je ne sais pas exactement, mais je dirais que notre dernière rencontre remonte à douze ans environ.

— Pourtant, vous vous trouviez il y a deux jours à la tour Prestige, lieu de résidence de la victime Thomas Brennen.

— Il s'agissait d'une coïncidence, répondit Summerset en la défiant du regard. J'ignorais qu'il habitait là.

— Que faisiez-vous dans ce lieu ?

— Je vous l'ai déjà dit.

— Je vous demande de le répéter pour l'enregistrement.

Summerset laissa échapper un soupir exaspéré et s'empara de la carafe pour se verser un verre d'eau. D'un ton monocorde, il répéta tout ce qu'il avait déjà dit à Eve la nuit précédente.

— Mme Morrell confirmera-t-elle que vous aviez rendez-vous avec elle ?

— Je n'ai aucune raison de penser le contraire.

— Monsieur Summerset, les caméras de surveillance vous ont filmé dans le hall d'entrée, jusqu'à ce que vous disparaissiez dans l'un des ascenseurs. Or, sur aucun des enregistrements en notre possession, on ne vous voit ressortir de l'immeuble. Comment expliquez-vous ce fait ?

— Je ne l'explique pas. (Il croisa ses doigts aux ongles manucurés et la toisa d'un air méprisant.) Peut-être n'avez-vous pas bien regardé.

Eve s'était repassé les enregistrements à six reprises au cours de la nuit. Elle approcha une chaise et s'assit.

— Combien de visites avez-vous faites à la tour Prestige ?

— C'était la première.

— Vous n'avez donc jamais rendu visite à Thomas Brennen dans son appartement ?

— Non, jamais, car je ne savais pas qu'il habitait là.

« Il répond bien, pensa-t-elle, et choisit ses mots avec soin comme le ferait un homme habitué aux interrogatoires... » Elle jeta un bref regard à Connors qui restait silencieux. Il était inutile de demander le casier judiciaire de Summerset, Connors avait dû veiller à lui rendre sa virginité.

— Le jour de votre visite, pourquoi avez-vous emprunté une sortie qui n'était pas surveillée ?

— Je vous l'ai déjà dit, je suis ressorti par où j'étais entré.

— C'est étrange. On ne le voit pas sur les enregistrements. D'autre part, on ne vous voit pas non plus ressortir de l'ascenseur à l'étage où vous prétendez qu'habite Mme Morrell.

— Ce que vous dites est absurde.

— Peabody, veuillez passer au suspect le secteur 12 de la disquette de surveillance 1-BH.

Peabody inséra la disquette dans le lecteur et une image apparut bientôt sur un moniteur encastré dans un mur de la pièce.

— Veuillez noter l'heure incrustée au bas du film, dit Eve tandis que sur l'écran Summerset venait d'entrer dans le grand hall. Arrêtez la lecture, ordonna-t-elle quand les portes de l'ascenseur se furent refermées. Passez au secteur 22... Encore une fois, faites bien attention à l'heure indiquée sur le film. Ceci est l'enregistrement effectué par la caméra de surveillance placée au douzième étage de la tour. C'est bien à cet étage que se trouve l'appartement de Mme Morrell ?

— Oui, répondit Summerset qui fixait l'écran d'un air soucieux.

Les portes de l'ascenseur ne s'ouvraient pas et on ne le voyait pas ressortir. Les minutes passèrent et une sueur froide se mit à lui couler dans le dos.

— Vous avez trafiqué le disque pour fabriquer des preuves contre moi ! accusa-t-il.

Eve se sentit insultée, mais elle conserva son calme.

— L'enregistrement dont je dispose est une copie. À aucun moment je n'ai eu accès aux originaux de ces disquettes, lesquelles ont été récupérées à la tour Prestige par l'agent Peabody, ici présente.

— Et alors ? C'est un flic elle aussi, elle obéit à vos ordres. Vous feriez n'importe quoi pour vous débarrasser de moi !

Eve préféra ne pas répondre et détourna la tête, le temps que sa colère retombe.

— Vous connaissiez Thomas Brennen à Dublin ? demanda-t-elle ensuite. Quelles relations entreteniez-vous avec lui ?

— C'était une simple connaissance.

— Et Shawn Conroy ?

— Même chose.

— Quand vous êtes-vous trouvé pour la dernière fois dans l'établissement appelé le *Green Shamrock* ?

— Je n'ai jamais fréquenté cet endroit.

— Et vous ne saviez pas que Shawn Conroy y travaillait ?

— Non. J'ignorais même que Shawn avait quitté l'Irlande.

Elle serra les poings dans ses poches.

— Et évidemment, vous n'avez pas revu Shawn Conroy depuis douze ans.

— Absolument.

— Écoutez, Summerset. Vous connaissiez les deux victimes. Vous vous trouviez dans l'immeuble habité par l'une d'elles le jour de sa mort. Vous n'avez aucun alibi à me fournir pour les heures de ces deux meurtres. Et vous voudriez me faire croire que vous n'êtes pas impliqué dans ces affaires ?

Il la fixa de son regard glacial.

— Pensez ce que vous voulez.

— Ce n'est pas ainsi que vous vous en tirerez…

Furieuse, elle jeta sur la table le médaillon trouvé près du corps de Conroy.

— Quelle est la signification de cet objet ?

— Je n'en ai pas la moindre idée.

— Êtes-vous catholique, Monsieur Summerset ?

— Quoi ? (La peur dans son regard avait fait place à l'étonnement.) Euh, non. Protestant, mais je ne pratique pas.

— Avez-vous des connaissances en électronique ?

— Je vous demande pardon ?

« Je n'ai plus le choix », pensa-t-elle, et elle évita de croiser le regard de Connors.

— Quelles attributions avez-vous chez votre employeur ?

— Elles sont variées.

— Dans le cadre de votre fonction, vous arrive-t-il d'envoyer ou de recevoir des transmissions ?

— Bien sûr.

— Votre employeur possède un équipement électronique des plus sophistiqués, n'est-ce pas ?

— Oui, le meilleur que l'on puisse trouver, répondit Summerset, une note de fierté dans la voix.

— Et vous savez faire fonctionner ces équipements, assez pour pouvoir brouiller une transmission ?

— Évidemment, euh... (Il s'arrêta brusquement.) Mais je n'aurais aucune raison de faire une chose pareille.

— Vous considérez-vous comme un homme patient, Monsieur Summerset ?

— Oui, répondit-il, un peu déconcerté par cette question.

Eve hocha la tête et, la gorge serrée, elle détourna le regard. Le moment tant redouté était venu.

— Votre fille a été assassinée, n'est-ce pas ?

Un silence pesant s'installa dans la petite pièce. Eve n'entendait même plus la respiration des deux hommes, mais elle sentait la présence presque palpable de la douleur.

— Et votre employeur fut indirectement responsable de sa mort, ajouta-t-elle.

Summerset s'éclaircit la gorge. Sous la table, ses doigts étaient crispés sur ses genoux.

— C'est faux.

— Ceux qui ont torturé, violé et assassiné votre fille voulaient donner une leçon à Connors. Ils se sont servis d'elle pour assouvir leur vengeance. Est-ce exact ?

Pendant un moment, Summerset fut incapable de répondre. Les mots ne franchissaient plus la barrière de ses lèvres serrées par le chagrin.

— Ceux qui l'ont tuée étaient des monstres qui n'ont pas été attendris par son innocence. Vous devriez comprendre ça, lieutenant.

Le visage de la jeune femme resta impassible, mais intérieurement elle se sentait glacée. Elle comprenait, oui. Trop bien, même.

— Seriez-vous assez patient pour avoir attendu pendant toutes ces années ? Assez machiavélique pour vouloir vous venger de celui qui est aujourd'hui votre employeur en cherchant à le faire accuser de ces meurtres ?

Offusqué, Summerset bondit sur ses pieds. Sa chaise alla heurter le sol recouvert d'un lino usé.

— Comment osez-vous proférer de pareilles ignominies ? Comment osez-vous mettre en cause cet homme dont vous êtes l'épouse et prétendre qu'il est responsable des souffrances que ma petite fille a endurées ? Alors qu'ils n'étaient que des enfants. C'est avec joie que je passerais ma vie derrière les barreaux d'une cellule, si seulement cela lui permettait de découvrir le personnage que vous êtes !

— Summerset...

Connors, toujours assis, posa une main sur le bras de son ami. Son regard était froid et dur quand il rencontra celui d'Eve.

— Je demande une pause, déclara-t-il.

— Je vous l'accorde. Cet interrogatoire est interrompu sur la demande du représentant du suspect. Arrêt de l'enregistrement.

— Assieds-toi, dit Connors d'une voix douce à Summerset dont il tenait toujours le bras. Je t'en prie.

— Ce sont tous les mêmes, tu vois. (La voix du majordome tremblait d'émotion. Il consentit enfin à se rasseoir.) La même brutalité, le même cœur sec. Les flics, ils sont partout pareils. Il n'y a que l'uniforme qui change.

Connors se tourna vers sa femme.

— Lieutenant, j'aimerais avoir un entretien avec vous.

Avec un sourire poli, il montra la porte à Peabody.

Eve n'avait pas bougé de sa place. Elle regardait Connors.

— Faites ce qu'il vous demande, Peabody, et refermez la porte derrière vous.

— Bien, lieutenant.

— Enfin tu te décides à parler ! lança-t-elle quand son assistante fut sortie. Depuis le début, je savais que tu me cachais des éléments essentiels à mon enquête. Tu m'as vraiment prise pour une idiote.

Connors comprit que sous cette colère Eve dissimulait sa douleur d'avoir été trompée.

— Pardonne-moi.

Summerset explosa.

— Tu lui présentes tes excuses, après ce qu'elle...

— Fermez-la ! ordonna Eve sur un ton menaçant. Il y a à la maison tout l'équipement nécessaire pour brouiller une transmission et empêcher sa détection par l'Ordigarde. Les deux victimes étaient d'anciens amis de Connors et la deuxième a été tuée dans l'une de ses propriétés. Vous seul, Summerset, êtes au courant de tout ce qui concerne mon mari. Qui me dit que vous n'avez pas attendu pendant ces vingt années l'occasion de venger la mort de votre fille ? Qui me dit que vous n'êtes pas prêt à tout sacrifier, juste pour anéantir Connors ?

— Parce qu'il est tout ce qu'il me reste et parce qu'il l'aimait.

Quand Summerset prit son verre, sa main tremblait tellement qu'un peu d'eau éclaboussa la table.

— Eve, murmura Connors d'une voix douce. Assieds-toi, s'il te plaît. Et écoute.

— Je préfère rester debout.

— Comme tu voudras. (D'un geste las, il se frotta les yeux.) Je t'ai déjà parlé de Marlena. Elle est devenue comme une sœur pour moi quand Summerset m'a recueilli. Je n'étais déjà plus un enfant, continua-t-il en regardant son ami d'un air amusé et affectueux. Et j'avais perdu mon innocence.

— Tu avais reçu une sacrée raclée, marmonna Summerset.

— J'avais fait des bêtises, dit Connors en haussant les épaules. En tout cas, je suis resté et j'ai commencé à travailler avec eux.

— Vider les poches des gens, tu appelles ça travailler ?

Connors réprima un sourire.

— Il fallait bien survivre. Marlena était encore une gosse, mais elle s'était mise à éprouver pour moi des sentiments dont j'ignorais tout. Une nuit, elle est venue dans ma chambre et s'est offerte à moi avec tout son amour. J'étais embarrassé, alors je me suis montré maladroit et cruel. J'étais incapable de la toucher, elle était si innocente. Je lui ai dit des paroles blessantes et elle, au lieu de retourner dans sa chambre, le cœur plein de haine pour moi comme je l'aurais voulu, elle s'est enfuie. Des hommes qui me cherchaient, parce que j'avais eu l'arrogance de vouloir les défier, l'enlevèrent cette nuit-là.

Il se tut pendant un instant. Au fond de lui, la blessure n'était pas refermée. Quand il recommença à parler, sa voix était plus calme et son regard plus sombre :

— J'aurais offert ma vie en échange de la sienne. J'aurais fait n'importe quoi pour lui épargner un seul moment de souffrance ou de terreur. Mais cette chance ne m'a pas été donnée. Ils ont abandonné son corps sur le pas de la porte quand ils en ont eu fini avec elle.

— Elle était si petite, dit Summerset d'une voix qui n'était plus qu'un murmure. Comme une poupée cassée. Ils ont tué mon bébé. (Ses yeux brillants et amers se levèrent vers Eve.) La police n'a rien fait. Marlena était la fille d'un indésirable. Il n'y avait pas de témoins, disaient-ils, et pas de preuves. Ils connaissaient le nom des coupables, pourtant. Ce n'était un secret pour personne. Mais ils n'ont pas levé le petit doigt.

— Ces hommes étaient très puissants, explique Connors. Les flics fermaient les yeux sur leurs activités. Il m'a fallu par la suite beaucoup de temps et de ruse pour retrouver les six assassins de Marlena.

— Et tu les as tués ?

— Oui. Sans hésiter.

Elle eut un pincement au cœur.

— Mais quel est le rapport avec Brennen et Conroy ? Ils étaient impliqués dans la mort de Marlena ?

— Non, mais tous deux m'avaient aidé à retrouver les assassins en me fournissant des renseignements. Grâce à eux, j'ai pu coincer deux de ces ordures.

Eve s'assit et se couvrit les yeux de ses mains.

— Qui d'autre t'a aidé ?

— Difficile à dire. J'ai parlé à des dizaines de gens à l'époque. Il y avait Robbie Browning, mais j'ai déjà vérifié de ce côté-là. Il est toujours en Irlande, logé, nourri et blanchi par le gouvernement pour encore cinq ans. Jeanie O'Leary. Elle habite à Wexford où elle tient une pension de famille. Je lui ai parlé hier et je lui ai conseillé de se tenir sur ses gardes. Michael Bodine…

Eve frappa du poing sur la table.

— Bon sang, Connors ! Tu aurais dû me donner cette liste à la minute où je t'ai appris la mort de Brennen. Tu aurais dû me faire confiance.

— Ce n'était pas une question de confiance.

— Ah, non ?

— Je te le jure. (Il lui attrapa le bras.) Mais j'espérais me tromper. Et je voulais t'épargner de te retrouver dans la situation où tu es actuellement.

— Tu pensais pouvoir régler cette affaire sans moi.

— Oui, mais à présent que les soupçons se portent sur Summerset, je n'ai plus le choix. Nous avons besoin de ton aide.

— Vous avez besoin de mon aide ! s'exclama-t-elle en écartant son bras. (Elle se leva.) Parce que tu crois qu'avec tout ce que tu viens de me raconter, tu as réussi à blanchir ton ami ? Mais si je me sers de ces informations, je vous fais plonger tous les deux, pour meurtres avec préméditation !

— Summerset n'a tué personne, fit observer Connors avec son flegme habituel. S'il y a un assassin ici, c'est moi. Maintenant, crois-tu à son innocence ?

Il est tout ce qu'il me reste. Eve ne cessait de se répéter cette phrase qu'avait prononcée Summerset.

— Oui, je crois qu'il n'aurait jamais essayé de te nuire, parce qu'il t'aime.

Connors ouvrit la bouche pour parler, mais il changea d'avis et contempla ses mains d'un air pensif. Il était ébranlé par cette vérité simple qu'il venait d'entendre.

— Je ne sais pas ce que je vais faire, dit Eve comme si elle se parlait à elle-même.

Elle regarda Summerset droit dans les yeux, et ajouta :

— Tous les indices vous accusent alors si vous voulez vous en sortir, il va falloir tout me dire. Je dois pouvoir compter sur ton entière collaboration, Connors.

— Mais elle t'est toujours acquise.

— C'est drôle, j'aurais pensé le contraire, dit-elle avec un sourire qui n'avait rien de gai.

Elle traversa la pièce comme pour sortir, mais s'arrêta devant la porte :

— Je vais vous tirer de ce bourbier, Summerset. Parce que c'est mon boulot, et aussi parce que je veux vous prouver que tous les flics ne sont pas pourris !

6

Peabody savait quand il était préférable de tenir sa langue. Ce qui était dit en son absence dans la salle d'interrogatoire n'avait pas mis le lieutenant dans les meilleures dispositions. Elle le comprit immédiatement en voyant ressortir Eve, le regard noir, la bouche crispée et les épaules raides.

Et comme le lieutenant faisait route vers le centre-ville et qu'elle-même était assise à la place du passager, l'agent Peabody préféra garder une prudente réserve.

— Bande d'idiots ! maugréa Eve.

L'invective s'adressait à un troupeau de touristes qu'un bus avait manqué de faucher sur son passage.

Toujours silencieuse, Peabody s'éclaircit la gorge. Elle aperçut deux marchands de hot dogs qui se disputaient leur territoire et grimaça en entendant le crissement des chariots poussés l'un contre l'autre. Une fois, deux fois. À la troisième fois, une grande flamme s'éleva vers le ciel. Les passants apeurés s'écartèrent.

Elle laissa échapper un petit cri quand le lieutenant arrêta brutalement leur véhicule sur le bord du trottoir.

Eve sortit dans l'épais nuage de fumée qui empestait la viande brûlée. Les deux marchands, trop occupés à s'invectiver, ne remarquèrent sa présence que lorsqu'elle poussa l'un d'eux du coude pour s'emparer de l'extincteur accroché à l'un des chariots.

Par une incroyable chance, l'extincteur n'était pas vide. Eve aspergea d'une mousse épaisse les deux chariots, ce qui lui valut d'être copieusement injuriée en italien et en chinois par leurs deux propriétaires.

Avant qu'ils n'aient eu le temps de faire alliance contre le lieutenant, Peabody avait bondi du véhicule. À la vue de son uniforme, les deux hommes se calmèrent.

Peabody promena son regard parmi la foule des badauds qui s'étaient rassemblés pour assister au spectacle.

— Circulez ! ordonna-t-elle. Il n'y a plus rien à voir... J'ai toujours rêvé de prononcer ces mots, murmura-t-elle à l'adresse d'Eve, mais sans obtenir le sourire qu'elle escomptait.

— Relevez l'identité de ces deux lascars et collez-leur un P-V pour trouble de l'ordre public.

— Bien, lieutenant.

Peabody soupira et regarda Eve qui retournait à leur voiture.

Les deux femmes n'avaient pas échangé la moindre parole lorsqu'elles s'arrêtèrent devant la tour Prestige dix minutes plus tard. Un droïde était en service devant la porte. Il se contenta d'un léger hochement de tête respectueux quand Eve lui présenta son badge. Dans le hall, elle se dirigea droit vers l'ascenseur et se planta au beau milieu de la cabine pour monter jusqu'au douzième étage.

Une fois arrivée, Peabody sur ses talons, elle sonna chez Audrey Morrell. Un instant plus tard, la porte blanche s'ouvrit sur une femme brune aux yeux verts qui affichait un sourire méfiant.

— Que puis-je faire pour vous ?

— Audrey Morrell ?

— Oui, c'est moi. (Remarquant l'uniforme de Peabody, la femme porta la main à son collier de perles blanches.) Il est arrivé quelque chose ?

— Non, rassurez-vous, nous aimerions juste vous poser quelques questions, dit Eve en montrant son badge. Ce ne sera pas long.

— Entrez, je vous en prie.

Elle recula pour les laisser passer. Les deux femmes entrèrent dans le living. La décoration aux teintes pastel et un agencement subtil du mobilier lui donnaient un caractère très accueillant. Les murs étaient ornés de nombreuses aquarelles.

Dans un coin de la pièce, trois fauteuils tapissés de bleu pâle étaient disposés en arc de cercle. C'est là qu'Audrey Morrell fit asseoir ses visiteuses.

— Puis-je vous offrir quelque chose à boire ? Un café, peut-être ?

— Non, rien, merci.

— Dans ce cas...

Avec un sourire gêné, elle s'assit dans le fauteuil resté vide.

Tout à fait le type de Summerset, avait pensé Eve dès qu'elle l'avait vue ouvrir la porte.

Jolie, mince, des cheveux légèrement bouclés coiffés avec soin, Audrey Morrell portait une robe vert pâle de coupe sobre et classique.

Il était difficile de lui donner un âge. Sa peau était lisse, ses mains longues et fines, sa voix calme et distinguée. Elle devait avoir dans les quarante-cinq ans, et beaucoup d'argent à dépenser pour sauvegarder les apparences.

— Madame Morrell, avez-vous parmi vos relations un M. Summerset ?

— Lawrence ? (Instantanément, ses yeux verts prirent un éclat nouveau et son sourire s'élargit.) Oui, bien sûr.

— Pouvez-vous me dire dans quelles circonstances vous l'avez rencontré ?

— Je donne des cours d'aquarelle le mardi soir au centre culturel. Lawrence est l'un de mes élèves.

— Vous voulez dire qu'il peint ?

— Oh oui, et très bien, même. Il travaille actuellement sur une série de natures mortes, et... (Elle s'arrêta brusquement et sa main attrapa encore une fois son collier de perles.) Il ne lui est rien arrivé de fâcheux, j'espère ? J'étais un peu déçue qu'il ne soit pas venu à notre rendez-vous samedi, mais jamais je n'aurais pensé que...

— Samedi ? C'est samedi que vous aviez rendez-vous avec lui, et non pas vendredi ?

— Oui, samedi après-midi. Nous devions déjeuner ensemble et aller ensuite au théâtre pour une représentation en matinée. (Elle soupira et s'efforça de sourire.) Puisque nous sommes entre femmes, je peux me laisser aller à faire une confidence. En fait, j'avais passé beaucoup de temps à me préparer pour cette occasion et j'étais très nerveuse. Il nous est déjà arrivé plusieurs fois de nous voir en dehors du cours, mais toujours en camarades, pour visiter une exposition. Ce devait être notre premier véritable rendez-vous. Voyez-vous, je suis veuve, j'ai perdu mon mari il y a cinq ans et... je n'ai fréquenté personne depuis. J'ai été très blessée lorsque j'ai compris que Lawrence ne viendrait pas ce jour-là, mais j'imagine qu'il avait une excellente raison. Puis-je savoir pourquoi vous me posez ces questions sur lui ?

— Où étiez-vous vendredi apres-midi, Madame Morrell ?

— Je faisais des emplettes en prévision de cette sortie. Il m'a fallu presque une journée pour trouver la robe, les chaussures et le sac que je voulais. Puis je me suis rendue à mon institut de beauté. (Elle passa une main dans ses cheveux.) Et chez mon coiffeur pour un balayage.

— M. Summerset prétend que ce rendez-vous était fixé pour le vendredi après-midi.

Audrey Morrell fronça les sourcils, puis secoua la tête.

— C'est incroyable. Ainsi il se serait trompé de jour ?

Apparemment distraite par cette pensée, elle se leva brusquement et disparut dans une autre pièce. Elle revint quelques instants plus tard, tenant un petit agenda électronique. Tout en le consultant, elle continua de secouer la tête.

— Je suis certaine qu'il avait dit samedi... Oui, c'est ça, regardez. Samedi, 12 heures, déjeuner et théâtre avec Lawrence. Ô mon Dieu. (Elle regarda Eve avec une expression atterrée qui était presque comique.) Mais s'il est venu ici vendredi, il a dû penser que c'était moi qui lui posais un lapin !

Elle éclata de rire et se rassit en croisant les jambes.

— Comme c'est ridicule ! ajouta-t-elle. Nous sommes tous deux si timides et si fiers qu'aucun n'a pensé à appeler l'autre pour vérifier la date du rendez-vous. Pourquoi diable ne m'a-t-il pas laissé un message sur la porte ? (Son visage s'assombrit.) Mais toutes ces histoires n'intéressent pas la police.

— Madame Morrell, M. Summerset vient d'être interrogé dans le cadre d'une affaire, et il nous serait très utile de pouvoir reconstituer son emploi du temps pour la journée de vendredi.

— Je ne comprends pas bien.

— Je suis navrée, mais je ne peux pas vous en dire plus pour le moment. Le nom de Thomas Brennen vous dit-il quelque chose ?

— Non, rien du tout.

« Mais ce n'est qu'une question d'heures », pensa Eve. Avant la fin de la soirée, tous ceux qui auraient regardé le journal télévisé connaîtraient les noms de Thomas Brennen et de Shawn Conroy.

— Quelqu'un d'autre savait-il que vous aviez rendez-vous avec M. Summerset ?

Audrey Morrell s'était remise à jouer avec son collier.

— Non, personne à ma connaissance. Lawrence et moi sommes des gens très discrets... Je me souviens cependant en avoir parlé à mon coiffeur.

— Comment s'appelle le salon ?

— Helena Goldstein, sur Madison Avenue.

— Je vous remercie d'avoir répondu à nos questions, Madame Morrell.

— Ce fut avec plaisir. Mais, lieutenant... si je peux aider Lawrence... C'est un homme tellement charmant, un vrai gentleman, vous savez.

— Un homme charmant, marmonna Eve, incrédule, tandis qu'elle regagnait l'ascenseur. Dernier étage, ordonna-t-elle quand les portes se refermèrent. Je veux revoir la scène du crime. Préparez votre magnéto, Peabody.

Toujours efficace, Peabody sortit son mini-enregistreur qu'elle accrocha au revers de sa veste.

Eve se servit de son passe pour désactiver les scellés électroniques que la police avait placés sur la porte. L'appartement était plongé dans la pénombre. Elle demanda l'allumage des lumières.

— Tout a commencé ici, dit-elle en contemplant les taches de sang qui maculaient la moquette et les murs. Pourquoi Brennen l'a-t-il laissé entrer ? Le connaissait-il ? Et pourquoi l'assassin lui a-t-il coupé la main ? À moins que...

Elle répartit en direction de la porte puis se retourna, regardant en direction de la chambre à coucher.

— Essayons d'imaginer ce qui a pu se passer, reprit-elle. Le tueur est un petit génie de l'électronique. Il a déjà brouillé les caméras. Il ne peut pas courir le risque qu'un vigile désœuvré visionne les enregistrements des caméras de surveillance pendant qu'il opère. Mais c'est un problème qu'il a déjà réglé. Il est intelligent et prudent. S'introduire dans l'appartement est un jeu d'enfant pour lui.

— Ce type aime avoir le contrôle de la situation, suggéra Peabody. À mon avis, il est entré par ses propres moyens.

— Excellente déduction, Peabody. Donc, il entre. Il est tout excité. Le jeu est sur le point de commencer. C'est à ce moment-là que Brennen fait son apparition. Il vient probablement de la cuisine où il a pris son déjeuner. Il est surpris et déjà étourdi par le tranquillisant qu'il a absorbé. Mais il a grandi dans la rue et il retrouve ses réflexes. Il fond sur l'intrus, mais l'autre est armé. Il reçoit sa première blessure et ça le stoppe net. Il y a du sang partout. L'intrus a forcément été éclaboussé lui aussi. Il faudra qu'il se lave, mais il a plus urgent à faire. Il injecte à Brennen une deuxième dose de tranquillisant, puis il le traîne jusqu'à la chambre...

Tout en parlant, Eve avait suivi les traces de sang séché sur la moquette. Arrivée dans la chambre, elle s'arrêta et promena son regard acéré autour d'elle. Elle s'approcha de la commode d'Eileen sur laquelle se dressait encore la statuette de la Vierge. L'ayant saisie entre deux doigts, elle la retourna et étudia l'inscription gravée sur le socle. C'était la même que celle retrouvée sur les lieux du deuxième crime.

— Peabody, mettez-la dans un sac.

— Je ne sais pas... objecta timidement la jeune femme. Je trouve que c'est un peu irrespectueux.

— Si quelqu'un a manqué de respect à la Madone, c'est plutôt ce tueur, vous ne croyez pas ?

Peabody acquiesça et obéit de mauvaise grâce.

— Reprenons. Notre homme a posé Brennen sur le lit. Il ne veut pas que sa victime se vide trop vite de son sang, alors il doit trouver un moyen de stopper l'hémorragie. Il cautérise la blessure. Un procédé grossier, mais efficace.

Eve fit le tour du lit, observant attentivement les taches qui avaient viré au brun.

— À présent, il peut reprendre son travail. Il attache Brennen au montant du lit et sort ses outils. Il est précis et méthodique, sa nervosité a disparu. Tout se déroule exactement comme il l'avait prévu. Il sort de son sac la statuette qui symbolise son public et la place sur la commode, en l'orientant de telle sorte qu'elle ne manque rien du spectacle. Peut-être même récite-t-il une prière.

Avec une expression concentrée, elle regarda la commode et imagina la statuette, telle qu'elle l'avait trouvée.

— Maintenant, il annonce à Brennen ce qu'il va lui faire et il lui explique pourquoi. Il veut sentir sa peur, sa souffrance. Il tient enfin la revanche qu'il attend depuis si longtemps et il veut en savourer chaque instant. Chaque hurlement, chaque supplication de Brennen est pour lui une jouissance. Quand vient la fin, il est au comble de l'extase... Mais il est dans un état épouvantable, couvert de sang et de lambeaux de chair. Il doit se laver.

Eve entra dans la salle de bains adjacente. Elle était rutilante avec ses murs carrelés de bleu saphir et sa robinetterie.

— Il a tout prévu. Il a apporté avec lui une sacoche ou une mallette dans laquelle il conservait la corde et les couteaux. À présent, il en sort des vêtements de rechange. Il se douche et se frotte soigneusement pour retirer toute trace de sang. Puis il nettoie chaque centimètre carré de la salle de bains. Il prend son temps, rien ne le presse.

— Nous n'avons pas trouvé le moindre fragment de cheveu ou de peau, intervint Peabody. Son grand ménage a dû durer des heures.

Eve tourna les talons et retourna dans la chambre.

— Il range ses vêtements sales dans sa mallette, avec ses instruments de torture. Il se rhabille en faisant bien attention aux endroits où il pose les pieds, car il ne faut pas qu'il salisse ses chaussures. Avant de ressortir, il se retourne pour contempler une dernière fois son œuvre. Il veut emporter cette image avec lui. Récite-t-il aussi une dernière prière ? Oui, sûrement. Ensuite il sort et appelle la police.

— Nous pouvons repasser les disquettes du système de surveillance et repérer chaque individu portant une sacoche ou une mallette ?

— Les cinq premiers étages de cet immeuble sont occupés par des bureaux, et je parie qu'une personne sur deux portera une mallette quelconque, répondit Eve en haussant les épaules. Mais nous regarderons quand même... Ce n'est pas Summerset qui a fait ça, Peabody. N'est-ce pas ? (Comme son assistante ne répondait pas, Eve lui jeta un regard impatient.) Brennen était très costaud. Tout chétif qu'il est, Summerset aurait pu le prendre par surprise, j'en conviens, mais il n'aurait jamais eu assez de force pour lui trancher la main d'un seul coup. En supposant qu'il ait réussi cet exploit, comment aurait-il ensuite transporté le corps inanimé de Brennen jusqu'à la chambre à coucher ? Non, Summerset n'a pas la constitution requise. Il est incapable de soulever autre chose qu'un plateau de thé.

Elle soupira avant de poursuivre :

— Et quand bien même il serait notre homme, comment supposer qu'un individu capable de brouiller des transmissions et de tromper les caméras d'un système de surveillance pourrait être assez bête pour se laisser filmer, traversant le hall de l'immeuble habité par sa victime ? Alors qu'il avait la possibilité d'effacer cet enregistrement, tant qu'il y était.

— Je n'avais pas pensé à ça, avoua Peabody.

— Quelqu'un cherche à lui faire porter le chapeau et, au-delà de Summerset, c'est Connors qui est visé.

— Mais pourquoi ?

Eve dévisagea son assistante en silence.

— Sortons d'ici, dit-elle enfin.

— Lieutenant, je ne peux vous être d'aucune aide si vous ne me dites pas tout.

— Je sais. Allons, il est temps de partir d'ici.

— J'ai besoin d'air ! s'exclama Eve quand elles se retrouvèrent dehors et que le magnétophone de Peabody fut arrêté. Et de nourriture. Que diriez-vous d'une petite promenade à Central Park, Peabody ?

L'assistante ne répondit pas.

— Allons, ne boudez pas, ajouta Eve alors qu'elle remontait dans leur voiture. Ce n'est pas joli.

Elles roulèrent en silence, se glissèrent dans une minuscule place de parking, et sortirent de leur véhicule pour se diriger vers les grands arbres dénudés du parc. Les feuilles mortes craquaient sous leurs pas. Le vent était froid et Eve remonta la fermeture Éclair de son blouson. Elles s'arrêtèrent devant le premier marchand ambulant. Eve commanda des frites de soja, pendant que Peabody, plus raisonnable, se contentait d'une unique brochette de fruits.

— Vos tendances Âge Libre qui ressortent, fit remarquer Eve devant le frugal repas de son assistante.

— Je n'ai jamais considéré la nourriture comme une question d'ordre spirituel, rétorqua Peabody, qui s'apprêtait à croquer dans un morceau d'ananas. Bien que je traite mon corps comme un temple.

Eve sourit puis elle redevint sérieuse :

— Je suis en possession de certaines informations qu'en ma qualité d'officier de police je suis tenue de porter à la connaissance de mes supérieurs. Or, j'ai l'intention de les garder pour moi.

Peabody examinait un morceau de pêche qu'elle venait de détacher de sa brochette.

— Lesdites informations concerneraient-elles une certaine enquête en cours ?

— Oui. Mais si je vous en faisais part, vous vous trouveriez vous aussi dans l'obligation de les communiquer à vos supérieurs. En ne le faisant pas, vous vous exposeriez à des sanctions. Vous risqueriez votre insigne, votre carrière, et peut-être votre liberté.

— Je suis prête à les risquer.

Eve s'arrêta et se tourna vers son assistante.

— Vous êtes un bon flic, Peabody. Vous serez bientôt promue au grade de détective. Et je sais combien c'est important pour vous.

Elle regarda au loin deux nurses en uniformes qui surveillaient des enfants. Un coureur s'arrêta près d'elles pour étirer ses muscles. Au-dessus de leurs têtes, un hélicoptère de surveillance tournoyait avec un ronronnement monotone.

— Ces informations me concernent directement et j'ai donc fait mon choix. Mais elles ne vous concernent pas, vous.

— Permettez-moi de vous contredire, lieutenant. Elles me concernent, puisque je travaille avec vous. Mais si vous doutez de ma loyauté…

— Il ne s'agit pas de loyauté, mais de notre devoir en tant que représentants de la loi. (Découragée, elle se laissa tomber sur un banc.) Nous sommes dans la panade.

— Est-ce que connaître ces informations me permettrait de vous aider dans votre enquête sur les meurtres de Brennen et Conroy ?

— Oui.

— Voulez-vous ma promesse que je ne les communiquerai à personne ?

— Je regrette, Peabody. Ce serait promettre de manquer à votre devoir.

Son assistante s'assit près d'elle.

— Je vous donne ma parole, lieutenant. Racontez-moi.

Eve ferma un instant les yeux. Elle songeait au lien solide qui s'était si vite tissé entre Peabody et elle.

— Tout a commencé il y a vingt ans, à Dublin, commença-t-elle. La fille de Summerset s'appelle Marlena…

Elle fit à son assistante un récit concis mais complet, dans ce langage de flic que toutes deux comprenaient si bien. Quand elle se tut, les deux femmes restèrent immobiles sur leur banc. Eve tenait posé sur ses genoux son déjeuner auquel elle n'avait pas touché. Au loin, dans les profondeurs du parc des oiseaux chantaient, couvrant le ronronnement sourd du trafic alentour.

— Je n'aurais jamais imaginé que Summerset ait pu être le père d'une petite fille, dit enfin Peabody. Et la perdre dans ces circonstances, quelle terrible épreuve !

— Pourtant il n'est pas au bout de ses peines, car le tueur cherche à se venger de Connors à travers lui.

— S'il savait que Summerset se trouverait à la tour Prestige, alors il était au courant de ce rendez-vous avec Audrey Morrell ?

Eve acquiesça et poursuivit :

— Les gens ne sont jamais aussi discrets qu'ils le croient. Je parierais que tous les élèves du cours de peinture avaient remarqué que ces deux-là se dévoraient des yeux. Il faudra fouiller de ce côté aussi. (Elle se frotta les yeux.) Il faut que Connors me donne le nom des hommes qu'il a tués, ainsi que la liste de tous les gens qui ont pu l'aider à les retrouver.

— Laquelle de ces deux listes allez-vous me confier ?

À son grand étonnement, Eve se sentit gagnée par une étrange émotion. « Je dois être fatiguée », se dit-elle en refoulant ses larmes.

— Merci, Peabody. Je vous revaudrai ça.

— Justement, je me demandais si vous alliez manger ces frites.

Avec un petit rire, Eve lui tendit son cornet.

— Dites-moi, lieutenant, reprit Peabody. Comment allez-vous présenter les choses au commandant ?

— Oh, je trouverai un moyen, répondit Eve en passant sa main sur son estomac noué par l'angoisse. En attendant, nous allons retourner au Central et voir si McNab a fait des progrès. Il faudra aussi contacter la presse avant que les médias ne se mettent à raconter n'importe quoi. Et puis il y a le rapport de l'autopsie de Conroy à éplucher, et je dois avoir une conversation sérieuse avec Connors.

— La journée va être bien remplie.

— Oh oui ! Il ne manquerait plus que le commandant s'en mêle et ce serait le bouquet.

— Pourquoi ne me laissez-vous pas m'occuper de McNab pendant que vous irez parlementer avec Nadine Furst ?

— Excellente idée, Peabody.

Eve n'eut pas à chercher Nadine Furst. La journaliste l'attendait dans son bureau où elle contemplait avec un sourire amusé le poste de communication du lieutenant dont les entrailles étaient répandues sur la table.

— Un problème électronique, Dallas ?

— Peabody, allez de ma part trouver ce McNab et étranglez-le.

— Tout de suite, lieutenant.

— Nadine, combien de fois vous ai-je demandé de m'attendre à l'extérieur de mon bureau ?

— Je dirai une bonne dizaine de fois. (Sans se départir de son sourire, Nadine s'assit en croisant ses longues jambes.) Je ne sais pas pourquoi cela vous chiffonne autant... Alors, dites-moi, qui était Shawn Conroy ? Et pourquoi a-t-il été tué dans une maison qui appartient à Connors ?

— Je vais vous répondre, dit Eve qui venait de fermer la porte à clé.

— Hum, fit Nadine en soulevant ses fins sourcils. Vous capitulez trop facilement. Qu'allez-vous me demander en échange de ces tuyaux ?

— Rien pour l'instant. Voilà le topo : la police de New York enquête sur le meurtre de Shawn Conroy, quarante et un ans, célibataire, nationalité irlandaise et barman de son état. Suite à un coup de fil anonyme, et avec l'assistance de Connors, j'ai découvert le corps dans une maison inoccupée.

— Comment a-t-il été tué ? J'ai entendu dire que c'était une vraie boucherie.

— Désolée, mais les détails de l'affaire ne peuvent pas être divulgués aux médias pour l'instant.

— Allez, Dallas... insista Nadine en se penchant vers son interlocutrice.

— Rien à faire, mais je peux vous dire que nous cherchons un lien entre ce meurtre et celui de Thomas X. Brennen, un citoyen irlandais qui a été assassiné vendredi dernier.

Nadine bondit de sa chaise.

— Brennen a été assassiné ! Mais il était actionnaire majoritaire de Canal 75 ! Dire que nous avons laissé passer un tel scoop. Comment est-ce arrivé ?

— Son corps a été retrouvé dans son appartement de New York. La police suit actuellement plusieurs pistes.

— Des pistes, mais lesquelles ? Mon Dieu, je connaissais cet homme...

Cette dernière remarque éveilla la curiosité d'Eve.

— Tiens donc !

— Nous nous étions croisés des dizaines de fois dans des soirées organisées par la chaîne. Il m'avait même envoyé des fleurs après... mon ennui au printemps dernier.

— Un ennui, comme vous dites, qui vous a presque valu de finir égorgée.

— Oui, répondit Nadine en se rasseyant. Et je n'ai pas oublié que vous m'avez sauvée. Brennen était un brave homme. Quand je pense qu'il laisse une femme et plusieurs gosses. (Elle resta un moment silencieuse, tapotant ses genoux de ses jolies mains.) Ce sera la panique à la chaîne quand ils apprendront la nouvelle. Le monde des communications va être secoué. Comment cela s'est-il passé ?

— Au point où en est l'enquête, nous pensons qu'il a été surpris chez lui par un intrus.

— Un cambrioleur ?

Eve hocha la tête, trop contente que la journaliste eût elle-même fourni cette explication.

— Vous avez parlé d'un lien entre les deux meurtres, reprit Nadine. Shawn Conroy était irlandais lui aussi. Aurait-il été impliqué dans ce cambriolage ? Se connaissaient-ils ?

— Nous enquêtons dans ce sens.

— Mais Connors est irlandais, également.

Eve acquiesça.

— Entre nous, Connors a connu Shawn Conroy en Irlande. Nous pensons que la maison où son corps a été retrouvé aurait pu être surveillée, car elle contient des meubles de prix et les nouveaux locataires ne devaient emménager que deux jours plus tard. Mais tant que nous n'y verrons pas plus clair, j'aimerais laisser Connors en dehors de cette affaire.

— Aucun souci à se faire de ce côté-là pour le moment. Je suis sûre que le meurtre de Brennen va occuper le devant de la scène pendant plusieurs jours. Rétrospectives, biographies et tout le toutim, les médias ne vont plus parler que de lui.

Elle se leva brusquement.

— Merci pour le tuyau, lieutenant.

Eve tourna la clé dans la serrure et ouvrit la porte.

— Inutile de me remercier. Tôt ou tard, je vous demanderai de me renvoyer l'ascenseur.

Quand Nadine fut sortie, Eve se frotta les tempes. Elle n'avait plus qu'à espérer que son commandant se laisserait berner aussi facilement que la journaliste.

— Tout cela est bien léger, lieutenant, fit remarquer le commandant Whitney après qui Eve eut complété oralement le rapport écrit qu'elle avait déjà fourni.

— Nous ne disposons pas de beaucoup d'éléments, à ce stade de l'enquête.

Elle s'assit, l'air détaché, et sans sourciller plongea son regard dans celui de son supérieur.

— McNab de la DDE travaille sur ce problème de brouillage, ajouta-t-elle. Mais il n'a encore rien trouvé et Feeney ne sera pas de retour avant une semaine.

— McNab jouit d'une excellente réputation dans le service.

— Peut-être, mais pour l'instant il patauge. Le tueur semble avoir d'excellentes connaissances de l'électronique et des télécommunications. Nous tenons peut-être là un lien avec Brennen.

— Oui, mais pas avec Conroy.

— Il y a aussi la piste irlandaise. Les deux hommes s'étaient plus ou moins connus à Dublin. Il est possible qu'ils se soient revus à New York. Si vous avez écouté l'enregistrement des conversations téléphoniques que j'ai eues avec l'assassin, vous devez savoir que son mobile est la vengeance. Il connaissait les deux victimes. Je crois que nous devrions demander la collaboration de la police irlandaise. Ils pourraient nous aider à déterrer une vieille histoire dans laquelle auraient trempé les deux victimes.

— Et Connors, n'est-il pas lui aussi mêlé à cette affaire ?

— Oui, commandant, mais il n'a eu aucun contact avec les deux victimes depuis plus de dix ans.

— La vengeance est un plat qui se mange froid, vous ne l'ignorez pas... Allez-vous encore interroger Summerset ?

— Je ne sais pas, commandant. Son alibi pour l'heure de la mort de Brennen est mince, mais plausible. Audrey Morrell confirme qu'ils avaient bien rendez-vous. Ils se seront trompés de date. Et un autre détail me chiffonne : ces meurtres ont nécessité une grande force physique que Summerset est loin d'avoir.

— Il a pu agir avec quelqu'un.

À cette pensée, Eve sentit son cœur se serrer, mais elle n'en laissa rien paraître et hocha simplement la tête.

— Je n'abandonne pas cette piste, commandant. Mais je suis intimement convaincue que Summerset ne ferait rien qui pourrait nuire à Connors, à qui il est dévoué corps et âme. Et je crois aussi que Connors est la prochaine cible du tueur. Je crois qu'il est au centre de cette affaire et que c'est pour cette raison que l'assassin m'a contactée.

Whitney resta un moment silencieux, scrutant le visage de son lieutenant. Le regard de la jeune femme était direct et clair, sa voix ne tremblait pas. Mais elle ne devait pas avoir conscience du fait que ses mains, qu'elle avait croisées, étaient atrocement crispées.

— Je suis d'accord avec vous... Je pourrais vous demander si vous souhaitez être dessaisie de cette enquête, mais je perdrais mon temps, n'est-ce pas ?

— Oui, commandant.

— Vous allez interroger Connors. Et j'imagine qu'il n'y aura aucun compte rendu officiel de cet interrogatoire... Soyez prudente, Dallas, ne malmenez pas trop le règlement. Je ne voudrais pas perdre l'un de mes meilleurs agents.

Elle se leva.

— La mission du tueur n'est pas terminée, commandant. Et je sais qu'il va encore chercher à me contacter. J'ai déjà une idée assez précise du personnage, mais je souhaiterais consulter le Dr Mira afin qu'elle établisse un profil psychologique.

— Vous avez mon feu vert.

— Et j'aimerais aussi pouvoir travailler chez moi. Je dispose là-bas d'un équipement bien supérieur à ce que nous avons ici.

Un petit sourire se dessina sur les lèvres de Whitney.

— Je n'en doute pas. C'est entendu, Dallas, je vous laisse carte blanche. Mais je ne peux pas vous accorder beaucoup de temps. Alors travaillez vite, je ne veux pas d'un troisième meurtre.

— Merci, commandant.

7

Immobilisant sa voituré au milieu de la longue allée sinueuse, Eve observait la maison que Connors avait fait construire. Mais construire n'était pas le mot, restaurer aurait été plus juste. Car la maison existait depuis un siècle. Connors en avait fait un véritable palais de pierre et de verre.

Cette maison était la sienne à présent et elle s'y sentait bien, bien mieux en fait qu'elle ne l'aurait imaginé. C'était là, au-delà des pelouses taillées et des buissons de fleurs, dans les tours et les ailes, là qu'elle vivait désormais parmi les antiquités, les épais tapis venus de contrées lointaines, dans la richesse et dans le luxe.

Elle fit redémarrer sa voiture. Connors avait gagné cette maison, à sa façon. Et elle n'avait fait que s'y introduire.

Tous deux venaient de la rue et de la misère, mais ils avaient choisi des chemins différents pour s'en sortir. À elle, il avait fallu la loi, l'ordre et la discipline dont son enfance avait été si cruellement dépourvue. Ses jeunes années qu'elle avait réussi à refouler dans un recoin de sa mémoire revenaient depuis quelques mois la hanter avec plus de violence que jamais. À présent, beaucoup de souvenirs resurgissaient, mais elle ne se rappelait pas encore tout.

Connors, lui, devait tout se rappeler, dans les moindres détails. Il ne s'autoriserait jamais à oublier ce qu'il avait été. Il puisait sa force dans ses origines.

Tous deux étaient des enfants d'ivrogne. Tous deux avaient été maltraités par un père violent. Leur enfance leur avait été dérobée et, très tôt, ils avaient appris à se comporter en adultes. Mais pendant qu'Eve choisissait de défendre la loi, Connors s'amusait à la contourner.

À présent, leurs destins étaient unis. Mais jusqu'à quel point pouvaient-ils vraiment se fondre l'un dans l'autre ? C'était ce qu'il leur fallait découvrir. Et leur mariage, encore si jeune et si merveilleux, si terrifiant et si vital pour elle, leur mariage tiendrait ou se briserait...

Elle parcourut les derniers mètres de l'allée et vint se garer au pied du grand perron. Elle laissa sa voiture à cet endroit – ce qui ne manquerait pas d'agacer Summerset – et entra dans la maison, portant sous son bras une petite boîte remplie de disquettes.

Summerset était dans le vestibule. Il l'attendait depuis l'instant où elle avait franchi le grand portail, se demandant pourquoi elle s'était arrêtée en chemin.

— Auriez-vous un problème avec votre véhicule, lieutenant ?

— Pas plus que d'habitude.

Elle enleva son blouson et, comme à l'accoutumée, le jeta sur la rambarde de l'escalier.

— Vous l'avez laissé devant la porte. Or, je vous rappelle que la maison dispose d'un garage.

— Allez ranger la voiture vous-même si le cœur vous en dit. Où est Connors ?

— À son bureau de la 5e Avenue. Il devrait être ici dans une heure.

— Dites-lui de me rejoindre dans mon bureau quand il rentrera.

— Je l'informerai de votre requête.

— Il ne s'agit pas une requête.

Elle sourit en le voyant attraper du bout des doigts le col de son blouson.

— Et si je vous dis de ne pas quitter la ville jusqu'à nouvel ordre, il ne s'agira pas non plus d'une requête, ajouta-t-elle.

Un muscle se mit à tressauter sur la mâchoire du majordome.

— Cette situation vous plaît, n'est-ce pas, lieutenant ?

— Oh oui, vous ne pouvez pas savoir à quel point je rigole. J'ai sur les bras les cadavres de deux anciens amis de mon mari, dont l'un a même poussé la plaisanterie jusqu'à se faire trucider dans une propriété appartenant à Connors.

Quand il fit un pas vers elle, les yeux d'Eve prirent une expression menaçante.

— Ne vous approchez pas de moi, vieux corbeau.

— Vous avez interrogé Audrey Morrell ! accusa-t-il, laissant exploser sa colère.

— Il fallait bien que je confirme votre alibi minable.

— Et vous lui avez laissé entendre que j'étais impliqué dans une affaire criminelle.

— La vérité, c'est que vous êtes impliqué dans une affaire criminelle, et jusqu'au cou, Summerset.

Il inspira profondément à travers ses narines pincées.

— Ma vie privée…

— Stop ! Vous n'avez plus de vie privée jusqu'à ce que ces deux affaires soient élucidées. (L'embarras de

Summerset était visible, mais Eve n'avait ni le temps ni le désir de ménager le majordome.) Si vous voulez sauver votre peau, suivez mes conseils. N'allez nulle part tout seul et tenez un état précis de la façon dont vous occupez votre temps, de nuit comme de jour. Parce que avant peu il risque de se commettre un autre meurtre, et l'assassin s'arrangera pour vous le mettre sur le dos !

— C'est votre boulot de protéger les innocents.

Elle avait déjà gravi les premières marches de l'escalier, mais elle s'arrêta net et se tourna vers le majordome qu'elle fusilla du regard.

— Je connais mon boulot. Et croyez-moi, je le fais bien.

En voyant la moue méprisante de Summerset, elle redescendit quelques marches. À pas lents, avec des gestes calculés, car elle se sentait sur le point d'exploser.

— Je sais que vous m'avez détestée dès l'instant où j'ai franchi le seuil de cette maison. Pour deux raisons. La première, la plus évidente, c'est que je suis un flic et que vous méprisez cette profession.

Il eut un petit sourire dédaigneux.

— Et pourquoi donc devrais-je l'admirer ?

Elle descendit encore une marche. À présent ils étaient face à face.

— Il m'a fallu un peu plus de temps pour deviner la deuxième raison de votre hostilité. Elle était pourtant simple. Je n'étais pas une de ces créatures superbes et élégantes que Connors avait l'habitude de fréquenter. Je n'avais ni le pedigree ni la classe, n'est-ce pas ?

Il se sentait un peu honteux, mais néanmoins il acquiesça.

— Connors n'avait que l'embarras du choix. Il méritait mieux que vous.

— Voilà ce que je n'ai compris que ce matin. En réalité, vous me reprochez de ne pas être Marlena. Pour vous, elle seule aurait été digne de Connors, dit-elle d'une voix calme en fixant le majordome qui se décomposait peu à peu. Alors que vous espériez pour lui une femme qui vous aurait rappelé votre fille disparue, vous avez vu arriver un flic de basse extraction. Décidément, mon pauvre Summerset, vous n'avez pas de chance.

Sur ces mots, Eve tourna les talons et s'éloigna. Elle ne vit pas le majordome chanceler sur ses jambes et s'agripper pitoyablement à la rambarde de l'escalier, ébranlé par cette vérité qu'elle venait de lui envoyer à la face comme un coup de poing.

Quand il fut certain qu'elle ne pouvait plus le voir, Summerset se laissa tomber sur les marches et enfouit son visage dans ses mains. Alors seulement il se laissa submerger par le chagrin.

Mais vingt minutes plus tard, lorsque Connors rentra chez lui, son majordome avait retrouvé toute sa contenance. Et c'est d'une main assurée qu'il l'aida à se débarrasser de sa veste et plia avec soin sur son bras le vêtement à l'étoffe de soie fine et fluide.

— Le lieutenant est dans son bureau et souhaitera s'entretenir avec vous.

Connors leva les yeux vers le palier du premier étage. Il était sûr qu'Eve ne s'était pas exprimée avec autant de politesse.

— Elle est rentrée depuis longtemps ?

— Une demi-heure environ...

— Elle est seule ?

— Oui.

D'un air absent, Connors défit le col de sa chemise. Les réunions de l'après-midi avaient été longues et fastidieuses, et il ressentait une raideur un peu douloureuse dans la nuque.

— Vous prendrez les messages si on m'appelle. Je ne veux pas être dérangé.

— À quelle heure dois-je servir le dîner ?

Sans répondre à la question, Connors se mit à gravir l'escalier. Sa colère qu'il avait réussi à contenir toute la journée venait de ressurgir.

Il savait que la conversation qu'il devait avoir avec sa femme serait bien plus productive si elle se déroulait dans le calme. Mais il ne pouvait s'empêcher de repenser à cette porte qui les avait séparés la nuit précédente, et à la facilité avec laquelle Eve l'avait refermée.

La jeune femme avait laissé son bureau ouvert. Assise devant son ordinateur, elle fixait l'écran d'un air morne. Près d'elle, sur la table, était posée une tasse emplie d'un café qui devait être déjà froid. Ses cheveux étaient en désordre, probablement ébouriffés par l'agitation nerveuse de ses mains. Elle portait toujours l'étui de son arme.

Galahad s'était confortablement installé sur la table, au-dessus d'une pile de papiers.

— Tu voulais me voir, lieutenant ?

Elle leva la tête et se tourna vers lui. Dans son costume bien coupé et sa chemise à peine froissée, il affichait une élégance décontractée, mais Eve ne s'y trompait pas. À la façon dont il se tenait bien campé sur ses pieds, les pouces enfoncés dans les poches, il avait tout d'un Irlandais querelleur qui se prépare au combat.

« S'il veut la bagarre, il l'aura », se dit-elle.

— Entre et ferme la porte, s'il te plaît.

— Avec plaisir.

Il obtempéra et traversa la pièce. Puis il attendit, préférant laisser l'initiative à son adversaire pour mieux riposter ensuite.

— Il me faut des noms, dit-elle, empruntant un ton sec de flic pour ne laisser planer entre eux aucune ambiguïté. Les noms des hommes que tu as tués et ceux des gens qui t'ont aidé.

— Tu les auras.

— Je veux aussi que tu me fasses une déposition, dans laquelle tu déclareras où et avec qui tu te trouvais au moment des meurtres de Brennen et Conroy.

Un éclair de colère passa dans le regard de Connors, rapidement remplacé par une expression glaciale.

— Me considérerais-tu comme un suspect, lieutenant ?

— Non, mais pour que les choses restent ainsi, je préfère t'éliminer d'emblée de ma liste.

— Bien sûr, c'est tellement plus simple.

— Ne prends pas ce ton avec moi.

Elle savait très bien ce qu'elle faisait, se dit-elle avec une fureur grandissante. Et elle n'allait pas se laisser désarçonner par la froideur hautaine de Connors.

— Dans ton intérêt, reprit-elle, et dans l'intérêt de toutes les personnes concernées, il est préférable que je m'en tienne à la procédure. Je veux aussi mettre à Summerset un bracelet de surveillance. Il n'acceptera jamais si c'est moi qui lui demande, alors j'aimerais que tu lui fasses entendre raison.

— Jamais je ne lui demanderai de se soumettre à ce traitement indigne.

Elle se leva lentement.

— Tu préfères qu'il soit jeté dans une cellule ? Je me fiche de la dignité de Summerset. Il me faut des faits, des preuves, une piste solide. Si tu continues à me mentir, je...

— Je ne t'ai jamais menti.

— Mais tu as gardé pour toi des informations essentielles. Cela revient au même.

— Absolument pas. Si j'ai gardé pour moi ces informations, c'était pour t'aider.

— Je n'attends de toi aucune faveur ! s'écria-t-elle d'une voix qu'elle n'arrivait plus à contrôler.

— Je me le rappellerai à l'avenir.

Il se dirigea vers le bar et s'empara d'une bouteille de whisky, dont il se servit une grande rasade dans un verre de cristal.

Eve le regardait faire, se disant qu'elle aurait préféré à cette colère froide et rentrée une explosion de rage.

— Réalises-tu dans quelle situation je me trouve ? J'ai deux meurtres à élucider et j'en redoute un troisième. Et je détiens des informations sur cette affaire que je ne peux utiliser officiellement si je ne veux pas t'envoyer en prison jusqu'à la fin de tes jours !

Il but une gorgée de whisky et sourit d'un air ironique.

— Mais je n'attends de toi aucune faveur.

Il fallait qu'elle frappe, qu'elle casse quelque chose. Elle repoussa violemment sa chaise sur le côté.

— C'est ce que tu crois. Mais j'aime autant te prévenir que ça risque de chauffer pour toi. Pour toi et pour cette momie décharnée que tu considères comme ton ami. Si j'arrive à vous maintenir tous les deux hors de l'eau, il faudra bien que vous changiez d'attitude à mon égard.

Connors vida d'un trait le reste de son verre qu'il reposa d'un geste brusque sur le bar.

— Jusqu'à présent, j'ai toujours réussi à m'en sortir par mes propres moyens. Et tu sais très bien que Summerset n'a tué personne.

— Peu importe ce que je crois, c'est ce que j'arrive à prouver qui compte. En ne me donnant pas toutes les cartes, tu me fais perdre un temps précieux.

— Et qu'aurais-tu fait de ces données ? Avec mes contacts et mon équipement, j'ai travaillé plus vite et mieux que tu ne l'aurais fait.

Ça, c'était le pompon.

— Tu sembles oublier qui est le flic ici.

Il la fixa de son regard d'acier.

— Aucune chance que je l'oublie.

— Alors, occupe-toi de tes affaires et ne viens pas empiéter sur mes plates-bandes, sauf si je te le demande.

— Sauf si tu me le demandes, répéta-t-il d'un air incrédule.

Elle vit passer dans ses yeux une lueur mauvaise, mais elle ne bougea pas d'un pouce lorsqu'il fondit sur elle. La saisissant par le col de sa chemise, il la fit décoller du sol.

— Et si je refuse de t'obéir, lieutenant, que feras-tu ? Y as-tu pensé ? Tu iras bouder dans ton bureau après m'avoir claqué la porte au nez ?

— Je te conseille de me lâcher.

Loin d'obtempérer, il la souleva un peu plus.

— Je ne veux plus de porte fermée entre nous. J'ai mes limites et tu viens de les atteindre. Si tu ne veux plus partager mon lit, tu n'as qu'à le dire. Mais, je ne te laisserai plus jamais me claquer la porte au nez !

— Tout est ta faute. C'est toi qui m'obliges à fermer les yeux sur tes entorses à la loi, alors que je devrais t'envoyer en prison.

Levant les mains, elle tenta de le repousser d'un coup sec et fut à la fois surprise et furieuse de voir qu'il n'avait pas bougé.

— Pour couronner le tout, poursuivit-elle, il faut que je fasse la conversation à une bande de snobs lorsque je rentre chez moi le soir et que je me casse la tête pendant des heures en pensant à la tenue que je porterai pour l'occasion.

— Tu crois être la seule à faire des concessions ?

Fou de rage, il la secoua avant de la reposer par terre et de lui tourner le dos.

— Quand je pense que j'ai épousé un flic ! Non mais quelle plaisanterie !

Vexée, elle posa ses poings serrés sur ses hanches.

— Personne ne t'y obligeait. Je te rappelle que c'est toi qui as insisté.

— Et toi, tu t'es toujours dérobée et tu continues à le faire. J'en ai marre. Marre que tu penses être la seule à céder du terrain ! Crois-moi, j'ai fait plus de concessions que toi. Tu veux de l'espace ? je te l'accorde. Tu veux rester seule pendant tes crises névrotiques ? d'accord, je te laisse seule. Mais je ne tolérerai pas que ma femme me ferme la porte au nez !

— Je t'interdis de dire « ma femme » sur ce ton de propriétaire.

— Ne sois pas ridicule.

— Après névrosée, voilà que je suis ridicule !

— Oui, tu l'es souvent.

La colère la faisait suffoquer.

— Tu n'es qu'un égoïste, arrogant et dominateur. Et tu ne respectes pas la loi.

Il souleva un sourcil amusé.

— Où veux-tu en venir, au juste ?

Elle n'arrivait plus à articuler un mot et ne réussit qu'à émettre un son strident et incompréhensible. En l'entendant, le pauvre Galahad partit se cacher sous la table, terrorisé.

— Bien envoyé, fit Connors qui avait décidé de se verser un autre whisky. J'ai renoncé à plusieurs affaires au cours de ces derniers mois, juste parce que j'ai pensé que tu ne les approuverais pas.

— Je ne t'ai jamais demandé de renoncer à quelque chose pour moi.

Il regarda le fond de son verre.

— Eve, ma chérie...

Il poussa un soupir et constata que sa colère s'était complètement envolée.

— Tu n'as pas besoin de demander, ajouta-t-il, il te suffit d'être là. (Il but son whisky d'un trait puis plongea son regard dans le sien.) Moi, par contre, je te demande de ne plus jamais verrouiller ta porte.

Elle haussa les épaules d'un air maussade.

— Je savais bien que ça te mettrait en boule.

— Et tu as réussi au-delà de tes espérances.

Elle se surprit à soupirer.

— C'est difficile de voir ce que ces hommes ont subi et de savoir que...

— Que j'ai été capable de tuer ? (Il reposa son verre.) Mais je l'ai fait pour rendre justice.

Elle se mordit la lèvre.

— Ce n'était pas à toi d'en décider.

— C'est ici que nos opinions divergent. La loi n'est jamais du côté des faibles et des innocents. Je ne te demande pas de me pardonner pour ces crimes, mais je te présente mes excuses pour t'avoir obligée à choisir entre moi et ton devoir.

Elle prit sa tasse sur la table et vida le reste de café froid pour s'éclaircir la gorge.

— J'en ai parlé à Peabody. J'étais obligée. Elle n'a pas hésité une seconde, elle se range de mon côté.

— C'est un bon flic et c'est toi qui m'as appris que ces deux mots n'étaient pas contradictoires.

— J'ai besoin de son aide. J'ai besoin de toute l'aide que je pourrai trouver, parce que j'ai peur. (Elle ferma les yeux.) J'ai peur de ne pas être à la hauteur et qu'un jour, en arrivant sur la scène d'un crime, ce ne soit ton corps que je découvre. Et alors il sera trop tard. Tu seras mort, parce que c'est toi qu'il veut. Les autres meurtres, il les a commis pour se faire la main.

Les bras de Connors se refermèrent sur elle. Elle se blottit dans cet écrin. Elle sentait la chaleur de ce corps qui lui était devenu si familier, si indispensable. Son odeur, les battements réguliers de son cœur, la caresse légère de ses lèvres sur ses cheveux.

— Je ne pourrais pas le supporter, ajouta-t-elle en se serrant plus étroitement contre lui. Je sais que je ne devrais pas y penser parce que ça m'empêche de réfléchir, mais je ne peux pas m'en empêcher.

La bouche de Connors emprisonna la sienne. Son baiser était rude et brûlant. Il avait deviné que c'était ce qu'elle attendait. Ses mains sur elle, avides et impatientes. Il souleva sa chemise en lui murmurant des mots d'amour.

Son arme tomba sur le sol. Elle renversa la tête en arrière, offrant sa gorge à ses baisers, tandis qu'elle lui retirait sa veste et défaisait la boucle de son ceinturon.

Ils s'étaient tus mais continuaient de se parler par leurs caresses enflammées. Eve retint son souffle quand il la poussa sur le bureau et qu'elle entendit sous elle un froissement de papier.

Elle l'attira vers elle.

— Répète-le que je suis névrosée ? dit-elle dans un soupir.

Il rit, tout enivré par son désir, et accrocha ses mains aux siennes.

Il observa ses yeux d'un brun doré embués de plaisir, les courbes délicates de sa poitrine offerte. Un cri s'étrangla dans sa gorge et dans un gémissement, elle prononça son nom.

— Prends-moi, dit-il en saisissant ses hanches pour se glisser en elle. Prends-moi tout entier.

Elle comprit alors, à travers les vagues de jouissance qui parcouraient son corps, qu'il lui demandait de l'accepter totalement. Et elle l'accueillit en elle. Tout entier.

Un peu plus tard, ils partagèrent une soupe dans son bureau. Au second bol, ses idées étaient redevenues assez claires pour qu'elle puisse expliquer :

— Je travaillerai ici pendant quelque temps.

— D'accord. Je vais alléger mon emploi du temps pour pouvoir être plus disponible.

Elle ouvrit un petit pain qu'elle beurra généreusement.

— Nous allons devoir nous mettre en contact avec la police de Dublin et ton nom risque de ressortir. (Elle fit mine de ne pas remarquer le petit sourire qu'il lui adressait et mordit dans son pain.) Faut-il que je m'attende à de nouvelles surprises ?

— Ils ne t'apprendront rien sur moi que tu n'aies déjà dans tes dossiers.

— Des dossiers qui sont pratiquement vides.

— Précisément. Et même si certains flics se souviennent encore de moi, leurs souvenirs ne te causeront pas d'embarras. J'ai toujours été très prudent.

— Qui a enquêté sur le meurtre de Marlena ?

Toute gaieté disparut soudain du regard de Connors.

— Un certain inspecteur Maguire, mais parler d'enquête dans son cas serait insulter la police. Il s'est contenté de faire les constats d'usage, après quoi il a empoché les pots-de-vin qu'on lui offrait pour finalement conclure à une mort accidentelle.

— En attendant, son rapport pourrait nous éclairer.

— J'en doute. Maguire obéissait aux ordres de l'organisation dont j'avais menacé le territoire. À cette époque, la guerre des gangs faisait rage en Irlande comme ailleurs, et peu de flics échappaient à la corruption qui régnait partout. Beaucoup nous rançonnaient et je me souviens encore des coups que j'ai reçus parce que je refusais de payer ma dîme.

— Tu as été rossé par Maguire ?

— Non, parce qu'à l'époque où j'ai commencé ma carrière d'escroc, il était déjà planqué dans un bureau et se servait des agents en uniforme pour relever les compteurs.

Connors se renversa dans sa chaise, une tasse de café à la main, avant de poursuivre :

— Pendant longtemps, j'ai réussi à passer à travers les mailles du filet. Je payais quand je ne pouvais pas faire autrement, mais j'arrivais toujours à récupérer mon argent. Les flics sont des proies faciles. Ils ne s'attendent jamais qu'on leur fasse les poches.

Eve ne trouva rien à répondre à cela.

— Pourquoi a-t-il été chargé de l'enquête sur Marlena ?

— Summerset avait insisté pour alerter la police. Il voulait que les hommes qui avaient commis ce meurtre horrible soient punis. Il voulait que justice soit faite et qu'il y ait un vrai procès. Et en guise de justice, c'est

Maguire qu'il a obtenu. Je me rappelle bien ce salopard. Sa façon de renifler partout et de secouer sa grosse tête en claquant la langue. « Eh bien ! disait-il. Il me semble qu'un père devrait veiller plus attentivement sur sa fille. On n'a pas idée de laisser une gamine aussi mignonne courir les rues toute seule ! »

Alors que la colère passée renaissait avec toute sa virulence, Connors s'écarta de la table et se leva pour arpenter la pièce.

— J'aurais voulu le tuer et il le savait. Il me cherchait parce qu'à l'instant même où je lui aurais sauté dessus six de ses hommes m'auraient mis en pièces. Il a conclu son enquête en prétendant que Marlena était une droguée, qu'elle était tombée sur des voyous qui, paniqués, l'avaient tuée par accident après s'être amusés avec elle. Deux semaines plus tard, il parcourait les rues de Dublin au volant d'une voiture flambant neuve, et sa femme avait adopté une nouvelle coiffure pour bien montrer ses boucles d'oreilles en diamant.

Il se tourna vers Eve.

— Six mois plus tard, son corps fut repêché dans la rade. Il avait dans la poitrine des trous si gros que les poissons auraient pu passer à travers.

La jeune femme avait la bouche sèche, mais elle continua de fixer Connors de son regard perçant.

— C'est toi qui l'as tué ?

— Non. Mais son nom figurait au bas de ma liste. (Il revint s'asseoir à la table.) Summerset n'a joué aucun rôle dans les meurtres que j'ai commis. Il faut me croire. Il n'était même pas au courant de mes projets.

— Inutile de le défendre. Je ferai tout mon possible pour l'aider. (Elle soupira.) Et pour commencer, nous allons encore une fois oublier toutes les législations en vigueur, et utiliser ton équipement clandestin pour voir ce qu'il peut nous trouver sur les gens qui ont été impliqués dans cette affaire.

Connors se leva d'un bond et prit la main de son épouse qu'il porta à ses lèvres.

— C'est toujours un plaisir de travailler avec toi, lieutenant.

— Et n'oublie pas que c'est moi qui dirige les opérations.

— Oh, tu me le rappelleras, n'est-ce pas ?

Quand elle se leva, il l'enlaça par la taille et ajouta, taquin :

— La prochaine fois que nous ferons l'amour, garde ton badge, au cas où j'oublierais qui dirige les opérations.

8

Eve contemplait la liste qui venait de s'afficher sur l'écran mural. L'équipement que Connors avait installé dans cette salle très privée aurait fait pâlir d'envie tous les pirates informatiques. Ce lieu respirait l'efficacité. On n'y retrouvait pas trace de cette recherche esthétique qui prévalait dans les autres pièces de la maison.

Aucun des dispositifs de communication qu'Eve voyait autour d'elle n'était homologué auprès de l'Ordigarde, ce qui signifiait que tout ce qui entrait et sortait de cette pièce échappait à sa vigilance.

Elle regarda Connors, assis devant sa console comme un flibustier à la proue de son navire, puis les mains dans les poches, elle se mit à lire le nom des morts :

Charles O'Malley, décédé le 5 août 2042. Matthew Riley, le 12 novembre 2042. Donald Cagney, le 22 avril 2043. Michael Rowan, le 2 décembre 2043. Rory McNee, le 18 mars 2044. John Calhoun, le 31 juillet 2044.

Elle exhala un long soupir.

— Deux par an en moyenne.

— Je n'étais pas pressé. Ça te dirait d'entendre leur bio ? (Il se mit à lire les informations qui défilaient à l'écran.) Charles O'Malley, mort à trente-trois ans. Trafics divers et agressions sexuelles. Accusé d'avoir violé sa sœur et sa mère, il fut relaxé faute de preuves. Soupçonné d'avoir torturé à mort un ancien compagnon, les charges contre lui furent abandonnées. Spécialisé dans la collecte des dettes, on reconnaissait sa marque aux rotules broyées de ses victimes. Marlena avait eu les rotules broyées.

Elle l'arrêta d'un geste de la main.

— J'en ai assez entendu. J'aurais besoin d'avoir la liste de ses parents et amis. Avec un peu de chance, il se trouvera peut-être parmi eux un fondu d'électronique.

Les noms demandés commencèrent à s'inscrire sur l'écran.

— Qui savait que tu les recherchais ? questionna-t-elle.

— Ce n'est pas le genre d'exploit dont on se vante au pub en vidant une pinte, mais la rumeur allait bon train. Et je voulais qu'ils sachent, qu'ils aient le temps de faire dans leur froc.

— Parfois tu me fais peur, Connors, murmura Eve en se tounant vers lui. Si je comprends bien, tout Dublin était au courant ?

— Oui, mais j'ai retrouvé Cagney à Paris et Calhoun à New York.

— Il faut orienter nos recherches sur tous les gens qui auraient pu connaître un ou plusieurs types de ta liste et qui auraient donc eu une raison de vouloir se venger de toi.

— Pourquoi se concentrer sur moi ? Après tout, c'est contre Summerset que les preuves s'accumulent.

— C'est toi que l'on vise à travers lui. (Tout en réfléchissant, elle s'était mise à arpenter la pièce.) J'espère voir Mira demain, peut-être nous en apprendra-t-elle un peu plus sur la personnalité de notre tueur, mais je reste persuadée que c'est à toi qu'il en veut. Il souhaite que tu saches et que tu aies la trouille en attendant ton tour. Crois-moi, Summerset n'est qu'un instrument.

— Et comment réagirait-il si Summerset disparaissait de la circulation ?

— Eh bien, il... (Saisie d'un doute, elle s'arrêta brusquement et se retourna.) Minute papillon ! Tu n'envisages tout de même pas... Jure-moi que tu ne l'aideras pas à s'enfuir !

Connors resta un long moment silencieux.

— Je te promets de respecter les règles du jeu tant que cela sera possible. Mais Summerset n'ira pas en prison. Je ne le laisserai pas payer à ma place.

— Il n'arrivera rien de tel, tu peux me faire confiance. Et je te préviens, s'il disparaît, je le ferai rechercher. Je n'aurai pas d'autre choix.

— Dans ce cas, conjuguons nos efforts pour qu'une telle situation ne se produise jamais. Et arrêtons cette discussion stérile, nous perdons un temps précieux.

Eve, exaspérée, lui tourna le dos.

— Tu ne me laisses pas une grande marge de manœuvre.

— J'en suis conscient, répondit-il avec lassitude.

Il pivota sur sa chaise pour allumer l'unité d'hologramme.

— Tiens, lieutenant. J'ai ici une chose sur laquelle je voudrais avoir ton avis... Affiche l'hologramme de Marlena, ordonna-t-il à son ordinateur.

Ils virent apparaître à l'écran l'image souriante d'une jeune fille. Ses cheveux longs et ondulés avaient la couleur des blés mûrs et ses yeux bleus étaient clairs comme un ciel d'été. Tout dans ce visage exprimait la jeunesse, la joie de vivre. Marlena était jolie comme une miniature dans sa robe blanche au col de dentelle. Elle tenait dans sa main, à la transparence de porcelaine, une unique tulipe rose pâle aux pétales humectés de rosée.

— Voilà l'image de l'innocence, dit Connors d'une voix posée. Ordinateur, affiche le dossier de police.

Et l'horreur leur sauta au visage. Il ne restait de la jolie poupée qu'un corps sanglant, meurtri et déchiré. La peau avait pris la teinte cireuse de la mort sous l'œil froid des caméras de la police. Le corps nu de Marlena, exposé aux regards, gardait la marque de chaque torture que ses bourreaux lui avaient infligée.

— Et voilà l'image de l'innocence piétinée, conclut Connors, la voix rauque d'émotion.

Eve était bouleversée, mais elle regarda la jeune morte comme elle avait regardé d'autres morts avant elle.

« C'était encore une enfant, pensa-t-elle. Pourquoi faut-il toujours qu'ils s'en prennent aux enfants ? »

— C'est bon, j'ai bien reçu ton message, Connors. Ordinateur, interromps l'affichage.

Quand les images eurent disparu, elle se tourna vers son mari.

— Si c'était à refaire, je recommencerais, dit-il. Sans hésitation, sans le moindre regret.

— Si tu crois que je ne te comprends pas, tu te trompes. Cette horreur, je la côtoie chaque jour. Et devant tout ce gâchis, même si mon travail me semble parfois vain, je continue à le faire, du mieux que je peux.

Il ferma les yeux et se frotta le visage des deux mains. Jamais elle ne l'avait vu aussi abattu.

— Excuse-moi, mais en voyant ces images, j'ai ressenti la même culpabilité qu'à l'époque, le même sentiment d'impuissance.

— C'est absurde, tu sais bien que tu n'es pas responsable.

— Et qui est responsable, alors ?

Elle fit le tour de la console pour venir se placer devant lui.

— O'Malley, Rowan et tous les autres, ce sont eux les coupables.

À présent, elle trouvait les mots pour le réconforter, parce qu'elle comprenait. Elle posa les mains sur ses épaules et ajouta :

— Je vais te faire un aveu que je ne répéterai probablement jamais. Maintenant que j'ai vu ces images, je sais que tu as eu raison d'agir comme tu l'as fait. C'était nécessaire et c'était juste.

Ému par cette confession, Connors entremêla ses doigts aux siens.

— Merci, j'avais besoin d'entendre au moins une fois ces paroles dans ta bouche.

Elle lui serra les mains, puis se tourna vers l'écran d'un mouvement vif.

— Remettons-nous au travail. Il faut retrouver ce salaud et le prendre à son propre piège.

Il était plus de minuit quand ils s'arrêtèrent. Eve s'endormit d'un sommeil de plomb dès qu'elle eut posé la tête sur l'oreiller. Mais au petit matin, les rêves la rattrapèrent.

Réveillé par ses gémissements, Connors la prit dans ses bras. Elle haletait et se débattait. Elle était prise au piège dans un cauchemar où il ne pouvait la rejoindre, tout comme il ne pouvait rien faire contre ce passé qui la tourmentait.

— Tout va bien, calme-toi, dit-il en la serrant plus fort.

— Non, non, suppliait-elle d'une petite voix d'enfant qui lui brisa le cœur.

— Tu n'as rien à craindre.

Il lui caressa le dos pour l'apaiser, et c'est alors qu'elle se tourna vers lui.

— Il ne peut plus te faire de mal, je suis là pour te protéger, assura-t-il.

Elle poussa un long soupir, comme un sanglot, puis tout son corps se relâcha. Connors ne se rendormit pas cette nuit-là. Il la tint serrée contre lui, la protégeant contre ses démons, jusqu'à ce qu'apparaissent les premières lueurs de l'aube.

En s'éveillant, Eve ne fut pas surprise de voir qu'il n'était plus là. Elle le retrouverait dans le salon où il serait assis à boire son café, tout en consultant les cours de la Bourse sur l'écran mural. Encore à moitié endormie, elle se dirigea comme une somnambule vers la douche. Peu à peu, ses idées s'éclaircirent. Mais c'est seulement en sortant du tube de séchage qu'elle se rappela son cauchemar.

Elle resta figée, une main tendue devant elle, prête à saisir son peignoir, tandis que lui revenaient les images effrayantes de son rêve…

L'horrible petite chambre glacée et l'enseigne rouge qui clignotait devant la fenêtre sale. La faim qui la taraudait. La porte qui s'ouvrait sur la silhouette de son père. Il avait bu mais pas encore assez. Le bruit métallique que faisait, en tombant sur le sol, le couteau qu'elle avait pris pour gratter la moisissure sur un pauvre morceau de fromage. La main énorme qui la frappait au visage. Et pire, bien pire que la douleur de ce coup de poing, le corps de son père l'écrasant sur le sol. Ses doigts qui déchiraient sa chair.

Mais… mais ce n'était pas elle qui se débattait, c'était Marlena. Marlena, dans sa robe blanche déchirée, son visage de porcelaine déformé par la peur et par la douleur. Marlena massacrée, baignant dans une mare de sang.

Eve regardait à ses pieds le cadavre de la jeune fille. Le lieutenant Eve Dallas, son badge accroché sur la poitrine, contemplait une fois de plus le spectacle de la mort. Elle prenait sur le lit une couverture tachée pour en recouvrir le corps. Mais alors qu'elle se retournait et regardait par terre, ce n'était plus Marlena qu'elle voyait, c'était elle-même et c'était sur son propre visage qu'elle remontait la couverture…

Parcourue de frissons, Eve s'enveloppa en hâte dans son peignoir. Elle devait fermer la trappe sur ses souvenirs. Elle avait une mission et des vies dépendaient d'elle.

Elle s'habilla en quelques minutes et se servit une tasse de café qu'elle emporta dans son bureau.

La porte qui donnait sur le bureau de Connors était ouverte. En entendant sa voix, la jeune femme s'approcha.

Il était assis à sa table de travail et parlait dans son vidéocom, tout en tapant sur le clavier de son ordinateur. Son fax bourdonna, annonçant un appel. Eve sirota son café et continua à l'observer en silence.

— Content de t'entendre, Jack. Oui, ça fait un bail. (Il se tourna vers son fax, parcourut le message qu'il venait de recevoir et envoya immédiatement sa réponse.) Tu as fini par épouser Sheila ? Quoi, six gosses, tu rigoles ? (Revenant à son ordinateur, il tapa quelques ordres.) Tu es au courant, alors. Oui, l'été dernier. Elle travaille dans la police. (Un grand sourire éclaira son visage.) Quel passé, Jack ? Je ne sais pas à quoi tu fais allusion. Tu me connais, je suis blanc comme neige. Oui, elle est très belle. Aussi belle qu'intelligente.

Il s'éloigna de son moniteur, sans prêter attention à la sonnerie qui annonçait un autre appel.

— Il fallait que je te parle, Jack. Tu as entendu ce qui est arrivé à Tommy Brennen et à Shawn Conroy ? Oui, c'est terrible. Ma femme est chargée de l'enquête. Elle pense qu'il existe un lien entre ces deux meurtres, et que ce lien conduit jusqu'à moi. Elle est persuadée que cette affairé remonte à Marlena et à ce qui s'est passé ensuite.

Il resta un moment silencieux, écoutant la réponse de son interlocuteur, puis il se leva et marcha jusqu'à la fenêtre, indifférent aux sonneries que faisait entendre son système de communication.

— Écoute, si tu as la moindre idée, si tu entends parler de quelque chose, tu peux me contacter ici. En attendant, je vais prendre des dispositions pour que toi-même et ta famille soyez mis à l'abri pendant quelque temps. Deux semaines de vacances à la mer, ça te dit ? J'ai une maison que tu aimeras sûrement. Non, Jack, c'est à moi de régler cette affaire et je ne veux pas que, par ma faute, tes enfants se retrouvent orphelins.

Il rit encore mais son regard demeurait grave.

— Je suis sûr que tu en serais capable, mais je préfère que tu restes en dehors de cette histoire et que tu suives mes conseils. Quitte Dublin et va te mettre au vert. Je t'envoie aujourd'hui même tous les documents nécessaires. À bientôt, Jack. Et embrasse Sheila de ma part.

Eve attendit qu'il eût raccroché avant de parler.

— C'est donc ce que tu as l'intention de faire ? Mettre à l'abri tous les gens qui pourraient figurer sur la liste du tueur ?

Il parut un peu gêné qu'elle eût entendu la conversation.

— Oui. Tu y vois un inconvénient ?

— Aucun.

Elle traversa la pièce pour venir le rejoindre, posa sa tasse de café et lui prit le visage entre ses mains.

— Je t'aime, Connors.

En entendant ces mots qu'elle prononçait si rarement, il sentit son cœur battre plus fort.

— Je t'aime, Eve.

Elle l'embrassa du bout des lèvres.

— Sais-tu que pendant que tu parlais à ton ami, tu avais retrouvé l'accent de ton Irlande natale ?

— Ah bon ? Comme c'est étrange…

— Je trouve ça très sexy.

Elle laissa glisser les mains jusqu'à sa nuque et s'assit sur ses genoux.

— Veux-tu que je continue ? dit-il en l'attirant contre lui.

Levant les yeux, il regarda par-dessus l'épaule d'Eve et sa gaieté parut redoubler.

— Bonjour, Peabody ! lança-t-il. Comment ça va ce matin ?

Eve sursauta. Elle essaya de se relever, mais il la tenait fermement.

— Euh… bien, merci. Je vous demande pardon, lieutenant, bafouilla la jeune femme en voyant le regard furibond que lui lançait Eve. Vous aviez dit 8 heures précises et comme il n'y avait personne en bas, je me suis permis de monter. McNab...

— Présent à l'appel ! (Arborant son éternel sourire, McNab apparut derrière Peabody.) Si je peux me permettre, lieutenant, c'est une super baraque que vous avez là. Vous devez être Connors, ajouta-t-il en tendant la main. Enchanté de faire votre connaissance. J'ai travaillé sur un de vos 2000MTS à la DDE. Quelle bécane ! On réclame un 5000 depuis des mois, mais avec les nouvelles coupes budgétaires, je pense qu'on peut s'asseoir dessus. Dites, votre engin, ce ne serait pas un MTS galactique ?

— Je crois bien, oui, répondit Connors, un peu décontenancé par l'audace de McNab qui, sans attendre d'y être invité, s'était déjà rué sur l'impressionnant système de communication.

— McNab ! intervint Eve. Un peu de tenue, s'il vous plaît.

— Mais c'est une telle merveille, lieutenant ! répondit le jeune homme d'une voix qui tremblait d'excitation. Combien de tâches peut-elle traiter en simultané ?

— Trois cents, répondit Connors qui s'était levé, plus par souci d'empêcher cet exalté de toucher à son équipement que pour lui faire une visite guidée.

— Sensationnel ! Votre service de recherche et développement doit être un vrai paradis terrestre !

— Assez bavardé, McNab. Au boulot ! Allez vous occuper de mon unité.

— Tout de suite, lieutenant. (Il s'adressa à Connors :) Par pitié, dites-lui de renouveler son matériel. L'ordinateur dont elle se sert au Central est un vrai dinosaure.

— Je verrai ce que je peux faire.

Il regarda sortir McNab avec une mine réjouie et commenta :

— Ils sont rigolos, tes collaborateurs, lieutenant.

— Si Feeney ne revient pas bientôt, je crois que je vais faire un malheur. Bon, je dois surveiller ce que fabrique ce zigoto.

— Un moment, Peabody.

Connors rappela la jeune femme qui s'apprêtait à suivre Eve. Il sourit en entendant son épouse, dans la pièce adjacente, passer un savon à McNab.

— Je voulais vous remercier, ajouta-t-il.

Elle le regarda droit dans les yeux.

— Je ne vois pas de quoi vous voulez parler. Ce serait plutôt à moi de vous remercier pour votre précieuse collaboration sur cette enquête.

Ému, Connors lui prit la main et la porta à ses lèvres.

— Peabody, vous êtes un ange.

La jeune femme sourit et réprima un petit frisson d'aise.

— Je crois que je devrais aller voir ce qui se passe. Si le lieutenant sautait à la gorge de McNab, ça ferait désordre...

Elle venait à peine d'entrer dans le bureau que le vidéocom d'Eve se mit à sonner.

— Bien, fit McNab en actionnant les manettes d'une petite unité de détection portable. L'appel est adressé à votre bureau au Central, il court-circuite l'Ordigarde. C'est lui, on le tient... Bon sang, c'est complètement brouillé !

— Qu'est-ce que vous attendez pour me retirer ce brouillage ? (Elle tendit la main vers le combiné.) Désactive l'image, ordonna-t-elle au vidéocom. (Elle décrocha.) Service des homicides. Lieutenant Dallas, j'écoute.

— Quelle vivacité, lieutenant... (La voix avait des intonations charmeuses et amusées.) Ce pauvre vieux

Shawn n'était même pas froid que vous aviez déjà retrouvé son corps. Je suis impressionné.

— Je serai plus rapide la prochaine fois.

— Si telle est la volonté de Notre Seigneur. Mais j'admire votre détermination, lieutenant. Alors, êtes-vous prête pour la prochaine manche ?

— Pourquoi ne pas tenter une partie face à face ? Nous verrons bien qui de nous deux l'emportera.

— Je dois hélas obéir aux instances divines. Désolé.

— C'est à votre esprit dérangé que vous obéissez. Dieu n'a rien à voir dans tout cela.

Elle entendait son souffle bruyant à l'autre bout du fil.

— Je suis l'élu. J'espérais que vous le verriez, mais vos yeux sont aveugles, parce que vos responsabilités vous détournent de la vie spirituelle.

Eve fusilla du regard McNab qui grommelait en réglant les boutons de ses appareils.

— C'est drôle, mais je n'ai rien perçu de spirituel dans votre façon de massacrer ces deux hommes. À propos, j'ai une citation pour vous : « Penses-tu, toi qui juges ceux qui commettent de telles actions et qui agis comme eux, que tu échapperas au jugement de Dieu ? »

Il y eut un court silence.

— Comment osez-vous utiliser sa parole contre moi qui suis l'ange exterminateur ? Il m'a donné la vie pour que j'accomplisse sa justice. Pourquoi vous obstinez-vous à ne pas le reconnaître ?

— Parce que je vous vois tel que vous êtes : un porc et un cinglé.

— Un jour viendra où vous vous agenouillerez devant moi, et ce jour-là vous verserez des larmes de sang. Vous connaîtrez le chagrin et la misère que seule une femme peut connaître.

Eve regarda McNab. Penché sur ses équipements, il semblait totalement impuissant.

— Vous pensez pouvoir atteindre Connors ? reprit-elle. Mais vous vous surestimez. Il vous écartera d'un geste de la main, comme une mouche. Nous avons déjà beaucoup ri à vos dépens.

— Je le briserai au moment que j'aurai choisi.

Il y avait maintenant de la rage dans sa voix, mais une rage un peu geignarde.

— Alors prouvez-le. Acceptez une confrontation.

Nouveau silence, plus long cette fois-ci.

— Vous pensez pouvoir m'endormir par de tels subterfuges ? Comme notre mère Eve, vous me tendez le fruit défendu, mais je ne me laisserai pas tenter. C'est moi qui mène le jeu, je vous le rappelle.

Sa voix le trahissait. À son léger tremblement, Eve comprit qu'il faisait d'immenses efforts pour se contrôler. L'orgueil et cette incapacité à se maîtriser étaient les deux points faibles de cet homme. Elle devait en profiter.

— Vous refusez de prendre ce risque parce que vous êtes un lâche, doublé d'un impuissant.

— Sale garce ! Je sais ce que les femmes de votre espèce sont capables de faire à un homme. « Car la prostituée se contente d'un quignon de pain mais l'adultère prend en chasse une vie précieuse. »

— Je le tiens, chuchota McNab. Continuez à le faire parler.

— Je ne comprends rien à votre charabia.

— La courtisane s'est offerte. Pour sauver sa vie, elle a souillé son honneur. Mais le Seigneur a ordonné son exécution et il en sera fait selon Sa volonté.

« Il a capturé une autre victime », pensa Eve. Peut-être était-il déjà trop tard.

— Vous devenez ennuyeux avec vos devinettes. Quand allez-vous vous décider à m'affronter ?

— Il y en aura neuf avant que ma mission ne soit accomplie.

Sa voix était devenue plus forte. Il parlait maintenant comme un prédicateur haranguant des brebis égarées :

— Votre tour viendra, mais pour l'instant c'est son heure à elle qui vient de sonner. Écoutez ma devinette pour l'édification de votre âme vile et impie. La jolie jeune fille est devenue une belle femme, mais elle reste une dévergondée. Elle vend ses charmes à qui veut bien payer. Vous la trouverez dans l'Ouest, dans l'année de son crime. Combien de temps lui reste-t-il ? Cela dépend de vous, lieutenant. Mais souhaiterez-vous sauver cette traînée qui jadis s'est offerte à l'homme que vous avez épousé ? À vous de jouer.

Sur ces mots, il coupa la communication.

— Rien à faire, maugréa McNab. Il a trop bien brouillé les pistes. Je croyais l'avoir sur Orion, mais la transmission est revenue à Stockholm pour repartir vers Sidney. Nom d'un chien, je n'arriverai pas à le coincer avec l'équipement dont je dispose !

— Il est à New York, intervint Connors. Tout le reste n'est qu'un écran de fumée.

Eve se tourna vers son mari. Il était très pâle et son regard s'était assombri.

— Sais-tu de qui il parlait ? demanda-t-elle.

— Oui, de Jeanie O'Leary. Je t'en ai parlé... Je l'ai appelée il y a deux jours à peine. Comme je te l'ai dit, elle était barmaid dans un pub à Dublin et maintenant elle tient une pension de famille à Wexford, dans l'ouest de l'Irlande.

Eve se leva et passa une main nerveuse dans ses cheveux.

— Il ne peut pas vouloir nous envoyer en Irlande. Je n'ai aucune autorité là-bas. Or il veut que ce soit moi qui dirige l'enquête.

— Il a pourtant parlé de l'Ouest, fit remarquer Peabody.

— Dans l'Ouest, dans l'année de son crime, dit Eve, répétant les paroles du tueur.

Elle interrogea Connors du regard.

— Quarante-trois. Deux mille quarante-trois.

— Ouest 43, c'est par là que nous allons commencer, Peabody.

— Je vous accompagne, fit Connors. (Sans laisser à Eve le temps de refuser, il la prit par le bras.) Il le faut...

Puis, il inscrivit une suite de chiffres sur un morceau de papier.

— McNab, composez ce numéro et demandez Nibb. Demandez-lui de nous faire expédier une unité de détection d'appel modèle 60K et un ordinateur 7500MTS, avec son meilleur technicien. Nous installerons ce matériel ici, dans le bureau de ma femme.

— Mais il n'existe pas de modèle 60K, objecta McNab.

— Pas encore, mais il sortira dans six mois et nous disposons déjà de prototypes.

— Nom d'un petit bonhomme ! s'exclama McNab qui exultait. Je n'ai pas besoin d'un technicien, je peux très bien me charger de l'installation.

— Faites-le quand même venir, et dites-lui que tout doit être prêt à fonctionner à midi.

Quand il se retrouva seul, McNab regarda le numéro que lui avait laissé Connors et soupira.

— Si l'argent ne fait pas le bonheur, il y contribue fichtrement !

Eve s'assit au volant et démarra dès que les portières se furent refermées.

— Peabody, demandez la liste de tous les hôtels du secteur Ouest 43.

— Tout de suite.

Peabody alluma son ordinateur portable et se mit immédiatement au travail.

— Il doit avoir choisi un décor propre à une putain. Il faut donc rechercher un lieu particulièrement sordide. Connors, que possèdes-tu dans ce secteur qui correspondrait à cette description ?

Il interrogea son propre portable.

— Je possède deux immeubles. Le premier abrite un restaurant et des studios dans les étages. Taux d'occupation : 100 %. Le deuxième est un petit hôtel avec un bar qui doit être prochainement réhabilité.

— Comment s'appelle-t-il ?

— Le *West Side.*

— Peabody ? (Eve coupa en direction de la 7e Rue et du centre-ville.) Alors, Peabody, ça vient ?

— Oui, voilà. Le *West Side :* 522, Ouest 43. Licence pour la vente d'alcool et pour l'exploitation d'un hôtel. Précédent propriétaire : J.P. Felix, arrêté en janvier 2058 pour infractions aux codes 752 et 821. Organisation illicite de spectacles à caractère pornographique et de jeux de hasard. Propriété confisquée par la ville de New York et vendue par adjudication en septembre 2058. Rachetée par le consortium Connors Industries.

— Numéro 522, murmura Eve qui venait de s'engager dans la 43e. Es-tu déjà venu ici, Connors ?

— Non. La transaction a été menée par un de mes employés. C'est lui qui a visité, moi je n'ai fait que signer les papiers.

À travers la vitre, il aperçut un gamin qui menait une partie de bonneteau pendant que son compère faisait le guet. Cette vision le ramena dans le passé et il se rappela Jeanie telle qu'il l'avait connue, jolie, vive et toujours souriante.

— Un de mes architectes a établi des plans en vue de la réhabilitation, mais je ne les ai même pas vus, ajouta-t-il.

— Ça ne fait rien.

Eve arrêta la voiture devant le numéro 522. Avant de descendre, elle mit en place son gyrophare, espérant ainsi augmenter leurs chances de retrouver le véhicule intact à leur retour.

— Pour commencer, nous allons interroger le type de la réception.

Ils traversèrent le bar pour rejoindre le hall d'accueil de l'hôtel, un endroit mal éclairé orné d'une unique plante verte moribonde. L'épaisse vitre de sécurité qui entourait le comptoir était sale et rayée en plusieurs endroits. La porte d'accès était grande ouverte, laissant entrevoir un droïde qui manifestement n'était plus en mesure d'assurer son service. La tête penchée en avant, il reposait immobile sur une chaise.

— Bon sang, il est déjà passé et peut-être même qu'il se trouve encore ici, dit Eve en dégainant son arme. Nous allons fouiller étage par étage. Frappez à chaque porte. Si vous n'obtenez pas de réponse, entrez.

Connors ouvrit un tiroir au-dessus de la tête du droïde.

— Le passe, dit-il en montrant une carte à puce. Ça peut toujours servir.

— Bien, prenez par les escaliers.

Au premier étage, presque toutes les chambres étaient vides. Ils ne trouvèrent qu'une prostituée dont la nuit avait dû être longue et qui les accueillit avec un air groggy. Elle n'avait rien vu ni rien entendu, et ne cacha pas sa mauvaise humeur d'être réveillée par les flics. Au deuxième étage, ils découvrirent les restes d'une fête qui avait dû être très animée, à en juger par les sachets de drogue qui traînaient çà et là sur le sol.

C'est en montant au troisième étage qu'ils rencontrèrent le gosse, assis dans la cage d'escalier ornée de graffitis obscènes. Il devait avoir dans les huit ans. Il était maigre et sale et portait des chaussures de sport percées qui laissaient voir ses orteils. Il avait un coquard à l'œil droit et tenait sur ses genoux un chaton gris à l'air famélique.

— Vous êtes Dallas ? demanda-t-il.

— Oui, pourquoi ?

— Le type m'a dit de vous attendre et il m'a donné deux dollars.

Le cœur battant, Eve s'agenouilla près du garçon. Visiblement, il n'avait pas pris de bain depuis un bon moment.

— Qui est ce type ?

— Ben, celui qui m'a dit d'attendre. Il m'a dit que vous alliez me donner encore deux billets si je vous attendais et si je vous disais le truc.

— Quel truc ?

Il la dévisagea avec un air futé.

— Vous allez me les donner, ces billets ?

— Oui, oui.

Eve fouilla dans sa poche tout en souriant comme si de rien n'était.

— Quel truc dois-tu me dire ? insista-t-elle quand le garçon eut refermé sa main sur l'argent.

— Il a dit... (Le garçon ferma les yeux et récita sa leçon.) « C'est le troisième mais pas le dernier. Vous êtes rapide mais pas assez. Ils peuvent courir, ils peuvent se cacher, ces salauds d'Irlandais n'échapperont pas à leur passé. Amen. » (Il rouvrit les yeux et sourit.) J'ai rien oublié, je lui ai dit que j'avais une bonne mémoire.

— Oui, c'est bien. Maintenant, si tu restes sagement ici, je te donnerai encore deux dollars... Peabody ! Veillez sur le gosse et appelez les services sociaux, ensuite essayez d'obtenir de lui une description de notre homme. Connors, tu viens avec moi. Troisième victime, troisième étage, troisième porte.

Elle tourna à gauche, son arme braquée devant elle, et frappa un grand coup.

— Il y a de la musique, constata-t-elle.

— C'est une ballade. Jeanie les adorait, répondit Connors.

Il allait s'avancer quand Eve tendit le bras pour l'arrêter.

— Éloigne-toi de la porte.

Elle tourna la poignée et entra lentement.

La barmaid qui aimait chanter des ballades irlandaises était pendue au bout d'une corde accrochée au plafond taché de graisse. La pointe de ses pieds effleurait à peine un tabouret branlant. La corde lui avait profondément entaillé la gorge et du sang coulait le long de sa poitrine. Il était encore frais, à en juger par sa couleur vermeille et par l'odeur de cuivre caractéristique qui flottait dans la petite chambre. Jeanie avait eu un œil arraché.

La musique venait d'un petit appareil placé sous le tabouret. La statue de la Vierge était posée à même le sol, son visage de marbre tourné vers le spectacle de la mort.

— L'ordure ! s'écria Connors, hors de lui.

Il se précipita à l'intérieur. Quand Eve tenta de l'empêcher de passer, il l'écarta si violemment qu'il faillit la faire tomber.

— Pousse-toi, dit-il sur un ton glacial et coupant comme une lame.

— Non !

Retrouvant ses réflexes, elle le plaqua contre le mur.

— Je t'interdis de la toucher. Tu comprends ? Elle est morte. Il n'y a plus rien à faire. C'est à moi de m'occuper d'elle à présent. Regarde-moi, Connors.

La voix d'Eve traversait à peine l'épais brouillard qui s'était formé dans sa tête, mais il parvint à détacher son regard du corps de la morte pour dévisager sa femme.

— Laisse-moi m'occuper d'elle.

Elle parlait sur ce ton doux et ferme à la fois qu'elle employait avec toutes les victimes. Elle aurait voulu le serrer dans ses bras et le réconforter, mais ce n'était pas le moment.

— Tu dois sortir, reprit-elle. Je ne peux pas te laisser toucher à quoi que ce soit sur le lieu du crime.

Peu à peu, Connors revint à la réalité.

— Il a placé le tabouret de telle sorte qu'elle ne puisse l'atteindre qu'avec le bout de ses pieds. Elle est restée en vie tant qu'elle a eu la force de se tenir sur ses pointes. La douleur a dû être atroce.

Eve relâcha doucement son étreinte.

— Ce n'est pas ta faute. Tu n'es responsable de rien.

Il contempla une dernière fois celle qui avait été son amie.

— Nous nous sommes aimés, dit-il d'une voix calme. À notre façon très insouciante. Nous nous sommes donnés du plaisir sans penser au lendemain... Je ne la toucherai pas et je vais sortir pour te laisser travailler.

Quand Eve recula, il marcha jusqu'à la porte.

— Il le paiera, dit-il sans regarder sa femme. Que ce soit toi qui le trouves ou bien moi, il le paiera de sa vie.

— Connors...

Pendant un court instant, il se tourna vers elle et l'expression qu'elle lut dans son regard la terrifia.

— Il a signé son arrêt de mort.

Elle le laissa partir, se promettant d'aller lui parler dès qu'elle le pourrait. Les yeux fermés, elle laissa un frisson bref et violent la parcourir. Puis elle s'empara de son communicateur et appela Peabody pour lui demander de monter son kit de terrain.

9

Quand Connors sortit de l'immeuble, il aperçut Peabody qui tenait dans une main la trousse d'Eve tandis que de l'autre elle serrait le bras du petit garçon. Elle avait raison de ne pas le lâcher, se dit-il. Le gamin n'allait pas s'attarder dans les parages maintenant qu'il avait quatre dollars en poche. Et surtout pas en compagnie d'un flic en uniforme.

Chassant pour un temps les pénibles images qu'il venait de voir, Connors se porta au secours de l'agent.

— Vous voilà bien encombrée.

— Comme vous dites, fit la jeune femme avec un soupir harassé qui souleva les cheveux de sa frange. Et les services sociaux qui n'arrivent pas !

Elle leva les yeux vers l'immeuble. Si Eve avait demandé son kit de terrain, c'était qu'il y avait eu un autre meurtre. Et pendant que le lieutenant avait besoin de son aide, elle se retrouvait à jouer les babysitters.

— Je ne peux pas remonter avec le gamin, reprit-elle. Est-ce que vous pourriez apporter sa trousse au lieutenant ?

— Allez-y, moi je vais m'occuper de lui.

Une lueur de gratitude éclaira les yeux de Peabody.

— Merci beaucoup. Ne le laissez pas partir.

Quand elle fut entrée dans l'immeuble, Connors et le garçon se toisèrent du regard.

— Je cours plus vite que toi, dit Connors, devinant les intentions du gosse. Et j'ai plus d'expérience. (Il s'agenouilla et caressa le chaton derrière l'oreille.) Comment s'appelle-t-il ?

— Simplet.

Connors sourit.

— Ce n'est pas le plus brillant des sept nains, mais c'est le plus gentil... Et toi, comment tu t'appelles ?

Le garçon le dévisagea d'un air méfiant. Pour les adultes de son entourage, Blanche Neige n'était pas le nom d'un conte pour enfants mais celui d'une poudre hallucinogène.

— Kevin, répondit-il.

Il se détendit en sentant que son chaton s'était mis à ronronner sous les caresses de l'homme.

— Ravi de faire ta connaissance, Kevin. Moi je suis Connors.

En le voyant tendre la main, le garçon eut un petit rire.

— Salut, Connors.

Il avait un rire gai et spontané.

— Simplet doit avoir faim.

— Ouais.

— Il y a un marchand de hot dogs au coin de la rue. Si on allait lui rendre visite ?

— Simplet adore les saucisses.

Kevin, aux anges, emboîta le pas à son nouveau copain. Le gros bleu qu'il avait au visage offrait un sombre contraste avec ses yeux gris clair.

— Un mets de connaisseur, répondit Connors.

— Tu parles drôlement.

— C'est un excellent moyen de faire croire aux gens que tu dis des choses très intelligentes.

Il tenait le garçon par la main, mais le lâcha lorsqu'ils pénétrèrent dans l'épais nuage de fumée dégagé par le gril. Tout heureux, Kevin courut vers le chariot et se hissa sur la pointe des pieds pour mieux voir les hot dogs qui répandaient leur appétissant fumet.

— Je t'avais dit de ne plus venir me tourner autour ! gronda la marchande. (Elle essaya de repousser le gosse et ronchonna quand celui-ci évita sa main d'un geste vif.) J'ai rien à donner à des morveux comme toi. (Elle s'empara d'une longue fourchette qu'elle se mit à agiter devant elle.) Si tu viens encore rôder autour de mon chariot, j'embroche ton sale chat et je le fais rôtir !

— J'ai de quoi payer.

Kevin avait serré son chaton contre lui, mais sans reculer d'un pas.

— C'est ça, et moi je suis la reine d'Angleterre. Va mendier ailleurs ou je te jure que je te colle un coquard à l'autre œil.

Connors s'avança. Il posa une main sur l'épaule de Kevin et lança à la marchande un regard lourd de menaces.

— Qu'est-ce qui te ferait plaisir, Kevin ?

— Mais elle dit qu'elle va faire rôtir mon chat !

— Je plaisantais, précisa la femme avec un sourire faux qui découvrit une rangée de dents jaunes. J'ai toujours un bon mot et des gâteries à offrir aux gosses du quartier.

— J'ai tout de suite vu que vous étiez une bonne fée, se moqua Connors. Bon, vous allez nous donner une douzaine de saucisses, trois cornets de frites, deux brochettes de fruits, un paquet de bretzels et deux grands… Quelle est ta boisson préférée, Kevin ?

— Soda à l'orange, bredouilla le garçon, tout ébahi par le festin qui s'annonçait.

— Deux grands sodas à l'orange, alors. Et mettez-nous aussi du chocolat.

— Bien, monsieur.

La marchande prépara leur commande, tandis que Kevin, les yeux grands comme des soucoupes, dévisageait son bienfaiteur.

— Tu veux autre chose ? demanda Connors qui cherchait son argent dans sa poche.

Kevin fit non de la tête. Jamais il n'avait vu une telle débauche de nourriture. Simplet, alléché par l'odeur des saucisses, laissa entendre un miaulement.

— Tiens, prends, dit Connors en tendant une saucisse au gamin. Et va m'attendre près de la voiture du lieutenant.

— D'accord.

Kevin tira la langue à la marchande puis détala.

Connors prit le sac que lui tendait la femme et rangea sa monnaie dans sa poche.

— Je vous préviens, dit-il avant de s'éloigner. Si vous osez encore une fois poser la main sur ce gosse, ce n'est pas un pauvre chat qui finira sur votre gril. Compris ?

Elle arborait un air inquiet.

— Oui, monsieur. Je… je ne savais pas que le môme avait un père. Je croyais qu'il était comme tous ces morveux qui traînent dans le coin. Pires que des rats, ils sont. Et ils rendent la vie impossible aux honnêtes gens.

Furieux, Connors saisit la femme par le poignet.

— Écoutez-moi bien, dit-il. Il va me falloir trente secondes pour rejoindre le gosse. Quand je me retournerai, je ne veux plus vous voir ici.

— Mais c'est mon coin !

— Alors je vous conseille d'en trouver un autre.

Connors lui lâcha le bras et s'éloigna. À peine avait-il parcouru quelques mètres qu'il entendit dans son dos un bruit métallique. Satisfait, il rejoignit Kevin. Assis sur le capot de la voiture, son chat près de lui, l'enfant dévorait avec appétit sa saucisse.

Il posa entre eux le sac de nourriture.

— Sers-toi, dit-il.

Le gosse avançait la main, mais la retira brutalement comme s'il craignait un mauvais coup.

— Je peux prendre ce que je veux ?

— Oui, tout ce que tu pourras avaler. (Connors piocha une frite et remarqua que le chariot avait disparu.) Elle est toujours aussi méchante ?

— Oh, oui ! Les grands la surnomment la Sorcière parce qu'elle appelle toujours les droïdes pour qu'ils nous flanquent une raclée. Mais tu lui as fichu une sacrée trouille.

Connors regarda d'un air amusé Kevin qui dévorait un morceau de chocolat. « Il y a des gens pour qui la vie est si incertaine, pensa-t-il, qu'ils ne gardent jamais le meilleur pour la fin. »

— Parle-moi de ce type qui t'a demandé d'attendre le lieutenant Dallas.

— Il avait rien de spécial, répondit l'enfant en s'emparant d'une autre saucisse qu'il partagea avec son chat.

Brusquement, il se figea en apercevant deux voitures de police qui fonçaient vers eux dans un hurlement de sirènes. Elles étaient suivies par le fourgon du médecin légiste.

— Ne t'en fais pas, le rassura Connors. Ils ne t'embêteront pas.

— T'es un flic, toi aussi ?

En voyant Connors partir d'un grand éclat de rire, le garçon esquissa un sourire timide. Il aurait bien voulu glisser sa main dans celle de son nouvel ami, effrayé qu'il était par tous ces policiers qui descendaient en hâte de leurs voitures, mais il avait peur de passer pour une mauviette. Alors il se contenta de se serrer un peu plus contre lui en se disant qu'il sentait bon.

Connors poussa un gros soupir et ébouriffa les cheveux du garçon.

— Merci, j'en avais besoin : une bonne rigolade après une matinée sinistre… Non, je ne suis pas un flic, Kevin. J'ai été un gamin des rues, moi aussi… Tiens, bois un peu ou tu vas t'étouffer.

Kevin avala une gorgée de soda.

— Le type, il parlait comme toi.

— C'est-à-dire ?

— Ben, il avait le même accent.

Il fourra une poignée de frites dans sa bouche.

— De quoi avait-il l'air ?

— J'sais pas. Plutôt grand.

— Il était jeune ?

Kevin répondit par un grognement, suivi d'un haussement d'épaules.

— Il devait avoir chaud.

— Ah bon ? Pourquoi ?

— Parce qu'il portait un long manteau, un chapeau, une écharpe et des gants. Et il puait la transpiration.

Kevin se pinça le nez, roula des yeux et, éclatant de rire, plongea sa main dans le sac.

— Ferme les yeux, ordonna Connors qui sourit en voyant la hâte avec laquelle le garçon lui obéissait. Quelle sorte de chaussures je porte ? Et ne triche pas.

— Elles sont noires, brillantes, et elles font presque pas de bruit quand tu marches.

— Très bien. Et l'homme, quel genre de chaussures portait-il ?

— C'étaient des chaussures de sport noires, avec une bande rouge. Montantes, comme celles que les grands portent. Elles étaient un peu usées, mais c'est comme ça qu'elles sont le plus classes.

— D'accord. Dis-moi, de quelle couleur sont mes yeux ?

— Bleus, très bleus.

— De quelle couleur étaient les siens ?

— Euh… verts, je crois. Une espèce de vert, mais pas comme ceux de Simplet. Et ils étaient méchants, mais pas comme les tiens quand tu parlais à la Sorcière. Les siens, ils fichaient vraiment la trouille.

Connors passa son bras autour des épaules du garçon.

— Tu as très bien répondu, Kevin. Le lieutenant Dallas dirait sûrement que tu ferais un bon flic.

Kevin esquissa une grimace.

— J'ai pas envie de faire le flic.

— Tu as peut-être raison… Dis-moi, Kevin, qui t'a fait ce bleu à l'œil ?

Le garçon s'écarta de lui.

— Personne… Je me suis cogné.

Connors n'insista pas.

— Ça m'arrivait souvent quand j'avais ton âge… Mais ta mère doit te chercher ?

— Non. Elle travaille tard, alors toute la journée elle dort. Elle se met en colère si je traîne dans la chambre pendant qu'elle roupille.

Doucement, Connors prit le garçon par le menton et l'incita à croiser son regard.

— Tu veux rester ici, avec ta mère ?

Pour le garçon, cet homme avait le visage d'un ange. Il en avait vu un comme ça, une fois. Au cinéma.

— Et où d'autre je pourrais aller ?

— Tu n'as pas répondu à ma question. Tu veux rester avec ta mère ou tu préfères partir avec l'assistante sociale ?

Kevin avala sa salive.

— L'assistante sociale, elle te colle dans une boîte et après elle te vend.

— Mais non…

Connors essayait d'être rassurant, mais au fond le gamin avait raison. Lui-même, quand il était gosse, préférait les poings de son père aux services sociaux.

— Ça te dirait d'aller dans un endroit complètement différent ?

— Avec toi ? tu me prendrais ? je pourrais travailler, tu sais.

— Un jour, peut-être, répliqua Connors en lui caressant la tête. Mais je connais des gens qui seraient ravis de t'accueillir. Si tu en as envie, je peux leur parler de toi.

— Je ne pars pas sans Simplet.

— Il t'accompagnera.

Le gamin se mordit la lèvre et tourna la tête pour regarder l'immeuble.

— Je n'aurai plus à retourner là-dedans ?

— Non, si c'est ce que tu veux.

Quand Eve ressortit dans la rue, elle fut surprise et un peu embêtée de constater que Connors était toujours avec le garçon. Ils discutaient près de la voiture avec une femme. En voyant son tailleur bleu, le porte-documents glissé sous son bras et son air sévère, Eve comprit qu'il s'agissait de l'assistante sociale.

« Pourquoi n'emmène-t-elle pas le gosse ? », se demanda-t-elle.

Elle aurait voulu que Connors et le garçon soient partis lorsqu'on sortirait le corps pour le transférer à la morgue.

— Tous les indices sont dans leurs sacs et étiquetés, lieutenant, dit Peabody qui venait de la rejoindre. Ils s'apprêtent à sortir le brancard.

— Allez leur dire d'attendre encore cinq minutes.

Alors qu'elle marchait vers le petit groupe, Eve constata avec soulagement que l'assistante sociale s'en allait avec le gosse. Mais à sa grande surprise, elle vit le garçon se retourner et adresser à Connors un geste d'adieu en souriant.

— Les services sociaux ont pris leur temps, comme d'habitude, commenta-t-elle.

— Ces pauvres gosses sont légion et personne ne sait que faire d'eux.

Il tourna la tête vers elle et lui donna un long baiser.

— Je te rappelle que je suis en service, protesta-t-elle en regardant par-dessus son épaule pour s'assurer qu'on ne les avait pas vus. Tu devrais prendre un taxi et rentrer à la maison. Je te rejoindrai bientôt mais j'ai encore des détails à...

— Je reste ici.

— Je t'en prie, rentre à la maison, Connors.

— Elle est morte, Eve. Ce n'est pas Jeanie qu'ils vont

emmener dans ce sac en plastique, mais seulement son enveloppe terrestre.

— Je vois que rien ne te fera changer d'avis. (Elle alluma son communicateur.) Vous pouvez descendre la victime.

Puis elle demanda à Connors :

— Que racontais-tu à cette assistante sociale ?

— Je voulais lui faire certaines suggestions concernant le placement de Kevin, ce petit gamin.

— Ah ?

— J'ai pensé que Richard DeBlass et Elizabeth Barrister pourraient l'accueillir. (Il dévisagea Eve qui avait froncé les sourcils.) Cela va faire un an qu'ils ont perdu leur fille, et récemment Elizabeth m'a confié qu'ils songeaient à l'adoption.

La fille unique du couple avait été assassinée. C'était durant cette enquête qu'Eve avait fait la connaissance de Connors.

— La vie reprend ses droits, dit-elle d'un air songeur.

Ils regardèrent le brancard qui venait de sortir de l'immeuble.

— Ce gosse a besoin d'un toit, continua Connors. Sa mère le néglige et le maltraite. Il prétend avoir sept ans, mais il ne connaît même pas sa date de naissance.

— Combien d'argent donnes-tu aux services de protection de l'enfance ? demanda Eve sur un ton abrupt qui le fit sourire.

— Assez d'argent pour être sûr que ce gamin aura sa chance. (Il lui passa la main dans les cheveux.) Trop d'enfants sont martyrisés, Eve. Toi et moi, nous en savons quelque chose.

— Peut-être, mais si tu t'impliques trop, tu en subiras les conséquences. (Elle poussa un soupir résigné.) À quoi bon user ma salive, quand tu as déjà pris ta décision. Il a un beau sourire, Kevin.

— Oui, je l'ai remarqué.

— Il faudra que je l'interroge, et comme tu as l'intention de l'expédier en Virginie, j'ai intérêt à faire vite.

— Tu n'auras pas besoin de l'interroger. Il m'a déjà dit tout ce qu'il savait.

— Ah bon ? (Sa bouche prit un pli sévère et son regard se durcit.) Je rêve ! Tu l'as interrogé, toi ? Alors que ce môme est mineur, et sans l'autorisation des parents ou des services sociaux ! Mais à quoi pensais-tu ?

— Il a très peur de la police. J'ai estimé que c'était mieux ainsi.

Eve, exaspérée, se mit à faire les cent pas afin de calmer sa colère.

— Tu sais que je ne pourrai pas utiliser officiellement les informations que tu as obtenues ? Et si jamais le gosse s'avise de parler, nous risquons de sérieux problèmes. Songe que le principal suspect dans cette affaire est ton employé et ton ami. Tout ce que le gosse aura pu avouer ne sera pas recevable, venant de toi.

— J'en étais bien conscient, c'est pourquoi j'ai pris la précaution d'enregistrer notre conversation, dit Connors en sortant de sa poche un magnétophone miniature. Tu pourras t'en servir.

Elle s'empara du magnétophone qu'elle enfouit dans sa poche.

— À charge de revanche, maugréa-t-elle. Tu peux t'attendre maintenant que je vienne mettre la pagaille dans un de tes conseils d'administration.

— Mais Eve, ma chérie, tu seras toujours la bienvenue !

Sans se départir de son sourire, il sortit de sa poche un autre objet qu'il lui tendit.

— Tiens, je t'ai gardé un morceau de chocolat – ce qui, vu les circonstances, relevait de l'exploit.

Elle le dévisagea d'un air soupçonneux.

— À présent, tu essaies de me soudoyer !

Elle prit le chocolat, le sortit de son papier et en croqua une grosse bouchée.

— Je suis toujours très en colère, tu sais.

— J'en suis désespéré.

— Oh, la ferme ! Je te raccompagne à la maison, dit-elle en croquant un autre bout de chocolat. Et je ne te veux pas dans mes pattes lorsque je parlerai à Summerset, compris ?

— Si tu écoutes l'enregistrement que je t'ai remis, tu constateras que l'homme décrit par Kevin ne peut pas être Summerset.

— Merci de ces précieux renseignements, mais je ne vois pas ce que je vais pouvoir en faire. J'ai autant de chances de convaincre le commandant d'ajouter foi aux déclarations d'un gamin de sept ans que de me retrouver nue à danser au beau milieu de Times Square !

Elle partit en marchant à grandes enjambées.

— Si Times Square t'intimide, suggéra Connors, tu peux t'entraîner dans notre chambre...

— Très drôle. (Elle fit signe à Peabody qui faisait de son mieux pour feindre de n'avoir rien vu ni entendu.) En voiture tout le monde, et que ça saute !

Toujours galant, Connors ouvrit la portière et invita Peabody à s'asseoir.

— Je préférerais monter à l'arrière, dit la jeune femme.

— Non, non, j'insiste… Elle ne vous fera sûrement aucun mal, ajouta-t-il à l'oreille de Peabody.

— Estime-toi heureux que je ne te mette pas les menottes ! vociféra Eve à l'adresse de son mari qui venait de s'installer sur la banquette arrière.

— Je t'en suis mille fois reconnaissant.

Soudain, Peabody poussa un petit cri.

— Qu'est-ce que c'est que ce hennissement, Peabody ? demanda Eve qui venait de démarrer sur les chapeaux de roue.

— Ce sont mes allergies qui me reprennent. Je suis allergique aux scènes de ménage.

— Ça, une scène de ménage ? Tranquillisez-vous, Peabody. Le jour où j'aurai une vraie dispute avec mon mari, vous en serez la première informée. (Elle lança à son assistante ce qui restait du chocolat.) En attendant, mangez et bouclez-la.

Eve croisa alors le regard de Connors dans le rétroviseur.

— Quant à toi, tu n'as plus qu'à espérer que ton majordome aura un alibi pour ce matin !

Mais Summerset n'avait pas d'alibi.

— Comment ça, vous êtes sorti ! s'exclama Eve, qui s'arrachait les cheveux.

— Comme à l'accoutumée, je me suis levé à 5 heures et je suis sorti pour faire ma promenade du matin. Comme c'était jour de marché, j'ai pris ensuite un véhicule et je suis allé faire le plein de produits frais.

Eve était assise sur l'accoudoir d'un fauteuil, dans le grand salon.

— Ne vous avais-je pas dit de ne jamais sortir seul ?

— Il n'est pas dans mes habitudes de me laisser dicter ma conduite, lieutenant.

— Écoutez-moi bien, vieux corbeau déplumé. Si vous prenez ce ton avec moi, je vous envoie en taule et vos petites habitudes vont se trouver salement perturbées, c'est moi qui vous le dis !

Il la toisa avec son éternel air pincé.

— Je n'apprécie guère votre langage de charretier.

— Et moi, je n'aime pas vos grands airs, mais il faut bien que je les supporte... Maintenant, parlons de choses sérieuses. Ce matin, aux environs de 9 heures, le corps de Jeanie O'Leary a été découvert pendu dans un hôtel du secteur Ouest 43.

Les couleurs sur le visage de Summerset disparurent soudain. Sentant ses jambes se dérober, le majordome tâtonna à la recherche d'un point d'appui. À travers le brouillard qui engourdissait son esprit, il entendit quelqu'un jurer, puis sentit qu'on le poussait sur une chaise et qu'on approchait un verre de ses lèvres.

— Buvez, ordonna Eve. Et reprenez-vous. Parce que si vous vous évanouissez, je vous abandonne là où vous serez tombé.

Sa remarque eut l'effet escompté : le majordome se ressaisit immédiatement.

— Je vais parfaitement bien. J'ai juste été un peu choqué par cette nouvelle.

— Vous connaissiez la victime ?

— Bien sûr. Connors et elle s'étaient fréquentés pendant un temps.

— Jeanie O'Leary est morte. Et vous feriez bien de me dire par le menu tout ce que vous avez fait durant cette matinée. Je veux savoir à qui vous avez parlé, et même combien de pommes vous avez achetées. Dites-vous bien, Summerset, que dans les circonstances présentes, je suis votre meilleure alliée.

— Dans ce cas, lieutenant, je crois que je préférerais appeler mon avocat.

— Excellente idée ! Continuez à faire le malin !

Elle se retourna d'un mouvement vif et se mit à arpenter la pièce.

— Je me décarcasse parce que vous êtes important pour Connors, reprit-elle. Les preuves contre vous s'accumulent. Les médias vont s'en mêler et mettre la pression. Le procureur exigera un coupable et c'est vous qu'on lui présentera.

Elle s'arrêta et dévisagea son interlocuteur d'un air soucieux.

— Si le procureur s'en mêle, il y a de fortes chances pour que je sois dessaisie de l'enquête. Mais rien ne devrait se produire avant une semaine. Si nous n'avons pas obtenu de résultats d'ici là, vous vous retrouverez face à un autre flic qui sera certainement moins compréhensif que moi.

Summerset réfléchit quelques instants, puis hocha la tête.

— Entendu, j'accepte de collaborer. Vous, au moins, je vous connais, et je sais de quoi vous êtes capable.

Sans perdre une seconde, Eve sortit son magnétophone qu'elle déposa entre eux sur une table.

— Commençons, alors.

Une heure et demie plus tard, Eve regagna son bureau avec ses disquettes et une migraine carabinée. Elle retint un grognement en découvrant McNab confortablement installé, les pieds sur sa table. Ses jambes croisées au niveau des chevilles laissaient apparaître des chaussettes au motif fleuri.

— Je vous en prie, faites comme chez vous.

Pour bien se faire comprendre, elle repoussa les jambes de McNab d'un geste vigoureux.

— Pardon, lieutenant. Je faisais juste une petite pause.

— Avec trois meurtres sur le dos, nous n'avons pas le temps de faire des pauses, McNab. Où est Peabody ?

— Elle est dans une autre salle de ce château, occupée à taper son rapport sur le dernier meurtre... Rassurez-moi, lieutenant, est-ce qu'un cœur de femme bat sous l'uniforme de l'agent Peabody ?

Eve s'avança jusqu'à l'AutoChef et demanda un café noir et brûlant.

— Envisageriez-vous d'aller vous en rendre compte par vous-même ?

— Non, non... (Il se leva si brutalement qu'il fit tinter les quatre anneaux d'argent accrochés à son oreille.) Simple curiosité. De toute façon, elle n'est pas mon genre.

— Alors pourquoi restez-vous là à bavasser au lieu de vous mettre au travail ?

Comme Eve lui tournait le dos, il leva les yeux au ciel. Dallas et Peabody étaient décidément coulées dans le même moule. Ces deux-là ne pensaient qu'au boulot.

— L'équipement que Connors nous a fait parvenir est tout simplement prodigieux. L'installation m'a pris un peu de temps, mais tout est désormais programmé pour qu'une recherche d'origine soit effectuée sur tous les appels... Oh, j'ai failli oublier... Il y a eu deux messages pour vous. Le premier de Nadine Furst. Elle veut vous rencontrer le plus tôt possible. Le deuxième était d'une certaine Mavis qui n'a pas laissé son nom de famille. Elle a dit qu'elle passerait ce soir.

— Je vous remercie de vous intéresser de si près à mes appels personnels.

— Mais je vous en prie, répondit McNab sans relever le sarcasme. Cette Mavis, c'est une de vos copines ?

— Oui, et elle vit avec un grand costaud qui pourrait bien vous mettre en pièces.

— D'accord, je laisse tomber. Peut-être pourrais-je aller déjeuner en attendant...

Il se tut lorsque l'unité de localisation d'appel se mit à émettre des sons aigus. Vif comme l'éclair, il bondit derrière le bureau, mouvement qui fit se balancer son épaisse queue de cheval. Il eut un sifflement admiratif en voyant le listing que crachait la machine.

— Il est futé, ce salopard. Il a fait transiter la communication par chaque patelin de la planète. Écoutez-moi ça : Moscou, Zurich, Birmingham... Il n'y a qu'en enfer qu'il n'est pas encore passé.

Eve avait déjà vu briller cette lueur de démence dans les yeux de Feeney. Probablement un effet secondaire d'une trop grande fréquentation de la DDE.

— Je me moque de savoir par où est passée cette communication. Dites-moi simplement d'où elle venait.

— Patience. Nous y sommes : New York. La transmission est partie de New York.

— Maintenant, cherchez-moi l'adresse exacte.

— Tout de suite, lieutenant. (Il agita les mains derrière lui pour éloigner Eve.) J'ai besoin d'un peu d'espace, mais je dois dire que vous sentez très bon... O.K., j'ai lancé la recherche. Il va nous falloir patienter encore quelques minutes pour obtenir un résultat. En attendant, je ne dirais pas non à un bon hamburger.

— Quelle cuisson ? demanda Eve qui commençait à s'énerver.

— Bleu, avec une tranche de fromage et beaucoup de moutarde. J'aimerais aussi un peu de salade de pâtes et une tasse de ce délicieux café.

Eve poussa un soupir d'exaspération.

— Vous ne prendrez pas de dessert, par hasard ?

— Maintenant que vous m'y faites penser...

— Lieutenant ! appela Peabody qui fit irruption dans la pièce. J'ai les données concernant la dernière victime.

— Venez avec moi dans la cuisine. Je dois préparer son déjeuner à notre cher détective.

Le regard incendiaire que Peabody décocha à McNab fut accueilli par un sourire plein d'insolence.

— Quand Feeney va-t-il se décider à revenir ? demanda-t-elle, une fois dans la cuisine.

— Dans cent deux heures et vingt-trois minutes.

Eve programma la commande de McNab sur l'AutoChef, puis se tourna vers son assistante.

— Je vous écoute, Peabody.

— La victime a décollé de Dublin hier à 1 heure. Elle a atterri à l'aéroport Kennedy à 13 heures. Elle s'est présentée à l'hôtel *Palace* à environ 14 heures. Sa suite avait été réservée et payée d'avance par la société Connors Industries..

— Bon sang !

— À 16 heures, la victime a quitté l'hôtel. Je n'ai pas pu retrouver la compagnie de taxis qui l'a prise en charge. Mais j'ai le nom du portier de service. Il sera de retour dans une heure environ. Avant de sortir, la victime a laissé sa clé à la réception, mais elle ne l'a jamais reprise.

— Faites interdire l'accès à la chambre et postez un agent devant la porte pour empêcher quiconque d'entrer.

— C'est déjà fait.

Eve s'empara du déjeuner de McNab.

— Préparez-vous quelque chose, Peabody. La journée va être longue.

La jeune femme huma le hamburger.

— McNab n'est peut-être pas aussi nul que je le pensais. Je crois que je vais choisir la même chose. Je vous en commande un ?

— Non, merci. Plus tard peut-être.

Eve retourna dans son bureau et déposa l'assiette sur la table de travail.

— Alors ? demanda-t-elle à McNab.

— J'ai la zone, mais le système recherche le secteur. Nous brûlons. (Il prit son hamburger dans lequel il croqua avec voracité.) Un délice, fit-il, la bouche pleine. Vous voulez goûter ?

— Non, ça ira.

— Nous y voilà : zone 5, secteur AB. (Il déplia une carte de la ville sur la table.) Ce qui nous situe... ici. (Il leva les yeux vers Eve.) À l'endroit précis où je suis en train de déguster ce succulent hamburger.

— Vous devez vous tromper.

— Je peux recommencer la recherche, mais je crains que le système ne nous donne les mêmes résultats. La communication est bien venue d'ici. De cette maison ou de la propriété qui l'entoure, puisqu'elle occupe à elle seule tout ce secteur de la ville.

— Recommencez, ordonna Eve. Quelle est la marge d'erreur sur ce type de machine, McNab ?

Le jeune homme joua avec le ruban rouge qui lui servait de cravate.

— Elle est inférieure à un pour cent.

Les lèvres serrées, Eve le dévisagea d'un air grave.

— Écoutez, McNab, je voudrais que cette information reste entre nous pour le moment. Aucun rapport ne doit parvenir au Central tant que… tant que je n'aurai pas découvert une autre piste. Pensez-vous pouvoir me rendre ce service ?

Sans la quitter des yeux, le jeune homme se rassit.

— C'est vous qui menez l'enquête, lieutenant. Vous devez savoir ce que vous faites.

— Merci, McNab.

— Merci à vous pour ce hamburger. Je vais recommencer la recherche et voir ce qu'on obtient. Feeney dit que vous êtes la meilleure et il doit avoir raison. Vous pensez qu'il y a anguille sous roche ? Comptez sur moi pour aller vous la pêcher.

— Je n'en attendais pas moins de vous… Peabody ?

— J'arrive.

Une assiette dans les mains, Peabody vint les rejoindre.

— Dépêchez-vous, nous partons.

— Laissez-moi au moins le temps de… (Mais comme Eve avait déjà filé, la jeune femme déposa son assiette sur la table.) Régalez-vous.

— Merci. À bientôt, agent PeaSexy.

Il la fixa d'un air candide quand elle se retourna en lui décochant un regard noir. En entendant la jeune femme claquer la porte derrière elle, McNab exhala un gros soupir.

— Et pour être sexy, elle l'est, murmura-t-il avant de retrousser ses manches pour se remettre au travail.

10

— Mettez le magnéto en marche, Peabody.

Eve fit signe au policier en uniforme de s'écarter et, munie de son passe, elle déverrouilla la porte.

Le salon où elle pénétra était vaste et luxueux. Des gerbes de fleurs bleues et blanches étaient disposées sous les baies vitrées. Derrière les fenêtres, on découvrait New York et son incessant trafic. Les grands panneaux publicitaires qui foisonnaient dans les quartiers ouest étaient interdits dans ce secteur résidentiel, situé à l'est de la ville.

Cette suite était décorée avec le plus grand goût. Épais coussins de soie et de brocart, bois lustrés et moquettes moelleuses. En guise de cadeaux de bienvenue, une énorme corbeille de fruits et une bouteille de bordeaux blanc trônaient sur une table basse aux dimensions impressionnantes.

La bouteille avait été ouverte et la corbeille entamée. Jeanie avait au moins eu le temps de jouir un peu de tout ce luxe, songea Eve.

Pour autant qu'elle pouvait en juger, on n'avait touché à rien d'autre.

— Le lieutenant Dallas et l'agent Peabody entament la fouille de la suite réservée au nom de la victime, Jeanie O'Leary, à l'hôtel *Palace,* annonça-t-elle pour l'enregistrement. Nous commençons par la chambre à coucher.

Eve traversa le salon pour rejoindre la chambre que le soleil, entrant par trois fenêtres, inondait de ses rayons. Au milieu de la pièce, sur le grand lit, le couvre-pieds bleu outremer avait été replié avec soin pour la nuit.

— Peabody, notez qu'il faudra retrouver la femme de chambre qui était de service à cet étage la nuit dernière. Peut-être aura-t-elle remarqué quelque chose.

Tout en parlant, Eve avait ouvert la penderie. Elle contenait trois chemisiers, deux pantalons de toile, une robe de coton bleu très ordinaire et une tenue de soirée beige taillée dans une étoffe bon marché. Deux paires de chaussures étaient soigneusement alignées sous les vêtements.

Machinalement, Eve fouilla les poches, l'intérieur des chaussures et passa sa main sur l'étagère du haut.

— Il n'y a rien ici. Peabody, qu'avez-vous trouvé dans les tiroirs de la commode ?

— De la lingerie, une chemise de nuit et un petit sac noir pour le soir.

— Elle venait d'acheter cette tenue de soirée, dit Eve en caressant le col du tailleur beige. Et on ne lui a pas laissé l'occasion de la porter. Elle a pris le temps de défaire sa valise qu'elle a ensuite rangée en bas de la penderie. Elle avait des vêtements pour trois ou quatre jours. Peabody, vous avez trouvé des bijoux ?

— Non, rien pour l'instant.

— Elle devait les garder sur elle… Vérifiez les appels passés et reçus sur le vidéocom. Moi, je vais jeter un coup d'œil à la salle de bains.

Sur le rebord de la baignoire, assez grande pour accueillir plusieurs personnes, le flacon de sels de bains offert par l'hôtel avait été ouvert. « Elle n'a pas pu résister à ce plaisir », songea Eve. Sans doute attendait-elle un appel de Connors qu'elle n'avait pas revu depuis des années.

Était-elle nerveuse ? Sûrement. Elle avait pris de l'âge et devait se demander s'il ne la trouverait pas changée.

N'importe quelle femme s'inquiéterait de l'image qu'elle pouvait offrir à un homme tel que Connors. Ils avaient été amants, pensa Eve en examinant les effets de toilette et les produits de maquillage disposés bien en ordre sur la tablette rose. Jeanie devait se souvenir de ses caresses, de l'odeur de sa peau. Aucune femme ne pouvait oublier un amant pareil. Et comme toute autre femme, elle avait dû espérer qu'il la caresserait encore. Était-ce à cela qu'elle pensait lorsqu'elle s'était plongée dans son bain recouvert d'une mousse odorante ?

Évidemment.

Ils avaient aussi été amis et avaient partagé des joies, des secrets et des rêves. Ils étaient jeunes alors et pleins d'insouciance. Un tel lien ne pouvait jamais être complètement rompu.

Elle avait reçu son appel. Il lui demandait de traverser l'océan pour le rejoindre et elle n'avait pas hésité un instant. Elle avait tout quitté pour venir le retrouver, sans savoir qu'elle allait au-devant de la mort…

— Lieutenant !

Eve sursauta en entendant la voix de Peabody.

— Qu'y a-t-il ?

— Il n'y avait rien sur le vidéocom. Mais en consultant la mémoire du fax, j'ai trouvé un truc qui devrait vous intéresser. Venez voir.

Le minifax était rangé à l'intérieur d'un petit secrétaire. Peabody détacha l'unique feuillet de la télécopie et le tendit à Eve.

Chère Jeanie,

Connors vous remercie d'avoir répondu si vite à son appel et espère que ce voyage impromptu ne vous aura causé aucun désagrément. Votre chambre a été préparée avec le plus grand soin, mais si vous avez le moindre vœu à formuler, n'hésitez pas à solliciter les services du concierge.

Vous n'êtes pas sans savoir que Connors s'inquiète pour vous. Il est de la plus haute importance que vous ayez avec lui un entretien privé à l'insu de la femme qu'il a choisi d'épouser. Il détient des informations dont il veut vous faire part le plus tôt possible. Il est impératif que vous le rencontriez et que vous n'avertissiez personne de l'endroit où vous irez. Le rendez-vous est fixé pour aujourd'hui à 17 heures, au coin de la 5ᵉ et de la 62ᵉ Rue. Une berline noire immatriculée à New York vous y attendra. Son chauffeur aura des instructions pour vous conduire jusqu'à l'endroit où aura lieu la rencontre. Pardonnez-nous tous ces mystères, mais un homme dans la position de Connors se doit d'être discret. Nous vous demandons aussi de détruire ce message dès que vous en aurez pris connaissance.

Croyez à l'assurance de notre considération.

Summerset.

— Ce type est rusé comme un renard, murmura Eve. Il lui donne juste assez d'informations pour l'appâter. Il lui dit de détruire le message, mais sans lui demander de vider la mémoire de la machine. Parce qu'il veut être sûr que nous retrouverons la trace de ce fax.

— Pas de quoi incriminer Summerset, fit remarquer Peabody. N'importe qui peut envoyer un fax sous n'importe quel nom. Et il a supprimé le numéro de l'expéditeur.

— Oui, sur le papier, mais je suis certaine que McNab pourra nous retrouver ce numéro et qu'il correspondra à l'un des télécopieurs de Connors. Emballez-moi cet indice, Peabody, dit-elle en tendant la feuille à son assistante. Je suis prête à parier que c'était notre homme qui était au volant de la berline, et qu'il a conduit Jeanie dans le secteur Ouest 43. Arrivé sur place, il a fallu qu'il l'assomme. L'a-t-il droguée ou s'est-il contenté d'un coup de poing ? C'est l'autopsie qui nous le dira. Jeanie inconsciente, il avait tout son temps pour organiser son travail. Il avait son matériel dans la berline qu'il a louée ou dont il est le propriétaire. Il y a peu de chances pour qu'il l'ait « empruntée », mais il faudra quand même vérifier au fichier des voitures volées.

Elle marqua une pause et balaya la chambre du regard.

— À mon avis, faire intervenir le labo ne nous apprendra rien, mais je vais m'en tenir à la procédure. Nous allons les appeler et interroger le fichier sur cette berline noire. Vous, prenez le télécopieur et apportez-le à McNab. Je vous retrouve chez moi dès que possible.

— Où allez-vous ?

— Demander un service, répondit Eve qui sortait déjà.

Il allait pleuvoir. L'air était gorgé d'humidité et un vent frais s'était levé. Des chrysanthèmes tardifs formaient çà et là des taches colorées et odorantes. Dans une fontaine, l'eau dégringolait en cascade sur les pétales de gros nénuphars de cuivre. De l'autre côté de la pelouse, abritée par de grands arbres, se dressait la maison de pierre que baignait la lumière rouge du jour déclinant.

Le Dr Mira soupira. Cet endroit respirait la paix et elle se demanda si Eve avait parfois réussi à se laisser gagner par son atmosphère tranquille.

— J'attendais votre appel, commença-t-elle. Depuis que j'ai appris qu'il y avait eu un troisième meurtre.

— Elle s'appelait Jeanie O'Leary. Un titre de ballade irlandaise, vous ne trouvez pas ?

Surprise de s'être laissée aller à cette remarque, Eve secoua la tête.

— Elle et Connors étaient amis, ajouta-t-elle. Ils avaient même été amis intimes autrefois.

— Je vois. Et les autres victimes ? Irlandaises, elles aussi ?

— Oui, et Connors les connaissait toutes.

Mira avait une tenue impeccable, comme toujours, même si le vent ébouriffait ses cheveux châtains. Ce jour-là, elle portait un tailleur vert bouteille qui la changeait des couleurs sobres qu'elle portait d'ordinaire. Ses yeux exprimaient la patience et la compassion. Une profonde compréhension des êtres et de leurs motivations.

Elle avait l'air aussi professionnelle, assise là sur un banc de pierre, sous les branches dénudées d'un chêne, que dans son élégant bureau. Mira était la meilleure spécialiste en psychologie criminelle de New York et sa réputation dépassait largement les frontières de l'État.

— Je vous remercie d'avoir accepté de me rencontrer ici.

— J'aime cet endroit depuis que je l'ai découvert le jour de votre mariage.

Mira sourit. Il n'était pas facile de vaincre les défenses qui entouraient Eve et d'établir avec elle une relation de confiance.

— C'est une propriété magnifique et tellement bien entretenue, continua-t-elle.

Pour se donner une contenance, Eve enfonça ses mains dans ses poches.

— Je n'y passe pas beaucoup de temps. J'oublie de regarder par la fenêtre quand je travaille ici.

— Vous êtes une personne très attentive, c'est ce qui fait de vous un si bon flic. Et même si vous ne venez pas souvent dans ce parc, je suis certaine que vous pourriez le décrire dans ses moindres détails. Parce que vous avez un sens inné de l'observation.

— Un regard de flic. (Eve haussa les épaules.) Pour le meilleur et pour le pire.

— Vous semblez mal à l'aise. Allez-vous me laisser vous aider ?

— Il ne s'agit pas de moi.

Mais Mira pensait le contraire.

— Vous dormez bien ?

— Oui, la plupart du temps.

Eve détourna le regard. Elle ne voulait pas s'avancer sur ce terrain. Mira était l'une des rares personnes à connaître son passé et l'existence de ces cauchemars qui revenaient tourmenter ses nuits.

— Parlons d'autre chose, vous voulez bien ?

— Entendu.

— Je m'inquiète pour Connors. (Elle n'avait pas eu l'intention de dire cela et regretta immédiatement ses paroles.) Mais c'est une affaire personnelle. Et je n'ai pas demandé à vous rencontrer pour parler de ce problème.

Mira n'était pas dupe, mais elle se contenta d'acquiescer.

— Pourquoi vouliez-vous me rencontrer, alors ?

— Pour vous consulter dans le cadre de cette enquête. Il me faut un profil. J'ai besoin d'aide. Et si j'ai souhaité cette rencontre un peu informelle, c'est parce que je vais vous demander de contourner certaines règles. Vous n'êtes pas obligée de me suivre, bien sûr, et je comprendrai si vous refusez.

Mira avait écouté Eve en conservant la même expression bienveillante et attentive.

— Exposez-moi d'abord la situation, je prendrai ma décision ensuite.

— Il existe un lien entre ces trois meurtres, un lien qui très probablement nous ramène à des événements qui se sont produits il y a plusieurs années. Nous savons que le mobile est la vengeance. Or, je pense que Connors est la véritable cible et que Summerset n'est qu'un instrument pour l'atteindre. Toutes les preuves que nous avons pu recueillir semblent accuser le majordome, et si j'avais la certitude qu'il est bien l'assassin, c'est sans aucun regret que je le ferais enfermer. Seulement, je crois que Summerset est victime d'une machination très habile.

— Si je vous suis bien, vous voulez que je dresse un profil du tueur et que j'examine Summerset pour voir s'il n'aurait pas des tendances criminelles. Et tout cela officieusement.

— Non, sur ces deux points au contraire je veux suivre strictement la procédure, afin de pouvoir présenter les résultats de votre expertise au commandant Whitney.

— Je vous rendrai ce service avec plaisir. Il suffira de bousculer un peu ma liste de priorités.

— Je vous en serai reconnaissante.

— Et pour le reste ?

D'un geste nerveux, Eve essuya ses paumes moites sur son jean.

— J'ai des informations essentielles pour l'enquête que je ne peux… que je ne peux pas faire figurer dans les rapports. Je souhaite vous en faire part, mais sous le sceau du secret professionnel.

Mira leva une main devant elle.

— Asseyez-vous et racontez-moi tout.

Eve hésita et finalement prit cette main tendue. Puis elle se lança :

— Quand je me suis souvenue de ce qui était arrivé dans cette chambre à Dallas, quand j'ai revu mon ivrogne de père qui venait de me violer encore une fois, quand je vous ai avoué l'avoir tué cette nuit-là, vous m'avez dit que j'avais eu raison. (Elle s'éclaircit la gorge.) Vous m'avez dit que j'avais tué un monstre et qu'ensuite j'avais fait de moi-même une personne digne d'estime, une personne que je n'avais pas le droit de détruire au nom de l'acte que j'avais commis.

— Êtes-vous toujours persuadée que j'avais raison ?

Eve acquiesça, bien qu'il lui arrivât encore de douter.

— Pensiez-vous vraiment ce que vous disiez, que l'exécution d'un monstre puisse être justifiée dans certaines circonstances ?

— Oui, je le crois. Si votre vie ou la vie d'une autre personne en dépend.

— La légitime défense. (Eve regardait Mira avec intensité, observant le moindre frémissement de son visage.) Est-ce pour vous la seule justification ?

— Je ne peux généraliser sur une telle question. Il faudrait pouvoir étudier chaque cas.

— Avant, pour moi tout était clair. D'un côté il y avait la loi, de l'autre ceux qui la transgressaient. Et puis on m'a raconté l'histoire de Marlena...

Mira écouta le récit d'Eve, sans jamais l'interrompre, sans poser la moindre question. Eve parla longtemps. Elle exposa les faits aussi objectivement que possible, malgré son émotion. Et quand elle eut fini, elle était vidée.

Les deux femmes restèrent silencieuses. Pendant un long moment, on n'entendit plus que le chant des oiseaux et le murmure de la fontaine. Dans le ciel, de gros nuages poussés par le vent glissaient devant le soleil.

— Perdre son enfant dans de telles circonstances, il n'y a pas de pire épreuve, dit finalement Mira. Je ne peux vous dire que les hommes qui ont commis ce crime méritaient la mort. Mais je peux affirmer, en tant que femme et en tant que mère, que s'il s'était agi de mon enfant, je me serais réjouie de leur mort et que j'aurais béni leur assassin. C'est une réaction humaine.

— Je ne sais pas si je couvre Connors parce que je crois que ce qui il a fait était juste, ou simplement parce que je l'aime.

— Pourquoi ne pourrait-il pas y avoir un peu des deux ? Vous êtes bien compliquée, Eve.

— Moi, compliquée ! (Elle faillit éclater de rire et se leva brusquement.) J'ai trois meurtres sur les bras et je risque, si je mène mon enquête en suivant la procédure officielle, d'être obligée de mettre mon mari sous les verrous pour le reste de ses jours. J'ai obligé à se mouiller mon assistante, un détective de la DDE que je connais à peine, et maintenant vous. Je me démène pour épargner à ce pingouin de Summerset les rigueurs du cachot, et vous trouvez que c'est moi qui complique les choses !

— Je ne cherche pas à minimiser la complexité de la situation, mais à vous dire que vous n'avez pas à intérioriser autant que vous le faites. Pourquoi dissocier votre cœur de votre esprit ?

Mira balaya une poussière collée à sa jupe et continua sur un ton ferme :

— En ce qui me concerne, je vous recommande de faire une demande officielle pour que Summerset soit examiné le plus rapidement possible. Je suis prête à le recevoir demain dans mon bureau. Je procéderai à des tests complets et les résultats vous seront transmis, avec copie au commandant Whitney. Et dès que vous m'aurez transmis les données, officielles ou non, dont vous disposez sur votre tueur, j'établirai son profil.

— Les données officieuses ne pourront être mentionnées dans votre rapport. Le point est très important !

Mira eut un petit rire cristallin.

— Voyons, Eve ! Si je ne suis pas capable de noyer ces détails dans un profil psychiatrique, je n'ai plus qu'à retourner sur les bancs de l'université. Rassurez-vous, vous aurez votre profil et les autres n'y verront que du feu.

— Il me le faut rapidement. Notre assassin travaille très vite.

— Je ferai ce que je pourrai, mais la précision est capitale dans mon travail. Maintenant, abordons un aspect plus personnel : voulez-vous que je parle à Connors ?

— Connors ? Mais... pourquoi ?

— Je lis en vous, Eve, malgré toutes vos défenses. Je sais. que vous vous inquiétez pour lui, que vous craignez qu'il ne se sente responsable.

— Je ne sais pas s'il acceptera de vous parler. Mais ce n'est pas son état émotionnel qui me préoccupe le plus. (Elle fit tourner son alliance autour de son annulaire.) Je crains pour sa sécurité car je sais qu'il est la dernière victime sur la liste du tueur.

Eve se ressaisit. Elle ne laisserait pas la peur troubler son jugement.

— Rentrons, si vous le voulez bien. Je vous donnerai les éléments dont je dispose et nous fixerons un rendez-vous avec Summerset pour demain.

— D'accord.

Mira se leva et Eve, tout étonnée, sentit qu'elle lui prenait le bras.

— Et je serais ravie de prendre une tasse de thé, ajouta le médecin.

— Oh, je suis désolée, j'aurais dû y penser. Je suis une hôtesse déplorable.

— J'espérais que nous avions dépassé ce type de relation et que nous étions devenues des amies... Regardez, ce ne serait pas Mavis et son gentil costaud qui descendent de ce taxi devant la maison ?

Eve tourna la tête. Qui d'autre que Mavis Freestone aurait l'audace de sortir dans la rue, vêtue d'une robe de cuir rose ornée de plumes vertes ? Près d'elle se tenait Leonardo, plus colossal que jamais dans sa tunique lie-de-vin qui lui descendait jusqu'aux chevilles. Eve les adorait, pourtant elle ne put retenir un soupir.

— Il ne manquait plus que ces deux-là.

— Allons, ils vous donneront l'occasion de faire un break. (En riant, Mira leva un bras pour leur faire signe.) En ce qui me concerne, je sais déjà que je vais bien m'amuser !

— Quelle histoire épouvantable !

Mavis se servit un verre de vin qu'elle se mit à agiter dans tous les sens tandis qu'elle arpentait le salon, perchée sur des talons de quinze centimètres. Des petits poissons rouges nageaient dans ses semelles compensées en plastique transparent.

— Leonardo et moi avons tout suivi à la télévision. Ma chérie, tu peux me croire, j'aurais voulu venir avant.

Elle avala une longue gorgée de vin et recommença ses gesticulations.

— Mais tu sais ce que c'est. En ce moment, c'est la folie. Avec les concerts et l'enregistrement de l'album le mois prochain, je pète les plombs.

— Tu es superbe, murmura Leonardo qui la contemplait, un sourire béat sur les lèvres, rayonnant d'amour.

Elle lui enlaça la taille :

— Oh, Leonardo ! Tu dis toujours ça.

— Mais parce que c'est toujours vrai, ma douce colombe.

Elle eut un petit rire et se retourna vivement, faisant voleter les plumes de son décolleté.

— Enfin, nous voilà, conclut-elle. Nous sommes venus apporter à Summerset notre soutien moral.

— Je suis sûre qu'il appréciera, répondit Eve en esquissant une grimace.

Le Dr Mira intervint :

— Mavis, c'est un vêtement de Leonardo que vous portez ?

— Oui, super, n'est-ce pas ? (Elle tourna sur elle-même et sa chevelure qu'elle avait teinte cette fois en bleu lavande ondula dans son dos.) Sa collection d'été est absolument merveilleuse. Il a un défilé à Milan le mois prochain.

— J'aimerais vous inviter à une présentation en avant-première de ma ligne pour femmes actives, docteur Mira, proposa Leonardo.

— Eh bien…

Mira contempla d'un air pensif les plumes de Mavis. En croisant le regard interdit d'Eve, elle éclata de rire.

— C'est très gentil, mais je doute d'être un aussi bon modèle que Mavis…

— Ah, le voilà !

Mavis fit un petit bond en direction de Summerset qui entrait, poussant un chariot sur lequel étaient posés le service à thé et des assiettes de pâtisseries. Il s'empourpra en la voyant fondre sur lui pour le prendre dans ses bras.

— Nous sommes de votre côté, Summerset. Vous n'avez aucun souci à vous faire, Eve est la meilleure.

— Je ne doute pas que le lieutenant réglera cette affaire. (Il regarda Eve du coin de l'œil.) D'une manière ou d'une autre.

Mavis le serra contre sa poitrine.

— Allons, haut les cœurs ! Venez boire un peu de vin.

Le regard de Summerset se radoucit lorsqu'il rencontra le visage bienveillant de Mavis.

— Je vous remercie, mais j'ai du travail. Connors vous rejoindra bientôt. Il termine une communication interstellaire.

Comme il sortait, Mavis le rattrapa dans le vestibule et lui agrippa le bras, l'obligeant à s'arrêter.

— Je sais exactement ce que vous ressentez, vous savez. Rappelez-vous que je me suis trouvée dans la même situation que vous, dit-elle avec un sourire entendu. Lorsqu'ils m'ont mise en cellule, j'ai eu très peur d'y moisir jusqu'à la fin de mes jours, mais j'ai ensuite pensé à Eve. Et j'ai repris espoir, parce que je savais qu'elle ne me laisserait jamais tomber.

— L'affection qu'elle vous porte est l'une de ses plus grandes qualités.

— Et vous vous figurez qu'elle ne vous aidera pas parce que vous êtes à couteaux tirés tous les deux ? (Ses yeux, de la même couleur que ses cheveux, prirent une expression peinée.) Mais Eve n'est pas comme ça. Elle vous défendra jusqu'au bout, croyez-moi, Summerset.

— Je n'ai rien fait, rétorqua le majordome sur un ton cassant cette fois. N'importe quel policier un peu consciencieux serait capable d'arriver à cette conclusion, indépendamment des sentiments que je lui inspire.

Mavis secoua la tête, navrée.

— Le moral n'est pas au beau fixe, à ce que je vois. Si un jour vous avez besoin de parler à quelqu'un, appelez-moi.

Elle se hissa sur la pointe des pieds pour lui embrasser la joue.

— Votre ami ne connaît pas sa chance d'être avec une femme comme vous, bredouilla Summerset avant de disparaître derrière une porte…

— Une excellente chose que vous lui ayez parlé, Mavis, lança Connors en finissant de descendre l'escalier.

Il s'avança vers elle et lui prit les mains.

— Il est au trente-sixième dessous, répliqua-t-elle. Et franchement, il y a de quoi.

— Pourtant, lorsqu'on vous voit, le moral remonte toujours.

— Oui, c'est comme une vocation chez moi... Allons rejoindre les autres dans le salon. (Elle leva vers lui un visage souriant.) Suis-je invitée à dîner ?

— La question ne se pose même pas, Mavis.

Pendant la soirée, Eve parvint à fausser compagnie à ses invités pour aller retrouver McNab et Peabody, et récupérer leurs rapports avant de les renvoyer chez eux. Puis, elle coinça Summerset et, à l'issue d'une conversation houleuse, le persuada qu'il était dans son intérêt de se présenter le lendemain matin au bureau du Dr Mira.

Quand elle eut accompli toutes ces tâches, elle avait tellement mal à la tête qu'elle dut se résoudre à prendre de l'aspirine. Connors la retrouva dans la salle de bains.

— La journée a été longue, tu as besoin de te détendre. Je te fais couler un bain ?

— Je n'ai pas le temps, j'ai du travail.

— Eve... (Il lui prit le bras et l'obligea à se tourner vers lui.) Ce que je déteste le plus dans ton boulot, ce sont ces cernes gris qu'il fait apparaître sous tes yeux.

— Le temps joue contre moi sur cette enquête.

— Je le sais, mais tu peux quand même prendre une heure pour t'occuper de toi.

Sans la quitter des yeux, il se mit à lui masser doucement les épaules.

— Je dois encore lire tous les rapports et en faire une synthèse. J'ai continuellement l'impression de me heurter à un mur. (Elle sentait dans sa voix une note de nervosité qui l'agaça.) Je n'ai pas pu retrouver l'origine de ces médaillons. Quant aux statues, tu avais raison. Elles se vendent par milliers. Même à cinq cents dollars la pièce, elles partent comme des petits pains.

Elle fit un mouvement pour s'écarter de lui, mais il ne relâcha pas son étreinte.

— J'ai une entrevue avec Whitney demain et j'ignore encore ce que je vais trouver à lui raconter... Mira est au courant de tout.

Pendant un bref instant, les mains de Connors s'immobilisèrent, mais elles reprirent bientôt leur massage.

— Je vois.

— J'aurais dû t'en parler, mais j'ai fait ce que je croyais être nécessaire.

— Inutile de t'excuser.

— Je ne m'excuse pas.

Cette fois, elle s'écarta de lui d'un mouvement brusque. Elle traversa la pièce à grands pas et s'approcha de l'AutoChef pour se programmer une tasse de café bien fort.

— Je ne fais que mon devoir et ce devoir m'impose de renforcer le dispositif de sécurité autour de ta personne, ajouta-t-elle.

— La protection qui m'entoure est déjà plus que suffisante.

— Si c'était le cas, ce maniaque n'aurait pas réussi à passer des appels depuis cette maison, il n'aurait pas réussi à réserver une chambre d'hôtel sous ton nom et à faire venir une femme d'Irlande en se faisant passer pour toi.

Connors ne chercha pas à contester ses arguments.

— Tu as raison, je vais renforcer la sécurité autour de mes équipements électroniques.

— Excellente initiative. (Elle but une gorgée de café.) Je fais mettre un bracelet à Summerset.

— Ai-je bien entendu ?

— Ma décision est prise. C'est pour son bien. La prochaine fois que nous découvrirons un cadavre, je veux qu'il ait un alibi en béton. C'est le bracelet ou la prison. Je crois que la première solution est encore la meilleure.

Connors serra les mâchoires, furieux, et se servit un cognac.

— Aurai-je moi aussi droit à l'un de ces jolis bijoux ?

— Avec toi, ce serait peine perdue. Tu arriverais à t'en débarrasser tout de suite.

Il leva son verre.

— Je vois que nous nous comprenons.

Elle soupira.

— Autrement, j'ai parlé au médecin légiste. Il y avait bien des traces de tranquillisants dans l'organisme de Jeanie.

Connors regarda le fond de son verre.

— A-t-elle été violée ?

— Non, le corps ne portait aucune marque de sévices sexuels, ni de lutte. Elle devait être complètement droguée quand il lui a passé la corde au cou… Le légiste m'a dit qu'en l'absence des parents de la victime, tu avais demandé à récupérer le corps ?

— Elle aurait voulu être enterrée en Irlande.

— Je suppose que tu accompagneras le cercueil.

— Oui.

Un trouble étrange s'empara d'elle.

— Je te serai reconnaissante de me prévenir lorsque tu auras terminé tes préparatifs.

Il leva les yeux vers elle et la douleur qu'elle lut dans son regard lui serra le cœur.

— Que croyais-tu ? Que j'allais la renvoyer là-bas et que je reprendrais ma petite vie comme si rien ne s'était passé ?

Elle sentit la colère l'envahir.

— Ne me prends pas pour une idiote. Tu aimais cette femme. Maintenant, fais ce que tu as à faire et laisse-moi retourner à mon travail.

Alors qu'elle s'éloignait, il la retint par le bras.

— Oui, je l'aimais, mais ce que j'ai éprouvé pour elle n'est rien en comparaison des sentiments que j'ai pour toi. Est-ce que c'est ça que tu voulais entendre ?

La colère d'Eve s'évanouit brusquement, pour faire place à la honte.

— Je... je ne sais pas ce qui m'arrive. (Désemparée, elle posa les doigts sur ses tempes.) Les autres n'ont jamais eu d'importance. Mais avec Jeanie, c'est différent. Et je me déteste d'éprouver de la jalousie pour une femme qui est morte.

Il lui caressa tendrement la joue.

— Toutes les autres ont cessé de compter pour moi à l'instant où je t'ai vue pour la première fois. Tu es la seule qui ait de l'importance à mes yeux, murmura-t-il en effleurant ses tempes de ses lèvres.

Une chaleur brûlante et délicieuse l'envahit tout entière.

— J'ai tant besoin de toi...

Elle se serra contre lui et chercha sa bouche. Il lui rendit son baiser. Sous le contact impérieux de ses lèvres, Eve laissa échapper un petit gémissement.

— Viens, chuchota-t-il. Je sais à quoi occuper ton heure de repos.

11

Elle avait de nouveau l'esprit clair pour réfléchir. Avant de rencontrer Connors, elle n'avait jamais mesuré les multiples effets bénéfiques de l'amour. Ce fut parfaitement détendue et en même temps concentrée et pleine d'énergie qu'elle s'installa derrière son bureau.

Le nouvel ordinateur que Connors avait fait installer était une petite merveille, et Eve se laissa aller à l'admirer pendant quelques secondes.

— Voyons ce que tu sais faire, dit-elle en tapotant affectueusement le capot de la machine. Études de probabilités sur le fichier A. Quelle est la probabilité pour que Thomas Brennen, Shawn Conroy et Jeanie O'Leary aient été tués par la même personne ?

— Traitement en cours, annonça l'ordinateur d'une voix de baryton.

Eve eut à peine le temps de sourire que la réponse retentit.

— La probabilité est de 99,63 %.

— Quelle est la probabilité pour que le suspect Summerset ait commis ces meurtres ?

— Elle est de 87,8 %. Au vu des données dont nous disposons, je préconise la délivrance d'un mandat d'arrêt pour triple meurtre avec préméditation. Souhaitez-vous consulter la liste des juges d'instruction ?

— Non, merci, je n'en aurai pas besoin.

— Eve...

En se retournant, elle aperçut Connors sur le pas de la porte.

— Je t'avais dit que je retournais travailler.

— Je sais.

Il ne portait qu'un jean déboutonné qu'il avait dû enfiler en hâte. Même si elle sentait encore sur sa peau la chaleur de ses caresses, Eve s'enflamma en le voyant ainsi, presque nu devant elle. Elle s'imagina faisant lentement glisser ce pantalon le long de ses hanches, de ses cuisses et...

Il remarqua la lueur de convoitise qui éclairait le regard de sa femme.

— Bon sang, mais tu ne penses qu'à ça !

— Je ne vois pas de quoi tu parles, répondit-elle en se retournant vers l'écran de son ordinateur.

Il sourit.

— Ne fais pas l'innocente...

Il s'approcha et son sourire disparut.

— Pourquoi fais-tu des calculs de probabilités sur Summerset ? Je pensais que nous étions d'accord pour dire qu'il n'était pas coupable.

— Je ne fais que mon boulot. (Elle leva la main devant elle pour prévenir toute objection.) J'ai effectué ce calcul sur le fichier A, celui qui contient tous les éléments dont je peux me servir officiellement. Et si je me fie aux résultats que j'obtiens, je devrais procéder immédiatement à l'arrestation de Summerset.

Elle fit rouler ses épaules et repoussa des mèches de sa frange qui lui tombaient devant les yeux.

— Maintenant, je vais demander la même étude sur le fichier B qui renferme celui-là tous les éléments dont je dispose, à titres officiel et officieux. Ordinateur, calcule à partir du fichier B la probabilité pour que le suspect soit coupable.

— 47,38 %. Cette probabilité est insuffisante pour justifier une arrestation.

— Tu vois, la probabilité a déjà diminué de moitié. Et je suis certaine qu'elle se réduira encore, une fois que j'aurai entré dans l'ordinateur les résultats de l'expertise que le Dr Mira effectuera sur Summerset demain. Celle du fichier A diminuera aussi, peut-être juste assez pour le maintenir en liberté.

Il se rapprocha d'elle et l'embrassa dans la nuque.

— Comment ai-je pu douter de toi ?

— Ne te réjouis pas trop vite. Il n'est pas encore lavé de tous soupçons. Mais en accumulant les preuves contre Summerset, notre tueur est allé trop loin. J'arriverai facilement à convaincre Whitney qu'un homme assez intelligent pour organiser ces meurtres n'aurait pas eu la bêtise de laisser derrière lui des indices aussi grossiers. (Elle se renversa sur sa chaise.) Je me demande quand notre homme va recommencer ses devinettes. C'est étrange, cette fascination pour les jeux, et typiquement masculin. Au fond, vous restez toujours de grands enfants.

— Merci du compliment.

— Mais c'est pourtant la vérité. Les hommes ont besoin de gadgets, de jouets pour asseoir leur statut social. Regarde-toi, tu en as plein la maison.

Blessé par cette remarque, il glissa ses mains dans les poches de son jean.

— Je ne te suis plus.

— Mais si. Toutes ces voitures, tous ces ordinateurs et ces équipements électroniques, c'est une vraie ludothèque ici.

Connors fronça les sourcils.

— Eve, ma douce, si tu cherches à me dire que je suis un être creux, surtout ne prends pas de pincettes avec moi.

— Mais non, tu n'es pas creux. Juste un peu superficiel.

Il éclata de rire.

— Eve, je t'adore.

Il laissa lentement descendre ses mains le long de sa poitrine, colla ses lèvres dans son cou.

— Allons, murmura-t-il, viens jouer avec moi.

— Non, laisse-moi, je n'ai pas le temps…

Une douce chaleur l'envahit quand les doigts de Connors rencontrèrent la pointe de ses seins. Elle renversa la tête en arrière, la bouche offerte.

Leur précédente étreinte avait été douce et tendre, un apaisement dont ils avaient tous deux besoin. Mais celle-ci s'annonçait torride, passionnée.

Elle passa les bras autour de son cou, s'abandonnant totalement.

Il écarta les pans de son peignoir et plongea une main avide à la recherche de ses chairs déjà humides. La jouissance fut immédiate et fulgurante, son corps fut secoué de violents soubresauts.

Puis elle s'arracha à son étreinte pour se retourner sur sa chaise. Dressée sur ses genoux, elle l'attira vers elle.

— Viens, dit-elle dans un halètement tandis qu'elle tirait sur son jean.

Il prit place sur la chaise et l'attrapa par les hanches quand elle vint s'asseoir sur lui, lui offrant le spectacle de son buste arc-bouté, de sa gorge palpitante. Elle s'agrippa au dossier de la chaise et crut défaillir en sentant sur son sein une morsure impatiente. La chaise bascula sous la poussée de leurs corps enlacés.

C'était elle qui contrôlait leur rythme et lui se laissait conduire vers l'assouvissement, qui vint bientôt comme une explosion, un orage de feu, magnifique et terrible.

Eve laissa glisser les mains le long de ses épaules luisantes de sueur. Le cœur battant, elle déposa dans son cou une pluie de baisers éperdus.

— Tu es si beau, mon amour, que j'aimerais pouvoir t'avaler.

— Quoi ? s'exclama-t-il alors que lentement il reprenait ses esprits.

— J'ai envie de te mordre.

— Mais vas-y, je t'en prie !

Détendue, comblée, elle le regarda avec un sourire. Puis, elle se leva et remit son peignoir.

— Bon, c'est bien joli de s'amuser, mais moi, j'ai du travail.

— Je vais nous préparer du café.

— Rien ne t'oblige à veiller avec moi.

Il sourit et lui prit la main, caressant son alliance.

— Que dirais-tu d'un morceau de tarte ?

— Hmm, j'en meurs d'envie.

En moins d'une heure, Eve avait transféré tous les fichiers relatifs à son enquête dans le bureau privé de Connors. Désormais, elle pourrait travailler en échappant à la vigilance de l'omniscient Ordigarde.

— Six hommes, marmonna-t-elle. Les six hommes qui ont tué Marlena ont engendré à eux seuls une tribu de plus de cinquante membres. Vous autres Irlandais n'avez jamais entendu parler du contrôle des naissances ?

— Non, nous préférons croître et nous multiplier.

Connors regarda les listes qui couvraient entièrement deux écrans et secoua la tête.

— Je connais une douzaine de noms, mais j'aurais plus de facilité avec les visages.

— Pour l'instant, éliminons les femmes. La barmaid du *Shamrock* a parlé d'une voix d'homme. Quant au gamin…

— Il s'appelle Kevin.

— Oui. La description que nous a donnée Kevin était celle d'un homme. Et le dingue qui m'appelle, même s'il a pu transformer sa voix, a des intonations indubitablement masculines. D'ailleurs, ses réactions aux sarcasmes ne trompent pas.

— Je suis consterné par la vision que tu as des hommes, fit Connors d'un ton acerbe.

— Vous ne réagissez pas comme nous aux attaques, c'est une constatation, pas un jugement. Ordinateur, efface de l'écran les noms féminins.

Eve vint se placer devant l'écran et opina de la tête.

— Voilà qui est plus clair. Le mieux est de commencer par le haut de la liste. La famille O'Malley : le père et ses deux frères.

— Affichage sur l'écran numéro 3, ordonna Connors. (Les trois noms apparurent sur un nouvel écran.) Affichage des photos et de tous les dossiers… Shamus O'Malley, le patriarche, je me souviens bien de lui. Mon père et lui avaient monté quelques coups ensemble.

— Un bagarreur, visiblement, ses yeux sont pleins d'agressivité.

— Regarde cette cicatrice sur sa joue, et son nez : ce nez-là a été cassé plus d'une fois. Il a aujourd'hui soixante-quinze ans et purge en Irlande une peine pour homicide volontaire.

— Un homme charmant.

Eve accrocha ses pouces aux poches de son peignoir.

— Éliminons tous ceux qui se trouvent actuellement en prison.

— Entendu.

Connors tapa une commande sur son clavier, et dix noms s'effacèrent de la liste.

— Nous venons d'éliminer tout le joyeux clan des O'Malley. Passons à la famille suivante.

— Les Calhoun, annonça Connors. Le père, un frère et un fils. Liam Calhoun. Il tenait une petite épicerie. Un type bien, mais je ne me rappelle plus rien du frère ni du fils.

— Le frère s'appelle James. Médecin, casier judiciaire vierge, quarante-sept ans, marié, trois enfants. Je parie qu'il va à la messe tous les dimanches.

— Je n'en ai aucun souvenir.

— Le fils s'appelle lui aussi Liam. Étudiant à l'université. On dirait qu'il marche sur les traces de son oncle. Plutôt joli garçon. Célibataire, dix-neuf ans, classé parmi les premiers de sa classe.

Connors observa sur l'écran le portrait d'un jeune homme au regard sérieux et au visage avenant.

— Il semble avoir échappé à l'hérédité criminelle des Calhoun.

— Les fils, heureusement, n'héritent pas toujours des tares de leur père… Toutefois, des connaissances en médecine ont pu être très utiles pour le meurtrier. Nous allons retenir ces deux noms, mais au bas de la liste. Affiche le groupe suivant.

— Les Riley. Le père et quatre frères. Tous des brutes épaisses. Brian Riley, la Terreur, comme il se faisait appeler. Je me rappelle encore une raclée qu'il m'avait collée pendant que ses deux frères me maintenaient au sol.

Sentant renaître en lui une vieille rancœur qu'il croyait disparue, Connors prit une cigarette.

— Nous étions du même âge, et Riley me détestait.

— Pourquoi donc ?

— Parce que j'étais plus vif et plus adroit que lui. (Il sourit.) Et parce que les filles me préféraient.

— Eh bien, ton ami semble avoir passé le plus clair de son existence derrière les barreaux.

Eve pencha la tête, observant le portrait d'un bel homme aux cheveux clairs, aux yeux verts et farouches. L'Irlande semblait décidément être peuplée de mauvais garçons au visage d'ange.

— Mais il n'a pas été condamné depuis plusieurs années, reprit-elle. D'après son dossier, il aurait surtout fait des boulots de videur dans des boîtes de nuit... Tiens, voilà un détail intéressant. Il aurait travaillé pendant deux ans comme vigile dans une société d'électronique. Si ce type n'est pas idiot, il a pu retirer quelques connaissances de cette expérience. Peux-tu m'afficher son passeport ?

— Si c'est l'officiel que tu veux, aucun problème. Donne-moi juste une minute.

Pendant que Connors tapait sur son clavier, Eve étudia la photo de Riley. Il avait des yeux verts comme l'homme que leur avait décrit Kevin. Mais ce détail n'avait que peu de signification. Le tueur pouvait avoir mis des lentilles, ou le gamin s'était trompé.

— Passeport, sur l'écran 4, annonça Connors.

— D'après les services de l'immigration, Riley aurait effectué deux séjours dans notre bonne ville de New York. Notons leurs dates et voyons si nous pouvons découvrir ce qui les avait justifiés. Les frères Riley étaient-ils proches les uns des autres ?

— Aussi proches que peuvent l'être les loups d'une meute. Ils s'entre-déchiraient continuellement mais faisaient front dès qu'un membre du groupe était attaqué.

— Eh bien, nous allons nous pencher de plus près sur leur cas...

Quand 3 heures sonnèrent, Eve était à bout de forces. Données et images dansaient devant ses yeux et tout se confondait. Elle se sentait sur le point de s'endormir sur place.

— Dodo, décréta Connors en appuyant sur un bouton qui actionna la descente d'un lit encastré dans le mur.

— Non, non, ça va aller. J'ai réduit la liste à dix noms. Je voudrais étudier le dossier de ce Frances Rowan, celui qui s'est fait prêtre, et nous pouvons...

— Prendre du repos, dit Connors en s'approchant d'elle pour la guider doucement jusqu'au lit. Nous sommes épuisés.

— D'accord. Une heure, alors.

Son esprit lui donna l'impression de se détacher de son corps quand elle posa la tête sur l'oreiller.

— Toi aussi, tu dors ?

— Oui.

Il s'allongea près d'elle et la serra contre lui. Il devina qu'elle s'était endormie lorsqu'il sentit le bras qu'elle avait passé autour de sa taille se relâcher.

Il resta encore un moment à contempler les écrans, perdu dans ses souvenirs. Le garçon des rues était devenu un homme riche et respecté, mais il n'avait pas oublié ce que peuvent ressentir les pauvres, les perdants, les oubliés de la société.

Et il sut, alors qu'il était couché sur son lit vaste et moelleux, dans sa magnifique demeure, qu'il lui faudrait retourner à Dublin, se replonger dans son passé. En pensant à ce qu'il y trouverait et à ce que ce voyage lui apprendrait sur lui-même, il fut parcouru d'un frisson.

— Extinction des lumières, ordonna-t-il, et bientôt il rejoignit Eve dans le sommeil.

C'est une sonnerie qui les réveilla tous deux trois heures plus tard. Connors grommela un juron quand la jeune femme qui s'était relevée brusquement le heurta au menton.

— Désolée, dit-elle. C'est pour toi ou pour moi ?

— Pour moi, répondit-il en faisant bouger sa mâchoire endolorie. Un petit signal qui me rappelle que j'ai une téléconférence à 6 h 30.

— Oh là là ! McNab et Peabody seront ici à 7 heures et je dois avoir une tête épouvantable. (Elle regarda attentivement son mari.) Pourquoi as-tu toujours l'air frais et dispos, le matin ?

— Encore un don des bonnes fées qui se sont penchées sur mon berceau… Pour gagner du temps, je prendrai ma douche ici. Je vais expédier cette conférence avant l'arrivée de McNab. J'aimerais bien travailler avec lui ce matin.

— Connors…

— Le tueur n'a pas passé ses appels depuis cette maison, c'est donc qu'il a pu s'introduire dans mon système informatique. Il faut trouver cette brèche et McNab m'y aidera. Mais nous devons travailler ensemble, car moi seul connais tous les équipements que j'ai ici.

À 8 heures, Peabody était déjà installée dans un bureau qu'Eve lui avait aménagé à quelques mètres du sien. C'était une chambre d'amis, mais elle était équipée d'un petit système de communication que Connors mettait à la disposition de ses associés lorsqu'ils lui rendaient visite.

En entrant, Peabody était restée bouche bée, à la découverte des murs ornés de toiles de maîtres, de l'épais tapis persan et du vaste canapé qui trônait au centre de la pièce.

— Pas mal comme bureau.

— Ne vous y habituez pas trop, l'avertit Eve. La semaine prochaine, quand nous aurons bouclé ce dossier, nous regagnerons nos pénates au Central.

— Dites-moi, lieutenant, combien y a-t-il de chambres dans cette maison ?

— Je n'en sais rien et j'ai parfois l'impression qu'elles se reproduisent pendant la nuit. (Elle se tut et regarda son assistante.) J'aime autant vous prévenir, j'ai très mal dormi et je suis d'une humeur exécrable. J'ai constitué une liste de suspects, je voudrais que vous vous penchiez dessus.

Elle poussa un soupir avant de poursuivre :

— Je suis sûre que notre homme est parmi eux. Mais je vous préviens, ces données n'ont pas été obtenues par les voies légales et votre ordinateur a été temporairement soustrait à la surveillance de l'Ordigarde. Pour dire les choses clairement, je vous demande d'enfreindre la loi.

Pendant quelques instants, Peabody la dévisagea en silence.

— L'AutoChef est approvisionné ? questionna-t-elle enfin.

Eve ne put retenir un sourire.

— Dans cette maison, ils le sont toujours. Je rencontre Whitney cet après-midi et je vais lui donner ce que nous avons déjà. Il va falloir travailler vite, Peabody, et coincer ce tueur avant qu'il ne frappe encore.

— Je m'y mets tout de suite, lieutenant.

Eve regagna son bureau où elle trouva Connors et McNab très affairés. Ils avaient déjà mis en pièces son vidéocom et éventré l'ordinateur.

— Mais qu'est-ce que vous fabriquez ? s'écria-t-elle.

— Nous faisons du travail d'hommes, répondit Connors avec un sourire jusqu'aux oreilles.

Les cheveux attachés, les manches relevées, il donnait l'impression de s'amuser comme un petit fou.

Eve esquissa une grimace.

— Si tu ne remontes pas immédiatement mon matériel, j'investis ton bureau.

— Fais comme chez toi, ma chérie… Tu vois ce truc, Ian ? ajouta Connors à l'adresse de McNab. En le branchant, nous arriverons à maintenir le système ouvert assez longtemps pour voir où se situe la brèche.

— Mais vous ne pouvez pas utiliser un scanner ? objecta Eve.

Au regard qu'il lui lança, McNab lui fit clairement comprendre qu'elle était de trop.

— Un scanner serait détectable. Mais si nous utilisons ce dispositif, personne, et surtout pas notre mystérieux correspondant, ne saura que nous effectuons cette recherche.

Intriguée, Eve s'approcha.

— Et il ne se doutera de rien ? Excellente idée.

— Eh, pas touche ! (McNab allait lui donner une tape sur la main, quand il se rappela qu'elle était son supérieur hiérarchique.) Euh… s'il vous plaît, lieutenant.

Agacée, elle fourra les mains dans ses poches.

— Mais je n'avais pas l'intention de toucher... Pourquoi avez-vous démonté mon vidéocom ?

McNab soupira.

— Parce que c'est de là que viennent les transmissions.

— Oui, je le sais, mais...

— Eve, ma chérie. (Connors interrompit son travail juste le temps de lui tapoter la joue.) Va-t'en.

— C'est bon. Je retourne à mon travail de flic.

Elle traversa la pièce d'une démarche digne et claqua la porte en sortant.

— Elle va vous le faire payer, murmura McNab quand il fut certain qu'Eve ne pouvait plus l'entendre.

— Oui, et au prix fort ! Bon. Démarrons la recherche sur le premier niveau, Ian. Et voyons ce que nous obtenons.

Seule dans le bureau de Connors, Eve se débattait avec son rapport. Si elle évoquait Marlena pour donner à Whitney le nom de ses assassins et justifier l'ouverture d'une enquête sur les membres de leurs familles, elle devrait parler de Connors.

Personne, y compris le service international d'investigation criminelle, n'avait établi de relation entre les meurtres de ces hommes. Pouvait-elle prendre le risque d'en parler à ses supérieurs ?

Peut-être. Si elle était assez habile pour mentir sans nuire à la logique de son argumentation.

En entendant de grands cris qui venaient de la pièce adjacente, elle ronchonna. Pourtant, ces voix enthousiastes finirent par l'intriguer et elle se leva pour aller voir ce qui se passait.

— J'ai trouvé un écho ! s'exclamait McNab qui dansait sur place en envoyant à Connors de grandes claques dans le dos. Ce salopard est futé, mais pas autant que moi. Les communications transitaient bien par cette maison, mais elles ne venaient pas d'ici.

— Bon travail, Ian. Tiens, en voilà un autre, tu le vois ?

Connors montra l'aiguille d'un minuscule appareil relié au vidécom d'Eve.

— Ouais, super ! Avec ça, je vais enfin pouvoir travailler.

Eve vint se placer entre les deux hommes, coupant court à leurs embrassades.

— Attendez un peu. Vous pouvez m'expliquer ce qui se passe en langage humain ?

McNab appuya une hanche contre le bureau. Il portait ce jour-là des boucles d'oreilles en forme de cœur.

— Entendu, dit-il, reprenons depuis le début. Vous vous souvenez qu'en suivant la trace du dernier appel de notre mystérieux correspondant, j'avais conclu que la communication avait été établie depuis cette maison...

— Oui, je m'en souviens.

— Mais comme nous n'étions pas satisfaits de ce résultat, nous avons ouvert le système pour pouvoir le scanner. Est-ce que vous cuisinez, lieutenant ?

En entendant Connors ricaner, Eve prit un air pincé.

— Prenons les différents ingrédients d'un gâteau, continua McNab. Si nous les analysons un à un pour en vérifier la qualité, nous constaterons peut-être que l'un d'entre eux n'est plus très frais. Par exemple que le lait a tourné. Et en essayant de savoir pourquoi ce lait a tourné, nous découvrirons qu'il y a une fuite dans votre système de réfrigération. Une fuite minuscule, mais suffisante pour laisser s'infiltrer des germes. Eh bien, c'est ce qui s'est produit avec votre système de télécommunications : vous aviez un germe.

— Quel est le rapport avec ces échos dont vous parliez ?

Connors leva la main pour interrompre McNab.

— Ian, attends. Je trouve ta métaphore culinaire passionnante, mais permets-moi de répondre à Eve sur ce point. Les signaux électroniques laissent une trame que nous sommes capables de reproduire. C'est en analysant la trame de tous les appels reçus par cette unité au cours des six dernières semaines et en la comparant à celle des appels émis, que nous avons découvert une divergence. Un écho, ou une ombre, si tu préfères, se surimposait à la trame, indiquant clairement qu'il s'agissait d'une source différente.

— Tu veux dire que vous êtes en mesure de prouver que la communication ne provenait pas de cette maison ?

— Précisément.

— Et s'agit-il d'une preuve recevable par Whitney ?

— Plutôt, oui, répondit McNab avec un sourire béat. La DDE s'est servie de ce genre de preuves dans des centaines d'affaires. Il nous a fallu du temps pour découvrir celle-ci ; parce qu'elle était bien planquée et que la trame était presque parfaite, mais nous avons fini par l'avoir.

— C'est toi seul qui l'as trouvée, corrigea Connors.

— Oui, mais je n'y serais pas arrivé sans ton équipement et sans ton aide. Je l'avais manquée deux fois déjà.

— Excusez-moi d'interrompre ces congratulations, mais pourriez-vous me mettre tout ce que vous venez de me dire noir sur blanc ? J'ai un rapport à établir, moi.

— Lieutenant, dit Connors en posant une main sur l'épaule de McNab. Tant de gratitude de votre part nous va droit au cœur.

— Tu veux que je montre ma gratitude ?

Sans crier gare, elle attrapa Connors par le menton et lui donna un baiser fougueux. Puis, elle dispensa le même traitement à McNab.

— Je veux ces données dans une heure, lâcha-t-elle en ressortant.

— Oh là là ! s'exclama McNab qui pinçait ses lèvres pour retenir la saveur de ce baiser. Le lieutenant a un tempérament du feu de Dieu...

— Ne m'oblige pas à te frapper alors que notre amitié vient tout juste de naître, gronda Connors.

— Elle a peut-être une sœur, une tante, une cousine ?

— Non, le lieutenant Dallas est un spécimen unique. Désolé, mon vieux.

12

Eve arpentait comme un lion en cage la salle d'attente du Dr Mira. Pourquoi était-ce si long ? Elle regarda sa montre pour la énième fois. Il était 12 h 30. Summerset était dans ce cabinet depuis quatre-vingt-dix minutes.

Elle avait jusqu'à 13 heures pour présenter son rapport au commandant Whitney. Et il lui fallait impérativement les conclusions de Mira.

Dès que la porte s'ouvrit, elle bondit sur Summerset.

— Alors ?

Les yeux du majordome avaient une expression sombre et dure, et son visage était d'une pâleur effrayante. Il la regarda, les mâchoires crispées.

— J'ai obéi à vos ordres, lieutenant, et j'ai subi l'humiliation de ce test. J'ai offert en sacrifice mon intimité et ma dignité d'homme. J'espère que vous êtes contente.

Il passa devant elle et disparut derrière la porte de sortie, pendant qu'Eve entrait dans le bureau de Mira.

Souriante comme à son habitude, le médecin buvait une tasse de thé. Elle avait parfaitement entendu le commentaire acerbe de Summerset.

— C'est une personnalité complexe.

— Un vrai casse-pieds, plutôt. Pouvez-vous me donner vos conclusions, Mira ?

— Il va me falloir du temps pour compiler toutes mes notes et rédiger mon compte rendu.

— Je vois Whitney dans moins de vingt minutes. Donnez-moi quelque chose à lui mettre sous la dent.

— Dans ce cas, il ne s'agira que d'un avis préliminaire...

Mira servit une autre tasse de thé et invita Eve à s'asseoir :

— Cet homme n'a aucun respect pour la loi mais il en a beaucoup pour l'ordre, commença-t-elle.

Eve prit sa tasse, mais ne but pas.

— C'est-à-dire ?

— Il aime que les choses restent à leur place et chez lui c'est presque une obsession. En revanche, les lois qui régissent la société n'ont aucune importance à ses yeux car il les juge mal faites. La beauté et l'apparence ont également une grande importance pour lui. Son cadre de vie doit être harmonieux et ordonné. Il est très attaché à sa routine, cette stabilité le rassure. Il respecte scrupuleusement un emploi du temps qu'il s'est fixé avec beaucoup de précision. Il est organisé jusque dans ses heures de loisir.

— En somme, c'est un coincé, mais je le savais déjà.

— Il se protège des terribles épreuves qu'il a connues dans sa vie en se conformant à cette routine bien huilée. De ce point de vue, vous avez entièrement raison ; il est coincé. Mais cette rigidité et ce mépris de la loi n'en font pas pour autant un être violent. J'ai même rarement rencontré un homme aussi dépourvu d'agressivité.

— Pourtant, avec moi il est plutôt sec, marmonna Eve.

— C'est parce que vous menacez son sens de l'ordre, dit Mira non sans une certaine sympathie. Quoi qu'il en soit, cet homme a la violence en horreur. Non seulement elle bouleverse son univers bien organisé, mais en plus il la conçoit comme un gâchis. Et il déteste le gâchis. Certainement parce qu'il a subi trop de pertes douloureuses dans sa vie. Comme je vous le disais, il me faudra du temps pour compiler mes résultats, mais d'ores et déjà je crois pouvoir affirmer que par sa personnalité, cet homme n'a pas pu commettre les crimes sur lesquels vous enquêtez.

À cette nouvelle, Eve éprouva un profond soulagement.

— Je vous remercie de m'avoir répondu aussi rapidement.

— C'est toujours un plaisir de rendre service à une amie. Mais je voudrais vous mettre en garde, Eve. J'ai lu très attentivement vos comptes rendus et il est de mon devoir de vous prévenir. Le tueur auquel vous avez affaire est habile, dangereux et très déterminé. Il a préparé sa vengeance depuis de longues années. C'est un être instable, et pourtant opiniâtre. Il souffre d'une hypertrophie de l'ego. C'est un sadique, et un psychopathe qui se croit investi d'une mission divine. J'ai peur pour vous, Eve.

— L'enquête progresse, je me rapproche de lui à chaque instant.

— J'espère que vous dites vrai, mais j'ai pour ma part l'impression que c'est lui qui se rapproche de vous. Vous êtes un obstacle sur sa route. Certes, Connors reste la cible principale, mais sa mort mettrait fin à la mission de notre tueur. Or cette mission, c'est toute sa vie. Alors que vous, vous êtes non seulement le lien avec Connors, mais aussi son public et un adversaire auquel il aime se mesurer. Cet individu a une vision très manichéenne des femmes. Pour lui, nous sommes des saintes ou des putains.

Eve ne put s'empêcher de rire.

— J'imagine sans mal dans quelle catégorie il me place.

— Détrompez-vous, répondit Mira avec un air préoccupé. Vous lui posez un problème, au contraire. Vous suscitez chez lui à la fois de l'admiration et de la colère. Et parce que vous êtes unique, vous éveillez son intérêt.

— Mais c'est justement le résultat que je cherche, dit Eve dont le regard brillait d'excitation.

Mira marqua une pause pour se donner le temps de rassembler ses idées.

— J'aurais besoin d'étudier son cas plus longuement. Mais j'ai l'intuition que cette foi qu'il proclame est un prétexte. Il laisse sur le lieu de ses crimes l'image de la Vierge, symbole ambigu de la vulnérabilité et de la toute-puissance de la femme. C'est elle son véritable dieu.

— J'ai du mal à vous suivre.

— La Vierge est aussi la mère de Jésus. Elle incarne la pureté, l'amour, mais aussi l'autorité. Il l'a choisie pour être le témoin de ses actes. Je ne voudrais pas trop m'avancer à ce stade, mais je crois que cet homme a été fortement influencé par une femme. Un personnage féminin ambivalent qui symbolise pour lui l'amour et l'autorité. Il recherche ses encouragements et son approbation.

— Il s'agirait de sa mère ?

— Possible. Mais il pourrait aussi s'agir d'une sœur ou d'une tante.

— D'une épouse ?

— C'est peu probable. Notre homme est un refoulé sexuel, très certainement impuissant. Son dieu de vengeance n'autorise aucun plaisir charnel. Si la statue de la Vierge est bien une représentation de sa propre mère, cet homme croit sans doute être le fruit de l'Immaculée Conception.

— Il disait être un ange, l'ange exterminateur.

— Oui, c'est une manifestation de son problème d'ego. En agissant au nom de Dieu, il se place au-dessus des simples mortels. Toutefois, je demeure certaine qu'il y a une femme et qu'elle incarne pour lui la pureté.

Eve revit alors le visage de Marlena, fraîche et innocente dans sa robe blanche. Pure et virginale, pensa-t-elle avec une impression de malaise.

N'était-ce pas cette vision que Summerset garderait à jamais de sa fille ?

— Il pourrait s'agir d'une enfant ? dit-elle d'une voix blanche.

Mira la dévisagea.

— Vous pensez à Marlena ? Cela me semble très improbable. Summerset la regrette encore et la regrettera toujours, mais il ne voit pas Marlena comme un symbole. Dans son esprit, elle est seulement son enfant qu'il n'a pas su protéger. Pour le tueur au contraire, cette image féminine est associée à la protection mais aussi au châtiment. À votre façon, vous êtes une femme forte et autoritaire. C'est pourquoi il est attiré par vous et recherche votre admiration. Mais il peut très bien vouloir un jour vous détruire.

— J'espère que vous avez raison, dit Eve en se levant pour partir. Parce que je veux terminer ce jeu sur un face-à-face.

Si Eve s'était préparée à affronter Whitney, elle ne s'attendait pas à le trouver en compagnie du chef de la police. Quand elle entra dans le bureau, elle aperçut immédiatement Tibble, debout devant la fenêtre, le visage fermé, les mains croisées derrière le dos dans une posture très militaire. Le commandant, lui, était assis à son bureau. En les voyant placés ainsi, Eve comprit que Whitney mènerait le jeu en attendant une intervention de Tibble.

— Avant que vous ne commenciez, lieutenant, je dois vous informer que nous avons organisé une conférence de presse pour 16 heures. (Whitney inclina la tête.) Inutile de vous dire que nous tenons à votre présence et à votre participation.

— Bien, monsieur.

— D'autre part, un journaliste qui souhaite garder l'anonymat nous a laissés entendre qu'il détiendrait certaines informations susceptibles de mettre en cause votre crédibilité en tant qu'enquêteur principal sur cette affaire. Vous auriez dissimulé des preuves incriminant votre mari. Vous devez bien comprendre qu'il y va de la réputation de notre département, aussi je vous demande des explications, lieutenant.

— Ces accusations sont aussi insultantes que ridicules.

Son cœur s'emballait mais sa voix restait calme et posée.

— Vous niez avoir escamoté ces preuves, lieutenant ?

— Oui, je le nie. Je n'ai jamais fait disparaître des éléments qui auraient pu mener à l'arrestation d'un criminel. Et je me sens personnellement offensée par une telle question.

— Nous en prenons acte, répondit Whitney d'un air détaché. Veuillez vous asseoir, à présent.

Au lieu d'obéir, Eve s'avança vers le bureau.

— Mes états de service devraient jouer en ma faveur. Comment pouvez-vous ajouter foi aux allégations d'un journaliste en mal de publicité, alors que je travaille pour vous depuis dix ans ?

— Je vous le répète, nous prenons acte de votre réponse et nous en tiendrons compte. Maintenant, asseyez-vous, s'il vous plaît.

— Je n'ai pas fini, monsieur. Et j'aimerais que vous m'écoutiez jusqu'au bout.

Whitney se carra dans son fauteuil. Eve ne l'avait pas quitté des yeux, mais elle sentait Tibble prêt à intervenir.

— Entendu, lieutenant. Nous vous écoutons.

— Je ne suis pas sans savoir qu'à cause de mon mariage avec un homme d'affaires très en vue, ma vie privée suscite un certain intérêt auprès du public. Mais c'est une situation que j'assume. Je sais aussi que, pour un scoop, les journalistes sont parfois prêts à toutes les bassesses. Mais je me suis résignée à supporter leurs méthodes. En revanche, ce que je n'accepte pas, c'est que ma réputation soit mise en cause au sein même du département que je me suis toujours efforcée de servir loyalement. Sachez, commandant, que vous rendre mon insigne serait pour moi comme de me couper un bras. Mais si je devais être amenée à choisir entre mon métier et mon mariage, j'abandonnerais ce bras sans hésitation.

— Personne ne vous a placée devant ce choix, lieutenant. Et je vous présente personnellement mes excuses pour l'offense qui vous a été faite.

— En ce qui me concerne, j'ai toujours méprisé les corbeaux, intervint Tibble, sortant pour la première fois de sa réserve. (Il regarda Eve droit dans les yeux.) Et j'aimerais que vous gardiez ce ton de colère contenue pour la conférence de presse, si la question venait à être abordée. Cela fera très bon effet à l'écran. Maintenant, je souhaiterais entendre votre rapport.

L'éclat de la jeune femme avait dissipé toutes ses appréhensions, et c'est avec aisance qu'elle entama son exposé. Quand elle leur eut donné le nom des six assassins de Marlena, elle énonça sa théorie :

— À mon avis, le tueur, agissant seul ou avec l'aide de complices, cherche à venger le meurtre de l'un de ces six hommes. Marlena, Summerset, Connors : s'il y a un lien, c'est là qu'il se situe. D'après les données dont nous disposons, ces hommes n'ont pas pu être tués par la même personne. (Elle avait dit ce mensonge d'une voix parfaitement calme, mais dans sa poitrine son cœur avait fait un bond.) En revanche, ils appartenaient tous à une organisation criminelle dont Dublin était la plaque tournante. Tout porte à croire qu'ils ont été victimes de règlements de comptes entre truands.

— Mais alors, où est le lien avec les meurtres de Brennen, Conroy et O'Leary ?

— Dans la tête de notre tueur. Le Dr Mira travaille actuellement à établir un profil. Et ses conclusions viendront, je l'espère, étayer ma théorie.

Elle leur présenta les photos de Marlena.

— La jeune fille que vous voyez là a été sauvagement assassinée en guise d'avertissement. Les six hommes qui ont participé à ce meurtre voulaient effrayer Connors qui empiétait sur leur territoire.

Tibble retourna sur la table les clichés de Marlena. Il avait beau être endurci par des années d'exercice dans la police, cette vision était particulièrement horrible.

— Si je vous suis bien, lieutenant, vous pensez qu'il n'existe pas de lien entre le meurtre de ces six hommes et l'assassinat de Marlena. Mais vous croyez que notre tueur est persuadé du contraire, et c'est pour cette raison qu'il veut se venger de Connors en s'attaquant à Summerset ?

— Oui, vous avez parfaitement résumé ma pensée. Notre homme, un psychopathe à tendances sadiques, comme l'a décrit le Dr Mira, a juré de conduire Connors à sa perte. Or Summerset ne peut pas être ce tueur. Ses tests psychologiques le montrent : il est incapable de violence. Toutes les preuves accumulées contre lui sont le fruit d'une machination. Et je suis en mesure de le démontrer.

« Les disques du système de surveillance de la tour Prestige, tout d'abord... Nous savons aujourd'hui qu'ils ont été trafiqués. La DDE poursuit leur analyse, mais je suis sûre qu'elle pourra prouver que le moment où Summerset est sorti de l'ascenseur au douzième étage et où il a attendu devant la porte de Mme Morrell ainsi que celui où il est ressorti de l'immeuble ont été effacés des enregistrements.

— Ce type de manipulations requiert des connaissances poussées en électronique, objecta Whitney.

— Oui, mais souvenez-vous, notre tueur s'est montré parfaitement capable de brouiller ses transmissions lorsqu'il m'a appelée au Central. De plus, l'homme que nous recherchons est un catholique fervent qui prétend agir au nom de son dieu. Or Summerset n'est pas pratiquant.

« Enfin, ce matin même, le détective McNab de la DDE a pu établir que les appels du tueur ne provenaient pas de chez moi, comme nous l'avions d'abord cru – ce qui aurait incriminé Summerset –, mais qu'ils avaient une autre origine, laquelle n'a pu être encore déterminée car les transmissions ont subi une manipulation électronique complexe.

Whitney attendit pour rendre son verdict d'avoir lu le rapport que la jeune femme venait de lui remettre.

— Bon travail, lieutenant.

— Un des frères Riley a travaillé pour une société d'électronique. Il a aussi effectué plusieurs séjours à New York au cours des dix dernières années. J'aimerais suivre cette piste.

— Envisagez-vous de vous rendre en Irlande, lieutenant ?

Surprise, Eve secoua la tête.

— Non, monsieur. J'ai déjà accès à toutes les données dont je pourrais avoir besoin.

Whitney tapota de son doigt le rapport posé sur son bureau.

— À votre place, j'y penserais.

Les conférences de presse mettaient rarement Eve de bonne humeur. Et celle-ci n'échappait pas à la règle. En temps ordinaire, il était déjà bien difficile de répondre aux questions des journalistes lorsqu'elles concernaient son travail. Or, ce jour-là, plusieurs de ces questions avaient un tour plus personnel. Eve dut déployer des trésors d'adresse pour éviter les pièges et ne rien montrer de sa peur.

— Lieutenant Dallas, en tant qu'enquêteur principal sur cette affaire, avez-vous interrogé Connors ?

— Connors a coopéré avec nous.

— Une coopération avec l'enquêteur, ou avec sa femme ?

Pestant intérieurement, Eve toisa le journaliste en essayant de ne pas se laisser distraire par les caméras qui virevoltaient autour d'elle.

— Connors a volontairement apporté son concours à notre enquête.

— Est-il vrai que le principal suspect est un employé de Connors, et qu'il réside chez vous ?

— À ce stade de l'enquête, nous n'avons pas encore de suspect.

Cette déclaration déclencha des aboiements parmi la meute des reporters. Les questions se mirent à fuser.

— Qu'avez-vous à répondre à ceux qui accusent Summerset d'avoir commis ces assassinats sur les ordres de son employeur ?

Cette question, hurlée depuis le fond de la salle, eut pour effet de faire taire l'assistance. Pour la première fois, un silence total retomba dans la salle. Alors que Tibble venait à sa rescousse, Eve l'arrêta d'un geste du bras.

— Je répondrai que de telles questions n'ont pas leur place ici. Et que ces accusations qui ne reposent sur aucune preuve tangible sont non seulement diffamatoires, mais insultantes pour les personnes impliquées et pour les victimes. Je n'ai rien d'autre à ajouter.

Elle fit un écart pour éviter Tibble et quitta l'estrade.

— Dallas ! Attendez !

Nadine Furst courait pour la rattraper, suivie de près par son cameraman.

— Accordez-moi deux minutes. Deux minutes de rien du tout.

Eve fit volte-face. Cette fois c'en était trop, elle allait exploser.

— Nadine, lâchez-moi les baskets.

— Allez, Dallas, je veux bien admettre que la dernière question dépassait les bornes, mais vous deviez quand même vous attendre à ce que ça chauffe pour vous.

— Je n'aime ni la chaleur ni les imbéciles.

— Je suis cent pour cent avec vous, Dallas.

— Tiens ? C'est nouveau.

Eve regarda le cameraman du coin de l'œil et vit qu'il était en train de filmer.

D'un geste instinctif, Nadine recoiffa ses cheveux et remit en place le col de sa veste.

— Accordez-moi une interview et je vous promets de corriger le tir pour vous.

— Quelques minutes d'exclusivité pour faire grimper votre cote ? Bon sang, Nadine !

Eve préféra s'éloigner avant d'avoir commis l'irréparable.

C'est alors qu'elle se rappela les paroles de Mira. Le tueur souffrait d'une hypertrophie de l'ego. Il était attiré par elle et recherchait son approbation. C'était juste une intuition, mais elle décida de la suivre.

Elle allait accorder à Nadine ce qu'elle demandait et en profiterait pour mettre à mal l'ego de ce malade. En le provoquant sur le terrain de l'honneur, elle était certaine qu'il réagirait.

— Mais pour qui vous prenez-vous ? lança-t-elle, faussement offensée. Au nom de la liberté de la presse, vous pensez avoir le droit d'interférer dans une enquête criminelle ? Trois personnes sont mortes parce qu'un illuminé a décidé de jouer aux devinettes. Elle est là votre histoire, ma vieille. Vous ne comprenez donc pas que ce type se sert de vous ? Rien ne peut lui faire plus plaisir que toute cette publicité autour de sa petite personne. Il voudrait nous faire croire qu'il accomplit l'œuvre de Dieu, mais tout ce qu'il veut, c'est remporter la partie. Et il ne gagnera pas, parce que je suis meilleure que lui. C'est un amateur qui a juste eu de la chance, et s'il continue à accumuler les bourdes, je l'aurai coffré dans moins d'une semaine.

— Vous vous engagez donc à arrêter l'assassin sous huit jours, lieutenant ? demanda Nadine Furst.

— Oui, vous pouvez y compter. Ce type n'est qu'un minable, un rebut de la société. Ce sera facile de le coincer.

Sur ces mots, elle tourna les talons et partit.

— Avec ça, on va faire un tabac, Nadine, dit le cameraman qui exultait. C'est le record d'audience garanti.

— Ouais, répondit la journaliste en regardant Eve monter dans sa voiture et claquer violemment la portière. Mais j'ai peut-être perdu une amie... Bon, envoyons les images à la chaîne. Il n'y a pas de temps à perdre si nous voulons les diffuser au journal de 18 heures.

Eve était ravie. Le tueur serait rivé à sa télé. En entendant les gentillesses qu'elle avait dites sur son compte, il piquerait sa crise. Une chose était sûre, il passerait à l'action. Et cette fois, c'est à elle qu'il s'attaquerait.

Elle prit la direction du Central. Elle éprouvait le besoin de retrouver son environnement de travail habituel. En arrivant, elle appela chez elle et fut surprise d'entendre la voix de Connors.

— Où est Summerset ?

— Dans son appartement.

— Il boude ?

— Non, je crois qu'il peint, pour se changer les idées. Où te trouves-tu en ce moment, lieutenant ?

— Au Central. Je sors d'une conférence de presse.

— Et nous savons combien tu les aimes. Je n'oublierai pas de te regarder à 18 heures.

Eve esquissa une grimace.

— Tu peux t'en passer. J'étais minable. Tu as certainement du travail.

— Ne t'inquiète pas, mon monde continue de tourner sans moi. Je peux rester ici encore quelque temps et je m'amuse follement avec Ian.

— Où en êtes-vous ?

— Nous avançons, mais pas très vite.

— Bien. Je serai à la maison dans deux heures environ.

Elle raccrocha. Il lui restait encore quinze minutes avant le journal. Elle décida d'aller se chercher du café. Elle s'enfermerait ensuite dans son bureau pour regarder le spectacle.

Le résultat fut au-delà de ses espérances. Sa déclaration impromptue à Nadine rendait exactement l'effet escompté. Eve donnait l'impression d'être à la fois furieuse, parfaitement sûre d'elle et prête à en découdre. Pas de doute, en voyant ces images, le tueur allait péter les fusibles. Elle se demanda si elle aurait le temps de prendre une autre tasse de café avant que Whitney ne vienne la sermonner.

Mais la réaction du commandant fut plus rapide que prévu.

Après avoir écouté patiemment son chef, Eve admit sans difficulté qu'en laissant exploser sa colère en présence d'une journaliste elle avait fait preuve d'une grande inconséquence.

— Je vous promets que cela ne se reproduira plus, commandant.

— J'y compte bien ! Contactez immédiatement Nadine Furst. Je veux que vous lui accordiez une autre interview et j'espère que cette fois vous saurez contrôler vos émotions.

— Je préférerais me tenir à distance des médias, commandant.

— Je ne vous demande pas votre avis, lieutenant. Vous avez semé la pagaille, à vous de faire le ménage.

Renonçant à argumenter, Eve serra les dents et hocha la tête.

Elle passa l'heure suivante à noircir de la paperasse en espérant que cette occupation la calmerait. Mais, voyant qu'elle continuait à bouillir, elle appela le service de maintenance qui n'avait toujours pas réparé son véhicule. Elle leur passa un savon, ce qui lui permit de décharger son agressivité. Ensuite, elle rédigea un courrier électronique à l'attention de Nadine pour lui demander une nouvelle interview.

Pendant tout ce temps, elle attendait que son vidéocom se mette à sonner. Il fallait qu'il appelle. Plus vite il réagirait, plus grande serait la probabilité qu'il commette une erreur.

Eve s'empara de l'une des statuettes de la Vierge qu'elle avait alignées sur son bureau. La religion restait pour elle un mystère. Tout ce sang versé au nom d'un dieu hypothétique… Cela dit, elle aimait la pompe qui entourait ses rituels et leur trouvait une certaine beauté, comme à cette Vierge.

Cette figure maternelle était au centre de toute l'affaire. C'était pour elle que ce fou tuait.

Eve ne se rappelait plus sa mère, pas même dans ses rêves. Elle ne gardait aucun souvenir d'une femme grondant ou chantant des berceuses, d'une main prodiguant des caresses ou distribuant des fessées.

Le néant.

Pourtant, une femme l'avait portée en elle pendant neuf mois et l'avait mise au monde. Qu'avait-elle fait ensuite ? Était-elle partie ? Était-elle morte ? En tout cas, elle l'avait abandonnée à la merci des coups et des insultes de son père. Elle l'avait laissée dans une chambre crasseuse où elle grelottait de froid et de peur en attendant le retour de son bourreau.

Mais tout cela n'avait plus d'importance. À présent, c'était l'enfance du tueur qui comptait. Il fallait découvrir sur quelle base cet individu s'était développé.

Eve reposa délicatement la statuette dont elle étudia le visage serein.

— Il se sert de toi pour cautionner ses abominations. Je dois l'arrêter avant qu'il ne recommence...

Le temps passait, et l'assassin n'appelait pas. Eve décida finalement qu'elle serait plus productive chez elle, après un solide repas et une bonne nuit de sommeil.

Le parking du Central était désert. Eve avait déverrouillé sa portière et posait la main sur la poignée quand elle entendit un bruit de pas. Elle se retourna vivement, l'arme au poing, et s'accroupit par terre.

Les bruits de pas cessèrent immédiatement. L'homme leva les bras en l'air.

— Eh, vous pourriez au moins me lire mes droits !

En reconnaissant un détective de son équipe, elle rengaina son arme.

— Désolée, Baxter.
— Un peu nerveuse, Dallas ?
— Les gens n'ont pas à traîner dans les parkings.
— Mais je regagnais juste mon véhicule. (Il alla ouvrir la portière d'une voiture garée à deux rangées de là.) Je reviens d'un rendez-vous avec une brune torride.
— Félicitations, marmonna-t-elle.
Furieuse contre elle-même, elle s'assit au volant de sa voiture.
Il lui fallut s'y reprendre à trois fois pour démarrer. Au comble de l'exaspération, elle se jura qu'elle irait personnellement à la maintenance le lendemain matin pour étrangler le premier mécanicien qui aurait le malheur de croiser sa route.
À peine avait-elle traversé deux rues qu'elle se retrouva coincée dans un embouteillage. Pour passer le temps, elle se mit à marteler son volant du bout des doigts, tout en contemplant un grand panneau vidéo qui annonçait les nouveaux films au-dessus du multiplex Gromley.
Un couple d'adolescents sur un tandem à air passa à toute allure. Dans la voiture arrêtée près d'elle, le conducteur avait monté le volume de son autoradio et chantait à tue-tête sur la musique.
Pour tromper son ennui, Eve alluma son communicateur et appela Peabody.
— Ne m'attendez pas pour dîner, je suis coincée dans un embouteillage monstre qui risque de durer des heures.
— Dommage, il y a de la pizza.
— Bon appétit. Si vous êtes encore là quand j'arriverai, il faudra me faire un rapport détaillé de votre journée et…

Soudain, elle vit deux taxis rapides décoller au même moment. Il y eut une collision terrible.

— Bande d'idiots !

— Un problème, lieutenant ? demanda Peabody à l'autre bout du fil. J'ai cru entendre un fracas.

— Et regardez-les qui sortent de leurs fichus taxis pour se crêper le chignon ! Ils vont nous bloquer le trafic jusqu'à Noël, à ce rythme-là !

Quand elle vit l'un des chauffeurs retourner à son véhicule pour s'emparer d'une barre de fer, elle se décida à intervenir.

— Peabody, appelez des renforts. Je suis sur la 10e Rue, au croisement avec la 25e. Dites-leur de faire vite car je crains une émeute. Quant à moi, je vais aller donner à ces brutes une leçon de courtoisie.

— Vous devriez attendre les autres, lieutenant...

Mais Eve n'entendit pas la suite, elle avait déjà claqué sa portière.

Elle n'avait pas fait trois pas que le monde explosa autour d'elle.

Elle sentit dans son dos un souffle violent qui la fit décoller du sol et voler sur plusieurs mètres. Ses tympans vibrèrent sous le choc. Un morceau de métal tordu et tranchant passa près de son visage. Quelqu'un cria. Ce n'était sûrement pas elle, puisqu'elle n'arrivait plus à faire entrer l'air dans ses poumons.

Elle heurta le capot d'une voiture, eut le temps d'apercevoir le visage décomposé de son conducteur, avant d'atterrir brutalement sur la chaussée.

Quelque chose brûlait, mais elle ne pouvait dire quoi. De l'essence, du plastique, de la chair ? Mobilisant ses dernières forces, elle s'appuya sur sa main et releva la tête.

Derrière elle, les gens abandonnaient leurs voitures, comme des rats apeurés un navire en perdition. Quelqu'un lui marcha dessus mais elle sentit à peine la douleur. Au-dessus d'elle, les hélicoptères de la police essayaient de rétablir l'ordre.

Ses yeux étaient éblouis par la lumière incandescente de son véhicule en flammes.

— Sale petite ordure, murmura-t-elle avant de perdre connaissance.

13

Jouant des coudes, Connors se fraya un chemin à travers la foule des badauds et franchit le cordon des voitures de police. L'air était empli d'une odeur âcre de sueur, de sang et de fumée. Le cri d'un enfant blessé s'élevait au-dessus du tumulte comme une longue plainte lancinante. Une femme sanglotait, assise par terre parmi d'énormes débris de verre.

Connors scrutait les visages noircis aux yeux emplis d'horreur, mais il ne voyait pas celui d'Eve.

Il ne devait surtout pas penser, se laisser aller à imaginer le pire.

Il se trouvait dans son bureau en compagnie de McNab quand Eve avait appelé Peabody. Tout en continuant son travail, il l'avait écoutée d'une oreille amusée pester contre les embouteillages, puis ordonner à son assistante d'appeler des renforts.

En entendant le bruit violent de l'explosion, Peabody avait failli lâcher le combiné. La réaction de Connors avait été immédiate. Il s'était précipité dehors pour voler au secours de sa femme.

Contraint d'abandonner sa voiture à un pâté de maisons du lieu de l'accident, il avait parcouru les derniers mètres en courant, poussant sans ménagement tous les gens qui se trouvaient sur son passage. Peu à peu, en découvrant l'ampleur du désastre, il avait senti monter en lui une terrible rage.

Puis il avait aperçu le véhicule d'Eve, ou tout au moins ce qu'il en restait. Ce n'était plus qu'une masse informe de plastique et d'acier, noyée sous une épaisse mousse.

— Lâchez-moi ! Je vous ai dit que je ne voulais pas aller dans votre hôpital.

Tournant la tête en reconnaissant cette voix, il la vit, assise sur un brancard. Un pauvre infirmier se démenait pour soigner ses plaies.

Elle souffrait de contusions et de brûlures superficielles, mais elle était vivante.

Il n'alla pas tout de suite vers elle. Il voulait attendre que ses mains cessent de trembler et que son cœur ait retrouvé un rythme normal. Le soulagement, comme une drogue, lui montait à la tête. Et c'est avec un sourire niais qu'il regarda Eve envoyer un coup de coude dans l'estomac de l'infirmier qui cherchait à lui faire une injection.

— Ne vous approchez pas de moi avec ce truc ! Allez plutôt me chercher un vidéocom.

— Je ne fais que mon travail, lieutenant. Essayez d'être plus coopérative.

— Oh, vous, les toubibs, je vous connais. Si je coopère, je me retrouverai dans les vapes et ficelée sur un brancard.

— Vous devez aller à l'hôpital. Vous êtes en état de choc et vous êtes blessée, lieutenant.

Eve leva le bras et l'attrapa par le col de sa blouse.

— Allez me chercher ce vidéocom, ou c'est vous qui finirez à l'hôpital.

— Eh bien, lieutenant Dallas, je vois que tu n'as rien perdu de ta forme.

En apercevant Connors, elle frotta son visage couvert de suie.

— Salut. Tu vois, j'essayais d'obtenir un vidéocom pour te prévenir que je serais en retard pour le dîner.

— Merci, j'avais déjà compris.

Il s'agenouilla devant elle. Elle avait sur le front une vilaine coupure qui continuait de saigner. Son blouson avait disparu et la chemise qu'elle portait était déchirée, roussie et maculée de sang.

— Je t'ai connue plus élégante, ma chérie, dit-il d'un air détaché.

— Si ce type voulait bien me laisser tranquille...

Elle se cambra et se débattit comme une lionne, mais l'infirmier fut plus rapide et lui enfonça sa seringue dans le bras.

— Qu'est-ce que vous m'avez injecté ? cria-t-elle.

— Ne vous en faites pas, c'est juste un calmant.

— Je vais me retrouver toute flagada. (Elle s'adressa à Connors.) Tu le sais, toi, que je ne supporte pas ces trucs.

L'infirmier examina son bras coupé d'une grande entaille.

— Cette blessure est pleine de saletés, mais je vais la nettoyer et la refermer.

— Faites vite, alors. (Elle grelottait, à cause du froid et du choc, mais ne semblait pas le remarquer.) Il faut que je parle avec la brigade de déminage, et où est Peabody ?... Et zut, voilà que ça commence. J'ai l'impression d'avoir du coton dans la bouche. (Elle redressa sa tête qui partait en arrière et réprima un fou rire.) Pourquoi ne nous donnent-ils pas un bon verre de whisky, à la place ?

— Parce que c'est inefficace et que tu n'aimes pas le whisky.

Connors s'assit près d'elle et prit sa main. Ne voyant nulle part son cher blouson de cuir, il se dit qu'il faudrait penser à le remplacer. En attendant, il retira le sien pour le poser sur ses épaules. Sous l'effet de la drogue, Eve se sentait peu à peu partir.

— Hé Peabody ! dit-elle d'une voix pâteuse, apercevant son assistante. Elle est avec McNab. Est-ce qu'ils ne forment pas un beau couple, tous les deux ?

— Si, ils sont adorables. Pose ta tête sur cet oreiller, Eve, et laisse le gentil infirmier te faire un bandage.

— Ohé, Peabody ! Vous sortez avec McNab, ce soir ? Hi hi !

— Il lui a administré un calmant, expliqua Connors. Les tranquillisants ont toujours cet effet-là sur elle.

— Êtes-vous gravement blessée ?

Livide et bouleversée, Peabody s'agenouilla devant elle.

Eve fit un grand geste et s'arrangea pour envoyer une claque à l'infirmier.

— Juste quelques bosses. J'ai fait un sacré vol plané. L'atterrissage surtout a été dur. Et ma voiture, dans quel état est-elle ?

— Elle est morte, paix à son âme.

— Dans ce cas, il ne me reste plus qu'à dormir.

Elle passa son bras autour de la taille de Connors et se blottit contre lui en soupirant.

— J'en ai terminé avec elle, annonça l'infirmier. Je vous la laisse.

— Merci, répondit Connors. Allons, viens, chérie, partons d'ici.

— Tu m'as gardé de la pizza ? Je ne veux pas que tu

me portes, c'est très embarrassant. Je peux très bien marcher toute seule.

— Mais oui, ma chérie, dit-il en la soulevant de terre.

Elle ne se débattit pas et laissa retomber lourdement sa tête contre son épaule.

— Hmm, tu sens bon. (Elle renifla son cou comme un petit chien.) Il n'est pas beau ? demanda-t-elle, s'adressant à un public invisible. Et il est tout à moi... Tu me ramènes à la maison ?

— Oui, oui, répondit Connors, qui ne souhaitait pas parler du détour par l'hôpital qu'il avait l'intention de faire.

— Peabody, voyez ce que les gars des explosifs ont trouvé.

— Je m'en occupe, lieutenant. J'aurai un rapport pour vous dès demain matin.

— Ce soir.

— Demain, rectifia Connors. (Son regard glissa de Peabody à McNab.) Tenez-moi au courant de tout ce que vous pourrez trouver.

— Entendu.

McNab attendit que Connors et son précieux fardeau aient traversé la foule, pour se retourner vers la voiture du lieutenant :

— Si elle avait été dedans quand l'explosion a eu lieu...

— Elle n'y était pas, répondit sèchement Peabody. Maintenant, au travail !

En s'éveillant, Eve fut surprise par le profond silence qui régnait autour d'elle. Elle gardait un vague souvenir d'avoir été auscultée tandis qu'elle proférait toutes les insultes de son répertoire, et son premier sentiment en reprenant conscience fut un mélange de panique et de rage.

Elle ne resterait pas dans ce satané hôpital une minute de plus !

Elle s'assit d'un mouvement brusque qui lui fit tourner la tête. Et c'est alors qu'elle constata à son grand soulagement qu'elle se trouvait chez elle, dans sa chambre.

— Tu as l'intention de sortir ? lui demanda Connors du salon, où il étudiait les cours de la Bourse sur l'écran de son ordinateur.

Elle ne laissa pas retomber sa tête sur l'oreiller. Question de fierté.

— Avoue, tu m'as amenée à l'hôpital.

— Oui, c'est une sale manie chez moi. Si ma femme est blessée par une explosion, il faut que je la fasse examiner par des médecins....

Il vint s'asseoir sur le bord du lit et, la regardant bien en face, il leva trois doigts devant lui.

— Combien de doigts ?

Elle se rappelait maintenant qu'il l'avait réveillée pendant la nuit pour lui poser la même question.

— Combien de fois vas-tu me demander ça ? Trente-six. (Elle sourit en voyant qu'il ne désarmait pas.) Trois, tu es content ? Maintenant enlève ces doigts de devant mes yeux. Tu sais que je t'en veux encore terriblement ?

— J'en suis bouleversé.

Voyant qu'elle faisait mine de se lever, il lui posa une main sur l'épaule.

— Eve, tu restes au lit, ce matin.

— Pas question.

— De toute façon tu n'as pas le choix, dit-il en lui prenant le menton.

Physiquement, elle se sentait de taille à l'affronter, mais il y avait dans le regard de Connors un je-ne-sais-quoi qui la fit battre en retraite. En outre, elle n'était pas vraiment dans son assiette.

— Tu as raison, je vais rester au lit deux heures de plus, mais seulement si tu m'apportes du café.

La main de Connors glissa jusqu'à sa joue.

— Peut-être...

Il se pencha avec l'intention de lui donner un petit baiser, mais se retrouva à la serrer de toutes ses forces contre lui. Le visage enfoui dans sa chevelure, il se mit à la bercer doucement.

— O mon Dieu, Eve. J'ai eu si peur...

— Je vais bien, tu n'as plus de soucis à te faire.

Il colla sa joue contre la sienne.

— J'ai entendu l'explosion pendant que tu parlais avec Peabody. Puis il y a eu un interminable moment de pure terreur. Et quand je suis arrivé sur place, quand j'ai vu ce chaos... tout ce sang, cette fumée, ces bouts de verre. Et alors, je t'ai entendue grogner contre cet infirmier et c'était comme si je revenais à la vie.

Il l'embrassa et se redressa.

— Je vais te chercher du café.

Quand il fut sorti, Eve examina ses mains. Les blessures avaient été bien soignées. C'était à peine si elle gardait encore une marque de son violent atterrissage sur l'asphalte.

Elle leva les yeux vers Connors qui venait de se rasseoir sur le lit.

— Personne ne m'avait aimée avant toi. Peut-être ne m'habituerai-je jamais à cet amour, mais tout ce que je sais, c'est que j'en ai terriblement besoin.

Elle prit la tasse qu'il lui tendait et lui caressa la main.

— Je réclamais à cor et à cri ce vidéocom, parce que je voulais t'appeler et te dire que j'allais bien. C'est la première pensée qui m'a traversé l'esprit quand je suis revenue à moi.

Il porta leurs deux mains enlacées à sa bouche.

— Nous y sommes arrivés…

— Arrivés à quoi ?

— À ne former plus qu'un.

Cette phrase la fit sourire.

— Oui, je crois que tu as raison. Mais si tu tiens à me garder, il va falloir que tu me nourrisses.

— Je suppose que tu meurs de faim ?

— Je pourrais manger un bœuf entier.

— Je ne sais pas si nous avons ce genre d'articles en magasin. Je vais voir ce que je peux faire.

Ce n'était pas mal, après tout, d'être cajolée, se dit-elle en se blottissant dans le lit.

Eve engloutit avec voracité une omelette aux champignons et à la ciboulette que Connors lui avait préparée.

— J'avais besoin de carburant, dit-elle avant de croquer dans un beignet à la cannelle.

Connors choisit sur le plateau une framboise grosse comme le pouce.

— Ta faculté de récupération est tout simplement phénoménale. Saurais-tu par hasard comment cette bombe s'est retrouvée dans ta voiture ?

— J'ai plusieurs idées sur la question, mais je dois…

Elle se tut et fit la grimace en entendant frapper à la porte.

— Ce doit être Peabody, dit Connors qui se levait pour aller ouvrir.

— Comment va-t-elle ? demanda Peabody d'une voix chuchotante. Je pensais qu'ils la garderaient en observation à l'hôpital.

— C'est ce qu'ils voulaient, mais j'ai craint pour ma propre santé.

— Arrêtez ces messes basses ! cria Eve depuis son lit. Peabody, j'attends votre rapport.

L'assistante s'approcha, le sourire aux lèvres. Cette femme allongée sur un grand lit dans un déshabillé de soie rouge, adossée à des oreillers mœlleux et buvant son thé dans une tasse de porcelaine, ne correspondait pas du tout à l'image que présentait habituellement le lieutenant.

— Vous avez l'air d'une star ! s'exclama-t-elle, admirative. Comme dans ces vieux films qu'ils montrent à la télé.

À la fois gênée et ravie, Eve se redressa.

— Je ne vous ai pas demandé un rapport sur mon apparence, agent Peabody.

— Elle est un peu sur les nerfs, expliqua Connors. Je vous sers une tasse de café ?

— Non, je viens d'en boire un, répondit la jeune femme qui lorgnait vers le plateau d'Eve. Mais je mangerais bien quelques framboises...

— Servez-vous, je vous en prie.

— Quand vous en aurez fini avec ces mondanités, nous pourrons peut-être parler de choses sérieuses ?

— J'ai tous les comptes rendus, lieutenant. Les gars du labo ont travaillé dessus toute la nuit.

Comme aimantée par l'assiette de framboises, Peabody s'approcha pour s'asseoir sur le lit. Elle leva un pied chaussé d'un soulier rutilant et le posa sur son genou.

— Merci, c'est très gentil, dit-elle à Connors qui lui tendait une assiette. Nous faisions pousser des framboises dans le jardin quand j'étais gamine. (Elle en prit une qu'elle porta aussitôt à sa bouche.) Hmm, ça me rappelle des souvenirs.

— Restez avec nous, Peabody.

— Oui, lieutenant. (Elle tourna la tête en entendant trois petits coups frappés à la porte.) C'est certainement McNab.

La tête du détective apparut dans l'entrebâillement de la porte.

— Mince, tu parles d'une chambre ! C'est pas du café que je sens ? Bonjour, lieutenant, vous n'avez pas l'air trop décomposée.

Il entra et traversa la pièce, Galahad sur les talons. Quand tous deux vinrent s'installer confortablement sur le lit, Eve en fut suffoquée.

— Je vous en prie, faites comme chez vous.

— Merci, répondit le jeune homme en prenant une poignée de framboises. Je suis content de voir que vous allez mieux.

— Est-ce que quelqu'un ici va enfin se décider à me faire un rapport ? s'écria Eve, exaspérée. Peabody, commencez.

— Bien, lieutenant. En ce qui concerne la bombe, il s'agit d'un dispositif artisanal, mais ceux qui l'ont posée n'étaient pas des amateurs. Elle était de faible portée, ce qui explique pourquoi elle a détruit votre voiture sans créer trop de dommages aux alentours.

— Y a-t-il eu des morts ?

— Non, aucun, mais une vingtaine de blessés, dont seulement trois dans un état grave.

Eve repensa aux deux adolescents qui étaient passés sur leur tandem à air près de sa voiture quelques secondes à peine avant l'explosion. Il s'en était fallu de peu…

— Qu'est-ce qui commandait la mise à feu ?

— Laissez-moi répondre à cette question, intervint McNab qui caressait le chat d'un air absent. Ceux qui ont posé l'engin s'en sont tenus à la bonne vieille méthode de la mise à feu commandée par l'allumage du moteur. S'ils s'étaient servis d'un mécanisme à retardement, à l'heure qu'il est vous ne seriez pas dans votre lit à manger des framboises. Heureusement pour vous, vous conduisiez une de ces guimbardes du département dont le système d'allumage est complètement faussé. Je parie qu'elle a toussé quand vous avez voulu la démarrer hier.

— Bien vu, détective. J'ai dû m'y reprendre à trois fois.

— C'est ce que je disais. (McNab fit un grand geste avant de gober la framboise qu'il tenait dans sa main.) Le fil du détonateur a dû se trouver légèrement déplacé. À partir de là, la bombe pouvait péter à tout moment. Un freinage un peu brusque, un dos-d'âne, et boum !

— J'ai claqué la portière, dit Eve d'une voix blanche. Comme ces abrutis de chauffeurs de taxi commençaient à me taper sur les nerfs, je suis descendue de ma voiture et j'ai claqué la portière.

— C'est sans doute ce qui a déclenché l'explosion.

Eve laissa échapper un soupir.

— Si je vous ai bien suivi, c'est aux coupes budgétaires et à ces incapables de la maintenance que je dois d'être en vie aujourd'hui ?

— Vous avez parfaitement résumé ma pensée. (Il lui donna une petite tape sur le genou.) Si vous aviez conduit un de ces bolides qu'ont les gars de l'Antigang, la voiture aurait explosé dès le démarrage et vous chanteriez maintenant avec les anges.

— Mais comment cette bombe a-t-elle pu être installée dans le parking du Central ?

— À mon tour de répondre, intervint Peabody en jetant à McNab un regard glacial. Je suis passée au Central et j'ai obtenu un double des disquettes enregistrées par la caméra de surveillance au cours de la journée d'hier.

— Vous l'avez ici ?

— Oui, répondit fièrement la jeune femme en montrant son sac.

— Dans ce cas... (Eve leva les yeux au ciel en entendant qu'on frappait encore à la porte.) J'aurais dû vendre des tickets. Entrez !

Nadine Furst fit irruption dans la chambre et dans sa hâte manqua de trébucher sur le lit. Son regard d'ordinaire si froid et professionnel exprimait une inquiétude sincère.

— Vous allez bien ? Je me suis fait un sang d'encre pour vous. Je n'arrivais à obtenir aucune information sur votre état. Quand j'ai appelé, Summerset m'a simplement dit que vous vous reposiez. J'ai voulu en avoir le cœur net.

— Comme vous pouvez le voir, je me porte comme un charme. Je faisais justement un petit brunch avec quelques amis. (Elle s'empara de l'assiette de framboises que McNab s'appliquait consciencieusement à vider.) Vous avez faim ?

Nadine posa les doigts sur sa bouche pour calmer le tremblement de ses lèvres.

— Tout est ma faute. Vous auriez pu vous faire tuer à cause de moi.

— Allons, Nadine…

La journaliste ne la laissa pas terminer sa phrase :

— J'ai passé à l'antenne cette déclaration que je vous avais soutirée, et deux heures plus tard votre voiture explosait. Il s'en est pris à vous à cause de ce que j'ai diffusé.

— Et c'était précisément la réaction que j'escomptais.

Eve reposa l'assiette à laquelle Nadine n'avait pas touché. Il ne manquait plus que l'intervention hystérique d'une journaliste rongée par la culpabilité pour compléter le tableau !

— Vous ne m'avez rien soutiré du tout, ajouta-t-elle. Croyez-moi, j'avais bien pesé mes paroles. Je voulais le faire réagir et qu'il me prenne pour cible.

— Vous voulez dire que… vous vous êtes servie de moi ?

— Tout comme vous m'avez utilisée.

Nadine recula d'un pas. Dans son visage devenu livide, ses yeux brillaient d'un éclat menaçant.

— Vous êtes une belle garce.

— Oui, oui, répondit Eve d'une voix lasse. Ne partez pas, attendez. Peabody, McNab, passez dans mon bureau. J'ai besoin de dire deux mots en particulier à Nadine. Connors, s'il te plaît…

Ses deux collaborateurs obéirent sur-le-champ, mais Connors s'approcha du lit et se pencha sur elle. Il était furieux.

— Moi aussi, j'aurai deux mots à te dire, lieutenant, lui glissa-t-il à l'oreille.

Jugeant plus prudent de ne pas répondre, elle attendit qu'il sorte.

— Il ne comprendra pas, murmura-t-elle avant de se tourner vers Nadine. Mais vous, peut-être que vous comprendrez.

— Oh, mais tout est clair, Dallas ! Vous aviez besoin de faire avancer votre enquête, alors vous avez fait une fausse déclaration à une journaliste jouissant d'une certaine crédibilité. Vous l'avez trompée, mais qu'importe ! Ces gens des médias n'ont aucune sensibilité, c'est bien connu !

— Je n'ai pas fait de fausse déclaration. Au contraire, j'ai exprimé le fond de ma pensée.

Eve posa son plateau près d'elle. Avis médical ou pas, elle ne resterait pas allongée dans son lit pour affronter Nadine Furst.

Elle repoussa ses couvertures et se leva. Mais, sentant ses jambes flageolantes, elle ravala sa fierté et se rassit au bord du lit.

— J'ai suivi une impulsion. Je sais que ce n'est pas une excuse. Je mesurais très bien la portée de mes paroles et l'effet qu'elles produiraient, même s'il est vrai que rien de tout cela ne serait arrivé si vous ne m'aviez pas poursuivie avec votre caméra.

— Vous auriez pu me prévenir, tout de même.

— Oui, mais je ne l'ai pas fait.

Elle ressentit une vive douleur à la tête et se massa les tempes. L'effet des calmants s'estompait.

— Je vais vous faire une confidence, Nadine. Je meurs de trouille. J'ai peur parce que je sais que les autres victimes ne servent qu'à détourner notre attention de la véritable cible. Et cette cible, c'est Connors.

Nadine la regarda fixement. Jamais elle n'avait vu cette vulnérabilité sur le visage du lieutenant Dallas. Elle n'en avait même jamais soupçonné l'existence. Mais celle qu'elle voyait à présent assise sur le bord de son lit, sa chemise de nuit relevée sur les cuisses, n'était pas un flic. C'était simplement une femme.

— C'est pourquoi vous vous êtes mise en première ligne...

Toute trace de colère avait disparu de son cœur. Elle vint s'asseoir près d'Eve et passa un bras autour de ses épaules.

— Je crois comprendre. Et j'aimerais ne pas ressentir cette pointe de jalousie que je ressens en ce moment. J'ai eu beaucoup d'aventures dans ma vie, mais jamais je n'ai éprouvé pour un homme les sentiments que vous éprouvez pour Connors.

— C'est un trésor qui vous trouve sans que vous l'ayez cherché... (Elle pressa ses mains sur ses yeux et soupira.) Mais j'ai dépassé les bornes avec vous, et je vous prie de m'en excuser.

— Mon Dieu, vous devez avoir reçu un sérieux coup sur la tête pour vous excuser !

— Je dois avouer que je me sens comme quelqu'un qui vient de se faire piétiner par un troupeau d'éléphants.

— Recouchez-vous, alors.

— Impossible. Il a pris de l'avance sur moi et je dois combler mon retard...

Soudain une idée lui vint à l'esprit, et elle dévisagea Nadine.

— Mais si une journaliste voulait bien annoncer que le lieutenant Dallas est blessée et qu'elle devra rester alitée chez elle pendant deux jours, ce serait une chance extraordinaire.

— Vous voulez que je mente à mon public ? fit Nadine, faussement scandalisée.

— Qui vous parle de mentir ? Vous arrangerez un peu la vérité, voilà tout. J'ai besoin de temps, Nadine. Ces deux jours me laisseront un répit. Ce dingue a besoin d'un adversaire. Il attendra que je sois sur pied pour continuer la partie.

Nadine esquissa un sourire.

— Vous pouvez compter sur moi. Mais je ne serais pas étonnée que Connors vous tienne enfermée dans cette chambre pendant les prochains jours.

Glissant sur son épaule la courroie de son sac, elle ajouta :

— Quoi qu'il en soit, je suis contente que vous soyez toujours vivante.

Nadine partie, Eve se leva et marcha en titubant jusqu'à la douche. Les deux mains posées contre le carrelage du mur, elle demanda un jet à pleine puissance. Dix minutes plus tard, elle se sentait beaucoup mieux. Quand elle eut fini de s'habiller, ses idées étaient redevenues parfaitement claires.

Mais lorsqu'elle entra dans son bureau et que Connors lui décocha un regard lourd de reproches, elle perdit d'un coup toute son assurance.

— J'ai pensé que je pourrais me reposer dans un fauteuil puisque je me sens beaucoup mieux, s'empressa-t-elle de dire. Cet arrêt à l'hôpital la nuit dernière était une excellente idée. Je te félicite de l'avoir eue.

— Qui espères-tu tromper avec tes flatteries ?

Elle essaya de sourire puis finalement renonça.

— Écoute, je vais très bien et je dois me remettre au boulot.

— Continue de n'en faire qu'à ta tête, moi j'ai des affaires à régler.

Il se dirigea vers la porte de son bureau et lui lança un dernier regard avant de disparaître.

— Quand tu trouveras un moment, peut-être pourrons-nous avoir une discussion tous les deux.

— Et zut, grommela Eve lorsque la porte se fut refermée.

— Il peut être terrifiant quand il s'y met, commenta McNab. Même moi, j'en ai la chair de poule.

— Est-ce qu'il vous arrive de la fermer, McNab ? Bon, montrez-moi les enregistrements des caméras du parking. Peabody, commencez à 16 heures. C'est à peu près l'heure à laquelle je suis arrivée au Central.

Refusant de se laisser distraire par ses problèmes personnels, Eve se concentra sur son écran.

— Restez sur les portes d'accès. Ce type devait bien venir de quelque part.

Ils regardèrent entrer et sortir voitures et fourgons. Chaque fois qu'un véhicule franchissait les portes, une lumière verte s'allumait sur l'œil de surveillance placé au-dessus de l'entrée.

— Avec les connaissances en électronique de notre homme, tromper la vigilance de ces caméras a dû être un jeu d'enfant. Qu'en pensez-vous, McNab ?

— Je ne sais pas. La sécurité a été beaucoup renforcée depuis que des bâtiments publics ont été la cible d'attentats terroristes. Malgré les coupes budgétaires, le système est vérifié et modernisé deux fois par an.

— Vous n'avez pas répondu à ma question. Le pensez-vous capable de le faire ?

— Oui, à condition d'avoir beaucoup de culot. Si l'alarme s'était déclenchée, tous les accès auraient été automatiquement fermés. Il aurait été pris au piège comme un rat.

— Il est fou de rage et nous savons qu'il aime prendre des risques. (Eve se renversa dans son fauteuil.) Je sais qu'il est entré dans ce parking, c'était la seule façon de coller cette bombe sur ma voiture... Ordinateur, affiche-moi le niveau 2. Tenez, voilà mon véhicule qui m'attend sagement.

— Vous verriez la tête qu'il a maintenant, dit Peabody en réprimant un frisson. Le labo le garde pour analyse. J'ai fait une demande pour vous en obtenir un autre.

— Ne rêvez pas, Peabody. Ils se contenteront de revisser quelques boulons sur celui-là avant de me le rendre... Eh, attendez.... qu'est-ce que c'est que ça ?

— Un turbofourgon, modèle Jetstream, millésime 2056, lui annonça l'ordinateur.

Elle fit signe à Peabody de s'approcher.

— Stop, arrêt sur image. Regardez. Les vitres sont teintées. Les fourgons de surveillance ne sont pas autorisés à avoir des vitres teintées du côté conducteur. Et les plaques minéralogiques. C'est une immatriculation de taxi, nom d'un chien ! Notre homme se trouve là-dedans, Peabody.

— Bien vu, Dallas, déclara McNab qui tapa une commande au clavier pour demander l'impression de l'image. Je m'occupe de vérifier les plaques minéralogiques.

— Voyons ce qu'il va faire, murmura Eve. Ordinateur, reprends la lecture.

Ils virent le fourgon s'arrêter pile devant la voiture d'Eve.

— Nous le tenons. Je savais qu'il ferait un faux pas.

La porte du fourgon s'ouvrit. L'homme qui en descendit portait un long manteau et un chapeau qu'il avait ramené sur son visage.

— C'est un uniforme de flic. Mais les chaussures ne sont pas réglementaires. Il s'agit d'un modèle de sport. Bon sang, impossible de voir la tête qu'il a. Il a même prévu les lunettes de soleil.

Il s'était retourné et faisait maintenant face aux caméras. Eve put entrevoir un morceau de peau blanche et la courbe d'une joue. Puis l'homme leva une main fine en direction des objectifs, et l'image s'emplit de taches colorées.

— Zut, il a tout brouillé. Mais qu'est-ce que c'était, ce truc dans sa main ? Ordinateur, retour en arrière et arrêt sur image.

— Je n'ai jamais rien vu de pareil ! s'exclama McNab, à la fois dérouté et admiratif. C'est à peine plus grand qu'un boîtier de télécommande. Vous devriez demander à Connors de venir y jeter un coup d'œil.

— Plus tard, répondit Eve. En attendant, nous connaissons la couleur de sa peau, sa taille et sa corpulence. Et même la marque de son fourgon. Nous allons voir ce que nous pouvons tirer de tout ça.

Elle gardait les yeux rivés sur l'image figée de l'homme, comme si elle voulait apercevoir ses yeux sous l'ombre du chapeau.

— Peabody, lancez une recherche sur le fourgon. Je veux la liste de toutes les personnes qui possèdent un véhicule de ce type dans cette fichue ville. McNab, retrouvez le taxi qui a perdu ses plaques minéralogiques. Regardez l'heure incrustée sur l'image : 18 h 53, soit moins d'une heure après la diffusion du journal de Nadine. La bombe était sans doute déjà prête, mais il lui a bien fallu échafauder son plan, découvrir l'endroit où je me trouvais et s'y rendre. Et je donnerais ma main à couper qu'il a aussi piqué une petite colère avant ça. À partir de là, nous allons pouvoir calculer le temps qu'il a mis pour venir au parking et en déduire l'endroit où il se trouvait lorsque le journal est passé à l'antenne.

Elle s'étira dans son fauteuil et sourit.

— Je suis sûre qu'il vit dans le centre-ville, ajouta-t-elle. À moins d'un kilomètre du Central. Pratiquement sous notre nez.

Elle demanda à l'ordinateur de reprendre la lecture. Elle voulait savoir combien de temps au juste il avait fallu à ce malade pour piéger sa voiture.

14

Même si elle n'était pas dans les meilleures dispositions pour entamer une explication avec Connors, Eve se résolut à affronter cette épreuve, jugeant préférable de faire la paix avec lui. Elle avait besoin de son avis et, puisqu'elle avait décidé de suivre les conseils de son commandant et de se rendre en Irlande, de son expérience de ce pays.

Voyant que Peabody et McNab se chamaillaient souvent, elle leur avait assigné à chacun une tâche propre et un bureau séparé. Mais cette compétition entre eux n'était pas pour lui déplaire, car elle lui permettrait d'obtenir des résultats avant le milieu de la journée.

Arrivée devant la porte du bureau de Connors, elle marqua une pause avant de frapper à petits coups rapides.

Quand elle entra, il leva une main pour lui faire signe d'attendre pendant qu'il continuait sa discussion avec deux personnages dont l'hologramme était affiché sur son écran.

— Je vous paie pour régler ces menus détails et j'entends qu'Olympus soit pleinement opérationnel à la date que nous avons fixée. M'avez-vous bien compris ?

Comme ses deux correspondants acquiesçaient en silence, il se renversa dans son fauteuil.

— Fin de la communication.

— Un problème ? demanda Eve quand les deux hologrammes se furent effacés de l'écran.

— S'il n'y en avait qu'un !

— Je suis désolée de t'interrompre, mais je me demandais si tu aurais un moment à me consacrer.

Il regarda délibérément sa montre.

— Oui, à condition que tu sois brève. En quoi puis-je t'être utile ?

— Je déteste quand tu prends ce ton-là avec moi.

— Ah, vraiment ? Comme c'est dommage ! Voudrais-tu savoir ce que, moi, je déteste ?

Elle enfonça les mains dans ses poches.

— D'accord, nous allons parler et clarifier les choses une fois pour toutes. Si j'ai fait cette déclaration à Nadine, c'était pour gagner du temps. Je savais que le tueur s'en prendrait à moi et j'espérais ainsi sauver sa prochaine cible. Et mon idée a porté ses fruits. Notre homme a réagi exactement comme je l'avais prévu. Aveuglé par la colère, il a agi dans la précipitation et nous a laissé des indices. Nous avons de nouvelles pistes, Connors.

Il se leva et marcha jusqu'à la fenêtre.

— Me crois-tu assez stupide pour ne pas comprendre ce que tu as essayé de faire ? Tu t'es mise en première ligne pour me protéger.

Il était inutile de tourner autour du pot plus longtemps.

— D'abord, je n'ai jamais cru que tu étais stupide, et ensuite je ne regrette pas d'avoir agi comme je l'ai fait. Même si tu dois m'en vouloir jusqu'à la fin de tes jours, au moins tu es vivant, et je n'en demande pas plus.

— Mais de quel droit ?

Il fit volte-face. La colère brillait dans son regard bleu d'acier.

Elle parcourut en quelques pas la distance qui les séparait et se planta face à lui.

— Regarde-moi dans les yeux et dis-moi si, à ma place, tu n'aurais pas agi de la même façon.

— Ce n'est pas comparable.

— Et pourquoi ? Parce que tu es un homme ?

Il ouvrit la bouche, prêt à lâcher tout ce qu'il avait sur le cœur. Mais en lisant dans son regard qu'elle était sûre de son fait, il renonça.

— D'accord, tu as raison, mais ça ne diminue en rien ma colère.

— Alors écoute ce que j'ai à te dire. Je t'aime, Connors, et j'ai besoin de toi. Peut-être que je ne te le montre pas assez, mais c'est la vérité. Si ta fierté est blessée à l'idée que je sois prête à tout pour te protéger, c'est regrettable mais c'est ainsi.

Il soupira.

— Bon sang, tu t'y connais pour désamorcer une dispute. À présent, quoi que je dise, j'aurai l'air d'un idiot. Considère donc que tu gagnes par abandon.

Elle hasarda un sourire.

— Bon, si tu n'es plus en colère contre moi, je peux peut-être te poser une ou deux questions ?

— Je n'ai pas dit que je n'étais plus en colère, mais simplement que je renonçais à discuter avec toi. (Il s'assit sur le coin de son bureau.) Mais oui, tu peux me les poser, tes questions.

Satisfaite, elle lui tendit une disquette.

— Mets ce truc dans ton lecteur. Il y a une image que je voudrais que tu regardes. Règle la résolution au maximum.

Connors obéit à ses consignes et afficha l'image qu'il observa attentivement. Une main cachée par un gant tenait une sorte de boîtier. À la disposition des boutons et au voyant vert allumé à son extrémité, il identifia immédiatement l'objet.

— C'est un brouilleur. Mais bien plus compact et sophistiqué que tout ce qu'on trouve sur le marché. (Il se rapprocha de l'écran.) Le nom du fabricant, s'il n'a pas été effacé, doit se trouver à l'endroit que cache la main. Je sais que mon service de recherche et développement travaille sur un nouveau modèle de brouilleur. Je vais me renseigner sur l'état d'avancement du projet.

Eve sursauta en entendant sa dernière phrase.

— Tu veux dire que tu fabriques ce genre de truc ?
Son étonnement fit sourire Connors.

— Mon consortium a passé de gros contrats avec le gouvernement. Le département de la Défense est toujours en quête de nouveaux gadgets, tu sais. Et il paie très bien.

— Ainsi, des appareils comme celui-ci pourraient déjà circuler dans les laboratoires de recherche… Brennen s'occupait de communications. Peut-être que ses services travaillaient sur un dispositif similaire.

— C'est un point qu'il devrait être facile d'éclaircir. J'interrogerai mes contacts dans la société de Brennen.

— Tu as des espions ?

— Des informateurs, c'est ainsi que je préfère les appeler. Tu as le reste de ton bonhomme, là-dessus ?

— Oui, reviens en arrière.

— Ordinateur, affiche le cliché précédent.

Connors étudia l'image d'un air absorbé.

— Je dirais qu'il mesure environ un mètre quatre-vingt. Sa peau est très blanche. Il ne doit pas passer beaucoup de temps dehors. Il travaille certainement dans un bureau... Impossible de lui donner un âge, mais à la façon dont il se tient, je dirais qu'il est plutôt jeune. On aperçoit une partie de sa bouche. Il sourit, le salaud... Ses goûts en matière d'habillement laissent à désirer.

— Ce qu'il porte est un manteau de policier, expliqua Eve. Mais je ne pense pas qu'il ait un lien quelconque avec le département. Les chaussures de sport ne font pas partie de la tenue réglementaire. Et si un flic avait les connaissances en électronique que ce type semble avoir, la DDE lui aurait depuis longtemps mis le grappin dessus. Ces manteaux s'achètent n'importe où. Rien qu'à New York, on les trouve dans pas moins de dix magasins. Mais nous allons quand même explorer cette piste.

— Et le fourgon ?

— Nous travaillons déjà dessus. Si notre type ne l'a pas volé et s'il est immatriculé dans l'État de New York, nous aurons considérablement réduit le champ de nos recherches.

— Tu fais preuve d'un bel optimisme, Eve.

— Je le sais, mais c'est un début.

— Ordinateur, éteins-toi. (Il se tourna vers Eve.) J'espère que tu vas laisser Peabody et McNab s'occuper des recherches sur le terrain pendant que tu te reposeras.

— C'est promis. Feeney rentre bientôt de vacances, et j'ai bien l'intention de le réquisitionner dès son retour.

— L'autopsie de Jeanie est terminée. Le corps sera mis à ma disposition cet après-midi.

Elle se contenta de hocher la tête.

— Je veux que tu viennes en Irlande avec moi, Eve. Je sais que le moment est mal choisi, mais nous ne resterons pas plus de deux jours.

— Eh bien, je...

— Je ne peux pas partir sans toi, insista-t-il. Il n'est pas question que je te laisse seule ici alors que ce malade court toujours. J'ai déjà pris toutes les dispositions. Nous pouvons partir dans une heure.

Elle se leva et marcha jusqu'à la fenêtre pour lui cacher son sourire. Il était malhonnête de sa part de ne pas lui avouer qu'elle avait justement eu l'intention de se rendre à Dublin, mais l'occasion était trop belle.

— C'est vraiment important pour toi ?

— Oui, très.

Elle se tourna vers lui.

— D'accord. Je vais faire mes valises.

— Je veux être tenue informée de tout et sans retard.

Eve arpentait la cabine du jet privé, tout en regardant la mine sérieuse de Peabody sur l'écran de son vidéocom de poche.

— Je me suis occupée du fourgon. Il en existe environ deux cents de ce type immatriculés à New York.

— Vérifiez chacun d'entre eux. Les chaussures avaient l'air neuves. L'ordinateur devrait pouvoir estimer leur taille. Vous m'établirez la liste de toutes les ventes de ce modèle et de cette marque pour les trois derniers mois. Nous pouvons avoir un coup de chance, on ne sait jamais.

— Oui, on peut toujours croire aux miracles.

— Je ne parle pas de miracles, mais de détails. Et croisez cette liste avec celle des ventes de manteaux et de statues de la Vierge. Où en est McNab avec le brouilleur ?

— Il s'en occupe, fit Peabody d'une voix devenue glaciale. Mais je ne l'ai pas vu depuis deux heures. Il est supposé s'entretenir avec le contact que Connors lui a donné chez Electronic Future.

— Transmettez-lui mes instructions. Vous m'enverrez toutes les données, codées, à mon hôtel à Dublin.

— Bien, lieutenant… Mavis vous a appelée deux fois. Summerset lui a dit que vous vous reposiez et que vous n'étiez autorisée à recevoir aucune visite. Le Dr Mira a appelé également, et elle a envoyé des fleurs.

Eve, déconcertée, resta quelques instants silencieuse.

— Je devrais la remercier, je pense. Bon sang, mais dans quel état suis-je censée me trouver ?

— Dans un assez mauvais état, lieutenant.

— L'autre ordure doit crier victoire. Mais il ne perd rien pour attendre. Dans quarante-huit heures, je serai de retour et alors là je le coincerai.

Eve mit fin à la communication et rangea son appareil dans sa poche. Ses yeux se posèrent sur Connors. Plongé dans ses pensées, il n'avait pratiquement pas dit un mot depuis leur départ.

Elle s'assit en face de lui et fit claquer ses mains sur ses genoux.

— Alors, tu vas me faire visiter les endroits mal famés que tu as fréquentés dans ta jeunesse ?

Elle n'obtint pas le sourire espéré.

— Ils ne sont pas particulièrement pittoresques.

— Je m'en doute, mais il serait utile de retrouver certains de tes anciens copains.

— Trois de mes anciens copains sont morts.

— Connors…

Il soupira.

— Tu as raison, ruminer ces sombres pensées ne nous mènera nulle part… Je t'emmènerai au *Penny Pig*, si tu veux.

Eve se dressa sur son siège.

— Le *Penny Pig ?* D'après sa femme, Brennen fréquentait cet endroit. C'est un bar, n'est-ce pas ?

— Non, un pub, répondit-il en souriant cette fois. Le pub est le pivot social et culturel de cette nation qui passe directement du lait maternel à la Guinness. Et il faut que tu voies Grafton Street. J'y faisais les poches des passants à l'époque. Et les ruelles où j'organisais des parties de bonneteau, jusqu'à ce que j'installe mon casino volant dans l'arrière-salle de la boucherie que tenait Jimmy O'Neal. Puis je me suis lancé dans la contrebande, ce fut le début de Connors Industries. (Il se pencha en avant et attacha la ceinture de sécurité autour de la taille d'Eve.) Et un beau jour, un flic m'a volé mon cœur et j'ai dû racheter mes erreurs passées.

— Pas toutes.

Il rit et, regardant par le hublot, il vit apparaître la ville de Dublin.

— Non, pas toutes. Tiens, regarde les ponts qui brillent dans le soleil couchant au-dessus de la Liffey. Rien n'est plus beau que Dublin la nuit.

Il n'avait pas menti, se dit Eve une demi-heure plus tard, alors qu'ils parcouraient les rues de la ville, assis à l'arrière d'une limousine. Elle s'était attendue à retrouver l'agitation nerveuse de New York. Ici aussi régnait la rumeur incessante des grandes villes, mais celle-ci était pleine de gaieté.

Des portes aux couleurs vives donnaient aux maisons un charme unique. Et bien qu'ils fussent au beau milieu du mois de novembre, il y avait partout des fleurs en abondance.

L'hôtel était une grande bâtisse de pierre. Les fenêtres de style gothique lui donnaient des airs de château. Eve eut le temps d'admirer brièvement le hall aux plafonds hauts et voûtés, décoré de meubles anciens, avant qu'on ne les conduise jusqu'à leur suite.

Quand on s'appelle Connors, personne ne vous embête avec les formalités d'admission. Tout était déjà prêt pour leur venue. Des corbeilles de fruits et de fleurs ainsi qu'une carafe du meilleur whisky irlandais les attendaient.

Par les hautes fenêtres entraient les derniers rayons orangés du soleil couchant.

— J'ai réservé cette suite qui donne sur la rue. J'ai pensé que tu aimerais pouvoir admirer la ville.

— Tu as bien fait, dit-elle en contemplant le paysage, les mains dans les poches arrière de son pantalon. C'est joli comme un tableau animé. Tout est si propre et si coquet.

— Tu sais qu'il existe encore dans ce pays un prix qui récompense le village le mieux entretenu ?

Elle éclata de rire. C'était drôle et touchant à la fois.

— Ne ris pas. Dans la campagne irlandaise, on peut encore voir des murs de pierre le long des champs d'un vert éclatant, des cottages au toit de chaume et des parterres de fleurs dans les cours de ferme. L'Irlande est un pays de tradition.

— Pourquoi l'as-tu quitté ?

— Parce que, dans le milieu où je vivais, les traditions n'étaient pas aussi plaisantes. (Il tira d'un bouquet une marguerite jaune vif et la lui tendit.) Je vais prendre une douche, et ensuite je te montrerai la ville.

Mais Dublin recelait aussi des quartiers moins charmants, des ruelles sordides où se faufilaient dans l'ombre des chats faméliques. Le visage caché de Dublin était pareil à celui des autres villes. Eve y vit des hommes qui marchaient d'un pas furtif, la tête rentrée dans les épaules, l'œil aux aguets. Elle y entendit des rires gras, d'autres désespérés, et les cris d'un nourrisson affamé.

Un groupe de jeunes garçons passa près d'eux. Le plus âgé ne devait pas avoir plus de dix ans. Malgré leur air désinvolte, Eve reconnut immédiatement l'expression calculatrice dans leurs regards. Si elle avait porté son arme, elle aurait déjà posé la main sur la crosse.

La rue était leur territoire, et ces gosses y régnaient en maîtres.

L'un d'eux bouscula légèrement Connors.

— S'cusez, m'sieur, dit-il.

Il laissa échapper une bordée de jurons quand Connors l'agrippa par le col.

— Eh toi, bas les pattes ! Je n'aime pas que des mains étrangères viennent fouiller dans mes poches.

— Lâche-moi, vieux. (Il essaya de se dégager, mais Connors le tenait fermement.) Fous-moi la paix, je t'ai rien piqué, moi.

— Parce que tu ne sais pas y faire. À six ans, je me débrouillais mieux que toi. Tu as les doigts trop gros pour faire le pickpocket. À ta place, je me contenterais de jouer le rôle du passeur.

— Bravo, Connors. Pourquoi ne pas leur donner des leçons pendant que tu y es !

En entendant le nom qu'Eve venait de prononcer, le garçon eut l'air surpris et cessa de se débattre.

— J'ai entendu parler d'un Connors qui travaillait par ici, dans le temps. À ce qu'on dit, il avait beaucoup de culot et la main légère. Paraît qu'il est devenu un richard.

— Toi, tu as du culot, mais tu as la main lourde.

À présent parfaitement rassuré, le garçon eut un sourire malicieux.

— Ouais, mais j'ai de bonnes jambes. Aucun flic pourra jamais me rattraper.

Connors se pencha et lui chuchota à l'oreille :

— Ma femme que tu vois là est un flic, tête de pioche.

— Merde alors !

— Comme tu dis. (Connors plongea sa main dans sa poche et en sortit quelques pièces de monnaie.) À ta place, je garderais tout pour moi. Tes potes ont détalé comme des rats. Ils ne méritent pas leur part du gâteau.

Le gamin prit l'argent.

— Content de vous avoir rencontré.

Son regard glissa jusqu'à Eve qu'il salua avec un respect inattendu, avant de disparaître dans la nuit.

— Combien lui as-tu donné ? demanda Eve, amusée.

— Assez pour ne pas froisser sa fierté.

— Il te rappelait quelqu'un ?

Connors l'attrapa par la taille.

— Non, répondit-il gaiement. Moi, je ne me suis jamais fait pincer aussi bêtement.

— Il n'y a pas de quoi se vanter. Et je parie que tu as perdu la main avec l'âge.

Avec un grand sourire, il lui présenta son insigne qu'il avait dérobé dans sa poche.

— Je crois que ceci t'appartient, lieutenant.

Elle lui arracha l'objet, un peu vexée.

— Frimeur !

— Je ne pouvais pas te laisser douter de ma réputation... Nous sommes arrivés.

Il s'arrêta pour contempler la devanture du pub.

— Le *Penny Pig* n'a pas changé. Il a juste l'air un peu plus propre qu'avant.

De l'extérieur, l'endroit ne payait pas de mine. Sur l'enseigne qui pendait au-dessus de leurs têtes, un cochon blanc les regardait avec un air rusé. Il n'y avait pas de fleurs, mais les vitres étaient propres et le trottoir n'était pas jonché de détritus.

Dès que Connors eut poussé la porte, ils furent assaillis par un flot de voix et de musique. Une chaleur moite régnait à l'intérieur, saturée d'une odeur de bière et de tabac.

Dans la salle, longue et étroite, des hommes étaient accoudés au vieux bar lambrissé. Les femmes, elles, se massaient avec leurs enfants autour des tables basses, encombrées de grands verres. Au fond, deux hommes étaient assis sur un banc, un peu à l'écart des autres. L'un jouait du violon et l'autre d'un petit instrument d'où s'échappait une musique entraînante.

Quelques têtes se tournèrent vers les nouveaux venus, mais les conversations continuèrent d'aller bon train.

Connors marcha jusqu'au bar. Il venait de reconnaître l'un des deux barmen.

Attendant qu'on vienne les servir, il passa un bras autour des épaules d'Eve. Sa présence à ses côtés, alors qu'il faisait ce retour dans son passé, était rassurante.

— Deux Guinness, s'il vous plaît.

— Qu'est-ce que tu vas me faire boire ? s'enquit Eve.

— Le sang doux et amer de l'Irlande, murmura Connors qui regardait d'un air songeur son ancien camarade remplir les verres avec un savoir-faire admirable.

Le barman revint avec leurs verres. Pendant que Connors payait, Eve porta le sien à ses lèvres et but une gorgée.

— C'est épais comme de la soupe, dit-elle en faisant la grimace.

Connors éclata de rire, et le barman arbora une mine réjouie.

— Vous êtes américaine, hein ? C'est la première fois que vous buvez de la Guinness ?

— Oui, répondit Eve en considérant d'un air méfiant le liquide sombre sur lequel flottait une mousse épaisse et blanchâtre.

— Et je parie que c'est aussi la dernière.

Elle but une autre gorgée qu'elle garda un moment dans sa bouche avant de l'avaler.

— Non. Je crois que j'aime bien.

Le sourire du barman s'élargit et il rendit à Connors son argent.

— Celle-là, je vous l'offre.

— C'est gentil à toi, Brian.

Surpris, l'homme fronça les sourcils.

— Je vous connais ? Votre visage me dit bien quelque chose, mais…

— Ça fait plus de quinze ans, pas étonnant que tu ne te souviennes pas de moi. Moi, je t'ai tout de suite reconnu, Brian Kelly, même si tu as pris quelques kilos.

C'est en le voyant sourire que Brian se souvint tout d'un coup.

— Bon sang, Connors !

Un grand sourire se peignit sur son visage quand il envoya son poing à la face de son vieux copain.

Connors fut projeté en arrière, mais il réussit à garder l'équilibre.

— Eh bien ! lança Eve. Vous avez une drôle de façon de fêter vos retrouvailles, dans ce pays.

— Un vieux compte à régler, expliqua Brian. Tu n'es jamais revenu avec les cent livres qui m'étaient dues sur la cargaison.

Philosophe, Connors essuya du revers de la main le sang qui coulait de sa lèvre. Après un bref silence, la musique et les conversations reprirent dans la salle.

— Désolé, mais j'avais la police aux fesses. C'était trop risqué. (Il leva son verre et but.) Je croyais pourtant t'avoir envoyé cet argent.

— Tu l'as fait, mais tu n'es pas revenu. Et qu'est-ce que c'est que cent livres, en comparaison de l'amitié !

Avec un rire tonitruant, Brian saisit Connors par les épaules, le fit basculer par-dessus le bar et colla un gros baiser sur sa lèvre ensanglantée.

— Bienvenue à la maison, vieille crapule. Hé, vous là-bas ! cria-t-il aux musiciens. Jouez *Pirate redoutable* pour mon pote, c'est ce qu'il a toujours été. On m'a dit qu'il avait des cavernes pleines d'or, alors c'est lui qui paie la tournée !

À cette annonce, une clameur envahit la salle et la musique redoubla d'entrain.

— Entendu, Brian, je paie la tournée, mais à condition que tu m'accordes à ma femme et à moi quelques minutes en privé.

— Ta femme ! s'exclama Brian dans un nouvel éclat de rire. (Il donna à Eve un baiser plein de chaleur.) Par la Vierge, je peux bien t'accorder tout le temps que tu voudras, puisque c'est moi le patron maintenant.

Il appuya sur un bouton sous le bar pour actionner l'ouverture d'une petite porte derrière lui.

Eve suivit les deux hommes dans un minuscule salon privé qui n'était meublé que d'une table et de quelques chaises. L'éclairage était faible, mais le sol brillait comme un miroir. À travers la porte qui s'était refermée, on entendait encore la musique venant de la salle.

Connors sortit ses cigarettes et en tendit une à Brian.

— Des américaines, oh oh...

Il ferma les yeux d'un air béat en tirant la première bouffée.

— Tu sais qu'on a toujours un mal de chien à s'en procurer ici ? ajouta-t-il.

— Je t'en enverrai une caisse pour racheter les cent livres.

Brian sourit.

— Alors, qu'est-ce qui t'amène au *Penny Pig* ? J'ai entendu dire que tu es bourré de fric maintenant et qu'il t'arrive de venir à Dublin. Pourtant, tu ne viens jamais voir les vieux copains.

— Non, répondit Connors. J'évite les fantômes.

Brian hocha la tête pour montrer qu'il comprenait parfaitement.

— Enfin, te voilà aujourd'hui, avec ton joli brin de femme...

— Écoute, Brian. Tu as entendu parler de ce qui est arrivé à Tommy Brennen et aux autres ?

— Oui. (Il leur versa un verre d'une bouteille de whisky qu'il avait prise au bar.) Tommy passait ici de temps en temps. Une fois, je l'ai croisé sur Grafton Street. Il était avec sa femme et ses gosses et il a fait semblant de ne pas me connaître. Tommy taisait à sa famille certains épisodes de son passé.

Il leva son verre avec un air résigné.

— Quant à Shawn, on ne le voyait plus du tout. Il envoyait des nouvelles depuis qu'il était à New York. Il racontait qu'il avait fait fortune et qu'il rentrerait au pays avec les poches pleines. (Il but à la santé du disparu.) Sacré Shawn, il était menteur comme un arracheur de dents.

— J'ai ramené avec moi le corps de Jeanie.

— Tu as bien fait, c'est ce qu'elle aurait voulu... C'était une brave fille, Jeanie. J'espère qu'ils coinceront le salaud qui l'a tuée.

— C'est justement pour cette raison que nous sommes venus ici. Nous espérions que tu pourrais nous aider.

— Et comment ? Je vis à des milliers de kilomètres de l'endroit où ont été commis les meurtres.

— Parce que tout a commencé ici, avec Marlena.

Connors prit la main d'Eve et ajouta :

— Il se trouve que mon joli brin de femme est aussi un flic. Le lieutenant Eve Dallas travaille pour la police municipale de New York.

Brian faillit s'étouffer avec son whisky. Il toussa bruyamment et se frappa la poitrine. Ses yeux s'étaient emplis de larmes.

— Toi, marié avec un... flic ?

— Oui, et moi je suis mariée à un délinquant, grommela Eve. Mais personne n'y pense jamais.

Connors lui embrassa le dos de la main.

— Moi, j'y pense.

Brian eut un de ses éclats de rire tonitruants et leur versa un autre verre pour trinquer.

— Au joli couple que vous formez !

Il allait devoir attendre.

Il implora le Ciel de lui accorder la patience nécessaire. Il avait déjà trop attendu. Mais c'était un signe que Dieu lui envoyait. En allant placer cette bombe dans la voiture de Dallas, il s'était détourné de sa mission et n'avait écouté que ses démons.

Il avait péché. Il n'avait pas su écouter son guide et s'en repentait. Les yeux pleins de larmes, il s'agenouilla, acceptant sa pénitence, son châtiment pour son orgueil.

Le rosaire tintait légèrement entre ses mains, tandis qu'il passait de grain en grain avec l'aisance que confèrent une longue pratique et une dévotion profonde.

Je vous salue, Marie, pleine de grâce...

Il ne glissait jamais de coussin sous ses genoux, car on lui avait enseigné qu'il fallait souffrir pour être pardonné.

Deux cierges blancs, symboles de pureté, éclairaient la pièce d'une lueur vacillante et répandaient dans l'air une délicieuse odeur de cire fondue.

Placée entre eux, la Vierge miséricordieuse le contemplait en silence.

Vous êtes bénie entre toutes les femmes...

L'Ave Maria était sa prière préférée. La réciter n'avait jamais été pour lui une pénitence, mais plutôt un réconfort.

Tout comme Marie, il était vierge. On lui avait dit que l'innocence et la pureté étaient les seuls chemins qui le mèneraient à la gloire. Lorsque la luxure s'immisçait dans son cœur et échauffait ses sens, il combattait ce démon pernicieux de toutes ses forces. Son corps entraîné et son esprit aiguisé ne devaient être dédiés qu'à sa foi.

Une foi qui se nourrissait de sang et de vengeance, et qui s'épanouissait dans la mort.

Amen.

15

En s'éveillant, Eve entendit, venant du salon, le faible murmure d'un bulletin d'informations internationales. Le décalage horaire l'avait complètement désorientée. Elle avait l'impression d'être au beau milieu de la nuit et pourtant, derrière les fenêtres, le jour se levait sur un ciel pluvieux.

Connors avait peu dormi. Mais depuis le temps qu'elle le connaissait, Eve savait que cet homme avait moins besoin de sommeil que le commun des mortels. Il s'était montré taciturne lorsqu'ils étaient rentrés à l'hôtel après leur soirée au *Penny Pig*… taciturne et avide de caresses.

Il lui avait fait l'amour comme un homme désespéré.

À présent, il devait déjà s'être mis au travail. Elle l'imagina écoutant les nouvelles, pendant qu'il étudiait les cours de la Bourse, tapait sur le clavier de son ordinateur et parlait dans son vidéocom…

Elle regarda la cabine de douche d'un air dubitatif. Celle-ci n'avait pas de porte et Eve eut beau faire, elle ne trouva aucun mécanisme qui permettrait de la fermer pour protéger son intimité.

Elle se résolut pourtant à y entrer et commença à se savonner sous le jet brûlant.

Brian ne leur avait pas été d'un grand secours, mais il s'était engagé à mener une enquête discrète sur les parents des assassins de Marlena. Il connaissait personnellement plusieurs d'entre eux, et doutait qu'aucun ait assez de cran et d'intelligence pour orchestrer plusieurs meurtres, qui plus est à des milliers de kilomètres de Dublin.

Eve jugeait qu'elle en apprendrait plus en étudiant les archives de la police locale. Mais si elle voulait disposer de sa matinée pour s'entretenir avec l'inspecteur Farrell, son collègue de Dublin, elle devait d'abord imaginer un moyen de s'échapper à l'insu de Connors...

Elle sortit de la douche pour se sécher et poussa un petit cri de surprise.

Connors était debout derrière elle, adossé au mur, les mains dans les poches.

— Qu'est-ce que tu fais là ?

— Je t'apporte une serviette.

Avec un sourire malicieux, il prit un drap de bain sur le porte-serviettes chauffant et le lui tendit, mais trop loin pour qu'elle puisse l'attraper.

— Bien dormi ? demanda-t-il.

— Ouais.

— J'ai commandé un petit déjeuner – irlandais, cela va de soi. Tu vas adorer.

Elle écarta ses cheveux ruisselants de devant ses yeux.

— Vas-tu te décider à me passer cette serviette ?

— Je ne sais pas, je dois y réfléchir... À quelle heure as-tu rendez-vous avec la police ?

Elle fronça les sourcils.

— De quoi parles-tu ?

— La police, ma chérie. J'imagine que tu as rendez-vous avec eux ce matin ? À quelle heure ?

— Je n'ai jamais dit que je rencontrais la police... (En voyant qu'il ne bronchait pas, elle s'emporta.) À ce que je vois, on ne peut rien te cacher. Allez, passe-moi cette serviette.

— C'est la preuve que je te connais bien. Qui dois-tu rencontrer ?

— Pouvons-nous continuer cette conversation lorsque je serai habillée ?

— Mais j'adore te parler quand tu es nue.

— C'est parce que tu es un grand malade, Connors. Donne-moi cette serviette.

Tenant le drap de bain entre deux doigts, il le leva au-dessus de sa tête.

— Viens le chercher, dit-il, le regard pétillant.

— Tu n'essaierais pas de m'attirer au lit, par hasard ?

Son sourire s'élargit et il fit un pas vers elle.

— Je ne pensais pas au lit en particulier.

— Écarte-toi, dit-elle en faisant mine de lui envoyer un coup de poing. Ou je vais te faire mal.

— J'adore quand tu me menaces. Tu ne peux pas savoir à quel point ça m'excite.

Finalement, il lui jeta la serviette. Alors qu'elle l'attrapait au vol, Connors la saisit par la taille et la colla contre le mur.

Lentement il lui plaça les mains au-dessus de la tête et se mit à lui mordiller la gorge.

— Tu es chaude et humide, et tu sens bon.

Elle sentit tous ses muscles se détendre. Une douce chaleur l'envahit. « Et puis après tout, se dit-elle, j'ai encore deux heures devant moi. »

Elle chercha sa bouche.

— Mais tu es habillé, chuchota-t-elle. Laisse-moi remédier à cela.

Une étreinte sauvage contre le mur de la salle de bains était déjà une excellente façon de commencer la journée, mais quand elle était suivie d'un petit déjeuner à l'irlandaise, c'était carrément l'extase.

Le menu se composait d'œufs brouillés, de pommes de terre sautées, de saucisses, de bacon et d'épaisses tranches de pain beurré, le tout servi avec un litre de café.

— Impossible, articula-t-elle, la bouche pleine. Vous ne pouvez pas engloutir autant de nourriture chaque matin !

Il sourit.

— C'est un plaisir que nous réservons aux week-ends.

Tout à coup, elle interrompit son festin et regarda Connors d'un air coupable.

— J'ai rendez-vous à 9 heures avec l'inspecteur Farrell. Je sais, j'aurais dû t'en parler...

— Mais justement, tu m'en parles, dit-il en jetant un coup d'œil à sa montre. J'ai le temps de régler quelques détails avant que nous partions.

— Nous ? Pas question ! Écoute, Farrell me fait une fleur en acceptant de me rencontrer et je te parie que son mari ne sera pas là pour la chaperonner !

Il vérifiait ses rendez-vous de la journée dans son agenda ouvert devant lui. Levant les yeux, il lui sourit avec désinvolture.

— Tu veux faire cavalier seul ? Je n'y vois pas d'inconvénient. Mais, moi je poursuis mes recherches de mon côté. Prendras-tu le risque de me laisser trouver le premier ?

Elle soupira, agacée. Il se montrait parfois d'une incroyable perspicacité.

— D'accord, mais sois prêt à partir dans vingt minutes.

— Je serai prêt.

L'inspecteur Katherine Farrell était une belle femme. La quarantaine, des cheveux roux flamboyants qu'elle ramassait dans un chignon à la base de son cou gracile, des yeux d'un vert profond et un teint laiteux. Elle portait un tailleur gris de coupe stricte qui laissait voir ses jambes longues et fines.

Elle accueillit Eve et Connors avec une poignée de main et une tasse de thé.

— C'est la première fois que vous venez en Irlande, lieutenant Dallas ?

— Oui.

Son bureau soigneusement rangé était équipé d'un AutoChef, mais c'est d'une théière de porcelaine qu'elle leur versa le thé. Ce cérémonial était l'un de ses petits plaisirs. Qui plus est, il lui donnerait le temps de se faire une idée sur ce policier américain, et sur cet homme dont le nom ne lui était pas inconnu.

Elle se retourna, souriante, et leur présenta leur tasse de thé.

— Vous êtes originaire de Dublin ? demanda-t-elle, s'adressant à Connors.

Il lut immédiatement dans son regard qu'elle savait. Certes, il n'avait jamais été condamné, mais sa réputation avait dû survivre aux années.

— Oui, j'ai grandi dans les quartiers ouvriers du sud de la ville.

Elle s'assit et croisa ses jambes impressionnantes.

— Des quartiers difficiles, aujourd'hui encore... Et vous avez toujours des activités commerciales ici ?

— Oui, plusieurs.

— Une bonne chose pour notre économie. Je crois savoir que vous avez ramené avec vous le corps de Jeanie O'Leary.

— Oui, la veillée mortuaire aura lieu ce soir.

Farrell eut un hochement de tête approbateur et porta sa tasse à ses lèvres avec des gestes délicats.

— Un de mes cousins a séjourné dans la pension de famille qu'elle tenait à Wexford. À ce qu'il m'en a dit, c'était un endroit charmant. Le connaissiez-vous ?

— Non, répondit Connors qui comprenait parfaitement le sens caché de cette question. Je n'avais pas revu Jeanie depuis plus de douze ans.

— Mais vous l'avez contactée juste avant qu'elle ne parte pour New York, n'est-ce pas ?

Eve reposa un peu vivement sa tasse de thé.

— Inspecteur Farrell, protesta-t-elle. L'enquête sur ces meurtres est placée sous ma responsabilité. Rien ne vous autorise à interroger Connors sur cette affaire.

« Elle est forte, se dit Farrell, et elle sait défendre son territoire. »

— Les trois personnes assassinées avaient la nationalité irlandaise. Il est donc normal que nous suivions de très près cette enquête.

— Mais je peux facilement répondre à votre question, intervint Connors, voyant qu'Eve risquait de s'emporter. Si je suis entré en contact avec Jeanie après le meurtre de Shawn Conroy, c'est parce que je craignais pour sa sécurité.

— Et seulement la sienne ?

— La sienne, et celle d'autres personnes que j'avais connues à Dublin.

— Je vais vous dire ce que je sais, annonça Eve pour ramener sur elle l'attention de l'inspecteur. J'ai reçu un appel d'un individu qui prétend agir au nom de Dieu et m'avoir choisie comme adversaire. Il m'a posé une devinette et c'est en suivant cette piste que j'ai découvert le corps de Thomas Brennen.

« Le jour suivant, j'ai reçu un autre appel, une autre devinette et j'ai retrouvé le corps de Shawn Conroy. L'identité des victimes et le fait que l'on ait retrouvé Conroy dans un appartement qui appartient à Connors nous ont conduits à envisager l'existence d'un lien entre ces meurtres et la personne de mon mari.

— À la suite de quoi, vous avez reçu un troisième appel et de nouveaux indices qui vous ont menée jusqu'à Jeanie O'Leary, laquelle se trouvait dans un hôtel dont Connors est également propriétaire.

— Exactement.

— Et votre principal suspect à l'heure actuelle est un certain Summerset, un employé de Connors qui a autrefois vécu lui aussi à Dublin.

— Non, Summerset n'est plus considéré comme un suspect, corrigea Eve. Nous pensons que les preuves accumulées contre lui ont été fabriquées par le véritable coupable.

— Quoi qu'il en soit, toutes les pistes semblent mener à Dublin, ce qui explique votre présence ici aujourd'hui.

— Oui. Je crois que ces crimes sont liés à Marlena, la fille de Summerset, qui a été assassinée dans cette ville il y a vingt ans.

L'air soucieux, l'inspecteur Farrell se tourna vers son ordinateur.

— Pouvez-vous me donner la date exacte des faits ?

Ce fut Connors qui lui répondit.

— Son nom était bien Summerset ?

— Non, Kolchek, rectifia Connors. Marlena Kolchek. C'est ainsi que Summerset s'appelait à l'époque.

Farrell le considéra avec calme et demanda le fichier.

— D'après ce qui est dit ici, l'enquête a conclu à un décès accidentel. L'officier qui en était chargé s'appelait… (Elle soupira.) L'inspecteur Maguire. Le connaissiez-vous ? demanda-t-elle à Connors.

— Oui.

— Moi, je ne l'ai pas connu personnellement. Mais je sais qu'il faisait partie de ces recrues dont notre service n'est pas particulièrement fier. Pouvez-vous me donner l'identité des hommes qui ont assassiné Marlena Kolchek ?

Connors lui fournit les six noms qu'elle entra l'un après l'autre dans son ordinateur.

— Ce n'étaient pas des enfants de chœur, murmura-t-elle en lisant leurs dossiers. Et les circonstances de leur mort me laisseraient croire à une vendetta.

— En effet, approuva Connors.

— Les truands de cette espèce meurent rarement dans leur lit, fit remarquer Eve. Au stade où en est mon enquête, je pense que celui qui a commis les trois meurtres de New York cherche à se venger de Connors, qu'il croit responsable de la mort des assassins de Marlena. J'ai réussi momentanément à le détourner de son objectif, mais à mon avis nous ne disposons pas de plus de quarante-huit heures avant qu'il ne frappe à nouveau.

— D'après vous, qui est le prochain nom sur sa liste ?

— Il s'est écoulé dix-neuf ans, répondit Connors. J'ai pris contact avec tous ceux que je croyais menacés mais, comme vous le savez, je n'ai pas réussi à sauver Jeanie.

— J'ai eu accès à des informations sur la famille des six assassins, dit Eve. Mais ce n'est pas suffisant. J'ai besoin de l'avis d'un policier qui connaît ces gens, leur mode de pensée et d'action. Je dois établir une liste des suspects.

— Avez-vous un profil de votre tueur ?

— Oui.

— Alors mettons-nous immédiatement au travail.

— Des criminels endurcis, déclara Farrell en tapant de sa règle la paume de sa main.

Ils se trouvaient dans une petite salle de réunions sans fenêtre, équipée de trois écrans muraux. Farrell posa sa règle sur la première image.

— Celui-ci, c'est Black Riley, une vraie brute. Je l'ai moi-même arrêté il y a cinq ans pour attaque à main armée. Il est mauvais, mais c'est un suiveur. Il a été remis en liberté voilà six mois mais il ne correspond pas à votre profil.

À l'autre bout de la salle, Eve avait épinglé des photos sur un tableau. Les victimes d'un côté, les suspects de l'autre. Après avoir écouté l'analyse de Farrell, elle décrocha le portrait de Ryan.

— Le suivant est Michael O'Malley, continua l'inspecteur.

— Il était en prison la nuit où Conroy a été assassiné, dit Eve, lisant les données qui s'affichaient à l'écran. Pour conduite en état d'ivresse.

— Il semble être porté sur la bouteille, renchérit Farrell en découvrant la liste de ses multiples condamnations pour trouble de l'ordre public. Et il bat sa femme, par-dessus le marché. Charmant personnage.

— Ce n'est pas notre homme. Passons au numéro trois.

— Celui-ci est plus intéressant. J'ai déjà eu affaire à Jamie Rowan. Il est loin d'être bête. Il y avait de l'argent du côté de sa mère et il a reçu une excellente éducation. Il aime la grande vie.

— Il est bel homme, fit remarquer Eve.

— Oui, et il le sait. C'est un joueur et quand les perdants ne paient pas assez vite, il leur envoie ses tueurs. Nous l'avons interrogé l'année dernière dans une affaire de meurtre. C'était un de ses hommes qui avait fait le coup, mais nous n'avons pas pu prouver qu'il était le commanditaire.

— Nous le gardons pour le moment, dit Eve. Bien que je ne croie pas qu'il soit du genre à se salir les mains.

— Ces trois-là étaient les derniers noms de notre liste. Ce qui nous laisse... (Farrell fit un rapide comptage des photos restées sur le tableau.) Une bonne douzaine de suspects. En ce qui me concerne, je pencherais pour Rowan, ou encore pour Black Riley, de loin le plus intelligent de tous.

— Dans ce cas, placez-les en haut. Mais l'intelligence ne doit pas être notre seul critère. L'homme que nous recherchons est lunatique, patient, orgueilleux, et très influencé par la religion.

— Il est forcément catholique s'il appartient à l'une de ces familles. Ils sont tous très pratiquants et assistent toujours à la messe le dimanche matin, même s'ils se sont livrés aux pires débauches le samedi soir.

Eve, qui venait de retrouver dans sa poche le médaillon laissé sur les lieux des crimes, montra l'objet à Farrell.

— Le trèfle à quatre feuilles porte-bonheur. (L'inspecteur fronça les sourcils en découvrant l'autre face.) Et le poisson un symbole chrétien. Je dirais que notre tueur est comme tous les Irlandais. Dévot et superstitieux.

Eve remit le médaillon dans sa poche.

— Vous sera-t-il facile de trouver un prétexte pour interroger nos douze suspects ?

— Oh, ils ont l'habitude ! répondit Farrell en riant. Si nous ne les convoquons pas au moins une fois par mois, ils se sentent négligés. Vous pouvez aller déjeuner. Pendant ce temps, nous commencerons à rassembler le troupeau.

— Je vous remercie pour votre aide. Me laisserez-vous assister aux interrogatoires ?

— Oui, mais seulement en tant qu'observatrice. (Elle se tourna vers Connors.) Vous n'appartenez pas à la police, alors vous comprendrez que je ne peux accepter votre présence.

— Bien sûr, inspecteur. Je vous remercie d'avoir bien voulu me recevoir, répondit Connors.

Farrell prit la main qu'il lui tendait et la serra tout en scrutant son visage.

— Je me rappelle avoir interpellé votre père autrefois. Il faisait grand cas d'avoir été arrêté par une « femelle », comme il m'appelait. J'étais débutante à l'époque et il a trouvé le moyen de m'ouvrir la lèvre avant que j'arrive à le maîtriser.

Connors retira sa main. Son regard s'était assombri.

— J'en suis désolé.

— Vous n'y êtes pour rien, répondit Farrell d'un air détaché. Les flics oublient rarement leurs premières erreurs, c'est pourquoi je me souviens si bien de lui. Je m'attendais à retrouver un peu de lui chez son fils.

Mais vous ne lui ressemblez en rien. Au revoir, Connors.

— Au revoir, inspecteur.

Quand Eve rentra à l'hôtel, son déjeuner était déjà loin et le décalage horaire commençait à faire ressentir ses effets. Elle trouva la suite vide, mais plusieurs télécopies codées l'attendaient sur sa machine. Elle en prit connaissance tout en sirotant un café.

Elle bâilla à s'en décrocher la mâchoire, puis composa le numéro de Peabody.

— Allô ?

— C'est Dallas. Je viens de rentrer. Est-ce que le labo a fini d'analyser le fourgon blanc que vous avez trouvé abandonné dans le centre-ville ?

— Oui, lieutenant, mais c'était une mauvaise piste. Le fourgon en question avait été utilisé lors d'une attaque à main armée. Je continue les recherches. J'ai retrouvé le chauffeur de taxi. Un abruti de première, il ne savait même pas qu'on lui avait volé ses plaques.

— Où en est McNab avec le brouilleur ?

Peabody prit un ton méprisant.

— Il prétend avoir avancé, mais comme il s'exprime toujours dans son jargon d'électronicien, je ne peux pas savoir s'il dit vrai. Il a fait la connaissance d'une jeune femme au service de recherche et développement de Connors. À mon avis, il y a de l'idylle dans l'air.

— Ce que vous êtes mauvaise langue, Peabody !

— Et encore, je me surveille... À part ça, vous n'avez reçu aucun appel du tueur. Il a dû prendre des vacances. McNab veut rester chez vous ce soir au cas où notre homme chercherait à vous joindre. Je lui tiendrai compagnie.

— McNab et vous allez passer la soirée dans mon bureau ? Pas possible !

Peabody esquissa une moue.

— S'il reste, je reste. En plus, la nourriture est meilleure qu'au Central.

— Essayez de ne pas vous entre-tuer.

— Ne vous inquiétez pas, lieutenant, je saurai me maîtriser.

— Et Summerset ? Il se tient à carreau ?

— Il est allé à son cours de dessin aujourd'hui, puis il a pris un café avec son amie. Je l'avais fait suivre. Il s'est très bien tenu si j'en crois mon rapport. Il est rentré il y a vingt minutes environ.

— Veillez à ce qu'il ne ressorte pas.

— J'y veillerai. Et vous, vous avez progressé ?

— Oui et non. Nous avons une liste de suspects que nous avons réduite de moitié à l'issue des interrogatoires. Il m'en reste six. (Elle frotta ses yeux rougis de fatigue.) L'un d'eux est à New York, et un autre est censé se trouver à Boston. Nous les rechercherons à mon retour demain. Je devrais rentrer vers midi.

— Nous vous attendons avec impatience.

— Retrouvez-moi ce fourgon, Peabody.

Elle mit fin à la communication, se demandant où pouvait bien être Connors...

C'était une idée stupide, mais il n'avait pu résister.

Le quartier de son enfance n'avait pas beaucoup changé depuis que, petit garçon, il arpentait ses rues, à la recherche d'un moyen de s'en sortir. Les maisons mal construites et mal entretenues présentaient toujours à la vue des passants leurs vitres cassées. Les fleurs étaient rares, pourtant une poignée d'optimistes avaient planté un jardin minuscule devant l'immeuble dont il avait autrefois occupé l'un des six appartements.

Sans savoir pourquoi, Connors se retrouva dans le hall obscur au sol collant et aux peintures écaillées. Devant lui s'élevait l'escalier que son père lui avait fait dégringoler, un jour qu'il n'avait pas rapporté son quota de portefeuilles volés.

Les portefeuilles, il les avait. Mais il était prêt à essuyer quelques coups pour l'argent qu'il mettait de côté à l'insu de son père. Le vieux était trop soûl et trop bête pour soupçonner son fils de le tromper.

Il entendit des jurons et des sanglots. L'éternelle rengaine de la pauvreté. L'odeur de chou bouilli lui retournait l'estomac et il ressortit chercher un peu d'air frais dehors.

De l'autre côté de la rue, un adolescent hirsute l'observait avec insistance. Un peu plus loin, des filles qui faisaient le trottoir s'arrêtèrent pour le regarder.

Il passa près d'elles, sentant sur lui une foule d'yeux qui l'épiaient derrière les fenêtres.

La présence de cet étranger aux souliers trop neufs était une insulte.

Revenant sur ses pas, il croisa le regard hostile du garçon.

— Je vais entrer dans la ruelle, dit-il, retrouvant le ton menaçant de sa jeunesse. Mais ne t'avise pas de me suivre ou je te mets en pièces. Je n'avais pas ton âge quand j'ai saigné mon père comme un porc qu'il était.

L'expression du garçon changea. Dans ses yeux, le mépris fit place au respect.

— Tu dois être Connors, alors.

— Oui, c'est moi, et je te conseille de dégager de mon chemin si tu tiens à la vie.

Quand il se fut éloigné de quelques mètres, Connors entendit le garçon qui criait dans son dos :

— Un jour, moi aussi j'aurai des pompes de riche. Et alors je remettrai plus jamais les pieds dans ce bled pourri !

Connors soupira et s'engagea dans la ruelle, un couloir étroit et puant entre deux immeubles.

Des ordures tombées des poubelles débordantes jonchaient le sol gras. Un vent glacial s'insinuait sous le col de son manteau tandis que, immobile, il contemplait l'endroit où l'on avait retrouvé le cadavre de son père.

Ce n'était pas lui qui l'avait tué. Pourtant, combien de fois en avait-il rêvé quand les coups pleuvaient sur lui…

Ensuite, il avait fui ce quartier. Il avait survécu et triomphé de toutes les épreuves. Et pour la première fois aujourd'hui, il comprenait à quel point il avait changé.

En voyant ce garçon sur le trottoir, il avait mesuré toute la distance qui le séparait de celui qu'il avait été. Il était devenu l'homme qu'il avait choisi d'être.

Son cœur était plein d'amour, un amour qui n'aurait jamais pu éclore en ces lieux dévastés.

Après toutes ces années, il découvrait qu'en revenant ici, il n'avait pas réveillé ses fantômes mais qu'au contraire il venait de les enterrer.

16

Eve n'avait jamais assisté à une veillée mortuaire et elle fut surprise que celle-ci ait lieu au *Penny Pig*.

Le pub avait été fermé à la clientèle, mais il était aussi bondé que la dernière fois qu'elle y était venue. Visiblement, Jeanie avait beaucoup d'amis.

En Irlande, une veillée mortuaire, comme Eve allait le découvrir, ressemble beaucoup à une soirée au pub. On joue de la musique et on discute en consommant d'énormes quantités de bière. La mémoire des morts n'y est pas célébrée comme ailleurs dans le chagrin et l'affliction.

Un homme accoudé au bar leva son verre et sa voix couvrit le bruit des conversations :

— C'était une brave fille que notre Jeanie. Elle ne coupait jamais le whisky et son sourire était aussi chaud que ce qu'elle nous servait.

— À Jeanie ! crièrent en chœur tous les membres de l'assistance avant de vider leur verre.

Durant la veillée, on se racontait aussi des histoires qui, tout en rendant honneur au disparu, tournaient en ridicule un membre de l'assemblée. Et Connors ce soir-là était la principale cible des conteurs.

— Je me souviens d'une nuit, commença Brian, je vous parle de ça il y a des années. Notre Jeanie était toute jeune et jolie comme une fleur des champs. Elle travaillait ici comme serveuse. Le patron à l'époque était Malhoney, paix à son âme. Et moi, pour gagner ma pitance, je tenais le bar.

Il marqua une pause, but une gorgée de sa bière et tira sur un cigare que lui avait offert Connors.

— J'avais le béguin pour Jeanie et n'importe quel garçon l'aurait eu à ma place. Mais Jeanie ne me voyait pas, elle n'avait d'yeux que pour Connors. Ce soir-là donc, le pub était plein à craquer et tous les jeunes coqs qui étaient là espéraient un regard de la jolie Jeanie. Moi le premier qui la fixais avec des yeux de crapaud mort d'amour.

En disant cela, il prit un air alangui qui fit rire toute l'assistance.

— Malheureusement, Jeanie ne s'intéressait qu'à Connors qui était assis là, peut-être à la même table que ce soir, sauf qu'il n'était pas aussi bien fringué. Et notre Jeanie n'arrêtait pas de passer devant lui et de se pencher au-dessus de sa tête en lui offrant un spectacle qui me faisait chavirer le cœur. Fallait la voir minauder pour lui demander s'il voulait une autre pinte.

Il soupira, s'éclaircit la gorge et reprit son récit :

— Mais Connors restait aveugle et sourd. Et pendant que la fille de mes rêves lui offrait le paradis, lui, assis à sa table, ne levait pas son nez de son petit carnet dans lequel il alignait des chiffres et recalculait sans fin ses bénéfices. C'était déjà un businessman. Alors Jeanie, qui a toujours su ce qu'elle voulait, demanda à l'élu de son cœur s'il voulait bien l'accompagner dans l'arrière-salle. Elle devait aller chercher des verres, disait-elle, et lui, grand et fort comme il l'était, n'aurait aucun mal à atteindre l'étagère trop haute pour elle.

Brian leva les yeux au ciel. Une femme qui se trouvait là se pencha sur la table où Connors était assis pour lui tâter les biceps.

— Sous ses airs méchants, Connors était un galant homme, alors il referma son carnet et se leva pour la suivre. Ils restèrent là-dedans un bon bout de temps, vous pouvez me croire, et moi derrière le bar je sentais mon petit cœur se briser. Enfin, je les vis ressortir, les cheveux ébouriffés et les habits de travers. Et en apercevant cette petite étincelle dans leur regard, je compris que Jeanie était à jamais perdue pour moi.

« Nous avions tous les trois seize ans et nous étions pleins d'illusions. Et nous voilà aujourd'hui : le pub de Malhoney m'appartient, Connors fait tellement de bénéfices qu'il n'arrive plus à les compter, et Jeanie, la douce Jeanie, est allée rejoindre les anges.

La fin de sa tirade fit couler quelques larmes, puis les conversations reprirent, mais à voix basse.

Brian prit son verre, traversa la salle et vint s'asseoir en face de Connors.

— Tu te souvenais de cette nuit ?

— Oh oui, répondit Connors en hochant la tête.

— J'espère que je ne vous ai pas offensée, lieutenant.

— Non, je n'ai pas le cœur si dur. (Peut-être était-ce l'atmosphère, la musique ou le ton des conversations, mais Eve se sentait tout attendrie.) A-t-elle jamais su ce que vous éprouviez pour elle ?

— Non, répondit Brian d'un air bon enfant. Et par la suite, nous sommes devenus des amis. J'ai continué à l'aimer, mais d'une autre manière.

Tout à coup, il frappa de son doigt le verre de Connors.

— Mais tu as à peine touché à ton whisky ! Aurais-tu perdu les bonnes habitudes depuis que tu vis chez les Ricains ? Pourtant, tu tenais bien l'alcool dans le temps. Je me souviens d'une nuit où tu avais rapporté cette cargaison de Calais. Du bon bordeaux de contrebande... Pardon, lieutenant. Tu te rappelles, Connors ?

Connors esquissa un sourire et passa sa main dans les cheveux d'Eve.

— J'ai rapporté plus d'une cargaison de vin dans ma vie.

— Oh, je sais, mais cette nuit-là tu t'étais mis de côté une demi-douzaine de bouteilles et tu étais d'humeur guillerette. Nous nous sommes installés autour d'une table pour faire quelques parties de cartes et nous avons sifflé toutes tes bouteilles. Il y avait avec nous Jack Bodine, et cet idiot de Mick Connelly qui est mort bêtement dans une bagarre à Liverpool, il y a plusieurs années de ça. Je vais vous dire, lieutenant, votre homme, il avait bu comme six marins et pourtant il nous a raflé tout notre fric !

Connors savoura une petite gorgée de whisky.

— C'est drôle, mais je me rappelle que j'avais les poches bien légères en m'éveillant le lendemain matin.

— Que veux-tu ! répondit Brian avec un grand sourire. Voilà ce qui arrive quand on boit avec des voleurs... Bon. Je vais aller demander aux musiciens de nous jouer une de nos vieilles ballades. Je compte sur toi pour pousser la chansonnette, Connors.

— Pas question.

— Quoi ! s'exclama Eve en se redressant sur sa chaise. Il chante ?

Brian éclata de rire.

— Faites-lui boire quelques verres et vous verrez s'il ne chante pas ! (Il leur adressa un clin d'œil et se leva.) Eh bien, si tu ne te décides pas, je vais aller leur demander un quadrille. Vous dansez, lieutenant ?

— Ça m'arrive...

Elle regarda Brian s'éloigner et se tourna vers Connors :

— Ainsi, Monsieur se soûle, chante dans les pubs et lutine les serveuses dans les arrière-salles. J'en ai appris de belles sur toi, ce soir.

— On commence par se soûler et le reste vient tout seul.

Elle lui caressa la joue, heureuse de constater que toute tristesse avait disparu de son regard. Elle ignorait où il s'était rendu cet après-midi là et elle n'avait pas cherché à le savoir, mais ce pèlerinage – car c'en était probablement un – lui avait fait du bien.

Connors se pencha vers elle et déposa un baiser sur ses lèvres.

— Tiens, voilà ton quadrille, dit-il quand la musique se fit plus entraînante.

Tournant la tête, Eve vit Brian qui revenait en esquissant des petits pas de danse.

— Je l'aime bien, murmura-t-elle.

— Moi aussi, et j'avais oublié à quel point.

Les rayons du soleil se mêlaient à la pluie, créant une lumière de nacre. Dans le petit cimetière se dressaient des croix de pierre émoussées par le temps. Le bruit de la mer s'élevait de derrière les falaises, dans un grondement sourd et incessant qui venait rappeler que la vie continuait. Les nuages dans le ciel laissaient apparaître par endroits un petit morceau d'azur.

L'herbe grasse sur les collines avait la couleur de l'émeraude, verte comme l'espérance.

Le prêtre célébrait son office en gaélique. Seuls les riches pouvaient offrir des funérailles à leurs morts. C'était donc un spectacle rare et une foule de curieux s'était massée derrière les grilles du cimetière, contemplant dans un silence respectueux le cercueil qui descendait lentement dans le trou fraîchement creusé.

Pour se réconforter, Connors avait posé sa joue contre la chevelure d'Eve. Ce jour-là, avec Jeanie, c'était une partie de lui-même qu'il enterrait.

— Je voudrais m'entretenir avec le prêtre.

Elle serra la main qu'il avait posée sur son épaule.

— Va, je t'attends.

Quand Connors se fut éloigné, elle vit Brian qui venait à sa rencontre.

— C'est bien ce qu'il a fait pour Jeanie. Ici, elle reposera en paix.

— Il l'aimait, n'est-ce pas ?

— Rien ne peut effacer un premier amour.

Brian lui serra l'épaule d'un geste amical et ajouta :

— Il n'aurait pas pu trouver meilleure femme que vous, même si vous avez fait la regrettable erreur de devenir flic. À propos, êtes-vous un bon policier, lieutenant ?

Elle le dévisagea, intriguée par sa question.

— Oui. Mon métier est ce que je fais le mieux.

Il acquiesça, et tout à coup il regarda ailleurs comme si son attention venait d'être attirée par autre chose.

— Je me demande combien d'argent Connors remet au prêtre, dans cette enveloppe.

— Est-ce que vous lui enviez son argent ?

— Non, dit-il avec un petit rire. Bien sûr, j'aimerais bien en avoir autant que lui, mais il l'a durement gagné. Connors a toujours été ambitieux, alors que moi tout ce que je voulais, c'était mon pub. Et puisque j'ai réalisé mon rêve, je peux me considérer comme un homme riche, moi aussi.

Baissant les yeux, Brian regarda la jupe et les mocassins noirs que portait Eve.

— Vous n'êtes pas vraiment habillée pour grimper sur la falaise, mais si vous prenez mon bras, je vous aiderai.

— Entendu, répondit Eve.

Visiblement, Brian avait une confidence à lui faire, à l'abri des oreilles indiscrètes.

— Savez-vous que je n'ai jamais traversé cette mer pour aller en Angleterre ? commença-t-il tout en avançant sur le chemin cahoteux. Et je n'en ai même jamais eu envie. Vous voyez ces bateaux là-bas ?

Eve se pencha au-dessus de la falaise pour regarder en contrebas les hydroptères qui traversaient le bras de mer en fendant les vagues.

— Oui.

— Ils transportent des touristes, mais aussi des gens de chez nous qui vont travailler en Angleterre parce qu'il n'y a pas d'avenir ici. Alors ils courent d'un pays à un autre, et où ça les mène ? (Il haussa les épaules.) Moi, je préfère rester au même endroit.

— Qu'est-ce qui vous préoccupe, Brian ?

— Des choses, lieutenant Dallas. Beaucoup de choses…

Comme il grimpait le chemin pour les rejoindre, Connors se souvint que c'était à un enterrement qu'il avait vu Eve pour la première fois. Il faisait froid ce jour-là et elle avait oublié ses gants. Elle portait un tailleur gris informe dont un bouton était presque décousu.

— Je t'y prends à flirter avec ma femme ! gronda-t-il.

Brian grimaça un sourire.

— Je la courtiserais avec plaisir si je pensais avoir une chance, mais ce n'est pas pour cette raison que je lui ai demandé de venir ici... Voilà, j'ai reçu un appel ce matin de Summerset. Il m'a prié de venir te voir à New York de toute urgence.

— À quelle heure a-t-il appelé ? questionna Eve qui sortait son portable pour joindre Peabody.

— À 8 heures. Il a dit que tu voulais me voir pour un motif de la plus haute importance dont tu ne pouvais me parler qu'en tête à tête. Je devais prendre un vol aujourd'hui, me présenter à l'hôtel *Central Park Arms* où tu avais fait réserver une suite à mon intention, puis attendre que tu me contactes.

— Comment sais-tu que l'homme que tu as vu était bien Summerset ? demanda Connors.

— Mais parce qu'il avait sa tête, et qu'il parlait comme lui. Il avait l'air plus vieux et plus guindé qu'avant mais, aucun doute, c'était bien lui. Toutefois, il n'a pas prolongé la conversation. Dès que j'ai commencé à lui poser des questions, il a interrompu brutalement la communication.

Eve trépignait d'impatience.

— Peabody, réveillez-vous, bon sang !

— Quoi ?

Peabody, hirsute et les yeux gonflés, bâilla devant l'écran.

— Désolée, lieutenant. Oui, je suis réveillée.

— Sortez McNab de son lit à coups de pied dans le train s'il le faut, et demandez-lui de vérifier la mémoire de tous les vidéocoms de la maison. Je veux savoir s'il y a eu un appel à destination de l'Irlande. Ça devait être autour de 3 heures pour vous.

— J'y vais, lieutenant.

— Et rappelez-moi dès que vous aurez la réponse. (Elle raccrocha et se tourna vers Brian.) J'aurai besoin du journal de votre vidéocom comme preuve à conviction.

— J'avais pensé que vous en auriez besoin, répondit-il en sortant une disquette de sa poche.

— Vous êtes un homme précieux, Brian. Dites-moi, qu'avez-vous raconté à l'homme qui vous a contacté ?

— J'ai essayé de lui tirer les vers du nez, de lui demander comment allait Connors, mais il insistait pour que je vienne. Il disait que Connors me dédommagerait généreusement. (Il sourit.) L'offre était alléchante. Vol en première classe, hôtel de grand luxe et 20 000 livres par jour pendant tout le temps que durerait mon séjour.

— Tu restes à Dublin.

Le ton dur, presque rageur de Connors, déconcerta Brian.

— Et si j'avais envie d'aller à New York pour montrer à ce salopard de quel bois je me chauffe ?

— Tu restes à Dublin, répéta Connors, les poings et les mâchoires serrés. Ou je te fiche la raclée de ta vie.

— Tu penses pouvoir me battre ? (Brian fit tomber sa veste.) D'accord, on y va.

Eve s'interposa.

— Arrêtez immédiatement, espèces d'idiots ! Vous devez rester à Dublin, Brian, parce que si quelqu'un doit affronter ce tueur, c'est moi et seulement moi. Je vais vous faire interdire la sortie du territoire et si vous cherchez quand même à quitter le pays, vous irez directement en taule. (Elle s'adressa à Connors.) Et toi, recule. Non, mais je rêve ! Tu viens de passer seulement deux jours en Irlande et déjà tu ne penses plus qu'à te bagarrer !

La sonnerie de son portable se fit entendre. Elle s'éloigna pour répondre. Brian, souriant de toutes ses dents, envoya une bourrade à Connors.

— Une sacrée bonne femme que tu as là.

— Délicate comme une fleur, et si fragile. (Il ne put s'empêcher de sourire lui aussi en entendant Eve qui vociférait à quelques mètres de là.) Entends-tu cette voix douce et musicale ?

— Je parie que tu l'aimes à la folie.

— Tu ne peux pas imaginer. (Il demeura un moment silencieux.) Reste à Dublin, Brian. Je sais que tu pourrais facilement quitter le pays malgré cette interdiction de sortie du territoire, mais je te le demande comme une faveur. Je viens de perdre Jeanie et je ne veux pas perdre un autre de mes amis.

Brian soupira.

— D'accord, si tu insistes...

— Ce salopard m'a envoyé des fleurs ! s'écria Eve qui revenait vers eux. Une douzaine de roses, avec un mot dans lequel il me souhaite de me rétablir rapidement pour la prochaine manche. Peabody a appelé le déminage, au cas où, et elle retient le livreur qui semble n'y être pour rien, le pauvre. (Elle s'adressa à Connors :) Aucune transmission à destination de l'Irlande ce matin depuis les vidéocoms de la maison. McNab a besoin de la disquette de Brian pour retrouver l'origine de l'appel. Il faut que je rentre à New York.

— Oui, nous allons partir. Veux-tu que nous te déposions quelque part, Brian ?

— Non, non, j'ai ma voiture. Prends bien soin de toi, Connors. (Il lui donna l'accolade.) Et reviens nous voir.

— Je n'y manquerai pas.

— Et amène-nous ta jolie femme.

Eve eut un air ahuri quand il la serra dans ses grands bras pour lui donner un baiser sonore.

— Bon voyage, lieutenant, et tenez bien cet animal de Connors à l'œil.

— Et toi, fais attention à ton matricule ! fit Connors qui s'éloignait avec Eve.

— À mon matricule, et à tout le reste ! promit Brian.

Il était à peine 8 heures à New York, quand Eve entra dans son bureau. Elle s'assit à sa table et dévisagea froidement le jeune livreur un peu gauche qui gigotait sur une chaise en face d'elle.

— On vous appelle pour livrer un bouquet de roses avant 6 heures du matin, et bien sûr vous ne trouvez pas ça étrange, Bobby ?

— Non, madame, euh… lieutenant. Nous fonctionnons 24 heures sur 24. Je me souviens qu'une fois j'ai dû livrer une fougère dans l'East Side à 3 heures du matin. Le type avait oublié l'anniversaire de sa femme et elle lui avait passé un savon, alors il…

— Bon, passons, fit Eve. Dites-moi ce que vous savez sur cette commande.

— Eh bien, voyez-vous, je travaille de minuit à 8 heures. Tous les appels adressés à la boutique sont directement renvoyés sur mon beeper. Je lis le détail sur l'écran et ensuite je vais au magasin pour préparer la commande que je livre à l'adresse indiquée. J'ai les clés de la boutique, alors je peux rentrer même quand c'est fermé. Le magasin appartient à ma tante. Comme je suis étudiant, ce boulot me permet de me faire un peu d'argent de poche.

— Vous avez remis votre beeper à l'officier Peabody ?

— Oui, elle me l'a demandé.

— Est-ce vous personnellement qui avez placé les fleurs dans le carton ?

— Oui. Ce n'est pas sorcier, vous savez. Vous mettez un peu de verdure, quelques branches de ces petites fleurs blanches, et par-dessus vous déposez les roses. Ma tante a tout réuni au même endroit, les cartons, le papier de soie et les rubans, pour que nous puissions faire les paquets rapidement dès que nous recevons la commande. Votre agent a déjà tout vérifié. Est-ce que je vais avoir besoin d'un avocat ?

— Non, rassurez-vous, Bobby. Je vous remercie d'avoir attendu que je trouve le temps de vous parler.

— Je peux partir alors ?

— Oui, bien sûr.

Il se leva et s'éclipsa sans demander son reste.

Eve fit signe à Peabody d'entrer.

— McNab a-t-il trouvé d'où la commande a été passée ?

— Oui, d'une cabine publique de la gare centrale. Mais il n'y a aucune empreinte vocale. Il a tout fait à partir des touches du clavier et il a payé par transfert électronique d'espèces. Encore une piste qui ne nous mènera nulle part.

— Je m'y attendais. Où en sommes-nous avec le fourgon ?

— Rien de solide pour l'instant. Mais j'ai des nouvelles concernant les chaussures. L'ordinateur a estimé qu'il chaussait du 40. C'est plutôt une petite pointure pour un homme. Quant au modèle, il a été mis sur le marché il y a six mois environ. Jusqu'à présent, j'ai dénombré six cents paires vendues rien qu'à New York.

— C'est bien, continuez les recherches. Et le manteau ?

— Seulement trente de ces manteaux ont été achetés durant la période qui nous intéresse. Mais je n'ai pas encore de recoupement avec les ventes des chaussures. Et sur la statue, je n'ai rien trouvé.

— McNab !

La tête du détective apparut dans l'encadrement de la porte.

— Oui, lieutenant ?

— Votre rapport.

Avec sa décontraction habituelle, McNab vint s'asseoir sur le bureau d'Eve.

— Commençons par le brouilleur. L'équipe de Connors travaille depuis plus d'un an à la mise au point d'un dispositif similaire. Le lancement sur le marché pourrait se faire dans six mois, quatre si tout se passe bien. Si j'en crois la rumeur, plusieurs entreprises d'électronique développeraient des appareils du même type. Et la société de feu Thomas Brennen serait, paraît-il, très bien positionnée.

— Existe-t-il un prototype ?

— Oui, mais celui que j'ai vu a une portée encore réduite.

— Alors, comment se fait-il que notre homme dispose d'un modèle opérationnel ?

— Bonne question, lieutenant. À mon avis, ce type s'y connaît assez en électronique pour avoir lui-même achevé le développement du dispositif.

— Oui, vous devez avoir raison... Nous allons passer en revue la liste de nos six suspects et voir si l'un d'eux pourrait correspondre à ce profil. Et sur l'écho, vous avez du nouveau ?

— Il me donne du fil à retordre. Toutefois, en grattant les couches successives sur la disquette que vous m'avez rapportée d'Irlande, j'ai découvert un hologramme.

— Un hologramme ? Vous êtes sûr ?

— Est-ce que j'ai l'air de raconter n'importe quoi ? (Il rengaina son sourire charmeur en voyant le regard glacial que lui lançait Eve.) Ouais, c'est bien un hologramme. Les analyses thermique et photométrique l'ont démontré.

Une image reconstituée de Summerset... Cela innocentait le majordome.

— Bon travail. Et en ce qui concerne les disquettes du système de surveillance de la tour Prestige, qu'est-ce que nous avons ?

— Rien pour l'instant. La DDE lambine, mais j'ai prononcé votre nom et ils m'ont promis des résultats sous quarante-huit heures.

« Feeney, songea Eve, où êtes-vous ? » Elle se leva.

— Il est temps pour moi de faire une petite apparition publique. Ce tordu doit savoir que je suis prête pour la prochaine manche. Peabody, venez avec moi.

— Avec plaisir, lieutenant.

Eve s'empara de son vidéocom de poche et composa le code de Nadine Furst à Canal 75.

— Bonjour, Dallas. Pour une invalide, vous avez l'air de bien vous porter.

— J'ai encore besoin de vos services, Nadine. Pendant votre journal, arrangez-vous pour annoncer que le lieutenant Dallas est complètement rétablie, qu'elle reprend son enquête et qu'un coupable sera appréhendé sous peu.

— Minute, je prends mon magnéto…

— Désolée, Nadine, mais je n'ai pas le temps.

Elle raccrocha tout en dévalant les escaliers quatre à quatre. C'est en arrivant au bas des marches qu'elle trouva, posé sur la rambarde, un blouson flambant neuf coupé dans un cuir souple d'un brun doré. Un cadeau de Connors.

— Magnifique, murmura-t-elle en s'emparant du vêtement.

— Quelle classe ! (Incapable de se retenir, Peabody passa sa main sur le blouson qu'Eve était en train d'enfiler.) Il est doux comme les fesses d'un bébé !

— Il a coûté dix fois plus que l'ancien et, dans une semaine, je l'aurai complètement saccagé. Mais où donc est Connors ? (Elle se tourna vers l'ordinateur mural.) Localise Connors.

— Connors ne se trouve pas dans la maison.

— Où est-il passé ? grommela Eve. Je parie qu'il est au *Central Park Arms*.

Elle traversa le vestibule à grands pas, sortit sur le perron et s'arrêta net.

— Bon sang, j'avais oublié. Je n'ai même pas de voiture !

— J'ai pourtant fait une demande, dit Peabody.

— Et je n'obtiendrai rien avant deux semaines… Zut et zut !

Elle partit en courant vers l'arrière de la maison.

Le garage était attenant au bâtiment principal. Sa porte était en bois massif, et ses fenêtres majestueuses étaient munies d'un écran destiné à protéger les véhicules contre les rayons du soleil. À l'intérieur, la température était maintenue en toute saison à dix-huit degrés.

Eve posa sa main sur le lecteur du système d'ouverture et la porte bascula avec un mouvement gracieux.

Peabody était tout ébahie.

Les véhicules étaient rangés sur deux niveaux, dans des box individuels. Il y en avait pour tous les goûts, de la limousine au 4 × 4. Eve s'arrêta devant une petite berline grise.

— Que pensez-vous de celle-là ? suggéra Peabody en montrant un bolide bleu électrique.

— Vous m'imaginez dans cet aspirateur à minettes ?

— Non, pas vraiment. Mais enfin, elle serait rapide...

Eve appuya sur un bouton pour faire descendre la berline, mais Peabody insista :

— Allons, lieutenant, on ne vit qu'une fois. Et puis c'est juste pour quelques jours. Pensez que la semaine prochaine, vous vous retrouverez au volant d'un vieux tacot du département. (Elle geignait presque.) Allons, juste une fois...

— Reprenez-vous, Peabody.

Eve leva les yeux au ciel, mais elle finit par céder et fit descendre la voiture de sport sur le sol carrelé du garage.

— Regardez l'intérieur, c'est du cuir !

Comme enivrée, Peabody ouvrit la portière et respira profondément.

— Mais sentez-moi ça ! Et le tableau de bord ! Avec un bijou pareil, nous pourrions être à Los Angeles en moins de trois heures.

Elles grimpèrent à l'avant.

— Je vous trouve bien matérialiste et superficielle, pour quelqu'un qui a été élevé par des adeptes de l'Âge Libre.

— Il m'a fallu du temps et beaucoup d'efforts pour

surmonter mon éducation, mais j'y suis presque arrivée. Est-ce que je peux mettre de la musique ?

— Non, et bouclez-la.

Eve tourna la clé de contact et démarra en trombe. En moins de trois minutes, elles étaient arrivées au *Central Park Arms*.

Eve descendit et donna ses clés au portier. Quand elle brandit son insigne, la main qui s'était tendue dans l'espoir d'un pourboire fut promptement retirée.

— Garez-moi ce véhicule aussi près que possible.

Sans attendre une réponse, elle franchit les portes automatiques et traversa le grand hall en direction du luxueux comptoir de la réception.

— Vous avez une suite réservée au nom de Brian Kelly, dit-elle après avoir fourré son badge sous le nez de l'employé.

— Oui, lieutenant. Ce monsieur doit arriver cet après-midi. Nous lui avons attribué l'un de nos appartements en terrasse. L'appartement B.

— Je veux le voir.

— Je crains que ce ne soit impossible, lieutenant. Cette suite est actuellement occupée.

— Ne discutez pas, et indiquez-moi comment me rendre à cet appartement.

— Bien. L'ascenseur privé se trouve au bout du couloir, à gauche. Cette clé électronique vous donnera accès à l'ascenseur, ainsi qu'à la suite.

— Vous me ferez transmettre tous les appels, messages et livraisons adressés à l'appartement B, et sans perdre une minute.

— Très bien, lieutenant.

Dès qu'elle eut tourné les talons, l'employé s'empressa d'appeler la suite :

— Excusez-moi de vous déranger, monsieur, mais

un lieutenant Dallas de la police de New York a demandé à voir votre appartement. Elle devrait se présenter à votre porte d'un instant à l'autre... Pardon ? Oui... Bien, monsieur. Je m'en occupe tout de suite.

L'employé, stupéfait, raccrocha et appela le service d'étage pour leur commander du café, des fruits et des gâteaux pour trois personnes.

Arrivée devant l'appartement, Eve dégaina son arme et fit glisser la clé dans la serrure. À son signal, Peabody se plaça de l'autre côté de la porte.

Ayant poussé le battant violemment, elles se ruèrent à l'intérieur. C'est alors qu'elles virent Connors, tout sourires, assis sur le canapé de soie blanche du living.

— Tu peux poser ton arme, ma chérie. J'ai commandé du café et le service dans cet hôtel est très rapide. Inutile de les menacer.

— Tu mériterais que je te frappe.

— Allons, tu le regretterais... Bonjour, Peabody. Très jolie cette coiffure de lionne.

Les joues empourprées, la jeune femme essaya d'aplatir ses cheveux ébouriffés.

— J'ai voulu ouvrir le toit de la 6000XX, balbutia-t-elle.

— La promenade vous a plu, j'espère... Eh bien, discutons-nous maintenant, ou attendons-nous d'abord le café ?

Eve rengaina son arme.

— Attendons le café.

17

Eve contacta Whitney sur son vidéocom.

— Nous sommes prêts, commandant. S'il appelle, il est cuit.

— À condition qu'il appelle, lieutenant, et qu'il suive le même schéma que pour l'enlèvement de Jeanie O'Leary.

— Il a bien suivi le même schéma en appelant Brian Kelly ce matin. Nous le cueillerons ici même, commandant. Il viendra, soyez-en sûr.

— Priez pour que ce soit vrai, Dallas. Ou nous nous ferons tous les deux remonter les bretelles.

— Le poisson est ferré, il n'y a plus qu'à le sortir de l'eau.

— Alors, prévenez-moi dès que vous aurez des nouvelles de votre poisson.

— Comptez sur moi, commandant, murmura-t-elle devant son écran redevenu noir. Et vous, les gars, mettez-la en sourdine ! On ne s'entend plus là-dedans.

McNab et deux détectives de la DDE échangeaient des plaisanteries tout en installant leur matériel dans la chambre à coucher, qui devait faire office de centre de contrôle pour l'opération. Ils avaient déjà mis en place plusieurs unités de localisation d'appel, trois vidéocoms portables avec casque d'écoute et micro, ainsi que des enregistreurs.

Tout cet équipement avait été apporté du Central dans une fourgonnette banalisée. Eve avait veillé à ce qu'il n'y ait aucun flic en uniforme et aucune voiture de patrouille dans les parages, au cas où le tueur surveillerait l'hôtel.

Six policiers habillés comme des membres du personnel étaient déjà en poste dans le hall. Un détective de sa brigade avait pris la place du portier. Deux autres étaient dans les cuisines, et deux à l'étage, déguisés en femmes de chambre.

Par l'ampleur des moyens humains et techniques mis en œuvre, cette opération allait coûter une petite fortune au département. En cas d'échec, ce serait à Eve qu'on présenterait la note.

Mais il n'était pas question d'échouer.

Incapable de tenir en place, elle passa dans le salon. Comme dans la chambre à coucher, cette pièce était protégée des regards extérieurs par un écran qui recouvrait toute la surface des baies vitrées. Aucun civil, en dehors de Connors et du directeur de l'hôtel, n'était au courant de cette opération policière. À 14 heures, soit soixante minutes après l'heure prévue pour l'atterrissage à l'aéroport Kennedy du vol en provenance de Dublin, un policier s'était présenté à la réception de l'hôtel en se faisant passer pour Brian Kelly.

Ça devait marcher. Il suffisait seulement qu'il appelle.

Et pourquoi n'appelait-il pas ?

Connors, qui venait d'entrer dans le salon, la trouva qui contemplait les fenêtres d'un air soucieux.

— Tu as pensé à tout, Eve. Il ne reste plus qu'à attendre.

— Tu as raison. Je sais qu'il ne tardera pas à appeler. Il ne voudra pas courir le risque que Brian entre en contact avec toi et découvre qu'on l'a mené en bateau. Il avait fait jurer à Jeanie de ne parler à personne, mais il n'a pas pu obtenir de Brian la même promesse.

— Il va vouloir le prendre par surprise, continua Connors. Brian est costaud et sait se battre.

— Exactement. À mon avis, il prévoit de commettre son meurtre ici même. Jackinson, le flic que nous avons choisi pour jouer le rôle de Brian, est très convaincant. McNab a déjà trafiqué le vidéocom. La voix que notre homme entendra sera celle de Brian et l'image vidéo sera suffisamment trouble pour qu'il ne remarque pas la substitution.

Soudain, une sonnerie se fit entendre. Eve se précipita. Mais c'était son propre vidéocom qui sonnait.

— Dehors tout le monde, ordonna-t-elle. Je veux tous les portables dans la pièce d'à côté. Et pas un mot. McNab, affichez l'hologramme du central.

— C'est comme si c'était fait, lieutenant. (Une reproduction exacte de son bureau se forma autour d'Eve.) À vous de jouer, Dallas.

— Localisez-moi ce salopard, dit-elle avant de décrocher. Homicides, lieutenant Dallas, j'écoute.

— Je suis heureux de vous voir rétablie, lieutenant.

C'était la même voix, les mêmes taches colorées sur l'écran. Ainsi, il avait décidé de l'appeler avant de contacter Brian. Elle n'était pas surprise : elle avait envisagé cette éventualité.

— Je vous ai manqué ? Quelle gentille attention de m'envoyer des fleurs après avoir essayé de me faire sauter dans ma voiture.

— Vous vous êtes montrée si discourtoise dans votre déclaration aux journalistes.

— Parce que vous vous y connaissez en courtoisie, vous qui assassinez sauvagement des pauvres gens ?

— Cette discussion sur les bonnes manières pourrait être passionnante, lieutenant. Mais je sais combien vous tentez désespérément de localiser mon appel ; avec votre équipement sommaire et vos techniciens sous-développés.

— Certains détectives de la DDE pourraient prendre ombrage de cette remarque.

Il éclata de rire. Eve tendit l'oreille. C'était le rire d'un homme jeune.

— En d'autres circonstances, je suis certain que nous aurions pu devenir les meilleurs amis du monde, lieutenant. Vous me plaisez, mais vous manquez singulièrement de goût. Que pouvez-vous bien trouver à ce voyou d'Irlandais que vous avez épousé ?

— C'est un très bon amant. Et si j'en crois les psychiatres qui ont établi votre profil, vous avez quelques lacunes dans ce domaine.

En entendant le souffle court de son interlocuteur, elle sut qu'elle avait visé juste.

— Je suis pur, dans mon corps et dans mon esprit.

— Est-ce une autre façon de dire que vous êtes impuissant ?

— Sale garce ! Vous ne savez rien de moi. Vous croyez que je veux coucher avec vous ! Peut-être le ferai-je, si Dieu me l'ordonne.

— Si vous vous sortiez votre mère de la tête, vous auriez peut-être moins de problèmes avec les filles.

— Je vous interdis de parler de ma mère ! dit-il d'une voix de fausset, à la limite de l'hystérie.

En plein dans le mille ! C'était donc sa petite maman, cette figure féminine symbole d'autorité.

— Au contraire, parlons-en. Sait-elle comment vous occupez vos loisirs ? L'accompagnez-vous toujours à la messe le dimanche ? Est-ce là que vous vous êtes créé ce dieu assoiffé de vengeance ?

— Le sang de mes ennemis s'écoule comme du vin vers les enfers. Vous aussi, vous serez châtiée.

— Vous avez déjà essayé et vous m'avez ratée. Pourquoi ne pas venir m'affronter face à face ? Peut-être n'en avez-vous pas le courage ?

— Quand l'heure sera venue. Mais je ne me laisserai pas détourner de ma mission par les paroles pernicieuses d'une courtisane.

Sa voix s'était brisée. Était-il en train de pleurer ?

— La quatrième âme damnée subira aujourd'hui le jugement divin, reprit-il. Deux heures, vous avez deux heures pour retrouver ce porc et empêcher sa mise à mort. « Ses propres crimes prendront au piège le méchant et il sera enserré dans les liens de son péché. Il mourra faute d'éducation, enivré de l'excès de sa folie. »

— Encore une citation biblique. Vous devenez barbant, à la fin.

— Toute la vérité se trouve dans la Sainte Bible. Il marche jusqu'à moi, ce porc hurlant, dans ce pays peuplé de chiens bichonnés et d'humbles bonnes.

— C'est pauvre, comme indices. Est-ce parce que je suis trop proche de vous que vous ne jouez plus à la loyale ?

— Cet indice aurait dû vous suffire, mais je vais vous en donner un autre. Le soleil décline à l'horizon et, avant qu'il ne disparaisse, le prochain Judas aura chèrement payé pour sa trahison. Je vous donne deux heures. À partir de maintenant.

— Je veux entendre des bonnes nouvelles ! lança-t-elle en se tournant vers McNab quand la transmission eut pris fin.

Le détective releva la tête. Ses yeux verts brillaient.

— Je l'ai. La source de l'appel se situe dans le secteur D-54.

Eve marcha jusqu'à la carte de la ville qu'elle étudia rapidement.

— La tour Prestige se trouve dans ce secteur. Cette ordure est là-bas. Il opère depuis l'endroit où il a commis son premier meurtre.

— Allons-nous le cueillir ? demanda Peabody.

D'un geste de la main, Eve réclama le silence pour pouvoir réfléchir.

— Il a dit que je disposais de deux heures. Il n'aime pas bâcler le travail, ce qui signifie qu'il entend passer au moins une heure ici. Il va chercher à appeler cette chambre d'une minute à l'autre. Où est Jackinson ?

— Dans la pièce à côté.

— Bien, laissons à notre bonhomme un peu de temps. Ses instruments sont déjà dans son sac. Comme il est très méticuleux, il les a préparés à l'avance. Maintenant, il va aller chercher sa voiture et il conduira lentement. Il ne veut pas se faire bêtement arrêter pour infraction au code de la route. Nous allons envoyer une équipe à la tour Prestige, mais ils ne devront surtout pas se montrer. Nous ne savons pas si notre tueur travaille seul. Si un complice restait sur place après son départ, il pourrait le prévenir.

Elle appela Whitney et lui fit part des derniers développements, ainsi que du plan qu'elle venait d'arrêter. Soudain, elle se tut en entendant la sonnerie du fax.

— Il vient d'établir un contact, commandant. Je lis la télécopie... Il prévient Brian Kelly qu'un chauffeur se présentera à son appartement dans une quinzaine de minutes. Il lui dit d'attendre sur place. Comme je l'avais prévu, il a l'intention d'agir ici. Il demande à Brian de déclencher l'ouverture de son ascenseur privé lorsqu'il recevra un appel sur le vidéocom. Trois sonneries, c'est le code. Ça y est, commandant, il est en route !

— J'envoie une équipe à la tour Prestige.

— Dites-leur bien qu'ils doivent être en civil.

— Entendu. Et gardez cette fréquence ouverte.

— Oui, commandant.

Elle raccrocha et se retourna :

— McNab ! Je veux que vous trouviez sa planque. Retournez au Central et faites des analyses plus précises.

Le jeune homme écarquilla les yeux.

— Mais il vient ici ! Nous allons le cueillir.

— Ne discutez pas. Avez-vous pensé à ce qui arriverait si notre piège ne fonctionnait pas ? Trouvez sa planque, McNab. Qu'il n'ait aucun moyen de retraite s'il venait à nous échapper.

McNab s'empara de son manteau en fulminant.

— C'est toujours la même histoire. Vous êtes bien contents de trouver les gars de la DDE quand vous avez besoin de réponses, mais à la première occasion vous nous renvoyez à nos magnétos.

— Je n'ai pas le temps d'écouter vos états d'âme.

Elle l'écarta pour passer dans le salon.

— Que tout le monde, à l'exception de Jackinson, sorte immédiatement de cette pièce. Allez prendre vos positions et réglez vos armes à la puissance minimale. Nous le voulons vivant.

Elle se tourna vers Connors et ajouta :

— Les civils, dans l'autre chambre.

— Pour une fois, oublie un peu le règlement et laisse-moi prendre la place de McNab.

Elle vit la détermination dans ses yeux.

— D'accord. Et de toute façon, je préfère garder un œil sur toi… Jackinson, éloignez-vous de cette porte. Quand il sonnera, attendez mon signal avant d'ouvrir. Peabody, vous vous tiendrez derrière la porte de la deuxième chambre. Vous surveillerez ce qui se passe à travers le judas. Et tenez-vous sur vos gardes.

Elle retourna dans la salle de contrôle tout en parlant dans son communicateur :

— À toutes les équipes, n'approchez sous aucun prétexte un chauffeur en uniforme. Le suspect passera un appel sur un vidéocom portable à son arrivée, puis il prendra l'ascenseur qui dessert les appartements en terrasse. Que personne ne tente de l'intercepter. Il faut qu'il monte jusqu'ici.

— Je t'adore quand tu parles comme un flic, lui glissa Connors dans le creux de l'oreille.

— Que les civils se taisent !

Elle alla se planter devant les moniteurs et contempla chaque écran pour s'assurer que toutes ses troupes étaient bien à leurs postes.

— Il arrive, murmura-t-elle. Allez, sale petite ordure, viens dans mes bras, je t'attends…

Elle aperçut McNab qui sortait de l'ascenseur. « Il est toujours fumasse, se dit-elle en voyant son visage crispé et sa démarche raide. Ce garçon a décidément besoin d'apprendre à travailler en équipe… »

McNab observait ce qui se passait dans le hall et elle fit de même.

Un droïde promenait un couple de lévriers afghans. Assise sur le banc qui faisait le tour de la fontaine, une femme d'affaires vêtue d'un tailleur noir à la coupe austère avait une conversation très animée sur son vidéocom de poche. Un bagagiste guidait un chariot électrique chargé d'une pile de valises. Une femme entra, tenant un caniche au bout d'une laisse.

L'animal et sa maîtresse avaient sur la tête le même nœud argenté. Derrière eux marchait un droïde qui portait les emplettes de la dame.

Soudain elle l'aperçut. Il venait d'entrer juste derrière le droïde. Eve reconnut immédiatement le long manteau, la casquette de chauffeur rabattue sur les yeux que cachaient des lunettes de soleil.

— Le suspect vient de franchir les portes principales. Homme d'environ un mètre quatre-vingts. Manteau noir, casquette grise et lunettes de soleil. Il porte une valise. Équipe A, vous le voyez ?

— Localisé, lieutenant. Il vient de prendre son vidéocom dans la poche gauche de son manteau et se dirige vers la fontaine.

C'est à ce moment précis que tout bascula. À cause du caniche. Le sale cabot se mit à aboyer férocement, tira sur sa laisse et se rua vers les deux lévriers afghans.

Une terrible bataille s'ensuivit. Dans sa hâte d'aller porter secours à son chien, la dame au nœud argenté bouscula la femme d'affaires qui s'était levée pour assister au spectacle et faillit la faire basculer dans la fontaine.

Il y eut des cris et des insultes, puis un énorme fracas quand quelqu'un renversa un guéridon sur lequel étaient posés deux vases de cristal. Un des lévriers parvint à s'échapper et se rua vers la sortie.

Dans sa course, il heurta McNab qui fonça la tête la première dans la porte d'entrée. Derrière la vitre, Eve vit l'un de ses hommes mettre la main sous sa livrée pour s'emparer de son arme.

— Cachez vos armes, bon sang ! C'est juste une bagarre entre chiens.

Pendant tout ce temps, elle n'avait pas quitté le suspect des yeux et soudain elle comprit que son plan avait échoué. L'homme avait remis son vidéocom dans sa poche et faisait demi-tour.

— Il nous échappe. Le suspect se dirige vers l'entrée sud. Bloquez l'issue !

Elle sortit de la suite et courut vers l'ascenseur.

— Interceptez le suspect mais faites attention ; il est armé et très dangereux.

Elle ne prit même pas la peine de repousser Connors qui montait dans l'ascenseur avec elle.

— Il est presque à la porte, dit Connors qui avait pris la précaution d'emporter avec lui un moniteur portatif.

— Ellsworth ? Il se dirige vers vous.

— Je le vois, lieutenant. Je l'ai.

L'ascenseur venait à peine de s'ouvrir qu'elle était déjà dans le hall. En arrivant à l'entrée sud, elle trouva Ellsworth inconscient.

— Il l'a endormi.

Elle dégaina son arme, franchit les portes et entendit un cri. Il brutalisait une femme pour l'obliger à descendre de sa voiture. Le temps qu'Eve atteigne la rampe d'accès, il avait déjà pris place derrière le volant.

Sans perdre une seconde, elle courut vers sa voiture qu'elle avait garée à l'entrée.

— Je conduis, dit Connors en arrivant au véhicule juste avant elle. Je connais cet engin mieux que toi.

Elle n'avait pas le temps de discuter et alla s'asseoir à la place du passager.

— Le suspect se dirige vers l'est sur la 74e Rue, au volant d'un Minijet blanc immatriculé à New York. Je lui file le train. Il a environ huit cents mètres d'avance sur nous. Je demande des renforts.

Connors enfonça la pédale de l'accélérateur. Alors qu'ils arrivaient au niveau d'un feu rouge, il passa à la vitesse supérieure et traversa le carrefour au milieu des crissements de pneus et des coups d'avertisseur.

— Le suspect remonte Lexington Avenue en direction du centre-ville. Où sont les renforts aériens ? hurla-t-elle dans son communicateur.

Ce fut Whitney qui répondit :

— Ils arrivent. Les renforts terrestres vous rejoindront à l'angle de la 45e Rue et de Lexington.

— Je me trouve dans un véhicule civil, commandant. Nous sommes à moins de cinq cents mètres de lui maintenant. Le suspect vient de traverser la 50e Rue.

Tout à coup, ils aperçurent devant eux un bus qui arrivait par la droite. Connors fit une embardée pour l'éviter, mais le temps qu'il retrouve la route, le suspect s'était volatilisé.

— Il a tourné, mais de quel côté ?

— Vers la droite, répondit Connors. Il était dans la file de droite quand ce foutu bus nous a coupé la route.

Et en effet, ils distinguèrent l'arrière du Minijet au moment où ils s'engageaient dans la 5e Avenue.

— Nous sommes en train de le perdre.

Elle scruta le ciel sans apercevoir les hélicoptères qu'elle avait demandés.

— Commandant, où sont les renforts aériens ?

— Ils ont été retardés. Ils seront sur place dans cinq minutes.

— C'est beaucoup trop tard.

Elle ne reprit pas courage en entendant les sirènes des voitures qui venaient de les rejoindre et qui roulaient maintenant derrière eux. Mais Connors, lui, ne se laissait pas décourager.

— Accroche-toi.

Il accéléra à fond et Eve se retrouva plaquée contre le dossier de son siège.

— O mon Dieu, je déteste ça !

Bientôt, elle aperçut devant eux le Minijet, bloqué dans un embouteillage. Lorsqu'ils arrivèrent à sa hauteur, Connors pila. Eve sauta de la voiture et braqua son arme sur la tête du conducteur.

— Police ! Sortez immédiatement de ce véhicule et gardez toujours vos mains bien en vue !

Le conducteur était un homme d'une vingtaine d'années. Il portait une veste vert fluo et un pantalon assorti. De grosses gouttes de sueur perlaient sur son visage quand il ouvrit sa portière et descendit de la voiture.

— Je n'ai rien fait, je vous jure.

— Retourne-toi et pose tes mains sur le capot.

— J'ai droit à un avocat, protesta-t-il tandis qu'Eve le fouillait. Je vous dis que je n'ai rien fait ! Fichez-moi la paix, enfin !

Eve sortit ses menottes, mais alors qu'elle lui attachait les mains dans le dos, elle savait déjà que cet homme n'était pas celui qu'elle recherchait.

Elle regarda Connors qui venait à sa rencontre.

— Ce n'était pas la bonne voiture. Nous l'avons perdu.

18

Deux heures plus tard, Eve se trouvait au Central où elle tentait de s'expliquer devant Tibble.

— J'assume l'entière responsabilité de cet échec. Les compétences des agents impliqués dans l'opération ne sont nullement en cause.

Tibble laissa retomber un énorme poing sur son bureau.

— Vous appelez ça une opération ? Des bagarres de chiens, des civils blessés, l'officier chargé de l'enquête qui se livre à une course-poursuite dans les rues de la ville ! Et dans une voiture de sport, par-dessus le marché. Vous croyez que c'est ainsi que vous allez améliorer l'image de marque du Département ?

— Je suis désolée, répondit-elle sèchement. Mais mon véhicule a récemment été détruit et il n'a pas encore été remplacé. Le règlement autorise les agents à utiliser leur voiture personnelle quand ils ne disposent pas d'un véhicule de service.

Tibble fronça les sourcils.

— Je ferai les démarches nécessaires pour que vous obteniez un véhicule aujourd'hui même, lieutenant.

— Merci. Je conviens avec vous que cette opération a été un fiasco. Toutefois, le détective McNab est parvenu à établir que la transmission d'aujourd'hui provenait de la tour Prestige. Et j'aimerais me joindre à l'équipe du labo pour fouiller les lieux.

— À ce que je constate, vous tenez à vous occuper personnellement de tous les aspects de cette enquête. Mais avez-vous conscience du fait que votre objectivité sur cette affaire est sujette à caution ? J'ai l'impression que vous vous laissez manipuler par ce tueur. Vous n'êtes pas payée pour remporter la partie contre lui, mais pour enquêter sur une série de meurtres, je vous le rappelle.

Eve accepta ces reproches qu'elle jugeait mérités, mais elle resta sur ses positions.

— Malheureusement, si je veux résoudre cette affaire, je dois me prêter au jeu de mon adversaire. Je sais que je n'ai pas été à la hauteur jusqu'à présent, mais cela va changer.

Tibble éloigna son fauteuil de son bureau et se leva.

— Considérez que vous avez été officiellement réprimandée. En ce qui concerne vos performances, je ne les ai pas trouvées aussi mauvaises que vous le prétendez. J'ai visionné les enregistrements de l'opération. Vous avez l'étoffe d'un chef, lieutenant. Et votre plan aurait dû être imparable. Si seulement ce sale cabot ne s'était pas mis à aboyer.

Il souleva dans sa main un petit globe de verre empli d'un liquide bleu et le retourna. Un océan miniature se mit à bouger à l'intérieur de la sphère.

— Les médias vont faire des gorges chaudes de cette histoire, mais je vous soutiendrai, continua-t-il. Pensez-vous qu'il va encore chercher à vous contacter ?

— Au point où il en est, il ne peut plus s'arrêter. Mais je crois qu'il va passer par une période de ressentiment. Mon initiative a dû l'agacer. Il va essayer de m'atteindre physiquement. Si j'ai bien suivi sa logique, il se considère comme le maître du jeu. Il doit penser que je suis une tricheuse et que Dieu voudra me châtier pour mon crime. Il a peur, mais sa colère l'emportera.

Elle hésita un instant, puis décida d'exprimer le fond de sa pensée.

— Je ne crois pas qu'il va retourner à la tour Prestige. Ce type est malin comme un singe. Après ce qui s'est passé à l'hôtel aujourd'hui, il doit avoir compris que nous pouvions suivre ses transmissions. Il a senti notre présence dans le hall, c'est donc qu'il a une sorte d'instinct pour flairer les flics. Mais si nous pouvons localiser l'endroit où il cache son matériel, il est fait comme un rat.

— Alors trouvez cette planque, Dallas. Et vite !

Elle passa à son bureau pour dupliquer toutes les disquettes audio et vidéo de l'opération. Elle trouverait la raison de son échec, même si elle devait pour cela étudier chaque seconde de ces enregistrements.

— Je te croyais rentré à la maison, dit-elle en apercevant Connors qui l'attendait.

Il se leva, s'approcha d'elle et lui caressa la joue.

— Alors, il t'a soufflé dans les bronches ?

— Moins que je ne l'aurais pensé.

— Ce qui s'est passé n'est pas ta faute.

— Faute ou pas faute, là n'est pas la question. J'étais responsable de l'opération.

— Ça te dirait d'aller étrangler quelques caniches ? suggéra-t-il en lui massant doucement les épaules.

Cette plaisanterie arracha à Eve un petit rire.

— Plus tard, peut-être. Mais d'abord je vais finir ces duplications ; et aller voir ce que fait le labo à la tour Prestige.

— Tu n'as rien mangé de la journée, lui rappela-t-il.

— Oh, je descendrai chercher un sandwich.

Fatiguée, elle passa les mains sur son visage.

— Bon sang, Connors, nous étions sur le point de l'épingler ! Qu'est-ce qui a bien pu se passer ? Est-ce qu'il aura vu Baxter poser la main sur son arme ?

— Pourquoi ne me laisses-tu pas regarder ces enregistrements ? Je pourrais t'aider.

— Pourquoi pas, après tout.

Elle se tourna vers son ordinateur et demanda une duplication de tous les fichiers concernant l'opération.

— Nous avons plusieurs gros plans de lui dans le hall de l'hôtel, expliqua-t-elle. On n'aperçoit pas son visage, mais peut-être remarqueras-tu un détail qui m'aurait échappé. Tu le connais forcément, Connors.

— Je vais voir ce que je peux faire.

— Je ne sais pas à quelle heure je rentrerai, dit-elle en lui passant les copies des disquettes. Mais ne m'attends pas.

Elle acheta un sandwich au fromage et un soda au snack du coin. Munie de ce pitoyable repas, elle rejoignit la salle de réunions du deuxième étage où McNab dirigeait les recherches électroniques.

— Vous avez quelque chose ?

— La tour Prestige est bourrée d'équipements de pointe. Nous procédons étage par étage, mais nous n'avons encore rien d'intéressant.

Eve posa le sac qui contenait son repas. Elle tendit le bras et attrapa McNab par le menton. Il avait une grosse bosse sur le front et une coupure au-dessus de l'œil droit.

— Demandez au médecin de jeter un coup d'œil à ces blessures.

— Ce n'est rien de grave. Je me suis juste cogné quand ce chien m'a chargé comme un taureau…

Il remua sur sa chaise, faisant tinter les anneaux d'or accrochés à ses oreilles.

— J'aimerais vous présenter mes excuses pour mon insubordination durant l'opération, lieutenant.

— Ne jouez pas les hypocrites. Vous étiez furax et vous l'êtes toujours. À l'avenir, je vous conseille de ne plus jamais discuter les ordres de vos supérieurs lors d'une opération. À moins que vous ne vouliez finir chez un privé minable, à écouter les galipettes des maris volages.

Tout en écoutant Eve, McNab manipulait avec beaucoup de soin son scanner qui lui signalait la présence d'une unité de communication au dix-huitième étage.

— D'accord, j'ai passé les bornes, mais il faut me comprendre, je ne sors jamais de mon réduit au Central. Pour la première fois, je me retrouvais dans le cœur de l'action, et tout à coup vous décidez de m'envoyer jouer ailleurs.

En regardant ce visage jeune, plein d'illusions, Eve se sentit brusquement vieille et blasée.

— Vous n'avez aucune expérience du terrain. Vos compétences sont ici, dit-elle en montrant le scanner. (Elle sortit son sandwich.) Chaque année la DDE refuse des dizaines de candidatures, mais vous, vous avez été retenu, parce que vous êtes un bon, McNab. J'ai travaillé avec les meilleurs. (Elle songea à Feeney.)

Je sais de quoi je parle. Si vous voulez m'aider à coincer ce tueur, c'est à ce poste que vous me serez le plus utile.

Il esquissa une grimace.

— Les gars vont se moquer de moi quand ils sauront que j'ai été mis au tapis par un chien.

— C'était un gros chien, dit-elle d'une voix radoucie. (Elle partagea son sandwich avec lui.) Et il avait de bonnes dents. Lorimar en sait quelque chose, il s'est fait mordre à la cheville.

— Ah oui ?

Comme ragaillardi par cette nouvelle, McNab croqua dans sa part du sandwich. Mais il reprit bientôt un air grave et se tourna vers le scanner qui venait d'émettre plusieurs sons aigus.

— C'est un appartement de l'aile est. Très bien fourni, apparemment. (Il s'empara de son communicateur.) Équipe bleue, allez vérifier le 1923. C'est probablement un gosse de riche qui s'est acheté un équipement dernier cri, mais on ne sait jamais, il y a vraiment beaucoup de matos.

— Je vais faire un tour, déclara Eve. Tenez-moi au courant.

— Si je découvre quoi que ce soit, vous serez la première avertie, lieutenant. Merci pour le sandwich. Euh... et où est l'agent Peabody ?

Eve lui jeta un coup d'œil dubitatif par-dessus son épaule.

— Elle supervise le démontage du matériel dans l'appartement du *Central Park Arms*. Elle ne vous apprécie pas beaucoup, McNab.

— Je sais, mais je trouve ça très excitant.

À minuit, Eve demanda une équipe de relève, envoya McNab dormir et décida qu'il était temps de rentrer à la maison. Elle ne fut pas surprise de trouver Connors toujours éveillé. Il était dans son bureau où il buvait un verre de vin tout en visionnant les enregistrements.

— J'ai envoyé la première équipe se coucher. Ils avaient l'air lessivés.

— Toi aussi tu as l'air lessivée, lieutenant. Je te sers un verre ?

— Non, merci.

Elle marcha jusqu'à lui et remarqua qu'il avait arrêté l'enregistrement sur l'image de McNab s'écrasant contre la porte d'entrée de l'hôtel. Elle sourit.

— Je ne crois pas qu'il aura envie de faire encadrer celle-là.

— A-t-il réussi à retrouver le système de communication de notre tueur à la tour Prestige ?

Elle massa sa nuque raide.

— Non, il pense qu'il a été éteint. Peut-être avec l'aide d'un complice. D'après le rapport de Mira, notre homme recherche une attention constante. Il est donc possible qu'il travaille avec quelqu'un, probablement une femme, forte et autoritaire.

— Sa mère ?

— C'est ce que je pense. Mais comme il veut se donner des airs d'indépendance, je crois qu'il n'habite pas avec elle.

Elle s'approcha de l'écran, observant attentivement l'homme avec son long manteau et sa casquette de chauffeur.

— Ce déguisement doit faire partie du jeu, lui aussi. Je ne crois pas qu'il serve seulement à le cacher, on dirait qu'il cherche à ajouter une note dramatique à la scène. C'est comme une pièce dont il serait l'acteur principal. Mais sur cette image, on voit clairement que nous l'avons désarçonné. Regarde la façon dont il lève sa main devant lui comme pour se protéger. Je parie qu'il ouvre des yeux comme des soucoupes, derrière ses lunettes de soleil.

Les sourcils froncés, elle se rapprocha encore.

— Impossible de savoir ce qu'il regarde, continua-t-elle. Baxter qui pose la main sur son arme, ou bien McNab qui fonce dans la porte ?

— De l'endroit où il était, il pouvait voir les deux.

— Baxter a-t-il vraiment l'air d'un flic prêt à dégainer, ou bien pourrait-il passer pour un portier qui sort son beeper de sa poche pour appeler la sécurité ?

— Moi, j'opterais pour le flic, répondit Connors. Regarde sa façon de se déplacer.

Il ordonna au magnéto de revenir trente secondes en arrière et de reprendre la lecture. Comme un grand vacarme envahissait la pièce, il coupa le son.

— Seul un flic peut se déplacer comme ça. Les genoux repliés, le buste penché en avant, la main droite qui glisse sous le manteau et passe sous l'aisselle. Les portiers accrochent leur beeper à la ceinture.

— Mais tout s'est passé très vite.

— Oui, mais s'il connaît les flics, ces quelques secondes lui ont suffi. En revanche, McNab ne ressemble en rien à un flic. Si c'est lui qui a déclenché cette réaction de panique chez notre tueur, c'est que l'autre le connaissait déjà et savait donc qu'il appartenait à la police.

— McNab n'intervient pratiquement jamais sur le terrain, il me l'a assez reproché ce soir. Mais tous deux sont des fondus d'électronique : ils ont pu se rencontrer. Quelle idiote, j'aurais dû y penser avant de le laisser prendre part à cette opération !

— Allons, tu as perdu une bataille mais tu n'as pas perdu la guerre. Et si tu veux être en forme pour continuer le combat, il est temps d'aller au lit.

Cette suggestion tombait au moment opportun. Pourtant, Eve ne put s'empêcher de renâcler.

— Et qui en a décidé ainsi ?

— L'homme que tu as épousé parce qu'il est un bon amant.

Elle accrocha ses pouces aux poches avant de son pantalon.

— J'ai dit ça juste pour exaspérer un tueur maniaque et refoulé.

— Donc, je ne suis pas un bon amant ?

— Si, mais...

Comme ses paupières se faisaient lourdes, elle plissa les yeux.

— Mais tu es trop fatiguée pour en discuter maintenant, dit Connors en riant.

Il la prit par la taille et la guida vers l'ascenseur. Eve se laissa aller contre lui en bâillant.

Arrivée dans la chambre à coucher, elle se débarrassa de ses vêtements qu'elle ne prit même pas la peine de ramasser.

— Ils ont passé au peigne fin la voiture qu'il a laissée devant l'hôtel, marmonna-t-elle en se glissant sous les draps. Il l'a louée en donnant le numéro de carte de crédit de Summerset.

— J'ai déjà fait changer tous mes numéros de compte, dit Connors qui s'allongeait près d'elle. Et je ferai de même avec ceux de Summerset à la première heure demain matin.

— La fouille n'a pas donné grand-chose. Ils n'ont trouvé qu'une paire de gants, quelques cheveux et des fibres de moquette qui devaient venir de ses chaussures. Ils vont les analyser.

— C'est très bien. (Il lui caressa les cheveux.) Mais tu devrais dormir.

— Après son échec d'aujourd'hui, il va changer de cible, dit-elle d'une voix ensommeillée. Il ne nous reste pas beaucoup de temps.

Patrick Murray était encore plus soûl que d'habitude. Cette nuit-là, quand le *Mermaid Club* avait fermé ses portes à 3 heures, il ne tenait plus sur ses jambes. Sa femme l'avait quitté. Une fois de plus.

Il aimait Loretta comme un fou, mais trop souvent il lui préférait une bonne bouteille de whisky. C'était dans ce club qu'il l'avait rencontrée, cinq ans plus tôt. Elle était nue comme au jour de sa naissance et nageait dans le show aquatique qui faisait la renommée de cette boîte. En la voyant, Patrick avait eu le coup de foudre.

Il trébucha sur la chaise qu'il essayait de poser sur une table devant lui. Le whisky qu'il avait absorbé brouillait sa vision et l'empêchait de faire correctement son travail. Ce boulot consistait à nettoyer les sols, à laver les toilettes et les lavabos et à aérer les salons privés.

Il s'était écoulé cinq ans et deux mois depuis son embauche dans cette boîte, depuis cette nuit fatidique où pour la première fois il avait vu Loretta exécuter ses pirouettes dans le grand aquarium. Comme elle était belle alors ! Ses cheveux noirs dessinaient des volutes dans l'eau turquoise et, derrière ses lentilles de protection, ses yeux étaient presque violets.

Patrick redressa la chaise, se campa sur ses jambes et sortit une flasque de sa poche. Il la vida d'un trait et d'une démarche titubante alla la jeter dans la poubelle.

Il avait vingt-sept ans quand il avait dégotté ce boulot au *Mermaid Club,* deux jours seulement après son arrivée en Amérique. Il avait dû fuir précipitamment son Irlande natale à cause de ses dettes de jeu et des flics qu'il avait à ses trousses. Et c'était à New York qu'il avait rencontré son destin.

Cinq ans plus tard, il était toujours là à passer la serpillière sur le même carrelage crasseux, à empocher les quelques pièces que les clients aussi soûls que lui avaient laissées tomber par terre, et à se lamenter une fois de plus sur le sort cruel qui lui prenait sa Loretta.

Avec son mètre quatre-vingts et ses cent kilos, Loretta était une créature superbe et gigantesque. Près d'elle, il faisait figure de demi-portion. Lui-même était plutôt petit et menu. À une époque, il avait pensé faire une carrière de jockey, mais la bouteille avait eu raison de ses rêves.

Il avait des cheveux roux carotte et un visage couvert de taches de son. Loretta lui disait souvent que c'étaient ses yeux bleus, enfantins et tristes, qui l'avaient séduite.

La première nuit, il avait payé. Après tout, c'était de cette façon qu'elle gagnait sa vie. La deuxième fois aussi, mais ce jour-là il avait demandé à Loretta si elle aimerait discuter un peu avec lui autour d'une part de gâteau.

Elle l'avait fait payer pour ces deux heures passées ensemble, mais il s'en moquait. La troisième fois, il lui avait apporté une grosse boîte de chocolats et elle lui avait accordé ses faveurs gratuitement.

Quelques semaines plus tard, ils s'étaient mariés. Après cela, durant trois mois, il était resté sobre comme un chameau. Puis il avait replongé.

Pendant les cinq années suivantes, sa vie n'avait été qu'une succession de rechutes. Chaque fois, il promettait à sa femme qu'il allait faire une cure et il y croyait… jusqu'à ce qu'il recommence à boire.

Maintenant, Loretta demandait le divorce et il était désespéré.

Il posa ses avant-bras sur le manche de son balai et regarda d'un air songeur les eaux miroitantes de l'aquarium vide.

Loretta avait fait deux numéros, ce soir-là. C'était une femme ambitieuse et il avait toujours respecté en elle cette volonté de réussir. Il avait surmonté sa gêne quand elle avait insisté pour conserver sa licence de prostituée. Le sexe payait mieux que le ménage, et même mieux que les numéros de charme. Peu à peu, ils s'étaient constitué un petit pécule et s'étaient mis à caresser le rêve d'acheter une maison en banlieue…

Elle ne lui avait pas adressé la parole ce soir-là, malgré toutes ses tentatives. Quand le spectacle s'était achevé, elle avait descendu l'échelle, s'était enveloppée dans le peignoir qu'il lui avait offert pour son dernier anniversaire, puis elle avait regagné sa loge avec les autres sirènes.

Elle l'avait chassé de leur appartement, de sa vie et de son cœur.

Quand la sonnette de l'entrée de service retentit, il hocha tristement la tête.

— Une livraison ? Mince ! Il est déjà si tard ?

Il tituba jusqu'à l'arrière-salle et dut s'y reprendre à deux fois avant d'entrer correctement le code de déverrouillage. Enfin, il poussa l'épaisse porte blindée et resta hébété, dans le clignotement de la lampe de sécurité, à contempler cette silhouette enveloppée dans un manteau noir qui lui souriait.

— Il ne fait pas encore jour, dit-il.

— « Veillez donc car vous ne savez ni le jour ni l'heure », répondit l'inconnu en lui tendant une main gantée. Tu te souviens de moi, Patrick ?

— Je vous connais ? Vous êtes du pays ?

Patrick serra la main de l'inconnu et eut à peine le temps de ressentir une légère piqûre que déjà il tombait en avant.

— Oui, je viens du pays, Patrick, et c'est là que je vais te renvoyer.

Il laissa sa victime inconsciente glisser jusqu'à terre, puis se retourna et verrouilla soigneusement la porte.

Il n'eut aucun mal à traîner les soixante kilos de Murray jusqu'à la salle. Arrivé là, il déposa sa mallette sur une table et entreprit de déballer les outils dont il aurait besoin.

Il essaya son pistolet à laser contre le plafond et sourit d'un air satisfait. Le vidéocom posait plus de problèmes, car il avait fallu le coupler à un brouilleur. Il trouva derrière le bar une prise à laquelle il brancha son système de communication.

Puis, en chantonnant, il actionna le vidage de l'aquarium géant. Il y eut un grand bruit de succion.

Un bruit de chasse d'eau, se dit l'homme, amusé, tandis qu'il retournait vers Murray et lui envoyait un coup de pied dans les côtes.

Il n'obtint aucune réaction, pas même une plainte.

Soupirant, il s'agenouilla et tâta le pouls de sa victime. Quand il sentit une forte odeur d'alcool, il comprit que l'autre était complètement soûl et que la dose de tranquillisant qu'il lui avait administrée avait été trop forte. Agacé, il s'empara d'une seringue remplie d'amphétamines et l'enfonça dans le bras de Murray.

Cette fois, il obtint une réaction, mais très faible.

La colère qui montait en lui le faisait trembler.

— Réveille-toi, connard !

Il frappa Murray au visage à plusieurs reprises. Il fallait qu'il se réveille, qu'il soit conscient de ce qui lui arrivait. Voyant que les claques ne suffisaient pas, il se servit de ses poings, jusqu'à ce que le sang jaillisse.

Mais Murray gémissait à peine.

La colère le faisait suffoquer. Il pleurait presque de rage. Il n'avait que deux heures devant lui.

Dieu l'avait-Il finalement abandonné à cause de ses échecs ?

S'il n'y avait pas eu Dallas, il en aurait déjà fini avec ce porc de Brian Kelly, et il aurait disposé de deux jours pour préparer le meurtre de Murray. Mais à cause de cette femme, il avait dû agir dans la précipitation.

Il entendit un fracas et sursauta. Il réalisa alors qu'il avait lancé une chaise et brisé le miroir accroché au mur derrière le bar.

Quelle importance, après tout ! Ce n'était qu'une boîte à strip-tease. Il aurait voulu la détruire complètement, la purifier par le feu.

Mais il n'en avait pas le temps, car Dieu lui avait confié une autre mission.

Il était exactement 5 heures, quand le bourdonnement de son vidéocom tira Eve du sommeil. Elle se leva d'un bond, les idées parfaitement claires.

Elle savait que c'était lui.

— Blocage de l'image vidéo. Déclenchement de la localisation d'appel, ordonna-t-elle tout en secouant Connors pour le réveiller.

Elle inspira profondément et prit la communication.

— Allô ?

— Vous pensiez que vous pouviez gagner en trichant, mais vous vous êtes trompée. Et vous n'avez fait que retarder l'inéluctable. Je tuerai Brian Kelly, soyez-en sûre. Mais je choisirai un autre lieu et un autre moment.

— Vous vous êtes planté, avouez-le. Je vous ai vu transpirer quand vous avez compris que nous vous avions organisé un petit comité d'accueil. Nous savions exactement ce que vous aviez l'intention de faire et même comment vous alliez procéder.

— Mais vous n'avez pas réussi à me prendre.

— Ce n'est plus qu'une question d'heures.

— Vous vous surestimez. Vous entendez ces hurlements ? Je suis en train de regarder un homme mourir.

Il tourna un bouton sur son vidéocom pour monter le volume. Sur le haut-parleur d'Eve, des cris atroces se firent entendre.

— À présent, c'est vous qui trichez. Vous le tuez et ensuite vous me donnez un indice. À quelle sorte de jeu jouons-nous si vous refusez de prendre des risques ?

— Mais il n'est pas encore mort. Et je crois qu'il vous reste assez de temps.

Eve rassembla ses vêtements épars et commença à s'habiller en toute hâte.

— Quel est l'indice ?

— Je vais vous mâcher le travail, cette fois. Écoutez bien : ils dînent et dansent en admirant les sirènes. La nuit est avancée mais entrez donc car l'eau est bonne... Il n'en a plus pour longtemps, lieutenant. Ne traînez pas en route.

Écœurée, Eve interrompit la communication.

— C'est une boîte, dit-elle à Connors tandis qu'elle attachait l'étui de son arme.

— Le *Mermaid Club.* C'est un endroit où des filles dansent nues dans l'eau.

Elle fonça avec lui vers l'ascenseur.

— C'est sûrement ça. Il va le noyer.

Soudain elle dévisagea Connors d'un air soupçonneux.

— Dis-moi que tu ne possèdes pas cette boîte.

— Non, répondit-il, le visage fermé. Mais j'en ai été le propriétaire.

19

L'aube se levait au-dessus d'East River alors qu'ils fonçaient vers le sud à travers les rues encore endormies. Des nuages se déplaçaient paresseusement à l'horizon, couvrant un soleil timide d'une épaisse couverture rose.

Connors était au volant. À l'intérieur de la voiture, l'atmosphère était lourde.

— Il est impossible de prévoir le comportement d'un fou, fit Connors.

— Il a changé son mode d'opération. Je n'arrive plus à le suivre. Connais-tu l'actuel propriétaire du *Mermaid Club* ?

— Pas personnellement. C'est une propriété qui m'a appartenu il y a des années, l'une des premières que j'aie eues en ville. Je l'avais gagnée aux dés. Je l'ai gardée pendant deux ans environ, puis je l'ai revendue en réalisant un bon profit.

— C'est forcément le propriétaire, ou quelqu'un qui travaille là-bas, dit Eve en sortant son ordinateur de poche. Il s'appelle Silas Tikinika. Ça te dit quelque chose ?

— Rien du tout.

— Alors il doit dormir paisiblement au fond de son lit à l'heure qu'il est. Je vais demander la liste de ses employés.

— Nous y sommes presque, répliqua Connors. Nous saurons bien assez tôt l'identité de la victime.

La sirène de l'enseigne au-dessus de la grille de sécurité était éteinte. Connors se gara le long du trottoir. Il n'eut aucun mal à trouver une place : dans ce quartier pauvre de la ville, peu de gens avaient les moyens d'entretenir une voiture.

Pour être certain de retrouver la sienne quand il ressortirait, il déclencha le système de sécurité.

Tournant la tête, il aperçut à quelques mètres de là, dans l'entrée d'un immeuble, deux zombis. Ils sortirent timidement dans la lumière pâle de l'aube, puis s'éclipsèrent en entendant au loin une sirène de police.

— Je n'attends pas les renforts, annonça Eve en dégainant son arme et son passe électronique.

Elle se baissa et sortit un autre pistolet de sa botte.

— Prends ça, dit-elle en le tendant à Connors. Et arrange-toi pour que les flics ne le voient pas.

Ils ouvrirent la porte et furent immédiatement assaillis par un éclairage violent et une musique assourdissante. Eve avançait sur la droite, promenant devant elle le canon de son arme. Subitement elle bondit et, criant un avertissement, courut vers un homme qui était suspendu à une échelle fixée contre la paroi d'un immense aquarium.

— Stop ! Arrêtez-vous et gardez vos mains visibles !

— Je dois le sortir de là, répondit Summerset en descendant un degré de l'échelle. Il va se noyer.

Sans aucun ménagement, Eve le tira par la veste et le poussa vers Connors.

— Trouvez-moi la manette de vidage. Dépêchez-vous !

Puis, elle grimpa à l'échelle et plongea.

Des filets de sang flottaient dans l'eau comme des poissons exotiques. L'homme qui était entravé au fond du réservoir avait les lèvres bleues. L'un de ses yeux avait été arraché. À force de tirer sur ses chaînes, il s'était mis la chair à vif. Eve attrapa son visage couvert de traces de coups, plaça sa bouche sur les lèvres bleuies et lui insuffla un peu d'air.

Quand ses poumons commencèrent à la brûler, elle remonta à la surface et prit une grande inspiration. Immédiatement elle replongea. Durant sa descente, elle entraperçut le visage de la Madone qui contemplait le spectacle de cette agonie avec une expression de sérénité absolue.

Elle frissonna et repartit vers la surface.

À sa troisième remontée, elle eut l'impression que la surface était plus proche. Tournant la tête, elle distingua la silhouette de Connors s'approchant de l'échelle.

Il avait pris le temps de retirer ses chaussures et sa veste. Quand il toucha le fond de l'aquarium, il leva le pouce pour lui faire signe de remonter. Dès lors, ils se mirent à travailler en tandem : l'un prenait de l'air pendant que l'autre en donnait. Tandis qu'ils s'affairaient, le niveau de l'eau continuait à descendre. Quand enfin Eve put se tenir debout, la tête hors de l'eau, elle toussa violemment.

— Summerset ! appela-t-elle entre deux quintes.

— Il n'ira nulle part. N'aie aucune crainte, Eve.

— Si tu le dis… Peux-tu défaire ces chaînes ?

Dégoulinant, encore essoufflé, Connors sortit de sa poche un canif.

— Voilà tes renforts qui arrivent.

— Je vais leur parler. En attendant, essaie de me défaire ces chaînes.

Elle repoussa ses cheveux mouillés et vit quatre agents en uniforme qui venaient d'entrer en courant dans la salle.

— Je suis là ! cria-t-elle. Lieutenant Dallas. Trouvez-moi vite une équipe de réanimation. Nous avons un noyé et je ne sais pas combien de temps il a passé sous l'eau. Je ne sens plus son pouls. Quelqu'un peut-il arrêter cette musique ? Enfilez des gants et essayez de déranger la scène le moins possible.

L'eau ne lui arrivait plus qu'aux genoux et elle commença à frissonner dans ses vêtements trempés. Connors avait réussi à défaire une chaîne.

Quand la seconde cheville fut libre, Eve allongea l'homme sur le fond de l'aquarium, puis elle s'assit à califourchon sur lui et se mit à lui masser la poitrine.

— Apportez-moi un kit de réanimation et des couvertures ! cria-t-elle, ses mots résonnant dans la salle redevenue silencieuse.

Voyant que son massage restait sans effet, elle se pencha et essaya le bouche-à-bouche.

— Laisse-moi faire, dit Connors qui venait de s'agenouiller près d'elle. Va t'occuper de ton enquête.

— L'équipe médicale sera là d'une minute à l'autre. Ne t'arrête pas avant qu'on vienne te remplacer.

— Entendu.

À son signal, Connors plaça ses mains sur les siennes et reprit son rythme.

— Qui est-ce ? demanda-t-elle. Tu le connais ?

Il secoua la tête.

— Non. Je n'en ai pas la moindre idée.

Ressortir de l'aquarium vide fut beaucoup plus difficile que d'y entrer. Quand elle arriva en haut, Eve était épuisée. Elle s'arrêta un moment, le temps de reprendre son souffle, puis enjamba le bord et commença sa descente de l'autre côté de la paroi.

Peabody l'attendait en bas.

— Les secours arrivent, Dallas.

— Il est dans un sale état. Je ne sais pas s'ils parviendront à le réanimer. Prenez les agents avec vous. Formez deux équipes et commencez la fouille. Vous ne le trouverez pas, mais regardez quand même. Et bloquez toutes les issues.

Par-dessus l'épaule d'Eve, Peabody observa Summerset qui se tenait à quelques mètres de là, les bras ballants, regardant Connors à travers la paroi.

— Qu'allez-vous faire de lui ?

— Ça, c'est mon boulot. Occupez-vous du vôtre. Arrangez-vous pour que la scène soit préservée et faites venir une équipe du labo. Vous avez un kit de terrain avec vous ?

— Non, juste ma trousse.

— Je m'en contenterai. (Elle prit la sacoche que lui tendait son assistante.) Assez bavardé, au travail.

Elle fit signe à l'équipe médicale qui venait d'arriver :

— Dans l'aquarium. C'est une noyade. Nous avons pratiqué une alternance de massages et de bouche-à-bouche depuis dix minutes environ.

Sur ces mots, elle tourna les talons et laissa les médecins prendre la relève. Les cheveux et le visage dégoulinants, les vêtements collés au corps, elle s'avança vers Summerset. Son blouson de cuir gorgé d'eau pesait une tonne. Elle le retira et le jeta sur une table.

— Cette fois, je vous arrête pour tentative de meurtre. Vous avez le droit de…

— Il était encore vivant quand je suis arrivé. J'en suis presque certain.

Ses yeux étaient vides et il parlait d'un air absent. Eve reconnut immédiatement les symptômes. Il était en état de choc.

— Je l'ai vu bouger, ajouta-t-il piteusement.

— Avant de faire une déclaration, je vous conseille d'attendre que je vous aie lu vos droits. (Elle baissa la voix.) Si j'étais vous, je ne dirais rien, pas un mot jusqu'à ce que Connors ait contacté un de ses ténors du barreau. Alors, fermez-la.

Mais Summerset refusa l'assistance d'un avocat. Quand Eve entra dans la salle d'interrogatoire où il était gardé par un policier en uniforme, elle le trouva qui regardait fixement devant lui, assis sur une chaise, raide comme un piquet.

— Vous pouvez disposer, dit-elle au gardien.

Pendant que le policier sortait, elle fit le tour de la table et s'assit. Elle avait pris le temps d'enfiler des vêtements secs, de se réchauffer avec une tasse de café et d'échanger quelques mots avec l'équipe médicale qui avait ramené à la vie l'homme désormais identifié.

— Je vous préviens que vous êtes toujours accusé de tentative d'assassinat. Patrick Murray est dans le coma et, si jamais il en sort, ce sera peut-être pour finir ses jours comme un légume.

— Vous avez dit Murray ?

— Oui, Patrick Murray. Il vient de Dublin, lui aussi.

— Ce nom ne me dit rien.

Il posa ses doigts maigres sur la table et promena autour de lui un regard aveugle.

— Je voudrais un peu d'eau.

Elle se leva pour aller remplir une carafe.

— Pourquoi avez-vous refusé l'assistance des avocats de Connors ?

— Parce que je ne veux pas mêler Connors à cette histoire, et parce que je n'ai rien à cacher.

— Bougre d'idiot ! dit-elle en posant la carafe sur la table d'un geste rageur. Vous n'avez pas idée de ce qui se passera une fois que j'aurai mis le magnétophone en route. Vous vous trouviez sur les lieux et vous avez été surpris par un lieutenant de police alors que vous sortiez...

— Je ne sortais pas de l'aquarium, j'y entrais.

Le ton autoritaire d'Eve avait dissipé les brumes qui engourdissaient son esprit.

— Il vous faudra le prouver. Et je suis la première que vous devrez convaincre.

Elle passa les mains dans ses cheveux d'un geste de lassitude et d'exaspération qui inquiéta Summerset. Ses yeux rougis par l'eau avaient une expression qui ne laissait rien présager de bon.

— Je ne vous soutiendrai pas, cette fois, ajouta-t-elle.

— Je n'attends rien de vous.

— Très bien, dans ce cas nous sommes à égalité. Mise en fonction de l'enregistrement. Interrogatoire de Lawrence Charles Summerset, inculpé de tentative d'assassinat sur la personne de Patrick Murray. L'interrogatoire est mené par l'enquêteur principal, le lieutenant Eve Dallas. Il est 8 h 15. Après lecture de ses droits, l'inculpé a refusé l'assistance d'un avocat. Est-ce exact ?

— C'est exact.

— Que faisiez-vous au *Mermaid Club* ce matin à 6 h 30 ?

— J'ai reçu un appel aux environs de 6 h 15. L'homme, qui ne s'est pas présenté, m'a dit de me rendre là-bas immédiatement et seul.

— Et bien sûr, vous avez obéi aussitôt à ce correspondant anonyme ?

En voyant le regard méprisant que lui décochait Summerset, elle reprit courage. « Il n'est pas complètement anéanti », songea-t-elle.

— Il m'a dit qu'il détenait une personne qui m'était très chère et qu'il lui ferait du mal si je n'obéissais pas.

— Vous a-t-il dit de qui il s'agissait ?

Il se versa un verre d'eau et but une gorgée.

— Oui, d'Audrey Morrell.

— Ah oui, votre soi-disant alibi pour le meurtre de Thomas Brennen... Cette excuse ne vous a pas beaucoup réussi, la dernière fois. Êtes-vous certain de vouloir encore l'utiliser ?

— Arrêtez ces sarcasmes, lieutenant. J'ai bien reçu cet appel. Vous en trouverez la trace dans la mémoire de mon vidéocom.

— Nous vérifierons. Donc, ce correspondant anonyme vous dit de vous rendre au *Mermaid Club*. Saviez-vous où se trouvait cette boîte ?

— Non, il n'est pas dans mes habitudes de fréquenter ce genre d'établissement, rétorqua-t-il d'un air pincé. C'est lui qui m'a donné l'adresse.

— Très gentil de sa part. Ainsi, il vous a dit qu'il gardait votre amie en otage et qu'il lui ferait du mal si vous ne veniez pas.

— Il a dit qu'il lui ferait subir le même sort qu'à Marlena.

Eve éprouva soudain une grande pitié pour cet homme. Et si pendant un instant elle regretta la dureté dont elle faisait preuve à son égard, elle n'en laissa rien paraître.

— Vous vivez sous le même toit qu'un lieutenant de police, mais évidemment, vous n'allez pas lui parler de cet appel.

Le regard qu'il posait sur elle était glacial et hostile, mais elle crut percevoir une peur réelle derrière cette apparence de fierté.

— J'ai l'habitude de régler mes affaires moi-même, sans faire intervenir la police.

— Vous ne seriez peut-être pas dans cette pièce en ce moment, si vous nous aviez fait confiance. (Elle le regarda fixement et se pencha vers lui.) Vous avez déjà été soupçonné de trois meurtres et, bien que les preuves n'aient pas été suffisantes pour vous inculper, vous êtes quand même mouillé jusqu'au cou. Et maintenant, vous prétendez avoir reçu cet appel anonyme pour expliquer votre présence sur le lieu du crime ?

— Je ne le prétends pas, je l'affirme. Je ne pouvais risquer de mettre en péril la vie d'une personne qui m'était chère. Je n'ai fait qu'agir selon ma conscience.

Elle plongea sa main dans un sac qu'elle avait apporté avec elle et en sortit un petit bocal en verre. Ce n'était pas l'œil de Murray qu'il renfermait. Les médecins l'avaient récupéré en espérant pouvoir le réimplanter. Mais l'imitation qui en avait été faite était assez convaincante.

Elle observa attentivement la réaction de Summerset. Il fixa pendant un instant le contenu du bocal, puis détourna le regard.

— Que pensez-vous de la loi du talion ? Œil pour œil...

Il y eut dans sa voix un léger tremblement qu'il maîtrisa rapidement.

— Je pense que c'est une monstruosité.

Sans un mot, Eve se baissa de nouveau et fit apparaître la statue de la Vierge.

— Regardez cet objet… Ne pourrait-il pas symboliser Marlena ? Elle aussi était innocente et pure.

— Elle n'avait que treize ans. (En voyant qu'il avait les larmes aux yeux, Eve fut touchée.) Pensez-vous que j'aurais pu commettre ces crimes en son nom ? (Il secoua la tête.) Je refuse dorénavant de répondre à toute question la concernant.

Elle acquiesça et se leva. Elle ressentait une compassion profonde et sincère, mais qui risquait de nuire à son enquête. Dans ce travail, il ne fallait jamais laisser parler ses sentiments.

— Vous savez que la personne qui a perpétré ces meurtres possède d'excellentes connaissances en électronique. Le journal de votre vidéocom ne pourra donc être retenu comme preuve.

Il reprit son verre et le vida d'un trait, cette fois.

— Je n'ai pas menti, j'ai bien reçu cet appel.

Maintenant qu'elle s'était ressaisie, Eve revint s'asseoir à la table.

— Avez-vous tenté de contacter Audrey Morrell pour savoir si ce que l'on vous avait dit était vrai ?

— Non, euh…

— Comment vous êtes-vous rendu au *Mermaid Club* ?

— J'ai pris mon véhicule personnel et, suivant les instructions qui m'avaient été données, je me suis garé près de l'entrée de service, sur la 15e Rue.

— Comment êtes-vous entré ?

— La porte n'était pas verrouillée.

— Que s'est-il passé ensuite ?

— J'ai appelé mais sans obtenir de réponse. Il y avait une musique très forte et toutes les lumières étaient allumées. Une fois dans la salle, je l'ai vu immédiatement, dans l'aquarium. Il bougeait encore… enfin, je crois. J'ai vu ses lèvres remuer. Il lui manquait un œil et son visage portait des traces de coups.

Il blêmissait à mesure qu'il se remémorait la scène.

— L'aquarium continuait de se remplir, mais je ne savais pas comment arrêter l'eau. Alors, j'ai grimpé à l'échelle en pensant que j'arriverais peut-être à le sortir de là. C'est à cet instant que vous êtes arrivée.

— Comment pensiez-vous le sortir de l'eau alors qu'il était enchaîné au fond ?

— Je n'avais pas remarqué les chaînes. Je n'avais vu que son visage.

— Connaissiez-vous Patrick Murray à Dublin ?

— Je connaissais beaucoup de gens, mais je n'ai aucun souvenir d'un Patrick Murray.

— D'accord. Nous allons tout reprendre de zéro.

Elle eut beau cuisiner Summerset pendant deux longues heures, son histoire ne changea pas d'un iota. Sortant de la salle d'interrogatoire, elle fit signe à Peabody.

— Allez voir si mon nouveau véhicule est arrivé et à quel emplacement il se trouve. Quand vous le saurez, appelez-moi et rejoignez-moi là-bas.

— Oui, lieutenant. Dites donc, il a tenu le coup. À sa place, j'aurais avoué n'importe quoi, juste pour avoir la paix.

Il avait tenu bon, en effet, mais quand l'interrogatoire s'était terminé, il donnait l'impression d'avoir vieilli de dix ans. En le voyant si fragile, Eve s'était sentie coupable.

— Je n'ai rien gagné ce matin, qu'un premier prix de bêtise, murmura-t-elle.

En pénétrant dans son bureau, elle ne fut pas surprise d'y trouver Connors qui l'attendait.

— Je t'accorde dix minutes. Essaie de le convaincre de prendre un avocat.

— Que t'a-t-il dit ? Pourquoi était-il là-bas ?

— Il te le dira lui-même. J'ai un dernier point à régler, mais cela ne devrait pas me prendre plus d'une heure. Ensuite j'irai à la maison avec Peabody. Nous sommes obligés de faire une fouille. Sur un plan strictement technique, je n'ai pas besoin d'un mandat de perquisition puisque son appartement se trouve sur ta propriété. Mais tu es en droit de t'y opposer.

— Je ne le ferai pas. Je désire autant que toi que cette affaire soit éclaircie au plus vite.

— Dans ce cas, tu me rendras service en restant à l'écart de la maison. Et fais en sorte que Summerset ne rentre pas tout de suite, quand il aura été libéré sous caution. Nous en aurons probablement jusqu'à 15 heures.

— Tu peux compter sur moi. Connaît-on l'identité de la victime ?

— Il s'appelle Patrick Murray. Il faisait office de concierge au *Mermaid Club* et nettoyait la salle après la fermeture. Je dois encore prévenir sa femme.

— Pat Murray. Mon Dieu, je ne l'avais pas reconnu…

— Tu sais qui c'est ?

— Vaguement, oui. À une époque, il faisait le bookmaker et je l'aidais à trouver des parieurs. Après la mort de Marlena, il m'a donné un tuyau pour retrouver Rory McNee. Il en aura parlé à quelqu'un. Moi, je n'ai rien dit. Nous n'étions pas des amis. Je sais qu'il lui arrivait de rendre des services à O'Malley... Je n'aurais jamais pensé à lui, ajouta-t-il, perplexe. D'autant que son tuyau était crevé.

— Mais quelqu'un d'autre a pensé à lui. Bon ou mauvais, il t'avait donné un tuyau et cela faisait de lui un traître.

Son communicateur émit un bourdonnement.

— Dallas, j'écoute.

— Ici Peabody. Votre véhicule est garé dans le secteur D, niveau 3, emplacement 101.

— J'arrive tout de suite. (Elle se tourna vers Connors.) Je dois y aller. Appelle un avocat.

Il esquissa un sourire.

— Je l'ai fait il y a déjà une heure. Il devrait convaincre le juge d'accorder la liberté sous caution à Summerset.

En arrivant à l'emplacement que lui avait indiqué Peabody, Eve trouva son assistante bâillant d'admiration devant une SunSport dernier modèle équipée de tous les accessoires à la mode.

— C'est bien l'emplacement 101 ? Alors où est mon véhicule ?

— Vous l'avez devant vous, répondit Peabody, les yeux écarquillés.

Eve contempla l'engin d'un air sceptique.

— Personne aux Homicides n'a jamais eu un bolide pareil, même pas les capitaines.

— Les plaques correspondent bien, et les clés aussi.

Eve fit entendre un petit sifflement admiratif. À part la couleur pois cassé qui n'était pas une réussite, cette voiture était un vrai bijou.

— À mon avis, quelqu'un a fait une belle boulette. Mais tant qu'ils ne nous la reprennent pas, autant en profiter. Allez, montez, Peabody.

— Je ne vais pas me faire prier, répondit la jeune femme en carrant confortablement ses fesses sur la banquette.

Eve mit le contact et hocha la tête d'un air approbateur en entendant le ronronnement du moteur.

— Pas une toux, pas un hoquet. Je sens que je vais aimer la conduire. J'espère seulement que le système de sécurité fonctionne correctement.

— Pourquoi vous posez-vous la question, lieutenant ?

Eve fit une marche arrière puis s'engagea sur la rampe de sortie.

— Parce que nous retournons au *Mermaid Club* pour rechercher deux zombis que j'ai vus traîner dans le coin ce matin. Une voiture comme celle-là, qu'elle ait ou non des plaques de la police, va faire des envieux.

— Le dispositif de sécurité est ce qui se fait de mieux en ce moment. Ce véhicule est équipé d'un système antivol par décharges électriques.

— Ça devrait être suffisant pour décourager les plus téméraires.

Comme elle tendait le bras pour décrocher le combiné du vidéocom, Peabody l'arrêta.

— Ne vous fatiguez pas, lieutenant. Il y a une touche « mains libres » sous le volant. Il suffit de l'enfoncer pour obtenir la ligne.

— On n'arrête pas le progrès. (Eve enfonça la touche en question et vit immédiatement s'allumer l'écran du vidéocom.) Audrey Morrell. Tour Prestige. New York.

— Recherche du numéro. Composition.

Deux secondes plus tard, le visage d'Audrey Morrell apparut à l'écran. Elle avait une tache de peinture jaune sur la joue droite et affichait l'expression de quelqu'un qui vient d'être distrait dans son travail.

— Madame Morrell, ici le lieutenant Dallas.

Audrey repoussa ses cheveux d'une main couverte de traces bleues.

— Bonjour, lieutenant. Que puis-je faire pour vous ?

— J'aimerais savoir où vous vous trouviez ce matin, entre 5 heures et 7 heures ?

— Mais j'étais ici même. Je me suis levée juste après 7 heures et j'ai ensuite travaillé toute la matinée. Pourquoi cette question ?

— Simple routine. J'aimerais avoir un autre entretien avec vous. Demain matin à votre appartement, cela vous conviendrait-il ?

— Oui, enfin je suppose. À 9 heures, et je ne pourrai pas vous consacrer plus d'une heure, car je donne une leçon à 10 h 30.

— À 9 heures, parfait. Je vous remercie. Fin de la communication.

Eve se rangea derrière une file de voitures arrêtées à un feu.

— Celui qui a appelé Summerset ce matin sait forcément qu'il en pince pour la belle Audrey, même s'il est difficile d'imaginer que cette momie desséchée puisse en pincer pour qui que ce soit.

— J'ai moi aussi réfléchi à la question, répliqua Peabody.

— Et qu'en avez-vous conclu ?

— Que l'assassin n'agit pas seul, si bien sûr nous partons du principe que Summerset est innocent. Pour mener à bien sa machination, notre homme doit connaître les habitudes de Summerset et s'assurer qu'il n'en change pas. C'est pourquoi je pense que quelqu'un s'occupe de suivre et d'espionner le majordome. En outre, d'après son profil, nous savons que le tueur est assoiffé de reconnaissance. Il faut forcément que quelqu'un le soutienne.

— Excellent raisonnement.

Peabody demeura un instant silencieuse, puis poussa un soupir.

— Mais vous saviez déjà tout ça.

— Ce qui importe, c'est que vous ayez fait vos propres déductions. Trouver une logique, c'est la moitié du travail d'un enquêteur.

— Et l'autre moitié ?

— L'autre moitié consiste à composer avec ce qui n'a aucune logique.

Elle s'arrêta devant le *Mermaid Club*. Au passage, elle remarqua que les scellés de la police sur la porte étaient toujours intacts et les grilles de sécurité aux fenêtres toujours baissées et verrouillées.

— Les zombis ne traînent pas beaucoup dans les rues pendant la journée, fit remarquer Peabody.

— La voiture va nous servir à les appâter.

Eve descendit sur la chaussée et attendit que Peabody fût sortie, puis elle mit en fonction tous les dispositifs de sécurité.

Soudain, elle crut percevoir un mouvement dans le renfoncement d'une porte.

— J'offre vingt dollars à qui pourra me fournir des informations, annonça-t-elle sans même se donner la peine de lever la voix. (Les zombis avaient l'ouïe fine pour ce genre de choses.) Si vous acceptez de parler, nous ne fouillerons pas l'immeuble pour y rechercher des substances illégales.

— C'est vingt dollars pour poser vos questions, et trente de plus si vous voulez une réponse, répliqua une voix.

— Marché conclu.

Elle plongea la main dans sa poche et en sortit un billet de vingt dollars.

La silhouette de l'homme qui s'approcha était grise. Sa peau, ses cheveux, ses yeux, tout en lui avait la même teinte poussiéreuse que le grand manteau qui l'enveloppait. Il parlait d'une voix chuchotante et ses doigts, lorsqu'ils prirent le billet dans la main d'Eve, ne touchèrent jamais sa peau.

— Vous connaissez Patrick Murray, le type qui fait le ménage au *Mermaid Club ?*

— Je l'ai vu, je l'ai entendu, mais je le connais pas. Il est claqué maintenant.

— Non, pas encore. Avez-vous vu quelqu'un entrer dans la boîte après la fermeture, cette nuit ?

Le zombi eut un sourire grimaçant qui découvrit une rangée de dents grises.

— Je l'ai vu, je l'ai entendu, mais je le connais pas.

— Quelle heure était-il ?

— Il n'y a plus d'heure, juste la nuit et le jour. Un homme est venu quand il faisait plus nuit que jour et un autre quand il faisait plus jour que nuit.

Eve le fixa de son regard perçant.

— Deux hommes ? Vous avez vu deux hommes entrer à différentes heures ?

— Le premier a sonné, l'autre pas.

— Vous pouvez décrire le premier ?

— Une tête, deux pieds, deux jambes. Tout le monde se ressemble pour moi. Il avait un beau manteau noir.

— Il était toujours là quand l'autre homme est arrivé ?

— Ils sont passés comme des fantômes. (Il sourit encore.) Le premier sort, le deuxième entre. Ensuite, vous êtes arrivée.

— Vous avez votre cercueil là-haut ? demanda-t-elle en montrant l'immeuble du doigt.

— Je devrais y être. Il fait trop jour pour moi maintenant.

Elle lui donna les trente autres dollars.

— Ne le bougez pas. Je reviendrai peut-être et j'aurai cinquante dollars pour vous.

— De l'argent facilement gagné, dit-il avant de disparaître.

Elles remontèrent dans leur voiture.

— Obtenez-moi le nom de ce type, Peabody. Recherchez dans la liste des locataires.

— Tout de suite, lieutenant. Deux hommes, ça corrobore l'histoire de Summerset.

— Notre tueur ne doit rien connaître des zombis, sinon il aurait pris plus de précautions pour se cacher. Tout ce qu'il avait à faire, c'était de leur filer un peu d'argent et de leur promettre qu'il reviendrait leur donner encore quelques billets.

Peabody lança la recherche sur son ordinateur portable.

— Ces gens me collent la chair de poule. À les regarder, on jurerait qu'ils peuvent traverser les murs.

— Injectez-vous du Nirvana pendant plusieurs années et c'est à ça que vous ressemblerez... Gardez un enregistrement de tous les noms, au cas où notre zombi déciderait de prendre son cercueil sous son bras et d'aller chercher un autre cimetière. Je veux aussi que vous contactiez McNab pour lui dire de nous retrouver à la maison.

Peabody grimaça.

— Est-ce vraiment nécessaire d'appeler McNab ?

— Faites ce que je vous dis, ordonna Eve en mettant le contact. Il faut vérifier le journal du vidéocom sur lequel Summerset prétend avoir reçu cet appel.

Elle alluma le vidéocom de la voiture et contacta l'hôpital pour prendre des nouvelles de Murray.

— Il a des chances d'en réchapper, annonça-t-elle alors qu'elle franchissait le portail de sa maison. Il a retrouvé un semblant d'activité cérébrale. Sa femme est auprès de lui.

Elle ralentit en apercevant dans son rétroviseur un véhicule qui remontait l'allée derrière elles. Lorsqu'elle se gara, elle reconnut le conducteur.

— Eh ! C'est Feeney.

Il avait la peau rougie par le soleil mexicain. Ses vêtements étaient tout froissés et il portait sur sa chevelure rousse et crépue un sombrero qui lui donnait un air parfaitement ridicule.

— Salut, les filles !

Il sortit une grosse boîte de son coffre et, titubant sous son poids, la porta jusqu'à elles.

— Je viens tout juste de rentrer. Ma femme voulait que je vous apporte un cadeau pour vous remercier de nous avoir si gentiment prêté votre superbe villa.

Il ouvrit des yeux émerveillés.

— Peabody, vous devez absolument aller passer vos vacances là-bas. La maison est construite en haut d'une falaise. Du lit, il suffit de tendre le bras par la fenêtre pour cueillir une mangue directement sur l'arbre. La piscine est grande comme un lac et une armée de droïdes est là pour satisfaire le moindre de nos caprices… Allez-vous me laisser entrer, à la fin ? Ce truc pèse une tonne.

— Tout de suite, dit Eve en ouvrant la porte.

Feeney déposa la boîte sur une table et fit rouler ses épaules.

— Alors, quelles sont les nouvelles ? demanda-t-il gaiement.

— Rien, à part trois meurtres et une tentative. Un dingue qui m'appelle pour me parler religion. Des victimes qui ont toutes connu Connors à Dublin et des preuves qui s'accumulent contre Summerset.

Feeney se renfrogna et secoua la tête.

— Je vois que rien n'a changé en mon absence. Moi, pendant ces deux semaines, je n'ai allumé mon écran que pour regarder le sport et... (Il s'arrêta brusquement et écarquilla ses yeux de cocker.) Summerset est soupçonné de ces meurtres ?

— Je vous expliquerai pendant que nous ferons la fouille. McNab est en route, il sera bientôt là.

— McNab ? répéta Feeney en se débarrassant de son chapeau. La DDE travaille avec vous sur cette enquête ?

— Le type que nous recherchons en connaît un bout en électronique. Il s'est même confectionné un brouilleur qui n'existe pas encore sur le marché. McNab a réussi à retrouver l'origine des appels, mais nous n'avons pas encore localisé le tueur.

Elle s'arrêta à l'entrée de l'appartement de Summerset.

— Vous m'avez manqué, Feeney. Vous ne savez pas à quel point.

Il la regarda d'un air malicieux.

— Ma femme a tourné six heures de vidéo. Elle vous invite à dîner, vous et Connors, la semaine prochaine pour regarder le film de nos vacances. Vous viendrez aussi, Peabody ?

— Eh bien, capitaine. Je ne voudrais pas...

— Vous n'y couperez pas, décréta Eve. Si je dois souffrir, vous souffrirez aussi.

— Merci beaucoup, lieutenant.

— De rien. Mise en route du magnéto. Sont présents le lieutenant Eve Dallas, le capitaine Ryan Feeney et l'agent Delia Peabody. Nous entrons dans l'appartement de Lawrence Charles Summerset pour procéder à la perquisition.

Eve n'avait jamais pénétré dans le domaine privé de Summerset. Et ce qu'elle découvrit fut une nouvelle surprise pour elle. Alors qu'elle s'attendait à un style austère, elle se retrouva dans un salon douillet et accueillant, avec ses tons bleu clair et vert tendre, ses coussins et ses tables de bois ciré chargées de bibelots.

— Qui l'aurait cru ? murmura-t-elle. En voyant ce décor, on imagine un homme qui aime la vie et qui a même des amis... Feeney, occupez-vous du vidéocom.

Lorsqu'elle entendit le bourdonnement du moniteur de l'entrée sud, elle se tourna vers Peabody.

— C'est certainement McNab. Allez lui ouvrir, puis vous reviendrez vous occuper du salon. Pendant ce temps, je fouillerai la chambre à coucher.

Le salon ouvrait sur quatre pièces. La première renfermait un équipement informatique très complet. C'est là que Feeney s'arrêta. Retroussant ses manches, il entreprit immédiatement le démantèlement du matériel.

La deuxième était une cuisine, qu'Eve préféra ignorer pour le moment.

Enfin, restaient deux chambres, dont l'une avait été transformée en atelier de peinture. Avec une moue dubitative, Eve étudia la nature morte inachevée qui se trouvait sur le chevalet. Elle comprit que le tableau représentait des fruits en voyant devant la fenêtre une grande coupe emplie de grappes de raisin et de pommes lustrées. Mais sur la toile, ces fruits n'avaient plus rien d'appétissant.

— N'abandonne jamais ton boulot de majordome, murmura-t-elle avant d'entrer dans la chambre à coucher.

Le lit était grand. Son cadre était décoré de feuilles de vigne enchevêtrées. Sur le couvre-pied épais, on ne voyait pas un pli. La penderie contenait une douzaine de costumes noirs parfaitement identiques. Les souliers, noirs eux aussi, étaient bien rangés dans des boîtes et impeccablement cirés.

C'est par cette penderie qu'Eve commença. Elle fouilla les poches, tâta les ourlets, sonda les cloisons à la recherche d'un éventuel double fond.

Quand elle eut fini quelque quinze minutes plus tard, elle entendit dans la pièce adjacente Feeney et McNab qui discutaient gaiement de circuits intégrés et de capteurs de signaux. Elle passa ensuite à la table de travail, dont elle fouilla minutieusement chaque tiroir, en essayant de ne pas trop réfléchir au fait qu'elle était en train de violer l'intimité de Sumnerset.

Soudain, son regard fut attiré par une aquarelle. Elle était accrochée toute seule au-dessus d'une vase empli de roses.

Ce détail l'intrigua, car toutes les autres peintures – et Summerset en avait une véritable collection – étaient disposées en groupes sur les murs. Un travail de qualité, se dit-elle en s'approchant pour étudier de plus près les coups de pinceau légers et les couleurs pâles. Le sujet était un jeune garçon dont le visage angélique rayonnait de joie. Il serrait contre lui une brassée de fleurs sauvages dont quelques-unes étaient tombées à ses pieds.

Pourquoi ce visage d'enfant lui semblait-il si familier ? Son regard surtout. Elle s'approcha encore pour l'observer. « Qui es-tu ? demanda-t-elle silencieusement au garçon. Et que fais-tu dans la chambre de Summerset ? »

Indiscutablement, ce tableau n'était pas l'œuvre du majordome. Il était d'une facture bien supérieure à la nature morte qu'elle avait vue dans l'autre chambre.

Pour mieux l'étudier, elle le décrocha du mur et l'approcha de la fenêtre. Il portait une signature, celle d'Audrey Morrell.

Cela expliquait pourquoi il avait été accroché à l'écart des autres, au-dessus d'un bouquet de roses. « Mince, pensa-t-elle, Summerset doit être vraiment mordu ! »

Elle allait remettre le tableau en place, mais changea d'avis et le déposa sur le lit. Ce garçon l'intriguait de plus en plus. Où avait-elle déjà vu ces yeux ? Et dans quelles circonstances ? Ce regard, bon sang...

Frustrée, elle retourna le tableau et essaya de le sortir de son cadre doré.

— Vous avez trouvé quelque chose ? demanda Peabody qui venait d'apparaître dans l'embrasure de la porte.

— Je ne sais pas. Regardez le gosse sur ce tableau. C'est Audrey Morrell qui l'a peint. Je veux voir s'il y a un titre au dos de la toile.

Agacée, elle allait arracher le carton derrière l'aquarelle quand Peabody l'arrêta :

— Attendez, j'ai mon canif. Si vous le soulevez doucement avec la pointe, vous pourrez le remettre ensuite.

Elle prit le tableau des mains d'Eve et exécuta délicatement le travail.

— Et voilà ! J'encadrais les tableaux de ma cousine quand j'étais plus jeune. Je le remettrai quand...

— Stop !

Eve saisit le poignet de son assistante en apercevant, sous la fine pellicule de carton, une minuscule pastille argentée.

— Allez chercher Feeney et McNab. Ce truc-là est un micro.

Lorsqu'elle se retrouva seule, Eve sortit la toile de son cadre et, l'ayant retournée, examina le coin où apparaissait la signature. Juste au-dessous du nom d'Audrey, dans la partie du tableau qui était auparavant cachée par le cadre, l'artiste avait dessiné un trèfle à quatre feuilles.

20

— Ils pouvaient le surveiller à chaque instant, dit Eve qui roulait à toute allure en direction de la tour Prestige. Je parie que Feeney et McNab vont trouver d'autres peintures truquées dans l'appartement de Summerset.

— Comment ces micros ont-ils pu échapper aux détecteurs de Connors ?

— Feeney nous le dira. Avez-vous obtenu d'autres renseignements sur Audrey Morrell ?

— Non. La recherche que j'ai lancée m'a seulement appris qu'elle est née dans le Connecticut et qu'elle a quarante-sept ans. Elle a fait ses études à Julliard, puis elle a passé trois ans à la Sorbonne, à Paris. Elle donne des cours particuliers et travaille comme bénévole pour un centre culturel. Elle habite à New York depuis quatre ans.

— Cette femme est liée à notre assassin. Et c'est lui qui s'est introduit dans le fichier central pour modifier son dossier. Je veux bien manger le sombrero de Feeney si Audrey Morrell est née dans le Connecticut ! Retrouvez-moi toutes les femmes de la piste irlandaise. Je veux le nom de toutes les parentes des six hommes qui ont tué Marlena. Affichez-les sur l'écran pour que je puisse les voir.

— Tout de suite, lieutenant.

Peabody ouvrit la mallette d'Eve et prit une disquette étiquetée qu'elle inséra dans le lecteur de son ordinateur.

— Affiche la liste des femmes avec biographie complète, ordonna-t-elle.

Eve arrêta sa voiture à un pâté de maisons de la tour Prestige, et regarda les visages qui commençaient à défiler sur l'écran.

— Pas celle-là, dit-elle en faisant signe à Peabody de passer à la suivante. Ni celle-là. Je suis sûre qu'elle est là, je le sais... Attendez, revenez en arrière.

— Mary Patricia Calhoun, lut Peabody. Née McNally, veuve de Liam Calhoun. Résidence : Doolin, Irlande. Profession : artiste. Âge : quarante-six ans. Un fils, également prénommé Liam. Étudiant.

— Regardez les yeux. Ce sont les mêmes que ceux du garçon sur le tableau. Elle a teint ses cheveux en blond et s'est probablement fait remodeler le visage. Le nez est plus long et plus fin, les pommettes plus hautes, le menton plus fuyant, mais c'est bien elle. Ordinateur, affiche le portrait de Liam Calhoun Junior.

L'image apparut, près de celle de la mère.

— C'est lui, c'est le garçon du tableau !

Eve étudia attentivement le visage d'un jeune homme aux yeux verts et brillants qui n'avaient plus rien d'angélique.

— Enfin, je te tiens, petite ordure, murmura-t-elle avant de redémarrer en trombe.

Le portier qu'elles avaient vu lors de leur première visite pâlit en les reconnaissant. Eve n'eut qu'a lever le pouce pour qu'il s'écarte de leur route.

— Ils ont dû mûrir leur plan pendant des années, dit-elle en entrant dans la cabine vitrée de l'ascenseur. Et c'est elle qui en a eu l'idée. Liam ne devait pas avoir plus de cinq ans quand son père est mort. C'est elle qui lui a mis cette idée de vengeance dans la tête, elle qui a fait de lui un assassin. Peu à peu, elle l'a entièrement dominé, exactement comme l'avait deviné Mira. Nous la tenons, notre figure autoritaire et dominatrice. Elle a fait de son fils un monstre.

Eve sonna et mit la main à son arme. La porte s'ouvrit bientôt sur Audrey Morrell qui les accueillit avec un sourire hésitant.

— Lieutenant ! Mais... ne devions-nous pas nous voir demain matin ? Me serais-je encore trompée de jour et d'heure ?

— Nous avons modifié nos plans.

Eve avança d'un pas en prenant soin de bloquer la porte pendant qu'elle fouillait des yeux le salon.

— Nous avons quelques questions à vous poser, Madame Calhoun.

Une ombre inquiète passa dans le regard de la femme, mais sa voix resta posée.

— Je vous demande pardon ?

— Inutile de faire l'innocente. Nous vous tenons, vous et votre fils.

— Mon... fils ? Qu'avez-vous fait à Liam ? hurla-t-elle.

Ses mains, pareilles à des griffes, sautèrent au visage d'Eve qui, pour les éviter, baissa la tête. Puis, elle fit un bond sur le côté et coinça son bras sous le menton de son adversaire. Au bord de l'asphyxie, Audrey Morrell abandonna toute résistance.

De sa main libre, Eve fouilla dans sa poche pour y prendre ses menottes.

— Vous avez entendu, Peabody, comme son accent irlandais lui est revenu tout à coup ? Très chantant, vous ne trouvez pas ?

— Oui, c'est un accent que j'adore, répondit Peabody en prenant le bras d'Audrey Morrell dont les deux poignets étaient maintenant entravés.

— Il est temps d'avoir une petite conversation, Mary Pat.

— Si vous avez touché un seul cheveu de mon fils, je vous arrache le cœur !

Eve la considéra d'un air glacial.

— Si quelqu'un a fait du mal à votre fils, c'est vous, quand vous avez commencé à lui fourrer dans le crâne vos histoires de vengeance.

Avec une moue dégoûtée, elle sortit son communicateur.

— Commandant, nous avons découvert la coupable. Je demande un mandat pour perquisitionner l'appartement de Mme Audrey Morrell. (Elle marqua une pause.) Également connue sous le nom de Mary Patricia Calhoun.

Elles découvrirent la cachette de Liam derrière une fausse cloison dans la penderie de la chambre à coucher. Près de son équipement électronique, sur une petite table couverte d'un napperon de dentelle irlandaise, se dressait une statuette de la Vierge. Au-dessus d'elle, un Christ était accroché à une croix d'or.

Était-ce ainsi qu'elle voulait que Liam les voie ? Comme des martyrs ? Liam dans le rôle du fils sanctifié et elle-même dans celui de la mère choisie entre toutes pour la pureté de son âme ?

— Je parie qu'elle lui apportait du thé et des sandwichs pendant qu'il tissait sa toile autour de ses victimes. Et qu'ensuite, elle priait avec lui avant de l'envoyer sacrifier des innocents.

Feeney écoutait à peine ce que disait Eve. Il était trop occupé à admirer le matériel devant lui.

— Avez-vous jamais rien vu de tel, Ian McNab ? Regardez-moi cet oscillateur, une merveille ! Il n'en existe pas de pareil sur le marché.

— Beaucoup de ces gadgets seront bientôt commercialisés, répondit McNab. J'ai eu l'occasion de les voir dans le service de recherche et développement de Connors.

Eve lui attrapa le bras.

— Avec qui avez-vous travaillé chez Connors ? Je veux le nom de chaque personne à qui vous avez parlé, McNab.

— Ce sera simple. Il n'y en a eu que trois. Connors ne tenait pas à ce que tout le service soit au courant qu'un flic traînait dans les locaux. Suwan-Lee, Billings Nibb et A.E. Dillard.

— Suwan, c'est un nom de femme ?

— Oui, une jolie petite Asiatique.

— Et Nibb ?

— Celui-là, il a voué sa vie à l'électronique. Géo Trouvetou, ils l'appellent dans le service.

— Dillard ?

— Un garçon très doué, brillantissime.

— Cheveux blonds, yeux verts, dans les vingt ans, un mètre quatre-vingts et soixante-quinze kilos ?

— Oui, comment avez-vous…

— Nom d'un chien, Liam travaillait pour Connors ! Feeney, pouvez-vous me faire fonctionner cet équipement et en effectuer une analyse complète ?

— J'attendais que vous me le demandiez.

— Peabody, on y va.

— Allons-nous interroger Mary Calhoun ?

— Nous avons le temps pour ça. D'abord, je veux aller remettre à A.E. Dillard sa lettre de licenciement.

Dillard ne s'était pas présenté à son travail. Cela ne lui était jamais arrivé, leur expliqua Nibb, le responsable du service. À l'en croire, Dillard était l'employé modèle, ponctuel, efficace, serviable et créatif.

— Je veux consulter tous ses dossiers. Travaux achevés et en cours, tout le toutim.

Derrière son épaisse moustache blanche, Billings Nibb pinça les lèvres.

— Beaucoup de ces dossiers sont confidentiels. Le marché de l'électronique est extrêmement compétitif. La moindre fuite et...

— Ceci est une enquête criminelle, et je m'imagine mal aller vendre ces données aux concurrents de mon mari.

— Néanmoins, lieutenant, je ne peux pas vous remettre ces documents sans l'autorisation de mon patron.

— Je vous la donne, dit Connors qui venait d'entrer.

— Que fais-tu ici ? lui demanda Eve.

— J'ai suivi mon instinct, et je vois qu'il ne m'a pas trompé. Nibb, donnez au lieutenant tout ce qu'elle vous a demandé.

Il entraîna Eve à l'écart et expliqua :

— Après avoir visionné les enregistrements réalisés dans le hall du *Central Park Arms,* je les ai soumis à une analyse un peu spéciale que nous avons développée ici. Sans entrer dans les détails techniques, je dirai simplement que, d'après les angles et les distances estimées, il y avait une forte probabilité pour que le regard du tueur ait été dirigé, non pas vers le flic qui se trouvait dehors, mais vers McNab.

— Alors tu t'es demandé qui dans ton entourage aurait pu savoir que McNab faisait partie de la police ?

— Oui, et j'en ai conclu qu'il devait s'agir de quelqu'un qui travaillait ici. Après recherche, j'ai retenu Dillard, parce qu'il était celui qui correspondait le mieux à la description que nous avions du tueur. Je venais juste de retrouver son adresse personnelle quand on m'a averti que des flics étaient ici. J'ai tout de suite compris que tu étais sur la même piste que moi.

— Quelle est son adresse ? Je vais tout de suite y envoyer une équipe.

Il esquissa une grimace.

— Cathédrale Saint-Patrick. Je doute que nous le trouvions là-bas.

— Je ne félicite pas ton service du personnel, Connors.

Il fit un effort pour sourire, mais il avait l'air fâché.

— Crois-moi, ils vont entendre parler de cette boulette. Que sais-tu de lui ?

— Il est le fils de Liam Calhoun et porte d'ailleurs le même prénom que son père.

Elle fit à Connors un exposé complet de la situation et vit peu à peu son regard s'assombrir.

— J'ai chargé Feeney et McNab d'analyser le matériel que nous avons trouvé dans l'appartement d'Audrey Morrell, ainsi que les micros découverts chez Summerset. À propos, où est-il en ce moment ?

— À la maison. On l'a remis en liberté dès que sa caution a été payée. (Ses mâchoires se crispèrent.) Ils lui ont mis un bracelet.

— Ne t'inquiète pas, il lui sera bientôt retiré. Je m'occuperai de son cas dès que je serai rentrée au Central. Je dois y rencontrer Whitney qui a insisté pour assister à l'interrogatoire de la mère.

— En ce qui concerne les micros, tu vas certainement découvrir qu'ils ont été fabriqués ici même et qu'ils sont munis d'un nouveau type de revêtement qui empêche leur détection par les scanners que l'on trouve actuellement sur le marché. En somme, je lui ai mis sans le savoir toutes les cartes en main. N'est-ce pas d'une ironie cruelle ?

— Nous le tenons, Connors. Même s'il s'est évanoui dans la nature, ses heures sont comptées. Sans sa mère, il n'est plus rien. Il ne partira pas en l'abandonnant entre nos mains. Je vais emporter toutes les données que j'ai récoltées ici. Tu n'as rien à craindre, nous garantissons leur confidentialité. (Elle poussa un gros soupir.) Ensuite, je m'occuperai de Mme Morrell et l'interrogatoire risque de s'éterniser. Je rentrerai probablement très tard.

— Moi aussi, car j'ai encore beaucoup de travail... J'ai contacté le médecin qui s'occupe de Patrick Murray. Il a repris conscience. Il ne peut toujours pas parler ni remuer les jambes, mais ses chances de guérison sont très bonnes.

Elle savait que Connors ne regarderait pas à la dépense et que Murray bénéficierait des meilleurs soins. Elle lui serra furtivement le bras.

— Sa chambre est surveillée en permanence par deux de mes hommes. J'irai lui rendre visite demain.

— Nous irons ensemble.

Il aperçut Nibb qui revenait avec une boîte remplie de disquettes :

— Bonne chasse, lieutenant.

Quand l'interrogatoire d'Audrey Morrell entra dans sa cinquième heure, Eve abandonna le café pour l'eau. Le jus de chaussette que l'on servait au poste finissait à la longue par lui peser sur l'estomac.

Audrey Morrell avait demandé du thé qu'elle avait bu par litres entiers. Mais si elle gardait ses manières délicates, le vernis commençait à se craqueler. Sa coiffure était défaite et des mèches de cheveux collaient à ses tempes trempées de sueur. Son maquillage était parti, laissant apparaître une peau très pâle et des plis durs aux commissures des lèvres.

— Reprenons depuis le début, Madame Morrell. Quand votre mari a été tué…

— Quand il a été assassiné, l'interrompit Audrey. De sang-froid, par ce voyou de Connors. Assassiné pour une petite traînée, en laissant derrière lui une veuve et un orphelin.

— Vous avez donc élevé votre fils dans cette croyance. Année après année, vous lui avez insufflé votre haine. Vous avez fait de lui l'instrument de votre vengeance.

— Je ne lui ai enseigné que la vérité divine. Je m'étais destinée à Dieu. J'aurais dû entrer au couvent et ne jamais connaître un homme de ma vie, mais Liam Calhoun m'a été envoyé. Un ange m'a menée à lui, et alors je me suis offerte et j'ai conçu ce fils.

— Un ange ! répéta Eve en se renversant dans son siège.

— Oui, une lumière intense, continua Audrey Morrell, les yeux brillants. J'ai épousé cet homme pour qu'il me donne un fils. Et quand il a été assassiné, j'ai compris à quelle mission ce fils était destiné. Il n'était pas né pour racheter les péchés, mais pour les venger.

— C'est ce que vous lui avez enseigné, qu'il était venu au monde pour tuer ?

— C'était un garçon chétif. Il a souffert pour se purifier en vue de sa mission. Je lui ai dédié ma vie. Je lui ai tout appris. (Un sourire se dessina sur ses lèvres.) Et il a bien profité de mes enseignements. Vous ne le retrouverez jamais. Il est bien trop malin. C'est un génie et son âme est pure.

Elle eut une expression de jubilation effrayante.

— Vous ne pouvez pas nous atteindre, conclut-elle.

— Votre fils est un assassin, un psychopathe. Pendant quinze ans, vous avez travaillé à le transformer en bête sauvage avant de le lâcher dans la nature. Vous avez eu la patience d'attendre, de tisser votre toile. Mais aura-t-il autant de patience que vous ? Que va-t-il faire, maintenant que vous n'êtes plus là pour le guider ?

— Il achèvera l'œuvre pour laquelle Dieu l'a envoyé sur cette terre. Jamais vous ne l'arrêterez.

— Il a encore du matériel, n'est-ce pas ? Pas loin d'ici ?

Audrey Morrell sourit et but son thé du bout des lèvres.

— Vous ne le retrouverez pas dans cette ville de perdition. Mais lui sait où vous vivez, avec votre amant aux mains souillées de sang. J'ai fait ce que j'avais à faire, Dieu m'en est témoin. Je me suis sacrifiée, au point de laisser cet idiot de Summerset me toucher. Non qu'il soit allé très loin. Audrey Morrell était une femme respectable et je voulais le tenir en haleine. Ce fou était amoureux de moi. Combien d'heures ai-je passées chez lui à écouter de la musique et à peindre !

— Et à planter des micros partout.

— Je n'ai eu aucun mal. Il ne se méfiait pas du tout de moi. C'est moi qui ai insisté pour qu'il accroche mon tableau dans sa chambre. Ainsi je pouvais épier chacun de ses gestes.

— Est-ce vous qui avez dit à Liam de piéger ma voiture ? (Eve sourit en voyant les lèvres pincées d'Audrey.) C'est bien ce que je pensais. Vous êtes trop subtile. Cette initiative était de lui. Liam a quelques circuits défectueux, n'est-ce pas, Audrey ? Il lui arrive de disjoncter lorsque vous n'êtes pas là pour le contrôler. Et justement, en ce moment, vous n'êtes pas là.

— Il a fait pénitence pour cet acte. Il a promis de ne plus jamais s'écarter de sa route.

— En êtes-vous sûre ? Et si tout à coup il fichait tout par terre ? Y avez-vous pensé ? Mes hommes auront ordre de tirer à vue. Vous pourriez le perdre à jamais. Mais si vous me dites où il se trouve, je vous promets de le prendre vivant.

Audrey se leva, le regard dur.

— Pour qu'il finisse sa vie derrière des barreaux ? J'aimerais mieux le savoir mort, mort en martyr après avoir vengé le sang de son père. « Ton père et ta mère tu honoreras. » Il n'oubliera pas ce commandement. Et c'est en se le rappelant qu'il terminera son œuvre !

— Nous n'obtiendrons rien d'elle, dit Eve à Whitney quand Audrey Morrell fut reconduite dans sa cellule. Elle ne renoncera pas à son projet, même pour le sauver.

— Nous allons la soumettre à quelques tests. Elle finira probablement ses jours dans un asile.

— Elle n'est pas aussi folle qu'elle en a l'air. C'est elle qui devrait être punie à la place de son fils. Sans elle, il s'en serait sûrement sorti.

— Il est hélas impossible de changer le passé. Rentrez chez vous, Dallas. La journée a été longue.

— Je vais d'abord aller voir où en est Feeney.

— C'est inutile. Lui et McNab ont la situation bien en main. S'ils découvrent où Calhoun cache son équipement, ils vous contacteront aussitôt. Rentrez chez vous. Il faut reprendre des forces si vous voulez être d'attaque demain matin.

Elle soupira.

— D'accord, commandant.

Il était 21 heures passées quand elle regagna le parking. Elle allait sagement rentrer, manger un morceau, puis elle irait voir ce que Connors avait découvert de son côté.

New York était vaste et recelait de multiples cachettes. Et si Calhoun n'avait pas encore appris ce qui était arrivé à sa mère...

Eve alluma son vidéocom.

— Nadine Furst, numéro personnel.

— Vous avez bien appelé Nadine Furst, mais je ne suis pas là en ce moment. Veuillez me laisser un message...

— Nadine, je sais que vous êtes là et que vous filtrez les appels. C'est Dallas. Décrochez, bon sang ! J'ai un scoop d'enfer pour vous.

Le visage de Nadine apparut à l'écran.

— Pourquoi ne le disiez-vous pas ? Vous faites des heures supplémentaires, lieutenant ?

— Je n'en dirais pas autant de vous.

— Eh oui, de temps en temps j'aime me laisser aller à la paresse.

— Avec ce que j'ai à vous annoncer, je vous garantis que vous allez bondir de votre canapé. La police a procédé à une arrestation dans le cadre de son enquête sur l'assassinat de plusieurs ressortissants irlandais.

Mary Patricia Calhoun, qui se fait également appeler Audrey Morrell, passera la nuit en garde à vue. Elle est inculpée de complicité de meurtres.

— Minute ! Je n'ai même pas eu le temps de mettre en marche mon magnétophone.

— Allez, secouez-vous ! La police recherche son fils, Liam Calhoun, soupçonné d'être l'auteur de ces crimes. Appelez les relations publiques au Central si vous voulez des photos de nos deux suspects.

— Je n'y manquerai pas. Pouvez-vous m'arranger une interview avec la mère ?

— Continuez à croire aux miracles, Nadine, c'est ce qui fait tout votre charme.

— Dallas…

Mais la communication avait déjà été coupée. Eve sourit dans le noir. Si Nadine se montrait égale à elle-même, son communiqué serait diffusé à l'antenne dans moins de trente minutes.

Quand elle franchit les grilles du portail et vint se garer devant chez elle, Eve avait les yeux rouges de fatigue, mais elle se sentait plus éveillée que jamais. Elle pourrait encore consacrer deux bonnes heures à l'étude du dossier, à condition d'avoir d'abord pris une bonne douche et mangé un morceau.

Elle descendit de sa voiture et gravit les marches du perron en faisant rouler son cou et ses épaules endoloris. Arrivée dans le hall, elle retira son blouson qu'elle jeta sur la rambarde de l'escalier et poussa un soupir las. Elle aurait préféré éviter Summerset, mais il était en droit de savoir qu'il avait été reconnu innocent de toutes les charges retenues contre lui. En temps ordinaire, il aurait déjà dû se matérialiser devant elle.

« Il doit bouder quelque part », pensa Eve qui se tourna vers l'écran mural.

— Recherche Summerset.

— Summerset est dans le grand salon.

Elle sentit l'exaspération la gagner.

— J'avais raison, il boude. Tu fais semblant de ne pas m'avoir entendue rentrer, vieux hibou.

Mais en pénétrant dans le salon, elle s'arrêta subitement. La main qu'elle avait posée sur la crosse de son arme se leva lentement et vint rejoindre l'autre au-dessus de sa tête.

— Je vois que vous êtes raisonnable.

Liam Calhoun se tenait derrière la chaise où Summerset était solidement ligoté. Il souriait.

— Savez-vous ce que c'est ? demanda-t-il en agitant un outil très fin qu'il tenait à quelques millimètres de l'œil de son prisonnier.

— Non, mais vous allez me le dire.

— Il s'agit d'un scalpel à laser. L'un des meilleurs instruments chirurgicaux utilisés actuellement. En une fraction de seconde, je peux lui brûler l'œil et une partie du cerveau.

— Je ne sais pas, Liam. Son cerveau est si petit que vous pourriez très bien le rater.

Le sourire de Liam s'élargit.

— Vous ne l'aimez même pas. Je dois avouer que ce qui m'a le plus excité dans ce jeu, c'est de savoir que vous faisiez tous ces efforts pour un homme que vous détestez autant qu'il vous déteste.

— Mes sentiments pour Summerset sont plus ambivalents que vous ne le croyez. Pourquoi ne laissez-vous pas tomber ce laser ? Les bons domestiques se font rares, de nos jours.

— Je vais vous demander de sortir lentement votre arme de son étui, en utilisant votre pouce et votre index. Puis vous la poserez par terre et vous l'enverrez vers moi. Mais attention, pas de gestes brusques… Je vois que vous hésitez. J'ai oublié de vous dire que cet instrument est à longue portée. (Il braqua son laser sur elle.) Vous pourriez finir avec un trou dans la cervelle.

À contrecœur, Eve sortit son arme. Mais alors qu'elle s'agenouillait comme pour la poser sur le sol, elle la passa dans sa main droite. Un rayon partit du laser, traçant sur son bras une ligne de feu. Elle laissa échapper son arme.

— J'avais anticipé votre réaction. Vous voyez, je vous connais bien…

Tout en parlant, il traversa la pièce et ramassa l'arme. Eve, terrassée par la souffrance, faisait des efforts désespérés pour le suivre du regard. Il eut un petit rire.

— Je me suis laissé dire que la brûlure du laser est extrêmement douloureuse. Mais vous survivrez. Pansez cette blessure, vous mettez du sang partout.

Il se pencha vers elle, lui arracha la manche de sa chemise et la lui jeta sur les genoux.

— Servez-vous de ça.

Il la regarda se débattre pour nouer le bandage autour de sa blessure.

— Vous êtes un adversaire coriace, lieutenant, et d'une intelligence légèrement au-dessus de la moyenne. Pourtant vous avez échoué. Mais vous n'aviez aucune chance de gagner. Seuls les justes sont appelés à triompher.

— Épargnez-moi les bondieuseries, je ne suis pas d'humeur. La religion n'est qu'un prétexte. Au fond, c'est le jeu qui vous excite, avouez-le.

— Vous avez raison. Et voilà que la partie s'achève, lieutenant. Telle est la volonté de Dieu.

— Allez vous faire voir, vous et votre Dieu.

Il la gifla violemment du dos de la main.

— Ne blasphémez plus jamais devant moi, sale traînée !

Il la laissa recroquevillée par terre et porta à ses lèvres le verre de vin qu'il s'était servi pendant qu'il l'attendait.

— Quand Connors arrivera, nous serons au complet. Je tiens entre mes mains la puissance du Seigneur. (Il regarda en souriant les deux armes.) Et la technologie des hommes.

— Connors ne viendra pas, intervint Summerset d'une voix pâteuse, à cause des drogues que Liam lui avait injectées. Je vous ai dit qu'il ne viendrait pas.

— Il viendra. Il ne peut pas rester longtemps loin de sa putain.

Eve, malgré la douleur, parvint à se dresser sur ses genoux. Quand son regard rencontra celui de Liam, elle comprit qu'il était trop tard pour lui. La folie que sa mère avait implantée en lui depuis sa plus tendre enfance avait complètement pris possession de son esprit.

Elle s'adressa au majordome :

— Comment avez-vous pu laisser ce dingue pénétrer dans notre maison ?

— J'ai cru qu'il faisait partie de la police. Il conduisait une voiture de patrouille et portait un uniforme. Il m'a dit qu'il était envoyé par vous.

— Ici, vous ne pouviez pas brouiller le système de sécurité, n'est-ce pas, Liam ? C'était au-dessus de vos capacités.

— Avec un peu de temps, j'y serais arrivé, répondit-il avec l'air boudeur d'un enfant à qui l'on vient de refuser un bonbon. Il n'y a rien que je ne puisse faire, mais j'étais fatigué d'attendre.

Avec beaucoup de difficultés, elle se remit sur ses pieds.

— Pourtant, dernièrement, vous avez connu deux beaux échecs. Vous n'avez pas eu Brian, et Patrick Murray est toujours vivant. Il sera rétabli pour témoigner à votre procès.

— Dieu a voulu me mettre à l'épreuve.

Il passa nerveusement ses doigts sur ses lèvres.

— Tout sera bientôt fini, ajouta-t-il. Et c'est vous qui perdez la partie. (Les yeux exorbités, le regard fixe, il pencha la tête sur le côté.) Je vous en prie, asseyez-vous, lieutenant. Vous avez perdu beaucoup de sang et vous êtes très pâle.

— Je préfère rester debout. N'allez-vous pas m'exposer la suite de votre plan ? Vantard comme vous l'êtes, je suis sûre que vous en mourez d'envie.

— Dieu sait que je n'agis pas par orgueil, mais pour venger le sang de mon père. Quand j'en aurai fini avec vous, je réglerai le sort de Kelly, de Murray et d'un troisième encore. Ensuite, l'âme de mon père pourra enfin trouver la paix.

Il posa son laser pour caresser le voile d'une Vierge de marbre qu'il avait placée sur une table.

— Ce soir, Connors va mettre le pied en enfer. En rentrant chez lui, il trouvera son compagnon, son ami de toujours, mort. Sa traînée de femme morte elle aussi. La scène laissera croire à un règlement de compte entre deux êtres qui se haïssaient. Pendant un instant, un court instant, il croira à cette version des faits. (Il sourit à Eve.) Mais alors je me montrerai et la vérité lui apparaîtra. Sa souffrance deviendra atroce, intolérable. Il saura ce que c'est que de perdre ceux que l'on aime. Il comprendra que c'est par ses péchés qu'il a attiré dans son propre foyer l'ange exterminateur.

— Ange Exterminateur, A.E. Comme A.E. Dillard… Nous savons tout de vous. Comment vous avez infiltré le service de recherche et développement de Connors, comment vous lui avez dérobé du matériel. (Elle fit un pas vers lui en le fixant intensément.) Nous savons d'où vous venez. Nous avons découvert votre planque. À l'heure qu'il est, la télévision diffuse votre photo et celle de votre mère.

— Vous n'êtes qu'une sale menteuse.

— Et comment connaîtrais-je l'existence de cet A. E. Dillard, alors ? Et celle du minuscule réduit dissimulé derrière la penderie d'Audrey Morrell ? Nous savions tout depuis longtemps, Liam, mais nous avons joué le jeu. Ce que nous n'avions pas découvert, Audrey Morrell nous l'a avoué. Juste avant que je l'inculpe pour complicité de meurtres.

— Vous mentez ! hurla-t-il en fondant sur elle.

Eve s'était préparée à cette réaction. Elle esquiva l'attaque en levant devant elle son bras encore indemne et envoya à son adversaire un grand coup de coude dans l'estomac. Elle lui fit un croche-pied et perdit l'équilibre avec lui. Une douleur atroce lui fit monter les larmes aux yeux quand son bras blessé heurta le sol. Elle réussit pourtant à envoyer son poing à la face de son adversaire.

Mais elle avait sous-estimé la force extraordinaire de cette rage qui animait Liam Calhoun.

Elle poussa un cri déchirant quand il enfonça ses doigts dans sa blessure. Il braqua sur sa gorge le canon de son arme. À cette distance, même si le tir n'était pas réglé à sa puissance maximale, c'était la mort certaine.

— Tu n'es qu'une sale garce ! Je te ferai avaler ta langue pour ces mensonges !

Elle avait affreusement mal, mais elle devait continuer. Coûte que coûte.

— Allumez l'écran, si vous ne me croyez pas. Allez, Liam, allumez... Canal 75.

Quand enfin il lui lâcha le bras, elle ravala un sanglot. Il se leva d'un bond et se précipita vers l'unité de communication.

— Elle ment, elle ment, elle ne sait rien, se répétait-il comme une litanie tandis qu'il allumait l'écran. Je vous salue Marie, pleine de grâce. Elle va mourir. Ils mourront tous. Dieu les détruira, et je serai la main de Sa vengeance...

Summerset tira sur ses liens pendant qu'Eve le rejoignait en rampant.

— Partez, chuchota Summerset. Cet homme est fou. Profitez de ce qu'il est en train de regarder cet écran. Sortez d'ici ou il vous tuera.

— Je n'atteindrai jamais la porte, répondit-elle en grimaçant. Je dois continuer à capter son attention. Tant qu'il sera focalisé sur moi, il ne pensera pas à vous. Si j'arrive à le distraire, il n'entendra peut-être pas Connors arriver.

Elle mit péniblement un genou à terre, puis l'autre.

— Audrey est sa mère ? demanda le majordome, livide.

— Oui, c'est elle qui est responsable de tout.

Elle jeta un coup d'œil en direction de Liam Calhoun qui venait de pousser un hurlement d'horreur en découvrant les images que lui renvoyait l'écran. Elle parvint à se redresser.

— Liam, je vais vous conduire auprès d'elle. Elle a demandé à vous voir. Vous voulez la rejoindre, n'est-ce pas ?

— Vous lui avez fait du mal ? demanda-t-il, les yeux embués de larmes.

Elle avança vers lui d'une démarche mal assurée.

— Non, bien sûr que non. Elle vous attend. Elle vous dira ce que vous devez faire. Elle vous a toujours dit ce que vous deviez faire.

— Oui, toujours. Elle détient la parole de Dieu.

Il abaissa lentement son arme, comme s'il l'avait oubliée.

— Il l'a élue entre toutes, murmura-t-il. Et je suis son fils unique.

— Elle vous attend...

Encore un pas, un seul, et elle pourrait lui prendre son arme.

— Elle m'a dit ce que Dieu attendait de moi. (Il releva son arme et Eve se figea.) Je vais vous tuer, mais cet homme doit mourir avant vous.

Avec un sourire de dément, il visa Summerset à la tête.

— Attendez...

Instinctivement, Eve vint se placer dans la ligne de mire et ce fut elle qui reçut l'impact.

Sous le choc, elle tomba à terre. La secousse avait paralysé tout son système nerveux. Elle ne parvenait plus à respirer. Un voile se forma devant ses yeux. La douleur avait disparu. Elle ne sentit même pas le coup de pied qu'il lui assena alors que, pris d'un accès de folie, il hurlait et traversait la pièce à grands pas, renversant tout sur son passage.

— Vous essayez de tout gâcher ! Traînée. Pécheresse. Même votre arme est pathétique. Regardez-moi ça. Il faut augmenter manuellement la puissance du tir. Mais c'est aussi bien. Pourquoi vous tuer du premier coup ?

— Elle a besoin d'un médecin, dit Summerset.

Il était essoufflé et s'était écorché les poignets à force de tirer sur ses liens.

Eve revenait lentement à elle. La douleur irradiait dans tout son corps. Elle roula sur le flanc.

— Vous êtes fichu, balbutia-t-elle. Vous n'avez plus aucune chance de vous en sortir. Vous finirez vos jours au fond d'une cellule.

— Vous mentez encore. Dieu ne m'abandonnera pas, Il me montrera la voie.

Dressé au-dessus d'Eve, il dirigea sur elle son arme réglée à pleine puissance.

— Je vais vous expédier en enfer !

Eve rassembla ce qui lui restait de forces et envoya un violent coup de pied qui le propulsa en arrière. Elle se redressa vivement et tendit la main vers l'arme qu'il avait lâchée. Mais au même moment, un tir venant de la porte plaqua Liam Calhoun contre le mur.

Le corps du jeune homme, secoué de soubresauts, exécuta une danse macabre qu'Eve avait déjà vue bien souvent. Il était déjà retombé sans vie sur le sol quand Connors se précipita pour les rejoindre.

— Fin de la partie, dit-elle d'un ton morne. Amen.

— Dans quel état il t'a mise, mon amour…

Des petites taches noires s'étaient formées devant ses yeux. Elle distingua à peine le visage de Connors lorsqu'il se pencha sur elle.

— J'ai failli l'avoir, bredouilla-t-elle.

— Bien sûr, ma chérie.

Elle essaya de se redresser mais perdit connaissance avant d'avoir pu lever la tête.

Quand elle revint à elle, Eve était allongée sur le divan et Summerset se trouvait près d'elle, occupé à soigner son bras.

— Écartez-vous de moi.

— Vous avez besoin de soins. Vous avez une très vilaine blessure, mais Connors prétend que vous vous montrerez plus coopérative ici qu'à l'hôpital.

— Je dois appeler le commandant.

— Quelques minutes de plus n'y changeront rien. Ce garçon est mort, de toute façon.

Elle ferma les yeux, trop épuisée pour discuter. Elle ressentait une douleur cuisante dans tout le flanc et dans le bras que Summerset s'efforçait de soigner.

Il avait beau la toucher avec la douceur d'une mère pour son enfant, il savait qu'il lui faisait mal.

— Vous m'avez sauvé la vie en vous interposant entre ce tueur et moi. Pourquoi avez-vous agi ainsi ?

— J'ai fait mon boulot, cela n'a rien de personnel. Et je savais que le tir n'était pas réglé à sa puissance maximale. (Un gémissement s'échappa de ses lèvres.) Mais bon sang, ça fait quand même un mal de chien... Où est Connors ?

Il écarta doucement les cheveux qui s'étaient collés sur son visage en sueur.

— Il sera bientôt là. Arrêtez de vous agiter, vous ne faites qu'aggraver votre état.

Elle le regarda droit dans les yeux.

— C'est moi qui ai tué Liam Calhoun. J'ai tiré avant que Connors entre dans la pièce. Vous avez compris ?

Summerset la dévisagea en silence. Elle était gravement blessée, ses traits étaient déformés par la souffrance, et pourtant c'était à Connors qu'elle pensait.

— Oui, lieutenant, j'ai parfaitement compris.

— Non, ce n'est pas toi qui l'as tué ! intervint Connors qui venait d'entrer. Summerset, je compte sur toi pour donner une version précise et juste des faits. Désolé, Eve, mais je ne te laisserai pas comparaître devant une commission disciplinaire à cause de moi.

— Tu n'aurais pas dû avoir cette arme. Et d'ailleurs, où te l'es-tu procurée ?

— Mais c'est toi qui me l'as donnée. Et je ne te l'ai jamais rendue.

— J'avais oublié.

Il se pencha et glissa un bras sous sa nuque.

— Et sincèrement, je ne crois pas que la police essaiera de m'ennuyer. Allez, bois un peu.

— Qu'est-ce que c'est ? Je n'en veux pas.

— Ne fais pas l'enfant. C'est juste un calmant.

Elle toussa quand Connors lui versa un peu de son breuvage dans la bouche.

— Je dois appeler le commandant.

Connors soupira.

— Summerset, appelle le commandant Whitney et raconte-lui ce qui s'est passé ici ce soir.

Après un bref moment d'hésitation, Summerset acquiesça et entreprit de ramasser les pansements.

— Je vous suis très reconnaissant, lieutenant, et sachez que je regrette profondément que vous ayez été blessée durant l'accomplissement de votre devoir.

Quand il sortit, Eve fit une grimace.

— Je devrais me faire tirer dessus plus souvent. Tu as vu ? Je n'ai même pas eu droit à sa moue méprisante.

— Il m'a tout raconté. Et il m'a dit que tu étais la femme la plus courageuse et la plus insensée qu'il ait jamais connue. Et je ne peux que lui donner raison.

— En attendant, nous sommes toujours vivants. Maintenant qu'il est parti, je crois que je vais finir de boire ce calmant. Mon bras va mieux, mais ma blessure au flanc est une vraie torture.

Doucement, Connors l'aida à se redresser et l'assit de telle sorte que son dos repose contre lui.

— Il n'avait que dix-neuf ans, dit-elle.

— Oui. Il n'y a pas d'âge pour devenir un monstre.

Elle ferma les yeux. La douleur peu à peu se dissipait.

— La vie que nous vivons est plutôt trépidante, tu ne trouves pas ?

Il sourit.

— Oui, mais je n'en changerais pour rien au monde.

Elle regarda autour d'elle. Le salon n'était plus qu'un champ de bataille. Elle sentit sur ses cheveux la caresse des lèvres de Connors.

— Moi non plus, répondit-elle.

Vous aimez Nora Roberts ?
Retrouvez aux Éditions J'ai lu les deux premières enquêtes du Lieutenant Eve Dallas :

Lieutenant Eve Dallas 1 & 2 :
1 - Au commencement du crime
2 - Crimes pour l'exemple

New York, 2058. Le lieutenant Eve Dallas se consacre corps et âme à la traque des criminels. Les cauchemars qui hantent ses nuits, elle les oublie. Tout comme son douloureux passé. Jusqu'au jour où elle tombe sous le charme de Connors, ténébreux milliardaire qui ne semble pas avoir toujours été du bon côté de la loi... Entre deux meurtres sanglants, Eve Dallas va évoluer dans le terrain mouvant des requins de la finance et de la politique. Connors, dont les caresses ont si bien su l'apprivoiser, est-il un suspect ou, au contraire, celui qui l'aidera à s'en sortir indemne ?

Vous aimez Nora Roberts ?
Retrouvez aux Éditions J'ai lu les premières enquêtes du Lieutenant Eve Dallas :

Lieutenant Eve Dallas :
3 - Au bénéfice du crime
4 - Crimes en cascades
Semi-poche

New York, 2058. Comment en est-elle arrivée là ? En dix ans, Eve Dallas a toujours réussi à séparer sa carrière de sa vie privée. Aujourd'hui, la jeune femme voit sa vie bouleversée par Connors, le milliardaire qui s'apprête à l'épouser. Il est parvenu à conquérir son cœur et à éloigner ses démons, mais reste mystérieux sur son passé...
Lieutenant de police, Eve doit accomplir son devoir. Mais quand ses enquêtes l'amènent à suspecter sa meilleure amie et même Connors, elle doit faire un choix. Alors que son passé douloureux la rattrape, elle est obligée de répondre à une question essentielle : en qui peut-elle avoir confiance ?

Composition PCA
Achevé d'imprimer en Espagne
par Litografia Rosés
le 5 avril 2010.
Dépôt légal avril 2010
EAN 9782290024867

Éditions J'ai lu
87, quai Panhard-et-Levassor, 75013 Paris
Diffusion France et étranger : Flammarion